学院的立场　可信的尺度　严格的筛选　切近的点评

2007中国小说

北大选本

曹文轩 邵燕君 主编

北京大学出版社
PEKING UNIVERSITY PRESS

图书在版编目(CIP)数据

2007 中国小说 / 曹文轩,邵燕君主编. —北京:北京大学出版社,2008.1
(北大选本)
ISBN 978-7-301-13242-5

I. 2… II. ①曹… ②邵… III. ①中篇小说—作品集—中国—当代 ②短篇小说—作品集—中国—当代 IV. I247.7

中国版本图书馆 CIP 数据核字(2007)第 193951 号

书　　　名:	2007 中国小说
著作责任者:	曹文轩　邵燕君　主编
责 任 编 辑:	高秀芹
标 准 书 号:	ISBN 978-7-301-13242-5/I·2005
出 版 发 行:	北京大学出版社
地　　　址:	北京市海淀区成府路 205 号　100871
网　　　址:	http://www.pup.cn
电 子 信 箱:	pw@pup.pku.edu.cn
电　　　话:	邮购部 62752015　发行部 62750672　编辑部 62750112
	出版部 62754962
印 刷 者:	三河市欣欣印刷有限公司
经 销 者:	新华书店
	650 毫米×980 毫米　16 开本　25.5 印张　360 千字
	2008 年 1 月第 1 版　2008 年 1 月第 1 次印刷
定　　价:	32.00 元

未经许可,不得以任何方式复制或抄袭本书之部分或全部内容。
版权所有,侵权必究。举报电话:010-62752024　电子信箱:fd@pup.pku.edu.cn

目　录

2007 中国小说（导言）……………………………邵燕君（1）

中短篇小说及点评

喇叭（外一篇）………………………………………阿　来（1）
亲家（外四篇）………………………………………曹乃谦（19）
一只叫芭比的狗………………………………………李　浩（31）
非法入住………………………………………………王威廉（41）
小偷……………………………………………………艾　伟（72）
珍珠……………………………………………………张　静（91）
暖死亡…………………………………………………黄咏梅（101）
莉莉……………………………………………………笛　安（132）
真理与意义
　　——标题取自 Donald Davidson 同名著作……七　格（172）

末日……………………………………………………韩少功（211）
父亲还在渔隐街………………………………………范小青（225）
为什么我们家没有电灯………………………………苏　童（241）
福翩翩…………………………………………………迟子建（256）
苍声……………………………………………………徐则臣（294）
家事……………………………………………………毕飞宇（331）

推荐、关注长篇小说存目及点评

空山	阿 来（348）
高兴	贾平凹（351）
人间	李 锐 蒋 韵（354）
致一九七五	林 白（356）
代号：SBS	刁 斗（358）
吉宽的马车	孙惠芬（360）
风声	麦 家（362）
英特迈往	韩 东（365）
长调	千夫长（367）
道德颂	盛可以（369）
等等灵魂	李佩甫（371）
桃花	张 者（373）
白麦	董立勃（375）
天知道	朱 辉（377）
启蒙时代	王安忆（379）
刺猬歌	张 炜（381）
山河入梦	格 非（383）
所以	池 莉（385）

2007 中国小说（导言）

邵燕君

2007年又是文学发展相对平稳的一年。这平稳由一喜一忧构成。长篇之忧在于，自从2005年"长篇热"以来，数量持续上升，而佳作逐年见稀。不但一些"名家力作"名不副实，让人希望陆续落空，而且，随着"名家阵容"的日渐整齐，当代作家的整体创作实力和前景问题，也越来越不容乐观；忧中见喜的是，虽然整体平平，但少数重要作品仍具有相当的价值——这价值有的来自作品本身的质量，有的得自其创作走向接通了当下创作潮流和文学史的重要脉络，而蕴含的问题又是触及了时代写作难度的"真问题"。中短篇中，让人忧的也是本该挑梁承重的名家精品数量太少，或许名家们都把精力投向长篇写作了。所喜的是，新锐发展势头颇旺，尤其是一批具现代形态的成熟之作较具规模的出现，显示了新一代作家们将现代技巧与自身经验融于一体的能力，让虚浮多年的"形式探索"终有落地生根之感，令人格外惊喜。

长篇力作稀而价值重

自上个世纪90年代以来，长篇创作持续高温，目前年产量已是数以千计。而2005年开始的这一轮"长篇热"，有一个显著特点是"名家之作"云集——每年有10—20部"名家力作"被"隆重推出"，尤其年初时节，龙争虎斗，声势浩大。这一现象的产生，一方面与图书市场的操作有直接关系，另一方面也有文学内部的动因。当代文学"新时期"以来各时段涌现出的著名作家，从"知青作家"到"先锋作家"，大都已过或已届天命之年，进入了文学创作的"黄金期"也是"封顶期"。按照中国惯有的文学观念，大多数作家愿意以长篇创作来标识自己的文学成就。从这一角度看，近年来的"长篇热"在某种意义上可以视为"新时期"以来当代文学的成就总结。然而，当我们以文学史的目光来打量这些作品时，每每多有遗憾。有的号称多少年磨一剑的作品，明显带有粗糙痕迹；有的有做"时代大书"的企图，却显露衰微之相。这一波"当代作家集中展现实力"的"长篇热"中，究竟有多少作品能够跨越"年度"，进入更长的文学史序列，恐怕不能乐观。

本年度，值得关注的长篇主要有：阿来《空山2》(《当代·长篇小说选刊》第1期，人民文学出版社)、《轻雷》(《收获》第5期)、池莉《所以》(《当代·长篇小说选刊》第1期，人民文学出版社)、张炜《刺猬歌》(《当代》第1期，人民文学出版社)、李佩甫《等等灵魂》(《十月·长篇小说》第1期，花城出版社)、盛可以《道德颂》(《收获》第1期，上海文艺出版社)、刁斗《代号：SBS》(《花城》第1期，花城出版社)、王安忆《启蒙时代》(《收获》第2期，人民文学出版社)、格非《山河入梦》(《作家杂志》长篇春季号，作家出版社)、朱辉《天知道》(《钟山》第2期)、李锐/蒋韵《人间》(《收获》长篇春夏卷，重庆出版集团)、孙惠芬《吉宽的马车》(《当代·长篇小说选刊》第2期，作家出版社)、张者《桃花》(《花城》第3期，长江文艺出版社)、董立勃《白麦》(《当代》第3期，人民文学出版社)、韩东《英特迈往》(《花城》第5期)、贾平凹《高兴》(《当代》第5期，作家出版社)、林白《致一九七五》(《西部·华语文学》第10期，江苏文艺出版社)、麦家《风声》(《人民文学》第10期，海南出版公司)，等等。

其中，阿来的《空山2》和《轻雷》属"《空山》系列"中的三、四、五卷，在前两卷的高水准上继续推进，称得上是本年度长篇小说艺术水准最高的作品。贾平凹的《高兴》将"乡土文学"的创作引入到"底层写作"的潮流中，无论取得的成绩还是显示的"症候"都值得纳入文学史的脉络讨论。此外，李锐/蒋韵的《人间》、林白的《致一九七五》、刁斗的《代号:SBS》,或保持名家水准、或在原有创作轨迹上有重要推进,或在立意及形式上有实验创新,值得推荐。

阿来《空山》:艺术水准年度最高

自从2004年发表《随风飘散》(《收获》第5期)起,阿来开启了其构建《空山》系列的宏大进程。继2005年的《天火》(《当代》第3期)之后,本年度推出的卷三《达瑟与达戈》、卷四《荒芜》和卷五《轻雷》使原计划中的三部六卷中的"六枚花瓣"已绽放了五枚,大体样貌基本可窥。

《空山》系列无疑是极具野心的作品,阿来意图构建一部西藏社会的现代史诗——当政权交迭"尘埃落定"后,古老的藏族社会如何在外来文明的入侵和席卷下发生现代转型,其中,"原始的"、"自成一统"的藏族信仰传统和以"革命"为代表的现代文明冲突是作品处理的核心问题。目前陆续发表的五卷虽彼此之间没有紧密的故事联系,但有着相应的历史顺序,《天火》已写到"文革",《达瑟与达戈》则是"文革"期间的故事,《荒芜》写到"三年自然灾害",《轻雷》则进入了八九十年代以来的"市场化"转型时期。小说以"机村"为落脚点,正面书写各种"革命"(物质的、精神的)发生的过程。与之相应,写法上也从以前的"寓言风格"转向"寓言"、写实并用,并且,写实风格明显加强(从迄今发表的《空山》第一部、第二部来看,组成每部的两个故事分别有不同的倾向,卷一《随风飘散》、卷三《达瑟与达戈》倾向于寓言式的书写,卷二《天火》和卷四《荒芜》倾向于写实。最新发表的第五卷《轻雷》则是一部颇为写实的作品,可以说是阿来作品中写实风格最强的)。

如此,在《空山》的写作中,诗人出身的阿来要面对两项基本能力的挑战:艺术上的写实功力和思想上的驾驭能力。

在写实功力方面,阿来给出的答卷漂亮得甚至超出人们的预期。特别是《轻雷》中主人公拉加泽里形象的成功塑造,完全可以作为"典型人物"纳入到传统现实主义小说中"成长人物"(如《红与黑》中的于连)的序列中,也可以视为"新时期"继路遥笔下的高加林、孙少平之后,又一代"农村新人"的代表——这样坚实有力的人物形象没有出现在贾平凹的《高兴》里,却出于一向文风飘逸的阿来之手,不能不使人惊讶,也不能不引人深思。

在思想驾驭能力方面,阿来的表现也没有让人失望——并不是说并非以思想见长的阿来在这方面也有惊人进展——而是面对复杂的文明冲突和社会转型,阿来聪明而自然地选择坚持传统的文化信仰。在他的笔下,"世道"再乱,天神的法则不会变;疯狂的是人,神永远保持清醒。在对藏族文化的理解上,阿来其实有着"本质化"的倾向:原来藏族社会的一切都是美好的、朴素的、自足的、神性的,现代文明的一切都是疯狂的、物欲的、具有侵犯性、毁坏性的,尤其是对"革命"缺乏更全面、深入的现代性反思,这里也自觉不自觉地顺应了在"告别革命"的普遍语境下的主流意识形态。但阿来是幸运的——信仰的神性使他可以在相当的程度上超离现实语境的限制和主流观念的保守性,同样幸运的是,佛教的包容、宽广和温和,使他面对外来文明的入侵,哪怕是毁坏,都能以平静的心态接受,在叹息中悲悯,而不是简单地陷入悲愤。所以,阿来小说里的世界虽是复杂混乱的,但他的小说世界却是笃定明晰的;观念可能是固定化的,但"世界观"却可能是相对宽广的。或者说,阿来未必能驾驭这个乱象纷呈的世界,但他的神帮他驾驭了。

当然,如果以"经典"的标准来要求,《空山》还是有上升空间的。首先在思想深度上,虽然有"神"的福佑,但小说处理的毕竟是具有现代性和当下性的命题,笃定的背后是单纯还是洞悉,小说的境界和气象是不同的。其次,对于寓言和写实两种写作方式,阿来虽然表现出全面的才能,但尚未能更有机地将两者结合起来,从而使整部作品的艺术风格更圆融统一、更具创新性和独特性。另外,一些细部处理,似还可以进行更精细的打磨。其实,像《空山》这样一部具有如此丰富含量的作品,放在任何时期、任何国家,都值得作家毕一生之功来成就,没必要太快出笼。

在创作长篇的同时,阿来还写了一些围绕机村的小故事,如《瘸子,或天神的法则》、《自愿被拐卖的卓玛》、《脱粒机》(《人民文学》第2期)、《马车夫·喇叭》(《上海文学》第3期),等等。这些分属《机村人物素描》系列和《机村事物笔记》系列的故事,都收入名为《格拉长大》(东方出版中心,2007年8月版)的小说集中。这些故事大都具有言简意赅的风格,如碎钻般镶嵌在整部《空山》"花瓣式"的结构中。

贾平凹《高兴》:站在"乡土"和"底层"的交汇处

贾平凹的《高兴》推出后立即受到热切关注。其原因不仅因为这是作家继《秦腔》之后推出的又一长篇力作,更因为它所处理的题材——进城的农民工捡破烂的生活正是典型的"底层题材"。而这些捡破烂的农民是贾平凹的乡亲,他们从商州大地走来,从《秦腔》中的清风镇走来,人物原型都有名有姓。正如贾平凹跪在父亲的坟头说的:"《秦腔》我写了咱这儿的农民怎样一步步从土地上走出,现在《高兴》又写了他们走出土地后的城里生活。"(《高兴·后记》)也就是说,贾平凹沿着自己的创作轨道发展,随着自己"血缘和文学上的亲族"的生活变迁而推进,到了《高兴》,与"底层写作"正面相遇,由此进入了这一写作的潮流。

自从80年代中期文学开始"向内转"以来,中国当代文学的现实主义传统其实发生了严重的断裂。中国当代文学对农村当代生活的反应几乎到路遥的《平凡的世界》就中止了,此后的乡村只是奔向"纯文学"作家们的叙述容器。连贾平凹自己也是先进入"废都",后"怀念狼"。以致到2004年前后,"底层文学"发轫时,成名的"乡土作家"几乎集体缺席。至今,在"底层写作"中活跃的作家,大都是来自基层的中青年作家,著名作家只有刘庆邦一人,但他主要写的是中短篇。而贾平凹长篇的《高兴》的推出,不但提高了"底层文学"的整体质量,也使得对"底层文学"的讨论被纳入到"新时期",乃至鲁迅以来开创的"乡土文学"脉络中。

站在"乡土文学"和"底层文学"的交汇处,《高兴》的文学史价值在于,贾平凹这位从"新时期"一步一步走来的"老作家",以其扎实的写实功底、深厚的乡土情怀,写了中国在跨世纪的现代化发展进程中(小说开篇即表明故事的发生时间在2000年3月10日到2000年10月13日主人公进城和回乡之间),被以"大城市"为代表的现代文明挤压、剥夺、诱惑的农民,抛离土地,进城谋生的生活状况。小说通过大量的细节描写了这些被称为"破烂"的农民的生活世界和情感世界,他们身处底层,操持贱业,忍辱负重,也苦中作乐。对"破烂"这一与城市人生活关系十分紧密的人群,当代创作也早有关注,最有代表性的是池莉在《托尔斯泰围巾》(《收获》2004年第5期,中篇)中塑造的"老扁担"的形象。这个形象虽然颇为感人,但池莉始终是透过市民的目光去看,"老扁担"终究是一个被观察的对象,甚至带有"城里人"一厢情愿的理想投射。当"老扁担"的生活刚刚被打开时,小说戛然而止。贾平凹深入的正是池莉未能进入的世界,不但告诉我们这个群体当下的生活,更告诉我们他们的来龙去脉,他们的"高兴"与"不高兴",以及"高兴"与"不高兴"的缘由。贾平凹在《后记》中说,希望把自己的作品写成一份份历史记录而留给历史。"我要写刘高兴和刘高兴一样的下乡群体,他们是如何走进城市的,他们如何在城市里安身生活,他们又是如何感受认知城市,他们有他们的命运,这个时代又赋予他们如何的命运感,能写出来让更多的人了解,我觉得我就满足了。"应该说这样的写作目标,《高兴》在一定层次上达到了。

然而,和《秦腔》一样,《高兴》也是一部充满了矛盾、困惑、茫然乃至症候的作品,而且,由于《高兴》没有像《秦腔》那样刻意用一种"反现实"的"生活流"的写法"记录",而是采取传统的现实主义的写法叙述,使作品内在的矛盾更明显地暴露为艺术的缺憾。比如,作为一部靠"体验生活"获取素材的作品,《高兴》在细节上虽然丰富却不够饱满,对人物性格的刻画,虽然生动却不够深透;"典型人物"刘高兴形象没有立住,人物性格分裂,而作为"另类"(贾平凹语)又不能代表他所属的人群。全书以拾荒者为表现人群,却以一个虚幻的爱情故事为情感和情节动力,并且,人物的虚幻性和主要情节的不可信使作品整体框架不稳,结构失衡。

虽然存在着这些明显的问题,《高兴》仍然是一部极有价值的作品。原因在于,这些问题不是贾平凹个人的,而是症候性地显示了"底层写作"和"乡土文学"在当代发展的深层困境。

近来,写"乡下人进城"的作品逐渐增多。除了受"底层写作"潮流的影响外,更有"乡土文学"发展的内在动因。中国当代作家中像贾平凹这样的"乡土作家"比例甚大,他们不但出身乡土,而且多年来仍以乡土生活为安身立命的写作资源。这些年来,随着城乡生活的巨变,作家熟悉的乡土世界已经瓦解,这正是贾平凹在《秦腔》中展现的。作家如果依然忠实于他笔下的人物,也必然要跟着"乡下人"进城。本年度,另一部写"乡下人"进城的重要长篇是孙惠芬的《吉宽的马车》,小说通过一个"懒汉进城"的故事,展现了两种价值观念的冲突和人物在城乡之间的挣扎,尤其是人物的"内心风暴",写得细密生动。然而,和贾平凹一样,孙惠芬在新作中也面临着同样的问题:人物一旦进了城,就对他们失去了把握和控制。作家对于笔下人物的真实生活处境缺乏感同身受的真切了解,却和他们一样对现实和未来感到困惑和茫然。之所以存在这样的问题,自然和作家"下生活"还不够有关(但必须看到的是,贾平凹和孙惠芬都是写作态度相当认真的作家,当代著名作家中能像他们那样"下生活"的已经很少见。这提醒我们思考的是,在一个阶级已经明显分层的社会结构中,没有当年工农兵文艺的意识形态支持和制度保障,还要求作家们像过去那样"下生活",不但"同吃同住同劳动",还在"感情上打成一片",是否还有现实可能性?),不过,在更深层次上,仍是作家的思想困境问题。

"底层"问题涉及到社会政治、经济结构等大问题,从"乡土"进入"底层",作家立即面临在思想能力方面的巨大挑战。而贾平凹、孙惠芬等汉族作家显然没有阿来幸运,在阿来那里可以用信仰解决的问题,在他们这里必须用思考解决。从《秦腔》、《高兴》的后记中,我们都可以看到,对于这些年农村的衰败、农民工的漂泊,贾平凹是深怀哀婉、愤懑的,但却无力处理、解读这些问题。深深的困惑和矛盾、理智和感情的冲突使贾平凹在写作中不但难有明确的价值立场,甚至不敢有真实的情感态度。他尽全力压抑自己的厌恶、仇恨,强打"精神"高兴。这是刘高兴这个人物形象扭曲造作、虚浮无力、难以生根的原因,也是"乡下人进城"的故事最终只能寄身于一个情爱故事里的原因——小说中无法解决的矛盾需要一个精神上和叙事上的逃逸之途。

那些令贾平凹等作家深深困惑的问题,如社会发展的效率与正义,城乡关系、阶级差异等,也是自上个世纪90年代以来,被称为"新左派"与"自由主义"的两派知识分子争论的焦点,至今很难说能有哪一种观点能获得"上下一致的认同"。也就是说,作家在面临这样的问题时,必须做出自己的思考和判断,即使形不成完整的观念体系,也应该在对现实进行详细解剖中提出有深度的质疑。这也就意味着,今天要写出真正能够把握时代精神的作品,对作家思想力的要求,远比意识形态相对完整、知识分子尚未分化的80年代为高。然而,与之相应的实际情况是,恰恰自80年代末期起,文学界便与思想界日益分离、作家从知识分子中逐步抽身。目前中国大多数作家的思想水准实际上停留在80年代,对90年代以来思想界面对社会重大变迁的思考、争论少有了解和吸收。思想资源的落后和贫乏曾是使"底层文学"难以深入的症结,如今又成为"乡土文学"难以前行的障碍,也是这些年作家们做"时代大书"的企图屡屡落空的内因。

"时代大书"落入败境 "个人化历史"显露生机

本年度几位著名作家推出的"时代大书"都落入了令人心痛的败境。

张炜的《刺猬歌》试图以丰饶的"民间想象",重述山东半岛海边丛林小镇棘窝镇百年来的历史。在"齐文化"怪诞神秘的气息中夹杂着强烈的时代情绪,这情绪来自对当下社会现状的强烈不满,但这不满的表达,仍像作家当年介入"人文精神论争"时一样,仅表现为立场和姿态,未能深入到理性批判的层面。于是,一股灼热的激情转化为愤怒,整个作品陷入狂乱的想象。

格非的《山河入梦》是继《人面桃花》之后又一部反思历史的作品,这一次面对的是中国上个世纪50年代社会主义的乌托邦。然而,作家对乌托邦社会的理解和想象完全是简单化的,思想资源没有超出大众常识的水准,对一些政治规则和潜规则的描述甚至低于常识水准。更令人不可思议的是,作为"先锋小说"代表人物之一的格非,文字能力竟突然滑至大众读物的层次,人物刻画得也相当漫画化——这都不禁让人想起余华的《兄弟》。莫非"先锋作家"在将注意力重新转向"写什么",

转向"对历史现实发起正面强攻"之后，无法驾驭的题材将他们多年来训练出的"怎么写"的技艺也一并压垮了？

这一类作品中，最令人失望的还是王安忆的《启蒙时代》。作为当代最具"理论素养"的作家之一，王安忆直书"文革"前期一代青年的思想启蒙史，自然引人翘首以待。然而，这部以"时代"为题目、以"启蒙"为主题的小说却未能抓住那个时代的精神实质，小说的实际落脚点是，在"无产阶级文化大革命"期间，出身革命家庭的子弟如何被"小资情调"启蒙——王安忆再次告诉我们"一切历史都是当代史"。然而，在寻找时代对话的基点上，她显然回避了我们这个时代与启蒙时代有关的核心问题，如专制－民主、物质－精神、革命－告别革命，而是顺应了消费主义的大众观念，将《启蒙时代》写成《长恨歌》的"特别阶段史"。更令人沮丧的是，进入到小说，又完全感受不到《长恨歌》式的世俗烟火气，当然，更缺乏《叔叔的故事》中那种思想的激情。小说充斥着连篇累牍的议论和辩论，却缺乏理性的穿透力。加之形象模糊、情感隔膜、语句冗长，完全成为一个封闭的闷局。近年来批评界对王安忆创作"不冒险"、"理念化"等倾向有诸多诟病，这些病象在这部作品中显得越发严重。

这两年的"长篇热"中，有"史诗化"追求的不在少数，但都在思想支撑点上出现问题。这或许在提醒我们思考，在意识形态的"宏大叙事"解体后，文学上的"宏大叙事"是否可能？在这样的背景下，从个人角度进入历史的方式就特别值得关注。

林白的《致一九七五》从时间上看像是《启蒙时代》的后续，写的是"后革命时代"的故事。不过，这里的主人公是一个生活在边缘小镇的普通女孩，她没机会读到什么"黄皮书"内参，也没听说过什么"地下沙龙"。她随着"大流儿"学工学农，又随着"大流儿"上山下乡。于是，她不必承担什么时代使命，特定的年代只是她个人成长的环境背景。获得"历史的解脱"后，林白充分依赖身体的记忆，味觉、嗅觉、听觉，如万物花开。经过《一个人的战争》的自我言说和《妇女闲聊录》的彻底倾听后，林白的身体插上记忆的翅膀深入历史，而这段公共的历史也以林白的方式被打开。然而，在"个人化写作"和"个人化历史"之间，林白似乎还没有把握好分寸和界限，尤其是第一部，时代即使作为环境背景都没有得到有效烘托,不免令人疑惑,如此个人的记忆何必冠以"致一九七五"这样的时代命名?什么样的个人记忆才有资格承担历史叙述?

韩东的《英特迈往》也是一部"个人化历史",故事从1969年一直讲到2005年,试图通过几个人的命运勾勒出几许时代的样貌。不过,相对于林白的作品,这篇小说在经验和语言上都缺乏足够的个性穿透力,叙述似乎一直在故事表层滑行,"零度回忆"的节制平淡中也多少显出无精打采,这也是韩东从《扎根》延续下来的长篇叙述风格。

长篇立意形式上的新探索

本年度,有几部长篇小说在立意、形式上有新尝试。

李锐和蒋韵夫妇合作的《人间》是"重述神话"系列在中国继苏童《碧奴》、叶兆言《后羿》之后出版的第三本小说。其故事原型是在中国民间流传已久的《白蛇传》。较之前两部的意义虚浮、想象贫弱,《人间》无论在立意上还是在技法上都进行了有创意的翻新,在原有的故事原型基础上,选取了"身份认同焦虑"这样的现代性命题,结构上采取多线并进的架构,又与古典的"悲情"气韵连通,使小说在保有中国古典伦理和情怀的基础上具有了现代精神,这正是"重述神话"的意义。

刁斗的《代号:SBS》更是一部颇有实验性的小说,它以一个商业间谍的故事为架构,借用侦探小说的元素,同时吸收多种当代大众文化形式,创造了一个卡夫卡《城堡》、奥威尔《一九八四》式的当代公司社会的存在寓言。小说写得相当有趣,但不乏严肃性,虽然还有混杂粗硬之嫌,却不失为一种有拓进性的尝试。

相对于这两部小说,朱辉的《天知道》和麦家的《风声》的特色则限于在"纯文学"和通俗小说间寻求平衡。前几年在有关"纯文学"反思的讨论中,就有人建议"纯文学"吸收一些通俗小说形式要素以增加可读性。这种尝试的难点在于如何在借鉴通俗形式的同时保持"纯文学"的特性,这显然也是朱辉在小说中着重把握的,可惜目前的平衡结果尚不理想。由热播电视剧前导、乘"主旋律"而来的《风声》,更适合以文化研究的方式讨论。单从叙述形式上看,它主要继承了先锋小说叙述策略并同时借鉴包括"杀人游戏"在内的通俗叙述方式,而对后者的运用显然比前者要出神入化。相对于以前的中篇小说,麦家在语言上有明显退化,电视剧脚本的痕迹随处可见。

此外,还有几部长篇值得关注。董立勃的《白麦》和张者的《桃花》分别是其前作《白豆》、《桃李》的续作,题材和风格都没有什么变化,但质量有所下滑。李佩甫的《等等灵魂》以商战故事为题材,虽流畅好看,但比起《羊的门》那样深入传达"中原文化"的小说,作家对商业灵魂的把握还不够深透。池莉封笔几年后推出的《所以》写她熟悉的婚恋题材,本来引人期待,然小说空洞无物、矫揉造作,语言也粗糙得难以卒读,是本年度"名家新作"中让人特别失望的一部。相比之下,盛可以的《道德颂》也写一个婚外恋的老套故事,在结构、人物处理上还有明显毛病,但感情充沛,语言凌厉,自有其可观之处。来自科尔沁草原的作家千夫长的《长调》,以平实而悠长的笔调书写草原的记忆,在近两年来众多草原题材小说中算是颇为出色的一部。

中短篇:现代形态小说颇具规模

本年度中短篇最令人振奋的是,出现了一批艺术上相当成熟的现代形态小说佳作。主要有:李浩《一只叫芭比的狗》(《花城》2006年第6期,短篇)、王威廉《非法入住》(《大家》第1期,中篇)、七格《真理与意义——标题取自Donald Davidson同名著作》(《山花》第6期,中篇)、黄咏梅《暖死亡》(《十月》第4期,中篇)、艾伟《小偷》(《收获》第6期,短篇)、张静《珍珠》(《西湖》第2期,短篇)等。

中国当代文学自上世纪80年代中期发生形式变革以来,超越现实主义、向现代形态小说发展一直是"纯文学"的进军方向。然而,出于种种原因,当代创作面临的最尴尬处境在于,大多数作家对现实主义没有吃透,"画蛋"的功夫远没过关,向现代主义奔跑的脚步必然踉跄。其结果是,不少追求创新的作品两头不靠,理念和现实"两层皮"。不但虚矫,而且虚弱。不仅难懂,也确实难看。所谓"先锋"的大旗下长久汇集这样一些"伪先锋"的作品,难免让人丧失信心。

在这样的格局下，这些现代形态小说佳作较具规模地出现令人重振信心。看得出来，这些作家都深受国外现代大师的影响，不过这影响不再是外部模仿，而是内部生根。那些遥远的来自西方的现代观念，如存在感、荒谬感、幽暗罪恶的人性，都有了本土的生长语境。特别可贵的是，作家们具有了"以实写虚"的功夫，小说不再只是"意念的行走"，而是落实到细节，环环相扣，步步为营。如此的进展，一方面得益于中国社会的现代转型、现代主义20年来的持续影响，同时也不可忽视作家们长期坚持之功。写作这些作品的作家虽已不算年轻但都尚属"文学新人"之列，多年来他们偏居一隅，埋头苦干，不但抗拒着"常规写作"的诱惑和挤压，甚至在"纯文学"的理念被逐步掏空为一种"不及物"的代名词时，仍固守着其纯粹性：技艺的完美和精神的先锋。唯其如此，才能在文学整体下滑的大势下，在局部创新处获得沉稳的推进。

曹乃谦小说引人关注

一直名不见经传的曹乃谦本年度成为中国文坛最引人注目的作家，其主要创作于上世纪80年代末期的作品被相继出版（《到黑夜想你没办法——温家窑风景》，长江文艺出版社，2007年4月；此前还有《最后的村庄》，中国广播电视出版社，2006年12月）——这自然与马悦然先生的力推盛赞有直接关系（马悦然称："曹乃谦是中国最一流的作家之一，他和李锐，莫言一样都有希望获得诺贝尔文学奖，我不管中国大陆的评论家对曹乃谦的看法……我觉得曹乃谦是个天才的作家。"）。中国评论界虽然不必以诺贝尔文学奖评委马首是瞻，但也不必由此产生逆反心理，还是应该在对其创作精读细研的基础上进行全面客观的评价。

既然说到在中国当代文学中的评价和定位，尤其是提到"诺贝尔文学奖"的高度，就必须把曹乃谦置于几类相关作家——包括与其题材、体裁、风格相近的当代作家（如李锐，特别是与《到黑夜想你没办法》同期创作的《厚土》）、文学史前辈作家（如也使用"晋方言"的"山药蛋派"代表作家赵树理）、世界级的优秀作家（如同样用一系列精短短篇书写一个特定人群的前苏联作家巴别尔的《骑兵军》）——的比较中来考察。在如此苛刻的品评中，我们看到，曹乃谦的创作虽然极具特色并在多方面有探索成果，但比起在该方面最有突破的作家而言，还是略逊一筹。而且，以"最一流的作家"的标准来衡量，曹乃谦最大的问题还在于，作品主题过于单一（一句"食色，性也"完全可以概括），手法也相对单调，缺乏足够的深厚性和丰富性。

尽管如此，曹乃谦仍不失为一位极具特色的作家，他对方言的全方位运用、对小说对话功能的开掘、对"留白"的嗜好，对语言近乎吝啬的精简，都令人叹服。在那么漫长的寂寞岁月里，他固守着自己的园地和耕种的方式，在当代众多随风而动、面相模糊的作家中，风光独具，堪称优秀。曹乃谦的被"发现"不仅对文学史有补遗之功，对日益松弛芜杂的当下创作也是一个有益的警示。

"成熟作家"推陈出新 "期刊新人"稳扎稳打

成熟作家的中短篇佳作本应是年选最令人心安的收获，但这两年的"收成"都不好，但愿"荒年"的景象不要再延续下去了。这里精选出的几篇——迟子建《福翩翩》（《人民文学》第1期，中篇）、苏童《为什么我们家没有电灯》（《收获》第5期，短篇）、韩少功《末日》（《山花》第10期，短篇）、范小青《父亲曾在渔隐街》（《山花》第5期，短篇），都保持了作家一贯的风格和水准，值得细看。

相对于这些"守成之作"，毕飞宇本年度推出的两个短篇《相爱的日子》（《人民文学》第5期，短篇）和《家事》（《钟山》第5期，短篇）则颇有新意。小说在取材上抓住了当代生活的新质，"发现"了变动时代的"新伦理"。《相爱的日子》从性与爱的夹缝入手，写处于城市边缘、缺乏资本又向往婚姻的两个年轻人，在"临时"的关系中如何"性"爱。《家事》采用当下中学生自成一统的话语方式，写这些由独生子女构成的"新新人类"，如何在彼此间建立模拟的亲属关系，如何"换种语言说爱你"。虽然与作家原本擅长的题材和风格相比，这些小说在经验的把握上恐怕还不够深透，艺术上似乎也不够圆熟，但如此的新变，显示了一个成熟作家的开放性，令人兴味颇浓。

发现、培养、推介新人一直是文学期刊的一个重要任务。中国当代文学的生产机制里本来有一套很完整的新人培养机制，《萌芽》《青年文学》《鸭绿江》等都是专门发表新人作品的刊物。各大期刊的编辑也向以发现、培养新人为责、为能、为荣，这是一项优秀的"伯乐传统"。这些年来在市场的压力下，尤其在"80后"称霸市场、走上文坛的过程中，期刊的势力一度处于下风。不过，随着"80后"明星在市场上的潮起潮落，这套机制和这项传统的力量再次显示出来。

自2007年全面改版、以新锐气象令文坛侧目的《西湖》杂志，一年来每期以大量篇幅推举新人，成为继《山花》之后又一个重要的新人培养基地。该杂志举办的首届"西湖·中国新锐小说奖"是一个典型的"期刊新人"奖——评委由多家主流文学期刊和选刊负责人组成，候选作品也来自全国公开出版发行的文学期刊。三位获奖作家——徐则臣（大奖，获奖作品《跑步穿过中关村》发表于《收获》2006年第6期）、笛安（提名奖，获奖作品《莉莉》发表于《钟山》2007年第1期）、张静（提名奖，获奖作品《珍珠》、《有情郎》发表于《西湖》2007年第2期）——可以被视为主流期刊认可的"期刊新人"的代表，其获奖作品也都曾是本论坛在当期期刊点评中推荐的，与本论坛的"新人榜"不谋而合。

在三位获奖作家中，大奖获得者徐则臣是资格最"老"的。自2004年以《啊，北京》等"京漂小说"崭露头角以来，徐则臣始终保持着旺盛的写作势头。几乎在获奖的同时，他的五个中篇（《苍声》、《伞兵和卖油郎》、《把脸拉下》、《水边书》、《还乡记》）和一个长篇（《夜火车》）分别在《收获》、《十月》、《上海文学》、《当代》、《作家·长篇》发表，篇篇铆足了劲，显示出一个"实力派"新锐作家的全面爆发。如果说上年度的《跑步穿过中关村》显示其"京漂系列"进一步走向成熟的话，本年选选入的《苍声》则显示其另一向度的创作——"花街系列"向"文革"这样的具体历史背景挺进，少年的记忆在时代残酷和人性恶的炼火中捶打，年轻作家的笔力也在"苍声"中完成"成人礼"。

2005年，张静以处女作《采阴采阳》登上文坛。她鲜活真切的生活经验、缠绵而不乏锐利的笔致，以及对于现代都市中包括女性之间新型关系的入微呈现，使这篇小说不但当时让人眼前一亮，过后仍久久难忘。张静的小说很有"现代感",如果说在《采阴采阳》中"现代感"还主要体现在内容,在今年的《珍珠》中则体现为形式。小说借用一个卡夫卡《变形记》式的突变,打开了日常生活外壳下的裂隙,虽然笔力尚且嫌弱,但圆润凝练,荒诞的故事框架里,细节触手可摸。小说后附的创作谈,言语机智,见地不俗,形象呼之欲出,也可当小说来读。张静出生在70年代最后一年,如按照这些年文坛盛行的"代际划分"方式推举新人,恐怕难免落得"遗珠"的命运。而作为一个幸运的新人,张静自"冒出头"后,产量也并不高。不过,《珍珠》的质量让人放心。希望在这个新人"辈"出的时代,她能像珍珠一样,静静生长,熠熠生辉。

在三位获奖作家中,笛安是唯一的"80后"作家,而在"80后"作家中,笛安一向算是比较低调的。她迄今发表的作品在同辈作家中并不算多,但都很有分量。两个中篇曾被列为杂志头条(《姐姐的丛林》,《收获》2003年第1期;《莉莉》,《钟山》2007年第1期),两个长篇也颇具影响(《告别天堂》,《收获·增刊》2004年秋冬卷,春风文艺出版社2005年1月版;《芙蓉如面柳如眉》,《收获·长篇专号》2006年春夏卷,春风文艺出版社2006年5月版)。在这几部作品中,除了被春风社列入"星计划"主打书的《芙蓉如面柳如眉》凭想象力推演以外,其余三部全部是直面青春的体验。对于成长的隐秘,她不回避、不逃离,不愤世嫉俗玩世不恭,也不大惊小怪自恋自怜,而是以一个成长者的庄重恳切,投入而又沉静地书写着。这种正面、直接的写作方式,在"80后"作家中是难得的。《莉莉》是一个"80后"式的童话,又是一部成长小说,那饱含着生命元气的成长之痛,打通了代际之间的隔膜,使作品饱满新鲜、明媚动人,既呈现出不同于前辈作家作品的新质,又能被文学传统所接纳认同。

"沉舟侧畔千帆过,病树前头万木春",一年一度对文学的回顾总是以名家起,以新人止。不管名家的表现是否尽如人意,只要新人尚怀新锐之气,我们对文学就保有信心。

本选本由"北京大学当代最新小说点评论坛"编选、点评。论坛自2004年成立以来,坚持逐期通读十余种主流文学期刊,做出即时点评,推出当期优秀作品（点评文字见"北大评刊"网站 http://www.pkupk.com）。年终选本在这些推荐作品的基础上再度筛选，同时参考多种选刊和重要出版物，经过反复研讨比较，精选出确实能代表本年度艺术水准的作品。在尽量避免遗珠之憾的同时，严格保持尺度的均衡性，优中选优，宁缺勿滥。在每个推荐作品之后都附有点评文字，以陈明推荐理由，分析艺术得失。在作品排列中，中短篇大致按"现代形态"和"传统形态"分为两个部分。长篇以点评的方式存目，又分为"推荐长篇"和"关注长篇"两部分。其中，"关注长篇"中，有的是整体质量尚不够推荐标准，但仍属质量较高或有重要特色者；有的则属热点作品，虽被热炒，但存在重要问题，对这部分作品进行公正评价和及时清理，也是每年文学总结工作的必要一环。

本书为论坛连续编选的第4个年选本。感谢北京大学出版社的鼎力支持，特别是责编高秀芹博士的辛苦努力。希望通过我们严谨扎实的工作，为读者提供一个可信赖的选本，为文学史提供一份可供参考的史料。

2007年12月15日

喇 叭（外一篇）

阿 来

工作组，小商贩，伐木场的工人，他们刚刚来到机村时，都特别小心翼翼，其谨慎有加的态度尤其体现在语言方面。

"请问，这个东西用你们的话怎么说？我们的话是这样说的。对，这个东西就是收音机。你们话里没有这个？好，那么我们来学这个词：——收——音——机——"

虽然最后是机村人讲了他们带来的语言，开始的时候，他们的的确确会学着讲一些机村的"土话"。而在机村人结结巴巴，词不达意地使用汉语的时候，他们总是持鼓励的态度："对，就这么说。对，你讲得太好了。要不是你年纪大了，再学一阵，都可以在夜校里当老师了。"

他们这么一说，衮佳斯基就高兴起来。

衮佳斯基是村里妇女主任。她所以当上这个主任，当然是由于共产党一来才吃香的苦出身。作为村里数一数二的穷人家的主妇，她真是吃尽了百般苦头的人哪。穷字一上身，这个人基本上就不招人待见了。衮佳斯基却一直人缘不错，喜欢。这都因为她乐天的性格。她不像穷主妇那样抱怨自己老实的丈夫，打骂不听话的孩子，更不会诅咒命运的多蹇。冬天，缺少御寒的衣物，她把一群孩子拢在火塘边上，还能曼声歌唱。一个陌生人走进村子，她的问候是最热情的问候，她的笑脸是最开心的笑脸。当上了妇女主任，该管个什么事情呢？她不知道，她就自己去一家又一家门口吆喝大家快来夜校识字上课。

别人吆喝不灵，她一吆喝，大家都乐呵呵地出现了。

工作组的领导这时成了耐心的教员，领着一群粗手笨脚的农民挤坐在村小学里娃娃们狭小的桌椅中间，念："人，人，人民的——人。"

衮佳斯基也端坐在下面。教员转身往黑板上写字，她四下里看看，又想想，突然就爆发出一串欢畅响亮的笑声。她的笑声很具感染力。她的笑声一起，别人也就跟着一起欢笑。教员一脸惶惑转过身来，大家的笑声就止住了。但她又笑了好几声，才捂住自己的肚子说："哎呀，哎呀。老师，你看，这些家伙本来就笨，一认字，一念书，样子就更笨更蠢了。"

大家看看自己粗笨的身子挤坐在小小桌椅间的样子，想想自己念着那些字眼时那茫然的神态，又都笑了起来。

教员本来是想发点小脾气的，但这些笑声太有感染力了，所以，这个严肃的年轻人也跟着大家笑了起来。

在地头休息时，她拿一根木棍两下就划出了那个"人"字，却皱着眉头苦苦思索："哎，这是人民的人，还是人民的民？"

她一个一个问，答案都不一致。问到最后一个人，那个人说："你没问以前，我好像知道，你一问，我就不知道了。"

那个人是她的女儿。她的女儿身上没有她的伶俐与热情劲。她女儿做什么事情都闷声不响。像她这种闷声不响的人往往都爱有事无事皱紧了眉头，但她女儿本来就稀疏的眉毛从来就分得很开。有舌头歹毒的人就说了："缺心眼。"她也不往心里去，这不，当女儿这么回答，妈妈也说："真是缺心眼。"

女儿也是淡淡一笑，并没有不高兴的表示。

那只是以前的事情，后来，女儿就郑重其事地对妈妈说："你不能再这么说我了。"

"嚯！长心眼了。"

"我都当共青团了，我不缺心眼。"

"你老娘受穷吃苦，倒叫你得了好处了。"

"是我自己努力的。"

"这倒不假，我们家没有做事不上心的人。"

"你听过城里的广播吗？"

"屁话，我没去过城里，怎么听过城里的——什么？"

"广播。"

"广——播？那是什么东西？"

女儿笑了，稀疏的眉毛更加稀疏："你的声音太奇怪了。"

衮佳斯基开心地笑了："我女儿像汉人一样笑话我讲的汉话了。"这一开心，就把该问广播是什么这茬给忘记了。

女儿却紧追不舍："村里要建广播站，你给工作组说说，我要当站长！"

"我给说说？"

"他们喜欢你，爱听你说话！"

她真的就给工作组讲了。工作组也就真的同意了。工作组对她女儿说："那就去镇上把器材领回来吧。"

"？"

"哦，忘了你听不懂这话，器材就是广播站的那些东西！哎，你去了也说不清楚，就把这张条子交上去，他们就知道了。"

她笑了："不就是喇叭嘛！"

次仁措就回家取些干粮，腰里缠根背东西的绳子就上路了。这时，距第一个工作组来到机村都有十多年时间了。大家都不那么陌生，都不那么礼数周全了。工作组这个懂些藏语的家伙看着次仁措远去的背影，摇摇头说："湖，一个湖怎么会走得动呢？"次仁措这个"措"，在藏语里，就是湖泊的意思。

次仁措从镇上背回来了两只喇叭很快就坏了，春天安装好，夏天就被雷电打哑了。但她去的那一趟，留下来的故事至今都还在流传。在比机村宽广一万倍的地方流传。只是，今天，那故事不叫故事，而叫段子。故事里的她，也面目模糊，连名字都没有剩下。这只是一个汉族人嘲笑藏族人，或者藏族人自嘲说不好汉话的段子了。

段子说，一个藏族姑娘背着高音喇叭走在路上，一辆卡车在窄窄的公路上急驰而至，她避让不及，差点就给卷到车轮下去了。于是，她急赤白脸地抱怨卡车司机："去你妈的司机，喇叭也不吹，你的脚差点把我的脚踩坏了！"

司机就问:"那你背的喇叭也是吹的?"

她就答不上来了。

司机打开车门,说:"不是'吹',是这样,是'按'!"

不是次仁措真的以为这些喇叭都是像唢呐一样,要鼓着腮帮子才能吹响,而是自己的母语里没有这么个词。她把机村土语里能弄响喇叭那个词直翻成汉语,那真就是"吹"。

她说:"对,是'按'。"

"那你背着喇叭要去干什么?"

她擦去一脸涔涔的汗水:"回村里办广播站!"

"你的喇叭怎么响?"

"按!"

司机哈哈大笑,他正要去机村拉木头,就把她捎回村里了。当然,这个段子还有一个不太善良的版本。是背喇叭的姑娘请求搭一段便车,司机只是想开一个玩笑,就说:"我凭什么要搭你?"

姑娘想了想,认真地说:"我妈妈是妇女主任!"

这话惹恼了司机,说一声"呸",砰然一声关上车门,卡车轰鸣而去,把想搭车的姑娘淹没在了车尾飞扬的黄尘中间。

后来,机村有汉话学得很好的人,在什么地方听到这个段子,还会说:"嗨,那个傻瓜就是我们村的姑娘。"

其实,这时的次仁措已经是这家伙婶子辈的人物了。当时,她从镇子上背回来的不止是两只高音喇叭,还有两台跟收音机差不多的机器。机器上面还有一只蒙了层红布的话筒。话筒旁边还有一只按时响铃的闹钟。这些东西是她分三趟从镇子上背回来的。广播站长的事情其实非常简单。每天早晨闹钟一响,就把机器上两个旋钮打开,高挂在村中的喇叭吱吱尖叫几声,歌唱的声音,人讲话的声音就顺着电线从镇子上跑过来,在喇叭里响起来了。

村中广场本来是空荡荡的。小学校建立后,有了一副高耸的篮球架。次仁措从镇上背回来了那两只高音喇叭后,就对大队长说:"喇叭不能放在地上,要挂在高的地方。"

大队长问:"那你得告诉我,用什么挂在高的地方?"

衮佳斯基说:"不就是栽一根旗杆吗?"

大队长说:"看,还是当妈的说话爽快。"

这下,在广场的另一头,竖起了一根比篮球架高过两三倍的旗杆。两只喇叭用铁丝紧紧地扭结在上面。那根旗杆后来成了小学生们玩晕倒游戏的地方。这个晕倒游戏是从主人公叫做阿古顿巴的故事里听来的。阿古顿巴是穷人里的聪明人。他用聪明捉弄那些自以为比他更聪明的人。他曾得罪了一所非常神圣的寺院里的喇嘛,被他们驱逐和追打。他出寺庙,逃到广场上来时,已经累得不行了,扶着广场上的旗杆喘气,并且急中生智,对追上他的喇嘛高喊:"不得了,不得了,旗杆要倒了。"

旗杆顶上的经幡早被强劲的风扯得七零八落,从下面望上去,高高的旗杆直刺入蓝空,上面有白云飘过时,旗杆下的人感到的不是白云飘动,而是旗杆在倾倒。故事里的喇嘛们真的上了阿古顿巴的当,一齐伸手去扶摇摇欲坠的旗杆。阿古顿巴得以逃之夭夭。

一天早上,广播完出来。次仁措来到广场上,早上的阳光晃得她细眯着眼。她走到旗杆下面。旗杆高耸向蓝汪汪的天空。上面两只喇叭光滑的金属表面闪烁着刺眼的光芒。风激荡在喇叭口里,喇叭里面什么东西轻轻震荡着嗡嗡作响。这光芒,这声音都让次仁措姑娘感动不已。让她想到,是自己出了大力,机村才有了这么神气的东西。她扶着旗杆,向上仰望。几只鸽子从天上旗杆顶上飞快地掠过,村子里的人都下地干活去了。她突然有一种冲动,想让喇叭响起来,高声大嗓地为她一个人歌唱。这时,一团白云飘到了旗杆上面,云彩遮住了太阳,喇叭上的光芒消失了,但里面的什么东西仍在嗡嗡作响。就在这时,她明显地感到了旗杆开始倾倒,旗杆顶上的云彩的天空飞快地滑动,这情景使得她头晕目眩,一下子瘫倒在地上。后来,人们说,现在的娃娃,没有听过反封建以前的故事,不然就不会晕倒了。

女人们知道,要是次仁措不在姑娘们流血的日子,她也就不会晕倒在那里了。

下了课的小学生们从课堂上蜂拥而出时,她正挣扎着要站起身来。想想晕倒时那种陶醉的,意识迷离,身子松软的感觉,她招招手,叫过来两个孩子,叫他们扶住了旗杆,顺着旗杆去看天上的云彩。于是,孩子们就都会玩这个晕倒的游戏了。

次仁措还有一个愿望,想从喇叭里听听自己的声音,但她不敢这么做。有时,不在广播时间,工作组的人,或者大队领导跑来,说:"把广播打开。"

她就旋转那两个按钮,把机器上的话筒放在领导面前,他们就随随便便地在里面讲开了。

好几次,次仁措自己梳好了头,用水漱了好几遍的口,关紧门,坐在话筒跟前,也叽叽哇哇说上几句,说藏话,说汉话,甚至说广播里那种叫普通话的汉话,但她知道,没有把机器的旋钮打开,她的话只有自己能够听见。再后来,她有了相好,次仁措在广播上的心思慢慢就淡了。再后来,她有了自己的女儿。女儿不像她,像外婆。外婆很高兴:"像我好,像我比像你好。"

次仁措看女儿的眉眼,也看出母亲身上那种洒脱伶俐的劲头。

女儿洒脱伶俐得连觉都睡不安生。广播响起时,女儿更是大声地哭个不停。这时,次仁措会低声抱怨:"这喇叭太吵了。"

衮佳斯基就开心地笑:"好孙女啊,这喇叭是你妈妈自己背回来的呀!"

次仁措自己也就跟着笑了起来。

女儿跌跌撞撞学走路时,舞动的小手像是应着喇叭里音乐的节奏。"咦,小宝贝会跳舞,莫非将来要进州文工团当演员!"

机村人迷信,认为太聪明伶俐的小孩子不容易养大。为什么如此呢,这是鬼神世界一套复杂的法则所决定的,人呢,只能想出一些简单的办法来对付。比如起一个不太好的名字。衮佳斯基就给孙女起了一个名字,衮介。这是乞丐的意思。次仁措听了可不太高兴。她说,要是旧社会还差不多,新社会了,我的女儿怎么可能去要饭呢?但衮佳斯基对着孙女儿叫一声:"乞儿。"那小家伙竟然咯咯地笑出声来了。看来她自己也喜欢这个名字。

老姐妹听了,笑骂道:"你这个疯婆子,过去穷,人家这么叫一声,你生气好几天,如今不愁吃穿了,给孙女起个名倒叫做乞儿了!"

衮佳斯基怀里抱着孙女,一脸喜气,却放低了声音:"嘘,住嘴,下面的话不要叫鬼神听到!"

然后,她把襁褓中的婴儿放在地上,转身就走开了。

婴儿吮着自己的指头,大大的眼睛里倒映出天上的流云,并不知道外婆把她扔在路口渐行渐远。那老姐妹在背后大喊:"嗨!疯婆子,你的孙女!"

衮佳斯基并不回头。

老姐妹醒过神来,这个家伙,起了个烂名字欺鬼哄神不算,还把孙女扔在路口,让她发现,让她捡到,于是,她宝贝的孙女就是一个可怜的弃儿,任是什么硬心肠的鬼祟都不忍再加害于她了。

于是,她喊:"谁的孩子,我捡到了一个孩子!"

这么一喊,远去的衮佳斯基飞快地转身回来,飞快地从她怀中抢过自己的宝贝孙女:"送给我,送给我吧,这可怜的娃娃!"

襁褓里的衮介抗议一般大哭起来。

"她不干,她说她不是弃儿!"

衮介更起劲地哇哇大哭。

"她哪像个弃儿,好吃好喝好侍候的娃娃才能哭得这么起劲!"

这时,高挂在旗杆上的喇叭吱吱哇哇地响起来。这不是正常的广播时间。正常的广播时间是早上起床的时候,和一家人围坐在一起准备夜饭的时候,现在正是中午刚过一点的时候,喇叭就吱吱地响起来。在两个老太婆的经验里,那就是有什么重大的事情发生了。以前,广播这样响起的时候,是毛主席又在北京城里说了什么话了。但是,他老人家去世了。前次广播在正常时间之外响起,正是播送他老人家去世的消息。现在,喇叭里还是没有传出人说话的声音,只是那吱吱哇哇的电流声刺得人身上发麻。

两个老太婆互相盯着对方:"咦?"

襁褓中的婴儿一下停止了哭泣,看那样子,是在仔细倾听喇叭里那些刺耳的声音。然后,广播里的男女开始朗声说话,然后,是雄壮的歌唱。衮佳斯基心里有些不安,就抱着孩子跑到广播站门口,招手让次仁措出来:"又发生什么事情了?"

次仁措说:"没事。公布新国歌。"

"新国歌?国歌是什么?"

"……"这样的问题,次仁措却答不上来。

衮佳斯基说:"上面怎么会让你这样的笨蛋当广播员。"

次仁措站在广播站门口,拿出公事公办的口吻:"没事就带着孩子回家去吧。"

衮佳斯基连死带生有过十个娃娃,从来不把生养孩子当成多大个事情,但自打有了这么个外孙,整个人都变了,不是村里的妇女主任,而是一个孩子的外婆了。过去,她喜欢用公事公办的口吻跟人说话,现在却容忍了女儿用这样的口吻对自己说话,抱着外孙乖乖地回家去了。

路上,遇到爱听收音机的百事通还问:"国歌是什么?"

这个人因为爱听收音机,爱把收音机里听来的东西搬弄给人听,所以得了百事通这么一个雅号。百事通就给她哼了一段国歌的旋律。衮佳斯基讥笑道:"这个调子我也会唱。我是问你为什么新国歌还是老的调子。"

"改说词了呗。"

"改什么说词?"

"以前的说词说的是打仗的事,现在不打仗了,现在要说建设四个现代化了。说的事情不一样了!"

老太婆释然地笑了:"原来是这么回事情啊。"她转而对孙女说,"听见吧,你一来世上,连国歌里的老词都改了。"

这孩子就咯咯地笑个不停。

老太婆说:"嘿,这孩子怕是赶上好时候了。"

"可是现在收音机里播的东西不好听了。建了多少工厂,搞了多少生产,这有什么好听的。还是以前,又挖出了特务,又斗争了大官那些事好听。"

正是为了在收音机里找好听的消息,百事通开始收听台湾、美帝和苏修的广播,那里面尽是好听刺激的消息。村里人向他打听收音机里有什么新消息的时候,他当然会说建设了多少新工厂,今年比往年多打了多少粮食的好消息。见大家显出不感兴趣的样子,他自己就不打自招,说:"其实也有好听的消息,只不过不能告诉你们。"

大家就去问专管广播的次仁措,收音机里是不是会有好听的消息,只能听不能说。

次仁措缓缓摇头,等人们走散后,她才醒过神来:"吓,该不是他在收听敌台?"

于是,百事通就成了反革命分子,被抓走了。临上公安局的吉普车时,百事通脸色惨白,他对围观的村人们说:"这下你们不会笑话我是个说瞎话的人了吧,可我也不是什么反革命啊!"

次仁措一个人呆在广播站里,不敢出现在众人面前。她想对老娘解释一下,老娘却把外孙放在她面前,带着一脸不屑的神情走开了。这时,小衮介已经牙牙学语,从襁褓里解放出来,跌跌撞撞地学走路了。公安临走时,还把百事通的收音机交给了广播站。次仁措趴在桌子跟前,悄声饮泣。衮介坐在地上,不断摆弄那些旋钮,终于,她碰到了收音机的开关。收音机面板上的红灯亮了,没有高高的天线,收音机接收不到信号,喇叭里始终只有电流静静的咝咝声。这样的声音心情复杂的次仁措不可能听见。如果能听见,这声音又会有什么特别的意味呢?

少不更事的小衮介趴在收音机面前,一直在寻找那微弱而又固执的声音来源。她竟然弄灭了那盏小红灯,然后,小手抠破了喇叭的纸盆,纸盆中央,是喇叭晶晶亮的金属小圆心,她把小手放在那小圆心上,微弱的电流使那纽扣大小的东西细细振动着。小女孩咯咯笑了。她抬起头来,第一次清晰地叫出来:"阿妈。"

次仁措没有听见。

小女孩又叫了一声:"阿妈。"

这回,次仁措听见了。她擦干泪眼,看见小女孩站在自己跟前,手里举着从喇叭上抠下来的晶晶亮的金属小圆心,叫道:"阿妈。"

而地上的收音机,已经不复是收音机的样子了。

次仁措抱紧了女儿,眼里的热泪再次潸然而下。她不想再放什么广播了。但她还坚持着,母亲告诉她,要不想干这事了,也需要等个恰当的时机向上面反映,不能说不干就不干了。但是,她不用再等什么恰当的时机了。一天早上,她在规定的时间走进广播站,打开机器,里面却没有传出什么声音。她跑到屋子外面,高高旗杆上的喇叭里,只有风吹过一样呼呼的声音。她想,可能是线路坏了。因为以前也出现过这样的状况。但过了十天半月,打开机器,喇叭里还是没有什么动静。听从镇上回来的人说,那里的喇叭也偃旗息鼓,没有声响了。

以后好多年,有人去查过这个县新修的志书,里面有村村通广播的日子,但里面却没有什么时候,村村的广播喇叭不再响起的日子。

也是以后好多年,机村的觉尔郎峡谷正在旅游开发中。衮介长大了,成了村子里第一个接受导游培训的姑娘。她从县上回来,胸前用红缎带挂着一块贴着自己相片的牌子,手里提着一只无线话筒。这时,衮佳斯基已经老眼昏花了,仔细端详了半天,她才说:"原来是一只喇叭。"

孙女举起喇叭来,没有讲话,她拨弄了上面一个开关,喇叭里就传出了电子音乐声。

次仁措说:"你小时候就爱喇叭呢。"

老太太讥笑道:"跟你一样?"

次仁措一副恍然大悟的样子,一拍双手说:"我想起来了,那次,在广播站,她第一声说话不是叫'阿妈'!"

"?"

"?!"

"她是说:'喇叭'!"

(选自《上海文学》,2007年第3期)

瘸子,或天神的法则

一个村庄无论大小,无论人口多少,造物主都要用某种方式显示其暗定的法则。

法则之一,人口不能一例都健全。总要造出一些有残疾的人,但也不能太多。比如瘸子。机村只有两百多号人,为了配备齐全,就有一个瘸子。

而且，始终就是一个瘸子。

早先那个瘸子叫嘎多。这是一个脾气火爆的人，经常挥舞双拐愤怒地叫骂，主要是骂自己的老婆与女儿是不要脸的婊子。他的腿也是因为自己的脾气火爆才瘸的。那还是解放以前的事情。他家的庄稼地靠近树林边，常常被野猪糟践。每年，庄稼一出来，他就要在地头搭一个窝棚看护庄稼，他家也就常常有野猪肉吃。但他还是深以为苦，不是怕风，也不是怕雨。他老婆是个腼腆的女人，不肯跟他到窝棚里睡觉，更不肯在那里跟他做使身体与心绪都松软的好事情。

他为此怒火中烧，骂女人是婊子。他骂老婆时，两个女儿就会哀哀地哭泣，所以，他骂两个女儿也是婊子。女人年轻时会跟喜欢的男人睡觉，婚后，有时也会为了别的男人松开裤腰带，但她们不是婊子。机村的商业没有发达到这样的程度，但这个词可能在两百年前，就在机村人心目中生了根。很自然地就会从那些脾气不好、喜欢咒骂人的口中蹦了出来，自然得就像是雷声从乌云中隆隆地滚将出来。

后来，瘸子临去世的那两三年，他已经不用这个词来骂特指的对象了。他总是一挥拐杖，说："呸，婊子！"

"呸，这些婊子！"

每年秋天一到，机村人就要跟飞禽与走兽争夺地里的收成。他被生产队安排在护秋组里。按说，这时野兽吃不吃掉庄稼，跟他已经没有直接关系了，因为土地早已充公，属于集体了。此时的嘎多也没有壮年时那种老要跟女人睡觉的冲动了，但他还总是怒气冲冲的。白天，护秋组的人每人手里拿着一面铜锣，在麦地周围轰赶不请自来的飞鸟。他扶拐的双手空不出来，不能敲锣，被安排去麦地里扶起那些常常被风吹倒的草人。他扶起一个草人，就骂一句："呸，婊子！"

草人在风中挥舞着手臂。

他这回是真的愤怒了，一脚踢去，草人就摇摇晃晃地倒下了。这回，他骂了自己："呸，婊子！"

他再把草人扶起来，但这回，草人像个瘸子一样歪着身子在风中摇摇晃晃。

瘸子把脸埋在双臂中间笑了起来。随即,瘸子坐在地上,屁股压倒了好多丛穗子饱满的麦子,仰着的脸朝向天空,笑声变成了哭声。再从地上站起来时,他的腰也佝偻下去了。从此,这个人不再咒骂,而是常常顾自长叹:"可怜啊,可怜。"

天下雨了,他说:"可怜啊,可怜。"

秋风吹拂着金色的麦浪,哐哐的锣声把觅食的鸟群从麦地里惊飞起来,他说:"可怜啊,可怜。"

晚上,护秋组的人,一个个分散到地头的窝棚里,他们人手一支火枪,隔一会儿,这里哪里就会"嗵"出一声响亮。那是护秋组的人在对着夜里影影绰绰下到地里的野兽的影子开枪。枪声一响,瘸子就会叹息一声。如果很久没有枪响,他就坐在窝棚里,把枪伸到棚外,冲着天空放上一枪。火药闪亮的那一瞬间,他的脸被照亮一下,随即又沉入黑暗。但这个家伙自己连眼皮都没有抬一下,所以,枪口闪出的那道耀眼光芒他也没有看见。还有人说,他的枪里根本就没有装过子弹。自从腿瘸了之后,他的火枪里就没有装过子弹了。那时,他在晚上护的是自己家地里的秋。机村人的耳朵里,还没有灌进过合作社、生产队、大集体这些现在听起来就像是天生就有的字眼。那次,在一片淡薄的月光下,一头野猪给打倒在麦地中间。本来,一个有经验的猎手会等到天亮再下到青稞中去寻找猎物。机村的男人都会打猎,但他从来不是一个提得上名字的猎手,因为从来没有一头大动物倒在他枪口之下。看到那头身量巨大的野猪被自己一枪轰倒,他真是太激动了。结果,不等他走到跟前,受伤的野猪就喘着粗气从青稞中间冲了出来,因受伤而愤怒的野猪用长着一对长长獠牙的长嘴一下掀翻了他。那天晚上,一半以上的机村人都听到了他那一声绝望的惨叫。人们把他抬回家里,野猪獠牙把他大腿上的肉撕开了,把白生生的骨头露在外面。还有一种隐约的传说,他那个地方也被野猪搞坏了。那畜牲的獠牙锋利如刀,轻轻一下,就把他两颗睾丸都挑掉了。第二天,人们找到了死在林边的野猪,但没有人找到他丢失的东西。人们把野猪分剖了分到各家,他老婆也去拿了一份回来。一见那血淋淋的东西,他就骂了出来:"呸!婊子!"

瘸腿之前，他可是一个好脾气的人哪。

脾气为什么好？就因为知道自己本事小。

瘸腿之后，脾气就像盖着的锅里的蒸汽，腾腾地蹿上来了。

那都是很久很久的事情了。

一来，这件事发生确实有好些年头了。二来，一件事情哪怕只是昨天刚刚发生，但是经过一个又一个人添油加醋的传说，这件事情的发生马上就好像相距遥远了。这种传言，就像望远镜的镜头一样，反着转动一下，眼前的景物立即就被推到了很远的地方。

这个事件，人们在记忆中把它推远后，接下来就是慢慢忘记了。所以等到他伤愈下楼重新出现在人群里的时候，人们看他，就像他生来就是个瘸子一样。

我说过，一个村子不论人口多少，没有几个瘸子瞎子聋子之类，是不正常的，那样就像没有天神存在一样。所以，瘸子架着拐杖出现在大家面前时，有人下意识就抬头去看天上。瘸子就对看天的人骂："呸！"

他还是对虚空上那个存在有顾忌的，所以，不敢把后面那两个字骂出口来。

后来，村里出了第二个瘸子。这个新瘸子以前有名字，但他瘸了以后，人们就都叫他小嘎多了。那年二十六岁的小嘎多，肩着一条褡裢去邻村走亲戚。褡裢里装的是这一带乡村寻常的礼物：一条腌猪腿，一小袋茶叶，两瓶白酒和给亲戚家姑娘的一块花布。对了，他喜欢那个姑娘，他想去看看那个姑娘。路上，他碰见了一辆爆了轮胎的卡车。卡车装了超量的木头，把轮胎压爆了。小嘎多人老实，手巧，爱鼓捣个机器什么的，而且有的是一把子用不完的力气，所以，他主动上去帮忙。装好轮胎，司机主动提出要搭他一段。其实，顺着公路，还有五公里，要是不走公路，翻一个小小的山口，三里路就到那个庄稼地全部斜挂在一片缓坡上的村庄了。

他还是爬到了车厢上面。

这辆卡车装的木头真是太多了，走在坑坑洼洼的路上，像个醉汉一样摇摇晃晃。小嘎多把腿伸在两根粗大的木头之间的缝隙里，才算是坐得稳当了。他坐在车顶上，风呼呼地吹来，风中饱含着秋天整个森林地带特别干爽的芬芳的味道。满山红色与黄色斑驳的秋叶,在阳光下显得那么饱满而明亮。

有一阵子,他要去的那个村子被大片的树林遮住了。很快,那个村子在卡车转过一个山弯时重新显现出来时,在一段倾斜的路面,卡车又一只轮胎砰然一声爆炸了。卡车猛然侧向一边,差一点就翻倒在地。但是,这个大家伙,它摇晃着挣扎着向前驶出一点,在平坦的路面上稳住了身子。小嘎多没有感觉到痛。卡车摇晃的时候,车上的木头错动,使他木头之间的双腿发出了骨头的碎裂声。他的脸马上就白了,赞叹一样惊呼了一声,就昏了过去。

小嘎多再也没能走到邻村的亲戚家。

医院用现代医术保住了他的命,医院像锯木头一样锯掉了他半条腿。他还不花一分钱,得到了一条假腿,更不用说他那副光闪闪的灵巧的金属拐杖了。那辆卡车的单位负责了所有开销。这一切,都让老嘎多自愧不如。小嘎多也进了护秋组,拿着面铜锣在地头上哐哐敲打。两个瘸子在某一处地头上相遇了,就放下拐杖晒着太阳歇一口气。两个人静默了一阵,小嘎多对老嘎多说,你那也就是比较大的皮外伤。你的骨头好好的,不就是断了一条筋嘛,要是到医院,轻轻松松就给你接上了。去过医院的人,都会从那里学到一些医学知识。小嘎多叹口气,卷起裤腿,解下一些带子与扣子,把假腿取出来放在一边,眼里露出了伤心之色。老嘎多就更加伤心了,自己没有上过医院,躺在家里的火塘边,每天嚼些草药敷在创口之上。那伤口臭烘烘的,差不多用了两年时间才完全愈合。他叹息,小嘎多想,他马上就要自叹可怜了。老嘎多开口了,他没有自怨自怜,语气却有些愤愤不平:"有条假腿就得意了,告诉你,我们这么小的村子里,只容得下一个瘸子,你,我,哪一个让老天爷先收走还不一定呢!"

老嘎多说完话,起身架好拐,在哐哐的锣声中走开了。雀鸟们在他面前腾空而起,那么响的锣声并不能使它们害怕,它们就在那锣声上面盘旋。锣声一远,它们又一收翅膀,一头扎在穗子饱满的麦地里去了。

小嘎多好像有些伤心,又好像不是伤心,他也不会去分析自己。

他把假腿接在断腿处，系上带子，扣上扣子，立起身来时，听到真假肢相接处，有咔咔的脆响。假腿磨到真腿的断面，有种可以忍受却又锐利的痛楚。他没有去看天，他没有想自己瘸腿是因为上天有个老家伙暗中做了安排。但现在，看着老嘎多慢慢走远的背影，想："老天要是真把老嘎多收走，那他也算是解脱出来了。"

他的心里因此生出了些深深的怜悯，第二天下地时，他怀里揣着小瓶子，瓶子里有两三口白酒。

到地头坐下时，他就从怀里掏出这酒来递给比他老的、比他可怜的瘸子。

整个秋天，差不多每天如此。每天，两个瘸子也不说话，老嘎多接过酒瓶，一仰脸，把酒倒进嘴里，然后，各自走开。

这样到了第二年的秋天，老嘎多忍不住了，说："妈的，看你这样子，敢情从来没有想过老天爷要把你收走。"

小嘎多脸上的笑容很开朗，的确，他一直就都是这么想的："老天爷的道理就是老的比小的先走。"

老嘎多也笑了："呸！婊子！你也不想想，老天爷兴许也有个出错的时候。"

"老天爷又不会喝醉酒。"

说到这里，小嘎多真的才意识到自己还很年轻，不能这么年轻就在护秋组里跟麻雀逗着玩。

从山坡上望下去，村里健全的劳动力都集中在修水电站的工地上，以至成熟的麦地迟迟没有开镰。

他说："妈的，老子不想干这么没意思的活，老子要学发电。"

老嘎多就笑了，这是他第一次看见老嘎多脸上的肌肉因为笑而挤出了好多深刻的皱纹。于是，这一天，他又讲了好些能让人发笑的话。老嘎多真的就又笑了两次。两次过后，他就把笑容收拾起来，说这世界上并没有什么值得人高兴的事情。小嘎多心上对这个人生出了怜悯，第一次想，对一个小村子来说，两个瘸子好像是太多了。如果老天爷真要收去一个的话……那还是让他把老嘎多收走吧，因为对他来说，活在这个世上好像太难太难了。而自己还这么年轻，不该天天在这地头上敲着铜锣驱赶麻雀了。

有了这个想法,他立即就去找领导:"我是一个瘸子。我应该去学一门技术。"

"那个嘎多比你还先瘸呢。"

"那个笨蛋,你们真要送他去学发电,我也没有什么意见。"领导当然不能让那个笨蛋去学习发电这么先进的事情。小嘎多却是一个脑瓜灵活的家伙,他提出这个要求就忙自己的去了。几天后,他得到通知,让他收拾东西,在大队部开了证明去县里的小水电培训班报到。

"真的啊?!"他拿着刚刚印上了大红印章的证明还不敢相信这竟是真的。他坐在地头起了这么一个念头,没想到过不了几天,这个听起来都荒唐的愿望竟成为了现实。"为什么?"

领导说:"不是村里没有比你更聪明的人,只不过他们都是手脚齐全的壮劳力,所以,好事情就落在你头上了。"

小嘎多不怒不恼,临出发前一天还拿着铜锣在地边上驱赶雀鸟,不多时他就碰上了老嘎多。这家伙挂着一副拐,站在那些歪斜着身子的草人身边,自己也摇摇晃晃一身破烂像一个草人。

小嘎多就说:"伙计,站稳了,不要摇晃,摇晃也吓不跑雀鸟。"

"呸!婊子!"

"不要骂我,村里就我们两个瘸子,等我一走,你想我的时候都见不着我了。"

"呸!"

"你不是说一个村里不能同时有两个瘸子吗?至少我离开这半年里,你就可以安心了。"说着,他伸出手来,说,"来,我们也学电影里的朋友握个手。"

老嘎多拐着腿艰难地从麦地里走出来,伸出手来跟他握了一下。小嘎多心情很好,他从怀里掏出一个酒瓶,脸上夸张地显出陶醉的模样,老嘎多的鼻头子一下子就红了起来,他连酒味都还没有闻到,就显出醉了的模样。他伸出去接酒瓶的手都一直在哆嗦。老嘎多就这么从小嘎多手里抓过酒瓶,用嘴咬开塞子,"咕咚"一声,倒进肚里的好像不是一口沁凉的酒,而是一块滚烫的冰。

他就这么接连往肚子里投下好几块滚烫的冰,然后,才深深地一声长叹,跌坐在地上。他想说什么,但又什么都没说。他眼里有点依依不舍的神情,但很快,又被愤怒的神色遮掩住了。

两个瘸子就这么在地头上呆坐了一阵,小嘎多站起身来,假肢的关节发出叭叭的脆响:"那么,就这样吧。反正有好些日子,机村又只有你一个瘸子了。"

老嘎多还是不说话。

小嘎多又说:"等我回来,等到机村天空下又有了两个瘸子,老天爷看不惯,让他决定随便除掉我们中间的哪一个吧。"说完,他就往山坡下扬长而去。他手里舞动着的金属拐杖在太阳底下闪闪发光。

等到小嘎多培训回来,水电站就要使机村大放光明的时候,老嘎多已经死去很多时候了。电站正式发电那天,村里的男人围坐在发电房的水轮机四周。当水流冲转了机器,机器发出了电力,当小嘎多合上了电闸,飞快的电流把机村点亮,他仿佛看见老嘎多就坐在这些人中间,脸上堆着很多很多的皱纹。他知道,这是那个人做出的笑脸。

(选自《人民文学》,2007 年第 2 期)

点评者:过桥

阿来的《空山》系列已发表六卷中的五卷,加上将长篇的"边角料"处理成的几个短篇,一个比较完整的藏民世界已然形成。立足于独特历史时期的汉藏两种文化撞击,阿来对一个相对独立和偏安于自身文化的机村不断接受外来世界的"侵入"作了独特的描绘和发现。对机村而言,1949 年以后一直经验着一个"人定胜天"的全新的"创世纪"工程,从山路上闯进来的新世界,他们必须接受,接受命名和被命名:政治的、经济的、科学的、文化的,乃至日常所用。阿来的丰富性在于,他没有偏执于对某一种文化作简单的判断,而是"脚踩两只船",好的说好,坏的说坏。此类判断,根植于机村的世道和人心。

《喇叭》就是个"创世纪"的故事。"工作组"来了,"喇叭"也跟着进来了,喇叭即广播。对机村来说,它不仅意味着一个新词,一个新的发音方式,一个新的传声工具,同时还是一种与世界连通的方式,一种有别于过去的人生观和世界观。喇叭一响,"世界"的概念为之一变。世界变得开阔、明晰,但同时也更加神秘和变幻莫测。机村人开始翘首向山外张望。大部分机村人在喇叭里听见的是"建了多少工厂、搞了多少生产"、"毛主席又在北京城里说了什么话"、"老人家去世的消息"和"公布新国歌",而百事通在收音机里"收听台湾、美帝和苏修的广播",所以他就成为"反革命分子"。该罪名的判定来自专管广播的次仁措,她说:"吓,该不是他在收听敌台?"喇叭在此充当了便捷有效的交流工具,也承担了揭发和批判的功能。它在敞开的同时也在关闭。所以它让次仁措和整个机村人迷茫不知所措。次仁措和她母亲衮佳斯基置身于这个特殊时代,她们超越不了,而次仁措的女儿衮介就幸运了,她开口的第一句话可能就是"喇叭"。这个牙牙学语的孩子,预示了更美好的时代的到来,很多年后的一天她成了导游,脖子上挂了一个更精致的喇叭,她可以通过这个机器面对整个世界自由说话。"世界"已经不再成为障碍。

如果说《喇叭》为了实现宽广的叙事野心,那么另一个短篇《瘸子,或天神的法则》则在人心的精微和深入上做文章。外来的世界在此退为隐约的背景,被简化成代表科技进步的水电站。天神的法则实际上转变为生活和竞争的法则,有一技之长的人不可能是没用的残废。所以被"收走"的瘸子只能是老嘎多。当然,阿来的用心并不在此,他想告诉我们的是,老嘎多,一个瘸了腿的男人,他的内心其实有多荒凉、多绝望。他一生都在跟自身的软弱和绝望较劲,所以他要打野猪、骂老婆、骂草人、骂自己、骂一切可骂的人和事,都是"婊子",他要让生活充满怒气和生气;等到他发现终于无以自立时,只好绝望地护秋、赶鸟,张嘴闭嘴"可怜啊,可怜"。这口头禅其实是无望的叹息。及至小嘎多出现,老嘎多重新焕发了生活的勇气,起码还有个伴,心理上有了点平衡。虽然口头上不饶人地说,天神只能容下一个瘸子,内心里还是觉得宽慰,他希望自己能跟着坚强起来。但是小嘎多走了,又留下他一个人,绝望最终占领了他,进嘴的"一口沁凉的酒",变成了"一块滚烫的冰"。小说满怀悲悯,但是对老嘎多,一个瘸了腿的"失败"男人,悲悯只会让他更加彻骨地绝望和荒凉。

亲　家（外四篇）

曹乃谦

一大早，就听得院外前有毛驴在"哎哎"的吼嗓子。

黑蛋说："狗日的亲家来搬了。"

女人说："甭叫他进。等我穿好裤。"

黑蛋说："球。横竖也是个那。"

女人的脸刷地给红了，说："要不你跟亲家说说，就说我有病不能去。反正我不是真的来了？"

黑蛋说："那能行？中国人说话得算话。"

黑蛋出院迎亲家。

亲家把院门框扶扶正，把毛驴拴在门框上，又把门框扶扶正。

黑蛋冲窑喊："去！给亲家掏个鸡。我跟锅扣大爷借瓶酒。"

"亲家，"黑蛋亲家说黑蛋，"我灌来一瓶。每回尽喝你的。"

黑蛋说："球。咱俩分啥你我。"

黑蛋女人低头出了院，眼睛不往谁身上看，去掏鸡窝。

"甭甭甭。夜儿个村里跌死牛，"亲家冲黑蛋女人说，"我到队长家借毛驴，狗日的堂屋正煮牛肉。"

亲家把吊在驴脖子上的一个裹着的毛口袋解下来，"给。不烂再煮煮。"

黑蛋女人低着头接住毛口袋，眼睛不往谁身上看，进了窑。

喝着酒，黑蛋说亲家："她这两天正好来了。要不，等回去再走。"

亲家说："行。"

黑蛋说:"借队上的毛驴保险要扣工分儿。要不你们走就走哇。反正是等她完了以后再那做个啥。"

亲家说:"行。"

黑蛋说:"下个月你还把她给送过来。我这儿借不出毛驴。"

亲家说:"咋也行。"

黑蛋女人的眼睛不往谁身上看,在地下做这做那的做营生,还顺便听两个男人说话。

喝完酒,黑蛋说女人:"把那洗过的衣裳换上。要不,叫人家村人笑话。"

亲家说:"甭甭甭。路过公社我给她买上个袄跟裤。"

黑蛋说:"叫亲家你破费。"

亲家说:"看你说球的。"

黑蛋送女人跟亲家。送过一道一道的梁,又送过一道一道的沟。

亲家说:"你回哇。上山呀。"

黑蛋说:"上山哇。我回呀。"

黑蛋犹犹疑疑地返转了身。亲家抡起大巴掌,照驴屁股就是一下。驴蹄子圪噔噔噔地踩起了乱碎的点儿。

球,去哇去哇。人家少要一千块,就顶是把个女子白给了咱儿。球,去哇去哇。横竖一年才一个月。中国人说话得算话。黑蛋就走就这么想。

扭头再瞭瞭。

黑蛋瞭见女人那两只萝卜脚吊在驴肚下,一悠一悠的打悠悠。

黑蛋的心也跟着那两只萝卜脚一悠一悠的打悠悠。

女 人

温孩总算是娶上了女人,村人们挺高兴。可听房的说:温孩女人不跟好好儿过,把红裤带绾成死疙瘩硬是不给解,还一个劲儿哭,哭了整整儿一黑夜。

后来又传出说:温孩女人不仅是不给温孩脱裤,还硬是不出地,温孩从地里受回来，她硬是不给做饭，还是一个劲儿哭，哭了整整儿一白天。

再后来全村都嚷雾了：黑夜不给脱裤，可以让过她，可白天不出地受还不给做饭，这是不可以让过她的。

"咱温家窑祖祖辈辈没传下这一条。"人们说温孩。

"该咋着？"

"不楔扁她要她挠？"

"那能行？"

"你去问问你妈。"一个脸上的皱纹像耕过没耙过的山坡儿地，下巴的胡子像羊啃过没啃净的坟头草的人说。

温孩去问妈，妈说："树得括打括打才直溜。女人都是个这。"

温孩听了妈的，回家就把女人楔了个灰，楔得女人脸上尽黑青。

听房的人们传出说：这下顶事了，温孩压在女人身上就做那个啥就说，"日你妈你当爷闹你呢，爷是闹爷那两千块钱儿。日你妈，你当爷闹你呢，爷是闹爷那两千块钱儿。"

"温孩爹那年就是这么整治温孩妈的。"有人说。

后来，温孩女人就给温孩做饭了。

再后来，温孩女人就远远儿的跟在温孩屁股后头扛着锄出地了。

"啧啧，黑青。"

"啧啧，黑青。"

地里的女人们撇嘴儿，眨眼儿，摇头儿。

愣二疯了

人们不机明愣二愣得好好儿的咋就给疯了。也不机明愣二疯得好好儿的咋就又不疯了。

愣二爹有喘病，老根儿了。吃甜草苗不顶用，想上矿跟愣大要点麻黄素。愣二妈说："去！半年没见他一分钱。就便儿要些洋灰袋。"愣二爹颤抖抖地爬上了到矿拉粪的马车。

愣二在爹走的第二日就疯了，疯得跟上回一样样儿的，一天介尽是"杀人——杀人——"地喊,还"叭叭"地拍炕。

愣二面迎天躺在炕上。黑的大巴掌伸直,"叭!叭!"地拍炕,就像那场面打连枷。拍乏了,就后脑瓜顶住炕,身子往起挺着"杀人——杀人——"地喊。喊乏了,再拍炕。

愣二妈不离开,守着他。

"要真杀就灰了。要真杀就撞上鬼了。"愣二妈跨坐在锅台边,瞪着眼睛出神地想。想一会儿撩起大襟揉揉眼。想一会儿撩起大襟揉揉眼。

愣二常说,"穷球的。连顿蘅莜面的窝窝也吃不起。老和山药蛋。"愣二妈说:"想给你攒个钱。"愣二说:"球。靠不吃蘅莜面窝窝,几球年能攒两千块。"

这回,愣二妈给愣二做了蘅莜面窝窝,可愣二不吃。只是挺着身子喊杀人和叭叭地拍炕。硬是把洋灰袋裱的炕席给拍得露出了土泥皮。

村人们说,赤脚板儿医生不行就问个大仙爷看看。愣二妈摇头。愣二妈知道这都不行。愣二妈知道上回就不是赤脚板医生也不是大仙爷看好的。

"真杀就灰了。真杀就撞上鬼了。"愣二妈想。

可是村人们不知道在第几天的早起,就不听愣二杀人也不听愣二拍炕了。

愣二圪窝在炕头呼噜呼噜打鼾睡。

"吃了?"有人问担水的愣二妈。

"吃了。"

"好了?"

"好了。"

"咋好的?"

"好了。"

愣二妈忙忙地跨过去。

愣二爹坐着粪车回来了。愣二爹说大媳妇主任不给钱,只给了些麻黄素,还拿回了些洋灰袋。

愣二妈没跟愣二爹说愣二疯过,上回就没说。愣二爹也不操心炕皮原来烂成啥样儿,现在又烂成啥样子。愣二爹操心的只是麻黄素,只要有麻黄素嚼就行。他说嚼上狗日的一颗真解瘾。

愣二妈把洋灰袋拆成牛皮纸，用水给泡软乎，再把煮熟的山药蛋给捣成泥。愣二用山药蛋泥把泡软乎的牛皮纸给裱糊在拍烂的炕席上。

"总比杀了人好。总比撞上鬼好。"愣二妈想。

愣二妈跨坐在锅台边，就看愣二裱炕席就想。想一会儿撩起大襟揉揉眼。想一会儿撩起大襟揉揉眼。

莜麦秸窝里

天底下静悄悄的。月婆照得场面白花花的。在莜麦秸垛朝着月婆的那一面，他和她给自己做了一个窝。

"你进。"

"你进。"

"要不一起进。"

他和她一起往窝里钻，把窝给钻塌了。莜麦秸轻轻地散了架，埋住了他和她。

他张开粗胳膊往起顶。

"管它。这样挺好的。不是？"她圪缩在他的怀里说。

"是。"

"丑哥保险可恨我。"

"不恨。窑黑子比我有钱。"

"有钱我也不花。悄悄儿攒上给丑哥娶女人。"

"我不要。"

"我要攒。"

"我不要。"

"你要要。"

他听她快哭呀，就不言语了。

"丑哥。"半天她又说。

"嗯？"

"丑哥唬儿我一个。"

"甭这样。"

"要这样。"

"今儿我没心思。"

"要这样。"

他听她又快哭呀，就一低头在她脸上亲了一下。绵绵的，软软的。

"错了，是这儿。"她努着嘴巴说。

他又在她的嘴唇上亲了一下。凉凉的，湿湿的。

"啥味儿？"

"啥啥味儿？"

"我，嘴。"

"莜面味儿。"

"不对不对。要不你再试试看。"她探胳膊扳下他的头说。

他又亲了她一下，说："还是莜面味儿。"

"胡说去哇。刚才我专吃过冰糖。要不你再试试看。"她又往下扳他的头。

"冰糖。冰糖。"他忙忙地说。

老半天，他们谁也没言语。

"丑哥。"

"……"

"丑哥。"

"嗯？"

"要不，要不今儿我就先跟你做那个啥哇。"

"甭！甭！月婆在外前，这样做是不可以的。咱温家窑的姑娘是不可以这样的。"

"嗯。那就等以后。我跟矿上回来。"

"……"

又是老半天，他们谁也没言语。只听见月婆在外前的走路声和叹息声。

"丑哥。"

"嗯?"

"这是命。"

"……"

"咱俩命不好。"

"我不好。你好。"

"不好。"

"你好。"

"不好。"

"好。"

"就不好,就,不……"

他听她真的哭了,他也给滚下了热的泪蛋蛋,"扑腾,扑腾"滴在了她的脸蛋蛋上。

男　人

老柱柱盘腿坐在煤油灯前,眼睛倒来倒去的紧跟着那两个蛾儿。那两个蛾儿忽扇着笨翅膀,硬扑那煤油灯。灯苗儿让它们扑得一下一下的闪。窑里也跟着一闪一闪的黑。

老柱柱不忍心看着它们给活活儿烧死,就把那两个蛾儿轰走了。

他支楞起耳朵听听西房,他女人跟他弟弟二柱还在喊喊喳喳地说话。

说了半夜了,还说。是圆是方早该定了,还说。二柱最想跟嫂嫂说话了。这个,老柱柱早就看出来了。

"嫂嫂嫂嫂,我记得你生大侄子的那年是十四岁。你说你十四岁就能生娃娃?"

"嫂嫂嫂嫂,好几个下乡的都以为是我和你。以为我哥是你公公。你说失笑不失笑。"

"嫂嫂嫂嫂,人们都说二侄子像我。还说我是给哥哥拉边套,你听听这像啥话。"

这样的话,二柱当着老柱柱的面也敢说。

背后狗日的说不定说得更灰。老柱柱常这么想。狗日的对他嫂嫂有心意了。老柱柱常这么想。起初，老柱柱一这么想，心里就发紧就发急。后来，也就不觉得有啥了。起初，他盼着二柱能快快成个家，好另外过开。后来，就不这么想了也不这么盼了。

成不成，就在今儿这一黑夜，老柱柱想。

老柱柱瞭瞭炕头，炕头睡着俩光头后生。平素他们是跟着叔叔在西房睡。今儿他们的妈跟他们叔叔有事要定规。吃完夜饭，老柱柱就把俩小子留在这厢。

唉——二十四五的二十四五二十八九的二十八九。唉——为啥没养下个女娃。要有个女娃就好了，要有个女娃少说能换回一个。换回一个就不愁了。老柱柱想。

二柱快四十了，还是个光棍儿。虽说这些年手头里也攒下个女人钱，可不是这不对就是那不对的，没人跟。前些日有人给说了个内蒙的寡妇，可一拉溜还带着三个男娃。二柱说，该咋，再不要恐怕连个这也摸捞不住。

做不得做不得。这不是明明往火坑坑跳？做不得做不得，要知道，这跳进去可就再也跳不出来了。老柱柱说。

那两个蛾儿又相跟着飞回来了。又是你一下我一下要不一齐上的硬要扑那灯。灯苗儿给它们扑得一闪一闪的黑。窑里跟着暗一下暗一下的忽闪。

"嗞！"有个蛾儿的一扇翅膀给燎下半个。它带着一股烟逃向黑处，留下的那另一个，还在来来回回的扑灯苗儿。

"看看。这就好了，这就不扑了。"老柱柱瞭着那只烧了翅膀的蛾儿说。

那只蛾儿飞进黑处看不见了。老柱柱又调转头看这另一只。这只蛾儿还在扑灯。越扑越起劲，就像是要跟灯拼命呀。

有啥瘾，非要不顾死活的扑。老柱柱想。

有啥瘾，非扑，非扑。老柱柱想。

唉——我看出了。这人活一世，男人就是那没出息的蛾儿，女人就是这要命的灯。男人扑来扑去扑女人，可临完还不是个往火坑坑跳？老柱柱想。

那还不是个这？就是个这。老柱柱想。

老柱柱就想就支楞起耳朵听。西房好像是没了喊喊喳喳的声音。

成了？老柱柱的心一惊一喜。哧溜哧溜从当炕滑擦向门，又欠起屁股探起头听。刚才的那种喊喊喳喳的声音是没有了，可又有了种别的响动。不知道老柱柱是真的听见了还是心里犯疑忌。

成了。老柱柱的心一抖一颤。他赶快瞭瞭炕头睡着的那俩光头后生。

该咋？二十四五的二十四五二十八九的二十八九。老柱柱想。

想着想着，那种不知是真的还是犯疑忌想出的声音，又从西房传到老柱柱的耳朵里，越来越响越来越亮，震得老柱柱头晕。他赶快看看炕头那俩光头后生，那种声音才慢慢慢慢地小了，慢慢慢慢地静下来。

刚才烧了翅膀的那个蛾儿又一晃一晃的飞回来了。飞也飞不稳，可它还要一晃一晃的向灯苗儿扑。

这回老柱柱不管它了。眼看着它就要叫烧死，可他不管它了。他知道管不住。管了这阵儿管不了那阵儿，管了今儿管不了明儿。他知道它就是个扑灯的东西。它活着就是为了扑灯，没别的做项。

"嗞！"那只蛾儿的又一扇翅膀给冒了烟。它扑腾了几下秃膀子，就"叭哒"一下跌在灯台上。肚皮迎天死命地乱蹬脚，想往过翻身，可就是翻不过来。越想翻，越是翻不过来。

"叭哒！"另一只蛾儿也给跌在了灯台上，连脚也没蹬一下就不动了。它是给活活儿烧死了。

看看，就图了个这。老柱柱想。

唉——娶下是娶下的愁，娶不下是娶不下的愁。反正是个愁。唉——男人，男人，我看是难人，老柱柱想。

西房传过开门声。老柱柱赶紧又滑擦到灯跟前。

是二柱进来了，脸上没恼也没笑，给老柱柱扔过个红布包儿。

"哥。就依你们的。"

老柱柱接住包包儿没做声。

"先拿这钱给孩子们捏上三间窑。"

老柱柱捧住包包儿没做声。

亲　家（外四篇）

"咱俩隔半个月这厢,隔半个月那厢。"

老柱柱盯住包包儿没做声。

二柱说完就又过了西房。

老柱柱看看红布包儿,看看那俩光头后生,又看看眼跟前的灯。早又有两个新的蛾儿飞来了,很有力量地忽扇着翅膀扑向那灯。

(选自《到黑夜想你没办法》,长江文艺出版社 2007 年版)

点评者:过桥

《到黑夜里想你没办法》这部小说,我更愿意把它看成是一个短篇的合集,而非一个长篇。因为将曹乃谦的作品单个来看和作为整体来考察,结论将会大不相同。我们不能容忍一个"一流"的作家用如此繁复漫长的篇幅一遍遍地说同样的事:食的苦难和性的苦闷。但如果把这个小说集拆开来看,在单个小说的经营上,曹乃谦的创作还是有独特意义的。

在当下小说整体上繁琐冗长的背景下,曹乃谦四两拨千斤的叙述能力极为抢眼。他节俭得令人惊叹,节制、隐忍,大量留白,寥寥千百字即成就一篇,比我们通常所说的微型小说都要简短。他似乎患着严重的"语言洁癖症",别除了所有冗余的部分,力求简单,简单到笨拙,同时以简单致丰饶。

比如《愣二疯了》中,愣二妈的妥协、绝望、恐惧和庆幸用了两个相同的短句来表达:"想一会儿撩起大襟揉揉眼。想一会儿撩起大襟揉揉眼。"

曹乃谦还善于把被精简掉的必要情节和细节寓于对话,对话也极俭省,只几个字。而这仅有的几个字往往是重复的叠字,看似漫不经心和毫无意义,实则满含压抑、无奈和最朴素的真诚,读后苍凉深长不尽。

《亲家》中,亲家带走了黑蛋的老婆,黑蛋恋恋不舍地"送过一道一道的梁,又送过一道一道的沟",亲家说:"你回哇。上山呀。"黑蛋说:"上山呀。我回呀。"黑蛋把亲家的话掉过来重复了一遍,"你/我"的先后关系一下子就出来了。其中亲家急于摆脱黑蛋、同时也真诚地劝黑蛋回家,而黑蛋此言，既表达了客气，又硬撑大度，其中隐隐的不舍和醋意也荡漾出来。

《莜麦秸窝里》一篇，"她"想攒钱给情人丑哥娶媳妇，有一段精彩的对话："我不要。"/"我要攒。"/"我不要。"/"你要要。"情人之间不能结合但情深意切却又有微妙的试探，简单的几个"要"全部呈现了出来。

《女人》中，温孩"收拾"了老婆之后，街坊邻居的评价只有重复的八个字："啧啧，黑青。"/"啧啧，黑青。"满是对温孩暴力收服女人的赞赏，或许也有怜惜，但更根深蒂固的是对女人的纲常要求。

在《男人》中，二柱一共开了五次口，前三次连在一起，逐步向嫂子调情和进攻，明摆着想"朋锅"。小说接下来一直是老柱柱的关于儿子和扑火飞蛾的心理活动，结局处老柱柱反而避开了，二柱两句话定了音："哥。就依你们的。"和"先拿这钱给孩子们捏上三间窑。"事情的发展靠的是这两句话。对话在完成推动情节和勾画细节的同时，有效地传达出了人物的内心。二柱得到了女人之后，既高兴满足又矜持地故作高姿态，全在这两句话里了。曹乃谦的对话承担了前所未有的负荷，而且完全胜任。能够将对话的功能扩展到如此地步，较海明威也未必不及，我以为是曹乃谦对当代汉语小说的一大贡献。

在小说里处理断章，对作家是个不小的挑战，因为完整的故事更让作家心安。但是在《到黑夜想你没办法》里，曹乃谦大多截取生活和故事的横断面来结构小说，这种小说不需要交待，不需要过渡，上来就冲进小说，而且总能在简短的情境里通过最简单的方式和语言勾连出完整的故事来。尤以《亲家》和《莜麦秸窝里》为典型。《亲家》上来就是"亲家"来领人；《莜麦秸窝里》上来则是一对男女开始钻莜麦秸窝。看下去才知道葫芦里到底卖什么药。这不是传统意义上的完整故事，而是要将故事立在一个"针尖"上，如何选择这个"针尖"，是个耗才华和心神的大问题。因为这个"针尖"必须能在精短的语境中前后扯动，带出作家想要表达的比较完整和丰沛的意蕴。曹乃谦解决得相当好，凭借他对温家窑生活现场深切和整体的把握，凭借原生态的、粗砺的细节和语言，以及对雁北民歌的成功化用，都使叙述沉浸在一种可靠的生活和艺术情境里，故能手起刀落依旧经络井然。

节俭这个好品质不是天生的,在我们没心情和时间把小说写短的时候,想一想曹乃谦对艺术精进以求的姿态,还是颇让人心惊的。在这个意义上,曹乃谦既是典范,也是警醒。

曹乃谦若能避开"就事论事",从单调的食与性的贫瘠中摆脱出来,当会是另一番气象。一流作家的责任,在精确的描绘和表现之外,还须做更广大的深入和生发,而不应该只满足于在针尖上跳舞。由此,"大"和"小"、"丰厚"和"单一"大概是曹乃谦问题的核心。

一只叫芭比的狗

李 浩

我们家终于有了一只狗。一只毛色粽黄的小母狗,它的样子很漂亮。至少我们全家这样认为。我哥哥给它起了一个名字,芭比。芭比芭比。

我父亲觉得这个名字不好,太怪了,他对这个名字表示了不屑。他说叫它大黄或者小黄或者黄黄吧。但芭比最终还是成了那条狗的名字,我哥哥在这件事上出人意料地坚持。芭比芭比。

它一听见我们叫芭比,就马上兴奋起来,像一条影子一样跟过来,使劲地摇着尾巴。

我们喂它浸了肉汤的馒头,小片的火腿,米粥。我母亲还每过一段时间就给它洗一洗澡。芭比爱喝一种有甜味的奶,它喝的样子有些滑稽,但很陶醉。

我们的芭比。我们都这样叫它,这种叫法在我父亲看来也有些媚外的性质。后来我父亲也这样叫它了,虽然他一直不喜欢这只狗的洋名字。有时他还偷偷地叫它大黄,小黄,黄黄,可我们的芭比并不认识这个名字。它看看我的父亲,然后又趴下去,弄得我父亲很落寞。

芭比成了我们家的一员,是我母亲的女儿,我和哥哥的妹妹。

第二年三月,芭比在春暖花开中恋爱了,它的恋爱比我和哥哥的恋爱来得早了许多年。

早晨，我们一打开院门，许多只狗或坐或卧，它们在门外蹲着，于是我们出门不得不绕过狗腿的丛林。有一些不安分的狗竟然还冲着我们低低地吼叫。

更让人讨厌的是晚上。狗的叫声此起彼伏，常常弄出很大的响动，而芭比也表现得狂热而急切。我们的睡眠时常会被突然地打断，有时真恨自己生了耳朵，它还这样灵敏。

我哥哥时常在饭桌上抱怨，他对我们的这个妹妹的态度也很不好。那年我哥哥正准备高考。他的成绩一直都不算理想。

终于有一天傍晚，我哥哥忍不住了。他将一只带有黑色斑点的白狗放进了院子，然后闩上了门。那应当是一只凶恶的狗，然而进入院子之后它就成了温顺的猫，它在芭比的身边嗅着。我母亲没能制止住我哥哥，或者她根本没有想要阻止，一天到晚的狗叫让她也烦透了。她眼看着我哥哥拿起了门边粗大的木棍。她眼看着那只带有黑色斑点的白狗从芭比的身边倒了下去，从嘴角慢慢地渗出血来。她眼看着，那只狗的腿在不自觉地抽动，后来就不动了。她骂了我哥哥两句，然后叫我哥哥将这只狗拖到南房的檐下。她烧水去了。

她走出来，面带一种严肃的表情。她将一把刀递到了我哥哥的手上。

我看着他们。我是从窗口看他们的，他们说了些什么我并不清楚。

第二天早上，我们的饭桌上就出现了大盆的肉。我们谁也不说话，大口地吃着。对此事一无所知的父亲竟然没有问这肉的来历。

他不问，我也不好说什么了。

我给芭比端去了一碗肉。这相当奢侈。可芭比只看了两眼，闻了闻，就在一边趴了下去。它闭着眼，像睡熟了一样，像这碗肉并不存在一样。

又有了第二只狗。第三只狗。我哥哥甚至喜欢那些狗们在门外的出现了。如果不是我母亲阻止，他也许会在某一天将那些狗一只一只放进来,然后一只一只打死。那些处在爱情煎熬中的狗们好像也知道了什么,我哥哥一打开门,它们就飞快地跑开,站在远处朝他狂吠。

一个小男孩在我家门外。他怯怯地问我母亲,他家的豆丁呢。我母亲费了好大劲才知道豆丁是一只狗的名字。我母亲努力地摇头。

又有了第四只狗。我哥哥的解剖技术也越来越熟练了,在第四只狗的时候,他竟然剥出了一张完整的狗皮。他钉了一个"士"字形的木架,将狗皮支了起来,放在窗台的下面晾晒。

风吹过狗皮的时候它发出呜呜的响声。有一天我父亲突然问,哪里来的狗皮,他问过之后就去忙别的事了。他再也没有问这个问题。

我还给芭比送狗肉。它勉强地吃了几口,好像饭量很小,又心事重重。

我们担心的事还是来了。一个秃顶的矮个男人找到了我们家。他说他家的狗不见了,前些日子它一出门就往我们家的方向跑,拦也拦不住。他说他儿子看见狗进了我们家。但没有看见出来。

我哥哥说我们家只有芭比,从来没有过其他的狗来过。他没看见那个男人家的那只狗。我母亲和我都说,没有,没有看见。可能是我哥哥说了一句什么话,那个男人和他吵了起来,后来,那个男人竟然哭了。

他说,他儿子这些天不吃不喝,天天哭着要他的豆丁。他这个当父亲的心疼啊。他说,他竟然说,你们太没人性了。

我母亲也跟着他哭了。我母亲说,我们的确没有看见啊,我们不能给你变出一只狗来啊。我母亲一边哭着一边朝我使眼色。后来我明白了,她是叫我将那张在窗台下晾着的狗皮藏起来。

那个男人和我哥哥的争吵越来越激烈。

芭比冲着那个男人吼叫着,它的眼睛里带着血丝。它显得凶狠。平时它可不是这个样子。

我父亲也回来了，现在，我们是三个男人一个女人。那个矮个男人终于退下来了，他恶狠狠地抛下一句，你们等着，我们没完！他推起自行车走了。我哥哥还有些不依不饶，他被我父亲拉了回来，都给我进屋去！

芭比突然冲着那个男人的背影狂叫起来，发疯了一样。

它追赶着那个男人。它让那个男人显得极为慌乱。我们叫不住它。它不像平常的芭比。我和哥哥只好去追赶它，芭比芭比。

晚饭吃得没滋没味。剩下的半碗肉被我母亲倒掉了，她将那些肉深深地埋了起来。

吃过晚饭我父亲就出去了。我听见我哥哥和母亲在说狗皮的事儿。我哥哥坚持那个男人没有看见，但我母亲说他肯定看见了，他朝那里看了好几眼。于是我哥哥说，那怕什么，反正这不是他家那只狗的皮。这不是证据。

我母亲一副忧心如焚的样子，你说他会怎么报复呢。

她叫我哥哥将狗皮弄走或者远远地丢了，她一看见这张狗皮心里就不好受。

她说，他会怎么报复呢？

她说，你这个孩子。也真是。

大约是三天过去了，我们没有等来报复。至少表面上如此。我哥哥说他这样的人就是吹牛，让他来试试。芭比在桌子下面叫了起来，我哥哥踩着它的脚了。

一个男孩在门外哭着。我母亲问他，他说我要豆丁。我母亲劝他说豆丁不在我们家，它没有来过。可他还是固执地，我要豆丁，我要豆丁。我母亲说等我们家芭比有了孩子，再送你一只好不好？他哭得更厉害了：我要豆丁，我要豆丁。于是我哥哥冲了过来：哭什么哭！这里没有你的豆丁！

孩子不哭了。他睁大了眼睛看着我哥哥。他不哭了，可眼泪却没有止住。

三月还没有过去，芭比的恋爱还没有结束。它显得更焦躁，更热烈，它的爪子将我们家的大门抓出了许多深深的痕迹。我哥哥这样对它并没有造成它和我们的疏远，我们叫它芭比，它就像影子一样贴过来，摇起尾巴。

一只硕大的黑狗又进来了。它的鼻子凑近了芭比的尾巴。我哥哥悄悄地走了过去。我母亲在窗口冲着他喊，他看了我母亲一眼，笑了笑。

第一下并没有将那只黑狗打死。那只黑狗既没有扑过来也没有逃窜，它好像很不解地看了我哥哥一眼，然后抬起前腿，搭在芭比的身上。我哥哥愣了一秒钟，然后更猛烈地挥动了他手里的木棍。

芭比凄凄惨惨地叫着，蹿出了院子。院子里剩下我哥哥和那只被打碎了眼睛的黑狗。夕阳照得院子里一片暗红。

我母亲一边烧水，一边说，我怎么养了你这么个儿子，我母亲一边烧水，一边说，你要害死我啊，你要吓死我啊。我父亲冲着她喊，够了，清净一下好不好，他马上就要考试了！我父亲对我哥哥说，以后你再给我打狗我就剥你的皮！把这只狗埋了，不许吃！

从那天开始我们的芭比就失踪了。墙角那只碗里的馒头长出了长长的绿色的霉斑，一群群的苍蝇起起落落。

我母亲的女儿，我和哥哥的妹妹，可爱的芭比失踪了。我们的日子一下子空落了许多。我母亲对我说，不许提芭比，不许指责你哥哥，他快考试了，不能影响他的情绪。

我们都不提芭比。仿佛它从来都不存在过似的。

每天早晨我们都装着若无其事的样子去开门，装着若无其事的样子在它常常经过的路上转上一圈儿。我们都不提芭比，仿佛它不存在似的，仿佛从来都没存在过芭比似的。芭比，芭比。

我哥哥忍不住了。他说肯定是那个男人，肯定是他。我母亲说好好学你的习！于是，我哥哥专下心来，气鼓鼓地对付着碗里的饭。

他倒掉了发霉的馒头，又重新放了一块浸了肉汤的馒头在碗里。他还将一个小瓷碗洗得干干净净，盛满了清水。我们都看见了。

可是，我，我母亲，我父亲，都是一副什么也没看见的样子。

我哥哥认定，是那个男人藏起了芭比，或者是杀死了它。他竟然打听到了那个男人的住处。

他天天回来得很晚。我母亲没完没了的斥责对他毫无用处。有一天晚上，他悄悄地对我说，他认定芭比已经死了。他盯着头顶上的灯光，我今天打碎了他家全部的玻璃。他盯着头顶上的灯光，我真想一把火烧死他们。

日子开始风平浪静。

日子开始风平浪静，我们认定芭比已经死了，它不再是我们家庭的成员，我们渐渐将它忘却。只是有时候，我母亲将一块骨头或者什么掉在地上，她叫芭比。随后是一股苍凉。有些巨大的苍凉。

可是，它突然又回来了。

回来的芭比：它的毛很乱，已经是一条肮脏的灰狗了。散发着臭味的灰狗。它的一条腿断了，它尾巴上的头也没有了，并且，更惨的是，它的两只眼睛已经瞎了。它大约是依靠嗅觉和记忆回来的。

这只丑陋的狗。它有我们想象不出的丑陋。

我们怀着惊讶和更为复杂的心情看着它。看着它拖着那条僵硬的腿进了院子，在它以前吃饭的那只碗的前面趴下来，舔着自己的毛。那时，我们虽然觉得它可能是芭比，但不能确定。于是我母亲生涩地叫了一声：芭比——

它摇着那条光秃秃的尾巴，使劲地摇着。它似乎想再成为一条影子，可现在它笨拙多了，它碰倒了面前的碗。

我母亲向后躲了躲。我哥哥踢了它一脚，它叫着停了下来，尾巴也垂了下去。是的，它是芭比。

可它不再是原来的芭比了。我哥哥脸色铁青,他发誓一定狠狠地报复那个恶毒的男人,他的话竟让我父亲暴跳如雷:滚,滚一边去!

它不再是原来的芭比了。它不再是我母亲的女儿,我和哥哥的妹妹。它是一只肮脏、丑陋、残废的狗。它是粘在衣服上的鼻涕,是一块发霉的馒头,是,一只恶心的苍蝇。

一天,一位我哥哥的女同学来找他,她被芭比吓得尖叫起来,我哥哥没有再追上她,返回到院子的哥哥脸色异常难看。他在院子里站了一会儿,突然抄起了一把扫帚。芭比一阵一阵凄凄惨惨地哀鸣。

尽管它已不再是那个芭比了,但它肯定想让我们叫它芭比。一听见我们的脚步,它的头就抬起来,耳朵就支起来,光秃秃的尾巴也使劲摇晃。可我们没人叫它。我们忘记了芭比这个名字。它的尾巴晃着晃着,慢慢地慢下来。其实,聪明的芭比是知趣的,只是它希望有人再叫它,仅此而已。

我们想把它丢了。我哥哥将它丢了两次,但它还是找了回来。我们也想过杀了它,我哥哥几次举起木棒,然而他下不了手。我们就更不行了。

它遭受着冷落。它一天天肮脏下去,身边围满了苍蝇,可谁也没有想给它洗澡。肮脏也许会带给它病菌,病菌在它体内飞快繁殖然后像炸弹一样爆炸——

然而它没有生病的迹象。假如已有的伤残不算的话。饥饿、干渴、干馒头、有味的汤和我们的斥责、脚踢都没有使它的身体变得更糟。它不再爱喝那种有甜味的奶了,我想。我再没有喂过它那种奶。

那段时间,我们全家人的脾气都在变大,一粒芝麻也会当成西瓜,西瓜之后再变成另外的东西。那段时间,我家的每一间房子,院子的每个角落都充满了火药的气味,它让人窒息。

芭比也闻到了那种气味。就算它的鼻子不灵敏。我们的进进出出它不再抬头,不再让自己变成谁的影子。但尾巴还是会摇。光秃秃的尾巴。它竟然不再长毛了。

它那么一副样子。

在门边，它那么一副样子。它越来越瘦，却没有生病的迹象。

一天晚上，我哥哥领着芭比来到了马路上。他叫芭比，来。那只瞎掉的母狗显得无比兴奋，它努力地摇着尾巴，拖着它的残腿。我哥哥领着它来到了路中间，用脚蹭了一下它头上的毛，芭比。趴下，不要动。

芭比用它空洞的眼睛看了我哥哥一眼。它真的趴下了，在路中间。它的尾巴不再摇了。那天晚上有着细细的月光，芭比趴在那里，像一只早就死去的狗。

有车过来了。芭比应当可以听见，它的眼睛瞎了，可耳朵没有问题。但它还是那么僵硬地趴着，一动不动。那天晚上的月光在它身上闪了一下。

车开过来了。车开得不算太快。

……那天我做了一个梦。我梦见，我哥哥领着芭比来到了路上。他叫芭比，来。那只瞎了眼的狗真的跟他去了。

醒来的时候已经是第二天凌晨，阳光一片一片地贴在窗棂上。我的身上满是汗水，我的手脚却有些冰凉。我跟我哥哥说，我做梦了，他哼了一声翻了个身又沉沉睡去。

拉开一半窗帘，我看见阳光灿烂的院子。那只叫芭比的狗还在那里瘫着，它肮脏，丑陋，百无聊赖。它紧闭着已经失去的双眼。

（选自《花城》，2006 年第 6 期）

点评者：余旸

《一只叫芭比的狗》是一篇现代感非常强的小说，隐约可见卡尔维诺等西方现代小说大师的影响，而更可见的，是作家力图摆脱"影响的焦虑"而做的尝试：小说主旨是西方的追问式的，而叙述策略却是从中国的绘画和古诗词中汲取的滋养，采用"计白当黑"的方式经营着小说的空白，使用简笔，留其骨，舍其肉，凡是能由读者来完成的细节、想象都交给阅读者，一心致力于扩展未说部分的外延空间，建立起丰厚的意蕴和回味之感。

小说依然保持了作家写作中一贯坚持的第一人称"我"的叙述。这个"我"，通常都是一个不具备决定权力，但却具有在场可能的旁观者，在冷静的叙述中，既具有在场者细微而精准的细节渗透，又适当地拉开了距离，形成了一种"软弱的但又是思想的"、饱含同情而又略带自责的叙述声音，沉郁动人。"思想，是那弱的；思想者，是那更弱的"，多多的这句诗恰当地描绘了李浩声调的独特性，一个充当人性曲折险恶的旁观者见证的声音。芭比，这只闯进小说中的狗，引发了人性之中种种幽微曲折而又沉暗惊心的波澜；叙述语言，简洁客观，几乎不刻画内心而独见之于动作，隐藏很深。结尾虚荡一笔，似梦非梦，已经使小说视野大为拓宽；而最后见到的那只被"哥哥"谋害还要爬回家里瘫着的芭比，更变成了祥林嫂，噩梦般顽固地存在着，提醒着人性的丑陋，使小说更深一步，迈入了广阔。

在这篇小说中，作家通过具体"事件"向我们指认：我们的爱，即使它再深厚，也是有条件的。当被爱一方某些资本的失去（在这里，表现为芭比美感的丧失，这当然是种隐喻）可能会导致不爱，甚至厌恶，虽然虚伪和虚荣会使所谓的"爱"延续一段时间。这种本质上的怀疑精神也是中国惯有文学精神中缺乏的。小说在执著的叙述中层层推进，试图剖开"爱"这个词，看看其中最真切的包含。我们发现，哥哥在爱着芭比的同时又表现了对其他狗的残忍，因为那些狗与他缺少直接关联。当然，他对其它狗的伤害也是对芭比的残忍，虽然这残忍依然处在爱的名义之下。我们发现，母亲会一边为哥哥杀死的狗剥皮一边指责、抱怨，她是怜悯者，又是同谋者。我们发现，父亲的态度也是多重的，他暴跳如雷，又"视而不见"——这都让人联想起鲁迅的《狂人日记》。一只叫芭比的狗，成为展示、映照一家人内心隐蔽的镜子，并以高度的隐喻性映照出人类社会的缩影。而这一切，都是在简洁、貌似闲笔的叙述中完成的。

如果说缺点，也是李浩小说常有的缺憾，就是情节略显单薄，不够大气。淡化背景、抽空框架，专注于"人性"的幽深曲折，是李浩小说的特点，而与《狂人日记》这样的作品对比，就见出其超离具体历史语境的同时也可能失去历史的沉重感和丰富感的危险。

非法入住

王威廉

  朋友把这间九平方米的小房间转租给你的时候，你都激动得想拥抱他了，甚至觉得自己在很长的一段时间里冷落了这位朋友，但是这位朋友在退房的时候却首先想到了你！人家凭什么先想到你？你感到惭愧。你在前来看房的路上准备了很多感激的话，想当面送给这位关键时刻惦记着你的朋友，但当你推开这间房子淡黄色的旧门后，一大堆感激的话缩减成了两个字："谢谢！"

  这小房间的确小得可怜，你原来以为九平方米挺大的，你想象了一个边长为三米的正方体，你的身高才一米七，让你在这样大小的空间里活动绰绰有余啊。但眼前的景象告诉你生活经验远比想象来得更可靠：一张两米长的单人床就占据了房间的三分之一，然后一个墙角放了张书桌，一个墙角勉强塞进去了一个饮水机，剩下的一个墙角，什么也不能放了，否则门就不用打开了。但你还有一大堆衣服和几十本书呢，等把这些东西安顿好了，估计只剩下一条连接门与床之间的狭窄过道了。你抬起头来看看四壁，发现墙壁由于潮湿开放了无数黑褐色的"恶之花"，令人作呕的石灰和砂土气息隐隐可闻，更恶俗的是，还有几张过气明星搔首弄姿的大照片覆盖在床头上边的位置，让人误以为走进了一家低档而暧昧的理发馆。

  朋友说："床和桌子都送给你啦。"你做出一副感激涕零的表情，把手搭在他的肩膀上说："好哥们！"朋友或许被你的诚恳打动了，开始给你仔细介绍房子的情况。他说这种楼叫筒子楼，一条幽深的楼道两侧开满了密密麻麻的房门,他用了一个很难听的比喻:就像监狱那样。但他马上转折说这里比监狱可热闹多了,每家门口放着一应俱全的厨房用具,厕所和水房在楼道的最尽头;每到吃饭的时间,每家门口人影晃动,忙忙碌碌,嘈嘈杂杂,楼道充满了呛人的油烟。"总而言之一句话,"朋友总结道:"这里的环境不怎么样。"你的脸色有点阴沉了,有点挂不住了,心里想:环境不怎么样你租给我干嘛?朋友似乎发现了你的情绪变化,非常及时地补充了一大堆话:"但是你住这里花的钱少啊是不是?说实话,我原来住这里就是为了省钱,前段时间我刚买了台笔记本电脑,而和我一起参加工作的那帮同学,现在什么都没有,因为房租占了他们工资的一半!不就睡个觉嘛,咱们年轻人在哪里都可以倒头就睡,而且睡得着。我要不是换公司我还会继续住这里。"朋友的这席推心置腹之话说得你从内心深处破涕为笑,一下子觉得自己太小气了,这间房子其实很满足你的需要了,你不就想要一方属于自己的独立空间嘛,这比起你和别人一起合租要方便和舒适很多倍呢。

  刚住下的第一天,你睡得很香,第二天中午才起床。你拖着拖鞋出门去撒尿,看到几个中年女人动作麻利地炒着菜,她们的背影甚至让你感受到了生活的火热,让你想起了操劳的母亲,你对这个嘈杂的环境不由产生了一点点好感。但当你来到水房准备洗脸时,住在水房对面的男人走了进来,他几乎目不转睛地盯着你看,然后使劲咳着嗓子,那种刺耳的声音非常有穿透力,你的心脏像是被垃圾堆里的鱼刺扎了一下。然后那男人不管你正站在水池旁边,就把一口浓痰响亮地吐在了水池里。你觉得恶心之极,便扭过头去拧开水龙头,你的手不知道怎么回事感到那上面黏糊糊的,你看了看那上面什么也没有啊,但你的嗓子眼开始发紧,呕吐感开始侵略你的中枢神经。你有些生气,觉得这个男人真是没有教养。更可恶的是,那个男人一直在用目光仔细地研究着你,这不但是冒犯,简直就是挑衅!你把你的愤怒显现在脸上和眼睛里,然后转过头逼视过去:一个像丝瓜一样的脑袋,一对细长的眼睛像两道丑陋的伤口,最奇特的是他的脖子,过分的细长就像是鹅的脖子。你看到这副尊容,以为他肯定是一个凶狠的角色,但是他却在你锐利的目光逼视下把头缩了回去。你紧追不舍,盯着他上下打量,他比你矮一点点,全身干巴巴的没什么肉,穿着灰旧的T恤和大短裤,脚下拖着一双绿色的人字拖鞋,骨节隆起的脚趾在绿色人字的反衬下显得特别突兀。"鹅男人"!你在心里这样称呼他。你的心情突然变得松弛了,这种人你见多了,城市的各种工地上大把这样的人走来走去。你那一点可怜的优越感上升起来了,不再计较什么了,或者是不屑再计较什么了。

第三天一大早你就起床了,楼道里一阵阵慌乱的脚步声,早出晚归的上班族又开始了重复的一天。你的每一天也是重复,只不过你和他们重复的节奏有着小小的差异而已。简单地说,就是你上班的时间和他们不同。你等到楼道重新沉寂下来才出门去水房,会不会碰上"鹅男人"你早已不关心了。但你在拧水龙头时还是有一丝恶心在你心里挠来挠去,你用水反复清洗着水龙头,然后再用洗手液仔细洗干净手。这些工作完成后,你才开始刷牙洗脸。在你洗脸的时候,一阵噼里啪啦的拖鞋声走了进来,你没法去看,只好加快了手的搓洗速度。这时,你听到了一连串响亮的咳嗽声,随之是一连串痰吐到水池里的清脆声。这次你真的生气了,你用手抹了一把脸,抬起头来准备骂,但你微睁的眼睛看到的是一个佝偻的老头,你只好把话咽了下去。老头还在咳着,不断吐出来,像是积攒了一辈子刚刚才开始清理。他吐得很有力,像是稀泥摔在水泥地面上发出响亮的声音。最糟糕的是,你发现自己处在老头的下游,老头正准备打开龙头冲水,你只得匆匆忙忙结束了清洗,有些狼狈地落荒而逃。你边走边盯着老头使劲看,老头压根没把你放在眼里,他吐完了最后一口痰后,美滋滋地舒了口气。你发现老头也是丝瓜头和鹅脖子,显而易见这是鹅男人的老父亲。

你对鹅男人一家人产生了兴趣,一方面你想弄清楚这家人是不是有什么家族遗传病,虽然对遗传病过分感兴趣的时代已经过去了——那是左拉的时代,但是你为了自身的安全觉得很有必要了解清楚:这到底是家族遗传病,还是一种传染病?这可不是源自文学的浪漫,而是关乎自己的生存了。鹅男人家的门口垂着油迹斑斑的门帘,里面经常传来低微的说话声,你听不清楚,即使听清楚了也听不懂,不知道是哪里的方言,但你辨认出里面至少有一个女人的声音。你每次上厕所或是去水房,总是抓紧时机从鹅男人家的门帘缝隙中向里窥探,你发现鹅老头一般坐在床上吸烟,眯成两条缝的眼睛喜欢朝门口这边张望,他似乎对来往的脚步声非常敏感。你只好装出不经意的神情走了过去。

一天傍晚的时候,你正看着当天的晚报,一个女孩尖细刺耳的呼喊,以及她在楼道里奔跑的咚咚声开始敲打你的耳膜。你没有在意,但是等到这种声音变得连绵不绝的时候,你有些无法忍受了。同时你觉得奇怪,一个楼道住着十几户人家,怎么就没人出来说句话呢?你拉开门走出去,楼道昏黄的灯光让你想起深夜的公共厕所。你看到一个老太婆和一个小男孩——原来刚才吵闹的不是什么女孩而是这个男孩。即使他的声带还没有发育也不该尖细到那种程度啊,你注意到他也长着丝瓜头和鹅脖子,看来,鹅男人还有个儿子。鹅男孩看见你之后,就站在那里歪着脖子仔细研究你,那神态和他的鹅爸爸简直一模一样。老太婆穿着一身黑衣,因此她的身影模模糊糊的,只有一头白发在灯光下发出银灰色的光,一种惨淡和悲凉油然而生,真是"雨中黄叶树,灯下白头人"啊,古人的诗句现在依然有效。你在自家的门前这样站立了一会儿,看着他们,他们也看着你,你突然觉得这种状态很奇怪很尴尬,浑身不自在起来。你只好走过去上厕所,以掩饰自己内心的不安。你经过水房的时候看到里面有个三十岁左右的女人在洗衣服。这时,鹅男孩跑到女人的身边大声喊道:妈妈!妈妈!

你对探究传染病的兴趣没有减弱,但同时一个新的有趣的问题开始吸引你的注意力。就是你想知道鹅男人家总共有多少位成员,他们是怎么生活在这么个你单身一人住都嫌小的房间里的?在接下来的几天里,你加紧了侦察的频率,不仅仅是去上厕所的时候窥探一下,有时楼道没人的时候你也会悄悄地走过去窥探,你突然发现自己变成了一个窥探狂,但又无法摆脱这种可笑的行为。

一个星期后,你对这家人终于了如指掌了。在九平方米的空间里,居然生活着六个人!他们如果并排躺下,就会像地板砖一样铺满房间的边边角角；即使他们都站着，人和人之间的距离也会像逛菜市一样显得拥挤不堪，熙熙攘攘。或者说他们像一群蚂蚁，拥挤在一个狭窄的洞穴里，但据你学生物学的同学说，蚁穴的内部其实是非常大非常考究的。

鹅男人家的成员构成是这样的：鹅男人的父母两人，鹅男人夫妻及其孩子三人，还有一个人是鹅男人的弟弟。鹅弟弟看样子不到二十岁，每天都躺在墙边的一张小床上。你起初以为那是个不能自主行动的病人，但有一次，你上完厕所出来差点和他撞在一起，他满脸通红，也不看你，腼腆地从你身边绕过去了。他也长着丝瓜头和鹅脖子，但你对他的印象还不坏，或许就是因为他脸上那一瞬间的腼腆。在随后的几天鹅弟弟成了你重点观察的对象，你发现只有黄昏时分才有可能遇见他，平时他都像住院的重病人一样躺在床上。可是经过你细心的观察，鹅弟弟非常健康，很少咳嗽，也很少吐痰，这样一来，反而使遗传病还是传染病的问题变得扑朔迷离。实际上，你意识到了他是一个无效的观察对象，因为即使他咳嗽和吐痰也说明不了任何问题。但是，鹅弟弟的身体健康至少证明了你被传染的可能性微乎其微，如果他都是安全的那你应该也是安全的，你打心底里松了一口气。

你对他们的观察开始减弱，直至失去兴趣而彻底终止。你心底其实不想和他们有任何形式的联系，除了你对他们不良卫生习惯的厌恶之外，你也厌恶自己变成这样一个有些鬼鬼祟祟的偷窥狂。

但有一天，他们开始和你主动联系。

那天傍晚的时候你正在水房洗手，突然鹅弟弟走进来，他对你说："明天早上停水，你知道吗？"你从来不看楼下的布告栏，因此你机械地摇摇头说："不知道。"他接着说："那你今晚别忘了在桶里接满水，明早可以用。"你感激地说："谢谢啊！"他对你和善地笑了笑，一转身又消失了。你对鹅弟弟的好感又多了一层，觉得他这个人还会关心别人，挺细心的。你像以往结识了一位朋友那样，心里还升起了些许快乐和兴奋。

当天晚上，你抓起桶柄正准备去水房提水，忽然听见有人敲门。

你已经有一个月没和什么人来往了,会是谁呢?你把门打开了一条缝,发现鹅弟弟提着一桶水站在门口,他看见你立刻就笑着说:"我怕你忘了,我已经帮你把水提来了。"你连忙说:"谢谢!谢谢!"伸出手去抓桶的手柄,可他却用肩膀顶开了你,一步跨入了你的家门,他的嘴里嘟囔着:"没什么,没什么,帮人帮到底!"你也不好再说什么了,由着他帮你把水从他的桶里倒进你的桶里。他做完这些后,站起身来舒展了一下身体,自言自语道:"累死了。"你赶紧拿来房间里唯一的一把椅子,请他坐下。但他却把右手搭在椅背上,左脚毫不客气地就踩在椅面上。你马上不高兴了,但又不好发作,就僵直地站在他的面前,想说些什么来避开这种令人尴尬的局面。他的头左右环顾着,也不看你,只是一个劲地在研究你的房间。过了一会儿他说:"你这里还不错。"你有点哭笑不得地说:"不错个屁!"可他仿佛没听见你的声音,仿佛你说的话就是一个屁。他突然说:"我哥的孩子明天早上考试。"你无奈地嗯了一声,不准备再接他的话茬。可他接着说:"我看今晚他就住你这里,他考不好就惨了。""啊?"你差点骂出最难听的脏话来。他扭过头来看着你,仿佛你的这种反应难以理喻,或者更像是在疑惑你怎么会站在这里。你只好说:"我经常失眠,不能和别人一起睡。你看——"你指了指房间,似乎想让他明白,"我一直一个人住在这里。"但是鹅弟弟没有再说什么就走了出去。

你把门关好,打开暗锁,还插上了插销,似乎强盗马上就会从门外杀进来。然后你取下门后挂着的抹布,仔细地擦试被踩脏的椅子。你一直觉得自己是个善良的人,因此你的心情变得异常复杂。一方面你觉得受到了无礼的冒犯,另一方面你为自己的自私感到惭愧,毕竟让小孩睡在这里只是一件小事而已,而椅子被踩脏只是因为他们的生活习惯不好,不能认为是故意的挑衅。你躺在床上,思来想去的同时,内心深处有种隐隐的期待,期待敲门声会突然响起。但是当时针摆过十二点后,你感到了一丝失落和焦虑,你翻身打算沉沉睡去,却怎么也睡不着,你惊讶地发现自己很多年来第一次失眠了。

第二天早晨,你开门准备去水房洗脸时,发现自己的心里竟然慌张起来了,你长呼了一口气,平静了一下自己,一副无所谓的样子又重新浮现在脸上。你不紧不慢地走到水房门口,看到鹅男人正在水房里刷牙,他看到你后冲你笑了笑,裂缝似的眼睛完全被脸上的肌肉挤没了,所以你看不到他的眼神,无法弄清他的含义。你也勉强对他笑了笑,开始刷牙了。你又一次听到了很响的吐痰声,不知是因为习惯了,还是觉得亏欠了他们,你恶心不起来。鹅男人吐完痰,和他的老爹一样美滋滋地舒了一口气,然后转过脸来对你说:"我儿子今天考试没考好,他说因为他昨晚没睡好。"你不知道该怎么回答,表情有点尴尬。他也沉默了一会儿,似乎在感觉到你情绪的波动之后,才继续说道:"我们家六口人挤在这么个小房间里,很难有睡好觉的时候,明天他还要考试,今晚让他住你那里可以吗?我弟弟是个粗人,不会说话,你别往心里去。"他用伤口似的小眼睛一本正经地望着你,等待着你的回答。你避开他的目光笑着说:"好吧,今晚让他来就是了。"你的心情随之也松弛了下来,像是还清了一笔陈年旧债。

你吃过简单的晚饭后,看看手表,才六点半。你认为小孩不可能这么早过来,你便出门到楼下去散散步。等到快八点了才慢慢走回去。你爬完楼梯刚刚走进楼道,便看见鹅男孩和他的母亲站在你的门口,他们在安安静静地等你。你赶紧走过去说:"不好意思,让你们久等了。"鹅男孩的母亲说:"没事的。"昏暗的光线让你很难看清她的模样,其实你心底一直有种模模糊糊的简单欲望,就是想看清楚她到底长得漂不漂亮,这种欲望并没有进一步的要求,只是出自男人的本能。

你打开门,拉开灯,她的脸从昏黑中浮现出来。你只看了她一眼,便记住了她的每个细节。她的颧骨很高,眼窝陷了进去,脸颊也陷了进去,整张脸给人干巴巴的感觉。显而易见,她离漂亮的距离很远。你让她坐在椅子上,你坐在床上,小孩就只能先站在他母亲的身边。你作为主人先主动地问她:"你在哪里上班呢?"她微笑起来,说:"我就在楼下不远处的小商店里当售货员。"你把你的惊讶略略夸张了一下说:"我经常在那里买东西的啊,怎么没见过你?"她说:"这有什么可奇怪,我一般早上和下午工作,而你一般晚上才去买东西。"你无言以对,心里为她这么了解你而感到惊奇。你正思忖该怎么问她时,她站起身来,说:"那我走了,明早我来接孩子。"你的一声"好"刚刚抵达嗓子眼,她已经打开门走出去了,头也没回一下,似乎孩子根本就不是她的。

房间一下子静了下来,鹅男孩仍然保持着原来的姿势站在椅子边,歪着脖子看你。你第一次看到这个孩子就不喜欢,甚至内心有一种隐隐的厌恶。一般而言,一个小孩是很难让人厌恶的,但是如果让人厌恶了,这种厌恶往往来得特别强烈。或许是因为人们本能的在孩子身上寻找自己童年时的可爱影像,而一个令人厌恶的孩子则是在固执地否定这一点,这怎能不让人失望和憎恨呢?你看着鹅男孩,觉得无话可说,便蹲下来在床底下寻找那张没用的凉席。你把席子铺在房间的中央,在上面铺了褥子和床单。你对鹅男孩说:"今晚你就睡这里可以吗?"鹅男孩用女孩子尖细的声音说:"我在家都睡在床上的。"他指了指你的单人床。你有一点洁癖,一向不喜欢别人睡你的床,何况还是你厌恶的人!你有些生气地说:"那你回家睡去!"鹅男孩哭了起来,你不搭理他,有些铁石心肠。他的声音逐渐变大变细,你的耳朵或许还能坚持一会,但你的心脏开始了强烈的抗议。你妥协了,你走过去想帮他擦擦眼泪,但你的手在快碰到他小脸的那一瞬间又本能地缩了回来,你只是轻声说:"别哭了,别哭了,你睡床,我睡地铺。"

鹅男孩的哭声像远去列车的汽笛,慢慢平息了。为了避免和他说话的尴尬,你建议他现在就去睡觉。他揉了揉有些红肿的眼睛说:"我还不困。"你像个善意的长者说:"乖,你明天还要考试呢。"他突然笑了,说:"才没有呢,他们骗你的。哈哈。"你愣了一会儿,然后粗鲁地喊道:"操你妈的!玩我?!"你终于愤怒了,暴跳如雷了,你用力地盯着鹅男孩,喊道:"滚!"鹅男孩还在笑,笑里面似乎含有特定的内容,你不想理会。他站着纹丝不动,你又气急败坏地喊了一声:"滚!"鹅男孩这时不笑了,然后用女孩子的声音严肃地对你说:"你真是个小气鬼。"这句话像是一把刀子,把你气愤的肚皮划开了,只剩下一些泄气的沮丧。你坐下来,有些解释地说:"不是我小气,是你们不应该骗我。"鹅男孩马上反问你:"假如我们不骗你你会让我今晚睡这里吗?"你有些支支吾吾了:"那要看是什么情况。"你又吓唬他说:"像我要是没事就去你们家里住可以吗？"鹅男孩毫不犹豫地说："可以啊。只要你不怕挤就来啊。"

漆黑的夜里，你在自己的房间里睡在地板上，心里很不是个滋味。你反复在想一个问题，就是自己到底是不是个小气鬼？你想到很多次在街上碰到各式各样的乞丐，有的简直惨不忍睹，你很有些同情和怜悯他们，但你连一分钱也没从口袋里掏出来。你对自己说现在很多乞丐挣的钱比你还多，应该是他们来施舍你，而不是你傻乎乎地去展示你廉价的同情。这样来看，你不但小气，而且还伪善。你翻了个身，鹅男孩睡得很香，均匀的呼吸声中混杂着小孩子稚气的呻吟，你对他的厌恶减少了很多。你回忆起你幸福的童年，然后开始怜悯起鹅男孩来，你甚至想到了"命运"，鹅男孩的未来在你脑海中一片灰暗，比你眼前的黑夜还要黑、还要压抑。你这样胡乱想着，渐渐进入了梦乡。

很响的敲门声一阵一阵有节奏地钻进你的耳朵，摧毁了你的梦中世界。你睁开眼睛，屋顶高得像灰色的天空，你一时有些难以分辨这依然是梦里，还是来到了现实生活。敲门声仍然响着，天色青灰，你迅速穿好衣服去开门，鹅男孩的妈妈身子一侧，就从你身边溜进了房间，她说："不好意思啊，我要上班了，顺便叫小孩起床。"她走到床前，用手轻轻拍打鹅男孩的脸，嘴里念念有词："乖宝宝，起床上学了，快迟到了哦，快点啊。"鹅男孩睡眼惺忪地开始穿衣服，他母亲就静静地站在床边等他。你站在她的身后，在考虑要不要质问他们为什么要骗你。终于，你咳嗽了一声，用食指尖轻轻碰了碰她的肩膀，她回过头来纳闷地看着你，你硬着头皮直截了当地问她："小孩说他今天根本不考试，你们为什么要骗我？"她说："我从来也没有这样跟你说过啊，你弄清楚，不要冤枉我。"你一想好像也是，"但是——"你准备争辩说那也是你们一家人合伙骗我的，但被鹅男孩两声尖锐的叫喊打断了，"妈妈！妈妈！"他仰面看着他的母亲，用手指着你一脸天真地说："妈妈，他昨晚说要操你，是什么意思啊？他是不是在骂你？"你的心理防线全面崩溃了，脸涨得通红，急忙说："小孩子别乱说，我什么时候说过这样的话！"鹅男孩的妈妈看你一眼，然后一巴掌打在了鹅男孩的脸蛋上，怒吼道："小小年纪怎么这么坏！"鹅男孩开始大声哭泣，

非法入住　49

尖锐的频率像针刺痛你的鼓膜。你准备再解释几句，但鹅男孩的母亲撕扯着孩子的衣服已经走到了门口，你要是再说些什么，左邻右舍是肯定会误会的，你只得懊丧地退回了房间。

整个白天不管你干什么，你总想着这件事。你不知道鹅男孩的母亲是怎么想的，她应该明白那只是一句脏话而已，而不是有什么特定所指的陈述句。但是鹅男孩的说法，使这种情况变得恍惚暧昧，有口难辩。黄昏的时候，你吃过晚饭就龟缩在房间里，也不想看晚报，呆呆地坐着，打算等她来了一定要解释清楚。

七点多的时候，鹅男孩的母亲来找你，小孩没有一起跟来。她走进房间径直坐在床上，你只好坐在椅子上。你看到她还穿着粉红色的制服，就问她："刚刚下班吗？"她说："是啊，我没回家直接过来了。"你听了有些尴尬，以为她是来兴师问罪的。你为了掩饰这点，起身去为她倒了一杯水。她突然对你说："你看看我，觉得我有多少岁？说实话啊。"你慌张地注视着她也在注视着你的眼睛，那双眼睛黑暗而又幽深。突然，她微笑起来，手伸到脑后把扎着的头发打开了，一大片乌黑的头发披散到肩膀上。你低声说："二十八岁吧？"她几乎失声尖叫了："我有那么老吗？"为了掩饰你的失误，你只好装傻呵呵笑了。她沉吟了一会儿，有些伤感地说："我才二十五岁呵，结婚太早了。"你居然被她感染了，心里居然为她生出了一些酸楚，这种酸楚很有些"同是天涯沦落人，相逢何必曾相识"的意思，你和她之间的栅栏就这样自然而然地随风而逝了，再解释那个问题反倒显得多此一举。于是你诚恳地说："其实现在你也不老啊。女人成熟了才更有魅力。"后面的话是突然尾随而至的，跃出了你的控制。她听了的确很高兴："真的吗？真的吗？你可不要骗我。"你突然对自己已经说出的话深信不疑，你看着她的眼睛说："真的，你就是一个成熟的女人。"

女人的脸红了。你的脸也红了。

你和鹅男孩的母亲就这么随意聊着，等到鹅男孩到来，她才离去。鹅男孩看了你一眼，就主动趴在床板上写作业。你没有理会他。没一会儿他就写完了，不知他的母亲对他说了什么，这一次他没有再和你闹，马上乖乖地上床睡觉了。你一直坐在桌前，拿着当天的晚报翻来翻去,你对那些无聊的新闻标题视而不见,你的心里在不断琢磨刚才和女人的对话,觉得那里面有一种难以说清的暧昧。你反复不停地细细品味着,反正夜里也无事可做。这时,你忽然听到鹅男孩很响亮的呼噜声,像个疲累的成人一样,你对他的厌恶又升了起来。你转头看了看他,那张脸让你很不舒服,你抓起一张报纸扔在了他的脸上,心里才舒了一口气。眼不见心为静嘛。本来你是打算找个时间去鹅男人家当场拆穿他们的骗局,赶走这个不讨人喜欢的孩子,但你现在却懒得动弹,甚至懒得去和他们计较。你已经习惯了这种奇怪的生活,更重要的是,你已经很有些期待和那个并不漂亮的二十五岁的母亲聊聊天。

上午出门的时候,你碰见了鹅男人和他的父母亲。鹅男人主动朝你打招呼,而两位老人对你视而不见。他们三个人排成一排下楼梯,没有多余的空隙能让你钻过去,你只好亦步亦趋地跟在他们身后,好像和他们是一家人一样。你心里思索了好久,觉得不管怎样还是得讨个说法啊,你可不想被别人利用了还把自己当傻子。于是,你装作不经意地问鹅男人:"小孩该考完试了吧?"鹅男人头都不回地说:"考完了,今晚他就不过去了。"你听了如释重负,可是你马上想到,这样的话鹅男孩的母亲就不会过来找你了。你心里感到了轻微的惆怅,你看着鹅男人的后脑勺准备再说些什么,突然意识到那个女人就是眼前这个男人的妻子啊,你怎么一直没有想到这一层呢,于是一种可笑的感觉弥漫了你的意识。你甚至邪恶地想象了这个奇怪的男人趴在那个女人身上的情景,产生了一种强烈的复仇的愉悦。

晚上你觉得房间格外寂静,仿佛回到了过去你与自己形影相吊的日子。你开始整理房间,把床单和被套换了,把地铺卷起来,打算先塞进床底下。你觉得房间居然比以前大了几分,你知道这是你的错觉,但你还是这么觉得,你甚至想有时间有精力的话,找个女人来陪你一起住是很必要的,红袖添香夜读书,多么美妙的生活啊。就在你这么胡思乱想的时候,一阵敲门声有些粗暴地闯了进来,撕碎了你浪漫的想象,房间又变得和原来一样小了,甚至更小了。你的第一个反应是鹅男孩的母亲又来了。你迟疑了一下还是去开了门,却看到鹅男人的老父母站在门口,你疑惑地问道:"有事吗?"老头说:"我们来告诉你,我孙子今晚不过来住了。"你说:"我知道啊。"老头接着说:"实话和你说吧,小孩住回来,我们就睡不好了,人太多房间太小,可你一个人却住着一间房,你说这到底是怎么回事?"你被这段话给打懵了,变得张口结舌,不知道该怎么说,憋了半天才说:"这不关我的事啊,你们可以去住大房——"老太婆粗暴地打断了你的话:"我们是穷人!没钱住大房。"你突然意识到他们是一群无赖,你只能用无赖的手法来对付他们,否则他们将成为名副其实的掠夺者和闯入者,直到将你彻底赶走为止。

你让脸上堆满嬉笑,调侃地说:"那你们想怎么样啊?"老头和老太太异口同声地说:"从今晚开始我们就住在你这里!"果然不出你所料,你坚定地说:"那是不可能的。"老头说:"我们不是来征求你意见的。"然后身子就往里挤,老太婆不甘示弱,从后面使劲推老头。这样出格的举动大大出乎了你的意料。你左手板住墙壁,右手推门,试图将他们拒之门外。但他们像潮水一样将你冲垮了,你跟跟跄跄地退到了屋子的中央,他们的身子紧贴着你,眼皮耷拉的眼睛凶巴巴地盯着你。从未有过的耻辱和怒火席卷了你的全身,你颤抖起来,用尽全力大吼道:"快给我滚!滚!再不滚我报警了!"老头和老太婆愣了一下,但老太婆随之恢复了常态,还想接着挑衅,可老头好像还懂一点点法律,就伸手扯了扯老太婆的衣襟,说:"我们走,我们走。"然后恶狠狠地对你说:"报警是吧?咱们走着瞧!"他们像两只可恶贪婪的大老鼠一样从门口溜走了。你站在原地,气喘吁吁,两只眼睛由于气愤涨满了泪水。

你用力关上门,随后陷入了沉思。你明白自己的生活已经处在危机状态,你想象了他们的数种报仇方式,并为每一种想出了化解的方法。但你还是坐卧不宁,因为你意识到自己的居住环境已经完全恶化了,这将严重影响到你的日常心态。实在不行,干脆搬走算了,你妥协地想道。但是你的工资不多,你又舍不得花更多的钱在租房上,你还打算省下一笔钱买台电脑和一部照相机。这样一来,你只有唉声叹气地忍耐了。

早晨起来，你先打开一条门缝，听听水房有什么动静。好像没什么人在，很安静。你迅速出门去刷牙洗脸，没有发现什么异常。但等到你回到你房间的门口时，你看到的景象差点让你呕吐出来：门的把手上沾满了黏糊糊的棕黄色的浓痰。你怒火冲天地转身往回走，来到鹅男人家的门口后使劲拍着门，鹅男人来开门了，他的父母和弟弟还在睡觉。你对他大声喊道："你们什么意思？怎么这么恶心啊？！"鹅男人一脸迷惑的看着你："怎么了？"你拉住他的胳膊，把他拽到你的门前，质问他："你看看，这都是些什么东西！"鹅男人还是事不关己的样子，他甚至说："关我屁事啊！"你气急败坏地喊："不关你事！？都是你们家搞出来的！你给我把它舔了！"你说着用手去按鹅男人的丝瓜头，鹅男人迅速缩头避开了，然后他也开始大骂脏话。气愤至极的你毫不留情地朝他的小眼睛一拳打过去，他的一声惨叫回报了你的耳朵。他也开始还手，你们厮打在一起，在楼道里发出了骇人的怒吼和碰撞的巨响。相邻的几扇门打开了一条缝，又迅速闭上了，锁死了。

　　开始的时候，你们势均力敌，但是情况马上发生了变化。鹅弟弟以及两个老家伙冲了出来，也加入了混战。你感到你的身体像一个沙袋，被持续的多角度打击揍得晕头转向，你奋力挥舞着拳头朝楼梯口的方向跑去，鹅弟弟准确地判断出了你的动向，抢先占据了路口，然后用腿去勾你的双脚，你由于惯性来不及躲避，只有无可奈何地向地面倒去，像是一颗被砍倒的树。鹅男人趁机坐在你的身上，两个老家伙按住了你的两只胳膊，你动弹不得，只能大喊大叫："打人了！我要报警！"鹅男人怒气冲冲地说："报什么报，是你先动手的！"你喊道："谁让你们往我的门上吐痰。""谁吐了？谁吐了？"老头哼哼唧唧地说道："你有证据说是我们吐的吗？有种你拿着样品去做个DNA检测啊！"说完，他自己忍不住笑了，他们都笑了，笑得前仰后翻："样品，样品，哈哈哈哈。"你绝望地仰望着这幅景象，然后愤怒地闭上了眼睛，全身每个关节都痛得突突作响，像是心脏长在了全身各处。

　　你忽然感到你的身体离地而起，你赶紧张开双眼，发现自己被他们抬起来了，你慌张得有些狼狈了，声音都软了下来，赶紧问："你们要干什么啊？干什么啊？"他们说："把你抬回家啊，要不然你只有爬回去了。"老太婆补充了一句:"还可以滚回去。"他们再次哈哈大笑。前所未有的恐惧让你开始了拼命的反抗,但是他们四个人的手像大螃蟹的钳子一样紧紧夹住你,毫不松劲。你又累又疼,只好停止了任何行为,暂时随他们摆布,希望等到关键时刻能够脱身而逃。

他们把你抬进你的房间,老太婆从床下找出打地铺的铺盖卷,打开来,他们便把你像扔垃圾一样丢在上面。老太婆还说:"你看我们对你多好,做人要知恩图报啊。"老头已经躺在了你的床上,他很舒服地伸了一个懒腰说:"真舒服啊。"老太婆骂骂咧咧的也在床上躺下了。鹅男人的弟弟一屁股坐在桌子上,很累地喘着气。鹅男人一把拉过椅子,就坐在你的面前用一种战胜者的神态俯视着你。他的右眼被你打红肿了,他条件反射似的不断伸手抹去从里面因疼痛而流出的分泌液,但你内心还想往那上面再狠狠地打上几拳,直到把它打烂打碎你觉得才能化解心头的这股恶气。这种冲动越来越强烈,你只好闭上眼睛,克制着自己。

鹅男人说:"从今天开始就由我们家人轮流照顾你了,虽然是你先动手的,但我们把你打成这样,也有一定的责任。"他的唾沫星子像雨点一样喷溅到你的脸上,你忍不住抬起胳膊来把脸擦干净。但是你的这个举动却激怒了鹅男人,他一把扯住你的领口说:"嫌弃我们是吧?我们还嫌弃你呢!要是我们不照顾你,你就会疼死、饿死。"你不想再反驳什么,于是就安安静静地躺着,让自己痛苦的身体得到一会儿惬意的休息。鹅男人也不再搭理你,他对老太太说:"老娘,今天晚上咱们就在这里做饭吃吧。"老太太说:"我先睡一会儿,你现在去把东西搬过来。"

鹅男人答应着,准备回去拿东西。但是他的弟弟叫住了他:"哥,拿什么拿,他这里什么都有。"鹅男人拍着自己的丝瓜脑袋说:"哎哟,对对对,我怎么就没想到啊。"鹅男人也不问你东西都放在哪里,他卷起袖子自己动手,把你房间的每个角落都搜索了一遍,连你平时舍不得喝的一盒雀巢咖啡都给找了出来。还好,钱、存折、证件等重要东西没有落到他的手里,你怕鹅男孩偷东西,把它们早就藏在一件旧衣服的口袋里。鹅男人不知疲倦地搜索着,他甚至像乌龟一样爬进你的床底下。在他的努力下，没一会儿，桌子上堆满了花花绿绿的各种食品，连酱油、陈醋、盐等调味品也置身其间。鹅弟弟不厌其烦的一件件拿起来仔细研究着，不时嘟囔一句："我操，这小子什么都有。"老太婆也来劲了，从床上翻身而起，和她的小儿子一起研究着，最后她决定道："今天晚上我们吃顿大餐！"

他们的步伐急促，他们的脚就紧贴着你的身子走来走去，有时候为了走捷径干脆就从你的身上乃至脸上跨过去。你闻到了食物的香味，听到了他们品尝的咂嘴声，但你什么也没看到，因为你为了不把自己气死所以拒绝睁开眼睛。但你的愤怒还是像盐水一样撒在你的伤口上，疼痛让你不由自主地哼哼起来。但你还是无法让自己平息下来，这是一群强盗！他们居然这么蛮横地洗劫了你。如果说你内心深处还有一丝隐隐约约的期待的话，那就是希望那个二十五岁的女人能早点下班回来，她或许能改变你现在的惨况。

一直等到房间里暗下来，你头顶的灯泡被打开，那女人才神色疲惫地回来，鹅男孩跟在她的后面不停地说着话。她来到你的房间并没有马上理会你，而是立即加入了饕餮的队伍。她一边很响很香地咀嚼着，一边命令鹅男孩去洗手吃饭。这时候，其他人已经吃饱了，老头和老太婆在你的床上舒服地躺下了，没一会功夫他们就鼾声响起，沉入了梦乡。鹅弟弟也准备回去睡觉了，他用脚尖踢了踢你的胳膊，说道："我操，老子终于可以在晚上睡觉了，以前大白天别人忙来忙去，我得躺着，因为等到晚上要把床让给老家伙们！现在好了，哈哈，看来我还得感谢你小子。"鹅男人几乎没再说什么话，可能是因为受伤了。他不声不响地离开了。

屋子里安静了一会儿，然后你感觉到那个女人在你身边蹲了下来，你睁开眼睛看到她端着一碗面汤递给你，你的嘴唇嚅动了一下说："谢谢。"你接过碗来拼命喝着，仿佛身体内产生了一个吞噬万物的黑洞。你的心情变得异常复杂，仅仅就给你喝汤这件事来说，你是应该表示感激的，但是要不是这家人一步步地侵犯——包括这个女人或明或暗的参与，你会落到被人施舍一碗面汤的地步吗？如果整体都是错误的不可原谅的，那么这个整体中的一个正确细节就值得庆幸和感激吗？从理性来说，这一切都是应当被怨恨的，但是感性却固执地把整体打成碎片，然后将一个个细节单独地塞进记忆里。你已经看不清眼前的事物，因为你的记忆已经变成了一块随容器形状不断变化的果冻布丁。

你喝完汤，女人关切地问你还想吃点什么，你摇了摇头，疲惫不堪地重新闭上了眼睛，而且出乎意料地迅速睡着了。

醒来的时候，应该是深夜，黑糊糊的伸手不见五指。你的右肩像通了电流一样又麻又痒，你这才意识到自己由于太累了，一直没有翻身。你酸软的腰部一用力，身子向左转去，然后平展地躺在床铺上了。但你的左手却碰到了一个人的身体，你不由吓了一跳，随后就再一次愤怒起来：没想到连自己这么简陋的地铺都会有人来要求共享，这种侵犯已经到了极限，已经到了无论如何都不能忍受的地步。你的左手攥成拳头，朝那个身体打了过去，然后传来"哎哟"一声，你听出那个声音是鹅男孩的母亲的，在这一瞬间你的内心起了微妙的变化。你不由自主的压低嗓音问道："你，怎么睡到我旁边来了？"那女人不回答你的问题，只是一个劲的说："好疼，好疼哦。"你心一软，问她："打到哪里了？"她并不说话。你看不见她的脸，只有侧耳倾听，你听到她的手在床单上摸索着，发出和扫地一样的沙沙声，随后你的左手感到被女人的冰凉的手给握住了。还没等你有进一步的反应，她已经果断的把你的左手放到了她的胸前，并且用力按着，好像你的手会像老鼠那样随时溜走。你一下子不知所措，只好一动不动，但是你的左手慢慢感到了柔软和温暖，并且把柔软和温暖源源不断的输送到你的全身各处。

你的身体被源源不断的温暖点燃了，你的呼吸变得急促，嗓子眼变得干渴，你的左手已经不满足于静止的传送，开始了动态的交流。你听到了女人的呼吸声开始变粗，你的手感觉到了女人的胸部在战栗挺起。你再也无法忍受，有些粗暴地翻身而起，把她压在身下。女人表现得很默契，迅速解开了她的睡衣，然后紧紧抱住你。她的嘴唇碰到了你的嘴唇，但你迅速避开了。随后一切如你所愿，你的身体开始兴奋地起伏着。起初,你还怕老头和老太婆听到,但你突然意识到这正是你复仇的第一步啊,你开始肆无忌惮地动作起来。女人似乎也无所顾忌,在你身下像水蛇一样扭动着。周围漆黑一片,无法看清任何事物,你身体的感觉显得很不真实。你陷入了自己的意识深处,或是说体外的黑暗和意识的黑暗连成了一片。这样持续了一段时间后,女人不动了,你的身体也得到了充分的释放。

你的全身软绵绵的,整个身体都压在了女人的身上,你的每一寸皮肤都在吸纳女人的温软,可你已经没有了欲望。不过,更加持久的是,你的心中充满了复仇的喜悦。你深切地意识到了复仇的快感要远远大于身体的快感,而且你进一步用求极限的方式想到,身体的欲望无休无止,无法取消,只有死才能终止;而复仇的欲望则目标明确,易于实现,可以取消。你用力捏着女人的肉体,似乎里面能挤出水来,女人不知是怕痒还是怕疼,一边咯咯笑着一边摇晃着身体。但你越来越不关心她,开始专心致志地思索起复仇反攻的方法来。

黎明的时候,你迷迷糊糊地感到女人起身准备离去,你睁开眼睛,借着微弱的晨光看到了女人裸体的轮廓。她的乳房丰满地下垂着,小腹丰腴地微微突起,这个成熟少妇的形象让你再一次呼吸急促,你深刻地体会到男人是被视觉统治的动物。你有些急切地起身将她重新按倒在床铺上,她发出了惊慌的呻吟。她凑到你的耳边轻轻说:"不要啦。今天晚上我再来。"你不说话,开始专注地亲吻她,慢慢的你居然也有些动情。女人的防线果然崩溃了,她声音颤抖,喘着气说:"不管了,快来。"你这一次动作得更为肆意,也更为尽兴,女人忍不住说:"你真棒。"你正准备更为激烈地回应她的夸奖时,却听到了老太婆阴阳怪气的声音:"你们都棒得很!"

身下的女人立刻变成了一具冰凉的塑像,你却不管不顾,继续动作,甚至抬起头来向老太婆的方向看去,尽管你只看到了她模糊的黑影,可你却兴奋得不可遏制,你心想这是复仇的开始啊,这个开始非常好。你居然像女人那样叫喊了起来,女人被你的声音给感染了,因为你听到了女人越来越压抑不住的喘息声,随后你感到一阵强大的黑暗席卷了你,你发出了更加自由欢快的叫喊。

女人穿好衣服匆匆离去。这一次，你因为满足和疲劳，没有再睁开眼睛看看女人的身影，女人已经成了一个虚幻的女人、普遍的女人，一个只为你的欲望而存在的女人。你惬意地平躺着，舒展着四肢，觉得以前自己是那么孤独，单身一人，只是满足于在大街上看看漂亮的女人，现在看来，漂亮还是不漂亮已经没那么重要，重要的是有一个实实在在的女人能够睡在你的身边。你在黑暗中感到满足感像是一只温柔的手抚摸着你，你的每部分都被抚摸得无比舒适。老太婆呼哧呼哧的喘气声一直在你的耳边回旋着，你知道她被气坏了，但这样反而增添了你的满足感。你不动声色，因为你绝对确信自己已经占了上风，所以只需静静等待事情的发展。老太婆也按兵不动，似乎在休整精力，或许她打算在天亮以后联合她的无赖家族对你发起致命的攻击。

但你毫不在意。你还在想，满足感和幸福感是一回事吗？如果不是，又有什么差别呢？

早晨你很晚起床时，发现老太婆和老头还在你的床上呼呼大睡。老头的鼾声如雷，但奇怪的是，他在经过很响很长的吸气过程之后，突然陷入了可怕的死寂，他的嘴像死鱼那样持续地张着，看得你胸口发闷，像是一只无形的手突然捂住了你的嘴巴和鼻子，但正当你准备凑近前去探一探他的鼻息时，他却再一次开始很响的吸气了。而老太婆却面朝着墙，安安静静地躺着。和这类人的战争绝对是一场持久战，你心里对自己说，坚持就是胜利！你对这条原则进行了反复多次的肯定后，突然意识到如果仅仅是消极地坚持，那你其实就是承认了这些无赖的得逞。持久战还是要落实在"战"上面啊，不战而持久就是失败。你觉得无论如何应该尽快终结自己被侵犯的历史，你可以不惜一切代价，包括做人的道德和尊严。

复仇的意识像点燃的火箭推进器，将你送向布满恶之星辰的宇宙深处，你的内心一片惶恐和眩晕。同时，你的内心也充满了兴奋和激动的战栗，你居然觉得罪恶比善良能带给人更加强烈的快感和更加迷人的沉醉。

你的想法让你的全身充满了力量，你开始行动起来。

你拿起毛巾端起牙缸去水房刷牙洗脸,看到鹅男人家的房门紧闭,心想他们肯定还在睡觉,这或许是他们多少年来睡的第一次好觉。洗漱完后,你去楼下不远处的餐馆吃早餐。你犹豫了一会儿,还是向单位请了假。你吃得很慢,仿佛在享受这难得的悠闲。快十点多的时候你才慢慢悠悠地走回了自己被占领的房间。

他们已经起床了,在喝着咖啡,当然就是你买的那盒雀巢速溶咖啡,满屋子都是咖啡的香味。他们看到你回来并不惊奇,老头问你:"吃过早餐啦?"你礼节性地点点头,但老头接着说:"我们还没吃呢。你看我们光喝咖啡,没有面包,这算什么早餐呢?"你冷笑起来,知道老头这是在故伎重施,你咬紧牙关说:"关我屁事!"老头又说了一大堆话,你还是同样的回答,而且你把"屁"字故意拖得很长。你想起鹅男人就是这样彻底激怒了你,因此你这是以其人之道还治其人之身。这一招果然奏效,老头被你气得咳嗽起来,全身剧烈地痉挛着,然后他吐出了一口浓痰,准确地落在了你的地铺上。他像刚吃完饭那样抹了抹嘴,然后说:"我有病啊,肺结核,不要再逼我吐出更多的痰。"说完,他得意地笑了,脸上的皱纹缩成一团,像一团揉皱的卫生纸。你没想到他会无赖到这种地步,恶心和怒火像绳子一样勒着你的脖子,你真想狠狠地揍这个老家伙一顿。但你心慈手软,对一个老人下不了手,这样就注定了你必然会处于劣势。如果你的反击只是无力的谩骂,那是很难触痛这个恶心的老无赖的。

你气愤地盯着老头,看到他得意的样子你的肺叶开始膨胀到即将失去控制的地步。突然,你也咳出了一口痰,使劲地吐到了老头的鼻子上,淡黄色的液体从他的鼻梁上流了下来,垂在鼻尖下,荡着秋千。你的心里一下子紧张了,像小时候做错事一样,毕竟你是第一次采取这么无赖的行为,但你复仇的意志已经变得坚硬如铁,你随时准备做出更为无赖和恶心的行为。

老头愣了一下,耷拉的眼皮向上耸动了一下,仿佛是要重新看看你,看看你这个斯文人居然已经迅速地蜕变成了和他们势均力敌的对手。然后他笑了,蹲下身来,用你的床单把他的酒糟鼻不但擦干净了,而且还使劲地哼出了更多的鼻涕,然后从容地抹到你的床单上。你又向他的脸上吐了一口,他还是笑着,从容地擦掉。你在气愤的同时,心里升起了一股恶意的快感,这股快感催促你一次又一次地向他的脸上吐去,你吐在他满是皱纹的老脸上,吐在他丑陋萎缩的耳朵上,吐在他拔光了毛的火鸡脖子上,吐在他早已干瘪嗫嚅的嘴上,吐在他像腐烂的软木塞一样的鼻子上,吐在他掉光了头发像火星表面的头皮上,你变得口干舌燥,气喘吁吁,嗓子眼里不但早已没有了痰,而且嘴里连分泌一点口水都变得异常艰难。刚开始的时候他的头还不由自主地向后躲避,后来他干脆坐着不动了,任由你去吐,似乎他已经习惯了这样,看穿了这一切。你不管不顾,用舌尖使劲舔着上颚和牙龈,搜刮着最后一点点口腔分泌液,然后朝他布满褶皱和沾满黄色眼屎像垂死之人一样耷拉着眼皮的眼睛吐过去。老头颤抖了一下,他的脸上沾满了你的令人作呕的口水像被野兽舔食过的食物残渣。你看到自己的黏液恶心至极地在老头的脸上缓缓流动,仿佛老头的脸开始溃烂和流脓,仿佛像蜡像一样开始恐怖地融化,你不由也深深厌恶起自己来,原来自己居住的身体是如此的恶心。起初,你看到老头不动了,以为老头被彻底打垮了,但你随后就想到,老头是故意把他自己变成世上最恶心的雕塑,然后让恶心深刻地嵌进你的眼睛和脑海,让恶心随时随地和你所有的一切如影随形,而他自己却看不到这一切,幸免于这一切。你是不会让他幸免的,你心里用最粗鲁的语言骂着老头,然后去桌子上拿过那面每天早晨映照出你年轻面庞的镜子,用手举在他的面前,让他细细观看,好好欣赏。老头的眼神像遇水的炭火一样迅速熄灭了,你看到他的像鸡爪一样长满鳞皮的手指不自然地抽搐着,似乎想马上伸出手来把脸擦干净,但又犹豫不决,试图顽强地把失败拒之门外。但你深深地意识到他已经开始崩溃了,他的厚脸皮的无赖主义已经开始完蛋了,他作为一个人的基本感情正在出现,却立即处在了非人的地狱。你的恶之快感终于在不断膨胀的过程中完成了自己,登峰造极,一览众山小。你的两腿发软,站立不稳,大脑里一片黑暗,全身几乎虚脱。你这才明白为什么中国人喜欢对恶贯满盈的人拼命吐口水,他们和你一样享受着侵犯与越界的欢乐。但是,你还有最后一点点犹豫和怀疑,最后一点点文明的残渣,你还会问自己:你确定自己是站在正义的一方吗？最起码现在是的！是他们侵犯了你，而你只不过是采取对方的方式来夺回自己的权益。你在内心深处不断对自己这么说，一遍遍地说，逼迫自己牢不可破地坚信这一点。

你站在那里气喘吁吁，嘴皮像涂满了辣椒油一样火辣辣的，你伸出舌头想缓和一下嘴皮的干燥，但是舌头却和一根干巴巴的指头一样，把嘴的周围弄得更痛了。老头紧紧地闭上双眼，木然坐着，像是一位圆寂的高僧。唾液从他的脸上不断流下来，滴在他灰旧的衬衣上，像是雨水消失在沙地里。

你们僵持了很久。突然，老头像刚睡醒一样，无赖的表情有些扭曲变形地重新浮现了出来。他抓起床单来像刚洗完头那样拼命没头没脑地擦了一阵，然后抬起眼皮看着你说："吐完了？"你看到老头恢复了状态，感到有些失望，但又无能为力。你装作还要吐的样子，撅起了嘴，老头故作平静地说："来啊，来啊。"不用老头这样嚣张地叫嚣，你也还想给他脸上再狠狠地"来"上几下子，但是，你的嘴里干旱得就和烘干机的内部差不多了。老头肯定知道你是在虚张声势，因此他不再惧怕地站起身来，拿起一个一次性纸杯去倒了杯水。但你没想到的是，他一转身递给你，他说："喝吧，喝完继续。"你不管他的意图是什么，接过杯子来一饮而尽，嘴里舒服了很多。这时你站着有些累了，便一屁股坐在床上。老头拿起毛巾，打开门走出去了。

你的精神松弛了一些，你转头看到老太婆安安静静地坐在椅子上喝咖啡，仿佛刚才的事与她无关一样。你这才想起刚才居然忽略了这个阴险的角色。你又有些警觉起来，莫非她有更大的阴谋？昨晚的事她有没有告诉别人呢？你盯着她看，可她却并不看你，仿佛惧怕与你的目光对视，仿佛做坏事的不是你而是她一样。你的胆子大了起来，你走过去直接问她："你昨晚都看见什么了？"老太婆还是不看你，她说："谁干的好事谁知道，没必要问别人。"本来你还想再说些什么，但你突然失去了耐心，你干涸的口腔此时已经渐渐恢复了分泌的功能，于是你集聚起了一滩口水，使劲地吐在了她的脸上。老太婆惊讶地抬起头来看了你一眼，然后又匆匆忙忙低下了头。

过了一会儿她一字一顿地说："你别把吐痰当射精一样好不好？"

你不由得哈哈大笑了，笑得连眼泪都流了出来，你觉得这真是一句经典的话。你捂着肚子对老太婆说："你这句话可是抓住了事情的本质。"老头脖子上搭着毛巾回来了，头发上还滴着水珠，满脸湿润的红光，看来他是去水房好好洗了把脸。你揪住老头的肩膀，把刚才可笑的那一幕讲给他听，最后你总结道："你老伴真是牛B啊！"老头没有说话，他走过去用毛巾给老太婆擦着脸，这时，老太婆突然哭了起来，刚开始只是嘤嘤哭泣，慢慢的变成了嚎啕大哭。你的心里没有怜悯，只有一种解恨的舒畅。你冷笑着，然后告诉他们："不要哭了！你们没有资格哭。你们已经把坏蛋和好人颠倒了，我才是真正的受害人，无论我对你们做什么都不过分！"

老太婆还是哭着，老头开始还帮她擦去眼泪，但她的泪水像河流一样源源不断，然后在她布满沟壑的脸上分化成一条条小溪，流向四面八方。倔老头的最后一层防线终于被自己老伴的哭声给打垮了，他变得垂头丧气，精神焦躁，最后忍不住开始向你道歉："对不起。我们不该得寸进尺，我们只是想睡得舒服一点。在家里我们两个老人从来就没好好睡过，他们睡着后会把像死人一样沉重的大腿和胳膊搭在我们的肚子上，压在我们的胸膛上，我们的老骨头像腐朽的木头一样嘎嘎作响——""关我屁事！"你毫无怜悯地喊道，你现在拒绝怜悯和同情，它们已经成为怯懦的同义词。"你们今天就给我滚蛋！哪怕你们睡在垃圾堆里，睡在厕所里，睡在粪堆上，都不关我的事！"你有些疯狂地喊道。老头不说话了，老太婆也停止了哭泣，他们都低着头，不敢看你，仿佛你的眼神已经变成了可以切割铁板的灼烫的激光，一不留神就会把他们切成碎片。

中午的时候，老头和老太婆还赖在你的房间，你知道他们是在等待他们儿子的到来，那两个年轻力壮的无赖才是你真正的对手。他们的力气合起来可以把你举过头顶，他们的口水加起来可以淹没你的脸面，所以你只有变得比他们更加无赖更加无耻才能征服他们。

你觉得不能站在房间里坐以待毙，等他们来了敌人就变成四个了，你的下场和上一次被打翻在地的下场不会有什么不同。你现在应该主动冲进他们的房间,先发制人,打他们一个措手不及。你突然想到这不正是"围魏救赵"之计吗?

你来到他们的门前,用力推了推门,淡黄色的门板纹丝不动,看来里面还上着锁。你握紧拳头开始拼命敲门,门板上快要剥落的油漆皮发出哗啦哗啦的声响,像是很多纸屑被丢在篮子里拼命摇晃着。然后你把脸紧紧贴在门上窃听里面的动静,似乎听到他们在窃窃私语,似乎对开门与否犹豫不决。你转身走进水房,从门后拿起一杆拖把,将拖把把对准门板用力砸去,好像这扇门和你有着深仇大恨。你专心致志地砸着,像是木匠钉着钉子,鼓手敲着鼓。木屑噼里啪啦四下散开,门板刚开始还发出牛皮大鼓般洪亮的声音,后来就只能像破纸箱一样发出沉闷刺耳的噪音了,两条很深的裂痕在门板上不断生长着。你继续毫无怜悯地砸,你对自己说,就算里面是太平间,你也要把死人震醒。

你不停地用力砸着,你要让侵犯你的这些无赖尝尝被侵犯的滋味。你甚至沉浸到一种向上漂浮的欢乐状态之中——就像一名指挥家沉醉到自己指挥的交响乐之中。这时,门突然从里面拉开了,你从云端一下子坠落到了人间,坠落到了这个灰暗的楼道里。你看到鹅男人气愤得脸都扭曲了,他看到你没有多余的话,直接扑上来用手勒住你的领口。你没有丝毫吃惊,你的脸上甚至嬉笑起来,似乎他撕住的不是你的领口,而是别人的领口。鹅男人显然被你的这种神态给迷惑住了,他勒住你的领口却忘记了或者说根本不知道下一步该怎么办,幸好他的鹅弟弟及时冲了出来。鹅弟弟一边忙着系裤带,一边对他喊:"打狗日的!"你不慌不忙地说:"打我我就报警。"鹅男人的拳头举在了空中,像一枚燃料用尽的导弹,摇摇欲坠。鹅弟弟又喊了一声:"打啊!"鹅男人仿佛一个梦游病患者被叫醒一样,浑身打了个哆嗦,然后恢复了勇气,拳头被猛然握紧。你嬉笑着,半真半假地说:"你打啊!你打了我你老婆会伤心哦。"鹅男人的脸一下子红了,似乎他已经知道了你和他老婆的丑事,他怒火冲天,拳头向你落了下来,你灵活地向后一跳,躲开了他的打击,然后你毫不犹豫地向他扭曲的脸上吐了一口预谋已久的痰。鹅男人被你的这个无赖举动给彻底激怒了,

非法入住

他再一次恶狠狠地扑了上来。你又躲了过去，但是你的右脸突然感觉到一阵温热，然后有液体流下来落进了你的领口。你明白，那是一口痰。你向右侧望去，鹅弟弟正得意地笑着，他对你说："别以为就你会吐痰！"

鹅男人恍然大悟似的哈哈大笑，全然不顾你刚才吐在他脸上的那一口痰正顺着鼻翼流下来，即将流入他豁然大开的嘴里。然后他不再将整个身体笨重得像麻袋一样扔过来，他也开始了远程射击，对你吐起了口水。你急忙惊慌地躲避，像是电影中躲子弹的武林高手。你的右脸开始奇怪地灼痛着，仿佛刚才击中你的不是口水，而是一颗子弹。但你宁愿那是一颗子弹！一想到那是从鹅弟弟那张无比恶心的嘴里吐出来的无比恶心的唾液，你就感到无比恶心。鹅弟弟紧跟在鹅男人身后，他们开始步步紧逼，对你吐出了更多的口水。刚开始的时候，你还左逃右窜，试图减少自己被吐中的机会。但是你还是不可避免地被像雨点一样密集的口水所击中。吐在脸上的你看不见，只是感到整个脸浮肿起来了，灼痛感像火焰在脸颊上跳跃着。吐在衣服上的你也几乎看不见，因为它们渗透进了衣服的纤维，只留下了一些黑色的水渍，像是一些丑陋的伤疤。吐在胳膊和手上的你看到了，它们像螃蟹吐的白泡泡，像洗衣服时的肥皂泡，被它们覆盖的皮肤起满了鸡皮疙瘩，变得极其搔痒，随后变得极其灼痛，像是盐酸或是硫酸在腐蚀着你。你忍住强烈呕吐的感觉，把它们使劲抹在你的衣服上，它们转瞬间变成一道黑色消失了，但你呕吐的感觉却更加强烈了。

鹅男人和他的弟弟看到你的狼狈样子开始哈哈大笑，他们把一肚子的怒火变成了有趣的游戏，把生气变成了欢乐。他们的嘴里仿佛藏有一个水泵，能抽出源源不断的地下水来。他们站在一起，齐头并进，并肩作战，你是无论如何也躲不过去了，只好转身逃跑。这样更给了他们可乘之机，他们一边追着你，一边开始互相竞争和比赛。

"三，三，我吐中了三次！"鹅弟弟在你身后兴奋地叫道。

"你算个屁！我已经吐中四次了。"鹅男人的声音异常兴奋，像是中了彩票。

最糟糕的事情出现了，你的头皮也感到了水的湿润和冰凉，你想到那是口水渗过头发滴下来的,你的身体由于极度恶心有了强烈的反应,它开始像失控的发动机那样颤抖,一阵寒流顺着脊柱延伸到腰部,你几乎跑不动了,每一次深深的喘气都混合着五脏六腑的恶心,在你的嗓子眼附近试图喷薄而出。你想用手按摩一下痉挛的前胸,但你的手上也沾满了恶心的口水,你变得无所适从,索性停了下来,站着不动了,就像刚才被你的唾液淹没的老头那样听凭别人处置了。可是鹅男人他们从你的身后拼命追过来,跑得飞快,由于惯性他们冲到了你的前面才收住脚。你不甘失败,马上抓住这个机会开始反击。他们在短时间内被你吐中了好几次。他们不笑了,怒气重新浮现在他们的脸上,他们挺着沾满口水的丑脸冲了过来,像骑兵一样挥舞起了他们野蛮的拳头。这时,你身体和心理的承受力已经到了极限,你哇地一声,把那些一直被恶心狠狠驱赶的食物和体液全吐了出来,像油井一样壮观地喷发了,鹅男人和鹅弟弟的脸上、身上全是你呕吐的秽物,花花绿绿的一大团,没有嚼烂的青菜碎片随着这和泥石流差不多浑浊的流体显眼地移动着。鹅男人率先不行了,他仿佛被人用力按住了脖子,瞬间就蹲了下来,痛苦地呕吐了,发出很令人心悸的声音,鹅弟弟紧随其后,也吐了一塌糊涂。你吐完了,泪水淹没了眼前的景物,胃部的痉挛停息了。但是,你的内心却感到了强烈的无以复加的恶心。你已经没有任何东西能从身体内部掏出来了,嘴里充满了半消化的食物残渣,苦涩和腥臭让你泪流满面。

你们三个人都变得僵硬,像是全身被喷满了迅速凝固的胶水,像是被南极的严寒眨眼间冻僵了。你们都不说话,连大气也不敢出,仿佛一不留神恶心的秽物便会钻进你们黑暗的体腔。你们谁也没有勇气看看对方,因为你们没有勇气面对龌龊的自己。你甚至痛苦地闭上了眼睛。突然你听到鹅弟弟哭了起来,你一时有些弄不清楚他为什么而哭,你睁开眼睛看着他,他还蹲在那里,低着丝瓜脑袋,像是一个罪大恶极的犯人在后悔自己的罪行。而鹅男人蹲在旁边,还在不断干呕着,有点像一个在街边喝醉酒的人。这个情景突然让你想起一件童年的往事——已经被你刻意遗忘很多年的往事。那是你上小学四年级的时候,周末和一群小朋友去人民医院的后院玩,你们在一个垃圾堆旁边发现了一个死婴，不知道谁提议说用石头砸他。然后大家像疯了一样从地上捡起石块扔过去，离你最近的那个小朋友，拼命呐喊着，像在战场上冲锋陷阵一样，他甚至从你的怀里抢走你的石块扔过去。你的胆子不大，感到极度恐慌，但是你的心里越恐慌，你就越要捡起石块砸过去，这样你的恐慌才能被减轻，或是被那种邪恶的兴奋与欢乐所掩盖。附近的石块被扔完了，大家的目光开始向较远的地方搜寻。你看到离你不远处有一块红褐色的完整的砖块，你兴奋不已，迅速跑过去把它抱在怀里，但是离你最近的那个小朋友野蛮地夺走了它，你看着他一直跑到死婴的身边才停下来站好，然后狠狠地砸了下去，发出了一声令你永远惊恐和战栗的沉闷声响，红白相间的脑浆喷了出来，他的脸上和身上都沾满了那种粉红色的豆腐脑似的东西，他大声哭了出来，那种哭声是极其受惊的人才能发出来的。你和其他小朋友站得远远的，都吓呆了，过了一会儿有几个小朋友哭了，呕吐起来。你突然开始恨他们和恨自己，这种愤恨让你开始拼命跑，没有方向，越跑越远，似乎这样就能摆脱恶心的事件、恶心的他们和自己。跑啊跑，一个草坪出现在你的面前，你不顾一切的一头扎了进去，你闻着湿润的草腥味开始嚎啕大哭了。

  你最不愿意回想的往事现在清晰地涌现了出来，你强烈地感到现在的自己还是那个十岁的孩子，充满了恶心、慌乱和惊恐，却又被邪恶的兴奋所俘获。你深深地感到成人之间的斗争也只不过是一种严肃的恶作剧，因为严肃，邪恶的欢乐也变得近乎神圣，变得比做爱的高潮还要强烈。你的泪水开始急剧增多，由肉体的反应变成精神的耻辱，时间究竟改变了什么？时间就像一堵矮墙一样，十岁的你轻轻跨过了矮墙，然后站在这边犯同样的错误，因同样的错误而哭泣。你哭得无声无息，胸膛和嗓子由于极度压抑变得疼痛，但你毫不放松对它们的暴力抑止，因为哭出声音来你会听到自己对自己的嘲讽，会让耻辱像滚雪球一样不断壮大，然后压碎自己的灵魂。

  你哭了好久，随后感到有一种东西离你远去，仿佛和刚才流出的泪水一起被蒸发掉了，仿佛一种活跃的能量最终变成了宇宙中死寂的熵。你感到了无聊和轻松，你不再恶心或是痛苦，但你也不再有什么疯狂的欢乐。可以说,你选择了这样的方式杀死了你精神的自我。你全身软绵绵的向水房走去,身体像是用纸做成的。另外那两个人已经被你彻底忽略了。你来到水池前,把水龙头拧开到最大,然后把头伸了过去,一阵令人心悸的冰凉让你全身发抖,但你的内心感到了舒服。你这样弯着腰冲了好久,直到头开始眩晕和疼痛才站起身来,一任头上的水往下流,在你的背上和胸前形成数条冰冷的小溪。这时,你才像是恢复知觉一样看到鹅男人和鹅弟弟也在你的旁边冲洗着,他们都光着上身,皮肤紧紧地绷在肋骨上,肋骨与肋骨之间深深的凹进去,似乎只要用刀子轻轻一划,心脏或是别的什么器官就会掉出来。他们看到你在看他们,但他们不敢看你的眼睛,甚至他们很有些目不斜视的样子,一转眼间,你成了他们的陌生人。当然,他们也成了你的陌生人,永远的陌生人。你对他们没有了怨恨或是厌恶,你从本质上开始回避这个问题。你的愤怒和你的灵魂一样变得支离破碎,然后离开了你,你不知道它们什么时候、会不会再聚合起来。你走回房间,老头和老太太坐在床上不知在窃窃私语什么,他们应该看到了刚才发生的事情。你不想理会他们。你找出几件干净的衣服,拿起毛巾又向水房走去。

你需要好好地洗个澡。

晚上的时候,老头和老太太还没有任何搬走的意思,但他们显然变得有所顾忌,每个行动都小心翼翼,轻手轻脚。如非绝对必要,他们都不会从你的视线下经过。你也不去理会他们,只管做自己的事。你换上干净衣服后,心情一下子好了很多。但你一点也不愿意回忆下午的事。鹅男人和鹅弟弟似乎也和你一样。他们整个下午都没有露面,直到女人领着鹅男孩回来了,他们才鼠头鼠脑地溜进了你的房间。你们之间产生了一段神奇的距离,这段距离使你们居然能够视而不见,而且带来了绝对的安全;这段距离,就像是相同磁极或是同极电荷之间相作用、相排斥的距离。女人显然对下午的事情一无所知,她像你的家庭主妇一样开始熟练地做起饭来。你看着她的背影,想了想昨晚的事情,身体又有了反应,你对身体的无耻有了新的认识。你走到她的身后,伸出手搭在她的肩膀上,然后慢慢地饶有兴味地向下摸,女人的脸红了，想避开你的手，却不敢有大的动作，以免更为充分地暴露自己。但是，实际上鹅男人和鹅弟弟显然已经看到了你这个出格的行为，但他们却垂头丧气、默不作声，变得逆来顺受了。他们的这种表现其实早在你的预料之中，不知道是他们容忍了你，还是从内心最深处接受了你。尤其是鹅男人到底怎么想的你就不得而知了，你也根本不想知道。老头和老太太更是一脸默然，他们能住在这里睡个好觉就很满足了，他们不希望再有新的变动。你变得更为大胆，把整个身子贴了上去，做出猥亵的动作。鹅男孩一直盯着你看，然后有些害怕地问你："你在干什么？"你突然觉得发生了这么多令人沮丧的事情终于有了一个可以总结的机会，你生怕他们听不清楚似的一字一顿地朗声说道："操你妈！"

　　你和他们就这么生活在一起。你还真的习惯了这种生活。有女人为你按时做饭、洗衣服，甚至还可以随时满足你，你已经别无所求了。虽然老头和老太婆有时会很响地打呼噜，但你慢慢也习惯了，到后来它已经变成了你的睡前伴奏曲，增加着你睡眠的深度，没有它们，你梦里还觉得不安稳。而且可笑的是，你自己也开始很响地打呼噜，有一次你居然被自己巨大的呼噜声给吵醒了。你开始越来越倾向于认为，你和他们会永远生活在一起。但是，大约两个月后的一天，这样的稳定状态又发生了变化，这一次，你很难说清楚是离开了他们，还是走近了他们。

　　那天，你在水房里碰见了一位年轻貌美的女人，尽管她灰白色的睡衣有些旧了，但她的美丽仍然让你眼前一亮。她正在洗手，你就仔细地研究着她的手，她的手皮肤细腻，手指修长，像是舞蹈演员或是钢琴家的手。惊人的美让你目瞪口呆，仿佛在经过漫长的岁月后你才重新记起世界上还有美丽的东西。你的脖子居然朝女人手的方向自动伸长了，这样你看起来酷似一朵巨大而奇异的向日葵。她发现了你奇怪的举止，有些不知所措，然后皱了皱好看的眉头，像下定了决心似的转身匆匆离去。你毫无廉耻地紧随其后，看到她走到你的斜对门停住了，然后推门走了进去，把门狠狠地锁上了。

　　当天晚上，你吃过鹅男孩母亲做的饭，坐在桌前看了看报纸，等到他们都去睡觉了，只剩下你和老头老太婆，你才感到有一股焦虑和烦躁让你无法安静下来。你忍耐了一会儿，最终还是失败了，因为你不由自主地蹲下了身，把你的铺盖卷起来了。老头和老太太似乎对你的这个行动期待已久，他们安静地望着你，像是你的祖父祖母。你甚至朝他们微笑了一下，然后你打开门走了出去，一直走到斜对门的门口心里才安静下来。你很有礼貌的轻轻敲了敲门，然后你听到里面的女人问了一句"谁啊？"你静静站着，悄悄等待，过了一会儿门被打开了，你紧紧抱住铺盖卷，迫不及待地向里边闯去，漂亮女人猝不及防，被你挤了一个趔趄，差点摔倒。她大声喊道："喂！喂！喂！你干什么？"你笑着说："别喊别喊！没啥事，我来你这里住几天。"你走进房间中央站稳后，才转过身来看到女人惊惶失措的样子，她的脸上还贴着白色的面模纸，由于惊恐右边脸的纸掉了下来，这样的效果是让人觉得她左脸的肉被剔光了，露出白森森的骨骼一样，那样子又恐怖又滑稽。你打量了一下她的房间，里面的布置也很简单，不过很干净，比你多一个布衣柜。你很喜欢。你把铺盖卷丢在地上，打开，和她的单人床方向相平行。然后你不慌不忙地躺在上面，盖好被子，就像在自己家一模一样。女人尖声怪叫着，开始骂你，甚至用脚来踢你，你都不为所动。你看着她漂亮的脸由于急躁和生气变得有些扭曲，不知道为什么，你感到幸福，她越是惊恐你的内心越是舒服和平静。你对她说："有什么好怕的，我不偷不抢，我就是来睡觉的，别吵别闹了。"女人果然停止了大呼小叫，安静了，但她的脸上升起了更为疑惑的神情，像是被人用枪指着背后，不得不做出的举动一样。你微笑地看着她张皇失措的表情，渐渐地，她的脸、她的身体像烟雾一样在你眼前变得朦胧和模糊，你不再搭理她，疲倦地闭上了眼睛。

像是一个失眠很久的人一样，你很快就睡着了。

（选自《大家》，2007年第1期）

点评者：刘勇

这篇小说的最大特点是，将现代西方哲学观念和中国本土生活经验结合起来，而且结合得相当结实。作家"以实写虚"的功夫令人佩服。

从主题看，小说处处呈现的荒诞感，正是曾被诸多西方现代主义小说家不厌其烦予以表现的核心概念之一，而空间争夺过程中暴露出的人际关系的极度紧张以及人性的卑劣无耻，亦可以看作是"他人即地狱"的存在主义命题的一次重演。故事背景则坐落在"筒子楼"——其间生存空间的狭小逼仄感，人与人之间的侵犯与被侵犯感，是不少中国人刻骨铭心的"中国经验"。

小说虽然情节荒诞，但人物鲜活、细节落实，并不因追求强烈的文字效果而在具体刻画方面有所简化，而是努力呈现其中的复杂性。

比如在第一次拒绝了"鹅弟弟"的无理要求之后，作者通过"你把门关好，打开暗锁，还插上了插销"等一系列细微动作显示了人物彻底拒绝的姿态，之后却又将他推入自我怀疑的境地，后悔、期待、失落和焦虑交织成不安的心理图景——令人感到，如果是我也只能如此，也不得不如此——现实感由此建立。而对被斗败的老太太的描写则故意只停留于表象，只涉及哭泣的过程，底子里却蕴藏着老太太多年来饱经的苦难、被迫成为无赖的无奈、斗败后内心的软弱和对未来的绝望，使小说的内蕴在封闭的结构中得以洞开。基于这种精准的描述，所有人物的言行都在本能层面展开，也保证了语境的完整统一。藉此，作者才能够步步为营、由实入虚，在超现实的情境里让"你"的善良和懦弱逐渐退隐而代之以"恶之快感"的膨胀，最终以一场淋漓的呕吐将情节推向最高潮，完成"受害者/施害者"身份的彻底逆转。不过，作者行文过多重复"恶心"二字，清晰有余而韵味不足，若多几个花样，也许能多几分精彩。

从叙述角度看，现代派小说最突出之处在于以主观视角取代了第三人称的全知视角，而此篇采用的是较为少见的第二人称而且运用自如，消减了小说的陌生感，同时增加了读者的参与感。"你"本是不断受到鹅男人一家"非法入住"的受害者，却被拒绝、捍卫、反击的过程所异化，逐渐学会并习惯对方的伎俩，以无赖的方式对抗一切并藉此成为最终的胜利者，行径甚至比鹅男人一家更为令人不齿。正是"你"调动出读者隐藏在心中的"我"，由始至终凝神观看着这场惊心动魄的有关"恶心"的演出。

尽管《非法入住》与西方现代派小说一脉相承，它的意义却要在21世纪初的中国才能得以确认。一方面，小说所呈现的荒诞感来自西方，却也同时具备某种"中国特色"，对应着生存于狭仄中众多中国人的共同经验，现实的隐喻性不言而喻。另一方面，这篇小说又置身于上世纪80年代以来中国先锋小说的谱系之中。那场轰轰烈烈对西方现代派小说的仿制浪潮至今仍有余波时兴，除余华的《一九八六》等少数例外，在西方样式与中国语境的结合上一直缺少真正的成功之作。《非法入住》虽然在"先锋"的外貌上并不新鲜，但它一改以往类似小说的生涩与虚浮，呈现出饱满、扎实的质地。

小　偷

艾　伟

一

邝石每天六点钟起床，喝一杯水，就去西门公园跳舞。西门公园北门，有一个广场，过去倒并不热闹，但因为邝石的加入，早已名声在外。不但附近的老头老太太都来跳舞，就是赋闲在家的年轻的太太、"二奶"也都愿意过来。

邝石退休之前是舞蹈老师，再之前就是舞蹈演员。样板戏流行那些年，邝石还跳过芭蕾《红色娘子军》，跳过《白毛女》，演过洪常青，王大春。都是高大的英雄人物。他身材修长，体格匀称，即使如今快七十了，走路依旧有型。年轻的时候，邝石就喜欢轧在女人堆里。舞蹈演员一般女人居多，你想不轧在女人堆里也难。多年来，邝石可以说一直在同女人打交道，用他夫人杨小娟的话来说，他是"如鱼得水"。所以，自他演了《红色娘子军》后，他们都叫他洪常青，真名倒是没人叫了。很多人觉得他天生是一个洪常青。

人们叫他洪常青时，态度是暧昧的。这暧昧当然涉及男女关系。邝石在这个领域闹出过太多的事儿，有时候，邝石给人感觉好像舞蹈不是他的专业，女人才是他的专业。在女人方面，他的水准应该是不错的吧，同他相处的女人没有一个恨他的，即使最后分手了，也还做着朋友。见面了相互开着出格的玩笑，玩笑中带着刺，都知根知底的，想要刺,一刺一个准。但等到邝石在什么地方碰到麻烦,这些女人倒是会挺身而出,要么给他出主意,要么出力。总之,邝石这辈子真是有女人缘,可以说是桃花满天红。

邝石的麻烦当然也只能出在"暧昧"这个领域。专业上,跳舞不说话,肢体语言再反动,也达不到"反党、反社会主义"的高度。邝石曾差点因为"暧昧"丢了性命。他睡了部队一个军长的女人,结果被军长撞见,军长拿着手枪要毙了邝石。那阵子,邝石被关在军队的一个禁闭室里,生不如死。但就在这个时候,某个中央首长来这个城市考察,首长要看《红色娘子军》,剧团的人到处找邝石,找到邝石夫人、图书管理员杨小娟那里。杨小娟那会儿心情复杂,一方面对邝石屡教不改,满怀绝望着,另一方面也担心邝石的生死。于是就把邝石闹出的丑事说了。后来,有关部门做了工作,先让邝石为首长演出,然后再做处理。邝石演出结束后,就逃离了这个城市。时间一长,军长那边气也消了,再没什么动静,才偷偷溜回家。

一辈子就这么过来了,在别人看来惊险或者精彩,对邝石来说也是稀松平常,只不过是日常生活而已。他退休后很快找到自己的乐子。这里的女人都愿意和他跳舞。她们甚至肉麻地吹捧:同邝老师跳舞感觉像在飞。于是邝石就让她们飞。他带她们转啊转,转啊转,直到她们香汗淋淋。邝石喜欢她们被带得晕头转向然后倒在他的怀里。他都能感受到她们"怦怦"的心跳。

快到广场时,邝石把无名指上的戒指取了下来。这戒指是他们结婚四十五周年时,杨小娟买来的,说他们能在一起过这么久,实在是一个奇迹,一定要他从此后戴着这个戒指。邝石不喜欢戴着戒指和女人们跳舞,觉得碍手碍脚的,好像他戴着戒指相当于戴上了手铐脚镣。他把戒指塞进西服胸口的袋子里。

这天,广场上照例人气很旺。作为一个资深的舞者,走近舞场时,他不自觉流露出一种矜持的神情——一种专业感吧。这种感觉年轻时倒是没有的,但老了就流露了。他比年轻时更喜欢摆架子,还喜欢听美言,恨不得在场的人对他五体投地地佩服。

他刚在广场边站定,音响里传出舞曲《春之声》。广场顿时变成了一张旋转的唱片，人们转动起来。本来，这一曲邝石是同王艳女士跳的，但现在王艳女士正同一个小伙子跳着。王艳女士十年前是西门街著名的美人，现在还依旧风姿绰约，她近来经常光顾这里。同王艳跳舞的小伙子是个陌生人，理了一个板寸头，眼睛大大的，流露出温和多情的气质，并且长得高挑而帅气。小伙子一边跳一边逗王艳，逗得王艳花枝乱颤。更醒目的是，小伙子舞跳得非常专业，加上年轻，看上去就像白马王子了。邝石心里不是味儿，他嫉妒了。

嫉妒总是能激发出能量。邝石挑了一个女伴开始跳起来。这一次，邝石施出了浑身的解数，好像他在参加一次舞蹈比赛。他带着女伴，花样百出，转得像一团燃烧的火。他感觉到很多人停下来了，驻足观看。那小伙子也停下来了，眼珠亮晶晶地看他们。邝石不免有些得意，有一种征服者的幻觉和快感。

音乐结束，掌声响起。那一刻，邝石觉得自己好像重返舞台。他停下来，但他的头脑却还在旋转，好像那唱片装进了他的脑子里。那女伴也是娇喘吁吁，满足地崇拜地靠在他的怀里。邝石无比受用。更受用的是他看到那小伙子在鼓掌，鼓得比谁都热烈。从那小伙子看他的热切的眼光里，他猜到小伙子想跟他学几招。要是以往，他会摆些架子，但这一次，他很乐意教他。他喜欢这个小伙子，在这人身上，他看到了往日的自己。

小伙子很有领悟力，学得很快。除了几个难度较大的动作，小伙子一会儿就学会了。毕竟年轻啊。

"你第一次来？以前没见过你。"邝石问。

"是的。"

"你干什么工作？你很有型，是演员吗？"

"不是，我是大学生。学英语的。"

"噢，你跳得很好，以为你在哪里训练过形体。"

小伙子笑了笑。他的笑有点神秘。

"以后多来玩。"他说。

小伙子点点头。

一个女人缠着邝石，要和邝石跳一曲。邝石很有风度地伸出了手，做一个邀请动作。女人昂首挺胸，变成一只天鹅。和邝石跳，女人们都觉得自己变成了天鹅。邝石跳了一会儿，在人群中寻找那小伙。他发现小伙子不见了。不知道他是什么时候走的。他教过这人，这人不打声招呼就走了，一点礼貌都没有。邝石有点不悦了。这时候，人群中发出尖叫声：

"呀，我的项链，我的项链不见了。"

是王艳在叫。人群都围住了她，议论纷纷。邝石中止了舞步。他下意识地把手摸进西服的胸袋，他愣住了，他的戒指也不见了。邝石没有吭声。他站在那儿，好一会儿没回过神来。

二

这天早上七点钟，小珊准时跳上515路公交车。这趟车直通他们学校。同别的公交车比，515路公车不是很拥挤，甚至有点空荡荡的。公共汽车缓缓地在植满了法国梧桐的老街上行驶。车内的人因为早起，倦容还没完全消失，显得有些麻木。小珊喜欢坐这路公车，这里有一种她喜欢的落寞的气息。

那人站在那儿，门边上，靠着公车上的竖杆。她一上来就看见了他。她的脸红了一下。她低着头，拿出MP3，把耳机插到耳朵里。实际上，她只是装装样子，她根本没有把声音打开。她站在那里，不用看他，她就能感受到他的存在。她能感受到那人温和而热烈的眼神一直追踪着她看。

她"认识"他快两个月了。说是"认识"，她同他却没讲过一句话。

他们的"认识"非常奇特。两个月之前，在这趟公车上，他就站在她边上。他高大而挺拔，特别是他那头干净的短发使他的脸看上去充满阳光般的勃勃生机。她不觉对他有了好感。有一股暖烘烘的气息从他身上传来，让她有些无所适从。是的，他的英气让她感到压迫。

但他似乎并没有注意她。他慢慢移到前车厢。他站在了一位高挑的女士后面。那女人穿着牛仔裤，上身套了一件紧小的T恤，显得十分洋气。女士背着一只大大的牛仔包，这包让她看上去轻松随意，有一种类似吉普赛人的洒脱气质。那个英俊的男子朝四周望了一下,然后把手伸向了女士的包。

小珊睁大了眼睛。她看到那人的手从包里迅速退回来时,多出了一只钱包。她的心头痛了一下,感到非常失望。刚才涌出的对那人的好感一下子烟消云散。某种悲哀开始在她的心头聚集。近来,这种悲哀几乎让她有点喘不过气来。

小偷是在回头时,看到她的眼睛的。她没有回避,而是直愣愣地盯着他看。他显然非常慌张,以为她会叫喊,他甚至在看窗子,随时准备逃跑。但她没有叫喊,她只是看着他,眼神非常平静,又让人感到深不可测。

她不喊不是怕那个人。她只是不想说话。她发现自己的话越来越少了,她都怀疑自己是不是得了所谓的"青春期综合症"。她觉得什么都没劲,一切都是那么令人讨厌。她讨厌她的爷爷,都快七十了,衣着却比年轻人还时髦;她讨厌奶奶,整天关在家里,像一个幽闭的修女;她讨厌母亲,她在电视上笑得那么热情,可回到家里,冷若冰霜,好像全家人欠着她什么;她的父亲倒是非常温和,但父亲的心好像从来不在她的身上,不在这个家,像是在远方梦游。她除了沉默,别无选择。

一个站头到了,但小偷没有下站。有几个乘客上了车,然后公车又开动了。这时,小珊看到那个小偷从西服里拿出钱包,把钱包塞进了那女士的包里。他这么做的时候,还回头看了小珊一眼。那眼神里有一丝羞愧——也许不是羞愧。小珊非常吃惊。

后来,他来到小珊的身后。现在轮到她慌张了,那种刚开始时的压迫又回来了。她感受到他的呼吸,感受到他的注视。她的脸又红了。她看到那女士终于下车了。女士不知道她的钱包失而复得。她松了一口气。

这时,她感到他的手碰到了她的手。她吓了一跳,想移开,但她是个沉着的人。她想看看他会做出什么?难道他也想偷她的东西吗?他没偷,他塞给了她一张纸条。然后,他离开了,到了门边。下车前,回头看了她一眼,走了。

她手上的纸条写着什么。公车在缓缓行驶，那人一会儿不见了，车窗外的街道和植物幻化成虚影。她又感受到车厢里那种熟悉的落寞的气息。她慢慢展开了纸条，上面写着：

"谢谢你。"

看了这句话，她突然对那人有了一丝好感。

几天之后，那个小偷又出现了。小珊非常紧张，她怕他再偷。但他没有动手，只是静静地坐在那里。然后，那人在中途的一个车站下了车。

这之后，小珊总是在这个时刻、在这公车上碰到那人。那人安静地站在那根金属竖杆边上。有时候看她一眼，有时候低着头，像是在想什么。这时，她在他面前倒是优越的，她又找到了一种居高临下看他的感觉。他毕竟是一个小偷，一个让人瞧不起的小偷。她不知道他为什么总是在这辆公车上出现？不知道他究竟想干什么呢？他除了偷窃之外又在干些什么？她对他产生了好奇心。

他再也没有偷窃。至少没在这辆车上行窃。这竟然让小珊感动。她觉得是自己感化了他。小珊在这件事上找到了自己的意义，感受到了自己的力量。她突然心情好了起来，感到世界还是很美好的。

有一天，那人又来到她身后，那人几乎贴着她。那人在哼一首英文歌曲，《绿袖子》，非常好听的英格兰民歌，莎士比亚填的词。一个小偷在哼唱英文歌曲让她感到奇怪。可是，英文有一种奇怪的力量，一种非常不现实的力量，几乎把这个小偷神化了。她竟然感到温暖。

就在这时，那人把一张纸条塞到她手里。好像纸条有自己的温度，她感到手心发烫，她的手都出汗了。

"你让我感到温暖。"

这是他写的。也正是她此刻感受到的心情。看这句话时，那人已经下车了。可她觉得这句话里有一种神秘的力量，把这公车照亮了。她觉得自己像在做梦。一个白日梦。

公车上的这一切是小珊的秘密。可是，她的母亲不允许她有秘密。她觉得母亲越来越像个更年期女人，总是试图翻她的日记，好像她的日记中藏着见不得人的勾当。昨天，当她回家时，她看到母亲躲在她的房间里，在翻看她的抽屉。她想她忘记给抽屉上锁了。她当时非常紧张。她不能让母亲看她的日记，否则母亲会不认识她，会气得跳楼。她几乎是歇斯底里地冲过去，一把关住抽屉。结果把母亲的手夹伤了。母亲的手是如此优雅（她身上的一切都完美无缺，欠缺的是她的热情），但这会儿流着血。她感到即使那血也是冷的。

"你怎么啦？干吗这么慌张？"

她没吭声。

"是不是功课太紧了？妈妈很担心你的状态。"

她不合时宜地笑了，笑得很神秘。

"你笑什么？"

她指了指母亲手上的血，血已滴在她漂亮的白制服上面了。母亲见状，突然失去了控制，哭泣起来。

"我受够了，受够了……"

515路公车依旧在曲折的老街上行驶。公车上的人比刚才多了一些，竟有些拥挤了。那人又来到她的身后。这让她感到压迫，就好像他的眼睛里有一种看不见的力量。她感到脖子隐隐有点儿灼痛。现在，他已经是她秘密的一部分。是她讨厌的这个世界里的一点点温暖。她不想说话，她渴望他再次递纸条给她。她盼着他的纸条已有好多天了。她都迫不及待了。也许他是个危险的人，但她觉得纸条是安全的，安静的。她喜欢这种方式。

他终于伸出了手。他的手是如此坚定。可她的手在颤抖。她觉得自己的手像一条贪婪的蛇试图把什么吞噬进肚子里。她紧紧攥住那纸片。

小珊看到那人跳下了公车，站在车窗外看着她。他的目光温柔而坚定。她感到耳根发烧。她低下头，把手中的纸展开。她的手在颤抖。手中是一句英文：

"I want to kiss you, not long, just all my life."

她看这句英语的时候，脑子里闪现的是中文："我要吻你，不太久，就一辈子。"这时，公车缓缓地开动了，她抬头看他，他还站在那儿。她突然感动了，眼睛一红，眼泪就涌了出来。她有一种跳下公车、跟那人走的冲动。她甚至脑子里闪过同他私奔的念头。

三

因为昨晚睡得太晚，这天的整个上午，邝奕都在睡觉。

他是下午开始工作的。他的工作室在离家不远的一个小区里。工作室在四楼，不大，是小小的一室一厅，但对他来说足够了。工作室是两年前买的。他一直盼望每天有一个地方可去，可以像上班一样，生活有一定的规律。他工作的时候再不用挤在家里，同母亲呆在一起了。有一个自己的空间对他来说是重要的。在工作室里，他感到安宁。

每天他是步行去的。他喜欢这样，尽量让自己的生活变得缓慢而从容。他觉得步行让他有一种远离尘世的美好感觉。他热爱自己的工作，他觉得自己的工作就是让他远离尘世的一种方式。

目前，邝奕受人之约正在写一部新戏。戏的题目是《小偷和少女》，叙述小偷和少女在公车里发生的故事。有两个方向可写：一个是小偷被少女感化的故事；一个是小偷把少女拉下水的故事。但他碰到了困难，感到这个故事还没有足够的动力，特别是小偷和少女的关系中缺乏一个戏剧性的结合点。必须找到这么一个点，他们的关系才能有进展，才能有戏。他目前不知如何叙述下去。

邝奕对此一点也不急。这方面他很有经验，时间自然会解决所有的问题，他只需要等待。再说，目前，邝奕有了一种新的消遣：他暂时把兴趣转移到工作室对面的那个窗口上了。

这个小区建造得比较早，房舍之间的间距非常小，大约只有三十米左右。如果对面房子的窗子没挂上窗帘，就可以清楚地看到对面屋子里的情形。

对面住着的人真是这样一个不愿把窗帘合上的年轻女人。那个年轻女人一般在午后回来，然后，脱掉衣服，进入卫生间。大约十分钟后，她会披着浴袍，挂着湿漉漉的头发，出现在窗口。有时候，甚至赤身裸体地在屋子里走来走去。显然，这个女人对自己的身体极度满意，也极度自恋。有一天，女人似乎也看到了邝奕正在看她，女人并不为意，只是淡漠地看了他一眼，依旧故我。但邝奕感到羞愧，拉上了窗帘。可他还是遏制不住躲在窗帘后偷看。

邝奕不知道这个年轻的女人是谁？干什么工作？他只知道一会儿，会有一个男人进来。男人非常年轻，理了个短发，眼珠发亮，穿着也比较时尚。但男人总是板着脸，好像女人欠着他什么。女人确也有点低三下四的，有时候，她去抚摸男人的脸，男人不耐烦地把她的手挡了回去。这时候，男人往往会来到窗边，好像他意识到有人正在窥视他们，他一动不动地看着邝奕的窗子（这让躲在自己窗帘后面的邝奕有一种做贼似的感觉），然后他会拉上窗帘。

接下来发生什么邝奕就只能靠想象了。

为什么这个女人总是在午后来到这个房间呢？她和那个年轻的男孩究竟是什么关系？那个男孩又是什么样的人呢？邝奕满怀好奇。有一次，风把窗帘吹开了，邝奕看到男孩躺在床上，手拿一只遥控器，在换电视频道。男孩的态度冷漠。而那女人正趴在他身上亲他。这只是一闪而过的场景，但邝奕联想丰富。

有一次，女人洗完澡，看起来有些焦虑。她在不停地用手机打电话，但显然对方没有接听。那天，那个男孩没有出现。后来，邝奕发现她哭了。她躺在床上，蜷缩着，身子起伏不停。好像她的身体因为被扭曲而痛苦着。

邝奕在小区里碰到过这个女人。她应该比同她约会的男孩年龄大。她看上去一副玩世不恭的样子，脸上有一种像是纵欲后的厌倦感，总之显得有些冷漠和困倦，但邝奕觉得她困倦的表情下有一种令人怦然心动的东西，一种掩藏着的热情，一种爆发力。说不清楚是为什么，邝奕竟然在心里涌出一股暖流。他有些怜惜这个女人。他甚至断定这个女人心里不快活。

这天，那个女人还是在午后出现。邝奕一直看着她的一举一动。她站在窗口，穿着一件睡裙。她在流泪。邝奕甚至看到她满脸的泪光。然后，她躺倒在床上。

那个男孩一直没有出现。某一刻，邝奕突然对自己的行为产生一种罪恶感。他想，他的注视无论如何对她是一种冒犯。他打开电脑，并把《小偷和少女》的文本打开，准备写作。但那个房间吸引着他。他真是奇怪。他为什么会被她吸引呢？后来他总结：他喜欢垂死的事物，他是被她身上垂死的气息所吸引。

后来，当他再度观察她的时候，他吓了一跳。他发现她白色床单上流满了血。血液呈现某种暗红色，显得神秘而冷漠，透着一丝凉意。有一股血液流到了床下，血正一滴一滴落在地板上。那流淌的血好像有自己的生命，在寻求着什么。她的手无力地摊开着，手腕上冒着气泡。

他意识到她自杀了。他的眼前一暗，差点晕过去。一个正在枯萎的生命让他感到惊心。他控制住自己的心跳。他想他应该去救她，也许她还活着。他穿上外套，冲向楼梯。

但当他来到她房间前面时，他却犹豫了。不是因为门锁着，门锁着总是有办法打开的。他犹豫是因为自己的形象。他突然面临一个难以选择的局面。即使他此刻的行为完全是正当的，但人们马上会有疑问：你是如何知道这个女人自杀的？你在偷看这个女人吗？他的形象顿时变得鬼鬼祟祟起来。然而，他也无法撒手不管，那等于是见死不救。

进去还是离开？他问自己。

但后来，邝奕不管那么多了，他把门踢开，冲了进去。女人闭着眼，躺在床上。她的手腕处果然被割了一刀，血正是从那里流出来的。割脉的刀片沾着血迹，落在地板上。由于失血过多，女人看上去脸色苍白。

他拍了拍女人的脸，试图叫醒她。

女人的眉毛跳动了一下，眼睛微微张开，看了他一眼。女人还活着。邝奕松了一口气。

"你是谁？……你为什么要救我？求求你让我死吧！"

女人说着，她闭上眼睛。一会儿，闭着的眼眶里涌出一泡眼泪。

"让我死吧，我只不过是个贱人。"

她突然睁开眼，看了看他。出乎他意料的是，她泪光沾湿的眼神非常平静，像是看穿了尘世间的一切。脸上甚至有一种神秘的嘲弄似的表情。这表情令邝奕难以忘怀。

他用一根带子扎住了女人的手臂。她非常无力，脸色苍白。看样子，她得输血了。他说：

"我送你去医院吧。"

邝奕看了看表，已是下午三点钟。他抱起了她。她是那么软弱。

他想起了莎士比亚的一个比喻：

"全世界是一个巨大的舞台，所有红尘男女均只是演员罢了。"

邝奕突然有了一种剧中人的感觉。

四

这天下午三点钟，宜静录制完节目，感到心神不宁。那个自以为是的导演，每次她从舞台上下来，都要拥抱她。她试图拒绝，有几次甚至在他张开手臂时，侧身溜掉。今天，这家伙在她心神不宁的时候抱住了她，还在她的屁股上摸了一把。她突然感到恶心，感到受辱，她板下脸来，当场发作了：

"请你尊重一点。"

她的声音急促、锐利、破碎，听起来非常怪异。她发现导演尴尬地立在那里，那张蓄着胡子的脸显得十分无辜。在场的所有人都停下了手中的活，朝她这边看。他们看她的眼光是怪异的，好像她做了一件有违常情的事。她感到胸闷，想尖叫。她怕控制不住，跑了出去。

宜静听到屋子里面传来一阵爆笑。"请你尊重一点。"有人怪腔怪调地在模仿她的口气。

她回到自己的办公室。她感到虚弱和沮丧。她不知道自己怎么啦，总是失去控制。她真的有那么反感导演的拥抱吗？其实她心里渴望着他们的"随便"。她希望男人们像对待其他女人那样"轻浮"地对待她。他们对台里其他女人确实是这样的，无论动作或言语都很出格。在这个圈子里，大家都是这样，男人们见到女人都喜欢搂抱一下，好像他们不搂抱一下女人便会显得老土。可是他们对待她却小心翼翼。她知道他们私底下叫她冷美人。问题正是在这里。他们不"随便"，才让她变得孤傲，少了一些女人的妩媚。她觉得自己是多么矛盾啊。久而久之，她在不知不觉维护自己这样的形象，她开始反感男人们的搂抱，反感男人们自以为是的装模作样，反感女人们的轻浮。她知道这让她显得另类，也明白电视台的男人们在私下怎么挖苦她：

"在她眼里，全世界只有一个男人，就是她老公。"

他们错了，事情没像他们说的那么简单。邝奕对她的身体无动于衷，他曾经开玩笑地叹息道：

"你的美貌是那么灿烂辉煌，但只适合在舞台上的，而不是在床上。"

她开始以为邝奕在赞美她，所以，她说：

"别背台词了，我的莎士比亚。"

现在，她当然懂了。他们结婚十五年了，她慢慢知道自己真的并不吸引他。邝奕似乎喜欢肥胖的女人。有一次，她在他的电脑里看到一些黄色图片，那些女人一点也不好看，有的只是下流和腐朽。近几年，他们在床上亲热的次数越来越少了。

一个四十岁的女人，对别人的拥抱还显得这么"正经"总归是有点矫情。她想起导演当时的表情，她感到有点内疚。自己为什么会失控呢？为什么有受辱感呢？她发现原因同她对自己没有信心有关。她断定男人拥抱她不是因为她的女性魅力，而仅仅是一个玩笑，也许是出于怜悯。她的自尊不允许别人怜悯。

她发火的另一个原因是导演拥抱任何女人，她才觉得他的拥抱污辱了她。如果他只拥抱她，如果他们不拥抱别人，只拥抱她，她会感到自豪。她虽然对自己没太多的信心，但她的心气是高的，她不允许他们把她和其他女人放在同一水平上。

这一天，她一直心神不定，软弱无力。她明白她的焦虑症又发作了。她决定去一趟心理诊所。这是一个朋友向她介绍的。"没你想的那么神秘，也没你想的那么可怕，也就找个人聊聊天，聊过后，就什么事都没有了。"她的朋友这么说。她的朋友说得没错，有时候发泄一下挺好的，意识里的垃圾总得适时地清理掉。

但宜静对心理医生说的往往是另外一些事情。这天，她谈起了女儿：

"我女儿话越来越少了，我担心死了。我不知道她在想什么。昨天傍晚我们差点吵起来，我在翻她的抽屉，她竟然冲进来，死死地按住，把我的手都夹出血来，好像她抽屉里有什么见不得人的东西。"她叹了口气，又说，"我都不知道如何同她相处。现在的孩子怎么是这样的？"

她滔滔不绝地说着女儿的事。以往说女儿时，她的注意力就会跟着转移到女儿上面来,同时内心会涌现一个好母亲的形象。这个形象令她感到安慰,甚至会因此而自我感动起来。但今天没有,她发现她说这些事时,头脑里想的却是对那个导演发火的事。

她停顿了一会儿,竟然脱口道:"今天有个男人拥抱我,我发火了,我感到不安。"

"嗯。"心理医生的眼睛亮了一下。

"他其实挺无辜的。我们圈子里,男女拥抱是经常的事,司空见惯了,他不是只拥抱我,他还拥抱别的女人……但我发火了……"

她说这些时,发现真正的问题所在。多年来她已形成了一个固定的形象,当导演的拥抱冒犯了这个形象时,她必须作出反应,以维护这个孤傲形象。虽然她讨厌这个形象,但这个形象对她来说是安全的。她认识到,连她自己都反对自己。其实她比她的外表要来得热情得多,她希望他们爱她,疼她。她有时候甚至想要沉溺在某个邪恶的深渊之中。她觉得她比自己想象的还要复杂和轻浮。

"我们是同事,这样让他下不来台,总是不好的。"

"你可以单独约他,好好同他谈谈。"心理医生建议道。他好像看穿了她的心思,他把"单独"两个字说得很重,算是强调。

"不,不能。我这样会把他吓死的……不能……"

心理医生低下了头。她喜欢他这样,不盯着你看。这样,她就感觉不到压力。这样,她在表达时就可以虚构。她来这里,某种意义上不是为了倾诉,而是为了虚构。她发现自己撒谎的天赋。她真是个撒谎精啊。

她同医生谈过自己的丈夫。自从邝奕搞了一个工作室,她开始有一些莫名其妙的想象,她总是遏制不住地想象邝奕在工作室里的情形,想象邝奕电脑里的女人来到那屋子里,想象有一个性感的大胸脯大屁股女人占据了她的位置,躺到了邝奕的床上。她试图说服自己,这一切只不过是她的想象,但是,这种自虐的焦虑一旦出现,她很难消除。然后,当她对心理医生叙述时,她的丈夫变成了哈姆莱特,优柔寡断却又惹人疼爱,似乎正处在烦恼之中的不是她而是她的丈夫。想象和事实在这些谈话里交织,到头来,她自己也弄不清哪些是真实哪些是编织。她只感到她这样的叙述让她踏实,让她安心。

这时候,她的手机"嘀"地响了一下。她的心突然欢畅地跳了起来,她迅速打开包,拿手机的手几乎有点颤抖。是一条短信:

"我总是要想起你。我只想告诉你,有一个人在想你。希望这则短信没有让你感到困扰。"

她的脸红了,身体迅速地放松下来,并且似乎有一种力量把她从刚才的忧郁中打捞上来。她一下子振奋起来。

相同内容的短信已经跟着她快有半年了。短信是匿名的,对方的手机号并没有显示。她知道移动公司有这项服务。她开始不以为意,以为是一个玩笑,或者仅仅是一个陌生人的心血来潮。像她这样的电视台主持,也算是名流,她经常能收到各种各样表达自己情感的奇怪的来信。但这个人一直坚持着,并且短信的用语非常节制而温和。慢慢地,她就有些为这个短信感动了。但她不知道发的人是谁。

现在,她的情绪舒缓多了。她明白,她这几天的焦虑与没有收到这个短信不无关系。她已经有好多天没收到这人的短信了。她还有点奇怪呢,甚至在心里做了种种假设,比如那人是不是生病或出什么事了。实际上她有些依赖它了。短信让她感到一种广大、温和的注视。

她决定中断和心理医生的谈话。她其实也不在乎那个所谓的心理医生说什么。她只是想找个人说说话。

宜静从医院里出来,发现医院门口的公共汽车站一阵骚动,一帮人围着一个小伙子扭打起来。小伙子已躺在地上,捂着自己的头,身子蜷缩。围着他的那帮人一脸怒容,有的按着小伙子的身子,有的用脚踢小伙子的头,有的向小伙子吐着口水。边上有一个妇女在高声说话,说那是个小偷。虽然他是个小偷,他们如此凶残地对待他,宜静感到可怕。她觉得他们这样打下去他会死的。公车还没有来,宜静一边围观,一边等车。一会儿,小伙子就不动弹了。那帮人似乎过足瘾了,补了几脚后,都走了。小伙子的身子动了动,然后移开了捂着脑袋的手,略微抬起头,警惕地察看周围的情况。宜静发现小伙子非常漂亮。他理了一个很阳光的短发,眼睛大而亮,肤色健康。宜静不敢相信这样漂亮的男孩会是一个小偷。

小偷真的受伤了，他躺在那里不能动弹。这会儿，那个未知人发来的短信让宜静的心里有很多温柔，因此她有了恻隐之心，她问：

"要去医院吗？"

小偷摇摇头。

这时，公车到了，宜静匆忙把一瓶矿泉水递给小偷，然后跳上了公车。

小偷看到公车远去。他伸出手，手中多了一只钱包和一串钥匙。

五

杨小娟，名字听上去挺年轻，实际上她已六十二岁了。她是个安静的女人，喜欢呆在家里，不喜欢出门。她看上去清瘦，优雅，有一种动人的书卷气。这一家子的杂事儿都是她一个人在忙。等他们出门，她就不慌不忙地做。他们回来了，一切都搞掂了。家里人因此也不觉得她有多忙。相反，觉得她空闲得要命，老是劝她去公园里走走，像邝石一样去跳跳舞或练练剑。她不听他们的，忙完家务，她就看电视或看书。近年来，她开始关注台湾问题。这岛上的事真是挺有戏剧性的，比电视连续剧还惊心动魄，既有剧情还有主角。她喜欢马英九，觉得他真是一个乖小孩，看到他被对手抹黑，她真是替他心痛。

她和邝石本质上是两种人。她觉得邝石是个孩子，一辈子都长不大的孩子。都这么大岁数了，可看见女人就迈不开步子。在女人面前还好表演，好强，把腰板挺得笔直，自以为是一个男子汉。只有杨小娟知道，他其实什么都不是，天塌下来，他比谁都躲得快。年轻的时候，杨小娟倒是为此伤透了心。邝石总是闹绯闻，有时候甚至同时惹出两桩。杨小娟觉得邝石真的有一副好皮囊，邝石在舞台上这么一站，无论是跳《红色娘子军》还是《白毛女》，都像一个白马王子，不像一个苦大仇深的革命者。女人们大都喜欢鲜亮的皮囊，她杨小娟何尝不是呢？她自己也是被邝石的皮囊俘获的。那时候，得到邝石以为得着了宝，真的想向所有人炫耀。但不久，杨小娟才知道，自己跳入了苦海。

开始，杨小娟是痛苦的。她想管束他。她曾叫儿子盯梢，跟踪邝石的行踪,如果邝石溜进哪个女人的房间,就来报告她。但杨小娟最终失望了,这一招对邝石根本就不起作用。他依旧故我。女人,是邝石一辈子的毒,他戒不掉了的。问题还在于邝石即使这样,杨小娟也恨不起来。有些男人就是这样的,他花心,但心思并不坏。

这天是星期五。周末了。杨小娟像往常一样,准备了一桌菜。杨小娟退休后,厨艺大有长进。这同她看电视里的《美食》栏目有关。她之所以喜欢看《美食》,是因为那个叫刘仪伟的主持人,看上去也是乖乖的,有点调皮。她发现自己喜欢的男人都是同一类型的。邝石外表看起来也是个招女人疼的乖孩子啊。所以,她认了。

傍晚的时候,家里人陆续回来了。邝奕先回,他的脸上有一丝掩饰不住的兴奋。不是喜色,是兴奋,兴奋中还有些担忧和憧憬。这孩子从小就这样,喜欢把自己的情感严严实实包裹起来。同邝石不加掩饰的性格完全相反,走向了另一个极端。也许,邝奕形成这样的性格同他们夫妇俩年轻时的吵闹和动荡不无关系。然后是邝石回来了。他几乎在外面泡了一天,也不知他在干什么。他好像越老越不喜欢回家。杨小娟甚至觉得邝石现在有点怕她,总是避着她。有时候,邝石同儿子鬼鬼祟祟说些什么的时候,总忘不了告诉邝奕:别让你妈知道。那神情就像一个在外调皮捣蛋的孩子。邝石回来,就"啪"地打开电视机,专注地看一场拳击比赛。偶尔抬起头来,偷偷地看杨小娟的脸色。

响起了敲门声。杨小娟以为是小珊回来了。不是,是宜静。宜静看上去越来越忧郁了。这个在电视台总是喜气洋洋的主持人,在生活中沉闷而严肃。宜静说:

"我今天把钥匙丢了。"

"什么地方丢的?"

她好像没听见。没看任何人,径直向房间走去。进房间前,她摇了摇头,算是回答。

一会儿,四个人在餐桌边坐了下来。桌子上的菜冒着热气。宜静才发现小珊还没回来。

"小珊怎么这么晚还没回家?"

"马上要中考了,功课紧,学校可能在给他们补课。"邝奕说。

"现在的孩子真是不容易。"杨小娟说。

令邝石扫兴的是拳击比赛一会儿就结束了。邝石感到肚子饿了,他不停地看表。杨小娟拿了一罐牛奶给他:

"你先吃点。"

宜静看了一眼邝奕,邝奕的脸上有一种梦幻似的表情,他显然还在自己的世界里,他的灵魂飞到什么地方去了。她不知道他脑子里在想什么。她一直弄不懂他。但她敢肯定,他不关心眼前的事,不关心女儿这会儿在干吗。他除了自己谁也不关心。

"写作顺吗?"

"有进展。"

宜静知道他在写一个小偷和少女的故事。

她去过他的工作间。他不在。她不知道他去哪里了。她看他的手稿,只是个开头。他好像很难把这个故事叙述下去。

"那女孩和小偷后来怎么样了?"

邝奕有点吃惊。邝奕不太在家里讲自己写作的事。他不清楚宜静是怎么知道他的故事的。他想,可能他把稿子带回家的时候,她看见了。他说:

"有一天,小偷被人抓住了,被一帮民工打了一顿,打得站不起来。少女放学回家,刚好看到了这一幕,待那帮人走远,少女护着小偷去了医院。就这样,他们开始了交往……"

这一切邝奕还没有写。这一切的灵感来源于今天下午的遭遇。是的,他把那女人送进了医院,他们认识了。他觉得他和她的故事即将开始。

这是很好的戏剧。作为一个作家,他的想象比现实走得更远。他的脑子里出来了这样一幕:她从医院里出来后,来找他,向他表示感谢。她是悲哀的,这悲哀激发了他,让他涌出一种温暖的怜惜。她告诉他,她恨那个男孩,那个男孩同一个烂货一只"鸡"跑了。她恨他,她为他做了三次整容,她身上现在什么都是假的……她让他抚摸她的乳房,她说,你感觉到了吗?这是假的。但他感到温暖,他把头深埋在她的怀抱……

"你在想什么?"宜静看到邝奕脸上古怪的表情。古怪中还有一丝邪笑。

"我在构思。我在想,少女后来为何要跟小偷走呢?"

"噢。"宜静停了一下,说,"这是个问题。"

邝奕的心里涌出一丝内疚感来。他看了宜静一眼。她的脸上似乎布满了某种焦虑。他的心动了一下。这个在外人看来高高在上的美人,怎么会有这么多忧虑呢?他们已经有很久没做爱了。邝奕总是觉得同宜静做爱就像是在同一个蜡像做。她是一个蜡像美人。但他想,她肯定也是要安慰的。不知为什么,他今天有很强的做爱的欲望。

"你今天做了些什么?"

"老样子。"

"单位里没新闻吗?"

"就那样子。"宜静想了想,又说,"我今天收到一则短信,匿名的。"

"说什么?"

"说仰慕我,很久了。"

宜静不清楚自己为什么要说这个。她看到婆婆瞥了她一眼,眼光非常亮。她低下头。她突然觉得自己有了力量。

"噢。"邝奕看了宜静一眼。他的欲望突然消失了。

邝石喝完牛奶,又开始看电视。每个台几乎在播相同的新闻,好像偌大的中国只有这点子事情。他把声音调响了一些,似乎邝奕和宜静的断断续续的谈话影响了他的收看。

"小珊怎么还没回来?要不要给学校打个电话?"宜静看了看墙上的挂钟。

"这么大孩子了,没事的。"邝奕耸了耸肩。

邝石还在调台。他已搜索了三遍了。电视画面在不停地变换。画面的光线一会儿红,一会儿绿,反射到邝石的脸上,使邝石看起来有一种疯狂的劲儿。

这时,杨小娟站了起来,仔细看了看邝石拿遥控器的手,说:

"老邝,你的金戒指呢?"

(选自《收获》,2007年第5期)

点评者：刘晓南　刘勇　刘纯

艾伟的小说往往体现出某种追求极限的冲动，执著于对人性深幽的挖掘，情节冲突看似隐忍实则激烈，如利刃般寒气逼人，但又轻巧顺手，决非粗笨之物。此次发表的《小偷》主题未变，在出招上却有所调整，以精致的结构组织全篇，锋芒敛起，轻逸之气得以充盈。

小说由五个相对孤立的片段组成，五个与小偷有关的故事，被巧妙地连缀在一起：五个人虽然都可能与同一个人发生联系，彼此却互不知晓；人物不明就里，而作者所选取的"上帝的视角"却让读者窥见了故事的全部。可是，读者见到的真的就是故事的全部吗？那小偷是同一个人吗？小偷是真实抑或虚构？小偷是从虚构的世界逃到了现实中吗？一个短短的小说里却有无数开放的可能性，其扑朔迷离，颇有庄生梦蝶之感。而"小偷"之外，看似幸福的三代同堂的五口之家却充满了不谐的音符，每个家庭成员的内心都各有孤独和痛苦，彼此缺少沟通，互不理解。小偷的存在，正验证了他们的隔膜。"小偷"偷去的，也正是他们所空虚的吧？于此，小说既解构了文本，也解构了现代家庭生活的虚假幸福，形式与内涵和谐统一，恰到好处地传达出一种鲜气袭人的现代感和哲学意味。

这番意蕴的达成仰赖于小说奇巧而奥妙的结构。小说的结构像几条由定点人物彼此连接的直线而搭建的几何图形，而小偷作为一条故意巧合的线索造就了小说结构的举重若轻。小说中剧作家邝奕的戏剧构思与现实生活本身的重叠与分歧，无疑包含着充分的反讽意味，这显然又是作者刻意设计的结果。设计巧合本身就是一种"取巧"，这种"取巧"的方式由于在现代小说的法度里作为"游戏规则"获得了先在认可，使小说变得非常有趣，而在读者将主要注意力都集中在这个人为的"巧"上，小说的其它东西要么遭到遮蔽，要么受到怀疑。结构是封闭性的，结尾却是开放性的。线条清晰，风格俊朗，充分体现了现代小说的精简和效率，使读者获得精神参与的愉悦。

珍　珠

张　静

　　他的喉咙里生长着一颗珍珠。

　　确切地说是生长在声带里，已经很久了，回想起来先是发音不清楚，有天早晨问他吃什么？他说，楼条。当时没有在意，直接下楼去买油条了。然后就一天不如一天，虽然没有症状，不疼，也不咳嗽，他还照样可以抽烟，但我的名字他都喊不清楚了，他说，布布，然后，扑扑，最后，嘴边只剩下喘息的泡沫"噗……噗"。我们去了医院，医生对我们摇头，喉咙里生长着一颗珍珠，很奇怪，从来没有这么奇怪的病人，没有办法，珍珠被声带包裹着，像是豆荚里的豆子，不可能把豆荚刨开，如果那样声带会完全撕裂，永远不可能再讲话，不如定期来复查，珍珠还在生长，他猜测它也应该有成熟期，也许哪天它会自己从声带上脱落下来，那时就可以完全康复了。他用医生不该有的猎奇眼光看着我们，还一定要我们留下电话号码，因为他那样的目光，我们打消了去别家医院的念头。

　　从医院回来的路上，我们坐在出租车后排的座位，他紧紧地抓着我的胳膊，我们曾经为房租发愁，也做过流产手术，也许现在也算不上是什么灾难，他只是暂时不能说话了，不过是这样而已。我看着他的眼睛，平常他的眼睛也是会说话的，可是，现在，好像有太多的话要从那双眼睛里说出来，而又找不到合适的言辞，他流泪了。我擦掉他的泪水，我安慰他，如果那些矿物质也用这个通道分泌就好了，那样的话我会有一串泪珠项链。他笑了，他的笑没有声音，我们都侧耳倾听着他的笑声,但却什么都没听见。躲开司机的后视镜,他闭上打哈欠一样空空的嘴,转身找到笔记本,在停停开开的出租车里,他抓紧了笔,给我写了第一张字条:"说话!多跟我说话,波波,我想听你说话!"我拿着这张揉皱了的纸片,看着他,用力点了点头,用的力气太大了,我觉得眼眶里有液体滑落下来。

回家上楼梯的时候,他走得很慢,我比他快一个台阶,两只手提着他的胳膊,他挣脱了,我意识到,我好像在搀扶一个病人,这是不对的,他没有病,他只是喉咙里多了一颗珍珠,我松开了他,慢下来,跟在他后面。到家门口,像往常一样,我站在一边,他掏出钥匙开门。从那以后,在家里所有可以不说话完成的事情,就都是由他来做了,比如,倒垃圾,粉刷墙壁,刷厕所,洗床单,浇花,他不太喜欢做饭,因为做饭他就需要给我写字条,"你想吃什么?咱们有鱼,还有圆白菜。"有时候,我对他摆摆手,给他写上"都不好,我下楼去重新买"。我没有忘记他让我多跟他说话,但是,每当他写字条给我,我总是下意识地要写字条给他,因为写总是比说要慢,常常我一句话说完,他要很长时间才能写出回复,那是一段漫长的时间,我说得轻松,他写得吃力,趴在他的肩膀上,耐心地看着他写,人们用来对待残疾人的耐心。

病假结束以前,他给老板发了邮件,提出来因为健康原因要在家里工作一段时间,老板同意了,他的工作是做周刊封面,只要有电脑,在家里照样可以完成。这样每个周二,都要辛苦他的主管到我们家来一趟,把需要完成的工作交给他。我不能说主管是个缺乏同情心的人,但我确实亲眼见到,他跷腿坐在沙发里,滔滔不绝地说着封面的重要性,那些封面抢眼,内容低劣的杂志抢占了本该属于他们杂志的位置。这可能是他没有很好的理解主管的意图造成的,他为什么只是点头,而不说说自己的意见呢。我结结巴巴地搭腔说,他的呼吸系统有问题,所以不能说话。主管立即从沙发上站了起来,跑到我们的阳台上,装作是在欣赏我们的杜鹃花,他问:"传染吗?"我赶忙说,不,不传染。他却故意点了点头,主管一下无法分清,他是点头表示传染,还是表示同意我的说法,不传染,就匆忙地告辞了。他在主管的身后"砰"地一脚把门踢上了。

主管是有点过分，但他这样得罪人会失业的。我们刚交了房子的首期付款，积蓄没有了，我们还要把手术费准备好。我相信总有一天能解决掉这个问题，当然要花钱来解决，我可不想让他上电视，用我们的遭遇激发人们掺杂着好奇的同情心，我们有能力保护自己的隐私。我把我对钱的担心跟他说了，大概他还在受侮辱的情绪里，他从来没有那么激动，着急地从日历上撕下来一张纸要跟我辩解，但他的手激动得发抖，只是用铅笔在纸上戳了几个空的黑点，他哆嗦着把纸揉成团，扔到我的脸上。纸团很轻，中途滚落到地板上了，他瞪着眼睛愤怒地看着我，我用无辜的眼神回答他，那些因为听不见而哑了的人，会在紧张的时候发出啊啊呀呀动物般单调恐慌的声音，他没有，他只是紧闭双唇，扳折了握在拳头里的铅笔。

　　第二天吃晚饭的时候，我给他看存折，告诉他，我用掉了一天休假，去房产公司退了房子，他们的房子还在涨钱，很容易就把钱退给我们了，我还顺路去了他的公司，替他把工作辞掉。我说，亲爱的，咱们先休息一段时间再说。他没有回答，也没有看我。晚饭以后，他去厨房切新买来的罐头酸黄瓜，有时我们用酸黄瓜拌沙拉或者面条。他切得很慢，厨房里飘满了酸黄瓜的味道，他低着头，站在厨房干净的白瓷砖上，站得很直，左手掏在睡衣的兜里，右手握刀，他没有像平常那样把切成片的黄瓜推在一起切碎，他一片一片地切成条，再一条一条地切碎，刀刃哧哧地划着案板，像是无聊的艺术，又像是残忍的肢解。我走过去把刀夺了下来，他洗手，顺从地用我递给他的毛巾擦干。

　　我们和好了，带着失败者的心情躺在床上，亮着灯，我们呆望着天花板，一直以来我们肩并肩建设着我们的生活，虽然不可能是一蹴而就的，但我们也不是没有努力过，可现在，我们又一无所有了。床头灯明亮地照耀着我们，无处躲闪，我抱紧了他，拢起嘴唇，拉开，伸长了脖子，没有声音，我说"我——爱——你。"他听懂了，他甚至又要流泪，最后只是笑着刮刮我的脸，"坏脾气的乔安娜"。乔安娜，坏脾气的女王，在床上又叫又嚷，以前也是这样开始的，但这次我们做得很慢，很小心，慢得好像跳舞，好像是在舞台上演出。从这天开始，除了使用字条，我们还用嘴唇说话，在一起读诗，"当初我们怯生生地

珍　珠　93

相聚寻开心，如借助纸飘带说话的羔羊"，他喜欢里尔克，手指经常在这一页停住，我们脸挨着脸，缓慢地吞吐着句子，咽下对方呼出的热气。

不过，我还是无法相信这颗珍珠会长久，甚至是永远地在那里生长。我买了几大罐蜂蜜，有些女孩子服用蜂蜜溶解的珍珠粉美容，我想，如果喝得够多，整颗的珍珠应该也可以溶解。他蘸着蜂蜜吃面包，每天晚上，吃掉三大勺蜂蜜，甜得发呛，他的喉结抽动着，喉结旁边的珍珠也隐约地抽动着，但他很合作，毫无怨言。我认真地收集这些空的500毫升蜂蜜罐，七是我们的幸运数字，我以为喝到第七罐会好的，但结果还是不行。那么到第十七罐应该会好吧，或者我们应该有足够的耐心，喝上七七第四十九罐吧，每罐喝两周，就是说，过一年九个月零八天，最终我们会迎来解放的日子，我很有信心。

为了鼓励他，我辞掉了在一家小公司做会计结算的周末兼职。现在每个周末，我们都用来游玩，坐地铁或者投币的公交车，他伸出手指比划着说要两张票，没有人来打扰，问我们要去哪儿。我们坐在长椅上，拉着手，一声不吭地看着漂在河上的鸭子。有时候去公园，他在草地上奔跑，放飞我们的风筝，然后他把线拴在脚下的石头上，我们放弃对风筝的控制，只是拉一拉，维持着它在天空的固定的飘移的飞行。这样的日子还可以，只是那天我们不该去博物馆。当时我只走开了一小会儿，去服务处买水喝。就在那一小段时间，一个小男孩，揪住他的裤腿抽泣，说找不到妈妈了，他蹲下来抱起那个男孩，本来是想安慰他，但孩子不能理解，孩子在陌生男人的怀里挣扎着大声哭喊起来，安静空旷的博物馆，立刻回响起嚎叫的哭声，他更加手足无措，涨红了脸，把孩子放在地上，用手指连续敲打展览柜，想用那些蝴蝶标本分散孩子的注意力，可这更糟了，管理员过来制止，呵斥他要遵守参观的规定，然后孩子的妈妈跑来了，没有人注意到他脸上讨好的尴尬笑容，她哭着投诉我们是拐骗小孩的罪犯。那种倒霉的误会，就算能说话，也不是一下子可以解释清楚的，但是可以理解，他认为这一切都是那颗珍珠造成的，以前他总是用温存的语调和孩子们说话，他们也曾经很喜欢他。

我们沮丧地回到家，接到他父亲的电话。他的母亲已经连续打过几个电话，我撒谎说他出差应付过去了，但现在，年迈的父亲亲自打电话来了，我按下了免提，然后看着他的眼色回答父亲的询问，我还是撒谎说，出差了。父亲追问起来，去哪里出差，有多长时间了，什么时候回来，手机带了吗？我笑着说，爸爸，放心吧，他那么大一个人了，能够照顾自己，是去了西藏，可能电话不方便，我昨天还收到他的手机短信呢，说他很好，只是手机信号不好。父亲问我，那么，孩子，也许我不该问，可是，你们两个人的感情还好吧？我伸手拿起话筒，他抓着话筒和座机之间那段卷曲的电话线，好像要把我的回答用手过滤一遍。我握着他抓紧电话线的手说，很好啊，爸爸，多亏了你寄了钱来，我们商量好了，等房子一下来，就要把你们接来团聚。父亲带着疑惑的声调说，"唔，那你忙吧，一个人在家要多加小心。"挂上电话，我抬头笑着问他，亲爱的，我的表演怎么样。

他的胳膊上起了一个包，我想可能是蚊子或者蚂蚁叮的，夏天来了。他自己抹了红药水，那个包摸起来很硬，有一分钱硬币那么大，抹上药水，非常显眼，他总是在看那个包，画画的时候也经常停下来，摸一摸它。他又开始画画了，画我，还有我们的家，反正我们也不打算卖，他画得很自由，他会把电话画得很胖，把我画得很瘦，在他的画里，我们的家变得很宽敞，白色石灰墙像泡了水的海绵一样。有天我加班回家晚了，我摁门铃，他没有来开门，我以为他出去散步了，但没有，我进门，灯突然亮了，他带着笑容，捏着指甲大小的一块肉皮迎接我，他的胳膊上缠着白纱布，他把那个包割下来了，流净了里面的脓水和血。他竟然把那块割下来的肉皮冲洗干净，像生日礼物那样捏在手里，要给我惊喜。那是一块皱缩的干巴巴的肉皮，带着没洗净的一点红颜色。我对他喊：你疯了吗？跑到厕所里呕吐起来。

我不能了解他的恐惧，他看起来很好，身体温暖，皮肤柔软，我抚摸着他，哽咽起来，你疯了吗？他没有了刚才的兴奋，只是用友好的眼神看着我，友好得可怕，不吃不喝的眼神，上小学的时候，我用过一个粉红的书包，上面印着白色翅膀的天使，脸胖嘟嘟的，金色头发的小人，也是这种眼神，永远安静地看着你，不吃也不喝。我不再买蜂蜜了,放弃了。有时候我会想,也许我们应该做手术,声带撕裂,也不过是哑了,可他这样也不能说话,这和哑有什么区别呢。可是,既然做手术和不做手术都不能说话,那么手术有什么用呢。如果我们不知道那颗珍珠为什么会生长在那里,那么谁又能保证,做完手术就不会有另外一颗珍珠在那里生长出来呢。

我们不再自己做晚饭了,我们总是挽着胳膊,到外面随便吃一点。我们是饭馆里最安静的客人,吃完饭,我们匆忙地赶回家在床上躺好,不拉窗帘,开着灯,有时候,我们就在明亮的窗户前面做爱,窗户对着白铁皮的大仓库,没有人,只有天上的月亮冷冷地看着我们,不知道,也许我们希望被人看到,陌生人也好,认识我们的人也好,应该有人来看看我们,我们两个人正在努力地做爱,这是不能长久的。

他回家了,留在桌子上的字条比我预先猜的多了几个英文单词,"我回家了。KISS!KISS!KISS!"字条旁边摆着我们的结婚证书,取走了五分之四的存折,还有他给我画的炭笔肖像画。他应该是回家了,他的父母没有再打电话来,我也没有给他的家里打电话。我不知道该说什么,我应该和他的妈妈在电话的两端一起哭泣,来交流我们的痛苦吗?我不知道,我不敢想,他的父母会怎样戴上老花镜辨认他的字条,他怎么跟自己妈妈解释这个不幸。

我常常思念他。有时候我会想,也许有一天他走在路上突然咳嗽一下,那颗珍珠就被顺利地咳嗽出来了,然后,他在家乡,爱上另外一个姑娘,这很容易,他是一个可爱的男人。也许,他一直都不能说话,但和一个哑巴姑娘重新结了婚,他们之间的沉默公平又充分,他们会在沉默中体验到我们在一起时没有体验到的默契和满足。但不管怎样,千万不要有人捧着几颗珍珠来找我,从腐烂的肉体上割下来的爱情的纪念品,要我一定要收下。如果我不幸见到他的礼物,我会毫不犹豫地吞下它们然后把自己杀死,我们在一起经受过的折磨会给我足够的力量和勇气。

附：创作谈

我自己也未必深信的六个小故事

天真还是真实

孙悟空之前是孙猴子，孙猴子之前是个石猴，石猴之前是块石头。当孙悟空还是块石头的时候，它的形状并不真，五官四肢都很模糊，蹲在山上，看起来和普通的石头没什么区别。只有一个上山打柴的小姑娘能认出他来，经常来看他。

小姑娘的妈妈很奇怪，骂这个小姑娘说，你这个臭妮子疯了吗？见天摸那块石头干啥？

对材料的处理

皮格马利翁深爱的象牙少女是他自己一手雕刻出来的，也就是说，他事先就给自己规定了自己的爱要施与的形象。

所以，我更喜欢青蛙王子的故事。

公主亲吻了青蛙，青蛙变成了王子，但公主事先是不知情的，只是为了遵守诺言，她强忍着恶心，容许这只唧唧呱呱的小东西趴在她的手上。无法知道需要多少坚强，她才迫使自己吻到那层沾着黏液的滑溜溜的有着绿色斑纹的表皮。因为童话所保证的奇迹并不是在所有的故事里发生，所以，相信我，公主并不是最辛苦的人。

力量

传说唐高祖李渊的第四个儿子李元霸是大鹏金翅鸟下凡，他长得尖嘴缩腮，一头黄毛，脸色像久入膏肓的病鬼，却是天下第一的好汉。他的武器是一对八百斤重的金锤，他的坐骑是日行万里的云龙驹。李元霸凭着胯下马、掌中锤，锤死敌人就像锤死苍蝇。

有一天李元霸到了潼关，当时天上雷光闪烁，霹雳交加，顷刻之间大雨倾盆。奇怪的是，雷声只在李元霸头上轰轰作响，李元霸大怒，就用金锤指着天空大喊大叫，并把金锤往空中一撩，抬头一看，那四百斤重的锤坠落下来，噗的一声，正好打中他自己的脑袋。

这个故事是说，力量都是针对自己的。

在形式上要准备好随时逃跑

蝴蝶梁山伯和蝴蝶祝英台，在草丛里惬意舞翩跹了没多一会儿，就给纳博科夫捉住了。蝴蝶梁山伯临死的时候安慰蝴蝶祝英台说，好妹妹，别难过，等那个庄子做梦醒了，咱们就是他。

可读性只和阅读有关

琏二爷"弯着腰跺脚说：'死促狭小蹄子，偏要浪上人的火来，她却又跑了。'"平儿隔着帘子说："我浪我的，与你何干？"

信仰

孟姜女收拾行李，女扮男装出发去找自己的丈夫万喜郎：千里万里，我必见你的骨骸。

（选自《西湖》，2007年第2期）

点评者：丛治辰

2005年，张静以处女作《采阴采阳》崭露头角。她随性自然而情致缠绵的叙述方式，以及对于现代都市中两性关系微妙而深入的体察，使《采阴采阳》成为叫人眼前一亮的佳作。而若说《采阴采阳》是于缱绻细致当中暗藏决绝的锋芒，那么短篇小说《珍珠》则反其道而行之，以洗练有力的决绝凝聚了令人动容的缱绻无奈。

"他的喉咙里生长着一颗珍珠"，小说的第一句有如天降，干净利落。这颗珍珠不但生长在年轻丈夫的喉咙里，而且撬开了夫妻二人本来不乏温馨的日常生活。就好像在光滑的镜子上落下一块石头，裂痕蔓延，必然使一切都变得支离破碎；而裂纹理路的或隐或显，交错脉络，反能映照出生活本来不曾显露的隐秘。长在声带里的珍珠使丈夫无法喊出爱人的名字，只能绝望地发出"噗噗"的喘息声。经过了语言学转向之后种种理论的洗礼，此种失语症的隐喻已不难理解：既然惟有凭借语言的习得，我们才可能内化于社会的规训之中，则在某种程度上，语言的丧失即意味着见弃于外在的社会价值体系。看病时医生猎奇的眼光，已暗示了丈夫被外部世界抛掷的命运；而丈夫与主管的冲突，更表明即使在一个独坐家中亦可以参与社会分工的时代，丈夫这样的独特存在仍然既不能得到外在认同，亦不可能自我认同。在此情况下，辞去工作，躲进二人世界的抚慰之中，已成无可奈何的必然选择。但是二人世界就没有裂痕么？出租车上，惊惶失措的夫妻俩相濡以沫的深情的确叫人感动，然而一旦感情到了相濡以沫的地步，恐怕也就已近强弩之末。无论如何，两人毕竟再难以过去的平常心来相爱。妻子总是有意无意将丈夫当做一个病人甚至残疾人，而在丈夫面对外部世界的压力感到莫大凌辱的时候，妻子更是绝难体贴他的心情。这样特殊状态下的爱恋，就像他们一下子缓慢柔和下来的房事一样，越来越变成舞台上的演出。而越是小心翼翼地维护，就越叫人感到镜面下面已裂纹丛生，何况两人的童话世界其实能挡得住什么？博物馆里一个挣扎哭喊的孩子，已足以把强大的外部世界重新推回到他们面前。而老父亲不无洞见之明的一句问话，终于将两人之间的问题坦露出来："挂上电话，我抬头笑着问他，亲爱的，我的表演怎么样。"

一句无意的笑语却泄露了天机，使外在生活和内在情感这两条一明一暗纠结维护的线索，顿时一齐绷断。丈夫遂不可避免地走向病态或逃逸，这本就是他或他们早早注定的归宿。

　　小说笔法不禁叫人想起卡夫卡的《变形记》：以一个荒诞的意外，折射出已为我们习惯而麻木的日常生活之下那尚可忍受之处。而张静的难得，恰在她于寓言式的框架之下，能够传达出最细微的感触来，全部细节都真实得触手可摸纤毫毕露，极富表现力。若说不足，仍是笔力嫌弱，如多几个回合，必能窥见生活更深处的皱褶。

暖死亡

黄咏梅

一

林求安轻轻地下了床,在黑暗里,两只光脚往下一伸,很准确地套进两只鞋里,然后轻巧地在地上站起来,又轻巧地举步走出了自己的卧室。

一走出卧室,林求安便进入了一个白天。阳光灿烂,人来人往。

林求安熟门熟路地来到了电子大厦。看门的保安没有拦他,他跟保安笑了笑,然后自觉地在桌上摊开的一个登记本上,续着上一个进入者的名字下,写下了自己的名字。

这里是林求安工作的大厦。

13楼,林求安用胸口对着电子眼晃了一下,"嘀"的一声,自动门就打开了。林求安总是把门卡放在胸口的袋子里,手都懒得去掏。同部门的小汪每次看到他这个样子,就会笑他,又用胸脯开门了,如果他是个女人,大概卡都用不上,只要把胸脯凑到电子眼里,芝麻开门,这个部门里的门一律自动打开了。这个小汪,想女人都想疯了,快四十岁都没找到一个合适的当老婆,也难怪。当初林求安跟张小露结婚,也是这个小汪,当着张小露的面说,林求安哪儿都好,就是喜欢吃零嘴,跟个女人似的。林求安一下子窘得要死,虽然当时张小露得体地微笑着对小汪说,我就是喜欢他爱吃,能吃。可是在林求安那时看来，这仅仅是张小露善于公关的一个表现。

林求安坐到自己那一格的椅子上，将桌面上的文件打开来，沉默地开始了他一天的工作。

在林求安工作的期间，部门里的人不断地走过来走过去，林求安看上去一点都没有理会他们，可是，他的耳朵却在仔细地追捕着那些声音。除了前后左右交谈的声音，还有电话对电话交谈的声音，偶尔安静下来，就是敲打电脑键盘的声音。林求安在自己那一格不到两平方米的办公桌间，无法伸展腿脚，可是却把注意力伸展得很开阔，这些注意力跟随着他的血液蔓延到了每一个极限的地方，复印区、传真区，甚至茶水间、卫生间。林求安的身体被四面八方扯住了，绷得紧紧的，以至于很多瞬间，他都有缺血窒息的危险。

最后，林求安对自己说，下班了。

下班吧。林求安站了起来，旁若无人地穿过了那些区域，复印区、传真区、茶水间、卫生间……

跟来的时候不同，林求安下班的时候，总是显得很匆忙，他飞跑了起来，一条街、两条街、三条街，林求安跑着跑着，身体就无法控制地起飞了。他首先轻而易举地掠过了扑闪扑闪的红绿灯，一下子又直接经过了这个城市大钟楼的钟摆，后来他又飘过了那栋一直备受争议还没有拍卖出去的63层大楼的茶色玻璃，最后他感到脸上有一阵微痒，林求安仔细一看，原来是一只长尾巴的大鸟，夺了他的路之后，用尾巴示威一般的扫荡过他的脸……

这样飞跑着的林求安，终于看到了一排顶着红帽子、蘑菇一样的大楼，只要看到了这排红帽子，他的家就不远了。因此，林求安开始减速，一减速，林求安就慢慢地低了下来，一低下来，他就能看清楚地面了。这是黄昏的河南片，是这个城市的老城区，有着复杂的地形，尤其是那些七拐八拐的小巷子，莫名其妙地伸出了一条腿，一摆，人就迷糊了，失去了方向，差点摔跤。林求安很有技巧地使自己的身体刚刚升出那些复杂的小巷子几米高，这样，他就不会被那些脚摆倒了。他低低地边飞边看着下边的人，那些严肃着脸下班的人，疲倦地在小巷子里，钻来钻去。

当林求安看到一个巷子角落里,有个中年女人,挑着一箩筐的贡梨在卖,又黄又大的贡梨,在黄昏的箩筐里挤来挤去,随时都有被挤破出汁的可能。林求安被这些可爱的梨们弄得心里很难受,多么好的东西啊,这样放着多遭罪啊。林求安这样想着的时候,嘴巴里的津液一下子多了起来,他努力地使自己飞得更低,眼看着就要落地了,然而,他用尽了全身的力量,使得自己的身体平衡,轻盈地飘到了那些贡梨的前面,用两只手一捞,拯救了几只可爱的大贡梨。

林求安手里举着几只大贡梨,心里一乐,就又升起了半米,继续往家里飞去。

当林求安从自家卧室的窗户里飞进去的时候,力气已经花得差不多了,他气喘吁吁地降落到了床上,重重地一摔,四肢便像一摊水一样漾来漾去,好多次,一条腿就差点漾到了床下,又被他有意识地往回漾了几厘米。就这样漾来漾去的时候,手碰到了一些异物,凉凉的,软软的,却又是坚定不已的,林求安企图睁开眼睛看清楚这个异物,眼睛却愣是不听使唤。然而这个异物在水里摇动得实在太频繁了,实在太卖力了,搅得林求安非常不舒适,他猛地睁开了眼睛。

求安,起来了,漱口了。

张开眼睛的林求安,看到张小露端着几只洗得干干净净的大贡梨,用手使劲地摇晃着自己的身体,一边摇晃一边喊叫。

这是林求安卧室里的清晨。跟往常一样,林求安被老婆张小露摇醒,然后在床上,睁开眼睛,又闭上眼睛,轮番几次,直到张小露把贡梨放到他手上,林求安一举手,一张口,一股冷冷的蜜汁,瞬间变成了无数双手,撩拨着林求安的每一根神经,林求安才真正醒了。

每天睡觉醒来,林求安都是飞跑过后了,连睁开眼睛的力气都没有。所以张小露索性将水果放到他的手上,用那些清凉的水分,以及在林求安看来是很美好的果实的形状,去刺激林求安睡着的神经。

林求安在床上用水果漱过口之后,就艰难地下地了。他先是把一条腿移到地上,张小露把鞋子准确地放在离床有50厘米的地方,他的腿一伸,刚好踩进一只鞋里,可是他并没站起来,等到这只脚完全控制好那只鞋后,他把另外一条腿也从床上伸了出去,另外一只空的鞋子也被张小露量好了尺寸，离那只鞋子20厘米，这样，林求安的两只脚都完全控制住了两只鞋子。林求安十个脚趾动了动，一运气，使自己站了起来。

　　林求安拖着沉重和疲倦的步伐，缓慢地从卧室艰难地移到了客厅。从窗外射进来的晨光，形成了几道光柱，直接照耀在饭桌上、茶几上以及电脑桌上的那几堆食品上，在林求安看来，它们像几堆金子一样发着光。金黄的、翡翠绿的、通红的，各种颜色调动了林求安的食欲。这样，充满了食欲的林求安在通往这些食品的道路上，那种睡醒过来的劳顿和压抑，才稍微有了一些改善。他知道，在接下来一天的时光里，仅仅只是一个从舌头到喉咙，从喉咙到食道的短暂过程而已，他因为这种简单和熟悉的吞咽所带来的自信，随即愉悦了起来。

　　林求安坐在屋子里，对着窗外美好的朝阳，咀嚼着，吞咽着。他的动作是那么舒缓，将食物放到嘴里，吮吸，切割，咀嚼，吞咽等等，跟机器一样准确地分工，一点差错也不会出。

　　林求安200公斤的身体，如一座大山般静默，只有两颊的肌肉在有生命地运动着，无穷无尽地重复律动着，在这样的律动中，他身体内部有一条肉眼看不到的河流，从他的喉管一直奔腾而欢快地流淌下去，这就是林求安整个世界的律动，仿佛天真的塌下来也无从阻挠他的这种奔腾的欢快。这动作又是那么持久，以至于他把朝阳都咀嚼成了夕阳，自己都浑然不觉。

二

　　说起来，林求安算是较早一批的SOHO族啦，他在家把时间切割成了若干工作段，黄瓜时段，鱿鱼丝时段，花生时段，饮料时段，当然也安排有嘴巴歇息的时段。那些藏在食物里的精灵，就是一个个字符，林求安每天的任务就是将这些零散的字符，拼凑成一篇篇无懈可击的文件报告，而他的上司就是林求安的味蕾，由它去评判任务完成的出色度，并作出奖赏，或者是一小片多掰下来的巧克力，或者是厨房里存留的一块烤鸡翅，有的时候也会是一大块计划留待明天才消灭的芝麻酥糖。

三年前，林求安还在本市一座电子大厦的23楼当一名企划业务员，属于白领，妻子张小露则在某个机关里当财务。女人收入稳定，男人不断加薪，这种组合，是近年来白领阶层比较满意的一种。要不是林求安贪吃，他们的日子不久就会是那种住公寓、开小车的现代都市生活模式，而不是眼下这种张小露每天从单位坐公交下班，小葱小蒜往家带的小里弄模式。

直到有一天，林求安平静地下班回来，跟张小露说他辞职了。张小露用那种死都不能相信的样子，向着林求安，林求安去喝水的时候，她也那样向着，林求安剥开一包薯片咔嚓咔嚓吃的时候，她也那样向着，林求安站在马桶前小便的时候，她也这样向着，最后，尿了一半，林求安在镜子里看着张小露无奈地说——我被炒鱿鱼了！

下午的时候，林求安把做好的文件拿到部门经理刘梦的房间里，刘梦不在，他走到刘梦的桌子里边，将文件夹平放在一个显眼的位置，而在同样显眼的位置上，林求安看到了一块还没拆开的牛肉干，牛头牌的，麻辣味的。林求安在上班时间经常冒出的馋瘾一下便发作了，他立即看到了那些小精灵，围绕着自己的脑袋，跟蜜蜂一样嗡嗡地攻击着自己，那些蜂针蜇着自己的头和脸，它们的痛感仅仅反映在林求安的嘴巴里，舌尖上，一点点地渗出了痛感的津液。

林求安完美地将这块牛肉干咀嚼完毕，时间仿佛是过了一个世纪。

刘梦从办公室径直走到林求安的位置前，事实上她的内心并没有她表现出来的样子那样愤怒，她甚至满心兴奋，对于林求安这种她早就看不顺眼、好吃懒做的员工，她终于找到了合适的惩罚。

谁偷吃了我的牛肉干？

精明的部门经理把声音的重点放在"偷吃"两个字上。不容辩解，只需承认。

林求安抬起头来，看到刘梦那双鄙夷的眼睛盯着自己。林求安才意识到问题的严重。他找不到灵感。到底是要承认还是赖账。而刚才那些围着他转的小精灵们一下子都被驱散了。

林求安，你刚才送到我桌上的文件，做得一窍不通。难道你不知道？除了吃你还会做什么？

同事们都明确地围向了林求安的桌子边。

林求安坐在那里，一动不动，牙齿缝里有一绺牛肉丝，他用舌头弄了半天都弄不下来，这绺牛肉丝同时也塞住了林求安思维的滚轮，他想求助于自己的手，可是手却仿佛被刘梦的目光绑在了桌面上。这绺麻辣味的牛肉丝跟林求安的舌头和思维进行了牵肠挂肚的纠葛，而这种纠葛，才是林求安一生中的至爱，他被缚其中，一生一世，心甘情愿。

同事们开始劝部门经理了。看上去是为林求安求情，实际上是在给经理扑火息怒。

良久，林求安还听到经理在一边，持续地强调——这是一件小事情，真的是一件小事情，不就是一块巴掌大的牛肉干吗？可是，以小见大，如果这块牛肉干是我们公司的商业秘密呢？这真的是一件小事情……

林求安听着听着，他的手和脚恢复了活动的权限，他的眼睛重新看到了经理那双鄙夷的眼睛，他将桌面的那个深灰色的文件夹，举到了自己的嘴边，一下，咬断了一角。

人们先是惊愕，等到反应过来的时候，林求安已经咬下了第二口，人们才赶着去把林求安的文件夹抢了出来。

最后，刘梦认为林求安神经出了毛病，以放长假的理由将林求安打发回家了。

在这种企业里，放长假就是待岗，说得难听点，就是炒鱿鱼的意思。

张小露接受了林求安被炒鱿鱼的事实，却难以接受林求安的这件"小事情"。那块牛肉干在林求安的胃里仿佛被反刍到了张小露的胃里，有的时候又反刍到张小露的心脏，当然有的时候还会被反刍到张小露的脑后。

总之，那块麻辣味的牛肉干就像一块粪便，在张小露的人生长河里，一路荡漾，时而浮现，时而隐没。

继续找一份工作对于林求安来说，其实不算是一件难的事情，事实上林求安也确实进行过第二份第三份工作，可是不知道为什么，每当坐在写字楼的凳子上，林求安就会被那些越来越多的小精灵所围攻。在林求安打开电脑的时候，那些小精灵就附在屏幕上，阻挡了所有信息的传递;在林求安敲打键盘的时候,那些小精灵又神不知鬼不觉地拼命霸着回车键,留下一行行空白;好不容易林求安站起来发传真了,那些小精灵要么在他必经的道路上,蒙上了他的眼睛让他不是掉文件就是摔跟头,要么就在传真机的色带上沾满了巧克力浆,将文件段落糊成了一方方甜美的巧克力。甚至,在林求安走进写字楼大门口的那一瞬间,这些小精灵会变成一群数不清的蝗虫,围着林求安的肉身,咬着扯着,试图将他吞噬,直到林求安掉转头,迅速回到家,坐到沙发,举起一种食物送到舌上,那些蝗虫才又变回甜蜜的小精灵,在林求安的四周,歌舞升平。

自从林求安被炒了鱿鱼之后,张小露仿佛跟食物结下了不解之仇似的,每次去超市,她就像一个强迫症患者一样,食物堆满了手推车还不够,往往在手上还用食品袋艰难地吊着几大包东西。

一进到厨房,那种仇恨立即变成了对烧菜的贪婪了。要不是因为厨师职业没有现在的机关工作那么有保障,她都想辞职去酒楼里,将一大盘一大盘的菜倒下油锅里,听到那些食物遇到热油便"呲啦呲啦"地响,仿佛是朝她叫着"救命",她就能感到幸福。

在厨房里,她把烧菜的材料,摊开到炉灶的面板上,整个外界就与她没有任何一点纠纷了,她满脑子就只剩下了胡萝卜和西红柿或者牛腩和羊杂碎之间的恩怨纠葛,红烧辣焖与清蒸煨炖之间的快意恩仇,而张小露就是一个大统帅,调兵遣将,随心所欲。

刚开始,张小露还按照牌理出牌,循规蹈矩,主菜配菜,一点不敢串味,可是有一次,她竟然把花椒粉当做味精错手倒进了一盘就要起锅的清蒸鲫鱼里,结果林求安反而吃得津津有味,连汁水都舔干净了。她奇怪地问林求安,这样烧好吃吗?林求安连连点头说,好吃,够味。张小露每每看到丈夫近乎贪婪地享用着自己烧的菜的时候,不知道为什么,她就会感到兴奋,一股暖暖的液体似乎从肚脐下方蹿到了脑袋上,直到被林求安的食相弄得亢奋不已。

从那以后,张小露就开始着了迷一般的对烧菜进行天马行空地创造,更再也不肯按照牌理出牌。只要市场上能买到的,她都尝试着搬回家弄，每一次烧菜都是前一次的颠覆，每一次烧菜都是后一次烧菜的挑战。说也奇怪，无论张小露在烧菜上做出如何先锋的尝试，林求安都照吃不误，不仅照吃，而且还在这些冒险的味觉中，咀嚼到了食物各种形态的精髓，他醉心于张小露端上来的每一盘菜，而且以对待新生婴儿的态度，纯真无邪的，甚至是神圣的。

可以这么说，一个忙着烧菜，一个忙着吃菜，张小露和林求安各取所需地享受着，这种享受，就跟油和盐的搭配，木耳和滑肉片的搭配，烤鸭和甜面酱的搭配一样，相互汲取，相互利用。

每天下班回家，张小露左手和右手从来都不空，家住在二楼，可不少时候提着那些沉甸甸的食物，爬几级楼梯就忍不住停歇一会儿。最使张小露感到头疼的是，她必须两次放下手中的东西，开两次门，一次是大楼的铁门，另外一次是自家的家门。每当张小露来到铁门口，将手上的若干个塑料袋子一个一个卸下来，然后掏出钥匙，将铁门打开后，用自己的屁股顶住铁门，再转身将那些散落在地上的塑料袋一个一个重新挂回自己手上，最后才成功地走进大楼里。这些时候，遇到有邻居帮忙，张小露反倒更加窘，因为那些人都会问张小露，家里没人？

林求安当然在家，可是只要张小露不在家，家里等于没有人，就算快递邮差或者抄水、电表工在门口把门拍烂了，里边都没有丝毫的动静。那些时候，张小露想得出来，她的丈夫林求安正在客厅里，慢慢地咀嚼一块牛肉干，或者正在将一块巧克力递到嘴里。

张小露知道，推开门，她就能欣赏到了一幅很有功力的油画，这张画是一幅静物画，有着恒定的线条，有着光与影雕刻出来的不同层次的颜色，林求安就融合在这幅静物画中，张小露感到一种和谐的温暖。林求安的呼吸道因为脂肪的挤压，喘气动静很大，也因为脂肪囤积起来的温度，总是那么恒定，在这些温度烘托下的一切，包括流动的空气，包括那些固定的茶几、桌子、电灯，甚至冷冷清清的电话机，都无一不带上了暖流，形成了一个林求安的气场。这种温暖，使张小露手上的东西全都消失了重量，好像拎着几大包棉花，轻轻地走到林求安的面前，一放下，她的整个身子顺势就坐到了林求安的身体上，柔软、温和，如坐凌波上荡舟，而且一荡就是烟波浩渺，世事如烟。

张小露对林求安的爱，不仅跟着林求安的食欲一起膨胀，而且也跟着张小露日益精湛的烧菜技能一起膨胀起来，你可以说它没有斤两，然而却在她精心做给林求安无限满足的菜肴中，以及林求安那没有任何曲线和轮廓的肥胖的身形里，称出了沉甸甸的分量。

三

大概除了张小露，没有一个人不认为林求安生病了，但却谁也说不清那是什么病，出自什么原因，一个大男人，吃着吃着，就成了一个大胖子，体重越来越重，话语越来越少，整个作为人的人越来越迟钝。

张小露承认林求安从一百四十多斤的体重长到四百斤是个事实，她也承认林求安现在的嘴巴多用来吃食物而不再舍得发声，然而，她却不承认林求安迟钝。相反，林求安越来越灵敏了，他就算闭着眼睛，也能把张小露摆在桌上的食物——辨认出来，连那些真空包装还没拆封的食品，他也能准确地通过鼻子将它们分离出来。当然，这都只是林求安拥有的一些基本功而已。

每当张小露在厨房里忙乎的时候，林求安无论待在房间的任何一个位置，他都能准确地判断出，张小露此刻进行着的步骤，更重要的是，他必能在关键时刻，及时指出在他看来是技术上的一点瑕疵。

排骨，两勺糖。

林求安分辨着空气里的味道，及时地冲厨房里的张小露喊了出去。

张小露手里必定正拿着一小勺白糖，正要朝锅里的红烧排骨投放下去，听到林求安的声音，手上改变了分量，直接将两大勺白糖洒到了泛着金黄颜色的肉骨头上，不一会儿工夫，那些闪亮的晶体便刻骨铭心地融化在了一大锅红烧排骨里边，变成了寻找不到的精灵。

有很多这样的寻找不到的精灵，时刻都在跟林求安捉迷藏，可是，这些精灵在林求安的味蕾里，统统原形毕露，回复了他们依附在食物当中最原始的形态。

有一天黄昏,张小露把掐剩的青菜梗像往常一样要送给隔壁家,还没走到门口,就听到从沙发上传过来林求安的声音。

兔子没了。

张小露朝林求安看去,去找他的眼睛,由于脸上的赘肉往下沉,林求安的眼睛轻易找不着。加上他一脸沮丧的表情,似乎所有的五官都披挂在一脸肉上,簌簌地往下掉。

什么没了?

兔子。兔子被宰了。

你看到了?

用八角给焖了。

说完,林求安一深呼吸,整个身体很艰难地向上提了半寸,一呼气,沙发就响了起来。

张小露很不相信地看着林求安,根据她的判断,林求安是不可能跟邻居有任何接触的,更不用说见面聊天了。

林求安没再多说什么。

张小露将信将疑地出门了。

过了一阵,张小露果然将那把青菜梗捧了回来,如林求安所说的,隔壁家那两只小白兔真用八角给焖了。

小白兔在隔壁家已经养了大半年了,几乎每天张小露都会将掐剩的青菜梗拿过去,有的时候还亲自拿到阳台上去喂,两只红眼睛的小白兔咀嚼青菜发出的沙沙声,总是让张小露感到愉悦,而小白兔从半斤不到一直长到三斤多重,张小露不能说没做出贡献。在笼子里被圈养的两只小可爱,没想到会有一天因为长大而被主人焖了吃。

隔壁家说,两只兔子体积太大了,笼子太小,转身都难,过去看到它们在笼子里嬉闹、追逐,还挺有趣,现在长大了,像老夫老妻一样,整天各据一边,相对无言,傻乎乎的。宰掉一只嘛,又觉得活下来的那只可怜,只好两只都宰了,可以吃好几顿呢。

张小露临走的时候,隔壁家还热情地让张小露带上一碗兔肉,张小露心里一阵难过,谢绝了。

整个晚上,林求安和张小露都显得十分不安。电视开着,演什么都不知道，倒是林求安在旁边，隔一段时间便将一样什么东西送到嘴巴里，咀嚼的动静很奇怪地仿佛比平时都大，似乎整个屋子里都有咆哮的趋势。

林求安一个人在家的时候，闻到隔壁屋飘过来的八角味，非比寻常，于是停下吃东西的动作，聚精会神地分辨着这股肉味，一种筋肉分离的火候，一种精华一般的新鲜，一种难以表达出来的诱惑，乱七八糟地聚集在林求安两腮，他仿佛处于一座黑不见底的矿窑，四壁逐渐渗透出危险的水，越来越多，越来越浓，就要将他给淹没了。林求安感到一种无法自救的窒息，而这种窒息却带给他幸福感。

他还很困难地从沙发上站起来，走到门边离隔壁最近的一个缝隙，尽量地贴近着，吮吸着。最后，他判断出，这种幸福的味道，一定是张小露每天一捧青菜梗去喂养的那对小白兔。他没见过这对小白兔，但是他确定，它们一定肥美，一定白嫩，活脱脱一个丰乳肥臀的大美人。尽管在林求安的脑际，很多年来都没再出现过这样的美人形象了，可是这八角焖白兔的味道，却撩拨起了林求安的幻想，这幻想随着这股馥郁的味道与林求安纠缠了起来。

不多久，张小露无精打采地进自己房间睡觉去了。

林求安依旧在沙发上，沮丧地幻想着，那碗没吃着的红烧兔肉，一直盘亘在林求安通往睡眠的走廊上，他的味蕾一直处于亢奋的状态，他的舌头一个晚上都直挺挺的，那些像以往一样进入他嘴巴里的东西，头一回那么难对付，他的牙齿无法往下合，舌头无法向内卷，那些甜蜜的小精灵也全都跟无头苍蝇似的。

林求安从没有过地烦躁，他居然站起来踱步了，先是从客厅到大门口，几个回合后，延伸了路线，从大门口到卧室走廊，又几个回合后，又延伸了路线，从大门口到卧室的门口。林求安的卧室和张小露的卧室是并列的两个门口，林求安在里边，张小露在外边，林求安走向自己卧室门口的每一个回合，都经过了张小露门口，他的小眼睛看不清楚里边床上的张小露的形态，但是每经过张小露的门口，他都能闻到一股馥郁的芳香，肉的、骨的、筋的、皮肤的、指甲的、毛发的，这些混合的味道在林求安的每一个经过的回合里，在林求安亢奋的味蕾的分辨下，都组合成了一桌的盛宴，召唤他入席。

张小露是被林求安的呼吸声吵醒的，在黑暗里，她感到了一阵袭向自己的风声，等她睁开眼睛，看清楚了一个巨大的阴影正朝自己挪动，她差点尖叫起来，经过大概两秒钟的辨认，张小露就认出了这个山脉一样挪动的、带着暖气流而涌过来的，是与自己相守了多年的丈夫林求安。

这座温暖的大山坐落到张小露的床上的时候，张小露被床的弹跳震清醒了，可是她依然猜不出林求安的意图，只是因为位置的逼仄，她自然往床的另一边移了好些位置。

林求安找够了床的位置，先是把一只脚伸了上去，另外一只脚依旧不急着跟上，而是90度地支撑在地上，然后借用地板的力量，将身子平放在张小露的枕头边，再借用地板的力量，将身子稍稍侧向张小露的一侧。最后，那另外的一只脚就不动了，始终保持着与地板90度的姿势，向地板借着力量。

张小露内心狂跳不已。她在等待的过程中，脑子里竟然还滑过一句古话，食色，性也。她朝黑暗腼腆地笑了一下，只有性，才是性也。

林求安用嘴巴去寻找张小露，在张小露的身上拱来拱去。张小露被他弄得痒痒的，同时，沉睡了多年的性欲也排山倒海地四处寻找出口，她索性将自己全部都蜷缩在林求安的嘴巴边上，以便于林求安用嘴巴触摸。然而，林求安找到了张小露的头部，先是吮吸了一下张小露的脸，然后又在张小露的鼻尖上停留了几秒钟，当他进入到张小露的嘴巴里，跟张小露润湿的舌头刚一接触到，林求安便仿佛进入了永恒一般，他那直挺挺的舌头，迅速松弛了下来，并顺势平躺在张小露柔软而嫩滑的舌头上，他探索着尽力将自己的舌头完整地依附在张小露的舌头上，像着陆在某个温床上，一动不动，似乎连生命都没有了。

不知道这样过去了多长时间，张小露变得不耐烦起来，呼吸也有点困难，于是她挣扎着要把林求安的舌头推出去，然而，这种挣扎的力量是那样的无效，就连话语的力量的一半都达不到，林求安的那根仿佛失去了生命的舌头，在张小露越来越使劲的挣扎中，像长出了无数吸盘似的，任张小露如何辗转，都无法摆脱掉。

张小露生气了，她手脚并用地要推开林求安，先从那大山一般的身体开始，然后又转向林求安的头部，接着又去揪林求安的头发。林求安的舌头在张小露的这些行为中，也逐渐复苏了，从一条死蛇变成了一条猛龙，它变本加厉地吮吸着张小露的舌头，那些津液被他贪婪地吞到了肚子里，它的牙齿也加入了这些贪婪的需求中。

最后，张小露在一阵剧烈的疼痛中，使出了生平最大的力气，将自己抢救了出来。她花了好几分钟使自己的舌头放回到自己的口腔里，她也花了好几分钟将那些满溢的津液收拾干净，她忽略了从舌头上渗出的一点咸腥咸腥的异味。因为一股来自鼻腔的酸酸的刺激，代替了这种异味。

林求安，你就吃死算了！

张小露的哭声，在整个黑夜里，显得那么空旷。林求安始终支撑在地面的那只呈90度的脚，被这种空旷抛弃了，他轰然跌坐在地板上，脑子一片空白，跟这夜的颜色形成了强烈的反差，他像坐在空中一样，沉重的肉身让他无法登陆任何一方。

四

这是在张小露与林求安的婚姻生活中，首次出现的僵局，这种僵局并不因为每天晚上七点新闻联播那熟悉的前奏而变得有些许缓和。

尽管好几个晚上，张小露跟林求安都坐在客厅里，脸朝同一个方向，跟在那个钟点的大部分中国公民一样，目光朝同一个焦点集合，耳朵接受着同样频道的信息，但是，张小露头一次感到她的丈夫林求安，那么庞大地占据在自己家里，像一个从天外偶然着陆的不明飞行物一样。同时，她也头一次在林求安持久地咀嚼着某样食物的声音里，听到了自己愤怒或者说是嫌恶的鼻子出气的声音，在她的脑海里，甚至避开了主持人几十年如一日字正腔圆吐出的字眼，头一次出现了诸如肥猪、笨瓜、饭桶、大草包这样的字眼，这些字眼的所有指向不但没有使她有发泄的快意，反而使她更加忧伤了。她的忧伤是因为自己无法去解释，自己怎么可以这样嫌恶自己的丈夫呢？怎么可以这样嫌恶自己丈夫吃饭喝水甚至呼吸的声音呢？

没等天气预报播完，张小露就早早进到自己的房间，并且关上了门。灯不开，被子也不敞，只是倒在床上，待了一阵子，眼泪顺着眼角淌了下来，有一些洇湿了被单，而有一些，被存在了张小露的耳窝里，由热变成了冷。张小露在独个儿的、慢慢的哭泣中，还不时去把那些耳窝里的泪水掏出来，因为那些泪水曾经一度地挡住了房间外面的林求安的动静，这是张小露绝不允许自己人生当中出现的差错。

张小露意识到自己的人生在某个地方，一定已经出现了严重的差错，她难以辨析差错的方向，也难以当这些差错不存在。这跟烧菜不一样，在张小露烧菜的过程中，无论出现任何差错，林求安都会将这种差错缺省。林求安那只看不见的胃，一定比大海还要宽阔，比一个千年长寿仙还要慈祥还要宽容，这些年来，林求安的胃吞下了张小露所有的差错，无论这些差错是有意的还是无意的。

那天，张小露在下班路上，手上拎着的那些食物，每一个袋子都仿佛鼓着一包脾气一样，越拎越沉重，走到那条少人的林阴道的时候，那些袋子里的东西便开始了张牙舞爪地挣扎，死活不愿意跟张小露回家。张小露瘦小的臂膀跟这些挣扎进行了对抗，越对抗仿佛越无效，最后，她只好将这些东西一股脑儿地扔到了小道的阶梯上，自己一屁股坐在了地上。张小露喘着粗气，恼火地看着散落在地上的那大包小包的东西。她用脚踢了踢那块猪肚，猪肚原先是已经鼓得很涨的气包，一踢之下，竟然哑哑地泄气了；她又去翻其中一个黑袋子，里边有几个土豆，纷纷生气地长出了长长的芽，一掀开，仿佛就要往天上蹿去了，张小露将它们逐个拍打了一下，土豆的气焰一下子竟然也消掉了，那些芽迅速消失得无影无踪；张小露还朝着一捆涨红了脸的胡萝卜生气，她喋喋不休地指责它们——你们这群懒萝卜头，来到这个世界上，什么也不用想，就跟着命运一起，落地、生长、结果，最后到处游荡，什么也不用搭理，什么也不用刻意选择，你们还敢生谁的气？我要是你们，感激得屁滚尿流，连大气都不敢出了……胡萝卜在张小露一连串的指责下，涨红的脸即刻恢复了它们正常的颜色。

跟变魔术般的，当那些食物被张小露一一教训后重新拎在手上，它们无一不恢复了正常的重量。

张小露自己也松了一口气,因为教训这些被她一直认为是自己下属的痛快,竟然使她的内心滋生了一个玩恶作剧的念头。路过自己巷口的一个小药店的时候,张小露进去买来了一小包巴豆。

在厨房里,张小露小心地用碾胡椒的木碾子将巴豆碾成了粉末,然后倒进一盘刚刚烧好的香喷喷的红烧肉里,细心地搅拌均匀。

林求安毫无例外地将这一片片红烧肉送到嘴里并且做习惯性的咀嚼运动,一下,一下,又一下,节奏均匀有序,深浅力度如常。看着林求安一下一下地把红烧肉安全地消灭掉,张小露原先设想的那种痛快和解恨,竟然被眼前林求安专注的样子过滤得荡然无存,相反的,张小露所有感觉都依附在了那一片片红烧肉上,一一被林求安送到他宽阔的大嘴里,接着在林求安牙齿的切割下支离破碎,在林求安舌头的搅拌下翻江倒海,最后顺着林求安喉管的吞咽辗转进入到一个无知的、潮湿的黑暗里。

张小露陷入了一片黑暗里。

这里是林求安无边无际的胃。在这个潮湿而温暖的黑暗地带里,她头一次与自己的丈夫感同身受。她像进入到了一个孕育着生命的子宫里,蓬勃而尊严,柔韧而强硬。

就这样,张小露在林求安若干次进出厕所的痛苦中,感到了无比的愧疚和悔恨。她在厨房的案板上,找到了几颗剩余的巴豆末,她将它们放到嘴里舔食精光,就像一个诚心要取得谅解的罪人,甘心情愿地舔食毒药一样。

五

林求安很少再梦到自己飞了。他的梦跟自己的胃一样,空荡荡的。而他的意识却像一只时刻都担心被惊吓的小鸟,一个激灵,总是让他在床上猛地睁开眼睛。

5点17分。

这个钟点数在这段时间总是被林求安逮到。林求安很纳闷,每每睁开眼睛,在晨曦的光影里,旋亮床头灯,直接寻找到对面墙上的钟表,一看,时针和秒针总是不偏不倚地搭成5点17分的角度,像一棵树的两根枝丫一样,上边栖着一只可恶的小鸟,把林求安从睡眠里啄醒。

很多次,他那样被啄醒后,故意不开灯,在朦胧的光线里,屏住呼吸,想要在钟表的方向聆听一些动静,然而,这些都是徒劳,整个房间里没有一点响动,就连一点端倪都找不着。

连续多次后,林求安被这种叫醒感到很恼怒了,他相信在他陷入睡眠的整个过程中,一定有什么在捉弄他,弄得他精疲力竭。紧接着袭来的巨大的空虚,是林求安最难以忍受的,那种从口腔到胃部的巨大的空虚,使清醒过来的林求安在孤单的清晨如一个弃儿。他气愤地从床上折腾着连滚带爬下来,光着脚丫,走向客厅,在桌上找到一包东西,不管那是什么,一拆开,气急败坏地连嚼带吞起来。很奇怪的是,在这些时候,那些多年在林求安的味蕾里升腾起来的小精灵们,全都不知所终了,他再也欣赏不到它们翩翩起舞的华丽,更捕捉不到它们甜蜜的幸福表情,似乎从他胃的底部,伸出了一双双利爪,将它们掐死。

张小露是在一个清晨被一阵沙沙的响声吵醒的。她朝着这种声音的方向找出去,看到了一团巨大的阴影在厨房里,借着晨光,她看到她的丈夫林求安缩着粗壮的脖子,头颅稍微向前倾,在嚼一把昨天晚上烧饭时没用光的大西芹,连梗带叶地。他咀嚼的频率是如此的急促,表现出如此的饥渴,连张小露走到近旁了,都一点儿没察觉。

狼吞虎咽着的林求安,把张小露所有的滋味都调动了起来,她感到内心无比地哀伤,凉沁沁的。

如果说,张小露把所有的享受都献给了林求安泛滥的食欲,那么,现在张小露就下决心把所有的精力都拿来压制林求安的食欲。她相信,只要在这个屋子里林求安找不到吃的,那么他是不会出门找吃的,林求安已经快3年没出家门一步啦,夸张一点说,连张小露都怀疑林求安的身体上,除了嘴巴还在使用之外,其他的器官还能否正常使用。

张小露对林求安变得吝啬了起来。每当她到超市里,那些林求安一贯要吃的东西,连招呼都不打张小露都会去理会它们。然而等到张小露推着满满的购物车要到收银处结账的时候,她的舌尖总会隐隐作痛。于是,她狠狠心,找到僻静处,将它们一一卸下车。

强制禁食,对于林求安是一种痛苦的本能的压制,而对于张小露又何尝不是?她现在每天在厨房里,严格规定自己只能烧三个菜一盘汤。这样的分量早已经不能满足张小露烧菜的瘾了。很多次,她用筷子夹起一块烧好的肉,尝了尝,然后找各种借口来挑剔这块肉,于是,又一盘新的肉开始下锅了。有的时候,说好是三菜一汤的,可一端出来,又是五菜一汤,更让张小露对自己无法原谅的是,她竟然有一次烧一盘排骨,连续换了五种烧法,最后为了不让林求安吃掉五盘排骨,不得不把其中的三盘偷偷地倒进马桶冲掉。那天,她又把一大盘还冒着热气的香喷喷的牛腩倒进马桶,看着它们被哗一下冲得无影无踪时,她难过地趴在马桶边上,号啕大哭起来。

最后,张小露给自己想到了一个好办法,那就是把有限的菜尽量弄得漂亮一些,同时也可以延长她在厨房里烧菜的时间。比如一段要放到锅里炖的淮山,她会花很长的时间,用小刀把它雕成一个小白兔的样子;一把准备要炒的芥兰,她会精心把它扎成一个开屏了的孔雀;她甚至在一个猪蹄上,用绣花针刻上两首古诗,然后再放到锅里焖。她每每将菜得意地端到桌上,就像端出一道道精美的工艺品,无论林求安对这一盘盘工艺品似的菜如何熟视无睹,如何风卷残云地将它们消灭掉,她都一点儿也不会心疼,因为她知道有很多明天还可以重来。

然而,随着张小露的禁食运动的开展,她发现林求安对于寻找食物的能力越来越高,需求也越来越大了。每天下班回来,她经常会有可怕的发现。她偷偷藏在米桶底部的一串香蕉无影无踪了;她到阳台去,抬头找那包被她用几层报纸裹起来的一大块叉烧肉却找不着了;她到马桶的水箱里想捞那几根用食品袋隔离起来的火腿肠,水箱里却只剩下了水;她到衣柜放棉被的那一格去摸几包刚塞进去不久的花生米,却再也摸不着了。

诸如这样的发现,张小露总是会觉得惊恐。惊恐之余,又生出一点心软。谁也无法想象,一整个白天,对着空空的桌子以及这间空空的屋子,林求安再不像过去那样安详地度过他那些贪吃的时光,而是

暖死亡

像一只困兽，拖着肥胖的身躯，在整个屋子里寻找食物的蛛丝马迹，调动了所有的感官，焦灼而艰难地寻找着。

面对林求安的眼神，才是更可怕的。林求安的眼神藏在两扇肉帘里边，仅仅是一条狭窄的缝隙，过去那缝隙里的光是温和的，稍嫌迟缓，张小露一直认为林求安的这种眼神，是安乐而家居的，但是现在，林求安的眼神逐渐找不到了，要不是仔细去看那缝隙还在，张小露几乎找不到他那称之为眼睛的部位。

在若干个5点17分的鸟嘴将林求安啄醒之后，林求安终于开始暴怒了。他让张小露把一个闹钟放到床头，把时间定到了5点整，他要看看，究竟是什么样的东西将他吵醒了，他要在5点17分之前等待那个可恶的怪物。

当闹钟在5点准时响起的时候，张小露醒了，她轻轻走到林求安的床前，坐到床沿上，在房间半明半暗的暧昧中，等待一个谜语的揭晓。

在墙上的时针和分针逐渐走成5点17分的枝丫形态的过程中，张小露一直紧张地注意着屋子里的每一种动静。事实证明，整个屋子里一点儿异样都没有，既没有谁向林求安扔去一块石头，也没有谁在窗外大声地呼喊林求安，只有黑夜的尾巴从窗口安然地扫射过的轨迹。

然而，被时间吵醒了的林求安，却仿佛接受了某个命令，竟然从床上坐了起来，自觉地下地，迅速地穿越走廊，径直来到厨房里，觅食。张小露在昨晚临睡前就将所有能吃的东西统统搬离了厨房，并且各自藏好，冰箱里只孤零零留着一块生肉，林求安却毫不犹豫地将它拿了出来。

当张小露看着林求安背对着自己，将那块冰冷的生肉放到嘴里，连拉带撕吃着的时候，张小露的脊背上一阵冰冷，她迅速跑上前去，跟林求安抢起了那块生肉。

被张小露抢到手里的那块肉，布满了林求安的口水和牙齿印。

张小露彻底绝望了。她决定求助医生。

根据医生的建议，像林求安这类暴食巨胖者，比较有效的方法就是割掉一部分胃，以减少胃纳，强行阻止进食。医生认为张小露过去太无节制地让林求安暴食，将林求安的胃给撑大了。换句话说，是张小露把林求安的胃给宠大了。张小露一阵懊恼。

除此之外，没有别的办法了？

400斤是重度肥胖了，绝食对患者已经没意义。医生用了患者这个术语。张小露感到很不舒服。她的丈夫林求安这么能吃，身体一点毛病也没有，这个医生连人都没见着，竟然就判断他是个病人。

医生对张小露的感觉一点儿也不关心，很专业地继续说服张小露：这样的患者当然有几种，有内分泌失调型的痴肥症，有先天遗传的痴肥症，还有一种现代人比较普遍，那就是抑郁肥胖症，这种患者大多是因为意志消沉，兴奋点严重丧失，只有通过不断地吃东西来刺激自己的兴奋点，或者说缓解自己的抑郁。

医生认为林求安属于后者。

可是，无论哪一种都好，医生给出的结论都是——割胃。

张小露一点也不相信医生的判断，他要是看到林求安吃东西那种愉悦的神态，他一定会认为自己过于武断。相反，张小露认为这个世界上再没有人能比林求安快乐了，就算一小段没多少肉但藏有脊髓的筒骨，都能让她的丈夫兴奋不已。

然而，不相信归不相信，张小露还是带着医生的建议，到水果市场搬回了一箱石榴。要知道，她很久没那么大方了。

林求安坐在沙发上，一把一把地将充满水分的石榴籽儿放到嘴里。林求安说，石榴汁液溅到衣裳上，不仅洗不掉，还会留下浅紫色的斑痕，童年时代，在孩子吃石榴之前，大人总是先命令小孩把上身的衣裳脱光。所以，张小露在林求安吃石榴之前，将林求安的上衣给脱掉了。说林求安的身体是一座山峰，其实还不准确，他是由若干个山峰堆聚而成的，峰峦叠嶂，身体的每个应呈现的部位都被遮蔽在皮肉之下，若非张小露不是林求安的妻子，这么近距离地看来，一定百感交集。

张小露对这具肉身没有表现出突然，只是裸露着上身吃石榴的林求安，重新呈现了过过去的纯真无邪，让张小露感到欷歔。原来林求安吃东西的时候，整个身体都在抖动，随着咀嚼吞咽的开始，就一直在抖动，肉体的每一寸皱褶都充满了愉悦，被遮蔽和不被遮蔽的，都显得那么坦荡，况且，这种愉悦是以细胞的独立个体为单位的。

张小露从来没有见过这么快乐的人。看着看着，她的脸上悄悄地淌满了泪。

那天晚上，医院开了救护车来，医务人员将林求安一步一步地扶下楼，从二楼下到一楼，林求安已经气喘吁吁，刚坐进车里，一个早已准备好的氧气罩利索地挂到了林求安的脸上，他仿佛被戴上了一副面具。

六

张小露将那把布满灰尘的磅秤重新找了出来。隔几天，她就让林求安踏上去，指针经过一个大幅度的轮转，颤悠悠地停留在某一个刻度，总会引起张小露的一阵欣慰。林求安一点儿也不去关心这个刻度，他多半时间把注意力留在了胃里，他盘算着那被切剩了一半的胃什么时候才能消化掉刚才被他吞下去的一方豆干，或者是它对于刚才自己吃下去的一包怪味蚕豆有没有感到抱怨。

现在，林求安将食物放到嘴里，很缓慢很缓慢地咀嚼，最后一点一点尽量控制住速度将它们送到喉咙里，并且丝毫不放心地感受着它们运行的信息。他像个病人一样小心翼翼。

然而，谁也没想到，手术麻醉过后来自胃部的那次剧烈的疼痛，竟然成为了林求安感受疼痛的最后一次机会。

有一天，林求安盯着桌上的一只大苹果看了老半天，他最近对于食物的味道变得有点迟钝，他想了很久，似乎遗忘了苹果的味道，他看着苹果的形状，这种熟悉的形状也没有勾起他对味道的回忆。

林求安用水果刀围着苹果转圈，然而不到两圈，他的味觉似乎醒了过来，一种很奇异但是很幸福的味道让他重新看到了那些小精灵，它们似乎从天外飞了回来，重新回到了主人的怀抱。暖暖的，流淌的，像一股蜜流。他的舌尖上，重新感觉到那些小精灵踮着轻盈的脚步，在滑行。

当张小露尖叫一声,把林求安的手举起来的时候,林求安的大拇指已经被水果刀划出了一个很深的口子,血就从那里顺着苹果的弧度流淌了下来。林求安对于张小露的行为表现出了无动于衷,倒是对那只苹果恋恋不舍,他试图将沾着自己的血的苹果塞到嘴里,被张小露及时制止了。

你不知道疼吗?

张小露一边给丈夫林求安包扎,一边担心地观察着他的表情。

的确,自从林求安从医院回家,张小露觉得他就像灵魂被切掉了一半一样,经常会做出一些很令她难以理解的举动来。比如有一天,她走到林求安的身边,在一个空出来的地方一屁股坐了下去,林求安一下子便喊了出来,你坐着我的手了。张小露看了看林求安安然摆在膝盖上的两只手,一阵纳闷,但还是不自觉地往外移了移身体。又比如有一天,林求安竟然会很反常地将他的头埋到床下边,找来找去,张小露以为他在找鞋子,走过去将鞋子拎到他的脚边,可是林求安好像没看到似的,问张小露,你看到我的脚了吗?

张小露以为动手术将林求安的某根神经给压迫或者影响了,可医生说,这种情况绝不可能,而且从检查结果来看,一切正常,是不是患者情绪不稳定造成的?据临床实验来看,减肥的人是最容易情绪波动,因为他得不到满足,更何况林求安还是一个那么顽固的肥胖患者。

张小露想不起来林求安除了食物以外,还有什么需要自己满足的了。她唯一能做的,就是用美味使林求安的情绪好起来。

事实证明,美味也无法使林求安的情绪好起来了。他最近总是有幻觉,他坐在沙发上,无来由地就会发现自己的手臂好像被卸了下来,被放到了沙发的另外一头;他躺在床上,老是觉得他的头跟身体分离了;他站在阳台上,又以为自己的腿已经踩进了一楼花坛的草地上;他喝下一杯凉开水,立刻感觉到他的喉管被牵拉到了饮水机里边,咕嘟咕嘟地冒着泡泡……

一天又一天,林求安的体重真的在下降,虽然降幅不大,但是,足以向医学界证明,这种将一个完整的胃切小的治疗方法,的确是有效的。而且,还不仅仅是下降,很多时候,林求安都觉得自己没有任何体重了,他曾经尝试过走到磅秤上,低头去看,指针无一不停留在0的刻度上。他找不到自己的体重,就像他找不到自己的四肢、五官、皮肤甚至毛发一样。

这些幻觉让他整日委靡不振,而那些吃东西的行为,仅仅作为他一个习惯并且有能力完成的动作而已。

经常面对着桌上的食物,林求安感到无所适从,他已经全然不记得它们的味道,换句话说,已经不需要它们了,它们或香或甜或辣或酸,都不能使林求安有一丝一毫的兴趣,这些东西就像他在少年时代迷恋过的玩具一样,只让林求安闻到一股熟悉而深情的味道,但是却挑逗不了林求安去碰它们一下。

丧失了食欲的林求安,整天窝在沙发里,发呆。只从腮帮里发出一种单调的出气的声音,像搁浅在荒滩上的一条大鲸鱼,沐浴着空气最后的无用的眷顾,等待着某个时刻的到来。

求安,我没有照顾好你,我真的,没有照顾好你。

张小露的内心酸楚,但是已经不知道再说什么好了。她面前坐着的她的亲人,仿佛一个绝症患者。

林求安缓缓地看了看半蹲在自己身前的老婆张小露,想对她说点什么,可是,他那可恶的幻觉又出现了,这次他看到自己的胃,瘦瘦小小孤单单地被吊在逆光的窗沿上,微风吹过,它弱不禁风地摇晃了两下。

张小露靠近林求安的细眼,她看到了一种怜悯的光。

如果我死了,你还能活吗?

这是张小露脑中若干个信号厮杀到最后的结果,弱肉强食,这句话唯一存留在张小露的头脑里。

这个世界上有很多难以兼容的事情,就算亲如孪生的兄弟,甚至从母胎里就连体出生的婴孩,同样,即如仅有手心和手背之分的死亡与疼痛,在大多数情况下,都在相互抵触,相互竞争,最终在挣扎中合二为一。

不懂得疼痛的林求安却未必不害怕死亡。跟吃一样，死与生俱来，因此，"死"这个字眼刚从张小露嘴巴里伸过来，林求安便像被喂进了一块带毒的巧克力一样，忐忑不安。

在林求安暴饮暴食的岁月中，出现过各种美好的、丑陋的、绚烂的、残酷的幻觉，唯独对死的幻觉，他从来没有遇到过。记得在小的时候，他可以为了跟同桌的一个女同学争吃一颗水果糖，最终以死相挟。在那个三楼教室的楼道上，围满了看热闹的小朋友，林求安屁股坐在栏杆上，双脚勾在栏杆内，对远处那个女孩子大声地嚷嚷着，如果不把水果糖掏出来，他就跳下去。他是那么的认真和执著，以至于老师和同学们刚开始以为他是淘气，开玩笑的，直到他将自己的一只脚跨出栏杆外，做出真的要跳下去的姿势，老师才认真了起来。那个女同学被吓坏了，拼命地哭，那枚被她揣在口袋里，用手紧紧捂着的水果糖，已经潮湿了，流出一些黏糊的糖汁来。等到林求安将那颗半湿了的水果糖塞进嘴巴里，他才安全下地。为此，老师还让他在教室门口罚站了三节课。

林求安开始有意无意地想象死的情景。遗憾的是，他对于死的理解，绝对比不上他对吃的理解，多少年来，吃这种本能，已经被他训练成一种高超的技术，一种超越了本能的高超的技能。

他经常赖在床上，身子躺得不能再平，一动不动，闭着眼睛，很多时候还练习屏息；他还经常在沙发上坐着坐着，忽然身体一斜，轰然倒到地上，闭上眼睛；他会忽然让自己感到心脏停止了跳动，慢慢地坐下去，然后顺势倒下，巨大的身体堵住了通往厨房的道路。

有一天晚上，林求安难过地拉住张小露的手，无奈地告诉她，他真的不怕死，他已经开始练习死了，他只是害怕死了以后，张小露怎么把他弄到殡仪馆啊？他更害怕送到殡仪馆以后，火葬的炉道能不能躺得下自己啊？

张小露沉默地用两只手臂，尽量伸得很长，想把林求安抱在自己的怀里，可结果她像一只树袋熊一样，很费劲地攀上一棵没有温度的大树。

七

为了求证火葬的炉道到底是否能装得下自己的身体，林求安打过电话到市殡仪馆。可接电话的人无一不认为他是个疯子。

第一个接电话的是个女人，她开始很礼貌地询问林求安，是他的什么人死了？死亡时间是什么时候？当她弄明白林求安说的是自己的时候，她很生气地对着话筒喊，你神经病啊，有你这么消遣人的吗？你不缺德啊！第二个接电话的是位老同志，他慢条斯理地告诉林求安，有什么问题请打到青山医院去，这里解决不了。青山医院是本市的唯一一家精神病院。最后一个接电话的是一个男人，他喘着粗气朝林求安咆哮起来，像你这样的社会垃圾，到哪儿死都轮不到上这儿死，干脆叫你老婆买块豆腐让你在家拍死自己得了！

没有一个办法可以解决林求安这个耿耿于怀的问题。当他想跟张小露商量的时候，他被张小露忧伤的眼神给吓怕了。

林求安开始注意镜子里的自己，他用目光丈量着自己的手臂、肚子、大腿，并且根据前边所看到的形象想象自己的脊背、屁股，他真的觉得自己确实像一个怪物。林求安第一次在镜子的面前重视起自己的体积来，就算他从磅秤的踏板上走过，他也不会去看一眼上边的刻度的，然而，当走到浴室的镜子前，他将长久地注视着自己。

可是，这个问题实在困扰得他太长久了。

有一天，他竟然在午睡的时间，打开了门，扶着楼梯栏杆，一级一喘地往楼下院子里走去。说实在的，就算不存任何歧视心理的人，看到林求安，都会惊奇地瞥上好几眼，在他迟缓的步伐中，看遍他一身的赘肉。院子里的人都知道二楼住着个大胖子，有的人还有幸从他家阳台对面守到过他的出现，但是，当林求安走到院子里的时候，所有的人都震惊了。仿佛他们看的是一个奇迹，而不是一个活人。

要是在平时，迎着这些几乎内涵一致的目光，林求安一定会感到特别难受，可是，这些时候的林求安顾不得那么多了，他迫切地想要拉住一个人问，到底那通往灰飞烟灭的炉道能否装得下他。一个人从身边侧目走过了，又一个人从身边侧目离开了，还有的甚至经过他拐到门口了，又装作落了东西折返回来，但是，这些人都没有停留在林求安身边的打算，尽管林求安对这些目光准备好了友好的表情。

  有一只沙皮狗，跟在林求安的旁边，张着一双好奇的眼睛瞪着林求安看。过了不久，一个中年妇女朝林求安直直走了过来，一边看着林求安，一边嘴巴发出"露丝，露丝，回来，回来"的唤声。她是沙皮狗的主人。那只叫做露丝的狗狗听到主人过来召唤，乖乖地离开了林求安。可是，过了不多会儿，露丝又来了，接着，妇女又喊着露丝的名字过来了，又过了不多会儿，露丝又不知道从哪个树底下蹿到了林求安身边，然后妇女又不知道从哪个地方冒了出来。

  如此好几个来回，只听到一个男人的声音从一楼的窗户里传了出来，别看了，别看了，有什么好看的？把咱家露丝都支使累了，撑的你啊！露丝，回家！

  露丝和女人这才消失在林求安的视线内。

  林求安终于还是决定亲自到殡仪馆实地考察。

  那天，林求安在院子门外成功地拦截了一辆出租车。他成功地把自己塞进车里，因为空间狭小，他被迫将头朝前，背佝偻着，脑袋顶着前座的靠背。出租车司机以为是某人在搬一个大件物品上车，等他看清楚后，吓了一跳，即便他17岁开始就干运输，有着走南闯北的经历，但还是使劲地整个身子朝后惊讶地细看，他看到了一大个活人，气喘吁吁地，正在将一只腿上的肉从另一只腿下扒拉出来，然后又将腹部因为挤压而凌乱的几层肉重新整理叠顺。如此几分钟，林求安终于整理妥当后，司机心不在焉地发动了引擎，开了好几码地，才醒悟过来，自己还没问这个巨人，到底要到哪里去。

  不知道是因为林求安体重的缘故，还是司机的驾驶技术的缘故，出租车开得比别的车子都要慢些。林求安的头并不能很自如地转动，只好眼睛向着前方。

  师傅您坐稳了，前边要拐弯了。

  其实不用司机说，林求安也坐得很稳当，他的体重岂是一两个摇晃可以撼动的？不过，话说回来，司机也仅仅是想借这句敬业的话，跟这个怪人套上话，要知道，在他的运载经验中，这是第一次遇上这么一个重量级的人物。

师傅您上那去干吗啊，还自己一人去啊？

就是去看看，没别的。

司机在镜子里看了看林求安，笃信这种异类人物确实跟正常人不一样。

您知道，人死了都必须得火化，对吗？

那不废话吗，土地现在那么稀缺，房地产那么贵，随便让人土葬，不就等于给死人穿上黄金甲吗？那是皇帝才能有的啊，咱们老百姓，一跟这个世界拜拜，连骨头都捞不着看喽。

司机是那种爱说话的人，整天在这个城市转悠，在封闭的玻璃门里，对着外边发无比多的牢骚。

那，您见过火化的炉道吗？有多宽？

嘿，那地方谁能见过啊？用得着多宽啊，难道还给你三室两厅不成？

司机再次在镜子里看了看这个大胖子，看上去他不像拿自己寻开心，那表情是认真的，他再次确认，这个大胖子脑子确实有点问题，报纸上看得多了，那些暴饮暴食的或者厌食的，全是心理不健康的。他心想，弄不好，这一遭十来公里地会白跑了。

当林求安独自停在一个矮小的门，朝里张望的时候，守门的老头带着惊奇的目光从保安亭走了过来。全无例外，他对林求安肥胖的身体感到了一阵兴奋。他今天上班之前，还对自己的生活发出过一些肤浅的感慨，生活平淡，日复一日，越来越多的人来这里报到，死的无知无觉，生的哭哭啼啼，都不知道什么时候该轮到自己了。他还跟自己家的那个老太婆吵了一场大架，问题很可笑，大家不知道说什么就说到百年之后回哪里，老太婆是山东人，他是湖南人，老太婆坚持自己的骨灰一定要放回山东老家，他却认为自己是长子，毫无疑问是要放回湖南家族里的。两人各不相让，而且吵得比任何一次都激动，最后老太婆还哭了，说自己几十年为了伺候他，背井离乡跟着他到这里来生活，吃饭睡觉，哪样不依着他，难道死了以后还要依着他，他就不能依自己一回吗？老头最害怕老太婆哭，他脾气一向暴躁，老太婆一哭，他就更暴躁了，当然，通常是暴躁过后就好了。可是，这个没有解决方案的问题，的确让老头感到很烦恼。

林求安告诉老头，他想来这里参观一下。

老头表现出很不高兴的样子，这个地方，又不是博物馆，有什么可参观的？你嫌自己活在这个世界上，命太好了不是？

林求安低声下气地向老头解释说自己只是想弄清楚，那个火化的炉道到底有多宽，能不能装下自己。

这个问题刚被老头听明白，老头就暴怒了起来，那架势，好像林求安是来了解自己家存折密码一般。这地方也是你看的吗？连死人家属都不能看，你算老几？

他上下打量着这个奇怪的人，问出这样奇怪的问题，他不是一个神经病就是一个想自杀的人。他遇到过类似的人，有好几次还漏网让这些人进到馆里，害自己被领导批评。一次是一个刚刚失恋的男青年，说是要进去祭奠他死去的女朋友，带着一大捧鲜红的玫瑰，谁知道一进去，花一甩，掏出一瓶农药咕嘟咕嘟地喝了下去，最后那个他声称死去的女朋友却出现在抢救的医院里。还有一次，一名中年男子，溜进去不知道怎么就爬上了高高的烟囱顶，上去了却也不着急跳，愣是让围观的人仰着脖子干着急，周旋了两个多小时，最后被警察从上边解救了下来。最滑稽的一次，老头将一个穿着一身黑衣的女人放了进去，她说她要最后看一眼自己的老情人，工作人员让他出示家属证件，她掏出了一张照片，那照片上她跟一个男人亲密搂抱着，她竟然神秘地对他们说，她是FBI的，不方便透露自己的名字，他们在一起已经几十年了，都没有人知道。最后，她干脆就坐在地上不动了。她边哭边骂，说自己不干了，她要他起来告诉别人，她叫什么，她才是他老婆什么什么的。工作人员将她抬了出去，并且把这个神经病送到了附近的派出所。

跟他们一样。老头断定，这个胖子一定有问题。长这么胖，没问题才怪。老头铁下心这回一定不犯错误，一定不把他放进去。

真的不能看看吗？那个地方。

有什么好看的，年轻人？跟农村家里边的炉灶差不离，不过长点宽点而已，跟大跃进时代的大炉灶一样。老头为了骗林求安，尽量说得详细一些。

不看也行，那么您告诉我，那个炉道，能装得下我吗？林求安意识到要进去看看是没机会了。

老头装作很认真地丈量起林求安的身体，围着林求安转起了圈，这样，他可以光明磊落地详细看林求安的身体了，他早就想详细地看看这个巨大的胖子了。他不仅看了，还发出了轻微的啧啧声，不仅发出了声音，他还用手去捏了捏林求安肩膀的肉，他马上被林求安的脂肪震住了。这个年轻人看上去40岁左右，自己比他多活了快20年了，他一个人却能顶自己两个，生活太好啦，他家亲人一定宠他宠得不行，几十年养成这样也不是件容易的事啊。这年头，养尊处优的人越来越多，胖子也越来越多啦。唉！

年轻人，你到底有多重啊？

林求安坦然地回答老头，接近400吧。

斤？公斤？

斤。

呀，怎么养的啊？

林求安沉默了，他无法回答这个问题，三年了，他就被养成这样了。

嗬，真不简单，你家爱人很疼你吧？

林求安的脑子里出现了张小露的身影，拎着一大袋食品，吃力地用屁股将门顶开，随即他的脑中就出现了张小露的脸，这三年来他唯一看到的一张亲爱的脸。

我看管够，相信我吧，回家吧。半响，老头终于看够了。

真的够？要不你提供一个尺寸给我回家？林求安不放心。

年轻人，相信我，你连这里的工作人员都不相信，你还相信谁？不知道什么原因，习惯了这个肥胖形象后，老头对这个患上了肥胖症的年轻人感到了怜悯。他知道，异常的肥胖是一种病。年轻人是因为肥胖来这里寻死呢。

再说了，你这400来斤，也不算胖啦，去年9月，我们这里还料理了一个600多斤的呢，比你还多200斤哪，他都够，你还不够吗？放心吧，回家吧。话出口，老头都不知道自己哪来这补编故事的急才。

一听这话，林求安的小眼睛似乎放出了一种神采，要不是自己手心因为激动淌满了汗，他都想去跟这个老头握手了。

真的吗？600多斤？

当然，300多公斤，顶一头大牛哪。老头故意夸张地说。

年轻人，好好活着吧，比你胖比你惨的人能从这儿排到市中心呢。老头不知道怎么地，想到了老之将至的自己，心里一阵凄凉。

这个时候，我们的林求安反而感到了一种久违的兴奋。他的内心此刻充满了爱情，他马上爱上了这个瘦小的老头，他相信，无论现在谁出现在他身边，无论他的眼光是如何异样地看着自己，无论她的鄙夷如何地伤害了自己，他都会马上爱上他们，甚至他还会爱上一个满脸黑斑的姑娘，爱上一个散发着馊味的男人，爱上一条沙皮狗，爱上一辆豪华的车，爱上一阵喧嚣的吵架声。是的，就像一把白糖撒进林求安嘴巴里，他的口腔到咽喉到食道到肠胃到灵魂，都被这些甜的刺激所击中，所亢奋。

八

太阳就在林求安的正前方，他第一次感到了太阳对他的善意，他打算走回家。殡仪馆位于家和郊区接壤的地方，人少，道路就显得特别空旷。

他忍不住要抬头看太阳。他真的很有本事，也因为太阳的亲善，他竟然能够直视这火辣的太阳。他想起若干年前，看过一本杂志里介绍那些印度的苦行者，风餐露宿，一路行走，坚信只有行走才可以抛弃所有的欲望，以及所有因为欲望所带来的苦。

尽管林求安走得很辛苦，可他还是希望自己能走回家。

走着走着，他的幻觉又出现了，每当他直视天上的太阳，他发现眼前四周都出现了一连串会游动的小虫，白色、透明、尾巴时隐时现。

他一直辨认，一直追随着这些游走的小虫。

看久了，他发现这些小虫竟然满天空、满宇宙都是。他并不感到害怕，相反，他感到亲切，他认为那是太阳的能量射向这个宇宙的精虫，而这个世界上的每一个人，就是这种能量与宇宙交配后所繁殖的。

一点儿也不夸张地，他还在这无数个精虫里认出了自己，那么轻柔，那么身轻如燕，那么神清气爽。

傍晚，张小露用屁股顶开了自己的家门，她发现那幅一贯被她熟悉了的油画，少了一个局部，沙发上空无一人。她扔下手里的东西，正要跑到房间里找林求安，可是她却被门口的一样什么东西绊了一下，她低下头去，看到林求安那对巨大的拖鞋，整齐地摆在门边，鞋口朝门外，鞋头朝屋里。

林求安不在房间。

张小露盯着那两只巨大的拖鞋，她在琢磨，林求安换了鞋出门之前，到底花了多大的工夫和力气，将鞋子整齐地摆成一副进门的状态。

(选自《十月》，2007年第4期)

点评者：魏冬峰

像黄咏梅近年来的其他小说一样，《暖死亡》也是用一个讲究的名字讲述了一个畸零的故事。丈夫林求安是个继发性重度肥胖症患者，对食物有着疯狂的胃口，妻子张小露则在丈夫的贪食中发掘出对食物的仇恨进而发展成对烧菜的贪婪。这对"强迫症患者"就此结成了奇异的组合，妻子每天热衷于不停地将食物搬回家、烧制、端上餐桌，丈夫则永远在对食物的渴求和享用中安然度过每一个肠胃波澜起伏的日子。这般循环中的细节描写，也充满了某种"畸形的诗意"和"魔幻的想象"，林求安晨梦中的"飞翔"，张小露对常规烹饪方式不乏"先锋"的颠覆与挑战，林求安所有感官都蜕减为敏锐嗅觉的愉悦与否，等等。这样的场景似乎只是"后工业化时代"众多无"意义"的场景之一，"意义"彰显在林求安接受胃切除手术之后伴随着疼痛感一起丧失的、曾经在对食物的享受中获得的愉悦感。对林求安来说，这无疑于与死亡相去不远。接下来他对死亡的恐惧和追问也因此"荒诞"得顺理成章。这迫使多年不能、也不愿出门的林求安终于走出了家门，到殡仪馆去验证火化炉能否盛得下他死后庞大的躯体……

　　显然，如题目中的"暖"与"死亡"的某种扞格所寓示的，祛除了作者过去以"冷"写"小"的"阴影"之后，小说试图以"暖"（肉体存在的热烈与激情？）写"大"（精神和灵魂的死亡与空虚？），来呈现现代都市生活中某种可意会却不可言传的悖论情境，它像林求安在饕餮食物和恐惧死亡时的难以两全，也像张小露在仇恨食物与热衷烹饪之间的"物极必反"，这般难以排解的"大"如何落实在一种"现实的土壤上"，最终成为考量这篇小说功力的核心所在。就此而言，小说前半部分的现代主义笔法没有贯彻到底，后半部分的现实逻辑不够完满，个别细节的写实功夫也有可推敲之处，这些虽然不影响它在同类作品中的独特地位，却也显露出作者功力尚有不足之处。

莉　莉

笛　安

　　莉莉在这个世界上看见的第一样东西是天空。尽管那时候她还不知道天空是天空。一大片无边无际的淡蓝色柔软地照耀着莉莉刚刚睁开没有多久的眼睛。莉莉的表情很懵懂。淡蓝色其实是一种很轻浮的颜色，可奇怪的是，当它尽情地蔓延成天空那么大的时候，你就会发现，轻浮，原本是"宽容"的一种。

　　不过莉莉不认识颜色。确切地说，她不知道每种颜色的名称。莉莉是只狮子，不是人。人为了让自己安心，养成了给万事万物都取个名字的习惯。可是狮子是没有这种习惯的。狮子用另外的东西来圈定自己的疆土，比如他们的爪子和牙齿，比如他们生来就拥有的暴烈。

　　妈妈粗糙和温暖的舌头缓慢地舔着莉莉柔软的脑袋，脸庞，还有小屁股。妈妈说："你会是个漂亮的姑娘。就像我一样漂亮。不过你最好不要比我漂亮啊，不然我会嫉妒你的，我的宝贝。" 说着妈妈就开心地笑了，妈妈很多时候都像一个小女孩。她把莉莉圈在自己两只前爪之间，不紧不慢地舔她的身体。妈妈很聪明。妈妈知道莉莉什么时候饿了，什么时候困了，什么时候想听妈妈说话了。

　　妈妈说她们住在一个很高很辽阔的原野上面。原野就是她们的家。家里的东西大致可以分为两种，就是能吃的，和不能吃的。奔跑的羚羊，妩媚的狐狸，瑟瑟发抖的野兔，这些是能吃的。"扑上去咬断它们的脖子，妈妈会教你怎么做的。"妈妈骄傲地望着怀里昏昏欲睡的莉莉。至于不能吃的东西：山峦，树木，还有似乎就悬挂在原野边缘的太阳。妈妈说："要敬畏所有不能吃的东西，宝贝。"

其实莉莉还听不懂妈妈的话。她刚来到这个世界上三天。她唯一会做的事情就是贪婪地吮吸妈妈饱满的乳房。奶水流进嘴里的时候耳朵边总是响着一种轻微的"咕嘟咕嘟"的声音。妈妈把莉莉小小的耳朵含在嘴里，轻轻地咬了咬，不过一点都不疼。妈妈说："你追一只狍子的时候，你看着它跑远了，似乎是跑到前面的太阳里去了。宝贝，这个时候你可千万别以为你可以扑上去连太阳一起吞下去啊，尤其是黄昏的时候，黄昏的时候太阳就要落山，看上去是一副很温顺的样子。可是你不能忘了，太阳是不能吃的。"

妈妈的声音就是在说完这句话的时候突然消失的。但是莉莉并没有感觉出来什么异样。她只不过听见了一声短促而钝重的声音，那个声音似乎跟奶水的"咕嘟咕嘟"的声音有些不一样。但是奶水终究还在温暖地，源源不断地流淌着。所以莉莉就不在意了，她不知道那是子弹射进皮肉的声音。然后另外一种类似于奶水的液体温暖地，源源不断地抚摸着莉莉的小脑袋还有脸庞，代替了妈妈的舌头。

"你看，巴特。"那是一个年轻男人的声音，"原来她有一个 baby。她在喂奶。"然后一只手把莉莉托了起来，奶水没有了，莉莉恼火地摇晃着头，原野的阳光无遮无拦地洒到莉莉的身上。那只叫巴特的猎狗疑惑地凑过来，闻了闻莉莉。奶的气味，阳光的气味，稚嫩的幼小的气味，毫无戒备的气味。巴特的喉咙里发出浑浊的声响。然后又是那个男人的声音："好了巴特。我知道你在想什么。我跟你想的一样。"他的眼睛和阳光一起坦荡地照耀着莉莉，他说，"多漂亮的小姑娘，我要叫她莉莉，你觉得怎么样，巴特？"

那是莉莉第一次见到猎人。也是在那一天，她拥有了自己的名字。

猎人和巴特手忙脚乱地迎接着新来的小公主。猎人小心翼翼地把她抱在胸前，说："巴特，你说她吃什么？牛奶？可是你觉得她会像你一样舔盘子吗？她这么小。好像我们得给她准备一个奶瓶，对不对啊巴特？"猎人犹疑地说。巴特无奈地站在一旁转了转眼珠，完全没有能力回答这么棘手的问题。"该死的。"猎人自言自语，"巴特，我们

莉 莉

要赶时间了。现在去镇上，或者还能赶在商店关门之前买一个奶瓶回来。"莉莉就在这时候睁大了眼睛，认真地盯着猎人的脸。她似乎已经知道她除了信任他没有别的选择，信任这个为了自己的奶瓶而焦灼的陌生人——尽管她并不知道奶瓶是样什么东西。猎人凝视着莉莉漆黑的眼珠，叹了口气："我不相信，一只狮子怎么会笑？"

猎人的家住在原野的边上。要是站在莉莉的妈妈常常站立的地方，你会以为太阳每天就是落在猎人他们家的烟囱里了。但其实那是不可能的，太阳那么大，烟囱那么窄。烟囱装不下太阳，只装得下那些柔若无骨的烟。柔若无骨的烟缓慢地从烟囱里挣扎出来——因为猎人正在给莉莉烧洗澡水。

莉莉的床是一个紫藤编的小篮子，猎人在里面铺上了半张羊毛毯。巴特紧张地守在篮子旁边大气也不敢出地看着猎人给莉莉喂奶。巴特知道，莉莉是个小姑娘。莉莉是个娇嫩的小姑娘。所以巴特简直不清楚自己该如何对待她，除了轻轻地把自己的爪子搭在她的摇篮边上。奶瓶买回来了，猎人自然是领受了一番杂货店老板娘善意的嘲笑。莉莉一开始拒绝着那个塑胶的奶嘴，因为它散发一种陌生的不友好的气息。"莉莉，乖女孩，来呀。"猎人的手指温暖地抚弄着莉莉柔软的肚皮，然后说："巴特，小心点，别把口水滴到莉莉身上。"巴特恼火地瞪了一眼猎人，依旧吐着粉红的舌头。猎人当然不知道巴特是在跟莉莉说话。巴特说："莉莉，你是莉莉，我是巴特。你明白了吗？你是莉莉，你是你，我是巴特，我是我。不对，你是我，我是你，我的意思是，你是你的我，我是你的你，哎呀不对，我的意思是，对你来说，你是我，我是你；对我来说，你是你，我是我。"天哪这件事情还真是复杂。该怎么跟莉莉解释清楚呢？巴特除了用力地抖着他的舌头之外，想不出更好的办法了。

晚上，猎人的小屋很暖和。炉火生动地烧着，满室松木的清香。灯光和火光把这个屋子变成了一种奇怪的颜色，至少那不是你在原野上找得到的颜色。寂静的夜里天地混沌，外边很冷，把满地月光冻成了一个巨大的冰块。远处的狼嚎就像是一双冰鞋那样在冰块上划着复杂的动人轨迹。猎人没有邻居。最近的邻居就是山脚下的村民了，可是小屋离山脚少说也有十公里。莉莉和巴特喝的牛奶就是来自村庄里的一群母牛。村民们很尊敬猎人，因为村里一年一度的祭祀庆典上，所有供奉祖先的野兽和鸟都是猎人打来的。今年猎人居然打到了一头狮子，而且还是一头刚刚生育过的母狮子，这是个吉兆。

"莉莉。"猎人得意地说，"我是他们的英雄，你知道吗？他们会送来数不清的新鲜牛奶和熏肠。熏肠给巴特，牛奶都是你的。"莉莉四脚朝天，在温暖的水波里动了动。"莉莉。"猎人说，"明天我会去村里叫木匠给你做一个小澡盆。今天只好用巴特的了。就凑合一下，好吗？"

莉莉没有反应。因为她睡着了。猎人把她轻轻地放在小篮子里，她立刻乖乖地蜷缩起身体，其实她一点都不冷，只不过这是她从前世带来的关于旷野的记忆。巴特卧在她的小篮子旁边，伸出他的爪子护着小篮子。猎人关掉了灯，走向一张很大的橡木床。他们一家三口酣然入梦，幸福的生活就这样简单地开始了。

莉莉是猎人和巴特的宝贝。这是莉莉从有记忆起就知道的事情。莉莉就带着这种记忆心安理得地出落成一个任性的姑娘。那只紫藤的小篮子是早就睡不下了，有一段时间猎人甚至允许莉莉跟自己一起睡在那张宽阔的橡木床上。那是巴特都从来没有享受过的待遇。夜晚，当猎人说："现在我们要睡觉了。"莉莉就非常灵敏地跳上橡木床，忘不了炫耀地骄傲地看巴特一眼。然后猎人关上了灯，因此莉莉永远不知道一片黑暗之中巴特对她的炫耀报以宽容甚至是纵容的微笑。巴特是不会嫉妒莉莉的，巴特要保护莉莉。尽管要不了多久，莉莉的个头就比巴特高了。

当橡木床也容不下莉莉的时候，猎人从柜子里拿出一张金黄色的、厚厚的毛皮。把它铺在离炉子不远的地板上。说："莉莉，过来试试看。"那张毛皮真暖和，真舒服，比猎人的床垫还软。上面有一种莉莉很喜欢的气味。莉莉高兴地在上边打滚，把她的脸使劲地在毛皮上蹭，直蹭到脸庞发热为止。猎人看着莉莉撒野的样子，微笑："莉莉，它是你妈妈。"莉莉没有听见这句话，当时她正在非常大方地招呼巴特："巴特，我把这张毯子分一半给你。你睡这边，我睡那边。"

莉莉已经学会用人的方式辨认这个世界了。比方说，她已经知道了这片原野上很多东西的名字。她知道了山是山，水是水，树木是树木，太阳是太阳。当她走出他们的小木屋，一脚踏进厚厚的落叶里的时候，她会迎着吹到脸上的凉凉的风，想："秋天来了。"当她敏捷地把一只獐子踩在她的前爪下面的时候，她会想："它就要死了。"这本不是一只狮子应该有的方式。莉莉就是在不知不觉间遗忘了关于前生的记忆的。不过晚上，常常是在晚上，她卧在那张暖和的毛皮上听着狼在月光下至情至性地嚎叫的时候，心里会有一个地方隐约地一动。那个声音是一样不能吃的东西。她不知道自己为什么会冒出这个古怪的念头。不过她很快就睡着了。睡得淋漓酣畅，睡梦中肆无忌惮地翻了个身，就理所当然地占据了这张毛皮的大半。同在睡梦中的巴特颇为知趣地缩到了毛皮的一角，似乎同样忘记了莉莉当初"一人一半"的承诺。

无论如何，莉莉在慢慢长大。对于猎人来说，莉莉和巴特现在是他不可缺少的左膀右臂。有莉莉在，猎人总是不费吹灰之力。因为莉莉总会在第一时间像颗子弹那样冲着猎物饱满地冲出去，带起周围一阵肃杀的风。猎人惊讶地说："巴特，你注意到没有？莉莉跑得好像要比一般的狮子快。怎么会这样呢？简直像一头豹子。"

莉莉喜欢奔跑，奔跑的时候她会觉得自己变成了耳边呼啸着的风。自己不存在了，莉莉不存在了。只要你肯奔跑。莉莉不知道，自己之所以如此痴迷奔跑的原因恰恰是，她不知道这件事情的名字叫做奔跑。那只显然已经精疲力尽的鹿仓皇地回头，含着泪看了莉莉一眼，莉莉美丽的头颅一歪，纵身一跃，咬断了鹿的脖子。鹿只发出了一声很短暂很微弱的哀鸣，连血都没流多少。莉莉最迷恋的就是那最后的纵身一跃，那个时候的闪电般的力气好像不是来自自己的身体，而是来自神明的相助。在那样的纵身一跃里，自己变成了神明。"乖女孩。"猎人从后面赶上来，骄傲地拍着莉莉的脑袋。然后把鹿扛在肩膀上。鹿的眼睛依旧睁着。巴特兴奋地跑前跑后，摇头摆尾。莉莉则是高高地昂着头，端庄地走在最前面，听着身后猎人有力的脚步声。猎人扛着鹿昂首阔步的样子就像是一尊青铜雕像。夕阳西下，是黄昏了。莉莉恍惚间觉得，自己刚才咬在鹿的脖子上的那一口似乎是连夕阳一起咬破了，所以才有这满地的晚霞缓慢地、深情款款地流淌出来。

那天的晚餐是鹿肉。猎人吃熟的，莉莉和巴特吃生的。其实莉莉是很喜欢散发着松枝香的烤肉的味道的。可是不知道为什么，自从她可以帮着猎人打猎之后，猎人就不再给她吃熟肉了。曾经有很多次，莉莉赌气地把猎人放在她面前滴着血的羊腿踢开。猎人叹了口气，蹲下来，摸着莉莉的脑袋："莉莉，要听话，我是为你好。你已经长大了，你吃惯了熟肉，以后怎么办？"莉莉不知道什么叫"以后怎么办"，她倔强地缩在她的毛皮毯子上，一动不动。这个时候巴特走了过来，默默地叼起那条羊腿，深深地看了莉莉一眼，然后狼吞虎咽了起来："莉莉，很好吃的，你看呀，我陪你一起吃好不好。"猎人和莉莉都愣住了。对巴特来说，他不知道猎人为什么要这么做，但是他相信猎人有猎人的道理。可是怎么才能让莉莉这个娇纵惯了的孩子听话呢？巴特想不出什么其他的办法了。

生肉很冷，有股原始的腥气。可是巴特自己也不知道，那条生羊腿，那条莉莉是因为他才肯吃的生羊腿就是离散的前奏。

那一天猎人带着巴特和莉莉到镇上去。镇子很远，每一次他们都是搭着村子里的人们的车去的。要经历很长很长的颠簸，可是车窗外面是永远的一马平川，就好像他们从没有走远过。猎人每隔一两个月总会到镇上去一次。买些必需的东西，去唯一的邮局取回来自远方的信。总是有人给猎人寄明信片来，从各种各样不同的地方寄来的明信片。寥寥数语而已，可是猎人看得很认真。莉莉跟巴特都不认识字，所以他们俩都觉得猎人那副认真相滑稽得很。去镇上的日子是巴特的节日，他是那么喜欢镇上，每一次，远远地看见镇上的炊烟，他就高兴得"汪汪"乱叫，似乎比看着猎人烤鹿肉还要过瘾。可是莉莉就不大喜欢镇上，莉莉不喜欢那么多的人。尽管所有镇上的人都认识莉莉，都善待莉莉。

猎人当然是要去镇上的酒馆喝两杯的。酒馆里的人们都热情地跟猎人打招呼。莉莉认得他们，婴儿时代的莉莉熟知他们中的每一个的膝盖的气味。他们的手掌温热而遍布老茧，那是辛勤的印记。他们抚摸着莉莉的脑袋："我们的小姑娘已经这么漂亮了。"猎人微笑："当然。""真是不容易。"村里的木匠因为赶集碰巧也在镇上,"莉莉,你知不知道我一共给你做过多少个澡盆啊?"他是个和善的老人家,稍微喝一点酒脸就发红。"澡盆有什么用?"酒馆美丽的老板娘端出一杯猎人常喝的酒,热辣辣地看着猎人的眼睛,"莉莉已经长大了,我看你到哪儿去给她找头公狮子来才是正经。""你还是先操心你自己吧,"猎人熟练地接招,"到哪里给自己找个男人来才是正经。""哈!"她把酒杯重重地往面前的桌子上一顿:"嫁给你,你要不要?""我?"猎人笑了,"我倒是想要,可是你得问问我们莉莉愿不愿意你来当后妈。""噢——我不知道这儿还有一尊神仙忘了拜。"女人弯下了身子,调侃地摆弄着莉莉的尾巴。她身上那股浓郁的香气是莉莉不喜欢的。莉莉烦躁地甩甩尾巴,一头顶在女人高耸的、软绵绵的胸脯上,冲着她龇牙咧嘴。这下酒馆里所有的人都哄堂大笑,"要死啰。"女人轻轻拍了一下猎人的肩膀,然后也跟着所有的人一起笑了。巴特在这一片哄笑声中如鱼得水地吐着他粉红的舌头,一副激动的样子。

在莉莉的记忆中,那天晚上猎人其实是很高兴的。也许是因为那些酒,也许是因为酒馆里那个美丽女人的调笑,也许是因为镇上的人间烟火慰藉了长年累月荒原的寂寞,也许是因为他终于又从那人间烟火中回到他寂静的家园里。总之,那天晚上,猎人突然蹲下身子,慢慢地看着莉莉的脸。他看上去真的很高兴,他伸出手,一点一点,无限珍惜地抚摸着莉莉。于是莉莉也懂事地用她的小脑袋蹭猎人的手心。炉火映红了猎人的脸,他的眼睛里漾起来一种迷蒙的东西。莉莉在他的眼睛里看见了两个自己,他忧伤地说:"莉莉,四年了。"

第二天早上他们一如既往地出门打猎。不过去的是山里。这让巴特很高兴。巴特喜欢进山里,因为他的灵敏的鼻子在山里派得上大用场,往往是因为他,才寻得着猎物的踪迹。可是莉莉就很泄气,因为莉莉喜欢原野上一马平川的视野,在山里的时候猎人多半是用不着她的。天气已经变凉了,寂静的山中听得见松果劈啪坠地的声音。那些小松鼠们远远地看见他们来了,一个个像是舞蹈一样轻盈地藏匿于树枝间。猎人用猎枪指着桦树下面一堆巨大的粪便,微笑说:"巴特,看,熊来过了。"巴特兴奋地轻吠一声表示赞同。

莉莉懒洋洋地跟在他们后边，提不起一点兴致。山里的空气很好，可是不知为什么总是有种凛冽的阴谋在蠢蠢欲动。潮湿的泥土上留下莉莉花蕾一样的脚印，莉莉有些落寞地耷了耷自己的耳朵。然后她听见了水的声音。

那是一个峡谷。不算大，但是很深的峡谷。瀑布从遥远的、看不见尽头的地方汹涌而来，欢腾地在峡谷中粉身碎骨。火红的枫叶落满了水流不到的地方，宁静地腐烂着。莉莉的耳边充斥着水的声音，水在欢呼，在惊叫，在碎裂——那是莉莉在原野上没有见过的东西。每一次，当莉莉轻松地跳起来扑向一只猎物的时候，它们濒死的脸上从来都是呈现一种漠然的安静，不会像这些水一样，这么陶醉，这么不在乎。莉莉警觉地回过头，她已看不见猎人和巴特的影子。

起初莉莉并不着急。她笃定地相信不一会儿就能听见猎人焦灼地唤她的声音。她甚至颇为自得地享受了一会儿这来之不易的自由。但是没过多久，莉莉就开始不安了，又过了一会儿，她开始害怕了。山林总是不动声色的，天空也是不动声色的，峡谷还是不动声色的，在这巨大的不动声色中莉莉感觉不出一丝一毫猎人和巴特的气息。她的耳朵像是蝴蝶翅膀那样扇个不停，爪子一下一下地刨着柔软的逆来顺受的泥土。瀑布的声音越来越响了，恍惚中莉莉觉得自己在这喧嚣声中辨认出了巴特"汪汪"的嗓音。莉莉用尽全身力气叫了一声："巴——特——，是你吗？我在这儿，你在哪儿啊——"。

莉莉不知道自己这一声喊叫让整个山谷里的野兔和松鼠都瑟瑟发抖地缩成了一团。他们不知道这只美丽的母狮子其实没有一丁点杀意，她只是在寻找她的亲人。山谷里依然静谧。没有回音，只是阳光，阳光像叹气一样地偏西了。猎人没来，巴特也没来，但是莉莉看见了他缓慢地从峡谷的那一端绕了过来，静静地靠近她。美丽的鬃毛在风里不羁地抖动。我决定管这个闯入莉莉的故事的新角色叫阿朗。其实他是没有名字的，不过就叫他阿朗吧。因为他出现在莉莉眼前的那一刻，天空无限清爽，阳光就像他的鬃毛那样不可一世地放纵着。

阿朗静静地说："莉莉，我注意你很久了。"

"你是谁？"莉莉有些迷糊。

"我是你的同类。"

"你是说——"莉莉迟疑地靠近他,身体蹭到了他的脖子,"你也是一只狮子对不对?"

"这句话应该我来问你,莉莉。"阿朗笑了,"你真的还记得你自己也是一只狮子吗?"

"你是从哪儿来的呀?"莉莉有些不高兴地跳开了,充满敌意地望着面前的阿朗。

"莉莉。"阿朗认真地说,"你很漂亮。"

"我知道。"莉莉骄傲地仰着头。

"那你知不知道,你应该跟我走?"

"那可不行。"莉莉调皮地眨眨眼睛,"我得回家,猎人跟巴特现在一定在到处找我了。"

"你是一只狮子,莉莉。"阿朗坚定地说,"狮子是没有家的。"

"我有。"莉莉倔强地反驳。

"你总有一天会没有。跟一只猎狗一起给一个人来打猎,真荒唐,那不是你该做的事情。"阿朗神秘地微笑了,"想不想知道,你该做什么?"

莉莉困惑地看着他,这个时候阿朗突然转过身,后退了几步,眼睛里有种灼热的东西开始燃烧。然后他弓起身子像旋风一样地奔跑,再然后,对着深邃的峡谷,纵身一跃,像是要寻死一样不管不顾。当然是没有死,他轻盈地、没有声音地落在峡谷另一边的满地红叶上。莉莉出神地看着他奔跑,起跳,飞翔,看着他在几秒钟之内变成了一个神明。那里面有种似曾相识的东西,莉莉明白了,她看见了自己。在原野上追逐猎物的时候,当你的杀气在体内积满,就要溢出来的那一个瞬间,你就会像现在这样,轻盈地、义无反顾地纵身一跃。

"看到了吗?莉莉?"阿朗又跳了回来,他眼睛里散发着火焰熄灭后余烬的温度,"你要不要试试?"

莉莉犹豫地摇了摇头:"太深了,也太宽了,我不行。我跳不了那么远。"

阿朗嘲讽地笑了:"你居然还敢说你是一只狮子。你一定没有听说过关于这个峡谷的传说。"

莉莉迟疑地说:"没有,事实上,我今天是第一次来。"

"住在这个原野上的每一只狮子都要跳一次这个峡谷。每一只,一辈子,总是要从这儿跳一次。不是每只狮子都能像我一样轻松地跳过去,有的狮子就死在这儿,这个峡谷底下的瀑布里。可是就算是这样,我们还是必须冒一次险,至少跳上一次。这是我们身为狮子,必须要做的事情。"

"为什么?"莉莉问。

"问为什么是人的习惯,莉莉。"阿朗说,"你不应该有这种习惯,因为那会冒犯神灵。" 阿朗突然间靠近她,非常近,莉莉从来没有这么近距离地打量过一只公狮子的脸。她像前一天晚上在猎人眼睛里那样看见了两个小小的自己。阿朗温柔地看着她,说:"我们一定还会再见面的,莉莉,我在你的眼睛里看见了渴望。"

他的呼吸吹到了莉莉的脸上,让莉莉莫名其妙地有些慌乱。这个时候他潇洒地甩了甩鬃毛,说:"你不认识路,我带你走出山去。"

莉莉的爪子轻轻地碰了一下他绚烂的鬃毛,悄悄地想:"多美啊。可是为什么我就没有呢?"

夜幕降临了。小屋里依旧燃着炉火。猎人把半只烤熟了的山鸡放在巴特面前,说:"吃吧,巴特。前段日子委屈你了。现在莉莉走了,你可以像以前那样吃东西了。"巴特默默地站起身,看也不看面前的山鸡,走到屋角把自己蜷缩成一团。"巴特。"猎人耐心地说,"我知道你生我的气了。可是莉莉跟你不一样。当初我把她带回来是因为她还那么小,如果把她独自留在原野上她是活不下去的。可是现在她大了,她已经可以自己捕食了,她就必须回到大自然里。就是这么简单,巴特。"巴特依旧一动不动,只是喉咙里发出一阵"咕噜咕噜"的声音以示抗议。猎人当然是听不懂巴特的话的,巴特其实是在说:"那你有没有问过莉莉自己愿不愿意呢?"猎人蹲下身子,拍拍巴特的脑袋:"伙计,相信我,我和你一样舍不得莉莉。"巴特粉红的舌头又愤怒地伸出来了,他重重地喘着粗气,他其实在说:"莉莉也一样舍不得你和我。这才是最重要的。可是你当然不会这么想。你永远忘不了你是主人。"

猎人脸上的火光轻轻地抖动了一下。然后是一声门响。巴特一个箭步冲上去，把站在门口的莉莉扑倒在地上。已经有很久，他们没再像小的时候那样拥抱着在地上打滚了。巴特紧紧地拥着莉莉，莉莉笑了，开心地嚷："巴特你们到底在搞什么鬼啊？你们没想到我自己也找得回来吧。我厉害不厉害巴特？"莉莉想其实自己有些吹牛了，因为如果不是那个阿朗的话她自己是无论如何也走不回来的。巴特不知道莉莉的脸上为什么突然浮上来一抹陌生的娇羞，巴特没命地舔着莉莉的脖子，莉莉的脸，喉咙里"呜呜"地哼着。莉莉被弄得很痒，所以莉莉没有在意巴特为什么要一遍又一遍地说："莉莉。对不起。对不起。对不起。"

猎人是在这个时候走上来的。莉莉扑上去舔他的脸的时候他躲开了。他伸出手，轻轻地握住了莉莉的一只前爪，他说："莉莉，听我说，你不可以再回来了。知道吗？"莉莉愣了一下，然后继续撒娇地在他的手心里蹭自己的小脑袋。可是猎人站起身，"吱嘎"一声把门打开了。深蓝色的夜空和漆黑的原野就这样猝不及防地闯进温暖的小屋里。炉火跟着跳了一下，水波荡漾似的，在猎人的脸上抖动出了一些涟漪。莉莉惊愕地望着猎人，她隐约明白了这扇门是为了她才开的。

"走吧，莉莉。"猎人说，"你必须回去。回原野去。你的同伴都在那里，身为一只狮子，你没道理夜夜都睡在火炉旁边。莉莉，"他蹲下身子，摸了摸她的脑袋，"你长大了。你该当新娘子了。懂吗莉莉？你跟巴特不一样，你是女孩子，总有要离开家的那一天。因为不离开家你就没有办法做妈妈，没有办法为你的孩子找来一个爸爸。莉莉，听话，走吧，别再回来。"

巴特紧张地在屋角竖起了耳朵，用一种近似于凛冽的眼神打量着这个场景，他看见莉莉歪了一下头，憨憨地，莫名其妙地看着猎人。细细的尾巴在宝蓝色的夜幕里像根芦苇那样妩媚地晃动。

"莉莉。勇敢一点。"猎人拍拍她的身体，"走，走吧。"莉莉很迟疑地往后退了几步。刚刚退到门外的时候，小屋的门就猝不及防地关上了。

那是莉莉第一次在夜晚的原野上细细地凝视自己的家。很深很深，就像个巨大的湖泊那么静谧的夜晚里，他们小屋的灯光就像是一颗从天上掉下来的流星,照亮了这个屋子木头的、敦厚的轮廓。夜风四起,莉莉觉得自己的身体像是一个被拿去塞子的玻璃瓶。夜静静地、自由地灌注了进来,凉爽得很。那一瞬间莉莉心里几乎是感动的,她从没这样看一眼她平日司空见惯的家。她慢慢地走了几步,回一下头,走到一棵桦树下面的时候她停下了,因为再往前走的话,小屋窗子里的灯光就会看不见的。莉莉卧在了这棵桦树下面,她不知道她缓慢地卧下去的姿势就像一个优雅的女王,她只是非常肯定地想:只要过上一会儿,猎人就会给她开门的。夜空很远,很高,狼又在远处开始嚎。莉莉模糊地明白自己现在就像是一个回忆一样跟这片原野自然而然地融为了一体。没有房子的阻隔,没有灯光造成的温馨的假象。这样其实也挺好,她愉快地望着自己呼出的一团清爽的白霜,然后想,真冷呀,所以猎人一定马上就要给她开门了。

这个时候巴特羞耻地卧在窗子旁边,为自己一个人享受着炉火而脸红。

不知过了多久,月光照亮了莉莉面前的土地。在月光中莉莉倔强地抱紧了自己。一只乌鸦从月亮上飞了过去,凄清地叫着。

门终于开了。漆黑的夜突然睁开了一只橙红色的温暖的眼睛。莉莉快乐地朝着熟悉的方向飞奔而去,四肢被冻得有点僵了,不过没关系,莉莉已经闻见熟悉的气息了。猎人站在她的面前,忧伤地摇了摇头。

"莉莉。"他说,"你不懂我的意思吗?你等在这儿是没有用的。从现在起这里不是你的家了。我让你走,你得回到你来的地方去,你明白吗?"

莉莉恼怒了。因为猎人居然在她马上就要接近温暖的炉火的时候拦住了她的路。你太过分了吧。莉莉瞪着猎人,眼神愤怒得像是冰蓝色的火焰。

猎人突然弯下腰,从地上拎起铺在火炉边的毛皮。那是莉莉跟巴特睡了好几年的床。那上面散发着让莉莉最喜欢最安心的气息。猎人非常猛烈地在莉莉的鼻子前面抖动着它。很多受了惊吓的灰尘于是在周围的灯光里欢喜地舞蹈。

"莉莉,看看这个。"猎人直视着莉莉的眼睛,"你记不记得我跟你说过,这是你妈妈?记得吗?它是你妈妈。现在我告诉你,你妈妈是被我打死的。这张皮是村里祭祀完了以后才剥下来的。我不是你的亲人,我本来应该是你的仇人。莉莉,你懂了吗?"

你胡说。莉莉扑了上去。她只是想赶开这块该死的毯子而已。她听见巴特在屋角的一声短促暴烈的惊呼。短暂的寂静,然后她看见了血。

"巴特,你安静点,没事。"猎人平静地说,一边从已经被抓破的衣袖上撕下来一条。熟练地扎在自己染红的手臂上。屋子里只剩下莉莉和猎人重重的喘息的声音。血微妙的气息让莉莉莫名其妙地眩晕。那是一种熟悉的,跟征服相关的气味。莉莉不知道原来猎人也是会流血的。

"很好。"他把他受伤的手臂伸到莉莉跟前,"其实你我的关系本来应该如此。无论如何,你是一只狮子。下次见面的时候,那应该是在原野上,或者是山里吧,别忘了你要像刚才那样对待我,莉莉。"

莉莉转过了身。苍茫的夜色给了她一个寒冷的、柔情似水的拥抱。她想:已经是冬天了。

她终于还是在那棵桦树下面停了下来。她犹豫着,要不要像刚才那样卧下去。不过这一次,不是为了等待。她知道那扇门是真的不会再为她而开。那么是为什么呢?她想不清楚自己究竟是失去了什么东西,还是搞错了什么事情。她的眼睛突然间像星星那样闪了一下。因为那种明白自己永远失去什么东西的感觉很恐怖。

然后她看见,阿朗来了。

阿朗就像是从月光里游出来的一样。无声无息,温柔而蛮横地踩倒了原野上蒙了一层霜冻的小草。阿朗静静地说:"莉莉,我说过。我们还会再见面的。"

那天晚上,莉莉成了阿朗的新娘。她不知道当她懵懵懂懂地跟着阿朗朝山的方向行走的时候,猎人就站在小屋的床前,看着他们的背影。然后猎人微笑了:"巴特,我说过,莉莉是个了不得的姑娘,你看怎么样,漂亮的女儿永远是不愁嫁不出去的。"巴特懂事地卧在墙角,他知道背对着他的猎人的表情此刻很落寞。

莉莉从来没有试过在满天的星斗下面睡觉。阿朗卧在她的旁边,挡住了风。阿朗说："你慢慢就会习惯。我每天晚上都会卧在能给你挡风的那一边,这一点,你可以放心。" 莉莉顺从地把她的小脑袋贴在阿朗的肚皮上,温热的。她听见阿朗的心脏跳动的声音。"那你呢?"莉莉有点不好意思,"你就不冷吗?"莉莉只有在面对猎人跟巴特的时候才会心安理得地享受所有的关怀,相反,如果这关怀来自其他人,她就会觉得不安,觉得受之有愧。其实正是因为她拥有过太多的宠爱,所以她才会对分外给予宠爱的人格外敏感。"莉莉。"阿朗像是知道她在想什么,"从今天起,你就把我当成猎人和那只笨狗吧。" 阿朗笑笑,"因为现在我就是你唯一的亲人了。""巴特不笨。"莉莉不同意地说,突然觉得心里有一阵很紧的疼痛。因为她想起她慢慢地迎着辽阔寒冷的夜色从小木屋里走出去的情形。她转过脸,睁大眼睛看着满天的繁星,她不愿意想下去了,她说:"阿朗,你知道为什么月亮很好的时候就看不见星星,星星很多的时候就看不见月亮吗?"阿朗伸出舌头舔了舔她的脸:"本来就是这样的,有什么为什么。""我觉得月亮碎了的时候就变成满天的星星了,你说对不对呀。"莉莉认真地看着阿朗。阿朗温柔地微笑了:"对。我也是这么想的。莉莉,我们睡吧。"阿朗微笑的时候跟猎人很像,很温暖,可是有股很冷静的,跟权威有关的寒意不动声色地藏在这微笑后面。不要再想猎人了,莉莉对自己说。她知道也许她跟猎人再也无法相逢。不要再想,不要再想了吧。那种滋味真是恐怖,那不是莉莉熟悉的任何一种滋味呀。

　　大多数动物都比人要擅长遗忘,那是为了生存。忘掉曾经的危险,饥饿,恐惧,还有伤害。然后,心安理得地跟岁月艰辛地相处下去。在这个生生不息的自然里,有那么一瞬间,发现了某种神谕般的宇宙的真相。因为没有语言跟记忆,也就淡忘了。并没有觉得自己发现的东西有什么了不起。可是莉莉毕竟有些不同。她有比别的动物更深,以及色彩更鲜明的回忆。往昔的岁月,人类的语言,等等,总是在某个意想不到的瞬间跳出来折磨她,让她领受那种煎熬的滋味。莉莉咬紧牙忍耐着,对这种折磨守口如瓶。把莉莉从一个少女变成了一个妇人的,其实并不是阿朗,而是这种没有尽头的忍耐。

有些事情永远不能对任何人说。有些事情永远是只有自己知道就足够了。可惜阿朗就不明白这个。他是那么喜欢倾诉。好像对于他来说，再大的苦难都是可以拿出来跟人讲的。莉莉卧在他的身边，充满怜爱地看着他的脸。这是我的男人。莉莉微笑着对自己说。他是我的，这个跟我水乳交融，跟我骨血相连，跟我有肌肤之亲的男人。

阿朗总是不厌其烦地回忆着过去。阿朗是狮群里的王子，准确地说是曾经是。当阿朗的父亲老去的时候，年轻力壮的狮子便起来推翻他。经过整日的搏斗跟厮杀，年轻的狮子终于咬断了他的喉管。"他已经体无完肤。"阿朗忧伤地说，"我不知道他怎么可以撑下来那么久的。"新的王产生了，整个狮群里的成年公狮第一件要做的事，就是一起杀掉死去的旧王的全家。可是阿朗逃了出来，从此开始了他流亡的日子。

"莉莉。"阿朗热切地看着她的脸，"答应我，给我生孩子。我们会生很多很多的孩子。然后我们一起去找他们。我得把属于我的东西夺回来。莉莉，你生来就是要做我的王后的。我知道，我一直都相信一件事，世界上既然有一个像我一样的阿朗，就一定会有一个像你一样的莉莉来跟我遇上。不对吗？"莉莉宽容地看着他，心里暗暗地叹气："你呀。"

莉莉对所有与征服有关的事情都没有兴趣。杀戮从来都不是也不该是一样用来见证荣耀的东西。杀戮是为了自己的生存。仅此而已。就算你是狮子，是一只会被很多动物害怕的狮子，也是如此。但是莉莉从来就不会对阿朗说这些。她只是静静地，美丽地微笑着，看着正在梦想的阿朗。阿朗说："莉莉，你知道。我本来就是一个君王。"莉莉回答："是。当然。"阿朗说："莉莉，你知道。我不是为了要报仇，不是。我为王位而生。"莉莉说："是。我知道。"阿朗说："莉莉，我总是会梦见他，那个咬断我爸爸的脖子的家伙。他有一点特别，他颈子上有一圈毛是黑色的。像是凝固了的血。我想象过很多次，很多次。我就是要对着那圈黑色咬下去，让新鲜的血流出来，覆盖它。莉莉。"莉莉回答："没错的。你应该这样。"阿朗的声音缓慢了下去，似乎是困了，他低声说："莉莉。我也不知道为什么。有的时候，你很像我妈妈。我这么觉得。其实我已经不再记得我妈妈长什么样子了。"

在阿朗平缓的,沉睡的呼吸声中,往事就这样涌了上来。像鲜红的,翻腾的血液那样涌了上来。猎人说:"莉莉,你的妈妈是我打死的。明白吗?我不是你的亲人,我原本该是你的仇人。你明白吗?"莉莉其实不明白。莉莉从来就没有仇恨过。莉莉懂得那些蕴涵于赤裸裸的厮杀中的寒冷的,没有道理可讲的规则,可是她从来没有真正地仇恨过谁。然后莉莉问自己:阿朗知道什么叫仇恨吗?好像是不知道的。其实他只是想征服跟战胜,并不具体地针对什么人。远方的天空被火光映红了,莉莉听见了号角跟音乐的声音。那是祭祀,是村子里的祭祀。莉莉的心脏狂跳了起来,她怯生生地推醒了阿朗,"阿朗,我们去看祭祀,好不好?"她被自己言语间那种颤抖的渴望吓了一大跳。她没有追问自己那到底是为什么。

当莉莉轻车熟路地带着阿朗来到岩石上边的时候,阿朗很不满地嘟哝着:"莉莉,你为什么总是对人的事情这么感兴趣。"巨大的岩石脚下的篝火映红了阿朗俊美的脸庞。莉莉充满歉意地望着他,阿朗终于叹了口气,不再抱怨了。村子里的祭祀仪式就在他们脚下,一览无余。莉莉屏住了呼吸,目光灼热地盯着那个往日的最最熟悉的位置。曾经,她和巴特就坐在那里,人们给他们俩带上沉重又绚烂的花环。人们热闹地说:"瞧瞧这兄妹俩,多神气啊。"但是现在一切都变了,莉莉静静地待在峭壁后面,她知道那已经不再是她的生活。

可是猎人不在人群里,巴特也不在。在这个最盛大的节日里,英雄居然不在场。莉莉知道,有事情发生了,而且是不好的事情。莉莉表情淡漠地把这个事实吞下去,咽下去,就像她第一次吞下那些滴着血的生肉一样。就像这个事实也在散发着原始的腥气。也许他没有死,不应该把事情想得那么糟糕。也许他只是受伤了。也许他只不过是带着巴特去镇上了。这个时候鼓乐的声音更加地热烈了,人们围着篝火跳起了舞。阿朗兴奋地抖了抖他的鬃毛,强烈的鼓点让他振奋,因为那和心跳的声音类似。今年的舞蹈跟往年没什么区别。但是在很久很久以前,不是这样的。居住在原野上的人们把祭祀的舞蹈看得比什么都重要。舞蹈一定是每年都要换新的,要花很大的精力去排练。那个时候,很久很久以前,这都是猎人告诉莉莉的,原野上的人们都向往着盆地里的生活。因为盆地里的人们安居乐业,盆地里总是风调雨顺的,日子过得一点不像原野上这么辛苦。可是对于那个时候的人们来说,盆地太遥远了。原野上的孩子们都知道,对于盆地里的人来说,丰收是一件再自然不过的事情。可是只有当孩子们长大后,体会过劳作的艰辛,才知道随随便便的丰收是一样多么贵重的梦想。于是他们再无限神往地对他们自己的孩子说:"盆地里的人们只要把种子一撒就什么都不用管了,庄稼就像野草一样疯长,管都管不住。"有关盆地的向往就这么世世代代地传了下来,偶尔,当有人真的有机会去盆地看看的时候,他们就跟盆地的人们买来一个舞蹈。舞蹈是买的,因为要用山里的野味交换,才可以跟盆地的人们学习这些舞。在祭祀的仪式上,他们会向所有居住在原野上的人们跳买来的,贵重的,盆地人的舞。于是所有受苦的人们,有了一个机会。在这短暂的舞蹈的瞬间里,以为自己变成了盆地人,变成了不必为生存担心的盆地人。只要有这么一点点念想,他们就可以任劳任怨地活下去了,哪怕丰收就像是悬挂在原野边缘上的夕阳,看上去唾手可得,可是你永远都够不到。

鼓点越来越快了,祭祀中最重要的节目来临。人们要把他们的英雄,也就是猎人,抬起来,抬得高高的。以往,这个时候排山倒海的欢呼声让莉莉跟巴特的心里激起一阵狂喜的惶恐。因为明明知道这个场景是再快乐也没有的,可是莉莉就是能从这极致的欢乐跟放纵里嗅出一点毋庸置疑的杀气。此刻,欢呼声又在脚下响起来,像潮水一样,迷醉地冲刷着阿朗的眼睛。

英雄被人们抬起来了。但是这个英雄不是猎人。或者说,是一个新的猎人。他的头上跟脖颈上挂着跟往年的猎人一模一样的装饰。但是他不是猎人,不是莉莉认识的猎人。不用再怀疑了,莉莉的猎人已经死了。莉莉对自己凄然地微笑了一下,她知道自己终有一天会接受这件事情的,就像她终究接受了猎人的抛弃,就像她终究接受了阿朗。可是有一件事让莉莉害怕,她发现,虽然猎人已经换了,虽然英雄已经换了。可是人们还是爆发着一模一样的,震耳欲聋的欢呼声。难道说，其实他们根本就不在乎谁是那个被抬起来的英雄，只在乎这个可以欢呼的机会吗？莉莉记得猎人是用一种什么样的语气对自己说："乖女孩，我是他们的英雄。"他们骗你。莉莉在心里说。你一定是为了给祭祀的盛典打一头猛兽才送命的。为了你身为英雄的荣耀。可是这根本就不是给你一个人的，不是。他们把这荣耀准备好了，可以随时给任何人。只不过你刚巧赶上。你怎么那么傻？

直到此刻莉莉才明白。猎人是她的初恋，是她此生第一个情人。但是当她看清这个的时候，她做别人的新娘已经很久了。

她宁静地转过脸，对阿朗说："我们走吧。"阿朗目不转睛地盯着脚下，"为什么？刚刚才开始好看，你不要煞风景。"

"走吧。阿朗。"莉莉坚持。

"莉莉，别烦我。"他甩了甩鬃毛。

莉莉沉默了一会儿，静静地转过了身。独自朝远方走去。她的尾巴划出了一个傲慢而又优雅的弧度。夜风扑在莉莉的脸上。是凉的。远处的山静静地勾勒出一个比黑夜更黑的轮廓。从没有一个时刻，莉莉像现在一样渴望去到一个除了孤独之外一无所有的地方。无所谓依恋，自然背叛也就无从谈起。只有一种地老天荒的，遥遥无期的力量。身后响起的那声阿朗的吼声也没能动摇她心里那种无比坚硬的渴望。

"莉莉，你威胁我。"她知道阿朗生气了。

莉莉静静地转过身，深深地看着他的脸："我没有。"

"但是你一个人走了。"

"那是因为你不肯跟我走。"

"莉莉。你这是在命令我。"阿朗的眼睛蒙着一层薄薄的冰，"你居然敢命令我。"

"我为什么不敢？"莉莉温柔地说。她本来想说"别忘了你现在还不是君王"，但是她终究没有说，因为她知道那样会伤害他。

"你敢。你当然敢。那当初那个猎人把你扔到门外面的时候你为什么不走？不像刚才那样掉头就走？走得多漂亮多潇洒，难堪全是别人的。"

"阿朗，你别这么说。"莉莉的脸色依旧平静得像月光下的湖泊，所以阿朗不知道，莉莉是在乞求。"他已经死了，阿朗。别再提他。"

"我真替你害臊。"阿朗暴躁地一跃，轻盈地直逼向莉莉的脸庞，"他死了。你很难过。可是他是人，莉莉，你居然爱他。你居然爱一个人。"

"我没有。"莉莉的眼神很无助。

"你全都看见了，那些人有多蠢。你的那个猎人活着的时候他们把他抬起来，死了以后他们换个人来抬。简直蠢得就像一群泥土里的蚯蚓还总是喜欢自作聪明。"

"我们不也是一样的吗？否则的话，那些原来看见你爸爸就发抖的狮子们为什么还要帮着新上来的王追杀你？"

短暂的寂静过后，阿朗悲哀地摇摇头："莉莉。背叛你自己的族群对你有什么好处？你以为你真正爱了一个人，你就能变成人了吗？他们照样会朝你开枪，就像打死你妈妈一样把你当成一个庆典上的祭品。"

"那是他们的事。跟我无关。"阿朗头一回在莉莉的眼睛里看见一种凛冽的东西。

"莉莉。在这个世界上只有我不会伤害你。只有我和你才是一样的。我们都是狮子。"

"阿朗你说得对。只有我和你才是一样的。"莉莉美好地凝视着他，"不是因为我们都是狮子，是因为我们都是叛徒。"

那天晚上，当阿朗习惯性地卧在风吹来的那一边的时候，莉莉突然觉得自己从来没有像此时此刻一样眷恋他。猎人走了，这世间顿时空荡荡了起来。如果不用满腔疼痛的柔情来填满它，又该怎么办呢。阿朗转过脸，舔了舔她的脸，也不知道阿朗有没有在她的眼睛里看到那种前所未有的缠绵跟顺从。阿朗说："莉莉，你说过，你不会离开我。"莉莉说："对，我不会的。你记得，就算有一天你离开了我，我也不会离开你的，阿朗。"

后来，当莉莉无数次地回忆那段跟阿朗在一起的日子的时候，总是在想：他们其实从来就没有碰上过阿朗嘴里的敌人。那个狮群。有的时候莉莉也会问自己，阿朗那个关于复仇的故事到底是不是真的。但是莉莉从来就没有问过阿朗。莉莉自己也说不上来她是从什么时候开始变得这么不爱追问的。但是，她的确是对所谓的"答案"、"真相"

之类的东西越来越不感兴趣了。转眼间,秋天又一次来临。因为莉莉从空气中闻出了一种睡眠般的凉意。阿朗总是喜欢到峡谷那里去,有事没事就喜欢跳过去再跳回来。莉莉在一边胆战心惊地看着阿朗像个贪心的孩子那样一次次跟粉身碎骨擦肩而过。可是她从来就没有阻止过阿朗跳峡谷。因为,阿朗纵身一跃的样子真是好看死了。莉莉永远都看不够。

那一天,莉莉梦见了阿朗在跳峡谷。飞起来的时候阿朗还转过脸对她调皮地笑了一下。然后莉莉就醒来了,发现阿朗不在身边。莉莉找遍了整个原野,那几天所有的动物们都见过一只不知疲倦地狂奔着的母狮子。野兔们疑惑地说:"也许她是疯了。"最终她停了下来,转向了那个她一直逃避着的方向。

她以为她将在峡谷的下面看到阿朗的尸体。可是阿朗不在那里。那里除了峭壁跟激流之外,没有一点点别的痕迹。水的声音是很暴虐的,至少它不能给莉莉任何意义上的抚慰。就像庆典上人们的欢呼声一样危机四伏。当你经历过离散之后,你就可以在周围的空气中嗅出永诀的味道来。莉莉缓缓地卧在了峡谷的旁边,她看见枫叶红了,她知道阿朗不会再回来了。

她不知道阿朗为什么要丢弃她。她并没有多想。原因并不重要。或者原因本就不是她该追问的东西。她想起第一次见面的时候,阿朗对她说:"问为什么是人类的习惯,莉莉,你不该养成这种习惯,因为那会冒犯神灵。"她甜蜜地,一次又一次地回味那个初次见面的场景,那时候的阿朗那么沉稳跟骄傲,眼睛里总有种可以控制一切的霸气。可是在成为他的新娘之后才发现,其实阿朗还是个孩子。她幸福地回忆着,幸福得忘记了她已经像失去猎人那样失去了阿朗。

你好像总是在最最珍惜一样东西的时候失去它。这似乎是个规律。也因此,总结出这个规律的莉莉反而对此泰然自若。如果一定要这样,那就随它去吧。一种灼热的饥饿在她体内疯长着,似乎要把她的内脏烧成灰烬。她想也不想就冲着一头远方的鹿冲了过去。熟练地咬断了它的脖子。死去的鹿冰冷的血液可以暂时扑灭她体内那团火,还有深不见底的寂寞。狼吞虎咽的时候她感觉到身后有一双眼睛在注视她。她不慌不忙地转过头,唇边带着一缕血迹。

"莉莉。真的是你。"巴特说。

那一瞬间她不知道自己该使用什么样的表情。她慌乱地想,自己这样冷漠地一言不发,巴特说不定会生气的。她不知道巴特心里在想:莉莉真的一点都没有变,你看,吃东西的时候还是那种又狠又无助的眼神。

然后莉莉就看见了猎人。他朝着他们走过来,走得很慢,甚至有一点蹒跚。他居然没有带那支就像是他身体的一部分的猎枪。那个时候莉莉不知道自己该留下还是该掉头就跑。猎人已经来到了她的面前,他的那双旧靴子离她这样近。那上面散发着小木屋里的气息。可是猎人却说:"巴特,走吧,我们该回家了。"

然后巴特忧伤地看了莉莉一眼,没有作声。猎人往前跨了一大步,腿碰到了莉莉的脊背。他将信将疑地蹲下身子,手慢慢地抚摸着她,他说:"莉莉,是你吗?真的是莉莉吗?"巴特在一边轻轻地吠了一声,算是一个肯定的回答。

"莉莉,乖女孩。"他的掌心摩挲着莉莉的小脑袋,"我现在已经看不见你了。"这么说的时候他微笑了一下,他的眼睛依旧是他脸上最精彩的部分。像个暗夜中比夜晚本身还幽深的湖泊。可是它们不能再帮他看东西了。猎人的视线现在就像一只翅膀被折断的鸟,看似停留在天地间的某个点上,其实与这个世界早已没有任何关系。莉莉闭上了眼睛,用力地在他的掌心中蹭自己的脸,"看不见就看不见吧。"她对自己说:我还以为你死了。你活着就好。无论如何,你和阿朗之间,要有一个能活下来呀。他温暖的手抚摸着她的全身,脊背,爪子,尾巴,肚子。摸到她的肚子的时候猎人愣了一下,他说:"莉莉,你自己知道吗?你要做妈妈了。"

那天晚上莉莉又回到了她的澡盆里。温暖的水浸泡着她,混合着松木香。炉火把猎人的脸庞映衬得有些醉意。他似乎变了。莉莉觉得。可能因为是失明的关系,跟黑夜朝夕相对,心就慢慢变得温柔了,混沌了,对很多事情不求甚解却能够明白了。不像过去那样,因着一份近乎残酷的自信,无论如何都坚守着清晰的标准。"莉莉,"他说,"你回来了。真好。"

那天晚上月色很好。把小木屋变成了一个清澈的游泳池。在猎人熟悉的呼吸声中,莉莉的小脑袋轻轻地在门上一顶,门开了,当前爪已经踩在外面的月光里的时候她突然又转过了身,因为她想再看他一眼。

"莉莉。"原来巴特没有睡着,他从那块他们的毯子上慢慢地直起了身子,"莉莉,你别走。"

"巴特。我有孩子了啊。我得去把我孩子的爸爸找回来。"

"莉莉。你不在的这些日子他很想你。你回来了,他真的很高兴。求你了,留下来。"

"可是巴特,我现在已经不习惯这样的生活了。"

"你会习惯,莉莉。你就是这样长大的,你怎么可能不习惯?你慢慢就会发现的,莉莉,他变了太多了,自从他眼睛看不见以后。我们需要你。"

"那到底是怎么回事?他的眼睛?"

"枪走火了。"巴特的眼睛在月光下面清亮得很,"打到了他的脑袋里面。大家都以为他活不成了。可是他还是撑了过来,不过眼睛看不见了。"

"祭祀的时候,我没看见你们。我还以为他死了。"

"那个时候我们在医院里面。"

"医院,是在镇上吗?"莉莉歪着头。

"不。不是镇上。是城里。比镇上大多了。"巴特的言语间有一点骄傲,毕竟,跟莉莉相比,他算是见过了大世面。

然后他们都听到橡木床上传来了猎人愉快的声音:"莉莉,巴特。你们这两个坏孩子要是还不睡觉的话,当心我揍你们。"

他总是用这样的语气跟莉莉说话。莉莉微笑地回忆着。"多漂亮的小姑娘,我要叫她莉莉。""莉莉,喝牛奶了。""莉莉,干掉那只鹿。""莉莉,我们去镇上。""莉莉,走吧,别再回来了。"他总是这样短促,这样果断,这样毋庸置疑地主宰着莉莉的命运。现在他依然如此,尽管他已经失明,尽管他已经脆弱。他自己还没有意识到,从现在起,轮到莉莉来保护他了。

莉莉就这样留下来了。日复一日，莉莉的身体越来越臃肿，路走得越来越慢。可是孕育让她脸上散发一种悠远的味道。莉莉五岁了，正是一只母狮子最成熟最妩媚的年纪。没有人告诉她，她倾国倾城。阿朗走了，猎人看不见了，巴特不好意思说这个。

猎人现在有大把空闲的时间。他总是沉默不语，脸朝着一个虚无的方向。村子里的人们都是好人，因为他们并没有忘记猎人。他们还是定期把食物堆在猎人的家门口。每个月镇上还会有人来，把镇上发给猎人的救济金从门缝里塞进屋子。莉莉发现，每到这个时候，猎人就会带着莉莉跟巴特去林子里散步。他想要避开这些心怀善意的人们。莉莉懂得。所以当看见镇上的吉普车远远地开来的时候，她就会走上去轻轻咬着猎人的裤脚。那意思是"我想出去走走了"。然后在出门的时候兴高采烈地跟巴特交换一个微笑。

猎人变得喜欢回忆往事。他总是说起他自己小时候的事情。也并不在乎莉莉跟巴特有没有用心听。莉莉认为这是因为猎人老了。猎人其实刚刚三十岁而已，一点都不老，只不过是心里有了沧桑。但是，莉莉对人类的年龄一点概念都没有。

那一天，村里的木匠还有很多的小孩子们来到了他们的小木屋。木匠要带着孩子们去镇上看马戏。问猎人愿不愿意一起去。猎人微笑："要不是因为我们已经认识这么多年的话，我会以为你是来捣乱的。"木匠的鼻头顿时更红了："喂，我的意思是，这是马戏团啊，我打听过了，她在里面。"猎人沉默了很久，然后说："我要带着巴特和莉莉。"木匠说："不然就让莉莉看家吧。她的身子现在不方便……"猎人不耐烦地甩了甩头，木匠好脾气地笑了："真是没有办法，莉莉，巴特，他现在一刻都离不开你们俩。"

后来，莉莉常常想：要是那天她真的没有去镇上的话，是不是一切都不会发生了？但是她知道，她是不可能不去的，就像木匠说的，如今的猎人就像一个孩子那样时刻需要着她和巴特。所以，莉莉对自己说，谁都没有犯错，所有的灾祸，只不过是因为眷恋。

镇上还是喧闹。因为马戏团的到来，更闹了。孩子们激动得鼻尖冒汗，他们一边舔着彩色的棒棒糖，一边冲着正在搭帐篷的马戏团员们尖叫。这让他们觉得忙不过来，因为吃糖和尖叫这两件事不好同时进行。于是他们的鼻尖因为这种忙乱而更加勤快地出汗了。还有什么比看到马戏团的后台更让人激动的呢？怀里抱着缀满亮片的裙子的空中飞人，刚刚画好脸但是还没换衣服的小丑，大象不慌不忙地驮着一箱行头走过去了，还有训兽师正在给会做算术的小狗们系蝴蝶结，还有鸽子们从魔术师的盒子里面飞进飞出，还有会钻火圈的狮子被锁在铁笼子里。

会钻火圈的狮子被锁在铁笼子里。

会钻火圈的狮子是阿朗。

莉莉躲在一群孩子身后，静静地看着他。他好像是瘦了，脸紧紧地抵在笼子的铁栏杆上边。离得太远了，她没有办法看清楚他的表情。

黄昏，猎人和木匠坐在小酒馆里等着马戏开场。性急的孩子们已经坐到观众席上去了。猎人自嘲地说："听听这些孩子们欢呼的声音，也是好的。"莉莉悄悄地溜了出来，绕到大帐篷的后面去，阿朗在笼子里不紧不慢地逡巡着。

他是真的瘦了。他的眼睛里好像有种什么东西沉淀了下来。他的身上有几道红得刺目的鞭痕。他一声不响地看着莉莉的脸，莉莉自己也没有想到，她说的第一句话是："阿朗。他们，打你了？"

阿朗微笑。不点头，也不摇头。

"阿朗。"莉莉抬起了身体，爪子搭在铁栏杆上，"我找你找得好苦。"

"我掉进陷阱里了。受了伤。"阿朗静静地说，"我本来想去峡谷。然后就碰上了他们。他们把我带走，要我钻火圈。"

"阿朗，我怀孕了你知道吗？"莉莉伸出舌头，隔着铁栏杆，她舌尖的那一点点刚好能够着阿朗的脸，"阿朗，那是咱们俩的孩子。你要做爸爸了阿朗。"

"莉莉。"阿朗的语气毋庸置疑，"听我说莉莉。我刚才看见你是跟着猎人来的，还有那只狗。猎人既然没有死，那你就应该回去，回到他身边去。然后，等这个孩子生下来以后，咬死他。明白了吗？"

"你说什么呀阿朗。"莉莉的眼睛闪闪发亮，"那是咱们俩的孩子。"

"莉莉，"阿朗摇着头，"这完全是人的慈悲，而且假惺惺的。没有我,你怎么养大他?碰到我的那群敌人,你们两个怎么活得下来?"

"阿朗。就算有你,碰到你的那群敌人的话,你以为我们就真的可以打败他们吗?"

"你是说,你瞧不起我。"

"我没有。我只是想说,你永远都在做当君王的梦,我愿意永远都陪着你做这个梦。可是你没道理把我的孩子也赔进去。"

"说来说去你还是瞧不起我。"阿朗激动地一跃,沉闷的吼声在空气中滚起了一层又一层的浪。然后不远处响起一个清脆又放肆的声音:"那头狮子又怎么了?真是伤脑筋啊。"

脚步声近了的时候莉莉躲进了旁边一堆装戏装的大木箱后面。一个女孩子停在了阿朗的笼子前面。她穿着一条粉红色的纱裙,薄如蝉翼,亮片跟蕾丝眼花缭乱的,让她看上去就像一片滴着水的花瓣。可是她手里拿着一条皮鞭。她把皮鞭轻轻地往铁栏杆上一甩。那种地狱般的响声让莉莉心惊肉跳。如果她现在敢把这皮鞭甩在阿朗身上的话,莉莉发誓自己会扑上去,熟练地咬断她的脖子。可是她没有。她把皮鞭收在白皙纤巧的手里,炫目地笑:"听话一点,知道吗?宝贝儿。"

阿朗抬起脸,炽热地看着她的眼睛。她的手伸过了铁栏杆,梳了梳阿朗的鬃毛,然后转过身,翩然离开。莉莉清楚,阿朗的眼睛里,有爱情。

"阿朗。"莉莉不知所措地笑一笑,"你,你在犯我以前犯过的错误。"

"莉莉。对不起。"

"你记不记得,是你自己跟我说的。你说你以为你爱上一个人你就能真正变成人了吗?"

"我从来就没有想要变成人。莉莉。"

"但是你不会再跟我回山里了,我知道的。"

"莉莉。你原谅我。"

"好吧。"莉莉咬了咬牙,"可是你要记得,要是他们打你,欺负你,你忍不下去的时候,该怎么办就怎么办,明白吗?"

"当然明白。"

"就算爱上了一个人,也不可以忘记,我们是狮子呵。所以你绝对不可以低头的，阿朗。"莉莉的眼睛亮得就像星星。

"对。不能低头。哪怕是为了活下去。"在阴郁的铁笼子里面，阿朗霸道地一笑。天色已经暗了。他身上的鞭痕在远处点亮的灯火中绽放出一种拼尽全力的红。从来没有一个时候，阿朗这么像一个真正的君王。

后来，很多年以后的后来，莉莉都常常梦到那个马戏团里灯火辉煌的夜晚。那个粉红色的女孩子在半空中飞翔，翻滚，在空气里跳舞。底下观众席里的惊呼声越响，她就越轻盈。莉莉糊涂了，她到底是一个人，还是一只蝴蝶？也许她又是人又是蝴蝶。一定是这样没错的。不然的话，她为什么能从莉莉这里夺走阿朗？

木匠在猎人的耳朵边说："她已经长大。她穿的是粉红色的衣服。她越来越漂亮了。"

当孩子们欢呼着"狮子来了"的时候。莉莉钻到了椅子下面，把自己的身体贴在猎人的腿肚子上，这样能让她有一点安心的感觉。椅子底下很黑，还潮湿。莉莉在这局促的潮湿中紧紧地闭上了眼睛。她听见孩子们尖叫着："那是真的火！"还有："看哪，真的跳过去了！"一个孩子把棉花糖的彩色包装袋扔到了椅子下面，莉莉慌乱地把它咬在嘴里。是种淡淡的，莉莉从童年起就熟悉的甜味。那种人类的甜味可以让莉莉对此时此刻杀气腾腾的欢呼声勉强地产生一点信任。祭祀的时候他们也是这样欢呼的。他们给莉莉带上花环，然后围着篝火唱歌跳舞。他们唱的是一首古老的歌颂太阳神的歌。莉莉听不懂歌词，可是莉莉知道那是在膜拜一种伟大的力量。是在敬畏一些不能吃的东西。不是为了流血。不是为了流血。

他们唱：

青云衣兮白霓裳，
举长矢兮射天狼。
操余弧兮反沦降。
援北斗兮酌桂浆。

那也是阿朗的梦想。莉莉知道的。阿朗不是为了想要当一个君王那么简单。也不是想要征服一个人类的女子那么简单。阿朗想要的是一个机会。一个可以尊严地面对无边无际的苍穹的机会。他以为他自己是可以做到的。他以为这是他自己努力就可以做到的。他至今不明白尊严不是猎物，不是说你竭尽全力地追赶就可以得到。尊严就像是你的回忆一样，永远只能跟你存在于不同的时空。只有当你自己不存在的时候才能跟它融为一体。你为什么就是不能明白？尊严永远都是并且只能是一个路标，为候鸟们指引你坟墓的方向。所以莉莉原谅阿朗，原谅他的背叛，原谅他的不辞而别，原谅他的执迷不悟。他并不是残酷，他只是倔强。

周围突然间死一样的寂静。莉莉从座位底下小心翼翼地探出了她的小脑袋。观众席上的每个人都屏住了呼吸，像是早有预谋，凝视着同一个方向。阿朗停在火圈的前面，一动不动。无论怎样都不肯再钻。脸上的表情跟莉莉第一次见到他的时候一模一样，自负得让陌生人害怕，让懂得他的人心疼。粉红色的女孩子微笑着接近他，在强烈的灯光下，莉莉第一次好好端详她甜蜜的脸庞。然后她轻盈地扬起手，鞭子重重地落在了阿朗身上。两道伤痕就像彩虹一样在北风般凌厉的抽打声中绽放了。阿朗仰起脸，用曾经注视过莉莉的眼神看着她拿鞭子的手。

别以为我们会向你们低头。莉莉恶狠狠地咬了咬牙。可是她心里有个声音在说：阿朗，求求你，不要那么犟啊。你以为她真的能像我一样吗？

鞭子又抽了下来。阿朗的身体上现在有一张血红色的网。他的视线似乎是在寻找。然后，对着远处的莉莉，调皮地一笑。再然后，莉莉是在四周爆发出的震耳欲聋的惊呼声中看清发生了什么事情的。阿朗轻盈地跳起来，不费吹灰之力，扑倒了粉红色的女孩，把她踩在了前爪下面。可是阿朗跳起来的时候碰倒了火圈，火苗舍生忘死地蹿到了阿朗身上，疼痛中阿朗把女孩踩得更重，仰起脸，使出了全身力气吼了一声。

莉莉知道，阿朗在吼叫的时候是想寻找原野上的天空。但是他只看得见舞台上的幕布。莉莉已经听不见周围地狱般鬼哭狼嚎的声音，听不见猎人沉着地对木匠说了一句:"你带孩子们先走。"听不见很远的地方隐约传来警笛刺耳的声响。她只知道,那一声仰天长啸,是阿朗在谢幕了。可是那暗红色的幕布太破旧,太黯淡,也太肮脏。阿朗,你不值得。

人群已经逃难般地涌向了出口。他们的喧闹跟拥挤让莉莉想起那些峡谷中没有头脑,只知道制造噪音的水流。莉莉觉得有一种异样的,寒冷的力量在她的皮肤下面涌动。那不是杀气。杀气不会让你有飞翔的、轻飘飘的预感。当一个哇哇大哭的小姑娘的红色鞋子落在莉莉的眼前的时候,莉莉的心里划出一道雪亮的光。

阿朗,等等我。

一片混乱之中,只有少数几个人看见,观众席的最后一排,有一只母狮子,像道闪电一样不可思议地冲着舞台飞了过去。莉莉清楚,这一次的纵身一跃,不是为了一只死期将至的猎物,而有可能是向着自己的死期。不管了,不管了。落地的那一瞬间,天地间只剩下了寂静。肚子里因为这剧烈的颠簸撕心裂肺地疼。疼痛埋没了一切人间的声音。阿朗的额头上开出了一朵红艳艳的花,他终于松开了女孩,倒了下去。莉莉仓皇地转过脸,她看见盲眼的猎人就站在舞台的下面,端着一杆还在冒烟的枪。

巴特静静地卧在小镇的石板街上,狂欢的人群像河流一样填满了古老的街道。救护车拉走了粉红色的女孩,人们要做的事情就只剩下狂欢了。还有,膜拜他们的英雄。他们虽然已经失明但依旧百步穿杨的英雄。猎人让人们相信了,这世上真有传奇这回事。木匠因为激动的关系,鼻头越发地红。他的大嗓门盖过了所有的喧闹:"得去喝一杯啊。我倒要看看酒馆老板娘有没有胆量要咱们的壮士付账。"在人们的哄笑声中,猎人沉静地笑了笑。可是巴特看出来,他的脸庞被什么东西点亮了。"英雄——"马戏团的小丑问,"既然你看不见,你怎么有把握开枪呢?你就不怕伤着人吗?"猎人不紧不慢地开了口,周围顿时安静了下来,猎人说:"是莉莉。如果莉莉没有扑过去,我怎么样也不敢开枪的。但是她扑过去的声音提醒了我那只狮子的方向跟位置。莉莉是我的乖女孩。我相信不会错的。" 话还没说完,猎人的声音就被一片喝彩声淹没了。同时被淹没的，还有巴特战栗的哀鸣。"幸好莉莉没有听见这句话。"巴特对自己说，"我永远不会让莉莉知道这个。谁敢让莉莉知道这件事，我就要他的命。"

所有的狂欢都与莉莉无关。马戏团的舞台寂静得简直荒凉。现在就剩下了莉莉跟阿朗。不，还有大象。是大象用自己的鼻子吸了水，帮阿朗把身上的火苗扑灭的。然后大象再静静地退回到舞台的一角，像是一道布景悲悯地注视着飞翔而来的莉莉。大象叹了口气：这个姑娘。多美。多苦命。

阿朗在流血。莉莉把爪子伸出来放在那个枪眼上，可是没用的，血还是自顾自地流出来，但是静静的。血是一样比水更聪明的东西。从不喧嚣，但是狠。一旦决定了要离开谁就再也不会回头。

"莉莉。"阿朗的脸依然俊美，"想不到最后，我还是只有你。"

"你说什么呀阿朗。"莉莉甜蜜地笑了，"这是理所当然的呀，你是我的丈夫。"

"莉莉，我很蠢。是不是？"

"不是的。阿朗。应该这样。你是君王，你只能这样，对不对？"

"莉莉。"阿朗笑了，"你真好。"

"你记不记得我说过。"莉莉舔着阿朗额头上流出的血，"就算有一天你离开我，我也不会离开你的。你还记不记得？"

"记得。"阿朗的声音低了下去，"莉莉，那你还记不记得我说过，世界上既然有我这样的一个阿朗，就一定会有一个你这样的莉莉来跟我遇上。可是我说错了。因为，"阿朗艰难地呼吸着，"因为能遇上莉莉，是我最幸运的事情。"

然后阿朗就死了。是微笑着死的。死在莉莉的怀抱里，听着莉莉肚子里的小宝贝心跳的声音。

三天后，猎人的婚礼在镇上的小酒馆举行。新娘是那个粉红色的女孩子。她的名字不叫蝴蝶，她叫婴舒。阿朗死去的第二天，猎人带着莉莉和巴特去看她。她静静地看着猎人的脸，潋滟地微笑："你又救了我一次。"猎人说："我们结婚吧。这些年你已经走得够远了。我等了这么久，不想让你再逃跑。"巴特非常不满地在一边喘着粗气，认为这种对白太过晦涩，一点没考虑到狗的接受程度。

猎人跟婴舒的婚礼对于镇上每个人，都是一个美丽的通宵达旦。英雄配美人，当然是所有传奇理所当然的结局。每个人的表情都因为醉意而变得生动。一百个人的醉眼里，就有一百个千娇百媚的婴舒。实际上，她端庄得很。安静地坐在猎人的身边，谁都看得出，她就是侠胆英雄的那根隐秘的柔肠。

酒馆的老板娘快要忙疯了。可是莉莉看得出，这个美丽的女人有一点落寞。她叹着气，在自己缀满花边的围裙上擦擦手，弯下身子抚摸着莉莉的脑袋，她说："莉莉，你要当妈妈了。恭喜呵。"

莉莉一个人走到了小酒馆的外面。镇上的街道空荡荡的，散发着青石板的香气。没有人行走的古老的街道在夜空下面呈现出跟原野类似的沉静的表情。空气真好，因为没有那么多的人一起呼吸。然后莉莉抬起头，她看见了月亮。

"莉莉。"巴特不知道什么时候来到她的身后，一脸的担心，"那个……马戏团里的那只狮子，是宝贝的爸爸，对不对？"巴特总是管莉莉的孩子叫宝贝，像一个非常称职的舅舅。

莉莉在满地的月光里，回头妩媚地凝视着巴特："巴特，等生下来这个孩子，我就走。带他一起走。"

"莉莉。你吃了那么多苦。"巴特安静地摆了摆尾巴。

"巴特。你告诉我，他杀了我妈妈，又杀了我丈夫，可是为什么，我还是会原谅他？"

"我不知道。莉莉。"巴特说，"你从小就这样，什么事情都要问我。我也不是什么都知道。"

"有件事你肯定知道。你得跟我说老实话，巴特。"莉莉突然间淘气地斜了斜眼睛，"有的时候，你有没有想过，其实你可以在一个只有你们俩的时候，跳起来咬断他的喉咙的。你想过没有？"

"没有。"巴特说，"莉莉你呢？你想过吗？"

"我不知道。"莉莉诚实地看着巴特的脸。

"其实我敢保证，莉莉。他也想过同样的事情的。他也想过，他其实可以用他的猎枪打穿我们的脑袋。他爱我们。这是真的。但是，他同时也不会忘记,生杀大权在他的手里。他可以忽略这个,可以要求自己不去想这个,但是他是不会忘记的。"

"巴特,你什么都明白了,什么都看清楚了。可是你为什么还留在他身边?"

"因为我知道他离不开我。因为我也离不开他。"

"我真是糊涂了。阿朗,就是宝贝的爸爸,他以前跟我说过,问为什么是人的习惯。我不应该有这种习惯。他很霸道的,老是跟我说不准这个不准那个。"莉莉突然间嫣然一笑,"巴特,我好想他。"

深蓝色的夜空一瞬间倒转了过来,静谧的满月像颗子弹一样击中了莉莉臃肿的腹部。在撕心裂肺的疼痛降临之前,酒馆里的每个人都听到巴特焦灼的狂吠声。

莉莉在猎人的婚礼上生下了她和阿朗的女儿,取名朱砂。

是猎人给小女孩取的名字。因为她的额头上奇迹般地有一小块红色的胎记,圆圆的。猎人骄傲地说:世界上还能有谁像我这么幸运呢?结婚当天的夜里就当了外公。莉莉静静地躺在炉火边,甜美地微笑,看着婴舒抚摸着小女孩的胎记,那正好是击中阿朗的子弹待过的位置。

莉莉童年时候的澡盆被翻了出来,朱砂睡眼朦胧地在温暖的水波里四脚朝天,是跟那时的莉莉一模一样的姿势。巴特的舌头又是长长地伸了出来,伸出前爪护着朱砂的小篮子。猎人说:"巴特,你小心一点啊。不要把口水滴到小宝贝身上。"巴特于是愤怒地盯了猎人一眼。唯一的不同就是:朱砂用不着莉莉小时候的奶瓶。因为莉莉的胸前饱满得如同深秋的沃野。朱砂吃奶的时候,小小嘴唇的嚅动微妙地牵扯着她的内脏。她痴痴地看着朱砂干净的黑眼睛。她要给朱砂很多很多的爱,让朱砂像曾经的她一样,张狂地,横冲直撞地,不知天高地厚地长大。然后告诉她:要敬畏所有不能吃的东西。她长的样子像我,可是性格会像你,阿朗。

大家是在四十八小时以后发现朱砂的缺陷的。朱砂的一条后腿弯曲得厉害,走路的时候都不能着地。小女孩天真烂漫地用她的三条腿笨笨地蹦跳着,因为幼小,再笨拙也好看。莉莉想起她自己在观众席上那奋不顾身的飞翔。落地的时候肚子里有种撕裂一般的疼痛。我的朱砂是在那个时候受了伤。不过阿朗,你不要介意,那不是你的错。也不是我的错。所有的灾难,不过是因为眷恋。还好朱砂现在懵懵懂懂地生活在所有人的宠爱之中,她很快活,全然没有留下关于在母体中时颠簸跟疼痛的记忆。

猎人现在有了一个很大的家庭。一共三代五口,两个人,三只动物。因为有了婴舒,这个家有一种烦琐但是真实可信的气息。猎人依旧喜欢带着巴特和莉莉出去散步。黄昏的时候他们回到小木屋。莉莉端庄地走在前面,巴特兴奋地跑前跑后,猎人走在最后面,偶尔肩膀上还是会扛一只莉莉弄来的鹿,像一尊青铜雕像。门口有婴舒在迎接他们,怀里抱着小朱砂,窗子里飘出饭菜的香气。朱砂的小爪子抚弄着婴舒垂在胸前的卷发,还有裙子上的荷叶边。用红鼻头木匠的话说,婴舒是世界上最美丽的外婆。

可是莉莉知道,团聚的日子是短暂的。因为等到朱砂满十六个月,不用再吃奶的时候,他们就会把朱砂送到动物园去。这是征得了莉莉同意的决定。朱砂永远都不会像莉莉那样奔跑,永远没可能追上任何一只猎物。世界上有一种叫做"动物园"的东西,对于朱砂来说,或者是个好去处,至少在那里,她可以活下来。对于离散,莉莉早已习惯。她知道那是所有人跟所有人之间必然的结局。只是,当朱砂的大眼睛深深地,清澈地,毫无保留地看着她的时候,她会突然没命地舔着她小小的脸庞,耳朵,还有小屁股。她说:"宝贝,你长大以后会是一个漂亮的姑娘。"巴特在一边静悄悄地看着她们俩,那种温柔的眼光让莉莉有一种沐浴其中的温暖。有好几次,她都有种错觉,以为那是天上的阿朗的眼睛。她蓦然回首,然后不好意思地对朱砂说:"宝贝,是妈妈搞错了。那不是爸爸,是舅舅呀。"

她的脸上依然有种少女时代的娇羞。可是巴特老了。莉莉有的时候会突然间在他的眼神里、表情里看出一种衰老。他早已不再是那个英姿飒爽的美少年。但是,猎人看上去并没有改变很多呀。为什么只有巴特变样子了呢?莉莉不知道,那是因为对于猎人和巴特来说,时间这个东西流逝的方式是不一样的。巴特就在这不一样的时间里从莉莉的小哥哥变成了一个宽厚的长者。但是猎人似乎早已不关心这人世间的变迁。他现在总是开心得像一个孩子，喜欢把朱砂高高地举过头顶，然后大声地爽朗地说："怎么办？莉莉？我现在喜欢朱砂超过喜欢你了。"莉莉跟巴特相视一笑，莉莉注意到了，她跟巴特的这点默契没有逃过婴舒的眼睛。在这样的时候婴舒脸上总是浮起一种柔软的表情。那柔软让莉莉在不知不觉间就谅解了很多的事情。

如果不是因为天生的缺陷，朱砂会让所有原野上的飞禽走兽明白什么叫做风华绝代。她安静的时候很像莉莉，但是要比莉莉妩媚。像一片慢慢地飘进静止的湖水里的红得醉人的枫叶。她不肯安静下来的时候，尤其是当她把小小的脑袋任性地一扭，那神情活脱脱又是一个阿朗。额头上那粒画龙点睛的朱砂痣不由分说地戳到你的心里去。城里来的动物学家第一次看到朱砂的时候，静静地沉默了足足十秒钟，眼睛闪闪发亮，然后，似乎是有一点慌乱地俯下身子，拍拍莉莉的脑袋："莉莉，生了一个这么美的女儿，你真了不起。"

婴舒微笑着把朱砂放到地上，朱砂立刻蹦跳着到了动物学家的面前。仰着她向日葵一样灿烂的小脸，娇嫩地给了动物学家一个毫无保留的笑。她是个虚荣的小家伙，莉莉愉快地想，她知道这个人刚刚在夸她漂亮。突然间，笑容凝固在了莉莉的脸上，莉莉望着动物学家强劲有力的手和衬衫领口没有系上的纽扣，如梦初醒：他是一个男人。一个年轻的，好看的，强壮的男人。一个就像当年的猎人一样的男人。

朱砂从小就知道自己是要到城里的动物园去的。她对这个未来充满了期待。"妈妈，巴特舅舅告诉我说，城里到了晚上有好多好多彩色的灯，比白天的样子还好看。"她跳跃的样子像一只小梅花鹿，歪一歪脑袋，无限神往："妈妈，婴舒告诉我说，在动物园里，我一个人睡一间屋子，他们还有皮球给我玩。皮球是彩色的，比镇上的小孩子们玩的那种好看多啦。"莉莉忧伤地看着朱砂，莉莉不知道该不该告诉她那根本不是什么值得去的地方。该不该告诉她最适合狮子的地方永远是并且只能是这片原野。最让她担心的一件事情是，朱砂对陌生的东西永远充满着天真跟热情的好奇心，这根本就是人类的秉性，而不是狮子的。莉莉犹豫了很多天，很多天，最终还是什么都没有对朱砂说。无论如何，莉莉愿意看见朱砂快乐。

动物学家开始频繁地出入他们的小木屋。他说他要从哺乳期开始记录朱砂的成长。"朱砂的品种很罕见。"他耐心地对猎人跟婴舒解释着,"要是我的判断没错的话,朱砂的父亲是一只白狮。白狮是我们原来以为1865年就已经在西非绝种的狮子。是在二十年前,才有人认为在我们这片原野上有白狮出没的痕迹的。众说纷纭啊——"动物学家像个大男孩那样伸着懒腰,"有人说是,有人说不是。我大学里的老师,跟踪了它们整整十五年。"

"白狮?"猎人问,"打了这么多年的猎,我还是头一次听说。难不成,是纯白的?可是我见过一次朱砂的爸爸,那时候我眼睛还好——他并不是白色的啊。"

"也未必。只是毛色比较浅而已。其实,我们也都是根据记载来判断的,你知道,十九世纪的相片还是很少的。"

"那你认为他们到底是不是白狮呢?"婴舒问。

"当然是。"动物学家笑着弯下身子,拍着莉莉的脑袋:"莉莉,要是你会说话就好了。我真想知道你是从哪里钓到一头白狮的呀。"

"我早就说过。"猎人静静地微笑,"我们的莉莉是个了不起的姑娘。"

朱砂就在这个时候蹭了过来,撒娇地舔着动物学家的手掌。动物学家专注地看着朱砂,无限感慨:"要是我的老师还活着的话,看到朱砂,老头子一定会高兴得跳起来的。"他的眼睛似乎是潮湿了一下,用柔情似水的眼光缠绵着朱砂额头上的胎记。动物学家给这个小木屋带来意想不到的欢欣。因为他就连感伤跟缅怀的时候都是生机勃勃的。

"那些白狮,他们现在到哪里去了?"猎人抽着烟斗,在正午的阳光下慵懒地闭上眼睛。

"就是因为当初有人认为是白狮,可是有人反对。保护区一直都没有建立起来。大概是前年吧,因为一场从野牛身上传过来的瘟疫,绝大多数都死了。别说是白狮,现在在这片原野上,狮子几乎是没有了。"他谈起狮子的时候就像谈起他的情人一样,言语间充满着疯疯癫癫但是百分之百的爱意。

阿朗,如果他说的是真的,你的那些敌人,他们全都死了。你不用再去打败他们了。所以阿朗,在你活着的时候,你已经成了君王。

你是君王,我是王后,尽管我们都没有臣民了,尽管我们统治着的只是一片空旷的荒芜。可是,你做到你想要做到的事情了呵。

那天夜里,朱砂羞答答地对莉莉说:"妈妈,要是去了城里,我就能天天都跟他在一起了,对不对?"

莉莉的表情变得前所未有的严峻:"绝对不可以,朱砂。我不准你有这个念头。"

"妈妈。"朱砂倔强地把脖子一梗,"我最讨厌你说不准这个不准那个!"

"朱砂,他是人。"

"那又怎么样呢妈妈?"朱砂才这么小,但她已经笑得媚态横生,"你没看到他看我的眼神吗?"

莉莉当然看到了动物学家的眼神。那种迷醉跟阿朗谈起王位的时候异曲同工。朱砂,那与你无关,那只是为了征服。但是莉莉不能这样跟朱砂讲,她只能叹一口气,说:"朱砂,我们是狮子。我们只能嫁给狮子。"

"可是妈妈,"朱砂习惯性地歪着头,"这片原野上已经没有狮子了呀。你要我怎么办?"她带着一脸胜利的表情,欣赏着莉莉无言以对的样子。

动物学家的吉普车是在天色微明的时候抵达的。莉莉在睡梦中被屋外传来的铁笼子的声音惊醒。朱砂安然地睡在巴特的身边,全然没有听到丁丁当当的金属撞击的声音。那声音是带着血腥气的风铃。莉莉静悄悄地走到门外,清晨的原野总是冷。冷到有点悲戚。太阳还没出来,呼吸间全是些幼嫩得就像朱砂的小脸蛋的空气。年轻的动物学家有些不自然地微笑:"嗨,莉莉。"他走上来,抚摸莉莉的脑袋:"放心好了莉莉。我们会好好地照顾朱砂。"一声细细的门响,婴舒轻轻地走到他们跟前,动物学家就在这个时候直起身子,迟疑但是用力地握住了婴舒的手。

"莉莉。"婴舒的声音听上去跟平时不大一样,"我要跟他走。"

莉莉安静地注视着眼前这一对即将私奔的男女。在莉莉面前,他们就像两个闯了祸的孩子一样不知所措。婴舒的手摩挲着莉莉柔软的脖颈:"莉莉。莉莉。对不起。"眼泪沿着她的脸颊静静地滑下来,掉进泥土里面了。婴舒说:"莉莉,你不明白。"

不明白的是你。莉莉仰起头望着她的脸,漆黑的眼睛就像没有波浪声的海面。她望着这个夺走了阿朗,夺走了猎人,又帮着别人夺走她的女儿的女人。你把我所有最珍贵的东西都夺走了,但是你丝毫不珍惜。莉莉并没有怨恨她。粉红色的她在半空中飞翔,像一片带着露珠的花瓣。她是一只蝴蝶,生来就是为了让别人眼花缭乱的。

"莉莉。"婴舒的脸朝着屋内的方向,"我把他交给你了。"

朱砂是在这个时候跑出来的。欢天喜地地钻到了小笼子里。"妈妈,要坐很久很久的车,对不对?"

"朱砂,你要乖。"莉莉用力地,没头没脑地舔着朱砂的脑袋,耳朵,还有额头上那颗小小的朱砂痣。一不小心,舌尖就触到了冰凉的铁栏杆上。那么冷,冷得都有一点火烧火燎的疼。于是莉莉开始用力地舔那些铁栏杆,从上到下地舔,逐个逐个地舔。这样那些铁栏杆就不会那么冷了,这样朱砂就算不小心碰到它们也不会觉得难受。

"朱砂,小公主。"动物学家拎起笼子,把它放到吉普车的后座上。"我们要出发了。"

"妈妈不去吗?"朱砂仰起小脸,但是吉普车的门已经"轰"地关上了。

太阳出来了。莉莉看着阳光洒满了原野,吉普车绝尘而去。但是她没有看到朱砂在后座上一下一下地跳起来,却一次又一次地撞到了笼子上面:"妈妈——妈妈我要下去——我不去城里了——妈妈我要回家……"

阿朗。你得保佑朱砂。这孩子她就和你一样,认起真来是不要命的呵。

在这个清澈的、阳光普照的早晨,小木屋又回到了原来的样子。只有莉莉,巴特,和猎人。就好像别人都没有出现过,就好像所有的离散都只是一场很长的梦。鸟雀们都醒来了,莉莉听见了它们唱歌的声音。莉莉轻轻地、优雅地跨进了家门,巴特还在沉睡着,猎人端坐在橡木床上,腰板挺得笔直,他说:"莉莉。"

莉莉走上去，猎人的手颤抖着揉搓着她满身的皮毛。莉莉舔着他的手心，舌尖上还带着铁笼子的寒气。猎人慢慢地说："让他们都走吧，莉莉。就剩下我们三个了。其实这个家里本来就只有我们三个。莉莉，你说对不对？"

莉莉在猎人的手心里轻轻闭上了眼睛。她觉得冷，她听见自己的身体里传来一种很深很深的回响。她知道，那是峡谷的声音。从来没有一个时候，莉莉如此地渴望那个峡谷。她想站在峡谷的边缘上听听水流暴虐的声响，然后，轻盈地纵身一跃。就像阿朗那样跟粉身碎骨曼妙地擦肩而过，死亡的深渊里就会留下莉莉蜻蜓点水的、美丽的痕迹。阿朗说："每一只狮子的一生里，一定要跳一次峡谷。哪怕送命也得跳一次，这是我们身为狮子，必须要做的事情。" 那个时候我怯生生地站在峡谷的旁边，看着他跳过去，有若神助。跟那个时候相比，我已经不再年轻。我的身体里已经有了那么多时间的痕迹。有欢乐的痕迹，有生育的痕迹，有杀戮的痕迹。我早已经千疮百孔，满目疮痍。可是我的身体里却充满着前所未有的丰盈的渴望。我知道它会跟我的血液一起，一点点地涨满。满到就要溢出来的时候，我就会，纵身一跃。

"莉莉。"猎人搂着她的脖颈，"请你原谅我。是我杀了朱砂的爸爸。我开枪的时候知道他是谁，因为，因为当你从观众席上跳起来的时候，我就知道他是谁。"他疼痛地亲吻着莉莉的小耳朵，"原谅我，莉莉，原谅我。你知道的。只有对你，我才敢提这样的要求。"

莉莉当然知道。他对她，永远有恃无恐。他可以说"莉莉你不要再回来"，他可以说"莉莉是我杀了你妈妈"。他什么都可以说，因为，其实他清楚得很，无论他说什么，做什么，他都不会失去莉莉。

莉莉知道自己不会再回原野上去了。她所有的，仅剩的亲人就在这间小木屋里。她不走。她哪里也不会去。莉莉知道，作为一只狮子，她其实已经完成了她此生的使命。她已经跳过了峡谷。只不过她是在马戏团的观众席里跳的。就是那唯一的一次忘情，给她的女儿留下了永远的缺陷。那就是代价吧。或者说，生命本来就不是一样可以忘情的东西。所以峡谷里的狮子们才把那种纵身一跃看成是一生的意义跟尊严所在。生命不是为了放纵而是为了承担,为了一种日复一日没有止境不能讨价还价的承担。阿朗不懂得这个,婴舒也不懂得这个,但是莉莉懂得。

他是她的父亲,她的情人,她的仇敌,她的负累,她的命运。她的生命是因为他才得以延续,她生命中所有的苦难都因他而起。可是他给她的那么多的爱又在她的体内懵懂地积蓄起一种强大的力量来抵御所有的苦难。

他慢慢地站起身,对她说:"莉莉,去把巴特叫醒吧。我们一起去散步。我看不见,可是我能感觉得出来,外面的阳光好得要命。"

巴特依然沉睡着,睡相酣畅得很。只不过,已经没有了呼吸声。猎人对此浑然不觉,但是莉莉明白发生了什么事情。巴特老了,就是这么简单。当你经历过很多的离散之后,你就能很轻易地在空气中嗅出永诀的味道。莉莉走到巴特跟前,无限爱怜地,把前爪搭在了她的老朋友尚且温暖的脊背上。

(选自《钟山》,2007年第1期)

点评者:谢琼

正如作者笛安在创作谈中所说:"如果一定要问我《莉莉》说了些什么,我的回答只能是:我就是莉莉,莉莉就是我。"从形式上看,短篇小说《莉莉》是一部颇有些迪斯尼味道的成人童话,或者说,是一篇以童话形式写就的少女的成长小说。

有这样一批80后的作家,他们的写作已经在很大程度上摆脱了传统的现实主义。他们写作自己的成长,不是通过对真实的成长历程进行反思式的描写,而是直接将成长的体验、将他们对外部世界的认知融入一个虚幻的、寓言般的故事里。他们的经验也许是不成熟的,也许和当下社会格格不入，但在他们所构建的故事里，他们执著地坚守自己的经验。他们的爱是绝对的，恨也是绝对的。与经验本身所企及的思想高度相比，也许更多的是这种决绝与执著，给他们的作品带来一种与作者年龄不符的成熟与冰冷，以及感动，以及力量。其中，郭敬明的《幻城》和张悦然的《樱桃之远》堪称代表。

在某种程度上，《莉莉》也是这样。《莉莉》同样是借用一个不真实的故事来叙述自身的成长，故事同样完美而单纯。在故事情感上，它甚至比《幻城》或者《樱桃之远》还要简单，所有人物都是某种"爱"的化身——母女、父女之爱、兄妹之爱、男女之爱，却很少有恨；而藏在故事背后的作者的想法，也是单纯而理想的："对于真正不同凡响的作品而言，打动人的不是它的聪明，而是它的无助。……我爱这种永恒的无助，我相信所有我们想知道的意义就在这无助里面。"我们可以看到，《莉莉》中所有人物的相爱和互相原谅，其实都来自于这种面对着偌大世界的无助，它以一种无条件和绝对的姿态出现，成为一切悲喜剧的开始、结束和解释。

但是，如果说它和《幻城》、《樱桃之远》有什么不同，那就是《莉莉》似乎并不是为了书写这份"爱"本身而作——不是为了要表现这种爱本身的曲折，或壮烈，或纯粹，或决绝。相反，作者更感兴趣的是这种"爱"的习得——她要写主人公莉莉是怎样在数次离去与回归、背叛与谅解中学会这种爱的。而爱的习得过程，也就是她面向世界敞开自我、与外部世界对话的过程。她不断被外部世界所伤害，但每一次伤害只是带给她更深的思考。所以，莉莉的成长，不仅仅包含她对自身个人情感的追寻和坚守，而且更是她思考这个世界、并试图为这个世界寻找答案的心路历程。而这份答案，正是作者所相信的那份"无助的爱"。

我们可以用很多名词来解读《莉莉》：莉莉的女性视角、恋父情结、莉莉的自然性与复杂人性的对立等等。但我总觉得，《莉莉》最能感动我们的，正是莉莉（也是作者）在探索外部世界的过程中所表现出的勇敢真挚的思考，以及这思考中透出的单纯和善良。就此而言，《莉莉》是理想主义的。我不知道莉莉带着这份爱能够走多远，但至少，她给我们带来了希望。我也不敢断言这份希望的真假（事实上，童话这一体裁本身就暴露了这种希望的虚幻成分），但至少，世界上多一点温暖的希望，总还是好的。

现在让我们再次回到开头，回到《莉莉》与迪斯尼通话的那个类比，我要说，《莉莉》恰恰是最不迪斯尼的，它是对迪斯尼《狮子王》那个凭借宏大理想、凭借崇高力量而活的世界的解构，它要告诉我们的是，《狮子王》的那个世界已死，而我们又该如何继续怀着爱去活。

真理与意义

——标题取自 Donald Davidson 同名著作

七 格

查拉斯图拉独自从山上下来,任何人都不会遇见他。

一 真理峰

当意识到我是在真理峰下时,一切都晚了。我们这些现象体还原时都曾相互约好,谁要是还原到真理峰,谁就得上山去采一枚真理果,然后打通各自的小世界,让我们不但能彼此相见,还能从心里确认,落在视网膜上的那些现象体不仅是现象的,也是真实的,一旦我们做到了这一点,我们可以离开现象界,来到真实界,和他们人类一起讨论哲学,或者做饭。

现象体都很愿意和人类交往,他们和我们不一样。他们有很多东西,不需要证明也能存在,比如肉体,或者爱情。所以他们的世界虽然号称真实,但却是不稳定的,是建立在假想的基础上的。一旦基础塌陷,他们的世界就会在逻辑上彻底崩溃。不幸的是,他们人类当中只有少数人意识到了这一点,发出要和我们现象界沟通的呼吁,比较出名的,以前有笛卡儿,后来有胡塞尔。但这些努力都失败了,可见他们其实和我们一样笨。

对于人类,我们现象界都一直抱有很深的好奇心。从书上的记录来看，那里人们从古到今制造出来的知识，可以产生无数逻辑上的矛盾。这在现象界是不可想象的，我们这里一切以明证性和逻辑性为基础，任何矛盾都不可容忍，一旦发现，都会被运到认识论平原上抛掉，那里有沟通真实界和现象界的辩证之鹰，这些鹰会俯冲下来，叼起或肥或瘦的矛盾，然后飞到真实界去排泄。这些矛盾在鹰胃里被消化成营养，并能让鹰在飞行中逐渐领悟出螺旋式前进的奥妙，以利于它们更好地在两界之间辩证穿行。可是，根据书本知识，我们却又知道，真实界虽然到处是矛盾，但却非常稳定，还能不时超频运转。从真理到真实是一次还原。但谁也不会满足于这种还原。因此，每一次还原节，我们都想着努力登上真理峰，采到真理果，再拼出真实界，如此循环往复，永无穷尽。

我找了一块岩石坐下，寻思着上山之道。作为现象体，我也许并没有以实体方式坐下，但作为一个意向性，我这么说，就算是我坐了。真的，在我没有证明出其他现象体中存在和我一样的会思考的独立存在时，我的一切说法只要我自己承认完备就行。比如，我说我要一步登天，要是这个意向性实现了，那我就算一步登天了，可惜的是，到今天为止，我从来没有实现过这个想法，我怀疑其他现象体也没有谁实现，否则真理峰岂不是早就到了。

我们的存在，从来就缺乏明证性基础。是的，很多时候，当我闲逛时，我会看到一些和我一样的现象体，也有被定义为脑袋和肢体的部件，我们也会互相打招呼，讨论一些天气问题。但是我没法证明他是存在的，所以这样的相遇就不能算是真实的相遇，而仅仅是个意向性。有几次在意向性平原上举办的哲学露天大会里，我们就这个问题都争论到互相打起来了，我被人揍了一拳，我也感觉到了疼，但我不能证明这疼是那人揍的，虽然我也狠狠给了他一下，他倒下了，我蹲下问他疼不疼，他说，疼，但还是没法证明，你是存在的。后来我和他就成了好朋友，但他叫什么名字现在被还原忘记了。

是有几个聪明现象体提议过，以后这样的大会，就搬到存而不论峡谷里去开？那里已经悬置了很多问题，在峡谷里晃来晃去，相信这个问题也能悬置在那里，这样，我们现象体之间的沟通，就会方便很

真理与意义

多。但这样的提议每次都被更多的现象体否决了。他们游行示威,打出"坚决拥护意向性结构"的旗帜,抗议这些聪明人堕落,为了投机取巧,竟然连现象界最本质的问题也敢这么处理。他们还威胁要将这些离经叛道的现象体扔到沉沦洞里,活活用石头意向性地砸死。

所以我们都更加盼望每一次还原节的到来。只要有任何一个现象体能采到真理果,那这些矛盾就可一劳永逸地解决。但我们也都害怕会被随机落到真理峰下,成为这个艰巨任务的承担者。每次还原节,经过本质还原和先验还原后,我们都会被重新分配所处位置,每个现象体之前所积累的牛羊、房子、渔船、田地等等都会成为无主财产,一切不可靠的经验知识也会被冻结,包括亲情、爱情和友情。总之总之,在还原节开始的那一个瞬间,我们唯一拥有的意识,是意识到这个拥有的意识是唯一存在的。接下来一些必要但有限的意识才会吞吞吐吐地按步骤重新安装回来,比如指定一些现象为红,另一些现象为杯子,以及为什么会有还原节,等等。

这样很烦人,但也有好处。一个好处就是:每一次的还原,就是在不断净化我们的社会,否则那些污七八糟的经验知识不断积累,将会把我们现象界拖到无比堕落的境地,成为和他们真实界差不多的玩意儿。我们愿意和真实界交往,对他们人类那些肮脏思想也有浓厚兴趣,但我们绝不会答应和他们同流合污,因为我们是向往纯真、纯善和纯美的,如果没有逻辑束缚,我们其实就是天使。

不幸的是,这次还原节把我分配到了真理峰下。之前我是不是被分配到这里过,已无从查考,这个经验被冻结,被搬移到了括弧镇。那个镇子外面,矗立着两个招风耳似的小括弧,发动起来,它们能见风就长,大到无法再大的程度,就互相配合着往内一包,可以把镇子包个密不透风。括弧镇是还原节里一切无从查考经验的仓储点。分配到那里的镇长,负责所有经验的归类和堆栈,以方便节日过后,我们可以从规定窗口处取回各自经验。不过,有时候也会出错,像我,就丢失了关于我和某什么发生的一切故事,却莫名其妙多了段在他者岛上被人威胁要枪决的记录。我去报了案,但公安也无法查出这到底是哪一门故事。有时候,括弧镇就是个出错镇,并且是个永不承认出错的出错镇,如果哪一天它承认出错,那也会跟进声明,承认出错这个承认是出错的。

我仔细观察了真理峰这里的地理状况。很不妙,这根本不是一座可以攀登的山峰。我不知先前那些现象体是怎么做的,也许他们什么都没做,就蹲地上发愁,直到节日结束,被秩序虎驮回原籍,领回均分了的财产和经过检验鉴定为可靠的知识,到被抛广场或道说神庙,混在人群中一起唉声叹气,反正这事有年头了,每一次我们构造希望,其实不过是在例行公事。

往山下望去,秩序虎还没出现,它们如果来了,那么所过之处,所有草木都会被梳得清清楚楚,要是它们进城,那么经过的地方就没有任何混乱。所以妻子们很喜欢它们,说要能家养一只的话,家里就不会老乱糟糟,尤其是那些哲学家的妻子,更是热切盼望政府能启动人工养殖秩序虎工程。比如我妻子就一直这样热切盼望着,虽然我整理家务挺认真的,不管碗筷有没有洗过,至少每次我都是把它们都归类到家用餐具,而不是灭火设备、有毒垃圾或情趣用品。但她非要在餐具里继续分出干净和不干净的,这样的要求就有点过分,因为干净不干净是主观上说了算的,不能成为客观知识。然而她就是特别爱主观知识,对此,每次争吵之后,我都是以她还没有被证明为存在而不和她一般见识。可见,我们现象体之间,对待生活的态度真的是不一样。相对来说,哲学家对待生活的态度最认真,人数也最多,我们现象体要选择职业,十之八九都会选做哲学家,这行当体面、高雅,出门不丢脸,就算丢脸也可以不在乎。剩下一两成几乎都选做妻子,因为做妻子可以胸无大志,可以指使志大无胸的哲学家。不过不是所有哲学家都愿意被指使,于是就有很多选择了独身主义,而且据说那样可以更容易写出高深的哲学著作,据说最高深的著作,连作者本人写好后也会惊叹看不懂。

我也不愿被指使。但粒粒珠看上我了,我就逃不掉,因为她用了"在……之中"结构。"在……之中"是我们现象界的一大法宝,它的样子像用透明薄膜做的陷阱,有界无限,只有少数能与天地通的现象体,才知道到哪里找到并召唤它。朵朵松就是这少数现象体中的一员。那天，我在认识论平原上发表了一篇有关现象学原点之不可还原的学术论文，为此她决定选择我做她的伴侣，理由是我诵读那篇论文时，别的哲学家眼睛都冲着朵朵松，但我没有。

朵朵松是我们哲学家一致公认的具备天下最美丽妻子潜质的现象体，尽管所有妻子都不断提醒我们，这个公认没有得到证明，但我们哲学家却都不在乎，都向朵朵松发出邀请，问她愿意不愿意做自己的妻子。但朵朵松一心向死而生，打算终身不嫁，一辈子当一个潜质。我那天没冲她看，是因为她早约好我一起去他者岛看死亡。她约我的原因，是她知道我脑子里多出一段他者岛的记忆，这是我们这个现象界唯一一个有关他者岛的记忆片段，珍贵无比。我心中有喜，自是表面装做无动于衷，还特意把论文读得抑扬顿挫，还偶尔装出看不懂自己写了些啥的神情。

结果自是没和朵朵松去成他者岛。会议一结束，粒粒珠就抛出那个陷阱，把我捉到她家。她家在闲谈浅滩，从语言镇坐遗忘火车过去，大约是一个半小时路程。所有哲学家们漫不经心说过的话，都被刻在那里附近滩边的大小贝壳上。时间长了，政府会派人来拾回去些，贴办公室里当名人名言。就这样，我开始了在粒粒珠之中的生活，再也没法独身思考，反而每天要处理大量锅碗瓢盆问题。这些问题很复杂，必须两只手一起处理，脚要保持站立，同时眼睛需密切注视手里的东西是否有滑落的意向性。如果有，就得继续判断自己发出要求手指捏紧的意向，是不是和意向对象构成意向性关系，要是没有构成，那么就要继续推理，摔碎的声音所产生的历史因果链又是怎样。好几次，我都是连续花了十几个小时在洗它们，为此粒粒珠气得要死，她嚷嚷要换她来干，几分钟就能搞定。我不相信，打电话问其他哲学家，他们说，妻子都这样，胸无大志，却好大喜功。

现在我在真理峰下没有目的地徘徊，脑子里全是朵朵松的形象。好几次我都能看见她隐在岩石里，对着岩面冲外照镜子，左看右看没个停。我估计这是缺氧幻觉，所以最后梦想成真，朵朵松站我面前时，我能判断这为不可能事件。它不仅不可证明，而且不可思议，更是不可允许，但我还是伸出手，和自己意向性结构中生成的朵朵松去相握。

这一握，让我吃了一惊，原来传说中的所想即所得，竟然是成立的。我手上有和手相握的感觉，这感觉如果是欺骗我的，那么接下来我拥抱她的感觉也会欺骗我吗？于是我拥抱了她，结果得到了和一个温暖肉体紧贴的感觉，这感觉非常美好，美好得让我忘记要询问其真实性，而是想通过剥她的衣服并占有她来实现。虽然说，存在就在于被感知需要有一个高高在上的代理节点，而这个代理节点并没有被证明为存在。不过，在这一刻，我不管这些约束了，我打算铤而走险，如果这是一场梦，我命令它以梦的形式存在。

假想中的梦很快结束。我揉揉被打得发痛的右脸，寻思待会儿还原节结束后，怎么跟粒粒珠交代这掌印的来源。朵朵松并不理会我满脑子苦恼，她整理好衣服，示意我别上真理峰了，跟她一块儿赶紧前往他者岛。

对这种不守秩序的建议，我当然咬牙拒绝。再美，也不能美过秩序。我抬头仰望真理峰，往两手心各吐一口唾沫，咬紧牙齿，打算拼了命也要竖冲上去。

不过我还是改了主意，因为朵朵松正在从旅行包里掏出一整套攀岩工具。主绳、安全带、扁带、快挂、岩石塞、岩钉、攀岩鞋等等一应俱全，看来为去他者岛，她早就一切都准备好啦。

在做准备工作时，我也想过，朵朵松这样机械降神般的出现，并且还带着攀岩工具，究竟是命定的还是偶发的？抑或是自由联想还是权力意志的结果？而和不同层级的对象在同一层级里共同存在，这又是否可能？但她身上有香气，是天芥草、茉莉花、山谷百合、筵尾草以及香柏、熏草豆、麝香、檀香的混合，前味中味和后味此起彼伏忽远又近，让我很快忘记了这些思考，不管了，我迷醉于这样的香气中，将主绳和安全带都扣好，背上一串快挂，对着岩石活动起了手关节。

朵朵松却没我这么累赘，她只是佩戴上特殊手套和脚套，一个纵跃就粘在了岩壁上，她身体轻，要办到这个不困难，但她不该催我快，我快不了，这岩壁上几乎没有一丝岩缝，岩石塞没法用，得用冲击钻打洞敲膨胀螺丝进去制作保护点。朵朵松很没耐心，美女美到极点都没耐心，她就不管我了，自己爬得很高，又爬回来，倒挂着冲我做鬼脸。

我正悬半空擦镁粉防手汗呢，心下窝火，就嘟囔说你要这么有能耐，替我去把真理果采来吧。朵朵松嘴巴张开，吐出东西，问我是不是这个，我看着那东西黑乎乎掉鼻子上，又掉下去，伸手去抓也没抓到，赶紧把两个主扣都松了，整个人索性直接摔下去，反正还不高，也就七八米，落地后我就势一滚，将那东西抢到手，然后气得要死，骂她不该用全是唾液的牙箍来戏弄我。

朵朵松见我真生了气，一溜烟爬不见影了，我寻思这回她可能真是帮我去采真理果，心想好，你帮我，我也帮你，要真理果到手，我一定陪你把他者岛踏个遍。

一会儿工夫后她回来了，惶惑地问我，头发没了要紧不要紧，我盯着她满头乌发，没反应过来这什么意思。朵朵松告诉我真理峰最上面有段一线天，看守是一只肚皮上刻了仁字的大蜘蛛，说只有给他朵朵松的乌发，他才会放朵朵松过去。

我告诉朵朵松，秃头最美丽，性感到顶，朵朵松想了想，就折回去了。

又过了一会儿功夫，朵朵松回来了，一个光头，我强迫自己夸赞两声。朵朵松等我夸赞完，问我胳膊没了要紧不要紧。因为过了一线天后，是一条瀑布，有一只肚皮上刻了义字的大蜘蛛，守那里说，只有给他朵朵松的两条胳膊，他才会放朵朵松过去。

我这下为难了，因为从归纳法来看，头发属于可再生现象集合，但胳膊却属于不可再生集合，所以我应该回答要紧，胳膊不能换。但真理果实在太诱人了，再说归纳法本身的证明也是不明证的，因为它对下一个的推测永远是建立在已有经验集合上，但这样的推测本身是不充分的。所以，我告诉朵朵松，秃头无臂美女最美丽，性感到顶顶，朵朵松想了想，就折回去了。

又过了一会儿功夫，朵朵松回来了，肩膀处切口切得很齐，也没见血。我强迫自己又夸赞两声。朵朵松等我夸赞完，问我双腿没了要紧不要紧……

当朵朵松最后拿到真理果，躺我怀里时，她只剩下了一个性感到顶顶顶顶顶的头颅。我捧着她的头颅，不忍心将真理果从她口中拔出。

虽然她仅仅是我的一个意向对象,不算是我们现象体,但我还是很难过,就像他们人类一样,为电影里一个仅仅靠声光效果组成的女主角难过。天色很晚了,节日即将过去,秩序虎三三两两已经出来,长长的拖地剑齿,把经过之处的草叶梳理得全部和所在之处的山体法线完全平行。我跨上一头,让它把我驮回家乡。我已经忘记家乡在哪儿,但这没有关系,真理果到手,现象界死循环即将打破,通往真实界的道路就要呈现,逻辑悖论的所有秘密,将彻底真相大白。我想,我们现象界会永远记住朵朵松,她是现象体的好儿女,是真正践履了向死而生的本真状态,换用人类的评价来说,就是生的伟大,死的光荣。

二 诠释山脉

靠着秩序虎,我顺利到家。粒粒珠正在倒涮锅水。我抬头,她在二楼窗台,看着湿淋淋的我说,啊,这么巧。

洗完澡到桌前一看,饭菜真是丰盛,我一顿风卷残云,还是觉得没饱,她便又拿出五十张蛋皮来,都是一个鸡蛋摊一张的。我一张一张卷起来吃,并翻阅起今天的报纸。我们每一个哲学家只要愿意,都可以独立办报,因为哲学家彼此间都不相信对方是真的,自然也没法相信对方办的报。办报的哲学家都不报道其他人的学术成果,只报道自己的,就算互相矛盾也无所谓,辩证之鹰会俯冲下来叼走那些有矛盾的报纸。我没办报纸,但我订了两份,一份是阿姐的,她在时间洋,却天天抱怨没时间用,因为那里的时间都是咸的;还有一份就是和我打架的那人办的,现在我知道他叫Z,他去了一所什么历史雕塑院工作,这回他报道说那里有了骚乱,群众集会上一些人被活活撕裂,这太残忍了,都是现象体,为什么要这样,他在文章结尾处问道:慢慢用文火煨是不是更好呢?对此,我也陷入了思索,哲学家总是会陷入思索的,不管是什么时候。粒粒珠不是爱思索的人,所以她当了妻子,但听了我的故事后,她对朵朵松的头颅充满好奇,捧手里来回看个不停,我说小心啊别掉地上啊,这可是人头呢。她哧了一声,说意向性的假东西你也信。没等我向她进一步阐释真假的判定条件,她就开始拔真理果。朵朵松牙口紧，她就是拔不出来。过了会儿，她恼了，把头颅往桌上重重一放，回厨房继续给我烘蛋皮去了。

我惋惜地把头颅接过来，翻转到颈部断裂处，那刀可真是狠，气管血管全剁得整整齐齐，脊椎里的脊髓切面平平贴在椎腔切口处，有内脂豆腐的细腻纹理。粒粒珠的颈部肌肉纹理也很好看，横断面像盛开的大丽花。我手指在上面来回摩挲，感受颗粒的细密起伏，也许它感觉到痒了，我听见一声东西掉落，就到饭桌下捡起了真理果，擦干净上面残留的唾液和蛋皮渣子，这时外面嘈杂起来，有人在敲门。里屋粒粒珠满身油烟奔出来，把门打开，是总统，后面跟着领导，再后面跟着保镖，最后面是数不清的现象体。

我把真理果递了上去。

总统默默接过真理果，缓缓转身，对着所有前来的现象体，郑重地将真理果高高举起，下面顿时乱作一团，有用脚跺地的，也有用手拍地的，但没有用头撞地的，因为撞坏了就不能做哲学家了。后来他们就开始撕扯胡须，没有胡须的就撕扯别人的胡须，别人不给撕扯他们就打起来，好多人眼角闪烁着泪花，有些是打哭的。

总统双手一压，下面才慢慢安静，恢复了应有的理智。总统叫我上去，和大家说一说采到真理果的经历。

我把嘴里残余的蛋皮吃光，镇定了下心神，将事情来龙去脉完整地讲了一遍：

"那个时候，我真的是绝望了，那石壁太陡峭了，根本不可能上去。但我想，事在人为，有条件要上，没有条件创造条件也要上。于是我后退几步，闭着眼睛猛地向岩壁冲去！"

我咽了口唾沫，回头看我妻子，她把房门掩上，眼神里满是鼓励。从总统到老百姓，大家都等着我继续说下去。

"等我睁开眼，发现自己垂直站在了岩壁上。我想这一定是有不同寻常的力量，于是我就沿着岩壁走。走啊走，我遇到了第一只蜘蛛，那个蜘蛛有一只鹅那么大，肚皮上刻了一个仁字，它说，要去采真理果可以，但是，你得留下你的头发。我说我的头发自古以来，就是现象体共和国土地上神圣不可分割的一部分，割了就不神圣了，不能给。

最后,我打死了那蜘蛛,顺利过关。"

下面一阵惊呼。

"我继续往上走,遇到了第二只蜘蛛,那个蜘蛛有一只羊那么大,肚皮上刻了一个义字,它说,要去采真理果可以,但是,你得留下你的手臂。我说我的手臂自古以来,就是现象体共和国土地上神圣不可分割的一部分,割了就不神圣了,不能给。最后,我打死了那蜘蛛,顺利过关。"

下面一阵惊呼。

"我继续往上走,遇到了第三只蜘蛛,那个蜘蛛有一只猪那么大,肚皮上刻了一个礼字,它说,要去采真理果可以,但是,你得留下你的腿脚。我说我的腿脚自古以来,就是现象体共和国土地上神圣不可分割的一部分,割了就不神圣了,不能给。最后,我打死了那蜘蛛,顺利过关。"

下面一阵惊呼。但有几个现象体喊,这是吹牛,他们很快被秩序虎的剑齿戳住,总统下令,违章喊话,拖走!

"我继续往上走,终于看到了真理果。它结在一颗头颅上面。那颗头颅非常美丽,我到现在还不能忘记它。我用手指轻轻揉它,它就吐出了这枚真理果。"

下面一阵惊呼,又一阵惊呼,最后成了惊呼的海洋,巨大的声浪传了开去,整个现象世界都似乎在微微颤抖。我回头看我妻子,她正在鼓掌,满脸幸福。

总统当场任命我为现象国哲学研究所名誉研究员,就那种光拿薪水不干活,德高望又重的职位,同时还授予我本真勋章一枚。这可是最高荣誉。那枚勋章金色的,沉甸甸的,五色绶带斑斓夺目。我知道,从现象学角度,我应看轻这没有获得证明的勋章,仅仅凭金色的、沉甸甸的这些属性,不能还原成勋章是一个实体。但我管不了那么多了,反正下面那么多鼓掌的,他们鼓掌的对象是属性,而不是实体。

总统还宣布从今天起,全国放假一个月,所有赤橙黄绿青蓝紫啤外加黑白灰啤,一律免费畅饮。顿时,下面群情激昂,大家齐声呼喝道:

"现象体总统万岁!万岁!!万万岁!!!"

真理与意义　181

"坚持现象主义道路，一百年不动摇！"

"还原是硬道理！"

当晚的狂欢活动是空前绝后的，所有现象体都来到了被抛广场上，庆祝这期盼已久的胜利。无数烟花怒放在夜空，把旁边的诠释山脉照得雪亮。

我透过窗口看着这一切。粒粒珠从后面搂住我腰，我搭住她的手，同时吃着第一百张到第一百五十张蛋皮，心里感觉到了一些踏实。我一直不敢回头看桌子上的头颅，但我想我必须养足勇气回头看，而且我对粒粒珠说了，我要去他者岛一次，完成朵朵松的遗愿。粒粒珠也是好人，支持我去的。说政府已经奖励了我们家整整一万亩现象地，够我们今后永远荣华富贵了。只是，我一定要注意安全，听说他者岛那里强盗横行，傻瓜遍地，不是什么好地方。

我说，其实我应该算是说了实话的。是吗？

她说，亲爱的，他们需要的，是一个好故事。

吃完手中的蛋皮，我想通了，我们的世界里没有矛盾，只要我撒出的故事能处处连续光滑。我鼓起勇气回头，把朵朵松的头颅放进鱼皮囊里，撒了盐，抽紧扎口绳，然后和妻子做爱，我把鱼皮囊垫在她臀部下面，这样可以深插，粒粒珠很兴奋，说朵朵松的脸真他妈的紧，我也很兴奋，最后就松开扎口绳，把精液全射到了鱼皮囊里，粒粒珠也一骨碌起身，深蹲着，紧闭眼睛扭曲面孔，对着里面射出了一蓬透明液体。完事后，我把鱼皮囊重新扎紧，吊卧室窗口上，外面庆祝的烟花还在放，鱼皮囊随风微微晃，我心情好极了，就抱了粒粒珠睡觉，感觉房间里算是有三个人。

第二天中午醒来时，粒粒珠已经用一个七十升的保鲜筒，给我装备了第一百五十一到第一万张蛋皮。信箱里来自括弧镇的经验包裹也到了。一个是我的，一个是粒粒珠的。我把我的那个打开，将那团棉花糖一样的东西用鼻子一吸，啊，一切数据瞬间恢复。然后我打点好行李，背上保鲜筒，接过粒粒珠给我的鱼皮囊，就出发了。粒粒珠真是好妻子，她反复叮嘱我，他者岛险象丛生，如果发现苗头不对，没法上岸，那水葬朵朵松也说得过去的。我当然连声答应，说会尽量把她葬在山冈上。

早上空气清新,诠释山脉顶部白雪皑皑,远处最高的真理峰,依旧银光灿烂。我来到山脚下的火车站,等一天一班的环线火车。我们国家面积不大,人口也不多,整个地区就这么一条铁路线,如果我要去他者岛,就得从这里上车,途经存而不论、语言、整体性、居间、文化间、田野等几个大站,绕过塔木德半岛,最后在此在港下车。那里是个不冻港,每年会有几班开往他者岛的轮船,鉴于开过去的轮船没有一班回来过,去的乘客也一个没有下落,所以那些航班价格都极其昂贵,船票里除了常规费用,还包括了船价、船员寿险理赔等等各项杂费,只有那些有钱的冒险家才玩得起。我信心百倍地回头看看自己的家,它和其他各种颜色的铁皮顶木房子一起,零零落落嵌在山坳里,小小的,一点看不出非常有钱的样子。有知识的有钱人就是不会被人看出。我得意地掂掂脚,附近几只扑瓶鸟很不屑地站山岩上瞪着我看。它们长得怪模怪样,没我好看。

火车到站了,就我一人上去,上去后也没什么人,整个国家都在放假,火车能正点运行已算了不起。我放好行李,就去火车头找司机,向他表示一下节日问候,同时也能得到些对伟大人物的赞美。

火车头里一个人没有。只有一条牧羊犬在辛勤铲煤。它站在煤堆上,背对着炉膛用后腿踹煤块,踹得又稳又准又狠,看来是老手了。见我进来,也不吠,就鼻子耸了几下,低头叼起一瓶黑啤,仰脖大灌一口,地上空啤酒瓶到处都是,还没开过口的,堆在啤酒箱里,在一角码得整整齐齐。

我在牧羊犬那里也拿了瓶白啤,用铲煤的铲子起了盖子,就口灌了半瓶,免费喝啤酒就是爽啊,我向那牧羊犬做了个道别手势,回到自己车厢,一本正经开始思考哲学问题。但什么都思考不进,那鱼皮囊放对面空位子上,随着列车颠簸微微晃动,满囊子高兴的样。

牧羊犬过来了,坐在我对面,把黑乎乎的脚爪来回擦擦干净,说,刚来了电话,总统府打来的,说是您坐了这火车,要我来照顾一下。唉,累啊。听说,你是要到他者岛去?

我点头。对这些少数既不愿意做哲学家也不愿意做妻子,而是去

真理与意义　183

当狗或其他生物的现象体,我的点头通常会充满学术派头,这是行规。

我告诉他,他者岛那里,据说有通往真实界的索引条。

索引条是一种从上到下贯穿我们这个现象层的垂直气流,链结某些个具有相同相对物理地址的地点。分局域索引条和广域索引条。局域索引条都是用来连接处于不同层的现象界。我们的邮局,就全部建在这样的索引条上,它们在半空晃晃悠悠,数据传递有时会出错,出现海市蜃楼景象,甚至会发生气流中断导致邮局下坠的事故,好在信息处理到最后印刷派送全部是自动化的,邮递员只要会看准时机,赶马车从气流下方穿过,就能将邮件全部装满,并全身而退。我们这里也不是没想过要改成地面接收发送,但发现那样信号更不理想,所以现在还是在使用这种半吊子工程。而另外一种广域索引条,只存在于现代理论和上古神话中,少数与天地通的人,比如粒粒珠,他们宣称在他者岛上应该有,但他们自己都从没亲眼见过。

没想到我说的这些,牧羊犬都知道,他说他以前当过哲学家,因为觉得无聊才改行当火车司机,后来觉得还是无聊,就再改行,当了能开火车的狗。

见我一脸惊诧,牧羊犬就高兴起来,欢快得吠了几声后,说要请我喝酒,喝他的最爱黑啤。这时车窗外一片模糊的咒骂声,牧羊犬惊叫一声不好了,过了,急急往火车头奔去。

火车在离语言镇五公里外才成功停下。因为没有倒车装置,乘客只好大包小包扛着,骂骂咧咧地步行了一个小时。这是些自我放逐到反思群岛的犯人,大约有二十来个。在我们现象体共和国,凡是对国家不满的人,都有自我放逐的权利。

他们买的都是硬座票,和我头等软卧差了好几十节车厢。但我还是决定带上我的蛋皮,去他们那里转转,无论如何,这总比跟个鱼皮囊过不去要舒服。

三 本质峰

到底是便宜没好货,硬座车厢的设施是一塌糊涂,不少车厢的车顶和车围都不见了，就剩一底座，和底座上七歪八倒的座椅，不过这方便了上车，大家把行李直接扔上去，再调整行李的摆放位置，和座椅搭配，形成一个个挺安全的安乐窝，他们安顿好这些，就裹着大棉袍子，一个一个跳进安乐窝，我感觉这比软卧车厢要浪漫多了，就来回走了一圈，挑了节最破的车厢，打算在这里呆一晚上。

这节车厢能被我看中，主要在于它不仅没有车顶和车围，连底座上的木板条子都没剩几根，一眼下去，可以把火车轮子、连杆、车架以及下面的铁轨枕木都看个明明白白。由于状况实在恶劣，没多少自我放逐者选择这里，只有三个人例外：一个是瘸子，他用随身带的冲击钻把自己铆在了车架上，他的假肢是根钢管；一个是胖子，他找了个合适位子，把自己卡得很安逸；还有一个是瞎子。

在瞎子第三次掉下去往上爬的时候，火车开动了。我抓住一根断了半截的铁栏杆，把瞎子拉了上来。

"为什么这火车有地下室？太奇怪了。"这是他上来的第一句话。

瘸子从自己安乐窝里扔出两捆绳索，让我给瞎子编个网，找两个突起部位挂上，当睡床用。我从来没玩过编织，但好在他给我的，一捆是意义麻绳，一捆是真理棉绳，这些都是分析哲学家们随身携带的常用品，平时研究语义关系时，我们就用它们辅助思考。绳子一到手，我就先编意义，再编真理，让泡花桐油和葵花籽油的味道逐渐交错，最后这张语言睡床很快就搞好了，我把它挂在车体两端残留的侧墙板上，往里面垫上瞎子的一床大棉被，再把瞎子放进去，这下，瞎子终于安全了。

"冒昧请问，您编了个什么句子？如果可以让鄙人知道的话。"瘸子先发问了。

"安全压倒一切。"瞎子代我回答了。他说他感谢我为他做的一切，但他稍微有些不满意我的编织方法，他评论说，我的技艺可能有点保守，现在流行的高贵编法，是先编真理，再编意义。

"这样，很多句子到底是真，还是假，您就不会再像以前那样，斤斤计较了。当然，我敢用我的人格担保，您一定是一位心灵高尚的绅士，这样的斤斤计较，只不过是您一时不得已而为之。最后，请您允许我介绍一下自己,我叫戴维森,在自我镇历史雕塑院工作,目前状态是自我流放。"瞎子说完,胖子连连摇头,他虽然是自我流放,但并不愿意折磨自己,在他围出的安乐窝里,已经堆满了大量鲜艳好吃的巧克力豆。我看得嘴馋,就跑到车架当中面积较大的点心盘这里坐下,拿出蛋饼吃了起来。

瘸子也不满意了,他单腿固定在那里,双手两边张开表示反对,但敞开式车厢里并没有麻雀可以供他驱赶:

"如果您愿意的话,请允许我首先介绍自己,我居住在生活世界群岛,是那里的棉花糖气垫船管理员,您可以称我为卡茨,或者可爱的卡茨,亲爱的卡茨,令人心疼的卡茨。我也是正处于自我流放状态。我想建议您的是,别听那位先生说的,虽然我非常乐意给予他一切我能给予的,但某种高贵的精神促使我必须说:不,诚然,从某种意义上来说,他的方案是解决了一些老问题,但麻烦的是,这么做却带来了更棘手的新问题。"我回过头,逆光下仰视卡茨,像是仰视一尊曝光不足的贵族老爷铜像。

"请您用您优雅的头脑想一想,他这么一来,'谎言重复一千遍就成了真理'这句话,就为真了。难道不是吗?我亲爱的吃蛋饼的先生。"

我吃完一块蛋饼,决定吃下一块时,里面要裹上彩色的巧克力豆,因为这种吃法我还没尝试过。孵在安乐窝里的胖子很爽快,抓了一大把巧克力豆,往我平摊在双手里的蛋饼上倒,阳光下,色彩流动得如浇上淡奶油的绸匹。他边倒边抱怨说,现在的年轻人,整天为语言问题争论,其实呢,这些问题都是他们自己构造出来的,真正的问题,我们这个现象界到底是不是实在的存在,却越来越找不到了。

"你可以叫我休谟。我们之间可以很随便。"

"你也去自我流放?"我注意到他没有用您,感觉这样说话很轻松。

"嗯,不过,我不是因为政治上有什么独到见解,而是,唉,我发觉我胖了点,需要通过自我流放来减肥。"休谟往嘴里倒了把巧克力豆,又不客气地从我的保鲜筒里拿出一张蛋饼,往自己嘴里塞个满满当当。

瞎子戴维森和瘸子卡茨都不说话了。他们发现他们的真理和意义，抵不过我们的巧克力豆和蛋饼，过了会儿，他们以如果您愿意的话这样的句式，询问能否给他们些尝尝。

"如果你们两个说话别这么您啊您的，我可以给你们一大捧。"休谟嚷嚷。

"我也是。"虽然身为哲学家，但我觉得还是跟着粗人休谟有劲头。

"靠，早说呢，妈的。"

"就是，我还想着你丫是个五讲四美三热爱的大师。"

快入夜的时候，牧羊犬叼了盏马灯过来，劝我回软卧，别和这群人呆一起，再说，火车半夜经过伦理学港湾时，那里有一段山谷缺口，从本质峰上吹下来的风雪，完全有能力将露天车厢里的人卷跑。

"被本质雪卷裹进伦理学的汪洋大海，你想想，你还会有命活吗？那雪那海，都是些不讲理的玩意儿。"牧羊犬这么一劝解，我可以断定他当年放弃的哲学专业方向也是分析哲学。

"那这些自我流放的人怎么办？"马灯叼在牧羊犬脸部下方，所以看过去满脸横的狗肉，当他小心翼翼地走近，哈下来跟我说话时，狗肉就横得更厉害。

"他们跟你不一样。你是总统指定要保护的。他们，他们由得他们去，反对总统，真是没事找事。"牧羊犬声音越说越低，因为瞎子把脸凑过来了，他眼睛失明，被马灯照得异常狰狞。

"我说，我听声音知道你是谁，维特根斯坦，别这样，大家都是同行，别以为做了火车司机狗，就算政府的公务员了。"

"我拿政府发的工资买酒喝，你敢说我还不是公务员？过年过节，政府还发我手套、肥皂、卫生纸、蚊香、人丹和龙虎牌清凉油。政府的恩情比那伦理学港湾里的大海深，我维特根斯坦每二十六年一小变化，每七十八年一中变化，每二百三十四年一大变化，如今亿万年时间流去，我终于变化成一条了不起的火车司机狗！"维特根斯坦说完最后一句话，把脸抬向夜空，夜风忽然把马灯吹灭，淡淡的星光排出他一张崇高圣洁的毛茸茸脸庞。

大家都不响了。月光下的本质峰，在我身体左侧逐渐绵延出奇异的轮廓，它是一座活的山峰，即便我是静止的，它都在不断改变它的形状，据史书记载，它最早曾经变化成一只砂轮虫，后来，又陆续变化成了托盘海绵、阿雅斯古杯、贵州珊瑚、龙介虫、蛇卷螺、类女星介、古神苔藓虫、分喙石燕、刺海林檎、始板颚牙形石、白氏文昌鱼，在最后一天，它现出了人类的轮廓，并继续往不可捉摸的奇异方向变化，根据我们这里的存有大陆未来事件研究所的研究，它这是在向上帝演化，并且演化速度呈现出红移趋势。

远处的山谷里，有几户人家的暗淡灯光在亮着。他们此时在干什么呢？他们会想到有一列火车上有一个哲学家在猜测他们此时在干什么吗？他们会想到他们正在想到这些吗？他们会把头探到窗户前，用和我一样的思路，问我们此时在干什么吗？一转眼，这几户人家就看不见了，我抬起头，看到大熊星座如此耀眼地插在夜空里，让周围群星全都没了气息。

一个女子的歌声，从火车前列渗透过来，入夜了，大家都静静听着：

> 你的声音，你的歌声
> 永远印在我的心中
> 昨天虽已消逝，分别难相逢
> 怎能忘记你的一片深情
> 我的情爱，我的美梦
> 永远留在你的怀中
> 明天就要来临，却难得和你相逢
> 只有风儿送去我的一片深情
> 只有风儿送去我的深情

歌声消失了很久之后，我提议大家一起去找她吧，她一定是位杰出妻子，因为从逻辑上来说，作为妻子角色的现象体会选择自我流放，这是荒谬的。但是，从元逻辑上来说，又得承认：因为它是荒谬的，所以我才相信。

包括火车司机狗维特根斯坦在内，所有人都对我这个提议不反对。只是走的时候，瘸子卡茨遇到了些麻烦，他把自己固定得太紧了，最后，为了不拖累大家，他把他的钢管假肢留在寒风中，瞎子戴维森扶着他一块走，维特根斯坦在最前面带路，我和休谟走在最后面，他背了一麻袋巧克力豆，我捧着我的保鲜筒，同样作为美食辎重队伍，我发觉我和休谟很合得来。

原来唱歌的是位双性人，我们几个不约而同笑了起来。他·她也跟着笑了：

"我是这个现象界唯一的一个雌雄共同体，你们可以叫我赫尔墨芙洛蒂忒。"

我说我很好奇，你是妻子，又是哲学家，冲突那么大，这如何可能呢。

赫尔墨芙洛蒂忒说很多现象体问过这问题，但他·她还是很愿意再回答一遍，毕竟我是找到真理果的英雄。说着，他·她脱去了外面华丽而破烂的大袍，现出巨大的乳房和硕大的阳具，他·她的双手一上一下各自抚摸它们，很快它们都坚挺起来。

这间车厢还不算糟糕，车围还有一半，车顶也不过是漏了个大洞，但我们看来正在逐渐靠近本质峰的那个山谷，雪开始从各个破洞里卷进车厢，风将铁皮刮得乱响。一车厢的现象体都牙关打颤，肌肉发抖，聚精会神地看着赫尔墨芙洛蒂忒自慰，五分钟后，大量的阴液和精液同时喷射出来，足足五六十公斤的液体，混合着浓郁的乳香和前列腺液，呛得那些下风口的现象体全起了咳嗽。

"一旦有冲突，我就这么解决。"赫尔墨芙洛蒂忒苍白干枯的手抓住座位，免得被风吹起。

"也就是说，这不是一个逻辑世界的问题，是一个生活世界的问题。"维特根斯坦一边用舌头擦湿漉漉的脸和脖子，一边打着哆嗦说出自己的想法。

"我们还是请所有在硬座车厢的人都到前面软卧去吧，这也是个生活世界的问题。"看完赫尔墨芙洛蒂忒表演后，我冷得更不行了。

维特根斯坦这回很快同意了，他愿意开放六节软卧，每节四个人。一切都转移得很顺利，二十来个自我流放者，只有一个在转移的途中被暴风雪卷到了茫茫黑夜中：他·她太轻了，而且，当时也没有人去拉。

软卧车厢是温暖的。我们各自把被喷湿的衣服脱掉，换上干净的。

真理与意义

现在，外面那个寒冷的天地和我们一点关系都没有，维特根斯坦去火车头推了一箱黑啤回来，但自我流放者全都把头伸出到走廊，严辞声明他们拒绝饮用，说这样会玷污自我流放的意义，除非是喝彩啤。休谟也边嗑豆边一起伸头。维特根斯坦觉得很没脸面，便把这箱黑啤往我脚边一搁，回自己司机室去了。休谟把软卧门一关，对着我、戴维森和卡茨做了个鬼脸，拿起瓶黑啤，用牙齿起了就灌，并自言自语说，在我看来，喝黑啤和变肥胖之间，要说有什么因果律，那真是见鬼了。

现在车厢里有四个人。挂在衣钩上的鱼皮囊已经不再可怕。我吃下第六百六十六张蛋皮，心满意足地看着窗外，室内灯光很足，外面很黑，什么景色也看不见，只能看到车厢内部的样子，和我的一张脸，它失去了一半颜色，失去了一半亮度，增加了一半透明度。我眨眨眼睛，提醒自己这不过是一个生活世界的问题。

"知道么，把一切还原到生活，还原到约定，还原到本来如此，是我们堕落的原因。"卡茨开口了："没有人再坚持理应如此了，一切是其所是，现象体政府之所以邪恶，不是因为它真的邪恶，而是我们约定它为邪恶，所以我们对政府失去了批判的基础，所以我们选择了自我流放，可是你看，这些自我流放者，有多少人意识到这一点。"

"我承认，自我流放对我来说，仅仅是一个时尚。"休谟诚实地回应。

"选择自我流放，就是一种批评方式，因为这也可以构建为一套真理集，并且我相信它属于真理果。"戴维森目空一切地作出反驳："同理，对于真理还原这样的命题，用悖论去指出其逻辑上的荒谬性做法本身也是荒谬的，对于那个我们想象中的国家来说，他们的人民互相约定的真理集完全认可这个命题，你要研究的，应该是他们的真理集，而不是人工语法下这个命题的逻辑缺陷。"

"那赫尔墨芙洛蒂式呢？他·她既不还原语言到生活，也不氧化生活到语言，作为现象界唯一的一个双性人，他·她和谁去互相约定双性人的真理？他·她又和谁去将手淫符号化为意义？一个集合论意义上的单集，怎么可能在手段上找到两个该集合里的元素？一个独立的完备的妻子哲学家，他·她自我流放的意义，我们这些不完备的哲学家真的能取得和他·她重叠的共识吗？"我的反击针对他们所有人。

"可，可是他·她被吹走了啊。"

"你们回答不了，他·她就只好被吹走。"我冷冷的口气，感觉也是同时在跟我自己说话。随着车厢的摇晃，鱼皮囊在这时松了口子，朵朵松的头颅调皮地滚落出来，掉在卡茨坐着的腿上，把他吓得当场脸色发白，昏死过去。

我连忙收好头颅，发现戴维森和休谟也全吓得昏了过去。

我一个人面对这个装头颅的鱼皮囊。昏暗的车厢日光灯下，我渐渐失去和它面对面的勇气。

呆了十来秒后，我猛地下定决心，使劲打开车窗，一把抓过鱼皮囊，奋力扔了出去。外面漫天风雪。我看见赫尔墨芙洛蒂忒轻飘飘的灰色身影在空中随风打卷，他·她伸手接过鱼皮囊，随后就不见了。夜空浑浊，我看不到大熊星座上任何一颗星星，只有满天的本质，以雪花的形态，落得我心慌意乱。

四　伦理港湾

第二天我醒来时，休谟他们都不在车厢。维特根斯坦穿了件带餐盘的背心，叼着自己喝的黑啤，驮来了早餐，是山羊奶和蜂蜜。他说他们那些流放者，不知怎么回事，又都回原来地方去了，还说你是个有命案的，还是躲远一点为妙。我取出第六百六十七张蛋皮，蘸了热腾腾的山羊奶，再抹上一些椴树蜂蜜，呼哧呼哧送进嘴里。

"这，原来挂着的，鱼皮囊里，真有人头？"维特根斯坦站着不肯走，半个身子躲门外，伸个狗头进来问我。

"也不完全是。确切些说，是我的意向性结构中的一个对象为空的指称，或者说，只是一个空指。"看来维特根斯坦离开哲学行当太久了，这些术语都不大明白，他眼珠子骨碌骨碌转了半天，最后无奈停下，呷了口黑啤，我就进一步跟他解释说，那个人头，只是我想象中的一个人头，并不是实际存在的，也不是需要证明它是不是存在的，而是就是不存在的，仅仅是我用想象力构造出来的一个名词。

"话不能这么说。"维特根斯坦这回听明白了。他来回摇了许多下头,说:"你知道吗,我改行当火车司机狗后,政府也没给我安排就业,这辆火车,也是我用想象力构造出来的,你敢说,它不存在?"

我喝了一大口山羊奶,让淡淡的羊骚气上升进鼻腔,然后说,敢。

话音刚落,我就发现自己跌坐在了铁轨上,一切都静止下来,我也没有被惯性给抛得打滚。后方那群自我流放者,也跟我一样,慌得上下左右找火车。

天很蓝,褐色的山脉,像一个个埋头沉肩的巨人,它们手臂上的三角肌肌束,鼓涨得让人想欢呼雀跃。远处真理峰银光闪闪,好像那里要出什么事情。

"谢谢,你还给我留下了奶和蜜。"我镇静下来,指着餐桌上的山羊奶罐子和蜂蜜瓶子。餐桌不高,也不大,正好落在两条铁轨间的枕木上,铺了白布,跌落时溅出的一滩山羊奶正在洇开。前面铁轨那里,还有一箱箱啤酒,以及不少空瓶子。

"这些都是政府财产,不属于我构造的范围。"维特根斯坦对自己的这套把戏颇是满意,他神气活现摇着尾巴,拱了下背当是鞠躬,温文尔雅地说:"您还需要什么服务吗?"

我说如果可以的话,我还是需要有一辆火车坐。

于是我又一次坐回到车厢里,接着底部浮现出卧床,我整个人被卧床托了起来,卧床下又马上长出底板,整个车厢继续升高,直到外面响起火车轮子滚动时的摩擦声才停止。现在一切又都和原来一模一样,除了餐桌上多出的那滩山羊奶渍。

维特根斯坦走了,说是去后面跟那些自我流放者解释一下,为什么硬座车厢他要想象成那个破样,理由也很简单,他愿意。

我陷入了沉思:如果我们这个现象界的一切对象,都是从属于每个人的想象,那么,当所有人收回他们各自的想象时,我们还剩下什么?是每一个孤零零的现象体,大家都在什么都没有的冥冥里互相大眼瞪小眼吗?或者,要是这个时间和空间,也就是事件之间的次序规范,也是被想象的,包括我们本身也都是被想象的,那么这样是不是就至少存在一个是不能被想象的第一推动力?还是没有这样的上帝,全部是靠我们相互定义,包括相互引用,所以我们不能相互取消?但这么解释不是很野蛮吗，他们人类中的胡塞尔不是就这么野蛮地解释过吗？后来海德格尔索性证明也不证明，直接就这么拿来用了，以至于到了粒粒珠这些现象体手里，掌握了"在……之中"法宝，可以毫无理由地获得任何他们想要的东西？幸好，我要去的他者岛不能被"在…之中"所囊括，那是一个特区，辩证之鹰飞不到那里，那里什么都可以无条件存在，就跟到处是矛盾的真实界一样，所以那里不需要不证自明，也就没法被"在……之中"所囊括了。

这时火车突然剧烈摇晃起来。透过窗子，我看到真理峰上，喷出一团晶莹剔透的网，网的顶部正在向四面匀速扩散，它辐线数量密集，夹角相等，辐线间的横线间距，以等黄金分割比向外排列，来势汹汹，看这情形是要把天给包了。

维特根斯坦从后面车厢奔了回来，神情紧张得要死，我跟着他一起跑到火车头，他窜上煤堆，朝炉门里奋力踹煤。顿时火车发出雄壮的吭哧声，外面风景退后速度加快了。

"这怎么回事？"我手抓窗档，火车在拐弯，透过车窗，我可以看到休谟他们也正蹒跚着一节一节向车头摸来。

"我不知道！跟我没关系！这火车是我的，是我辛辛苦苦想了三天三夜想出来的，我有把它想没有的权利！谁也不能剥夺我的想象权！"维特根斯坦因恐惧而愤怒，因愤怒而有力，煤块被大量踹进去，现在火车的速度，几乎可以算是丧心病狂，所以休谟他们摸到司机室时，个个都已经面如土色。

"不就，不就犯了命案嘛，没事的，你看，外面天网恢恢，你让他使劲开，也逃不掉的。"休谟一边劝降，一边张望空中那网，其他所有人都忽然掉头看我，连瞎子戴维森也这般动作。那张网现在张得很大了，半个天空都是它的了，辐线已经拉到地平线尽头，横线正在一轮轮地加速添加。维特根斯坦停止了踹煤，擦擦头上的大汗，说原来不是抓我啊，我还以为是抓我随便藏火车呢，那就好，随便，随便。

那网把天空全罩了。透过一个个网格，看到的还是蓝天，白云在网格下飘动，像是被捕获的一团团胖鱼。

火车停了，大家都挤在车窗旁，看着那网，在等着什么事情发生。

一个黑点出现在我们的视野中。卡茨眼睛最尖,说那是一只蜘蛛,正吊着一根蛛丝下来呢。很快,我和其他人也看清了,再过一会儿,卡茨又嚷嚷,这蜘蛛肚皮上还有字,是个信字,你把脑袋转颠倒了看,看见没,嗨,跟电台里说的一模一样,老大,这准是来找你的,真的有一头象那么大啊,你不是说杀死了吗,你看,没死啊!

那头象那么大蜘蛛安全垂到地上,吐了个附着盘,将垂丝固定在草原上,然后放下肚皮,转过身子,于是我看到它背上还有四个蜘蛛,一个一个叠上去,牛猪羊鹅四种尺寸,全齐了。

象那么大蜘蛛一个跨步就把身子拉到了近处。所有人都被吓得往后退开,只有瞎子戴维森还站那里嚷嚷,怎么天暗啦,怎么天暗啦,啊?人呢?人呢,卡茨,卡茨呢?可爱的卡茨?亲爱的卡茨?令人心疼的卡茨?你到哪里去了?

象那么大蜘蛛伸出右边的第一步足,用最前端的跗节将戴维森弹到卡茨他们那堆人里。这蜘蛛前后两排八只眼睛围成一个扁扁的圈,一对毒牙不时从牙沟里翻出来,扁平开裂的下腭配合着不停蠕动,我能看见它口腔里的细齿上,布满唾液和牙垢。

牛那么大蜘蛛从象那么大蜘蛛体背处跨过腹柄,在几丁质的背甲上停下,然后匍匐下来,猪那么大蜘蛛、羊那么大蜘蛛也接着这么做了,鹅那么大蜘蛛匍匐了下来后,一个纵身,跳到车窗上,八个步足全搭在窗框上,步足上棘刺、刚毛和细毛密密麻麻,车厢里光线较暗,它八只眼睛当中四只发出了很有食欲的黄色珠光。

鹅那么大蜘蛛停顿了片刻,将右边第一步足伸向我,七节步足最后一节上的跗节已经面向上,两个爪子在下,一个爪子在上,似乎想索要什么东西。

我一把拉过维特根斯坦,低声问他怎么管理自己想象出来的物体。

"这个,这个无师自通啊?"维特根斯坦讨好地向休谟他们望去,休谟吞下一把巧克力豆,发狠咀嚼,指指那些蜘蛛,又指指我,说,"搞了半天,这些蜘蛛原来是你想象出来的?"

事到如今,要否认也难了,我点点头,并迅速盘算后果:他们会推理出我交出的真理果,也是我的想象品,那么我赚到的一万亩现象地就完了，荣誉也没了，这哪里是矛盾，分明就是伪证，到时来抓我的不会是辩证之鹰，准是最可怕的永真歌手。传说中，永真歌手一共就出现过两次，一次是把证明永真歌手不存在的一个哲学家给唱没了，还有一次，是把考证这个证明永真歌手不存在的哲学家乃是根本不存在的哲学家给唱没了，这两个人都犯了极其严重的伪证罪，全部是就地正法。我看我也快了，不过好歹好过被蜘蛛搞成肉汁，至于这个肉汁，是想象的，现象的，还是实象的，我慌得都考虑不下去了。

"想象的，就是假的呗。"瞎子戴维森以勇士的步伐向前摸索着迈出一步，见没动静，又迈出一步，他挺起胸，听到身后卡茨大叫说，你是证明了想象的就是假的，还是断定了想象的就是假的？戴维森犹豫了一下，低头说，虽然我没法证明，但我能够确定。现在你们各位请告诉我，想象出来的景象，是真的，还是假的？

自我流放者全体大喊是假的，真是一群睁着眼睛说瞎话的家伙，只有维特根斯坦算老实，和我一起喊是真的。但我们声音和他们比起来太小了，戴维森没听见，他就很自信地说，现在我确定，你们说的那些蜘蛛，都是假的。他扬起高傲的头颅，张开气派的双臂，然后被鹅那么大蜘蛛的前两对步足捕获，注入毒浆，变成一包软乎乎的囊，瘫倒在地，面目全非。

"要不，你脑子里想想，消失，消失？"维特根斯坦躲到我身后建议道。

消失。我甚至高声喊了出来，但鹅那么大蜘蛛还是再次向我伸出了三个爪子。

卡茨用假肢狠狠跺了几下地板，尖声问维特根斯坦，你不是说私人语言不存在吗，你看看，你看看这种个人咒语，是不是私人语言？它不能和人交流，但它可以和物交流，你那劳什子论断就歇菜吧你。

维特根斯坦在我身后，气喘吁吁，酒气滚滚。忽然他狠搡了我一把，把我送到蜘蛛口前。

我转过头，说维特根斯坦，你丫也太缺德了吧，你这么一来，私人语言就真不存在啦？

维特根斯坦脸涨得通红，说好歹你跟了这蜘蛛去，我们都得救，私人语言就还能不存在。

鹅那么大蜘蛛爬进了司机室，把戴维森充满流汁的人皮抛出窗外，象那么大蜘蛛正好一口叼到，咬破一个口子，一个长吸后，将干瘪的皮囊甩出了好几十米远。

羊那么大蜘蛛、猪那么大蜘蛛都进了司机室，有人想逃回后面的车厢，但牛那么大蜘蛛的半个身子，从第三节车厢那里挤进来，把通道给堵了。

"你，你想干什么？"维特根斯坦惊慌失措起来，突然他醒悟到什么，大叫一声，火车顿时再次消失，大家都露天站在铁轨上。

"快逃啊！"维特根斯坦抓起一把火钳当武器，发足狂奔，显然这火钳是政府财物，我让猪那么大蜘蛛把它要了回来。维特根斯坦的人皮从远处抛回来时，在空中还荡了几下，像是折了一个纸飞机，最后狗皮擦落在草地上，停我脚前，它正面向上，脸比平时大了一倍，上面没有任何表情，都给摊平了。

接下来这里所有人都被我们迅速干掉。象那么大蜘蛛刨了个坑，用卡茨的钢管假肢为轴，把二十来张干皮卷成一个包，放坑里给埋了。它在做这些事情时，我靠在牛那么大蜘蛛的肚皮上，很安静地坐着，边吃蛋饼，望着满天的蛛网，边寻思自己为什么会把意向性中的五个蜘蛛给召唤出来，然后逼迫自己杀人灭口，并且在好长一段时间内，连自己也被蒙在鼓里，对事情真相一无所知？

我又扔了一粒巧克力豆进嘴里，现在休谟这一大袋巧克力豆都是我的了，难道我派遣蜘蛛来杀他们，仅仅是潜意识里，为了得到这一大袋美味的巧克力豆？想到这里我不由笑了，这太幼稚了，我有一万亩现象地，买它上万座巧克力山，统统扔进时间洋做巧克力奶昔都绰绰有余呢。要是休谟他们都不过是我意向性中的对象该多好，那么这一切就不过是白日梦和白日梦的火并了。

但我知道这不可能。我的记忆里，没有关于他们是从我这里构造出来的记录。倒是脑后牛那么大蜘蛛胃外沟上的外雌器，当中又软又臭，四周全部厚角质化，两旁的书肺，从气门喷出一股股热气，我感觉我的性欲在催生中，我用脑袋向后不断刺激它的外雌器中央，直到我的后脑勺都湿了，就转过身子，褪下裤子，将勃起的阴茎狠狠插了进去，牛那么大蜘蛛四对步足紧紧勾住我，我双手撑在它坚硬的胸板上，剧烈上下，看着它的外雌器在我抽出时被带出的内壁粉肉，我想我也许是被赫尔墨芙洛蒂忒给惹起性子了，就招来这些蜘蛛想爽一把，最后，我向后退了两步，对准它的肛丘，进行了一轮冲刺式猛插，在我射精的一刻，它的三对丝疣喷出大量粘液，这些粘液很快发生蛋白质变性，成为蛛丝，弄得我动弹不得，屁股被牢牢缠在了它的尾部。我喜欢这种被紧裹的感觉，看着它硕大的腹部，以及上面那个淫糜的草体书法写就的智，性欲被再一次激发，我想很可能是维特根斯坦让我起了杀心，他把火车弄没了，又弄出来，明显是在暗示我，他知道我在真理峰上面搞什么把戏……

其余四个蜘蛛一个一个爬过来，向我敞开了腹部。我满意地向靠海那一边的山脉看去，这些埋头沉肩的巨人，此时已经将脑袋从地下拔出，它们的头颅粗犷狰狞，山洞般地张着嘴，发出低沉的喘息。也许，它们是蜘蛛们的想象。

在这片自我镇和道说镇之间的草原上，我和五个蜘蛛一共干了三天三夜，我们分泌出来的粘液，汇流成溪，泛着泡沫缓缓流向伦理港湾。到第四天清晨我醒来时，看见它们一个攀着一个，疲惫不堪地沿着原先留下的那根垂丝往回爬。远处，一个灰色身影正渐渐离去，鱼皮囊再一次放在了我的身边。

我起身，把沉甸甸的鱼皮囊装进半空了的保鲜筒，再扛上巧克力袋，沿着铁轨向此在港方向进发。现在，我体内爱情洋溢，无所畏惧，并为自己曾经意志动摇抛弃过朵朵松而羞愧。我决定爱上我想象出来的朵朵松，到了他者岛，不埋葬，而是去寻找传说中的广域索引条。我相信，只要我攀上他者岛的索引条，从那里偷渡到真实界，理论上就能把朵朵松从属我变成属他，或者套用人类的说法，就是起死回生。这样，我和朵朵松就能立地成人，从此结婚生子，过上幸福美满的生活。

前方就要经过塔木德半岛。在半岛毗连内陆的地方，那里据说经常有蒙面海盗出没，他们不但武艺高强，还心狠手辣，被抓获的俘虏，都要被迫做他们编的数理逻辑试卷，要是做不及格，就当场砍死，为此,很多文科类哲学家以及女人还有狗之类的其他生物现象体,都要结伙才敢通行。但我不怕,我是分析哲学家,再说,我还有五个帮手,个个做得一手好人皮。我抬头看天,蜘蛛们的身影小得几乎看不见,但我相信到时候它们会再次从天而降,帮助我杀佛斩魔,无法无天,享尽世间无数蛋饼。

五 塔木德半岛

三天连续步行并吃完所有巧克力豆,以及三千张蛋饼之后,我在沉沉的暮霭中,看着前来抓我的政府军,和来自塔木德半岛的地方武装部队,打了一场空前惨烈的战役。事情经过是这样的:天上出现的蜘蛛网和仁义礼智信五个蜘蛛,泄露了一切。于是,他们就派真理方面军第一坦克师团下面的一支部队来抓我回去,打算严加审问。这些坦克都是搞机器证明用的,整个车辆底盘就是个巨大移动硬盘,所以坦克兵的本行跟我一样,都是分析哲学家,他们几乎个个都是数理逻辑高手,来抓我真是门当户对。但这时,塔木德半岛的海盗也到了,来的是他们的海军陆战队,清一色骆驼兵,人人脸蒙黑纱,露出两只冷静清澈的眼睛,一打眼就明白,都是逻辑语义学专业出身。他们也是来要人,说塔木德大王要我一块去研究一道难题。

双方谈判不成,便乌央乌央在中间开阔地上掩杀开来。起初政府军觉得胜之不武,就全体钻出坦克壳子,拿出剪好的数学演算草稿纸迎风一展,长成一匹匹英俊的初等几何马,然后翻身上去,抡起各种形状的三角形,对着马穆鲁克发起冲锋,要和骆驼兵玩场骑兵仗,但人家马穆鲁克的月牙逻辑刀可以脱手来回飞,每一道光芒闪过,都留下一道锋利无比的逻辑题,初等几何马哪里见过这等阵势,个个摇头摆尾,喷着响鼻,意思是说自己对付不了,掉头撒腿跑,怎么吆喝抽打都没用。就这样,一路上无数坦克兵白白被月牙逻辑刀斩于马下。逃回坦克壳子里的残余人员立即组织了阵地反扑。他们那坦克开出的炮弹都是一串串机器证明多项式,长长短短,最长的竟然有上万项,一时把马穆鲁克都看呆了,眼睁睁地看着炮弹砸进附近的草地,炸开的弹片把自己给切个不成人形了，那另外一头的炮弹还在炮膛里嘟噜噜地往外吐呢。但是勇猛无敌的马穆鲁克还是冲到了坦克群前，他们损失惨重，但毫不畏惧。

接下来就是一场月牙逻辑刀对付证明机器的战斗。一时战场上断刀和破甲乱飞，我很惊异地看着那些坦克被砍得跟土豆一样丑陋，但政府军也不是吃素的，他们的坦克就算被砍成了土豆样子，照样还是乱开乱撞，用沉重的数据履带到处碾杀马穆鲁克，到最后，整个战场的人全部拼了个精光，只有零星几把逻辑刀，在一匹失去主人但还没有倒下的初等几何马头上，失魂落魄地打转……

一夜之后，我骑着这匹初等几何马，见到了塔木德大王。那是一堵集合石墙，集合元素是一千五百年内两千名哲学家用实数写下的所有智慧。现在他正苦恼地倒在地上，辗转反侧，浑身的条石都跟多米诺骨牌一样，随着他的身形，依次做着连续翻动，场景颇是壮观。

我不管他的哲学难题是什么，因为我得感谢他出兵挡住了政府军，顺便也请他好人做到底，帮助我去他者岛。事到如今，要顺利到此在港已不可能，政府军准会卷土重来。好在塔木德半岛离他者岛也不远，要能找到一艘维京船，一不怕苦二不怕死，划拉划拉说不定便能过去。

塔木德大王没有搭理我的感谢，他继续翻动自己的身体，发出轰隆隆的呻吟。每块条石上都写满了希伯来文字，一块块排列开去，我看出来了，二十二个希伯来字母由于本身各自代表了不同的自然数，在它们形成各式排列中增加一些记号后，就成了实数，这些实数是可以无限繁衍的，只要愿意，在没到达极限之前，它们能永远在两个实数之间插入一个实数。如果把这些实数翻译出来，就是字母形成的文字的意义。但作为一堵集合石墙，他却又是精致的，也就是说，他是一个有界的闭区间，其中任意一组实数搭配形成的子序列，哪怕是无限的，最终也都有一个极限点位置可以确定下来，不再移动。

"你是不是向往着，开区间？"我蹲下来问他。

他停止了翻动，静静躺了一会儿，然后手倒立起来，面孔朝下，以一半的墙面倒向我四十五度，在我以为接下来要被压死的时候，他保持着这个危险姿势，说是，开区间，没有紧致性，就没有了极限点约束，就有可能在无限的实数序列里，找到能翻译出JHVH意义的那个实数，否则，两千名哲学家写他身上所有字母，只能算是JHVH的指称，形成的意义也只能算是近似JHVH意义，而不能算是完备的JHVH意义。

"但事实就是如此啊。难道上帝不是仅仅只创造了自然数？"

"不，我要我所不是。"塔木德大王摇头，底部那几十块条石轮流左右摆了一阵，轰隆声令我头晕目眩。

我就这样和一面做势要倒下来的墙互相对视，偶尔我会打个哈欠，或者他掉下一些石屑，但这都不影响我们，赌气一定要赌到底，晚上，他手下掌灯上来，我已经困得快昏过去了，他也墙根发颤，显然这四十五度倾斜也不好受。

"你快承认，我能做到我所不是，我快要倒了。"

我动了动嘴唇，但没力气发出我承认的声音，就一头栽地上，然后听到一阵巨石轰然塌下的声音，第二天醒来发现，第一自己没死，第二，我整个人被塔木德大王给从后面压进了墙，正压在他面孔中央，嵌里面动弹不得。

我愤愤问他，难道这就是你要的开区间吗？

他也不高兴，说我嵌他身上，把好几处条石的经脉都隔断了，很不舒服，催促我快下来。

但事情很棘手，他的手下折腾了很久，终于发现这事情不好办，我整个人不仅是嵌入，而且边缘开始模糊，我们身体的成分正在发生互相交换。要是硬分，很可能出人命和石命。

好在我的保鲜筒当时是挂在初等几何马上，没被一起嵌进去，我让他们把蛋饼递上来喂我，还没咽下去，浑身的石头就上下左右乱动，大叫吐掉吐掉，臭死了脏死了。

塔木德大王不能近任何食物，他从有生命那天起，就只跟语言和逻辑打交道。我抱怨说这样下去我会饿死。塔木德大王却拍胸脯保证说饿不死，他这么多年可不就这么过来了，现在的问题是，怎么分开。

"这下好,你可算是要了你所不是的了。"在一连串努力失败后,我做出了公正评价。

接下来的日子里,政府军集合了更多的部队,向塔木德大王进攻。塔木德大王不吃荤,也不吃素,他做了一些阵地防御后,将主力安全撤退到时间洋上,打海战。那些维京战船都非常了得,划桨速度到了一定份上,就能飞离海面,从空中对敌人进行俯冲攻击,为此船头都绑了不少世界级难题,包括人类的希尔伯特那二十三个问题,以及各式各样的逻辑自指问题。这些问题都又沉又重,砸什么上面,什么就一大坑,如果砸大坑本身上,那么就是更深的一个大坑。政府军兵力虽强,但海军并不强大,空中作战部队,也就一些辩证之鹰,普通的螺旋式前进根本不能规避战船上形式弩枪的密集发射。我本来要助一臂之力,想召唤那些蜘蛛来,但塔木德大王死活不肯,说他是石性,可以和神性、雄性、冷性结合,但不能和兽性、雌性、热性结合,那样的话,他会肮脏死的。

"你这个没人性的洁癖石。"

"嗯,这评价对我们俩都合适,如果意义区间置换的话。"

说这话时,塔木德大王站在最大的指挥舰上,整面墙体正对舰艏前方,以强行俯冲攻击方式,歼灭敌人地面滩头部队。朝舰船迎面打来的机器证明多项式,以及步兵发射出的手工证明多项式,都远远被他压下来的巨大气波给荡开并震得粉碎。但我比较不幸,嵌他面门上,跟他一起从上百米高空忽降到两三米高可不是好玩的,每一次都感觉肠子从后脑勺给甩出去了,等拔高时那些肠子就又全原路缩回,再从肛门喷出,狠狠拍击大地。风也异常凶猛,简直把我眼珠都要吹干吹爆。我人又不能动,呼吸又不畅,只好眼睁睁地发出一声又一声的难听嘶喊,塔木德大王决定这仗先不打了,撤兵回海洋,他说他要被我吵死了。

晚上下起了雨。塔木德大王个子太大,没法进船舱,本来他也无所谓淋雨,但现在没办法了,只好叫手下在我头上搭一简易凉棚。海风很大,凉棚什么也挡不住,这时间洋上的雨水,每一条都又韧又长,一阵风刮来,就像无数根透明龙须面将你浑身缠绕,还好它们都很滑,不会粘身上不走,但湿淋淋咸搭搭的总是不舒服,我提议是不是他就躺下，然后在我身上盖一木头小屋子，里面再生上火炉，盖上厚厚兽皮褥子，最好还有热可可，如果他有女人，就是类似妻子那样的，也给放一个进来陪我。塔木德大王听了，过半晌，才回答，啊，原来你的道德世界那么肮脏的。

还好，他还是变通着满足了我的要求：他躺下，然后让手下给我搭了座小铁皮屋，找了十个水兵全赤膊，五个在屋子里绕圈奔跑散热，五个在我周围练俯卧撑散热，同时在我身上堆了好多树皮，算是帮我取暖御寒，本来这些树皮，都是用来抄写塔木德全集的，至于女人，他用一块冰代替了。我问他从什么地方，可以看出这块冰是个女人，他说要是能看出来，就不能到他身体上来，但是，我作为一名分析哲学家，应该有能力指称这块冰为一个女人。

他的这番话让我陷入了沉思，因为要是他所信仰的JHVH，如果当初也是一次任意的指称安排的话，比如，当时JHVH是指称某一条经常帮助人的狗，但那条狗后来和JHVH之间的指称关系被遗忘了，然而JHVH这个指称却依旧保留下来，并被重新链接到某一种能帮助人的超级无敌万能神上，于是，就养活了一大帮人和石头。

不幸的是，我和塔木德大王的结合似乎越发紧密了，我刚才想的那些，他已经知道了，我也马上知道他知道了，接着他马上知道我知道他知道了，接着自然是我很快知道他马上知道我知道他知道了……最后是我先数据溢出，开始剧烈咳嗽，但腰背又不能动弹，只好朝天咳，眼睁睁看着唾沫星子原路返回。

塔木德大王也很苦恼，说我就是一人做的木马，还那种特别厉害的，侵占了他大量内存，让他没法集中所有精力去想他的那个著名难题。

"不仅这样，你还诋毁我的最爱，我一定要跟你分开过！"

我想做个耸肩摊手动作，但没法做，只好对着屋顶呸一下，垂直升降，又回到我口腔，所以塔木德没出声抱怨。

等到十名水手都累趴下后，塔木德大王又要换一批进来，我说不必了，我也被你感染了，变得不怕冷了，好像潮叽叽的还挺舒服。

一个星期之后，虽然我习惯了潮湿和不能动弹，但还是提出了分手，因为我要去他者岛，去复活我的爱。

"你真要去？去那里可没个回来的。"

我刚要表决心，进来一个水手长，说政府派代表来谈判了。

塔木德大王问我见不见，我说要不是刺客就见。塔木德大王说检查一下性别，男的就见，接着，他就吹嘘开一身石肉横练，什么刺客，就算永真歌手也拿他没办法。

请进来的谈判代表戴着斗篷，黑乎乎看不真切。摘下斗篷，我一看竟然是维特根斯坦，顿时把我吓了个魂飞魄散。塔木德大王刚要嘲笑我，粒粒珠就把外面维特根斯坦的人皮面罩、人皮手套和衣服迅速除去，接着除去紧捆胸前的裾裢和绑腰上的硅胶阴茎，现出包裹在黑色紧身衣里的女性形体。这回轮到塔木德大王了。他直接就抽搐了一下，浑身条石一阵颤动，我感到一阵难过的心悸，接着眼看着他浑身纷纷碎裂，成了一大摊石片石粉，我发现自己手脚能动了，就坐起来，一脸惊疑地看着粒粒珠，浑身都结巴了。

粒粒珠说怪不得前段日子，政府要她用"在……之中"招数将我召回，但老是不成功，今早派直升机来接她时，才被告知原因，原来我是被嵌成这个德性了喏。

塔木德大王还有一丝余息，叹息道，这回你看到了没有，我不能和兽性、雌性、热性在一起。

我难受起来，跪他面孔前，脱去所有衣服，让他看我的裸体，现在我的肌肤上泗了一层石质斑纹，看上去很好看，像是上了一层青白釉。这多少给了他一点安慰。他挣扎着吩咐手下将我务必送到他者岛，至于粒粒珠这刺客，他说放过，因为是我妻子。

"而你，你就是，我的不是。"

塔木德大王说完就死了。

我穿起衣服，一边感受石化皮肤和棉布摩擦时的异样感觉，一边问粒粒珠干嘛要串行当刺客？要救我也不用这么穷凶极恶，你看，把我朋友害死了。

粒粒珠低头走近我，我想我这人就是太会抱怨人了，妻子多贴心，假装是政府派来谈判的，冒着生命危险把我救出来，她又不知道我和塔木德大王有了感情。刚想好，粒粒珠就轻轻用手铐把我和她铐一起，说夫妻那么多年,今天坦白了吧,我是秘密警察。"

我就是反应不过来。

粒粒珠平静地将我带出铁屋,在一片湿漉漉的石片石粉上,我央求水手们替我拿下粒粒珠,但他们不答应,说塔木德大王吩咐过放她走。不过,他们也拒绝了粒粒珠要带我回去的要求,说他们得先把我送到他者岛,之后,他们就不管了。不愧都是些搞数理逻辑的高手,可以不顾老大被人谋害的事实,完全按照条令办事。

我开始默默召唤我的五朵金花,但当真理峰那里闪出第一道银光的时候,我就开始呕吐,不得不停止想象。粒粒珠长吁了口气,亲了我一记,说还好,都在意料之中,你现在有了石性,召唤不了任何雌性啦。

"而且,我也不爱吃任何蛋饼了。"我甩了甩铐一起的手铐,第一次对身边女人产生了说不清的厌恶。

粒粒珠眨了眨突然湿润的眼睛,然后看到船舷边挂着的那个保鲜筒,她飞起一腿将它踢进时间洋,紧身衣勾勒出的美妙腿部,让我一阵恶心。她挥着那把硅胶阴茎样式的小手枪,告诉我作战司令部给她的任务,就是在任何时间和任何地点消灭我。但她看在多年夫妻情分面上,会把我带到他者岛上,完成我的遗愿后再执行军方命令。她说得很冷静很职业,我现在才明白,做个妻子不简单。

"其实每一个妻子,都是我这样的,我们的第一选择是秘密警察,当妻子只不过是掩护身份,你们这些哲学家,平时高谈阔论,人数又这么多,说的那些话,政府又都听不懂,怎么办,只能靠我们。"

"卑鄙!"

"至少我会做家务!"

"那也是卑鄙地做家务!"

我脸上立即被她用力拧了一把,跟往日一样的痛。在那一刻,我忽然明白了一些不属于现象学的道理。我对着那些水手大喊,别相信你们的妻子,她们都是秘密警察!但那些水手都是十足的输入输出设备,只听塔木德大王的话,不会听我的。雨下得更大了,好多雨条来不及滑走,在甲板上盘成一堆堆的,像是一船都是打翻了的透明龙须面。我喜欢这种属水的日子,但粒粒珠却硬要进船舱躲雨。

对于这一点差异，我略有欣慰。

为此，粒粒珠恼羞成怒，一拳把我打昏过去。

六　他者岛

等我恢复意识时，发现自己在他者岛上了。这里一片车水马龙，人声鼎沸，暂时看不到任何危险。在粒粒珠的手枪威逼下，我挖好一个坑洞。粒粒珠这才想起鱼皮囊的下落。我说我装保鲜筒里，先前你不是一脚都踢进时间洋了？粒粒珠想了想，说没事，反正这都是你的想象，丢了就丢了，现在我要枪决你了，你还有什么话要说？

我说你当时明明知道我是在撒谎，为什么身为秘密警察，还帮我一起欺骗政府。

粒粒珠看看他者岛周围形势，我也跟着打量。这里的地貌好像有点眼熟，有一些哲学家我还认识，咸得冒盐的阿妲，浑身油泥的Zen，都在。但看来这些景物和现象体都真实得令人感觉不真实，可能这就是广域索引条在起作用，把真实世界的一些镜像碎片给带到这里来了。粒粒珠对着他们胡乱吐了好几口唾沫，又开了好几枪，确认都是没作用后，才开口说，就是因为两面都帮，所以才稳赚一万亩现象地。

"一声枪响，我就是整个现象界最富的现象体了！"粒粒珠开始打量我的脑袋，一脸奸笑，寻思着哪里一枪下去最有效率。我绝望得凝望远方，抖动的大气中，我依稀看到一条垂直气流。我相信那些再也不回来的现象体。一定都是朝那里奔去的。我等着她开枪，但那只从天而降的保鲜筒砸了她拿枪的手。我把沉甸甸的鱼皮囊背在肩上，对痛得龇牙咧嘴捂手乱跳的粒粒珠说，赫尔墨芙洛蒂忒是双性人，他·她可以对来自石性的任何呼唤都有响应。好了，手枪我没收，我们现在火线离婚，我要去爬索引条，就此别过。

粒粒珠哭了，说我怎么可以这样对待自己的妻子。她捡起那枪，对着自己身体连开三枪，硅胶阴茎头部冒出三下火光，滑稽得连我都没法惊叫，不过我也不必惊叫了，因为都是空枪，周围那些假装扮演跟我们屁关系也没有的真实世界影像的现象体，这时候也鲜活起来，蹦蹦跳跳地跑过来,一身盐花的阿妲冲最前面,带领众哲学家齐声指责我缺乏作为一个丈夫无条件为妻子献身的精神。

我木了,半晌才反应过来,说,可她是秘密警察,要害我呀。

要害你还把你带回家?直接让你死在他者岛上好了。粒粒珠一扬手,这些人七手八脚把数字布景材料全部扯下,没一会儿,我就看到了诠释山脉顶部的皑皑白雪。得,又一次"在……之中",直接把我从塔木德半岛给带了回来。Zen,这个脸上还带着粒粒珠口水的哲学家凑上来说,秘密警察又怎么了,她要不是秘密警察,会知道塔木德的秘密?会让政府放过你?

粒粒珠见我还一脸迷惑,便拿出了那枚真理果。说虽然在某个历史阶段,它被当做是假的,但她已经联合五十名最有影响力的哲学家说服了政府:在一个真实性还没有被证明的现象界,真假只具备信念真,不具备事实真。所以,只要所有人都相信这是真的真理果,那么它就将必然是真的真理果。

"这么推理是不对的。"我立即反驳:"因为这将直接导致,我们的信念真永远无法接驳到事实真相,这就意味着我们永远无法通过真理果来进入真实界,去认识现实中的人和事。"

这时粒粒珠拿出地契给我看,我看见一万亩现象地,统统都被瓜分走了。

"我把这些土地都分了,只要愿意相信这枚果子是真的,就可以分到。"粒粒珠说现在整个现象界,除了我,人人都相信了,总统也不例外,后来他还鼓励大家去相信,因为只有全都相信了,信念真才能普遍成立。

"我为了你,把好不容易赚来的全花了,你要赔我!"

我不理会粒粒珠撒娇,一把抓住那个一脸口水的Zen问话。

"但你们内心知道,这个是假的,是不是?"

"真假判断需要的不是内心。是言说。"Zen认认真真地回答。

我惊讶地回头看妻子,她笑靥如花。我突然领悟到:从现在起,已经没有现象界了。

我们是真实世界的地球人。

后记：一个对话的节选

Zen: 其实还有一个人会坚定地赞同想象出来的景象是真的——奥斯汀。

还有，后期的维特根斯坦实际上是反经验主义的，当他确立语法命题为语言最终的界限，并且做出"门轴"的比喻时，他其实是取消了所予的基础性。生活形式与语言游戏是互相塑造的。因此，维特根斯坦——如果这里的现象体是四十年代后的维特根斯坦——那么，他应该白休谟一眼。或者暴力一些，把休谟头上脚下倒置起来——根据后维特根斯坦的看法也许可以得出，不是经验给了认知以基础，而是认知赋予了经验以结构(给经验以结构某种程度上是同义反复，因为经验就是有结构的概念网络)。

文中指出的无法还原的本体，确实是个很棘手的问题。很久以来我就在想，也许常识性思索这个问题的方向就是错的，不是单数形式的主体如何发展成复数形式，而是复数形式的主体如何分割勾连成个体，可我还没想清楚的是，创造性如何纳入这种说明模式。

七格： 你这么说又回到海德格尔那路子上了。

这个事情和网络结构之间没法互相拓扑。我们先有个人电脑，然后有了互联网，而不是先有了互联网，然后发现有一个一个电脑，当然，我们可以想象我们是忽然掉进互联网世界，但那样是叶闯老师爱用的办法，我还是喜欢用发生学来参与解释这些。

所以才要区分出确定真和证明真，就是说，我没法证明你 Zen 是真的，但我能确定你 Zen 是真的。

有给确定真加以证明真的强要求，比如我一直就要求那些确定上帝存在的人给出证明来，但上帝的真值属于确定类，不属于证明类。

因此，说上帝是万能的所以他能制造自己搬不动的石头，这属于证明类，不属于确定类，所以它产生的悖论是它自己范畴误置，和上帝的真没有关系。

如果有人说，万能包括了确定真和证明真，那么这个说法本身仍旧是属于证明类，因此在逻辑上不能构成无限追溯。

这样我是不是就保有了上帝的存在为真？当我给予真以内涵，而不是塔斯基那种纯外延的做法？

所以，我原来小说里的那个指责谎言重复一百遍就成真理，现在我觉得这指责不成立，因为这属于确定真的成立，并不需要证明真也成立。如果两样同时作为判断条件塞下去，当然就是卡茨有道理了。

所以戴维森的东西，的确是有点意思了，在我给予真以内涵算子的时候。

这个事情好像有点等不及了，我不会等你和朱岳了，我要自己继续写下去，问题本身的有趣性超过了问题彼此间的缝补和等待的乐趣。

Zen: 你所说的确定类和证明类，让我想到维特根斯坦的《论确实性》。也许在宗教的语言游戏中，竞争的概念图式之间，当然不能用其中某个概念图式所设立的标准来评判，况且"谎言重复百遍就是真理"为代表的概念图式明确反对以"真"为最高标准。不过，我们可以像罗蒂说的，把它们放在历史中，感同身受更愿意选哪一个。毕竟，"谎言重复百遍就是真理"的概念图式太容易通往奴役与残酷。

实际上，戴维森列出的"善意原则"、"整体论原则"与"人之合理性"，正是为了在真理与意义的理解理论中排除内涵主义。有了这三个原则，更形象地，用戴维森的作为理解条件的世界——说话者——理解者的三角形，新大陆语言解释者就能像理解母语一般理解新大陆语言，而不需要涉及内涵。我很怀疑，外延主义者在这些问题上犯了行为主义者同样的罗伯斯庇尔式的错误。

关于人之合理性，戴维森罗列出共享对"世界"的反应、共享同一个"世界"两个主要条目，当然他指出这里的世界是打引号的，因为他反对形而上学意义的实在世界。但是我的疑惑正在于此，如果没有一个在先的作为前提的形而上学世界，何必还要共享同一个"世界"，即使作为假说，共同的世界也可以是理解的结果而非条件，这样做，"共享对'世界'的反应"就要去掉定语。去掉定语的这个条件——"共享反应"——可以满意地保留，因为这是我们把身体外的某物当作一个谈话对象的合理前提假设。

"世界"很复杂，并不仅有"那是一只兔子"、gavagai 之类，"世界"

之是世界,是因为它包含了推理关联,也就是相互说明。因此,"世界"与"世界"的不同不是翻译问题,甚至都不是语言问题,同样的语言可以构造出不同的"世界",只因为包含的相互说明关系不同。何况,作为系统的"世界"与生俱来的形而上学特征,它所包括的元素并非都是感知性的。

我花了很多时间在想概念图式的问题,这是我目前所能攀爬到的高度。我不敢保证过一段时间是否会推翻这些说法。

(选自《山花》,2007年第6期)

点评者:刘勇

《真理与意义》是一篇奇异的作品,凭借对现代哲学的深入理解,七格以文学的方式构筑起一个充满理论符号的语境,并将人物丢入其中,讲述了一场匪夷所思的冒险故事。正如小说中的"我"被嵌入塔木德大王的面孔之中并且相互渗透,《真理与意义》里的哲学与文学也达到了密不可分的程度,无论是主题的陡峻还是文字的乖戾,都因这场结合而呈现出卓尔不群的质地。这种跨界写作本身就意味着难度,是对小说极限的别一种挑战,而七格在作品中体现出的能力,使这篇小说成为近年来中国先锋小说的重要收获之一。

在构筑异境的方法上,小说首先将世界化为"真实界"和"现象界"两个截然不同的层面,紧接着在现象界内建立起一个完整的地理空间,包含山峰、平原、海湾等复杂的地形,同时将哲学术语与它们的自然属性直接拼合,于是出现了"真理峰"、"意向性平原"、"伦理学港湾"等奇特的命名,让这些地点同时具有了抽象和具象两种意味。而小说中诸如"辩证之鹰"、"秩序虎"、"真理棉绳"之类,其造物法也如出一辙,存物之形而依哲学定义行动。以这种直接而有效的方式,作者虚构出一个以哲学为秩序的自足的世界体系,似曾相识却又与读者的现实经验相异。在此基础上,不同时代的多位哲学家也出现在小说中,依据其各自主张被塑以不同的秉性，成为乘坐同一列火车的旅伴，其中最有趣者莫过于维特根斯坦，他化身为牧羊犬操纵的火车竟然是用自己的想象力构造出来的，既有哲学背景又别开生面。另一个人物塔木德大王的形象则反其道而为之，他脱胎于犹太教典籍《塔木德》，在此象征"一千五百年内两千名哲学家用实数写下来的所有智慧"，有人之名而无人之形，代以一堵因不断思考而不断变换石块组合方式的石墙，蔚为奇观。

谈及人物，核心者自然是"我"，小说所讲述的，正是这个普通的"现象体"从"现象界"奔向"真实界"过程中的种种经历，一路遭遇不断、险象环生，从故事类型看，与传统小说中的奇遇记并无太大区别，但因发生的场域旷世罕有，则显得愈加离奇。不过，"我"并不是一个辛巴达式的传奇英雄，而是兼具善恶两面，无论对真理的终极追求，抑或赤裸裸的欲望，都表现为纯粹的理性，即便在"我"与五个蜘蛛性交这样蔚为壮观的场面里，肉欲的快感铺天盖地却依然是冰冷的。每一次奇遇，都使"我"对世界本质的自我思辨不断加深，最终发现了想象的价值，从这样的情节走向里不难读出成长小说的影子，只不过此处成长的不是人格而是知识。正因为借用了广为熟知的小说叙述结构，《真理与意义》虽然貌似被哲学占领，却依然保持了足够的文学趣味，好看，并且好读。

《真理与意义》兼有的哲学与文学的气质，使对它的阅读同样也具有开放的性质，不同的读者可以各取所需。对熟悉现代哲学的读者来说，进入《真理与意义》不啻为一次理论旅行；而对普通读者来说，小说虽然怪诞，但其语境自成一体，只要适应"现象界"的规则，便可随作者在这个封闭的空间里进行一次天花乱坠的冒险，享受思维的乐趣。

末　日

韩少功

昆佬回村以后吞吞吐吐，把地震一事轻描淡写，倒让乡亲们更慌了。事情很明显，肯定是凶多吉少，肯定是上面怕下面乱，不让他回来说实情，只说地震是可能，是或许，是万一，是那个那个……这话谁信呢？政府曾经说往后吃饭不要钱，不也是捏住鼻子哄眼睛？何况山那边瞎眼四婆婆早就放下话来，这次是龙王发怒地龟翻身，老天爷不收走十万人命不会歇手。

"你们硬不相信我，那我也没办法。"昆佬是生产队长。

"什么叫没办法？你的意思，这次只能硬挺着等死？"

"我没这样说，是你们这样说的。你们这个说会震，那个也说会震，反正把我说的只当放屁。那好，你们硬是想震那就震吧。"

看看，总算逼出了一句实话。

乡亲们倒抽一口冷气，发现大限果然逼近目前。十几天前一些口音和着装都比较陌生的人来到村里，又是观测井里的水位和水质，又拿着收音机到处寻找怪音，还在地头支起了三角架，用奇怪金属盒子把前山后山瞄了个遍，每个人都忙碌匆匆。那会有什么好事？他们还四处寻访，听说这一家的鸡婆上了树，那一家的老牛不回棚，还有一家坟地上突然冒出乌丝蛇几十条，立刻脸色发白额头冒汗，做笔录的手都哆嗦不已——到最后，干部们终于去开紧急会议，开了一个又一个。他们肯定不是闲着没事去烤炭火吧？

有的说五天之内一定震，有的说今天晚饭后就要开始。不管怎说，反正大家都明白了"震"是怎么回事。不就是天崩地裂吗？不就是一个个村子突然夷为平地，大树突然塌陷成地面一个树梢尖，苞谷地棉花地都突然翻滚和跳跃……有一个河北来的药贩子，描述过多年前那里的地震情景，说得某位大嫂当场身软如泥口吐白沫。

各生产队的民兵已组织起来，日夜值班，守住电话，严密监视地情和水情，一旦发现地震迹象就要鸣锣报警。另一条指示也开始落实：假如远方有亲戚朋友的，可以把老人小孩送去寄养，以免他们到时候不便疏散，成为抗震救灾的拖累。这更证实了灾难的紧迫性，也使瞎眼四婆婆更受到关注。照她的说法，命就是命，能跑得脱么？就是跑到九洲外国，该寅时死的不会卯时死，该竖着死的不会横着死。你就是把自己塞到坛子里埋在床脚下，阎王爷也会看见你躲在哪里。

很多人都相信四婆婆，相信她嘴边上一跳一跳的大黑痣，于是送走亲人的并不多。就算真要送走，一想到生离可能是死别，想到将来的少年丧母或老来丧子，当事人又撕肝裂胆哭作一团，喊出我的肝呵我的肺呵一类词语，喊得旁人的心里也空了，轻了，碎了。要不是昆佬瞪着一对牛眼珠前来发威，有的人家还差点提前举丧：扎的扎冥屋，剪的剪纸钱，手忙脚乱赶打棺材，搞得乌烟瘴气，实在很不像话。喂喂，不是还没震吗？不是还光天化日天下太平吗？革命群众抗大灾的勇气到哪里去了？与天奋斗与地奋斗就是这个白菜样？

"抢先进是吧？搞竞赛是吧？"昆佬觉得自己很没面子，"平时要你们担牛粪抬石头，怎么一个个都往后缩？"

有个老人说："汉昆，是你说的，说要准备准备呵。"

"我要你准备棺材了吗？我是要你们多打担把米，到时候万一桥垮了，就没法去四方坪打米了。"

"我那个王八崽子不孝，你是晓得的。要是我伸脚了，他肯定舍不得打樟木棺材。这事只能靠我自己。"

"屁话。要是小震，根本用不着棺材。要是大震，再好的棺材也没用。吭当一声，大家都呵嗨嘿，哪个来给你盖板子？哪个来抬你上山？"

这话也在理。

另一个老汉说："队长，我不是怕死，只是怕半死不活。你们硬要震就一次把我搞死火,莫害得我缺胳膊少腿好不?"

昆佬更火了,"你血口喷人!吃人饭放牛屁呵?什么我要震?我什么时候要震?"

"那……是公社曹书记要震?"

"关公社什么事?"

"原来是县政府要震呵?"

"县上的人骨头发痒了?"

"那……这地震总得有个来由吧?"

昆佬不是四婆婆也不是地震局,说不清复杂的来由,只好拣一条顺耳的说:"是美帝国主义要震!美国,你懂不懂?就是在朝鲜和越南丢炸弹的坏家伙。他们觉得炸弹不过瘾了,晓得我们也有原子弹了,就发明地震。明白了吧?"

大家哦了一声,表示恍然大悟。

昆佬觉得他们在美国面前太不经事,差点一脚端了棺材,但眼下面对着老辈,又考虑到大家说不定见一面就少一面,说一句就少一句,还是留一线人情为好,就气呼呼地走了。

事情得接着往下说。

因为没有听到队长吹出工哨,全队劳动力这一天不明不白地放假。牛也跟着放假,发出此起彼伏的哞哞叫声,不知是觉得幸福还是感到诧异。孙家后生在灶边多瞌睡了半个时辰,直睡到被牛叫醒,揉揉眼睛,抹一把涎水,伸了个大懒腰,在村前村后转一圈,发现没有人叫他去担粪,也没有人责怪他出工走得慢,更没有人嘲笑他挑担时的水蛇腰和蛤蟆步。这一想,地震还是不错,同过端午节和中秋节差不多。

他迎面看见老万的一张苦脸,更觉得地震深得民心。老万会养蜂,会采药,会打猎,加上几个儿子门高树大,是村里有名的殷实户,前不久刚建起一栋丈八高的砖房,远近第一大厦,当时贺喜的鞭炮炸翻了天,接客的酒席摆了好几桌,但老万没给泽彪下帖子——不就是狗眼看人低吗?他孙泽彪是近邻,七尺男儿戳在这里,孙中山的孙,毛泽东的泽,林彪的彪,说到哪里都是这三个大字,居然没接到帖子,奇耻大辱也。没想到老天终于开眼,有钱的老万一样跟着挨震,狗眼看人低的老万已被阎王爷盯上了,而且房子越高大肯定垮塌得越惨重,哗啦啦咣当当咚隆隆得儿哩个呛。想到这里,他在危楼前心潮起伏,多说了几句话。

他给地震局派来的勘察队扶过几天标杆,算得上半个地震内行。"肯定要震!怎么能不震呢?"他瞪大眼睛,"廖技术员说了,这次不是七级就是八级,到时候你还站得稳?还跑得动?娘哎,爬都没处爬呵。老天爷筛几轮再簸几轮,说不定搬来一座山擂你几下。你这个房子不就是个老鼠砣?"——他是指诱砸老鼠的那种石块,"肯定的,一砣一个肉饼子。"

老万已急得团团转:"早知今日,盖什么死尸屋呵?可惜我那百多根好杉木,可惜我那一窑好烟砖……"

"打地基,你肩膀都挑肿了。"泽彪帮助对方记忆。

"岂止是挑肿了肩,我草鞋都磨穿几十双呵……"老万揪出一把鼻涕,蹲下去,哀哀地哭起来。

泽彪叹了口气,对危楼左右看看,"算了算了,你加柱子也没用,加斜撑也没用,还不如去剁两斤肉,要死也做个饱死鬼。"

很多人都来劝老万止哭,劝着劝着自己也黯然神伤,大概是想到自家房屋。只有泽彪心花怒放,反正他的两间茅屋用不着伤心,也没有婆娘孩子值得操心,因此不管走到哪里都大声说地震,无非还是什么筛几轮再簸几轮,还有老鼠砣一类。说得兴起,又信口胡编一些消息:哪一家的竹扫帚开了花,居然有茉莉香味哩。还有某一家挖出的萝卜完全是人脸,居然有眼睛,有鼻子,有嘴巴,就像前两年死的那个张家老二。想想看吧,这不都是天下大变的异兆么?这些异兆不早不晚偏偏这时候出现,不正说明好日子已经到头了吗?哎哎,老桃叔,老桃婶,你们多保重呵。金山哥,卫老伯,我们可能得来世相见了。明年的今日,唉唉唉,天晓得是谁的坟前有香火呵?……不知什么时候,他很悲痛地从金山哥那里揪来一顶棉帽,在自己头上戴得顺理成章。他又在果园里悲痛地揪下几个柑子,嚼得自己理直气壮。因为更进一步悲痛,他还差点信心十足拉扯人家的热乎裤带——当时他见秀姑娘洗菜,剥了个柑子硬要喂给她,顺手在对方腰上掐了两把,差点把对方挤到水塘里去了。

"臭痞子!"秀姑娘满脸涨红,跳出丈多远整顿衣装,头发也散了一半。

"你叫什么?"泽彪压低声音,"这里又没人看见。"

"你怎么没皮没脸?"

"要地震了,大家都要永垂不朽了,你如何还放不开?"他眨眨眼,"好姐姐,你我这辈子真是亏大了,一点娱乐都没有。"

"去死吧你!"对方把一团干牛屎砸在他脸上,哭哭啼啼地跑了。

"喂——"泽彪急得大叫,"你听我说,听我说说。你再不听就没机会啦。我有一个日本的铜盒子早就想要送给你……"

大概是秀姑娘去告了状,昆佬怒气冲冲挡在村口,泽彪还隔老远就感到自己全身汗毛倒竖,一根根被烤灼得弯曲和枯萎。"彪拐子你脱了裤子看看,看你胯里是人卵子还是狗卵子,是狗卵子还是鸡卵子!"队长发现他转身逃跑,"你回来!回来!你这畜牲连自己的姑都敢骚,害得人家要吊颈要吃窜塘的,没王法呵?"

彪拐子装作没听见,朝着路边人家大喊:"一组的劳动力赶快去挑塘泥,大灾之年要大干——"

"震一百次,你也休想趁火打劫!"

"第二组的劳动力赶快去加固渡槽,人在阵地在,怕死不革命,关键时刻看行动——"

"你装蒜也没用,老子要开你的斗争会,罚你的谷!"

彪拐子没法继续代理干部布署生产,只得回头一咬牙,做出一个下流手势:"你罚,只管去罚。你咬老子的卵呵?你老人家命大,八字硬,大水淹不死,房子压不死,泥巴埋不死,到时候全队的谷都是你的,还用得着你罚么?我家里的坛子、柜子、房子都是你的了,你满意吧?只是到时候你老人家一定要万寿无疆呵!"

队长算是听明白了。眼下莫说是罚谷,就是坐班房挨枪子也不足以威慑对方。他彪拐子居然敢还嘴,居然敢高声大气还以脸色,不都仗着地震的势?不就是身后有美帝国主义在撑腰?队长气急败坏,脚一跤,捡起泥块就砸,砸得彪拐子闪入油菜地。"你回来,看我老子不揪下你的阉鸡脑壳喂狗——"

泽彪一口气跑过山坡,回头看看,确认没有人影尾随,才吐匀一口气,活动了一下手脚,从一片薄薄的影子变回一个有体积的整人,从一堆四分五裂的动作变回一个团结的肉身。这一天很冷,阴霾沉沉,下了一阵雨,敲落一些熠熠发光的叶片,搅得人心确实灰暗和冷寂。他没兴致再去巡视,只在寒风中独自悲愤了片刻。他孙中山的孙,毛泽东的泽,林彪的彪,发现眼下很多人居然仍对地震缺乏理解,只好在窑棚里睡了片刻,最后撕了墙上两条旧标语,冲着抽水机拉了一泡屎,算是对队长的狠狠报复——他知道那铁家伙是队长所爱。

天色渐晚,他还不敢回村,笼着袖子来到了大队供销点。那里的小老板叫小奇,是他的初中同学。

"一瓶酒,一斤饼干!"他把一张皱巴巴的票子拍在柜台。

老同学很高兴,"我正要找你哩。你上次赊了我的砂糖和纸烟,都欠下几个月了。"

泽彪又在棉袄里摸索一阵,再拍出一叠小票。

"发财了?"老同学觉得太阳从西边冒出来了。

"阎王爷不认得这些钱,留着也没用。我还有一个日本军官的铜盒子,值好多钱的,我明天拿来送给你。"

"你以为真会地震?不至于吧?"

"不说这事。来来来,喝酒喝酒,彪哥我今天高兴,我今天请客,请客请客请客……"他一口气把请客高声强调十几遍,差点把舌头扭成结。

他咬开酒瓶盖,找来两只搪瓷杯,在小桌边一屁股坐下。但小奇眼下没功夫陪酒,只是一个劲忙着应付顾客。今天的生意太火爆了,大概是生死关头乡亲们都不想省钱,已经把供销点里的砂糖、糕点、面条、粉丝、海带、咸鱼、干椒、白酒、陈醋、酱油、萝卜干等等一扫而光,连饼干渣也没给泽彪留下。要不是小奇打点埋伏,酒也不会有了。特别是第三队的国安爹,平日里从不进店门,一分钱恨不得掰成两半花,今天却狠狠地花天酒地,说什么也要喝它一斤酱油,嚼它三碗砂糖。

他出手豪阔又长吁短叹，猖狂享受又骂天骂地，一碗砂糖咽得自己翻白眼几乎要呕吐，还舍不下一只空碗，用蘸着口水的指头去清底。"白砂糖就这一个味道呵？"他流着泪说，"怎么吃到最后是个肥皂味？"

小奇本不在意地震，以为坐牛车和坐拖拉机也是震，震一震不是正好睡觉么？何况压库的霉面条和臭海带都成了抢手货，不能不说是件好事。但扛不住国安爹的泪，他最终也有点慌。"彪哥，彪哥，你说这地震不会真来吧？"

他知道对方为勘察队扶过标杆，知道更多的情况，"你别光顾着喝酒。你说说，廖技术员到底是怎么说的？未必我们这个地方真会震？未必说塌就会塌下去了？没这号事吧？"

彪哥已经喝得红了眼圈，脸上拉扯出一丝怪笑，"放心，你不会死的。顶多也就是断条胳膊少条腿。"

"你怎么知道？"

"八字。你不懂八字么？不懂得看相么？"

小奇对着镜子把自己看了看，没看出什么道道。"那你说，我老爹和老娘的面相怎么样？能不能过得了这一劫？他们信了几十年的菩萨，连鸡都没有杀过的。"

彪哥不接话，咕咚一声又喝下大口酒。"太好了！"抹了一把脸又说："太好了太好了！"

"你什么意思？"

"地震就是太好了！不震他一家伙，这老天爷也太不讲道理了！"彪哥两眼闪亮，"你想呵，把猪脑子拍拍拍打，仔细往下想呵。四海翻腾云水怒，五洲震荡风雷激。我们什么时候碰到过这样的好机会？信用社和百货公司的楼肯定要震掉吧？到时候我们去那里，想穿皮鞋就穿皮鞋，想戴手表就戴手表，想擦香肥皂就擦香肥皂，城里人享的福我们都能享！还有满地票子随便捡。要上茅房了就扯两张票子——不，票子太滑了，还是毛巾舒服——扯两条新毛巾擦屁股。"

小奇吓了一跳，似乎不相信这种美好时光。

"第二就要震掉林业派出所。看他娘的还威风什么！上次老子不过是剁了几根树，就被他们上铐子，套索子，插牌子，说我是反革命，也太歹毒了吧？"

"震了派出所也好。"小奇也不喜欢警察，因为他姐夫就是警察，平时最看不起他的诗歌创作，说他今后顶多只能给人代写书信。

"第三要震掉汉昆那个老鳖。"

"你是说你们队长？"

"队长？狗屁队长？到西山公社黄土大队板子生产队去吹哨子吧！我是不会给他送葬的，不会给他吊香的。以后每次走他坟前过，还要屙他一泡尿。他家雪娥当了寡妇，到处找不到男人，说不定还得哭哭啼啼地来求我。到时候我收不收寡妇，还得考虑考虑。"

"你还没喝多少，怎么就在裤裆里说话？"

彪哥不容老同学夺走酒杯，红红眼睛一瞪，"你嫉妒我是吧？你也打了雪娥的主意？"

"我们好歹是老同学，我怎么会嫉妒你？你就是收二房三房也不关我的事。"

"那是，我也不会亏待你。"彪哥想了想，"这样吧，一夫一妻的政策还是要的，所以竹梅、二娥、翠玉就不留了，留着也不好配。只有秀姑娘留下，派给你。她的水桶腰太粗了，脸模子还不错。"

小奇大笑，"你怎么就知道秀姑娘不死？说不定女人都震死了，老母猪也没给我们留下一头。"

"这怎么可能？"

"怎么就不可能？你以为你是阎王爷他爹？"

两人争辩了好一阵，没什么结果。这时天色更暗，寒气更重，北风吹得糊窗子的破塑料布叭叭响，吹得油灯也晃个不停。小奇见顾客散尽，掩了店门，找出半锅冷饭和一碗咸鱼，在炭火上热一热，将就着充饥和下酒。泽彪捏了捏拳头，捶了捶桌子，借着酒力来了个缩腹挺胸，引颈拔背，朝窗外严正地盯上两眼，继续自己严正的想象，一步步完善震后的生活蓝图。他甚至到屋后的山坡上登高远望，看自己将来的新楼房该落座在哪个方位。

一切都计议停当。比方说，既然说到母猪，既然说到猪，就得考虑吃肉的问题。他和小奇不能光有女人吧？好日子里总得吃吃肉吧？

但他们不会杀猪，那么屠夫不能死，大路边的屠房也得留下。当然，屠夫不能杀空气，那么还得留下几个养猪人，王家的，李家的，似乎可以考虑考虑，队上的猪场也不能震掉。当然的当然，猪也不能吃空气，还得吃粮食，还需要人们种田，那么除了王家的和李家的，孙家的和莫家的是不是得多留几个？到时候插秧和打禾总得有些人手吧？莫非像泽彪这样的领导干部还要亲自去挑谷？这是一个问题，嗯，一个大问题……小奇你也说说看法么，事情一想远了还是蛮复杂哩。

彪哥像一个最高法官，终于掌握了生杀大权，正召开一闭门会议，在一大片死囚面前决定着赦免对象。他们提前进入了震后百废待兴的世界，进入了重建家园的艰难，对人才的选用和教育尤费心思，争议着哪一个该死，哪一个该活，哪一个该死但可以稍缓，哪一个该活但得给点教训。比方刚才那大吃砂糖的国安爹就让他们为难。这人么，最小气，铁公鸡一个，只要有机会就不用自己的锄头而用别人的，不穿自己的套鞋而换别人的，穿了别人的套鞋还专往尖石上踩，往泥水里蹚，是可忍孰不可忍，照说该死得翘翘的。但考虑到他是个篾匠，有一技之长和可用之处，就不能不网开一面了。他们最后的决议是，让国安爹震个半残吧，留他一双手，好编个筲箕或箩筐。

他们已接近完美的方案。就是说，杀猪的，喂猪的，种粮的，还有编筲箕和箩筐的都安排到位，他们和他们的女人可以高枕无忧地大享其福了，还可以想当队长就当队长，想当大队长就当大队长。小奇伟大的诗集出版就更不在话下。拟任大队长孙泽彪已经提前批出了五百块钱，助他去北京拜会诗坛老师，让他激动不已。

不过小奇没全醉，虽然傻傻地大笑，但眨眨眼又想到一个新问题：要是吴家桥的人来抢水怎么办？是呵，种粮得有水，吴家桥的人住在马子溪的下游，好几次遇到旱情就要来破闸毁堰，不准上游的人截流。他们人多势众，气势汹汹，大搞帝国主义，有次冲突中还一扁担打得泽彪头上起了个大包。要不是汉昆出面，对方可能会下手更毒。那次他们终于撤兵的原因，一是汉昆一口气可以吃下五斤肥猪肉，不能不让他们佩服；二是汉昆一个人可以搂起染房里的大踩石，不能不让他们胆寒。更重要的是，昆佬虽读书不多，但从伯父那里学会了喊礼，是远近有名的礼师,能在丧礼上喊出"三杯酒"之类的套路,喊出《浪淘沙》或《满江红》的哀调,还懂得"享年"与"享寿"的区别,"孤子"与"哀子"的区别,中规中矩的丧礼总是少不了他。这附近哪个老人的顺利归天不靠他去喊几嗓子?要是得罪了他,要是与他结了仇,你们往后还能安安稳稳地死得成?你们不三不四地上山去钻土洞,睡在那里还不天天托梦回家吵事?

"不行,汉昆恐怕还得留下来。"小奇一想到吴家桥的人就怕,一想到水源与种粮、与喂猪、与杀猪、与吃肉的因果关系,就觉得事情别无选择。

"你胆小?你背叛我?"彪哥把搪瓷缸愤然砸在桌上。

"不是背叛,是你我都不会喊礼,吴家桥的人不怕我们。"

"干脆,把吴家桥的人都震死!"

"万一他们也有些八字硬的呢?"小奇还知道,吴家桥很多人去外地修铁路,以后总要回来的,总要生儿育女的。再说除了吴家桥还有下游的小寨和莫家坝,那些人也不都是善鸟。

彪哥憋红了脸,一时竟无言以对。

"彪哥,算了算了。来,喝酒。你也不要想着雪娥了。那雪娥有什么好呵?虽说会唱戏,但又好吃,又好疯,还懒得出油,连纱也不会纺,连鞋底都不会打,也没见她扛锄头进过菜园。你要是收了她,是收一个祸,收一个祖宗,收一大屁股债,凭你这香火棍子样的手脚,你当奴隶也还不清的。"

"照你的意思,她还得继续忍受强占?"

"什么叫强占?人家是合法夫妻。"

"就是强占!就是拐骗!就是流氓犯罪!"

"人家有结婚证。"

"肯定是那个王八蛋拿钱买通官家,骗来的。"

"好好好,依着你,是强占。那就让她震死算了,省得你心里焦。"

"怎么死?"

"还能怎么死?房子一垮,咣当咣当,砖瓦四溅,血肉横飞,同老万、金山、七麻子他们一样的死。"

彪哥没笑出来，只是捂住了脸。不知他因此窝了多大的火，等小奇上茅厕回来，发现一条板凳四脚朝天，一只搪瓷碗滚落墙角，连床上的蚊帐也垮塌下来。拟任大队长困兽一般在屋里走来走去，在柜台上拍出叭叭叭的震响："老子操他娘的美国佬，要震也不选个时候，还让人家过不过年？……"

小奇本想纠正对方的美国责任论，突然大叫一声"快跑"，话音未落就夺门而去。身后老同学也撇下帝国主义跟着出门，一头扎进黑暗里。原来小奇刚才听到了锣声，远远的锣声，令人魂飞魄散的锣声。

外面正下着毛雨。他们想回头去取伞，但听着越来越急和越来越密的锣声，都不敢冒死进屋，甚至不敢靠近危险万分的屋檐，只好来到晒坪边一棵大枫树下暂避。黑暗中有人语。从人语声可以听出，附近几家农户的乡亲也来到了这里。有人是从茅厕里直接跑来的，身上只着短裤，眼下正冻得全身哆嗦鼻涕淋漓。又有人在争议该不该回去取棉被，该不该回去赶猪和捉鸡，但争了半天，没有人动身。有的母亲在呼叫儿子，有的妇人在寻找老公，患难之中见真情，喊声都撕裂和尖锐。只有几个小娃崽不知忧患，反倒觉得很热闹，自己错穿了别人的衣裤也很好玩，黑灯瞎火地来捉迷藏也很好玩。等一下会不会放电影？他们唱起了战争片常有的片头音乐：哒哒嘀，嘀哒哒，哒哒哒嘀——

人们紧张地四处张望，看村子是否突然夷为平地，大树是否突然塌陷成地面一个树梢尖，苞谷地棉花地是否都突然翻滚和跳跃，但等了好半天，只等到全身发硬，什么也没发生。摸摸自己的手脚，掐一掐自己的皮肉，已全无感觉。穿短裤的汉子实在受不住了，骂了一通娘，回家钻被窝去，说震死也是死，冻死也是死，有什么好怕的？接下来，又有两三个陆续跟着回家，说锣都敲过好几轮了，老天爷也好，美国佬也好，一点实际行动也没有，太不严肃了，像什么话？

但泽彪与小奇还是觉得门洞可怕，不敢贸然靠近定时炸弹。他们往指尖上哈一口气，往树干上撞一撞，尽量给自己增加一点热量。

"地在摇，你发现没有？"

"是的，是的，是在摇，肯定地震了！"

末　日

他们感觉自己是站在船上，前伏后仰地站不稳，不得不蹲下来，紧紧抱住树干。但抱着抱着又觉得平静如常，刚才到底摇没摇，有点说不清楚。问旁人地震了没有，旁人也说不清楚。

好容易，大路上传来吹哨的声音。"各家各户都睡觉吧，没事啦，没事啦——"待这喊话的人走近，他们才发现对方是一值班民兵，手里的一道手电筒光柱雪亮刺眼，坚硬得似乎敲在哪里都会有嘣嘣响。据他说，刚才不过是一值班人打瞌睡，被一只疯老鼠咬了耳朵，惊吓之下把自己的翻倒误当地震，当当当敲起了锣。邻村的民兵一听也跟着鸣金报警，闹得大家虚惊一场。

"贼养的，把我们当猴呵？"泽彪气得一把揪住对方的衣领。"一敲锣，猴子就出来跳。一吹哨子，猴子就进笼子。好耍是吧？我不被震死也要被你们耍死的。你赔我的骨折……"他出示自己腿上摔跤的伤口，没找到骨折也没找到脱臼，便迅速拿七麻子当作气愤的依据——不久前刚被他暗暗判过死刑的家伙。"他有心脏病，你们知道么？他刚才一脚踩空了，肯定摔成脑溢血了。你看他嘴巴，你看他额头，都是血。就要丧失劳动力了，你们给他养老送终是不是？……"

这种仗义执言颇有煽动力，在场人都纷纷指责民兵的荒唐，对他们倒立空瓶之类的监测手段也很不信任。防震期间杀猪太少，公粮征缴太多，森林禁伐太严等等，也迅速成了湿淋淋猴子们愤怒的内容。比较奇怪的是，泽彪不管骂到谁都要把昆佬带上："坏得跟张汉昆一样"，"肯定是同张汉昆一伙的"，"张汉昆就是跟他学"，诸如此类。

"你以为我愿意耍猴？你来耍，你来耍！"民兵把铁哨子往这个那个塞去。

没有人敢接这个差事。

"你们千万不要把自己当猴。下次听到锣响，你们再跑出来就是我妹子养的！"说到这一层，民兵更占理了，大义凛然的手电筒光柱戳在泽彪脸上。

革命贫下中农是不可战胜的——泽彪本想大喊一声以抗议手电筒，但想了想，还是忍住。

不知什么时候，他气呼呼回到小店。这时小奇已把自己珍贵的各种文稿和笔记本收捡好,哈欠滚滚之际,借来一床棉被准备睡觉。遵上级最新指示,他搂着一床被子钻到床下,以床架为掩体,防备房屋的垮塌。一张借来的木排椅翻倒,由椅面与靠背形成三角形空间,上面加盖几个麻袋,也是一安全掩体,需要老同学钻进去。

"喂——"小奇在吹灯前推了推对方,"你说,今天晚上不会有事了吧?你耳朵尖,留心一点。"

排椅下的彪哥不吭声,只是把头埋在被子里。

"睡得这么快么?我跟你说,我这个床架子不结实。要是今晚我那个了,你得把我的日记和诗集交给我爹,记住了么?"

对方埋着头,还是一动不动。

"要是我爹也不在了,你得把这些东西交到县文化馆去。我会记住你深厚友情的,会记住你高风亮节的。你要相信,未来的读者也会感谢你对文学事业的贡献,会从我的诗歌里听出你的艰辛和牺牲……"小奇突然有点伤感,声音有些异样。

对方还是只有一撮乱糟糟头发露出被子。

"你听到没有?同你说话哩。"小奇擦了把鼻子,把老同学的脑袋揪出被窝,不觉大吃一惊,因为对方已浊泪满面,瘪瘪碎碎的声音在嘴里憋着,憋着,憋不住,终于从一张歪嘴里迸出:"……不行呵,她要是没有手,就戴不得镯子啦。要是折了腿,就穿不得皮鞋啦。她的腰子也不能伤,要是在里面接根管子,钉几颗钉子,上台唱戏哪还扭得动?不行呵,残了我也不能残她呵……"

"你说谁呢?"

"她家就在山边边,那么高的山崖,太危险啦……"

"你还想着雪娥?喂喂,你……发梦癫吧?"

"不管她残成什么样子,我也会去帮她挖地,帮她挑水,帮她砍柴……"

面对这样一个满嘴酒臭的候补义士,老同学有点哭笑不得,只能拍拍对方的肩。"怎么说你呢?好,不说了,不说了,睡觉吧。"

他吹熄了灯。

不知过了多久,暗夜中总算有了粗重的呼吸。到处是浓浓的一片寂黑，窗外的风声和雨声停了，只有蛐蛐声偶尔冒出墙根——真是一个美好的深夜。只是这一觉睡下去，不知还能不能活着醒来，还能不能看到明媚灿烂的万里晨曦……小奇迷迷糊糊时未能把这一诗句想完。

（选自《山花》，2007年第10期）

点评者：魏冬峰

  逐渐摆脱了上世纪八九十年代时代背景下的普遍焦虑和文学进程急遽变化带来的压力之后，韩少功近年的小说写作越来越悠游从容，其愈来愈浓重的"出世"之气一如这篇《末日》。一场凭空而来的地震预险，打破了乡村的平静。生死关头，人与人之间的差距似乎被抹平了，原本循规蹈矩的日子也随之变得生机勃勃，管他穷富勤懒，"食色，性也"的本能成为新的日常规则。重生的忙着吃，重死的忙着打棺材，一贯卑微的破落户泽彪更是因自己"无产者"的身份而耀武扬威起来，女人、财产、权力这些平日想都不敢想的念头接二连三蜂拥而来，几杯酒下肚，也敢大权在握，指点江山，安排起全村人的性命来。

  在泽彪身上，我们不难窥见鲁迅笔下阿Q的嘴脸来，尤其是掐秀姑娘腰的细节和醉中安排村里地震后人事的情节。只是在韩少功笔下，泽彪显然无意也不愿承担阿Q身上被赋予的国民性批判内涵。即使小说的"生产队"背景，"革命贫下中农是不可战胜的"等特定语言为我们做了种种提示，但这显然也不是作者着笔的重点。在国民性批判、"文革"书写等被赋予特定时代特色的文学写作之后，或许，《末日》以及韩少功其他类似的写作更愿意向我们呈现一个有着恒定价值观和传统思维特征的人群，他们也许如阿Q、泽彪一样有着可笑又可憎的面孔，有着种种可以被定义为"劣根性"的品质，但他们的真实一如文中那些极富表现力的乡村语言一样，真实、风趣、有生气，而这些，或许才是在中国乡村的过去、现在乃至未来值得珍视的东西。

父亲还在渔隐街

范小青

娟子不知道渔隐街已经没有了。

她一下火车就买了一张城市地图,找得眼睛都花了,也没有找见这条渔隐街。她想火车站大多数是外地人,不一定知道这个城市的情况。娟子上了一趟陌生的公交车,她看了看那个黑着脸的司机,小心翼翼地问:"师傅,到渔隐街是坐这趟车吗?"

司机头也不回说:"错了。"

虽然司机的口气有点凶,但娟子心里却是一喜,错了,就说明是有渔隐街的,只是她上错了车。她赶紧又问:"师傅,到渔隐街应该坐几路车?"

司机却不再回话,只是黑着脸,看上去脾气很大。娟子不敢再问了。

有个四十多岁的妇女在娟子身后说:"渔隐街是一条老街,早就没有了。"

另一个男乘客也插嘴说:"拆掉有五六年了吧。"

娟子愣住了,茫然地看着他们。

那个妇女安慰娟子:"小姑娘,你别着急,渔隐街虽然没有了,但是那个地方还在呀,地方总不会被拆掉的,它只是变了样子,换了另一个名字。"

"叫什么名字?"

妇女很想告诉娟子那地方现在叫什么名字,可是她想了又想,想不起来,她遗憾地摇了摇头:"对不起,现在新路新街太多了,我也搞不清楚。"她回头问刚才搭话的那个男乘客："你知道吗？渔隐街后来改成什么名字了？"

男乘客也摇了摇头。

车厢里一时有些沉闷了。娟子看着车窗外往后退去的街景，心里慌慌的，像是站在一无人烟的沙漠里了。

黑着脸的司机侧过头瞥了她一眼，从牙缝里挤出了四个字："现代大道。"

那个妇女立刻高兴起来，赶紧说："对了对了，渔隐街就是现在的现代大道，我这个记性呀，真是不行了。"

"我想起来了，"男乘客也说："现代大道应该坐十一路车，你到前面下车，下了车往前走，右手拐弯，那里就有十一路车的站台。"

娟子下车的时候，听到热心的市民在替她担心，那个妇女说："她是要找渔隐街，可现代大道不是渔隐街呀。"

"她可能要找从前住在渔隐街的人，可是从前住在渔隐街的人早就搬走了呀。"男乘客说。

但是娟子没有受他们的影响，她心里充满了希望。

父亲一定在那里。

娟子的父亲是个剃头匠，从前在家乡小镇上开剃头店，收入勉强够过日子。后来娟子的母亲生了病，娟子又要上学，家里的开销眼见着大了起来，靠父亲给人剃头刮胡子已经养不了这个家了。父亲决定到城市里去多挣点钱。

父亲进城的开头几年，还经常回来看看妻女，后来父亲回来的次数渐渐少了，只是到过年的时候才回来，再往后，父亲连过年也不回来了。

母亲跟娟子说："你父亲外面有人了。"那时候娟子半大不大，对"外面有人"似懂非懂。母亲又说："唉，那个人还不错，还能让你父亲给我们寄钱。就不管他了，只要他还寄钱，你就能上学。"

父亲虽然不回家了，但他仍然和从前一样按月给家里寄钱，每个月都是五号把钱寄出来，钱走到家的时候，不是七号就是八号。每月的这两三天里，是母亲难得露出笑脸的日子。如果哪一个月父亲的钱到得迟了,哪怕只迟一两天,母亲都会坐立不安,她怀疑父亲出什么事情了,又怀疑父亲彻底抛弃了她们,她一会儿担心,一会儿怨恨。娟子总是看到情绪失措的母亲望眼欲穿地朝巷子口张望,一直等到穿绿色制服的邮递员从那里骑车过来,喊一声杨之芳敲图章,母亲的慌乱才一扫而光,她赶紧起身去取图章。母亲的身体越来越差,她的动作一月比一月迟缓,她的目光一年比一年麻木,唯一不变的是母亲对娟子的期望。

在父亲离开了十年之后的这个夏天,娟子终于考上了大学。她的成绩并不理想,她要上的是一所民办大学,光进校的赞助费就要三万块,还要加上第一年的学费一万多,娟子傻了眼,她不知道从哪里去弄这笔钱。

母亲打了父亲的手机,跟父亲说了这件事情。自从父亲有了手机以后,一直是用手机和家里联系的。母亲跟娟子说,这是因为你父亲不想我们去找他。父亲到底在城里干什么,他住在哪里,他的生活发生了什么变化,娟子一点都不知道。这些年下来,留在娟子印象中的,只有母亲的一些主观分析。娟子并不知道母亲的分析有没有道理。那些年里,娟子几乎没有一点闲暇之心去考虑父亲的生活,因为她自己的生活过得够糟的。一个不喜欢也不适合念书的孩子,要把念书作为人生的全部,这样的生活你想象得出是多么的糟糕。

联系父亲和娟子的就是那张绿色的汇款单,还有父亲的手机号码。父亲也曾换过手机,但只要一换手机,父亲就会立刻通知她们。父亲的手机通常是开着的,娟子和母亲从来没有碰到过父亲不接她们电话的事情。可是这一次的电话非同寻常,需要父亲在短短的十几天时间里,筹措一大笔钱。

父亲的钱如期到了,可能因为数字比较大,父亲没有走邮局汇款,而是托一个熟人带回来交给了娟子。娟子问那个人:"我爸爸现在在哪里?"那个人说:"还在老地方,只是换了一个店。"娟子并不知道"老地方"是什么地方,但她猜想这个"店"肯定是理发店,因为父亲是剃头匠。

娟子上大学后,办了一张银行卡,她将账号发到父亲的手机上。

娟子平时一般不给父亲打电话，因为她早习惯了没有父亲的身影和声音的生活，电话要是真的接通了，她要是听到父亲的声音出现在电话那一头，她会不知所措的。父亲知道了她的银行账号后，也没有给她回音，但是到下一个月，钱就直接打到卡上了，仍然是五号。虽然不再有汇款单，银行汇钱的过程娟子是看不见摸不着的，但娟子知道，多年来连接着她和父亲的这条线仍然连接着。

母亲一生中最重要的也是唯一的任务完成了，娟子上大学后，母亲就彻底病倒了，她像一盏快要耗尽的油灯，无声无息地熬着，等着最后一天的到来。

家乡传来了母亲病重的消息，娟子打了父亲的手机，想把母亲的情况告诉父亲，可是父亲的手机关机了。娟子平时很少和父亲联系，但是她知道父亲的手机永远是开着的，对娟子来说，电话里的父亲要比真正的父亲更真实。可是现在父亲的手机关机了，父女间的这扇门被关上了，电话里的父亲消失了。许多年来，母亲一直在担惊受怕中过日子，父亲出事或者父亲彻底抛弃她们，这是笼罩在母亲心头两团永远的阴影，现在罩到了娟子心上。这一天正是月初的六号，娟子赶紧去核查了银行卡上的收支情况，发现昨天父亲照例往她的银行卡上汇了钱，娟子放心些了。

可是父亲的手机仍然打不通，始终打不通，手机里传出来的信息，也从一开始的"已关机"变成最后的"已停机"。一直到数月后母亲去世，娟子也没有联系上父亲。

父亲失踪了。奇怪的是，每月五号，父亲仍然将钱打到娟子的银行卡上，这又说明父亲并没有失踪。

办完母亲的丧事，离暑假结束只有不多几天了，娟子决定去找父亲。

母亲临终前告诉娟子，父亲刚进城的时候，在一条叫渔隐街的小巷里开剃头店。父亲出去的头一年，母亲曾经带娟子去过，她们还在那里住了几天。可娟子记不得了。她的记忆中，从来就没有什么渔隐街，也没有父亲的理发店，没有父亲所在的那个城市的任何印象。父亲、渔隐街、理发店，都只是一些空洞的名词。

娟子记得那个捎钱来的人说过"老地方",老地方是不是渔隐街,娟子无法确认,但渔隐街却是娟子寻找父亲的唯一的线索和目标。

可是渔隐街早就不存在了。

现代大道两边商店林立,都是装修豪华的大商场,没有父亲开的那种小剃头店,只有一家富丽堂皇的美容美发店,店名叫美丽莎。娟子知道这不是父亲的店。

店长以为娟子是来应聘的,她看了看娟子的模样,可能又觉得不太像,带着点疑惑问:"你是学什么的?"

娟子说:"我不是来找工作的,我找一个人,他从前也在这里开理发店。"娟子虽然说出了父亲的名字,但她估计不会有答案,这种美容美发店里根本就没有年纪大的人。

果然店长说没有这个人。可娟子不甘心,她问店长:"从前这地方叫渔隐街,从前住在这里的人,现在到哪里去了?"

"我不知道,"店长说:"我不是本地人,我才来了一年多,你还知道渔隐街,我连这个名字都没有听说过。"

一个头上卷满了发卷的中年妇女告诉娟子,从前住在渔隐街的人,都搬到郊区的公寓去了,原来在这里开店的人呢,大部分都搬到桐芳巷去了,她建议娟子可以到那里去看看。

桐芳巷离现代大道不远,是一条细长的旧街。娟子想不到在现代大道背后还藏着这样一条小巷,它像一艘抛了锚的老木船,停泊在快艇飞驰的河道中央,显得安静而无奈。娟子走上这条街,就有一种依稀的似曾相识的感觉,好像刚才的那条车水马龙的大道不是渔隐街,这里才是真正的渔隐街。娟子的心猛地一动,她突然相信,父亲一定就在这里。

娟子从街的这一头一直走到街的那一头,却没有发现街上有一家理发店,娟子问了一个开烟纸店的妇女,妇女说,从前是有一家理发店的,后来搬走了,那家店面,现在做了快餐店,妇女还给娟子指了指方向。妇女说话的时候,娟子觉得她的神态和语气都那么熟悉和亲切,娟子想起了公交车上的妇女,又想起了美发店里的妇女,最后她想起了自己的母亲。娟子忽然觉得,这一路上,都是母亲在指点着她,母亲在帮助她寻找父亲。

娟子来到快餐店门口,她只顾抬头看它的店招,无意中撞到了一个六七岁的小女孩,小女孩正坐在店门口看着路上发呆,她被娟子撞到了,也不说话,只是面无表情地看着娟子。

虽然小女孩脸上没有表情,可是娟子接触到小女孩的眼睛,心里突然一动,她看到了某种熟悉的东西,她甚至觉得女孩眼睛里的东西和自己心里的感觉是一样的,是一层茫然,是一层胆怯,还有一层——好像是渴望。

一个小伙计在店里朝外看,看到娟子站定了,他就在里边问娟子:"你来应聘吗?"

娟子没有说话,刚才在美丽莎,店长也是这么问她的,现在找工作的人多,工作岗位也不少,可娟子不是找工作,她要找父亲。

小伙计又说:"你吃东西吗?"

他们说话时,又有一个男人从里边的灶间走出来,他围着脏兮兮的围裙,看了看娟子,也问:"你来应聘吗?我们正要招一个服务员,你愿意留下来吗?"不等娟子表态,他又把条件开出来了:"我们供吃供住,再加一个月五百块工资。"

娟子想回答不,但话到嘴边,她改变了主意。

在这个陌生的城市里,她需要有个住处,她可以边工作边找父亲。她交给这个男人两百元钱作押金。娟子说:"老板,你在这里开店多长时间了?"

男人笑了笑说:"我不是老板,我是打工的。"

小伙计说:"他烧菜。"

一个打工烧菜的,怎么会自作主张招人,还一口一个"我们"?娟子正奇怪,就听到小伙计说:"他们睡在一张床上。"

娟子猜想,小伙计说的"他们",是不是指这个烧菜的男人和那个还没有出场的老板娘呢。

男人又笑了笑,说:"一张床可不等于一个钱包呵。"他指了指自己的鼻子说:"我姓许,你叫我老许就可以。"

小伙计问娟子:"你猜老许一个月多少工资?"

娟子猜不出来，试着问："工资很高吗？"

老许对小伙计说："你别嘲笑我啦。"

小伙计却不听老许的，继续和娟子说："他拿得比我还少，谁让他睡老板娘呢。"

老许唉叹了一声，说："她也难，我就算帮帮她了。"

小伙计说："但你也得好处的，乡下一个老婆，城里一个老婆。"

他们都笑了。老许朝巷子一头望了望，就走了出去。小伙计对娟子说："老板娘回来了。"

果然，片刻后，老许和老板娘一起进来了，老许指着娟子说："我找到人了，工资都谈好了。"

老板娘走到娟子跟前，只朝娟子看了一眼，脸色就不对了，转身背对着娟子，责问老许："谁让你自作主张招人的？"

"咦？"老许奇怪地说："不是你叫我招服务员吗？"

老板娘更是声色俱厉了："谁说要招人了？"

"奇怪了，"老许朝门口指了指，说："那张招人启事，昨天是你自己贴上去的嘛。"

老板娘说："昨天是昨天，今天是今天，今天我不招人，你叫她走！"

老许有点尴尬，他还想据理力争，他说："可我已经跟人家谈好了——"他发现老板娘的表情像一块铁，知道无望，只好朝娟子摇了摇头，表示爱莫能助了。

其实娟子并不一定要在这个快餐店打工，她可以不打工，也可以到其他地方打工，但是老板娘的行为让她觉得有点不可思议，她说："你能不能给我个理由，为什么不要我？"

老板娘头也不回地说："你不是打工妹，你不是来找工作的，你想干什么？"

娟子还没来得及回答，老许就说："我没有别的意思，我就是让她来打工的，我们确实少一个人做些杂事。"

老许的话娟子并没听得很懂，但她还是顺着老许的话说："我会做的，洗碗、端菜，打扫卫生，我都会，从小我妈妈身体不好，家里的活都是我干的。"

他们三个人，老许、小伙计和娟子，都看着老板娘，过了好一会，老板娘才回过头来，但她的目光是游离的，她的目光虽然锐利，却始终没有直视娟子的眼睛，她说："呆在这里，对你没好处，走吧。"

老板娘的话她听不懂。一开始她就觉得桐芳巷才是真正的渔隐街，也就是父亲多年来一直生活的地方。除此之外，这还能够是什么地方呢？疑惑中，她听到一个女孩子清亮的声音沿路而来了："鸡妈妈——鸡妈妈——"

老板娘下意识地看了娟子一眼，赶紧到里间去了。

喊"鸡妈妈"的女孩子转眼就到了，她跟娟子差不多大，一过来就喳啦喳啦地说："鸡妈妈呢？她想躲我？躲不过去的。"她朝里边喊道："鸡妈妈，你介绍的那个聊吧，也太黑了，要抽——"

老许赶紧打断她说："你到里边去说吧。"

女孩子嘀咕着进去了。

老许也跟了进去。娟子问小伙计："老板娘姓季吗？"

小伙计说："不姓季，不是季妈妈，是鸡妈妈，一只鸡的鸡，公鸡的鸡，母鸡的鸡。"

娟子说："鸡妈妈？鸡妈妈是什么？"

娟子没有得到小伙计的回答，但是她看到小伙计似笑非笑的脸色，娟子有点明白了，娟子的心乱起来，手心里都捏出汗来了，她赶紧镇定自己，装出无所谓的样子，还开了个玩笑："那么应该叫老许鸡爸爸了。"

小伙计说："是有人想叫老许鸡爸爸，但老许不高兴，不许他们叫。"

娟子硬挤了一点笑容出来，说："叫老板娘鸡妈妈她倒不生气？"

"她生什么气，"小伙计说："她就是干这个活的呗。"

轮到娟子不明白了："干什么活？"

娟子这么问了，又轮到小伙计不明白娟子了，他朝娟子看了看，说："你不知道干什么活吗？你不就是来找活干的吗？鸡妈妈不要你，你还赖着不走。"小伙计停顿一下又说："你还问我干什么活，我又看不见她们在干什么活，我只知道她们比我能挣钱。"小伙计的嘴真快，他又告诉娟子，鸡妈妈原来是个小姐，她认得许多小姐，有人开店要找小姐,她就给他们介绍,她就变成了鸡妈妈。最后小伙计说:"你不也是吗?"

娟子逃走了。

寻找父亲的最后的线索中断了。娟子差不多想放弃了,快要开学了,还是回学校吧,反正父亲还在。

娟子知道父亲还在,但她不知道父亲在哪里,也许他正在这个世界上的某个角落里看着她,但她找不到他。

娟子逃出桐芳巷,狂乱的心跳才渐渐地平稳了一点,她心有余悸地回头看了一眼,倾刻间又魂飞魄散,一直坐在快餐店门口的那个不声不响面无表情的小女孩跟上了她,正不近不远地盯着她呢。

娟子克制着恐惧的感觉,鼓足勇气朝女孩走过去。女孩看她过来,转身就走,娟子停下,女孩也停下,回头看着她,娟子再朝她靠近,她又走。如此几次,娟子觉察出这个不说话的女孩好像要带她到什么地方去。娟子觉得这事情很鬼魅,她想走开,可是两只脚却不听使唤,她不由自主地跟上了小女孩。

女孩就这样带着她走,走到一家银行门口,女孩停下了。娟子过去问她:"你带我来这里干什么?"

女孩仍然不说话,她好像听不懂娟子说什么。

娟子说:"你听不见我说话?"

女孩仍然是茫然的。

娟子一抬头,忽然就发现,这是一家农业银行的分行,而她自己的银行卡正是农行的,父亲每次也都是在农行给她往卡上打钱的。可在一个城市里,农行有许多分行和办事处,她无法知道父亲是在哪一个分行给她汇钱的。她也曾经到农行去咨询过,工作人员说要立了案由公安来才给查,他还问她是不是遇上骗子了,她说不是,是父亲给她汇钱。工作人员笑了起来,说,父亲给钱,钱都到了你账上,还有什么好查的呢?

对娟子来说,父亲始终是断了线的风筝,不知道飞在哪里。

现在这个小女孩把她领到这里,是不是她要把什么东西给娟子接上?"你虽然不说话,"娟子说:"但是我知道,你想要告诉我什么。"

已经是八月底了,再过几天,就是下个月的五号,也就是父亲许多年来固定的汇钱的日子。

娟子决定等到五号。

五号那天,娟子从银行开门就一直守在这里,时间一分一秒地过去了,并没有出现父亲的身影,一直等到下午四点多,娟子几乎绝望了,她觉得受到了小女孩的捉弄,或者小女孩根本就是无意识的,她却误解了她。

银行五点关门,就在五点差十分的时候,有人从远处奔来,奔进了银行。娟子定睛一看,差一点叫出声来,是老板娘。她气喘吁吁地掏钱、填单子、最后拿到了银行的回单,直到她办完这一切,转身离开柜台的时候,才长长地出了一口气。

娟子没有惊动她,她看着老板娘走出门,她希望她将手里的那张银行回单扔掉,可她没有扔,一直捏在手里。娟子无奈了,走进银行,问那个办手续的职员:"刚才那个女的,汇钱汇到哪里?"银行职员什么话也不说,只是警惕地看着她,还有意无意地看了看安装在银行一个角落的监视器。娟子吓得逃了出来,心慌意乱,腿都软了。

娟子又回到桐芳巷的快餐店,老板娘不在,老许正在灶间忙着,小伙计一看到她,说:"想想还是要来吧,到底挣钱容易,无本万利的。"

娟子说:"你们老板娘到底有没有男人?"

小伙计说:"我不知道的,我来的时候,她和老许就住一起,谁知道他们什么关系,我只知道老许老是抱怨给他的工钱少,老板娘多精明,睡觉可以抵工资的。"

"为什么?"

"她好像有什么负担,好像借了高利贷。"

"你说她是小姐,她怎么又做老板娘了呢?"内心始终有许多混乱的东西在引导娟子,一会要让她否认眼前的事实,一会又要让她判定眼前的事实。

"结婚了呀,要不小哑巴哪来的呢?不过老许可不是小哑巴的爸爸——结了婚不能再坐台了,男人不肯的。"小伙计说:"其实也没有什么,如果有个小姐肯养活我,我就无所谓。可惜没有。"

娟子生气地说:"你会这样想?你要小姐养活你?"

老许从灶屋出来,听到了娟子的话,老许说:"姑娘,我给你讲个故事吧。"

老许说,有一个人骗取了李秋香的银行卡和密码,偷掉了卡上所有的钱。李秋香去报了案。可警察还没来,这个人倒先来了。他告诉她,他的孩子要上学,需要学费,他没有办法,才出此下策。但他偷了钱立刻又后悔了,如果孩子知道学费是偷来的,孩子一定会难过,会恨他。所以,他宁可去借高利贷,也得把钱还了。

李秋香拿到了失而复得的钱,想去警察那里消案,但是来不及了,警察已经到了。那个人虽然还了钱,但盗窃罪却已是既成事实,最后他被判了两年徒刑。

娟子哭了。自从父亲的手机关闭后,她一直是既担心又怨恨,但是每个月按时到达的生活费,又让她心里残存着希望。现在,这一线残存的希望变成一根根利箭,刺着她的心。

娟子鼓足勇气站在桐芳巷的路当中,远远的老板娘过来了,她看了看娟子的表情,若无其事地说:"你没有去学校?该开学了。"

"你知道我在上学,你认识我,你从一开始就知道我,你就是'那个人'",娟子说:"你就是!"

老板娘不知道"那个人"的含义,略显惊讶地看着娟子,没有说话。

"你给谁汇钱?是给一个大学生吧?"娟子说。

老板娘依然惊讶地看着她:"我是给一个大学生汇钱,可是——你怎么会知道?"

"我知道你就是'那个人'",娟子说:"我父亲因为你,不要我妈妈了,你,还跟我父亲生了孩子。"

老板娘说:"你错了,小哑巴可不是你妹妹。我不认得你父亲,也不认得你。"

娟子说:"我是来找我父亲的,找不到父亲我不会走。"

老板娘叹息了一声,说:"你可能找错人了。"

娟子没有退路,她只能坚信自己的判断:"父亲不想让我知道这些事,他让你每月五号给我汇生活费,你们以为只要我每月收到钱,就能瞒住我。"

老板娘说:"我是每个月汇钱,但不是汇给你。"

娟子说:"你不承认也没有用,老许已经告诉我了,你是李秋香——"

老板娘的表情更奇怪了:"李秋香,谁是李秋香?"

娟子说:"谢谢你救助了我和我父亲,我不是来问你要钱的,从今以后,你也不用再给我汇钱,我勤工俭学,可以养活自己,我只有一个愿望,请你告诉我,我父亲在哪里,我要去看他。"

老板娘很无奈,她说的话娟子就是不信,她赶紧从口袋里掏着什么,可是没有掏得出来,她奇怪道:"咦,我的银行回单呢?"她又对娟子说:"我有银行回单的,我没有给你汇钱,你可以到银行去打听,银行的人都认得我,他们知道我给谁汇钱,我真的不认得你,也不知道你父亲是谁。"

"那,你给谁汇钱?"

"王红,她叫王红,她不是你。"

娟子彻底傻眼了。

"老许说的李秋香是谁?这个王红又是谁?"

老板娘说:"老王是我的一个客人,他出事的时候就把女儿王红托付给我了,我答应了。答应了就得做——你说是不是?至于你说的李什么,李秋香?我真的不知道——"她停顿下来,又想了想,说:"是老许跟你说的?那你得去问老许——我只知道老许曾经坐过牢,因为偷钱,偷一个单身女人的钱。老许坐牢的时候,那个女人帮助过他的女儿,我想,可能她是李秋香吧。"

娟子的思维模糊了,她依稀地想,难道老许就是我父亲?但肯定不是。父亲叫刘开生,虽然多年不见,印象也模糊了,但她知道,老许不是刘开生。

一会儿她又模糊了,她想,难道我是王红?可我不是王红,我是刘娟,从前是,现在是,将来也永远是刘娟。

依稀模糊中,娟子想起小哑巴既茫然又渴望的眼神,娟子忽然问老板娘:"小哑巴的爸爸呢?"

老板娘摇摇头:"不知道,不知道他在哪里,小哑巴学会第一句哑语就是问我:爸爸呢?"她一边说一边还笑了笑:"你看,怎么大家都要找爸爸。"

娟子往公交车站走去,她要坐公交车到火车站,然后去买火车票,然后坐火车回学校,然后,每个月,仍然会有人按时往她的银行卡上汇钱,她不知道自己还能不能再去取钱,我能接受这个人的钱吗?

一阵强烈的孤独感袭击了娟子。每往前走一步,孤独就更加重一点。

老板娘说,大家都要找爸爸。

爸爸——父亲,他们都走了。他们都到哪里去了?自从老许说了李秋香的事情,娟子就觉得自己一点一点地靠近了父亲,断了的那根线,眼看着就要接上了,可现在又一点一点地被拉扯着,越拉越远,终于,再一次断裂了。

娟子忽然看到,小哑巴走在她前面,她仍然是无声无息的,面无表情的,但她在引领着娟子。在这个城市里,她比娟子更知道路该怎么走。她领着娟子走到了十一路车的站台。

娟子拉了拉小哑巴的手,说:"你不会说话。"

小哑巴的手软软的,一股暖意一直通达到娟子冰冷的心间,娟子注视着小哑巴的眼睛,她从她的眼睛里看到了父亲的影子。娟子忽然觉得,那个始终只在电话里出现的父亲忽然间贴近了,真实了。她从小哑巴身上,感受到了父亲的气息。

在这一瞬间,娟子忽然很希望小哑巴就是她的妹妹。

可她不是。

小哑巴拉了拉她的衣襟,从口袋里摸出一张照片递给她。这是一张很旧的照片。娟子认不出照片上的这个男人,她不知道他是不是小哑巴的父亲,或者他是王红的父亲?他会不会就是自己的父亲刘开生?或者,他是从前的老许?

娟子抬头看了看到公交车的站牌,在"现代大道"四个字后面,有一个括号,括号里写着:渔隐街。竖站牌的人,还没有忘记从前这里叫渔隐街。

车来了,车门打开了,娟子正要跨上去,她听到了老许的喊声。

老许追来了,他掏出二百元钱交给娟子,这是娟子应聘那一天付的押金,他追来还给她。

娟子忍不住说:"你到底是谁的父亲?"

老许没有回答这个问题,却说:"从前她到城里来,也是来找父亲的,后来她找到了父亲,可是她的父亲没有认她。"

那么,小哑巴旧照片上的人,难道是老板娘的父亲?

娟子脑子里竟然有了许多的父亲,她理不清这许多父亲的线索,她思想中这些错乱的线索最后全绕到一个人身上,娟子不由脱口问道:"老许,到底谁是李秋香?"

老许惊讶地看着她,半天才说:"你不知道谁是李秋香?"

茫然中娟子听到司机在车上催促她:"你到底上不上?"

(选自《山花》,2007年第5期)

点评者:刘勇

《父亲还在渔隐街》是一个关于寻父的故事。娟子的寻父情结来自丧母后对家庭关系的渴望,试图将父亲由空洞的概念还原为真实的个体,找回完整的日常生活。而父亲作为打工者失踪于城市的事件,则使娟子寻父的行为变得更加耐人寻味,在这个时代里,有多少父亲背井离乡在城市里挥洒血汗,改变着城市的面貌,处处留下劳作的痕迹,而他们自身却寂寂无名,变成了城市里的失踪者。这样的主题显然已经切中了时代的某些特征,而小说更深的意蕴在于,城市里有太多的人都在寻找自己的父亲,那些父亲看起来那么相似,究竟其中的哪一个才属于娟子?正如作者所说,"找得到父亲或者找不到父亲的焦虑,已经被父亲是谁的父亲这样一种新的疑惑取代了。"从这个层面看,父亲才真正地消失了,他隐藏于无数相似的人群,借用博尔赫斯曾经做过的比喻,"就像水消失在水里",父女即使迎面走过也无法相认,这是更大的悲哀。

混淆父女或者父子之间——对应明确关系的正是城市。在范小青笔下，城市具有迷宫一般的性质，不仅在空间上错综复杂，而且在迅速发生着变化，不断进行摧毁和新建。这样的地点在整个中国大陆的城市里具有典型性，虽然作者并未标明这座城市的名字，却让人真切地感受到它就在身边，甚至许多人都身处其中。"渔隐街"和"现代大道"不仅具有不同时代先后对应的痕迹，而且代表了不同的生存方式，虽然取名过于概念化，寓意却一目了然。有意思的是，小说中的主要人物都不是本地人，他们既不了解城市的历史，也非改变城市地理形态的主体，如果渔隐街被拆除，他们就迁徙到其他街道，始终是被动的。以他们为视角展开对城市的叙述，不仅丰富了城市的复杂性，而且将城乡关系也引入了小说的主题。

观察近年来范小青的创作，不难发现她对这一问题的持续关注，农民工成为了她小说中的重要人物。她认为农民工"是一种新型的边缘人，他们的肉体和灵魂都在穿梭城乡，他们又是连接城乡的桥。因为有了他们，城市人也开始了自己的变化，从到对世界的认识，到每个人关注的对象，都发生了新的变化，我自己，也因为置身于这种变化中而开始了自己的变化，我也开始穿梭城乡。"她于2006年第1期《山花》上发表的《城乡简史》是一篇典型的作品，固然热情有余，却简化了农民工进城的动机和过程，未能呈现问题的深刻与复杂，给人生硬的感觉。一年之后，在同一份刊物发表的《父亲还在渔隐街》所触及的问题，与《城乡简史》有着许多共通之处，却真正体现出了作者写作上的某种变化，体现出了作者对时代体察与思考的加深。对于一个长于描绘苏州市民生活的作家而言，进入其他题材已经意味着一定程度上的风险，而如此努力地想要在这方面有所突破更是不易。范小青的变化，或许是因为她找到了扬长避短的方式，跳出了对城乡关系的简单想象，而是回归到自己更为熟悉的城市叙事，并纳入了外来者的视角，重新观察这个时代发生的事情，她并不急着下结论，而是尽力捕捉和呈现某种特征，《父亲还在渔隐街》就是这样的产物。

除现实性之外，这篇小说对城市迷宫般的描述还散发出虚无的气息，这一点似乎更多来自作者面对世界的态度而非写作策略，对不确定、不可知的迷恋在近年来发表的《我的朋友胡三桥》、《谁睡在我们的墓地里》

等作品中都有所体现，尽管题材写实，却总像是在云雾之中若隐若现，总有一些误会、误解、误认说不清扯不明。可以说,《父亲还在渔隐街》对城市的想象部分来自作者一贯的审美倾向，也恰恰与时代的现状相契合。不过也令人担心，这种虚无感是否继续适于处理类似的作品，能否有其他的可能？另外，这篇小说本身也有陷入迷宫的嫌疑，写作意图反而不够清晰，读罢小说再看她的创作谈《渔隐街是一条什么样的街》，不难发现，作者事后的解释比小说本身更为透彻而动人。

为什么我们家没有电灯

苏 童

这个冬天，破烂的城北也要普及电灯了，一场光的革命不以油灯蜡烛的意志为转移，风暴般地席卷了香椿树街地区。一夜之间，城头上竖起了好多电线杆，皮革厂那边的坡地上出现了一座神秘的变电房，都是为光明穿针引线的东西。孩子们因为等得焦灼，天天在城头上跑来跑去，跑着跑着他们就聚集在皮革厂外面的坡地上了，围着那所精巧的有门有窗的小房子，向里面张望，在刺鼻的鞣革的臭味中，他们为变电房是否需要一个工人而争吵不休。

城北供电处的职员们都适应了清闲，适应了政治运动和政治学习，对繁重的工作，却是不怎么适应，看着窗外的电线杆一天天堆积起来，开始还是一堆电线杆，渐渐地就像一座水泥山了，他们都觉得自己心情烦躁，心头也压着一座山。安装工程队的那些人是要爬电线杆的，对工作自然就更抵触。他们风风火火撞进办公室来，都是来发牢骚，人手不够，没有工具车，香椿树街居民手脚不干净，有个工人的安全帽放在地上，一眨眼竟然就不见了！这些埋怨也就算了，李队长竟然质问老邝，你们香椿树街的房子怎么盖的，狗牙似的，谁家愿意往前就往前，谁家愿意往后就往后，给一家拉根电线，要穿过两家房顶，累死人了！这条街上住的是工人阶级吗？狗屁工人阶级，我看地主富农都比你们觉悟高！这次职员们都气坏了，他们在办公室里和工程队吵架，吵到最后，都是上纲上线的威胁。办公室里的气氛也像外面十一月的天气，有点干燥，也有点萧瑟，负责人老邝的嘴角上起了个火泡,用一种黄色的药膏涂了几天,嘴巴附近的区域恢复了正常,那火气不知怎么钻到了眼睛里,老邝的眼睛也红了,他是天生的卷毛头,红着眼睛对工程队的人喊叫,看上去像一头绝望的狮子,元旦灯不亮,大家都是反革命,枪毙,就地正法,就地正法!来吵架的工人们后来都被老邝吓着了,他们推搡着暴怒的老邝,说,都是工作上的事,老邝你也犯不上这副模样,吃死人肉的样子!你把我们都就地正法了,香椿树街道还怎么亮电灯?

工程队的人后来不怎么来了,李队长自己带人推着长板车搬电线杆,虽然搬得不情愿,板车把沿途人家的墙撞得咚咚地响,他们嘴里也不情愿,隔着办公室的窗子,老邝根据工人们的嘴型判断出来,那帮不文明的人,是在骂脏话!但既然听不见,只当他们是在骂自己吧。办公室毕竟有了办公室的样子,面向河边的窗子可以看见大桥了,电线杆垒成的山薄了下去,阳光回来了,女会计小凌终于织好了她丈夫的一条线裤,而老邝在中午的时候,又可以摊开象棋棋盘,和小钱下一个三番棋了。

后来就来了一个男孩,天天都来,看上去不招惹谁,其实却很讨厌。

男孩滚着个铁箍,嚓喇嚓喇地来,来了就站在一根电线杆上,朝办公室里张望。办公室里的人忙碌的时候,他站在那里,很老实的样子,职员们偶尔朝窗外瞥一眼,男孩立刻生动起来,他在横倒的电线杆上滚铁箍,身子跟跟跄跄的,但是滚得一丝不苟,带着一点表演性,看得出来,他是在努力吸引窗内人的注意力,但大人们哪来的心思欣赏他的表演,他们嫌铁箍的声音吵,干脆把窗子关上了。

外面是谁家的孩子?天天来吵,老邝对小钱说,吵死了!我下棋最怕吵,怪不得老是输棋!

你拉不出来怪茅坑,没人吵,你也要输棋。小钱说。

是谁家的孩子?吵死人了。老邝对女会计说,出去把他撵走!

女会计小凌是香椿树街上的人,知道外面那男孩是谁。是刘梅仙的小儿子呀,嘴比他妈妈还要凶!小凌推开算盘,站起来,噗哧笑了一声,说,我撵过他的,不肯走,人家告诉我,外面是公共场所,不是我家的地盘,我没权利撵他走。那孩子人小鬼大,歪理一套套的,大概都是跟他妈妈学的。

你这么伶牙俐齿的女人，还说不过个孩子？吓唬他一下，不走就把他抓到派出所去。

小凌出去，过了一会儿，风风火火地回来，手撑着列宁装的前襟，嘴里一迭声地嚷着，要死了，要死了，刚上身的新衣裳，这讨厌孩子，会吐唾沫呀，你们看，啐了我一身！我没本事撵他，你们自己去撵他吧。

老邝和小钱先后出去撵人，到了外面，男孩不见了，他的铁箍还靠在水泥电线杆上，微微地颤动着。他们知道男孩是躲起来了，老邝喊了一声，给我出来，小兔崽子，把你送到派出所去！

没有回应，男孩不知躲到什么地方去了。老邝还坚持要往电线杆山的那边去搜索，小钱用那铁箍把老邝的胳膊套住了，压低嗓音说，别去惹那孩子了，刘梅仙那娘们你也不是不知道，惹了她儿子就是惹了她，惹了她就是惹了天，犯不上嘛。老邝愣了一下，眼前浮现出一个中年女人憔悴的发黄的圆脸，还有她的明亮而多疑的眼睛，然后老邝突然记起来，刘梅仙因为不愿意下放去苏北，大闹区政府，被人打伤了，老邝那天下班时，亲眼看见区里的人用一辆法院的吉普车把她送了回来，那女人满脸泪痕，弯着腰从车里出来，右手的胳膊已经用纱布固定在木板上，眼睛里燃烧着残余的怒火，但更多的是一种羞耻和茫然的眼神，街上的人很快弄清楚了，为什么区里会用吉普车把刘梅仙送回来，原来是被专政了。有人在旁边仗义执言，说，刘梅仙是很凶，她不肯下放做钉子户也是不对的，可是她再怎么凶，再怎么不对，政府也不能打人呀，看把她胳膊都打坏啦。老邝记得刘梅仙满脸泪痕，埋着头往家里走，对旁边邻居们的各种提问都不予理睬，从吉普车里跳下一个区里的干部，一只眼睛被纱布和胶带蒙得严严实实的，他激愤地站在一大堆群众面前，指着自己那眼睛说，你们不要被现象蒙骗了，谁打谁？不是政府要打她，是她要打政府的人，我的眼睛差点给她戳瞎了，你们不知道，这刘梅仙当钉子户一年，越当越有理，区里的人差不多给她打遍了！

他们回到办公室，看见小凌还伏在窗台上，气呼呼地瞪着两个同事，怎么就回来了，他躲在大货箱后面呢。老邝把铁箍扔在墙角，问女会计,那孩子天天到这儿来,到底是为了什么?女会计说,你是装糊涂还是怎么的?不管大人还是孩子,到我们这儿来的,还能为什么?都是为电灯的事!老邝说,他们家还装什么电灯,钉子户,别人家装,他们家不能装。再说刘梅仙也不要装,她不是不舍得买电表嘛,她说点电灯费钱,蜡烛省钱。女会计说,那是刘梅仙说的,大人说的,他们家孩子没这么说,左右邻居都用电灯了,他们家没有,他们不干!

正说着话呢,窗玻璃上响起咚的一声,把职员们吓了一跳,外面闪过了男孩的身影,然后是更响亮的一声,玻璃发出了碎裂的声音,这次是小钱先跳了起来,骂道,这小×养的,欺负起大人来了!小钱毕竟年轻,反应和动作都快,风一样冲出去,一会儿拽着那男孩的耳朵,把俘虏带进来了。

男孩穿着件肥大的军装,腰间还束了根皮带,军装是自己缝自己染的色,看上去那军绿色斑斑驳驳的,很不均匀。小钱抓着他的耳朵,男孩的脑袋便很委屈地歪着,他的肮脏的小脸涨得通红的,一溜鼻涕流出来,搭在嘴角边,他不停地吸溜着鼻子,很明显是想让鼻涕回到鼻腔里面去。把铁箍还我,还给我!他歪着脑袋大声地嚷嚷着,一边跳着,移动着,试图去挣脱小钱的手,小钱不松手,他说,本来是要还你铁箍的,现在你把我们的玻璃砸坏了,铁箍不能还你了,回家拿钱去,一块玻璃要八角钱,你赔八角钱来,我就把铁箍还给你。

老邝和小凌,一个是三个孩子的父亲,一个虽然为列宁装上的唾沫耿耿于怀,毕竟是女人,看见男孩耳朵被揪得发紫了,都动了恻隐之心,上去把小钱推开了。女会计察看了一番男孩的耳朵,替他揉了一下,积怨瞬间复活,忍不住又冷笑,一根手指戳着男孩的鼻子,你这孩子,哼,不是我说你,有点欺软怕硬呢。老邝负责把孩子往门外推,一边推一边认真地吓唬他,这次饶了你,以后再敢往我们这儿跑,就算你破坏光明计划了,你要是破坏了光明计划,就是反党,反党就不是拧耳朵了,是枪毙,就地正法!

男孩已经被推到了办公室的门口,反党和枪毙这些词让他眼睛一亮,也激起了他的什么灵感。他突然回过头来,大喊一声,放开我,游击队就要来了!老邝没反应过来,问他的同事,他说什么?什么游击队来了？女会计说，谁知道什么意思？小孩子胡言乱语，看电影看的吧。小钱在后面噗哧笑起来，说，这小狗日的，他是说他养着一支游击队呢，要让游击队来消灭我们。男孩被一种紊乱的想象控制着，眼睛里闪出仇恨和亢奋的光来，他用一只手指着办公室半空中的电灯，你们才反党，为什么你们都有电灯，我们家就没有电灯？不给我们家装电灯，你们就是反革命！男孩嚷嚷着，他的小脸被愤怒的火焰烧得通红，枪毙你们，枪毙你们，再不给我家装电灯，游击队来了，把你们都毙了！

临近傍晚，办事处墙上的喇叭里响起了一阵欢乐的旋律，对农村广播节目开始了，三个职员要准备下班了。他们几乎是同时欠起了身子，小凌锁她的抽屉，老邝给他桌上的一只座钟上发条，小钱把喝了一天的一杯茶泼到门外，剩茶差点泼到了一个人身上。

是刘梅仙的大儿子春生来了，一个发育得过分强壮的毛头小伙子，个子不高，但肩宽腿粗，像一块石板一样横在办公室门口，一副来者不善的气势。小钱就那样和春生在门口对峙着，眼睛对眼睛，谁也不肯先说话。春生头上戴着一顶黄军帽，耳朵上架着一支香烟，蓝色的工作服敞着怀，胸口有一排弧形的字样，是肉联厂的工作服，上面印着"抓革命促生产"的口号，不知道他是从哪儿弄来的。

大家都认识春生，谁不认识春生？香椿树街上有名的打架坯子，暂时还没有弄出人命，但那是迟早的事。看春生那阴沉的表情，女会计小凌第一个反应过来，说，小钱你不是急着要走嘛，先走吧。小钱明白她的意思，退了一步，终究不肯示弱，又上去半步，先发制人地问，你干什么？老邝也在后面说，你干什么，我们下班了，有事明天再来。

春生上来推了小钱一把，是你欺负我弟弟吧，你这么大个人，欺负小孩子，也不嫌丢人？小钱不甘示弱，要推一把回来，老邝及时地插到了两人中间，把小钱往后面推，谁欺负你弟弟了？小孩子的话你也信？老邝指着窗户玻璃，对春生说，看见那玻璃了？是你弟弟用石头砸的，一块玻璃要八毛钱，你知道的吧？你别跟我这个态度，我问你，小孩子做了坏事，要不要教育？

春生斜着眼睛朝窗玻璃扫了一眼，教育个屁！他轻蔑地冷笑一声，不就一块玻璃嘛,什么八毛钱,我明天给你们卸两块来,赔你们一块,再卖一块给你们,八毛钱,你们要不要?

老邝一时不知道怎么回答,说,你这是什么话,难道我们还拿玻璃讹诈你弟弟?也不是真的要你们赔八毛钱,就是要让你家大人来,你那弟弟,要教育教育。

教育个屁!春生说着发现了墙角那儿的铁箍,他用胳膊肘一扫,扫开了老邝,径直过去拿起了铁箍,抓在手上转了转,然后他突然正色道,教育?还是让我来教育教育你们,做人不要太势利,给自己留点后路。

你这话我就更糊涂了,老邝说,谁势利了?什么后路前路的,你吓唬人也得有个道理。

装什么糊涂?春生用仇视的目光盯着老邝,他说,你这老不死的就是势利,你不势利为什么给郑主任家送了那么大一个日光灯?你不势利为什么不给我家装电灯,桑园里家家户户装了电灯,你他妈的就是不给我家装!

为什么不给你家装电灯,别来问我,问你妈去,香椿树街七户人家都下放走了,为什么你们家要做钉子户?老邝有点急眼,嚷起来,我按政策办事,做了钉子户就没有电灯,全市都统一的政策,你要骂就骂市里的政策去,是政策势利,不是我老邝势利!

提到钉子户三个字,春生狂躁的表情便有点收敛了,似乎那三个字就是三个钉子,钉在春生的心里,伤及了什么,他羞于表露他在那儿受了伤,就转着他弟弟的铁箍,一边转一边瞪着办公室的水泥地面。钉子户?钉你家奶奶!他说,腿长在我们身上,我们愿走就走,不愿走就不走。

不走就没有电灯,这是上面的政策。女会计小凌这时候插嘴道,我们没办法,不是谁故意欺负你们家,你们家虽然人还住在桑园里,户口已经走了,到了苏北什么县里了,要装电灯也要在苏北装了。

苏北有电灯?乡下有电灯?春生突然对着女会计吼起来,你这个蠢×,你把我当傻子骗呢,连傻瓜都知道,到了苏北乡下,蜡烛都不好买,哪来什么电灯?拿你的脑袋做灯泡吗?

春生对小凌粗暴的态度引起了两个男人共同的愤怒，老邝对她说，你锁好抽屉，下你的班，跟这种小流氓讲道理，粉墙上刷白水，没用！一直在旁边不耐烦的小钱干脆撞过来，要把春生往外面推，滚出去，不跟你这种垃圾啰嗦，你还以为我怕你了？

他们三个人一齐行动起来，小凌也是气急了，干脆拿起了拖把，用拖把柄顶着春生的肩膀驱逐他，春生开始还仗着体魄把住了门框，无奈拖把柄顶过来，受不了了，只好松开了手，但松手的同时，他不失时机地用铁箍箍了老邝一下，然后他站在外面，挥舞着铁箍大声说，你们这帮势利虫，我勒令你们，三天之内给我们家装好电灯，不装好，小心你们的脑袋！

三个职员没有来得及回应春生的威胁，小凌发现老邝的脖子被铁箍拉出了一道血痕，是她先惊慌地尖叫起来，血，出血啦，要出人命了，快去叫派出所来！

暮色一层层地压在麻石路上，香椿树街新生的路灯此起彼伏地亮起来，下班的人们嘈杂地通过街头，空气中充满了慌乱而快乐的声音，一些临街的厨房里早早飘出了烹炸的油烟，北面枕河的那些人家背光，他们的灯光也亮得早，十五支光或者二十五支光，很谨慎地透过油腻的窗子，与街上的路灯光融在一起，算是万家灯火了。万家灯火穿透一街的油烟，那昏黄的灯光里似乎也漂浮着一股新熬的猪油香味。说起来，城北的每一盏灯火都有老邝的一份功劳，老邝平时走在街上的灯影里，心里是洋溢着某种自豪的，但是现在，他像个小偷一样躲避着那些灯光，唯恐让人看见了他的脖子。卫生所的人沿着老邝脖子上蜿蜒的血痕，认真地涂上了红药水，现在他的脖子上像是爬了一条鲜红的蚯蚓，怎么看都有点吓人。走到鸭蛋桥下，老邝犹豫起来，他的自行车也摇摆着，不知道是走还是停，让他犹豫的还是脖子的问题，要不要去桑园里，让刘梅仙看看他的脖子，老邝不是要怎么她，他一个大男人，总不能跟妇女孩子一样上门叫屈，他是气不过，怎么就遇上了这样的一家人？刘梅仙不教育自己的孩子，他就要去教育教育刘梅仙。

老邝把自行车锁在桥下,人就上了桥。站在桥顶上,可以清晰地看见桑园里的那些杂乱的房屋,老邝一眼认出了刘梅仙家,桑园里人家都亮起了灯,新生的白炽灯光勾勒出一大块羞涩而喜悦的暖光,只有一家窗户是黑着的,门是黑着的,蹲在泡桐树的树影里,像一座孤傲的荒岛,他知道那荒岛一样的人家,就是刘梅仙家。

老邝站在刘梅仙家门口,看见门是开着的,堂屋里拉了几排绳子,绳子上挂满了什么奇形怪状的东西,还滴着水,水就直接滴在地上,所以地上也是湿漉漉的,泛着水光。老邝试探着往里面走了一步,一只脚小心地踩在砖头上。这下他看清楚了,绳子上挂的都是洗过的手套,一定是为哪家工厂清洗的手套。老邝喊了一声,喂。他看见一根绳子动了一下,但是没有人应声,只有一阵绞水的声音回应他,嗒,嗒嗒嗒。老邝又喊了一声,喂。这下从手套丛中钻出来个女孩子,喂什么喂?她说,我们这里没有喂,你就不会喊声同志?同志,你找谁?

一个十四五岁的女孩子,梳了个羊角辫,腰间围了一个塑料围裙,手臂上戴着两个蓝色的护袖,像一个忙碌的女工一样站在老邝面前。尽管光线很暗,老邝还是能感觉到她的眼睛很亮。我认识你,你是管电灯的。她的声音突然变得有点兴奋,要给我们家装电灯了?

老邝说,你妈妈在家吗?我找你妈妈说点事情。

女孩摘下一只护袖,往后面的天井走,一边走一边摘另一只护袖,但她突然停了下来,不对,不是来给我们家装电灯的,没这么容易。她自言自语地嘀咕着,马上又恢复了戒备,你什么事找我妈?有什么事跟我说一样,我妈被人打了,一直躺在床上呢。她返回来,有意识地堵住老邝的去路,用尖锐的目光打量着他,同志,你到底什么事?跟我说好了。

跟你说没用。老邝说,我找你妈妈说。

我妈妈不在家!女孩这么尖声一嚷,自己把自己吓着了,吐了下舌头,她回头朝天井那里看了看,压低了声音,我说不能找我妈,就不能找!她很霸道地叉着腰,堵着老邝,到底什么事,你倒是说呀,扭扭捏捏干什么,亏你还是个男同志呢。

我跟你个小姑娘说个屁呀!老邝有点火了,说,你管得了你哥哥,你管得了你弟弟？你弟弟打碎了我们办公室的玻璃，你哥哥就是个小流氓，看看我的脖子，看，让你哥哥用铁箍拉的！

老邝发火的时候看见一条小小的黑影从天井闪出来，很快，又缩回去了。老邝指着天井说，把你弟弟叫出来，问问他今天干了什么坏事？女孩子却瞪大眼睛察看着老邝的脖子，吓死人了。她终于看清了那道血痕，大惊小怪地跳了一下，然后很快镇定下来，说，是我哥哥弄的？你这么老了，他怎么会跟你打起来的？不可能，你说是他，有什么证据？

我这把岁数，诓你这个黄毛丫头干什么？脖子上那么长那么丑一条血疤，你还要什么证据！老邝又气又急，人一急就没风度，他推开了女孩子，人径直往里面闯，他说，我就不信了，你们家这儿不是共产党的天下？我就不信拿你们这家人没办法？！

老邝先是感到他的衣摆被拉住了，他手一撇，把女孩撇开了，但是他没能接近天井，因为女孩突然追上来抱住了他的腿，女孩半跪在地上，眼睛直直地瞪着他，已经是哀求的目光了。求求你，别去找我妈了，她不能再受气了。女孩的声音里也有了哭腔，她说，我以为你来给我们家装电灯呢，原来是告状，求你了，别跟我妈去告状，谁都来告状，谁都来气她，她的身体会气坏的！

这么一来，老邝尴尬了，好不容易才掰开了女孩的手，他不忍心往天井里闯，这么不了了之地走，又不甘心，就站在门口，向门内门外张望着，气呼呼的。他对女孩子说，看你这么孝顺，我不找你妈，可你哥哥，不能这么放过他，他没有王法，我现在放过他，日后他闯出大祸，无产阶级专政不会放过他。女孩现在倚靠在墙上，慢慢地摘她的另一只袖套，什么专政不专政的，我哥哥是人民内部矛盾，不是敌我矛盾！她机警地反驳了一句，脸上露出了一丝狡黠的微笑，你等不到他的，他现在不会回家的，他在河对面，我们家烟囱不冒烟，我哥哥不回家。

老邝后来走神了。他在打量桑园里的这户人家，这户该下放而没下放的钉子户，还顽固地在桑园里生活着，真的像一颗钉子，钉在桑园里了。门上的光荣榜应该贴过好多次了，贴一次揭一次，都没有揭干净,所以门上还残存着一片片红纸,或新或旧,依稀可以看见冷水县三个字,那应该是刘梅仙家下放的地方。老邝活了大半辈子,从来没离开过这个城市,从来没去过那些艰苦的穷乡僻壤。冷水县有多远?冷水县会是什么样子?冷水县的房子是草房还是砖房呢?他想象着这一家人去了那里会住在什么样的房子里,干什么事,种地?做工,还是洗手套呢?老邝清了清嗓子,几次想问女孩,终究不知道该先问什么,结果问了个不相干的问题,你一天洗多少副手套呀?女孩有点爱理不理,勉强回答道,没数过,有数数的时间,又可以洗几副手套了。

  屋里的黑暗带着丝丝冰凉的气息。借着邻居家投来的灯光,老邝突然看见墙上挂着何大林的遗像,这个死于武斗的搬运工人,现在两手空空地守着一面墙,没人说他的死重于泰山,也没人说他的死轻于鸿毛。老邝想起来,以前在鸭蛋桥下跟何大林下过几盘棋的,他不禁朝遗像多看了几眼。似乎预见了自己的死将无法鉴定其价值,死者的眼神显得茫然而焦灼,也许预感到自己将给妻子儿女带来麻烦,死者拍照时的表情还有点心事重重,你看他他也看你,要拜托什么事的样子。老邝不知为什么,突然有点心虚,他低下头,闻见了一股强烈的消毒药水的气味。堂屋里的那些手套垂挂在绳子上,仍然有水滴悄悄地滴下来。老邝踮起脚踩着砖块。悄悄地撤退了。你们家空气不好。他跨到门外,回头对女孩说,你用那么多消毒药水,手要烧坏的,得戴橡胶手套。

  女孩并没有听见他好心的劝告。老邝走到外面了,听见女孩追过来,说了一句话,我哥哥是不好,可你们自己也不好,为什么不给我们家装电灯?你自己看看,桑园里家家亮着灯,就我家是黑的,凭什么我们家就该是黑的?看我们家好欺负是吗?你们是在欺负人呀!

  老邝走到外面了,听见女孩的声音,下意识地向桑园里四周看了一圈,正如女孩所说,他看见左邻右舍的灯光包围着那个黑暗的家,别人家的灯光照亮了刘梅仙家的外墙,还有她家花坛里的一丛葱,几根鸡冠花,但从堂屋开始,那户人家是浸没在黑暗中的,老邝看见的唯一一点亮光,是女孩子塑料围裙的反光,微微发蓝,看上去有点神秘,有点凄凉。

城北办事处的人们怎么也没有想到，刘梅仙会给他们送礼。几天后老邝来上班，看见小钱叼着根香烟，很诡秘地对他笑着，老邝自己的桌子上也放着一盒大前门香烟。女会计从老虎灶提着一只热水瓶回来，有点亢奋地说，太阳从西边出来了，那刘梅仙也知道送礼，给你们男同志香烟，我也不吃亏，塞给我一大包奶油话梅。

什么送礼不送礼的，这是为她儿子干的好事付账嘛。小钱嬉笑着说，老邝挂了彩，拿一盒香烟是吃亏了，我们倒是白赚的。

她什么目的？老邝皱着眉头看那盒香烟，埋怨道，你们也不看看谁送的东西，她的礼你们也敢收？

为玻璃的事打了个招呼，你脖子的事没提，恐怕她到现在也不知道这事。女会计说，我想告诉她的，看她那手还上着夹板，跟个伤员似的，就没好意思提这话茬。

提那事干什么？反正都好了，穿件高领毛衣，也看不出来。老邝说，她这样的人肯花钱送礼，一定有目的的，到底什么目的？

目的是有的，肯定是装电灯的事吧，吞吞吐吐半天，也没说出来。女会计说，大概是让孩子闹的，她打听有没有便宜的电表，有便宜的也没用，我把她的话头堵回去了，反正这电灯，她家也用不上了。

怎么用不上了？老邝预感到什么，问，这钉子户拔出来了？他们家要走了？

拔出来啦！女会计说，区里天天上门做她的思想工作，把她做通了。这刘梅仙也精明，给孩子争取到了城镇户口，区里给刘梅仙这么大个面子，她也领情了，说是要到冷水县去过新年了。

老邝愣了一下，叹了口气，他不知道自己为什么叹气。老邝隐隐地感到一种不安，他看着那盒香烟，小心地撕开锡箔，拿起来闻了闻，没有消毒药水的气味，香烟散发着烟丝特有的清香，然后他凝视着烟盒上的大前门图案，眼前浮现出桑园里那个低矮的漆黑的屋子，还有他想象中的一所乡下的房子，草顶土墙，孤零零地竖立在田野之中，那是他想象中的刘梅仙在冷水县的新家。老邝依稀看见那洗手套的女孩站在家门口，田野里挂满了绳子，绳子上挂满了湿漉漉的手套，老邝想起了女孩的那条塑料围裙，时隔多日，他还记得那围裙在黑暗中的一小片蓝光，然后老邝又想起了墙上何大林的遗像，他问小钱，你还记得何大林吗？以前跟我下过棋的。小钱说，怎么不记得？你也就能下过他了。小凌不记得他下棋的事，说何大林其实也很精明的，以前在装卸队搬红薯干，就叫儿子去，他把麻袋戳个洞，一路走红薯干一路掉，那春生就跟在后面捡，用衣服包着带回家。老邝拦住她的话头，说，人都死了，你怎么还计较这些事！

光明计划接近尾声，施工队的人又开始在办事处出出进进了。办事处与施工队的关系已经和睦，和睦之后吵架变成了相互的诉苦。不只一个人来向老邝诉苦，说有个小男孩很讨厌，老是在工人们身边转悠，跟屁虫似的，一会儿藏个脚蹬，一会儿拿个缠线瓷的，怎么撵也撵不走。老邝猜到是刘梅仙那个小儿子，他没说什么。可是有一天下午，男孩跟着两个运电线的工人，一直跟到了办事处外面，自从玻璃事件发生以后，男孩不敢再靠近办事处，他远远地站在公共厕所那里，老邝去上厕所的时候，看见男孩一猫腰闪到墙后面去了，手里还拿着一只灯泡。老邝问工人，你们怎么让他拿灯泡？工人说，是只坏灯泡，钨丝爆了，他非要拿着玩。这孩子缠人，他说香椿树街家家都有电灯了，就他家没有电灯。老邝说，是呀，家家都有电灯，就他家没有。谁的责任呢？反正不是我的责任。他这么嘟囔着，突然看见那男孩从墙根那里露出半个身子，几乎是炫耀地对老邝晃了晃手里的电灯泡，他说，看，我有电灯！老邝想笑，却笑不出来，老邝在厕所的小便池那里站了很久，他的前列腺没有问题，可是他一时怎么也尿不出来了，男孩在那里，他的乌黑的眼睛看着他，他手里的废灯泡对着他，老邝怎么也尿不出来，老邝朝他挥手，走，厕所边有什么好玩的？快走开！男孩不动，拿灯泡转着，对准老邝，就像掌握着一只探照灯。老邝莫名地感到一股尖锐的光，刺痛了他的眼睛，他尿不出来。小兔崽子，算你凶！老邝突然就跺了跺脚，对男孩喊，快回家去，回家去我们就给你装电灯！

那天下午老邝从厕所回来，表情有点凝重，他翻箱倒柜找一只从办事处拆卸下来的旧电表，两个同事明白过来，都对老邝的善举表示了含糊的赞赏，但因为这善举失去了现实意义，政治意义也有待商榷，他们都明显地持反对意见。小钱主要强调施工队的懒惰，凭空给他们加上一个工作量，不知道要费多少口舌，女会计是从时间上计算出这计划的鲁莽的，她说，老邝，他们就要下放了，过几天就元旦了，这一家人要去冷水过新年的，你费这么大劲给他们家拉了电灯，他们也用不上呀！老邝主意已定，说，用一天也好！小钱在一边提醒他，说，老邝你发善心也不能违反工作程序，还是向区里请示了再说吧。老邝就不耐烦起来，请示个屁！他的情绪有点冲动，也有点悲愤，最让两个同事意外的是，老邝最后就像刘梅仙的那些儿女一样，喊了那句话，再怎么样也不能欺负人，香椿树街道家家都有电灯，为什么他们家不能有电灯？！

时隔三十多年，桑园里的人们现在都不记得刘梅仙家了，更不记得她家灯光的故事了，那灯光只亮了一夜，除了那一夜灯光照耀过的一家人，记得这件事的大概只有老邝了。

老邝那夜从桥上经过，特意注意了一下桑园里的灯光，桑园里的所有人家沐浴在一片黄沉沉的灯光里，这使那里的灯光看上去匀称了，公平了，不仅是灯光，冬天的夜色看上去也匀称了，公平了，老邝的心里感到一种安宁，当然还有一点得意，是他让刘梅仙家亮了起来，电表都不要花钱买的。老邝当时不知道刘梅仙家的灯光只能亮一夜，他看了看刘梅仙家的灯光就得意地下桥了，他不知道刘梅仙家的第一夜灯光，也是最后一夜灯光。

第二天早晨老邝上班路过鸭蛋桥，正好看见那辆披红戴绿的大卡车停在桥下，由街道妇女们组成的锣鼓队守在桥下，锣和鼓并不默契地配合着，各自发出了独立的喧闹声。春生和他妹妹已经在卡车上，春生靠在车板上，嘴里叼着香烟，跟下面的几个小伙子说着什么，女孩子坐在两只木箱上面，胸口戴着一朵大红花，她一直焦急地看着桥头。桥下有好多人在看热闹，他们也循着女孩的目光朝桥头张望，人群里有人在起哄，敲呀，敲得热闹点，不热闹他们不肯下来！终于锣鼓声大作，越来越混乱，刘梅仙和她小儿子的身影出现在桥头，一个看上去很瘦小，另一个更瘦小。桥下的人于是都鼓起掌来，说，下来了，总算都下来了！

那母子俩都下来了。刘梅仙眼睛是红肿的，除此之外，她的表现没什么不妥，虽然不肯笑，沉着个脸，倒也没有哭哭啼啼的扫大家的兴，毕竟算个聪明女人，最后还是识时务的。她右手上的夹板拆掉了，还不敢随便动，半悬在腰间，另外一只手操了个篮子，篮子里是一捆湿漉漉的腌菜，看上去鲜嫩可口。最让人们好奇的是那男孩，男孩抱着一只小纸盒，跟着他母亲小心地走下桥来，众人的目光都不由自主地被那只粉笔盒吸引了，桥下有人问卡车上的女孩，你弟弟的盒子里装的什么，是麻雀？还是小老鼠？女孩摇头，明显不肯透露详情。又有人问，是蚕宝宝吧，你弟弟到我家天井摘过桑叶的。现在什么天气了，还有蚕宝宝？女孩忍不住了，向那个多嘴的人翻了个白眼，说，他傻你们也傻，什么蚕宝宝，什么麻雀老鼠的，是灯泡！告诉他那边没有电，带灯泡没用，他不信，非要带着那灯泡！

老邝挤在人群里，看着那母子俩下了桥，有个半大小伙子凑过去，趁乱强行打开了男孩的盒子，盒子在男孩的惊叫声中打开来了，先飞出来一只手套，然后好多脑袋拥上去看那盒子，其中包括老邝的脑袋。老邝果然看见了一只灯泡，一只灯泡躺在几只手套的怀抱里，躺在一只粉笔盒里，看上去非常温暖，也非常安全。

（选自《收获》，2007年第5期）

点评者：刘晓南

小说是作者《城北地带》系列小说"香椿街"故事的延续，驾轻就熟的题材、老练流畅的笔法一如既往，而境界却更为阔大幽深。对抗"专政"、拒不接受"下放"的"钉子户"一家为了争取安装电灯与供电处主任老邝之间的斗争是故事的"表"；理直气壮的老邝内心的逐渐动摇与倾斜为故事的"里"。因了这一层纠缠于表的里，小说便有了一种溢于言表的悲悯。渗出于故事之外的，是丝丝缕缕的人道思考与关怀。

小说的动人之处，恰在老邝一点点被融化的过程，那过程也正是读者的灵魂一起被融化的过程。它微妙得令人难以察觉，却先天地存在于人性那高于一切的善中。电灯散发着城市一切令人向往的现代文明气息，它光明、温暖、充满了归属感，也意味着生活的勇气与希望。而不给那家人装电灯，让他们独自陷落在被光明包围的黑暗中，是"人民专政"孤立他们、驱逐他们、惩罚他们的手段。"为什么我们家没有电灯"这一执拗的追问，以及背后没有发出的"为什么我们要被驱逐"、"为什么我们就该如此"的诘问，直问到每个人内心深处，让我们在专政与人道、律令与人情之间做出未必理得也难以心安的选择。苏童回避了对那段历史政治正当性的审判，将目光温柔地投注于一个毫不起眼的角落，当善良和爱意拂过冰冷的时代车轮，我们不禁感受到一种温暖的颤栗。这颤栗像一只尾随而至的猫，悄然浮现于故事的层递演进之中。

如果说上世纪八九十年代之际的苏童还是一个技巧的顽童，通达世事的洞察者；那么现在的苏童，则由绚烂而归于平淡，愈见慈悲关怀之心。小说素面朝天，却沉郁悠远，浑然天成。

福翩翩

迟子建

天还睡着呢，柴旺家的就醒了。她怕惊醒柴旺，便抱起被子底下的棉袄棉裤，下了炕，摸到鞋，提着它们到西屋穿戴去了。昨夜炉子断火早，屋子冷飕飕的，柴旺家的光脚走在水泥地上，就有踏着霜的感觉。她鼻腔发紧发痒，知道是喷嚏在里面鼓噪，便用棉袄掩住口鼻，三步并作两步地快走，忍到腿迈进了西屋的门槛，才把喷嚏打到棉絮里。

柴旺睡着，他有理由睡得沉，昨晚他吃了两样好饭呢。

第一样好饭是端到桌子上的一锅肉片酸菜粉丝汤。后院的王西林家宰猪，柴旺家的打开钱匣，手指在一堆花花绿绿的钱间抖来抖去的，想到狱中的儿子时就合上了钱匣，可一想到柴旺消瘦寡黄的脸时，又忍不住掀起钱匣的盖儿。最后她还是摸出十块钱，买回一窄条五花三层肉，连着皮切成均匀的长条，加上花椒大料、蒜瓣葱段，用白水清煮。她没有炝锅，一是为了省点豆油，二是觉得肉里存着肥油，慢火煎熬后，油星自然会抽身而出，一颗颗泛起，汪在汤面上。当油星越聚越多，汤面有了星空的气象时，柴旺家的从缸里捞出一棵酸菜，切成丝，投进锅里。美艳的肉条和暗淡的酸菜在炉火的煽动下，开始了不间歇的亲吻。肉香味飘了出来，汤汁也逐渐缩紧了，这时再把一绺白胡子似的粉丝撒进去，看着它由僵硬变得柔软，通体透明，像一缕缕光把汤照亮时，就可以把汤锅从火炉上撤下来了。

柴旺每天出去找活儿干，总是天黑了才回。好像一个靠力气吃饭的男人，若是在天光明亮时归家，就是无能和懈怠的表现。不管柴旺这一天揽没揽到活儿，挣没挣到钱，只要看见丈夫踏进家门，柴旺家的心里就会泛起一股怜惜之情，赶紧把温热的洗脸水端来，让他洗去一天的风尘；再把饭菜摆上桌，让可口的饭食除去他身上的寒气或暑气。当然，隔三差五的，他们也会相拥着，在暗夜中合唱一折"鸳鸯戏水"的戏，然后心满意足地睡去。柴旺向老婆求欢的时候，通常会说，我想吃"那一口"了。

昨晚，柴旺蹬着三轮车回来，看到老婆端上桌的那锅肉片酸菜粉丝汤，就像被阴雨笼罩了多日的人突然看见了太阳一样，脸上露出了久违的笑容。他们守在锅前，一碗连着一碗地畅快地吃。汤锅见底儿了，柴旺身上的另一种力气也滋长起来了，他在老婆洗刷碗筷的时候说，我要吃"那一口"。柴旺家的嗔怪道，我就知道，给你吃了"这一口"，你就会想着"那一口"！柴旺嘿嘿笑了，说，还不是你把我的那根馋虫勾引出来了？

柴旺家的在灶房洗碗的时候，看着炉火将熄，没有再往里面添柴。一则为了省点柴火，二则吃"那一口"的时候，屋子凉些才好，这样两个人会更紧地搂抱着，不舍得分开。果然，柴旺吃第二样好饭的时候，把柴旺家的紧紧箍在身下，说不出的缠绵和热火。

柴旺家的调理男人的手段除了这两样好饭外，还有一着，就是称谓上对男人的依附。她原本叫王莲花，可自从嫁给柴旺后，就让人们唤她柴旺家的。她那伶牙俐齿的姐姐王莲蓉曾挤对她说，你也真没出息，嫁了个男人，把名字也给嫁丢了！王莲花笑着对姐姐说，女人嘛，进了谁家的门，就是谁的人了。随着男人的名字叫，他会觉着得到了一个宝，要好好爱惜着。他会拼了力气让这个家过得好的！王莲蓉一撇嘴说，什么宝，再好的女人，不管进了谁家的门，头三年是宝，接下的三年是草，余下的日子就是糟糠了！王莲花不在意姐姐的讥讽，照样有滋有味地当她的柴旺家的。这二十年过下来，虽然生活有那么多的不如意，但柴旺还是柴旺，她也仍然是幸福的柴旺家的。倒是姐姐，那个近五十岁了还要强迫丈夫唤她昵称"蓉蓉"的王莲蓉，虽然衣食无忧，但感情上却很落寞，男人四十多岁时就萎靡了，近些年她等于是守着空房。

柴旺家的穿戴好,来到户外。北风吹着,黎明前的星星虽然稀少了,但留在空中的每一颗都异常明亮。柴旺家的喜欢把星星联想成一簇簇火花,她想自己要是能摘下几朵多好啊,把它们放在炉膛里,永恒地燃烧着,发出光和热,省却了她为柴火操心。

邻居刘老师家的狗听见动静,知道是柴旺家的出来了,便温柔地猯叫了几声。柴旺家的隔着板障子冲那院说,空竹,我去北山搂树皮去了,你可得帮我看着点院儿啊。狗"唔唔"哼着,似是答应。柴旺家的从仓棚拎出两条麻袋,叠好,夹在自行车后座上,又把一个铁挠子插在车把的篮筐里,推着自行车出了家门。

腊月天,刀子天。腊月风,似鞭子。风把屋顶的雪搅扰得四处飞扬,让人以为下雪了。坑洼不平的巷子里一个行人也没有,柴旺家的深一脚浅一脚地走着,自行车则跟着高一脚低一脚地"哐啷——哐啷——"地叫着。上了水泥马路后,柴旺家的跨上自行车,可她行进得很艰难,一是迎着风走,阻力大;二是天太冷了,车链冻僵了,蹬起来滞重。柴旺家的索性跳下车,推着走。反正天还没大亮呢,回去做早饭来得及,再说步行身上还暖和。

柴旺家住在城西。这座县城不大,只五万多人口。城区主要分四部分:主城区、次城区、城东和城西。主城区是清一色的楼房,政府的主要机构和两个大的购物中心均设置在那里;次城区也是楼群,不同的是衙门少,商铺多。商铺多的地方人气旺,所以这一部分是城里最热闹的地方。城东呢,是楼房和平房交织处,县里的重点高中建在那里,虽然有些零乱,但还是充满了生气。只有城西,是一片连着一片的平房,这一带原来有两家大厂子,一个是机修厂,一个是造纸厂,如今造纸厂黄了,机修厂也因经营不善,缩减了规模、裁减了人员,所以住在这一带的工人多半都下岗了。一个散发着清贫之气的地方,商业自然会不兴,这里只有几家小的杂货铺和连幌子都不需挂的小饭铺。

柴旺家住在城西,已经有三十几年了。他年轻时在机修厂当车工时,就和母亲住在这里。母亲过世后,他又从这里把王莲花迎娶进门,生下了儿子柴高。王莲花喜欢柴旺的忠厚,更喜欢他那一身的力气。她爱上柴旺,是因为一块石头。那一年秋天家里多腌了一缸酸菜,缺一块压酸菜的石头,王莲花就骑着自行车,去城西的乌吉河寻石。机修厂就在乌吉河畔,每到夏日的正午,吃过饭的工人们喜欢到河边洗澡、晒太阳、打扑克。秋天时,他们爱玩"打水耗子"的游戏。几个人围成一圈,抓阄选中一人当水耗子,把他圈在中央,给他三分钟时间,如果他能突出重围,每个人要敬给他一支烟,如果他失败了,就把他扔进河里,让冰冷的河水鞭挞他。那天王莲花来到河边,正好看到一群小伙子在玩"打水耗子"。被困在中央的正是柴旺。天已经凉了。可他光着脊梁,他发达的胸肌让她感觉那是一架动力十足的机器,发出强劲的轰鸣声。柴旺虽然中等个,但他弹跳好,没用上一分钟,便纵身一跃,像匹奔马一样,从圈里轻盈地跳出来。人们给他敬烟的时候,王莲花从他们身边经过。王莲花把自行车放在河滩上,去水里寻石头。她看上了一块菱形的青石。它离河边也就一米多远,在浅水中。王莲花卷起裤管,下了河。从岸上看水中的实物,往往容易看走了眼。远看它不大不小,可真正切近它时,才发现它很厚重。是水上的波纹充当了美容师的角色,为它瘦了身。王莲花试探地搬了几次,它只是微微动了动,算是跟她点过头了。王莲花那年二十二,一身的力气,她犯了倔劲,心想我就相中你了,一定要把你弄回家。她使出全身力气,终于勉强搬了起来。她咬着牙,哆嗦着走了两步,那块石头还是从她怀中挣脱了,"扑通"一声回到水里,溅起一片灿烂的水花。岸上的小伙子都笑了。柴旺也笑了,不过他不像其他人只是看笑话,他下了河,帮王莲花把石头搬上岸。那块对王莲花来说不堪重负的石头,在柴旺怀里就像一个乖巧的婴儿,服服帖帖的。他很轻松就把它放在了王莲花自行车的后座上。怕那石头在路途中遇到坎坷会被颠簸下来,柴旺又顺手掳了几把草,两三分钟便拧成一根草绳,把石头捆牢了。王莲花推着自行车离开河滩的时候,对柴旺说,我叫王莲花,你要是有难洗的衣服,我帮你洗!柴旺笑了,说,我有一件帆布工作服,一直没有洗透亮过。王莲花说,那明天中午我带着肥皂来,你把衣裳给我拿来!

第二天,柴旺果然拿来了那件衣服,王莲花用清澈的河水给它洗透亮了。他们相爱了。他们结婚时,王莲花把那块石头作为陪嫁,带到了柴旺家。她把这块青石当做了宝贝。春天收拾酸菜缸的时候,她会让柴旺把湿漉漉的它从酸水中捞出,用清水一遍遍地冲刷,使它身上不存一丝污垢,摆在窗根下,做她的石凳。夏天时,但凡缝缝补补、洗洗涮涮的活计,她都喜欢坐在上面来做。到了秋天,她会为青石再彻底地冲洗一次,然后小心翼翼把它放回酸菜缸里。所以青石一年中起码会洗上两回澡。二十年下来,柴旺家的脸上多了皱纹,而青石也被磨得失去了棱角。

柴旺家的婚后第二年生下了柴高。柴旺得了儿子后,非常娇惯他。他在厂子里利用废料,趁人不在的时候,在车床上给柴高做玩具。能滑行的铁轮小车、扬着胳膊的铁人、嘴巴可以一张一合的铁公鸡,都出自柴旺手中。柴高特别淘气,六岁时就搬着梯子上房,说是家中的被子又笨又脏,要揭下一片又软又白的云彩当被子使。八岁时,他和一只山羊顶架,被羊角戳翻了鼻孔,所以他的鼻子越长越歪。他不喜欢上学,三天两头逃学,柴旺家的不止一次用笤帚教训他。柴旺一听到儿子的哭声,就会十万火急地奔过去,抢下老婆手中的笤帚,说是小孩子骨头嫩,万一伤了筋骨,力气小了,男人的本钱也就没了。柴旺家的说,惯子如杀子,棍棒出孝子,就他这么着,将来一准是个惹是生非的主儿!果然,前年柴高就读技工学校的时候,也就是他过完十八周岁生日的第三天,他帮铁路客运段的一个受了冤屈的朋友打架,把人给打残废了,成了罪人。柴高被关进监牢,判了三年有期徒刑。柴旺东挪西借地凑钱赔偿被柴高伤害的人。直到此时,他才愧疚地对老婆说,子不教,父之过啊。柴旺家的知道柴旺幼年丧父,欠父爱,所以才对柴高溺爱过头。她抹着眼泪说,现在教也不晚啊,他出了狱才二十一嘛。

柴旺七年前下岗时,像其他人一样买断了工龄,一次性得了三万多块钱。这些钱到手后,今后的生老病死就与单位无关了。看着那三万多块钱,他落泪了。万一将来家人有个病有个灾的,这些钱很快就会化为乌有。他想绝不能单单守着这点钱过日子,他要靠力气挣钱。他先是蹬三轮车,一年下来,赚了两千多块钱。接着,他找了份美差,在烟草公司的家属区烧锅炉。虽然这工作是季节性的,但收入可观,一个冬天可净赚三千块。而且,他还省了不少烧柴钱。与他一起烧锅炉的,是一个绰号黑头的人。黑头原来在县委小车班给领导开车,因为一次交通事故,他丢了工作。黑头喜欢上夜班,他说自己落魄后,老婆跟他不亲热了,他不愿意晚上呆在家中。而柴旺天黑后爱在老婆身上吃"那一口",乐得上白班。柴旺通常是早上六点来接班,这时天色还昏暗着。他发现黑头在回家时,常常用帆布口袋在自行车后座上驮着煤,心想这不是偷吗?不过柴旺没有张嘴说什么。直到有一天黑头喝多了酒,指着柴旺的鼻子骂,你他妈的是缺心眼呢,还是想告发我?你怎么就不知道往家里驮点煤呢!柴旺说,这是公家的东西,万一让人看见,当贼给抓起来,哪多哪少啊!黑头"呸"地将一口唾沫吐在柴旺身上,说,靠山吃山,靠水吃水。我给领导开过车,什么事瞒得过我的眼睛?现在是大官大贪、小官小贪,哪个领导不是靠公家的职位给自己的七大姑八大姨办事?我们倒回家的这点煤,就是人家手中被剪掉的那一点点指甲,什么都不算!你就没占过公家的一点东西?柴旺嗫嚅着说,我也占过,早年我在机修厂时,用单位的废料给儿子车过玩具。黑头一撇嘴说,那还值得一提?从那以后,柴旺像黑头一样,三天两头地趁黑往家里偷上一袋煤,开始时战战兢兢的,柴旺家的也跟着提心吊胆的,但几次之后,他就驮顺手了,尤其一想自己在别人的眼里如同草芥,拿起来就更理直气壮了。这样,他既赚了钱,又为火炉这张贪吃的大嘴准备了充足的吃食。然而好景不长,柴旺当了三年锅炉工后,县里集中供暖的工程上马了,这样就要把那些小锅炉房取缔了。工人们在春季时就开始了挖沟改线,到了夏季,初期工程完工时,县长被检察机关抓了起来。他利用职务之便,不仅在提干上大肆收敛钱财,还在工程的招投标中做手脚,收取巨额回扣,其中就包括集中供暖工程的改造。此事一出,全城哗然,涉案的在建工程一律停工,这样,各个锅炉房在夏末时紧急调运煤,进行设备的检修,柴旺和黑头又回到了老地方。为了庆祝这失而复得的活儿,他们买了二斤猪头肉、一袋花生米和两瓶高粱烧酒,痛快地吃喝了一场。可是到了第二年春天,工程又上马了,说是尽管县长犯了法,但他做的事情是有益老百姓的,集中供暖不仅节约能源,而且能减轻煤烟对环境的污染,这样,柴旺和黑头彻底回家了。他们散伙前去酒馆喝了顿酒,两个人从黄昏一直喝到夜半,舌头都喝硬了。出了酒馆,黑头指着星星说:老子、要、要变成、一股、黑烟、飘、飘上去,熏、熏死你!柴旺也指着星星发牢骚,说:你、你们、天天往地上、撒、撒尿,这、这光、就不污染、我们啦?黑头摇晃着说:污染!柴旺也摇晃着说:污染!两个人就在这痛快淋漓的"污染"的叫喊声中相互拉了一下手,告别了。黑头很快离开这里,投奔南京的舅舅,去一家东北餐馆当厨子去了。柴旺呢,他又蹬起了三轮车,每日早出晚归地上街找活儿做。他的三轮车既拉人,也载货。好的时候一天能赚三四十,到了冬天的淡季,一天也就收入个十块八块的,空手而归的时候也是常有的。

柴旺家的在冬天走路的时候爱想柴旺,一想,身上就暖了。北风仿佛也就不是北风了,让她觉得舔着脸颊的是小猫那温热的舌头。儿子犯了事后,家中的四万多积蓄就像飞进了火中的一团棉花,顷刻间化为乌有。他们又借了两万多块钱,总算把事给平了。带着饥荒过日子的滋味实在不好受,他们不敢再添置新衣裳,不敢吃肉吃鱼,不敢买水果。夏天时,柴旺家的自己种蔬菜,把黄瓜和西红柿当水果来吃。到了冬天,他们的水果就是储藏在窖中的青萝卜。烹调用的酱油和醋一律是散装的,花椒和大料也都是最便宜的。就连她每月必用的卫生巾,也改为卫生纸了,这种纸论斤卖,便宜。为了偶尔能沾点荤腥,柴旺家的有时到鱼市上,在宰活鱼的现场,拾捡人家遗弃的鱼的内脏,回来后把鱼肚和鱼肠洗净,做鱼汤面。冬天的时候,为了省下买煤钱,柴旺家的每隔两三天就出去拉烧柴。她去山上捡枝桠,也去河套的柳树丛中把那些枯树伐了,锯成段,用爬犁拉回来。去年,她发现了一个弄烧柴的好去处,就是北山的贮木场。它虽然离家远,有十几里路,但那里的烧柴不需她费心思寻觅,到了就可以装。贮木场储存的都是从深山中运下来的原木,它们大都是落叶松,通常是二十多公分直径,比海碗大、比脸盆小的。这些成材的树经风雨多年,身上披挂的树皮也就厚实。原木被运来后,在装卸的过程中,那棕红的树皮会像秋风中的玫瑰花瓣一样,大批大批地脱落,好像原木想美美睡上一个长觉,睡前要把衣裳脱个干净。这树皮是天然的烧柴,一般是不允许人拾捡的，贮木场会把它们当做造纸的原料卖掉。看场的是个叫王店的老头，六十多了，身体结实得很，他自称一天要吃一撂烧饼。柴旺家的溜进贮木场捡树皮的时候，他呵斥过几次，后来柴旺家的把家中的遭遇说给他听，王店对她就睁一只眼闭一只眼了。不过他让柴旺家的不能白天来，让人看见的话，他会被撵回家。再说开了这个口子，别人如此效仿，也来捡树皮，这贮木场不就成了人家的柴垛了吗？柴旺家的对王店保证，她会起大早来捡树皮，天亮时就回去了，不会被人发现。就是有人看见的话也不要紧，她把树皮装在麻袋里，扎紧口，没人猜到那里面是烧柴。王店看这女人可怜，平素就把那些块大肉厚的树皮提前备好了，单独堆在一处，她来了，只需装袋就是了。有时他也给她搭个手，帮她撑着麻袋口，让她装袋时顺畅些，或是在她往自行车上捆麻袋时，帮她扶着车子。柴旺家的很感激，把自己的一件毛衣拆了，将线并成两股，织了四双厚厚实实的毛袜子，一双给了柴旺，一双寄给了狱中的儿子，另两双则送给王店了。王店接过袜子后把它们夹在指间甩了甩，就像打快板似的，用说书人的口吻问她，敢问尊姓大名啊？柴旺家的说，我叫柴旺家的。王店说，我是问你自己的名字哩。柴旺家的直起腰，想自己的本名时，头脑竟有些恍惚，她不好意思地说，我叫什么莲花的，一时还糊涂了。王店说，你这个女人我可是头回见，嫁了男人，连自己姓什么都忘了！

柴旺家的推着车子走了半小时左右，发现星星又少了许多，看来黎明之船要驶来了，这些暗礁似的星星知道阻挡不了这条金光闪闪的大船，识时务地隐去了。北风不那么猛了，柴旺家的就骑上车子。先前步行已走了三分之一的路，上了车子后，路就像进了口中的面条似的，消逝得更快了。城里的路有人清扫，车马又多，所以路上的雪是存不住的。出了城呢，由于车少人稀，无人清理，路被雪捂得严严实实的，自行车的轮子发出"吱吱"的碾雪声。雪路两侧是平坦的庄稼地，由于冬季无人涉足，那雪平平展展的。雪地上偶有的疤痕，都是麻雀的足迹。好像麻雀看它太像一床棉被了，成心要蹬出几朵棉絮，让它破破相似的。

北山已近在眼前了，天也泛出隐隐的白色了。柴旺家的到了贮木场后，发现王店已经候着她了。堆着原木的楞场上每隔二十多米支着个简易电线杆，上面吊着盏奶白色的灯，贮木场泛着青白的光。柴旺家的看见王店手里提着一只僵死的兔子。

柴旺家的，你怎么好几天不来了？王店说，我还以为你闹病了呢。

柴旺家的摘下手套，捋了捋濡在刘海上的霜雪，说，这不是快过年了吗，我给家刷了刷墙。去年苍蝇多，拍了一墙的蝇屎，过年得干净干净啊。

王店问，年忙得差不离了吧？

柴旺家的说，咱过年不像有钱人家，凡事都得弄个齐全。咱割上二斤肉，包上一顿萝卜馅饺子当年夜饭，再买上挂鞭炮放放，就算过年了！

你也不添置件新衣裳？王店说，我前天上城里去了一趟，自由市场卖的花布衫，才四十块，绿地红花，才俊呢。

我都半大老婆子了，穿新的谁看？

你家柴旺看哪。王店说，再说你也不显老，眉眼也好看。

柴旺家的笑了，说，柴旺吃饺子不爱吃皮，看人也不看皮，我就是穿着金缕玉衣，他不搭眼，等于白穿！

王店嘟囔一句，他爱吃馅啊——

这"馅啊"二字让柴旺家的想起了昨夜的缠绵，她羞涩地笑了。王店大约也意识到自己讲了可笑的话，跟着笑了。他晃着兔子对柴旺家的说，拿回去过个年吧，是我在北山套的。

柴旺家的一迭声地说，这可不行，你让我白捡树皮，已经感激不尽了！这兔子您自己留着吃吧。

王店说，我套了两只，有哩。你拿去吧。

柴旺家的便不好拒绝了。她在接过兔子的时候，心想这种野味咱可不舍得吃，让柴旺悄悄卖到饭店去，得来的钱一半自己留着，一半给老人买点吃食。

王店早已把树皮堆在一处了，这样柴旺家的带来的铁挠子就派不上用场了。她很快装满了两麻袋树皮，把它们搭在车上。自行车的后轮被这一左一右两个麻袋夹击着，就好像丢了一只轮子似的。王店把兔子放进篮筐，柴旺家的道着谢，踏上了回家的路。

天好像刚刚打过一个喷嚏，看上去神清气朗，透出活泼的亮色了。星星全然不见了，雪路也亮了。柴旺家的心情很好，她想趁着腊月天多捡点树皮回来，这样，正月就可以睡上几个懒觉了。城外的路弯弯曲曲、凹凸不平，柴旺家的握着车把，小心看着路。口中呼出的热气与冷空气聚合后，很快又给她的刘海和睫毛濡上白霜。霜越积越厚，不久便把眼帘遮盖住了，她看不清路了，不得不停下来。她边清理霜边对它说，你个短命的，投胎到我眼毛上亏不亏啊，你要落脚就到树枝上去，起码还能活半冬呢。兴许是跟霜说了俏皮话的缘故，她再次骑上车后，觉得身上力气足了，她拼命蹬着车子，很快就进了城。城西的平房上已有炊烟升起了。

太阳还没出来，柴旺家的已经干完了一件活儿，她很愉快。她推着车子走进院门的时候，听见邻居刘老师家的狗"唔唔"叫着，知道它这是和自己打招呼呢。她说，空竹，我回来了，谢谢你帮我看门啊，过年时我赏你个肉包子吃。

柴旺家的把树皮倒在院墙下，将空麻袋放进仓棚，拍打掉身上沾着的木屑，提着兔子进了门。柴旺刚起炕，正睡眼惺忪穿棉裤呢。他见老婆提着只毛茸茸的兔子进来。惊问道，你这是从哪里弄来的？

贮木场的王店大哥套的，说是送给咱过年吃。柴旺家的说。

你又去北山搂树皮去了？柴旺心疼地说，看看脸都冻红了，外面冷吧？

二九了，能不冷吗？柴旺家的说，你今天出门时把这兔子带上吧，找个饭店卖了。

柴旺说，这是野生动物，明目张胆地卖，让人抓着会罚款的。

柴旺家的说，这么说王店大哥套兔子也是犯法的了？

柴旺系上裤腰带，跳下炕，说，那是了！

柴旺家的"啧啧"地说，真难为了王店大哥！

柴旺说，你把毛衣拆了，给王店织毛袜子，现在又一口一个王店大哥地叫，以后我可不能让你去贮木场了！

毛袜子你不也有份儿吗！柴旺家的笑了，说，我不是早告诉你了吗，他都六十多了，人家是可怜咱！

柴旺穿上鞋，跺了跺脚，说，六十的人就不能吃"那一口"了？

柴旺家的朝男人的屁股上踢了一脚，说，我看你在外面学坏了！

柴旺被踢出一个屁来，这个屁像爆竹一样炸响，把他们夫妇逗笑了。柴旺说，今年兔子少，一只少说也能卖一百块。卖了钱，你给王店买上两瓶酒，再买上几斤核桃和红枣，过年了，算是咱的心意！

我也是这么想的哩。柴旺家的愉快地说。

太阳说出来就出来了，柴旺家的去灶房烧火的时候，发现玻璃窗已泛出橘黄的光晕，是晨曦扑在上面了。柴旺在她身后说，进了腊月后，卖春联的生意特别好。他发现那些春联都是印刷的，红纸上的字不是烫金就是烫银，春联的内容也大同小异，不新鲜。他有一个点子，要是自己写了春联出去卖，全城可是独一份，肯定赚钱！这生意不需大投入，买些红纸、墨汁就行。柴旺家的说，就你那两把刷子，写的字跟蟑螂爬似的，再说你又不会编词，别做这个梦了！柴旺说，我是没那水平，我可以和人合伙呀！刘老师家的春联不是年年都是自己写的吗，他那字敦实、受看，我买纸墨，他写，然后我拿出去卖，得到的钱对半分，省得他一天到晚在家闷着！

柴旺家的说，看来你也没白在外面混，还懂些生意经了！

柴旺家的邻居是七年前由城东搬过来的：一对教师夫妻，带着一对双胞胎孩子。他们夫妇一个姓，男的叫刘家稳，女的叫刘英。他们的那双女儿，一个叫刘和和，一个叫刘顺顺。刘家稳原来是语文老师，一场车祸，使他失去双腿，要想出门，只能借助轮椅，他也因此病退了。他的妻子刘英是英语老师，高挑个，白皮肤，瓜子脸，月牙嘴，细眉细眼的，从不高声大气说话，因为她是城西一带模样姣好、挣着工资而又能说一口流利洋文的女人，所以人人都知道她。他们原来住着教师楼，由于刘家稳残疾了，家中收入减少，他们就卖了楼房，买了城西便宜的平房。那套房子是小三间，和和与顺顺姐妹一间，刘家稳和刘英一间，另一间是灶房。他们家门前像其他人家一样也有个小院子，不过他们不种菜，只种花。月季、百合、矢车菊、灯笼花、菊花、爬山虎、地瓜花、葵花，只要是刘英能弄到的花种，她都种。夏季时，她家花圃的香气弥漫在小巷中，使他们家门前的巷子成了城西巷子中最华丽的一道流苏，蝴蝶爱往他家飞，鸟儿也爱往那儿落。刚来时，和和与顺顺才十二三岁，与柴高年龄相仿，他们同级不同校。和和与顺顺不常出门，她们放了学，要么做家务，要么温习功课，不像柴高，整日里疯玩。夏天时，她们喜欢坐在花圃中读课文或是背诵英语单词，柴高听见后，总要站在这院大声挖苦：哎，这是什么鸟儿在叫啊！那院的声音就会逐渐地弱下去。有时在门口碰见了两姐妹，由于她们模样一样，穿着又完全一样，柴高根本分不清谁是谁，他就会冲她们嚷，你们就不知道穿衣裳差开色儿，好让我知道谁是姐谁是妹！两姐妹就会掩着嘴笑。有一回，柴高居然长叹一口气在院子中对柴旺说，我要是有一天娶了刘老师家的一个闺女，非得闹出睡差了人的事不可！她们一模一样，我知道晚上拉到炕上的是哪一个啊。这话刚巧被在那院花圃中晒太阳的刘家稳听到了，他笑了起来，说，毛头小孩，说话口气倒大！刘家与柴家的交往，就是从这儿开始的。刘家稳不能动，碰到该男人做的活儿时，他就会在那院招呼一声，求助柴旺，帮他修个门呀，镶个玻璃呀，掏掏火墙的灰呀，或是搬酸菜缸等等。为了报答柴家，刘家夫妇主动要求给柴高补课。柴高去了刘家后，听上两道题就会打瞌睡。他一打盹，调皮的顺顺就会握着一只团扇，把他当蝴蝶来拍。柴高惊醒过来，看见顺顺的笑脸，就恼怒不起来了。兴许是柴高的话起了作用，刘家姐妹开始嚷着要穿不同颜色的衣裳了，分配的结果是姐姐和和穿红的，妹妹顺顺穿绿的。柴高从此就能分清她们了，他也依此叫她们为红和和、绿顺顺。和和比顺顺文静，功课也比顺顺好。所以升了高中以后，虽然她们都在重点高中，但和和在快班，顺顺在慢班。柴高呢，他只考上个普通高中。柴高喜欢顺顺，他给她做过柳笛，编扎过花环，采过野果。有一次顺顺忧心忡忡地告诉他，说是班上的一个男生给她写了求爱信，约会她到乌吉河，如果她不去，他就在岸上留下一封遗书，投河，让全城的人都知道他是为刘顺顺死的！柴高说，这小子胆子可真肥呀，敢威胁你！柴高陪着顺顺去了乌吉河，那个男生果然等在那里。他没有料到顺顺会带个男生来。柴高可是有备而来，他全副武装。柴高见到那个男生，不动手不动口，而是"刺啦"

一声拉下茄克衫的拉链,不仅那男生被吓得后退了一步,顺顺也闪开了。柴高等于打开了一个兵器库,他赤着上身,用麻绳在自己胸脯上纵横交织地结了一张网,上面吊着型号不一的菜刀、锤子、老虎钳、锛子和斧头。总之,凡是能用来做凶器的,他悉数披挂着。柴高掀着衣襟,使它们像老鹰的翅膀一样张开着,他咧着嘴,一步步地向那男生逼近,那男生只得一步步后退,直到退到河水中,"哇"的一声哭了,柴高这才作罢。从此以后,那男生果然不敢骚扰顺顺了,而顺顺也因此怕上了柴高,觉得他太野蛮了,所以再碰见柴高时,她就躲躲闪闪的。柴高很生气,他指着她说:绿顺顺,你个没良心的!

高中毕业后,和和与顺顺分别考上了大学,红和和在北京,绿顺顺在省城。柴高落第后则上了职业技术学校。他大约意识到绿顺顺已经变成了一只翠鸟,远远飞走了,所以见了顺顺垂头丧气的。顺顺对他说,你再复习一年吧,让我爸我妈帮你补习,明年再考,要不然,你一辈子就窝憋在这里了!柴高装作满不在乎地说,我可不费那个脑筋了,我也没上大学那个命!我在职业技校学门手艺混饭吃得了!我看你爱花,想学园艺,将来给你当花匠;又想你爱吃,想学厨艺,可我最怕油烟了!要不就学美容理发吧,将来给你烫个飞机头!柴高说的时候,似是玩世不恭的样子,可他的心却抽搐着。顺顺听着听着,突然"哇"的一声哭了,她指着柴高说,我的头发这么顺,你凭什么要给它烫成弯弯曲曲的?想让我的脑袋吊着一条条蛇啊!她哭着跑了。柴高在她身后喊着,绿顺顺,绿顺顺,我这是跟你开玩笑呢。

和和与顺顺上了大学后,刘家的生活就更拮据了。她们的学费和生活费占据了家中大半的开支。刘家稳在家时间久了,也无聊,这两年他的脾气越来越暴躁,心脏也不好了,每天要吃药。隔着墙,有时柴旺会听到他们夫妻的吵架声。要是这声音出现在清晨,柴旺家的会对柴旺说,他们昨晚这是没睡好,人睡不好了火气旺。而若是晚上传来了吵架声,柴旺则会对柴旺家的说,是不是他要吃"那一口",他媳妇不让啊?柴旺家的说,他的腿都截了,怎么吃"那一口"呢?柴旺说,你懂什么,他的腿截了,那个东西好着,该吃还得吃!柴旺家的说不过他,就去挠柴旺的胳肢窝,把他痒得胳膊抽搐着,她就会发出快意的笑声。

为了节省点路费，也为了假期打工能赚点钱，缓解父母的经济压力，顺顺去年过年没回家。和和回来了，她还穿着上高中时穿的红布衫，过了初三就返校了，要回去给人做家教。柴高出了事后，顺顺给家里打电话，要柴高监狱的地址。刘家稳把这事说给柴旺，柴旺一摇头说，顺顺理睬这个混蛋做什么？让他自己在监狱里好好反省吧，这个不成器的东西！刘家稳说，顺顺给他写封信，鼓励鼓励他，对他的改造有好处。柴旺想了想，就把地址给他了。柴旺知道儿子喜欢顺顺，因为喜欢她，连带着连绿色都爱了。他买汗衫、裤子和球鞋，一定要绿色的。吃菜，也喜欢夹绿色的菜叶往嘴里填。除了吃和穿，他把住的地方也"绿化"了，他屋子的墙围子原来是黄漆的，他非说那是屎的颜色，看了让人恶心，闹着让柴旺买了桶绿漆，厚厚地刷了一层，把颜色给改了。小孩子的这点把戏，怎么能逃得过大人的眼睛呢。柴旺知道儿子配不上顺顺，就像麻雀不能和孔雀相配一样，这是他不想把儿子的地址给顺顺的根本原因。

  刘家稳平素在家也干点力所能及的活儿，比如擦桌子扫地，烧炉子，做点简单的饭菜等。到了腊月忙年的时候，他会把笤帚绑在木棍上，举着它挨个屋子扫尘。常人一天可以干完的活儿，他摇着轮椅要做三四天。他还喜欢糊上一盏红灯笼，除夕时吊在院子的一棵山丁子树下。柴旺最佩服的，是他每年都要自己写春联，贴在门上。柴旺每回看了，都要回家羡慕地跟老婆说，还是有文化好啊，你看人家写的那几笔字，看着比街上卖的那些字都好看。有筋有骨的！柴旺家的说，他贴这样的春联，是想让过往的人知道，他们家跟别人家不一样，是有水平的家。柴旺说，可惜我不太懂那字的意思。柴旺家的说，他家的狗都得叫着个和尚的名儿，那对联不更得玄啦！柴旺一想起"空竹"这个狗名，就笑了。

  柴旺吃过早饭后，就到刘老师家去了。空竹听到门响，从窝里爬出来，撒着欢儿跑过来，叼柴旺的裤脚，很亲昵的样子。刘英已经上班了，刘家稳戴着老花镜，披着棉袄，坐在窗前读书。见柴旺进来，他放下书，叫了一声"柴哥"，问他这一段生意好不好。柴旺说，好什么，一天挣个块八角的，也就是够买两块豆腐吃的。柴旺见玻璃窗上飞满了霜花,屋子冷飕飕的,就说,这么冷,怎么不多烧点?刘家稳苦笑了一声,说,这不是为了省点煤吗。煤一年比一年贵,按暖和了烧,等于烧我的骨头,心疼啊。刘英一上班,我就给炉子断火,傍下晌的时候,我再点起火,这样她下班回来屋子就有热气了。柴旺说,哎,你对媳妇是真心疼啊。刘家稳凄凉地说,我一个废人,心疼她顶什么用?也没落得个好啊。柴旺想起了时常听到的他们的吵架声,怕刘家稳酸楚,就没敢接这个话茬儿。

刘家稳张罗着给柴旺泡茶,柴旺连说"不必不必",说完他自己都笑了。他平素会说"不用了",没想到踏进了能识文断字的人家的门,也跟着文绉绉了。他在自嘲中跟刘家稳说明来意。刘家稳的眼神本来是暗淡的,柴旺的话,就像一炉火把他点燃了,他的眼睛跳跃着活泼的光影了。他一迭声地对柴旺说,你想得对,现在的春联都是千篇一律的,不是"好年好景好前程,顺风顺水顺人意",就是"四海财源进宝地,九州鸿运到福门",俗得不能再俗,我要是写,肯定能写出新意!再说那印刷的字都是从电脑里出来的,一个模样,没个性,没风骨,这样老掉牙的春联贴在门上,跟贴了狗皮膏药似的,发出的都是浊味!刘家稳的这番话使柴旺联想到自家的春联,他年年都喜欢贴一副"一帆风顺年年好,万事如意步步高",难道这在刘家稳眼里也是"狗皮膏药"?柴旺有些不快。但他想一个久病的男人太压抑了,发发牢骚也是正常的,就不介意了。刘家稳说,我们说办就办,我这有一百块钱,你去买红纸,再买一盒"一得阁"的墨汁。柴旺问,毛笔呢?刘家稳说,毛笔我有好几把,现成的,使顺手了。柴旺说,你只管出力,不用你出钱,下晌我就把红纸和墨汁买来。卖得的钱对半分。行不?刘家稳大喜过望地说,当然了,当然了!要是真能挣到钱,我就给刘英买一台哈慈颈椎治疗仪,她一天到晚埋头备课、批作业,颈椎都变了形了,说晕就晕,要是不及时治,将来像我一样瘫痪了,和和顺顺怎么办?柴旺说,那病真能让人瘫?有那么厉害吗?刘家稳就像个医生一样,把他所掌握的颈椎病的危害性一五一十地讲给柴旺,听得柴旺直咂舌,连连说,老天,那可不能耽搁了,要赶紧治!那个东西得多少钱能买下来啊?刘家稳说,我打电话问过医药公司了,打了折还得七百六十块呢。柴旺又咂了一下舌,心想卖春联很难赚到这么多钱啊。他为难地说,做生意跟打渔似的,不知道哪一网得了,哪一网又是空的。刘家稳倒是大度,他说,咱卖春联,也是图个喜庆、有趣,赚几分算几分,你别把钱的事挂在心上。柴旺便释然了,他问和和顺顺过年回来吗?刘家稳说,为了省钱,两姐妹约好了,以后每年只回来一个陪我们过年,说是反正她们长得一模一样,我们看了一个,等于看了另一个!去年和和回来,今年是顺顺了!柴旺叹息了一声,说,她们可真懂事啊,哪像我家那个不争气的?刘家稳劝慰道,浪子回头金不换,你也别把他一碗水看到底了!

事已说妥,柴旺赶紧回家告诉老婆。柴旺家的掀起钱匣的盖儿,说,买纸买墨得多少钱啊?柴旺走过去,帮她把钱匣盖儿落下,说,这不是有只兔子吗,我先把它卖了,用卖的钱买纸墨。柴旺家的笑了,说,咱今天运气不错,驮回两袋烧柴,得了只兔子,又有人帮咱写春联,这是好兆头!唉,我做梦都想早点把那些饥荒还清了!

柴旺说,等咱那不成器的东西出来,他得跟我上街吃辛苦去!为他拉下的饥荒,他得出力还,要不他怎么知道大人的不易呢!

柴旺家的说,是啊,饥荒是条狼,让这条狼跟着他,他也就不敢撒野了,得乖乖地过日子了!

柴旺把兔子用牛皮纸包裹了,夹在腋下,出了家门。路上碰见一些老熟人,见他没有蹬着三轮车,都说,柴旺,今儿自在啊。柴旺笑着答,啊,自在!

城西的小酒馆庙小,土豆白菜、粉丝花生、虾米豆腐都是角儿,要是以往柴旺路过这样的地方,就像看见了媳妇的笑脸一样,有种贴心贴肺的暖意。可是今天因为怀揣着一只可登大雅之堂的兔子,他也跟着抖起来了,经过它们的时候只是乜斜一眼。

城中心那些堂皇的酒楼和饭店一座连着一座地呈现了。这种店的营业高峰在正午和夜晚,所以很多店面的金属卷帘窗还落着,门前的幌子也没有挂出来。柴旺推了三家门,都吃了闭门羹。后来总算敲开了一家,店主正在刷牙,满嘴溢着白色的牙膏沫。柴旺把那只兔子小心地放在地上,将牛皮纸展开,像隆重推出一位白雪公主似的,对店主说，看看这兔子，又肥又美，一只起码能做个三盘五盘的！别处都卖二百，我这一大早出来急着用钱，一百五卖你，成不？店主使劲刷着牙，连连摇着头。柴旺没有泄气，他继续夸赞这只兔子，店主便把牙刷插在嘴中，咬着，俯身提起兔子，掂量了几下，又在兔子的胸前摸了几把。这让柴旺很不舒服，心想他这是掏女人的胸掏顺手了。店主把兔子放在地上时，咕哝了一句"寡瘦"，然后竖起一只巴掌，让五指叉开。柴旺说，五十太少了，这可不行！就把兔子包裹起来，打算去另一家店碰运气。可店主执意要做这桩生意，他摆了一下手，示意柴旺不要走，然后跑进灶房，飞快地刷完牙返回，对柴旺说，这样吧，六十！柴旺说，六十那是半只兔子的价儿！店主说，那就七十，不能再加了！柴旺说，低于一百我是不会卖的！店主说，那你就快卷着它走。柴旺其实心里已经认可了这个价钱，但他想能多卖一点是一点，谁承想把生意逼进了死胡同，他很沮丧，却只能做出无所谓的样子，夹起兔子走人。谁想到才转身，店主叹了一口气叫住他，说，这是我今早的第一件生意，图个开门红，给你八十块，撂下它吧！柴旺在心中叫了一声"阿弥陀佛"，连忙转回身，颤抖着手把兔子交给店主。店主从裤兜里摸出一沓钱，数出八十块，甩给柴旺。柴旺就像接到了福音书一样，喜滋滋地连声道谢，回到街上。他脚步轻快地去了百货商场，直奔文化用品柜台，买了红纸和墨汁，把墨汁揣在裤兜里，将那捆红纸当成一匹布，扛在肩头，打着口哨回家了。

刘家稳那里早已誊好了两页共二十几副的春联。他搬出了《乐府诗集》和《幼学琼林》，将"枝中水上春并归，长杨扫地桃花飞"一类歌咏春天的诗句摘抄下来，同时，又把"阴阳和而后雨泽降，夫妇和而后家道成"这类富有家庭伦理意味的句子也挑拣出来。除了这些，他还自己拟写了几副，如"天灯送暖月月明，春风吹雪日日春"。当然，也有借鉴古诗稍加修改的，"才见春光生乌吉，已闻清乐动云韶"，就是把"阡陌"用乌吉河的名字给替换了。

柴旺把纸墨放到刘老师家后，赶紧回家把余下的四十多元钱交给老婆。柴旺家的没想到丈夫这么快就卖掉了兔子，她赞美了一句"你能啊"，柴旺挺了挺腰杆，说，有你，我能"不能"吗！柴旺家的笑着打趣，我跟了你，你"不能"也得能啊！

柴旺满心愉悦地返回刘老师家时，他正在生火。他说这煤今天是省不下了，写字时手脚要暖和，不然字不舒展。柴旺附和着说，就是就是，冻着手写字，那字还不得硬邦邦的像窝窝头！

火渐渐燃烧起来，屋子里有了热气了。柴旺给刘家稳打下手，裁纸、摆砚台、刷洗毛笔。裁纸是个巧活，要顺着茬儿裁，不然会留下毛毛糙糙的刀痕。春联多是七言九言一句，所以裁出的纸尺幅不同，有长有短。但横幅的长度却是固定的，都是四言句的。半小时的工夫，柴旺就裁出了三四十副。刘家稳在正式写之前，先在一张旧报纸上练了几个字，手不生了，才往红纸上写。当那一个个散发着墨香的字或灵动或遒劲地跳到红纸上时，柴旺觉得那简直是一群最会唱歌的鸟儿落下来了，他啧啧赞叹着，瞧瞧这字，就是有股说不出来的俊劲儿啊！把刘老师给说笑了。他不无得意地说，他娶到刘英，靠的就是这笔好字。当年他和一个化学老师都追求她，他们同时给她写求爱信，刘英一看刘家稳的字一派大气，自成一体，是那种秀丽的洒脱，而化学老师的字一副蹙着眉的样子，紧紧巴巴、小里小气的，就毫不犹豫把她的心交给了刘家稳。柴旺无限羡慕地说，你们当老师的就是浪漫啊，让信去传情。我呢，一块石头就把她搞到屋里了！柴旺把在乌吉河帮助王莲花搬石头的事说给刘家稳，刘家稳听了，说，这石头可了不得，是你们的定情物，得当神灵供着！柴旺一龇牙说，一块石头有什么好稀罕的，现今在我家酸菜缸里呆着呢。

刘家稳写好一副，柴旺就把它们由书桌拿到地上，一副一副摆好，待字迹干透了，才叠起来。不觉已是正午，玻璃窗上的霜花渐渐融化了，水珠漫溢着，窗子老泪纵横的，好像在回首沧桑往事。空竹一阵温柔地叫，这是迎来了熟人的信号。果然，门开处，是捧着一个瓷盆的柴旺家的。她没戴手套，手指冻得通红。她带来的是一盆炝锅的疙瘩汤。掀开盖儿，热气旋起来，香气也打着滚儿出来了。那盆面汤不稀不稠，不油不腻，咸淡适宜。面疙瘩调和均匀，如麦粒，面汤中有爽口的白菜丝和胡萝卜丝。刘家稳看了一眼就说，这疙瘩汤做得水平，像一幅画，比刘英做的强多了！柴旺家的笑着说，我见天在屋里做饭,再笨也练出手艺了。刘英天天上班,家里家外地忙,能把饭做熟,就不简单了!

两个男人热火朝天喝面汤的时候,柴旺家的俯身看着那些春联,边看边对柴旺说,哎呀,这些字看上去个个像年轻力壮的小伙子,真精神啊!柴旺撇了一下嘴,说,我怎么看着个个像如花似玉的小媳妇呢!柴旺家的说,那你们这不是合伙贩卖小媳妇吗。三人都笑。柴旺家的又说,怎么全是对联,没写福字吗?我最爱看福字,也爱买福,集市上的福字卖得好呢。她这一提醒,柴旺才想到家家户户年年必贴的福字,连忙说,是啊是啊,光想着对联,把福字忘了!柴旺家的说,什么字都可落下,福字可不能没有!说着,就帮他们裁剪写福字的红纸。毕竟女人心细,而且柴旺家的又是个过日子的人,她除了用整张的纸裁剪外,还把柴旺裁春联剩下来的纸也利用起来,裁了无数个方方正正的小纸。刘家稳放下饭碗的时候,忍不住对柴旺说,你家的女人真是个好女人啊。柴旺笑笑,说,她也就这点活儿好!柴旺家的先是朝柴旺撇了一下嘴,然后意味深长地一笑,柴旺便明白她心里要说的话了。柴旺想到夜里的欢乐,不由得脸红了。

卖春联的人,大都聚集在几个大型商场和菜市场的门前空场。柴旺选择的是新世界百货的门前,那儿的广场大,进出的人多。快到小年了,忙年正在高潮上。卖花生瓜子和糖葫芦黏豆包的生意特别好。新世界广场前有六七个卖春联的,柴旺是新人,怕别人欺生,说他抢占地盘,便花了几块钱,买了几包瓜子,每个卖春联的摊主都递上一包,说着,麻烦你们了。这些做小本生意的人虽然爱斤斤计较,但只要被人恭维了,面子上说得过去了,人也就变得和善了,认识他的人会说,卖这个就是个把月的活儿,比你蹬三轮车有赚头。不认识他的人则说,你就在这儿卖吧,能在这儿挣辛苦钱的,哪家会是富裕的?不易啊。于是柴旺的生意就在他们嗑瓜子的"咔咔"声中开始了。

柴旺像那些摊主一样,把春联一副副摊开,上面压上一些砖头——怕风大时将其掀飞。他的摊位靠近大路,很显眼。那些春联一出来,果然引起了路人的瞩目,他们大都惊叹着说,哎,这是真字啊!好像印刷体的字就不是字,而用墨汁浸润的字才有血有肉。然而看的人多，买的人少，大多的人都嫌春联的内容看不懂。比如"贤乃国家之宝，儒为席上之珍"，很多人把"儒"读成"需"，说，"需"是什么呀，能是席面上最好的东西，咱咋没吃过呢？其中一个卖春联的插话问，那个玩意是天上飞的、地上跑的、还是水里游的？柴旺对"儒"也是一知半解的，他随口说，这字人字旁，一准跟人有关，地上跑的吧。于是卖春联的人都笑。

　　整整一天，柴旺只卖了五副春联，大大小小的福字倒是卖了不少。到了收工时，卖了二十多块钱，去了成本，比理想中的要少，但他并不沮丧。当他回到城西时，天已黑透了，他先去了刘家稳家。刘英正在做饭，见了柴旺，亲切地叫了一声"柴哥"，把他迎进里屋。刘家稳见了柴旺焦急地问，怎么样？柴旺说，人家都喜欢那字，说是字好看，就是不懂字的意思，所以福字卖得多，对联少。刘家稳叹了一口气，说，没办法啊，这是一个粗鄙的时代，风雅的人少了！柴旺说，你那笔够粗的了，它们还嫌字单细不是？刘家稳笑了，说，"粗鄙"和"粗笔"是两码事儿！柴旺说，我不懂那么多，我想人家得意啥，咱就给他写啥呗！多点喜字福字财字宝字，一准好卖！刘家稳负气地说，那我就写这样一副春联吧，上联是"多喜多福和和顺顺"，下联是"多财多宝团团圆圆"，横批是"美美满满"。柴旺跳了一下脚，说，这对联叫绝了，把你家"和和顺顺"的名字都弄到里面了，好得没边了，咱就写这样的，一准好卖！刘家稳又叹了一口气，说，如今真正的好东西没人认啊。柴旺说，你刚才说的这对联就是好东西，我都认，别人更得认了！你辛苦辛苦，今晚再写上一些这样的，明儿赚头就更大了。说着，将挣来的钱拿出一半，分给刘家稳，刘家稳一再推辞，柴旺急了，说，你要是不拿着，我就不去卖了！刘家稳这才抖着手接过来，激动地看着那钱，就像他当年接过和和顺顺的大学录取通知书时的表情一样。

　　柴旺惦记着春联，一夜没睡踏实，他从炕上爬起来后，穿上衣服，脸没洗牙没刷的就去隔壁了。刘家稳一定是贪黑写字了，他的眼圈是青的，脸色灰黄。他正坐在炕上喝粥，那端着粥碗的手哆嗦着，看来是拿笔拿得久了，累伤了胳膊。以往柴旺看见的都是刘家稳坐在轮椅中的情景，他习惯用一块布罩着腿，冬天用的是一方绿毯子，夏天用的是一块米色的亚麻布。所以当柴旺猛然看见他的残腿时,心"咯噔"了一下,他分明是看见了两截干枯的树桩!虽然隔着棉裤,但他好像看见了断裂处的累累伤疤——那有如被雷电击中后留下的墨黑的印记。他心痛了。刘家稳显然没有料到柴旺这么早来,他慌张地放下粥碗,想扯过毯子盖住腿,但已经来不及了。柴旺赶紧抱起春联,往外走。刘英在他关门的一瞬说,柴哥辛苦了啊。柴旺连忙说,不辛苦,不辛苦!想到刘家稳说她颈椎有病,就忍不住回头张望了一眼,把目光放在她的脖子上,心想这么挺直、雪白的脖子,怎么会有毛病呢?直到出了人家的院子,才想到自己是看反了地方,颈椎在脖子的后面啊,不由得兀自笑了两声。

  腊月的商场就像逢了初一和十五的寺庙一样,热闹得不得了。新世界商场的门一打开,便是顾客盈门。卖春联的生意也跟着好起来。刘家稳的工夫没有白费,新写的对联出手很快,一个上午,就卖了二十多副。但也有人发牢骚,说是手写的字寒碜,还说那红纸不带金边银边的,太素气了。柴旺从不跟这样的人计较,心想你喜欢就买,不喜欢就买别的啊。卖春联的间隙,柴旺喜欢看从里面出来的人买的东西,女人们提着的多是衣服呀、裤子呀什么的。一到过年,针织品的生意就红火了,有钱的人家里里外外都要换新的,而一般的人家也要将背心短裤、线衣线裤换个新,好像不穿点新的,就没过年似的。看到那些穿戴光鲜的女人,柴旺会想,什么时候也让自己的老婆穿上这样好的衣裳呀。这时他会在心里暗暗叹上一口气。男人提出的年货和女人可就大不一样了,多半是烟酒副食,柴旺看着,眼馋得不得了,心想将来儿子出狱了,他们还清了饥荒,一定要美美过上一个年。买上几瓶好酒,再买上熏的五香猪手、鸡翅、鱼干,吃个够。他还要给老婆买上一条毛料裤子,一件软缎棉袄,一双棉皮鞋,再配上一副皮手套,好好打扮打扮她。除了张望进出商场的人,柴旺也爱张望对面的两幢米色楼房。它们是去年盖起的新楼,与新世界商场隔着一条街。楼房里住的都是有钱人。据说这房子是地热的,地面像火炕一样,人们可以坐在地上喝茶看电视,柴旺羡慕得不得了。其他卖春联的人跟柴旺一样,也喜欢在生意的空闲抄着袖子张望那两幢楼。看来屋子里暖气太足，大多的人家都开着气窗，有的甚至把阳台的窗户也打开。柴旺想，要是这多余的热气能跑到自己家去多好啊，这样老婆就不用起大早去北山的贮木场拉树皮了。卖春联的人中有一个叫老皮的，他的手指间始终夹着香烟，抽一口要咳嗽一声，然后再吐上一口痰。吐痰是个肮脏事，所以去他的摊位买春联的人少。他闲站的时候多，眼珠子也就不停地转，东看看西看看，嘴也不闲着，不时发点感慨。有一刻，他觑见对面楼上的阳台出现一个穿着水红色毛衣的女人，就大声说，快看，那娘们多俊啊。待大家顺着他手指的方向张望那个女人时，老皮忽然吧唧了一下嘴，说，那屋子是地热的，这女人的男人日她，都不用上床啊。说得过往的人都爆笑起来。

　　这天下来，柴旺赚了六十多块钱。晚上蹬着三轮车回家时，他还没忘了观察是否有顺路的活儿。在一家粮油店的门口，恰好碰见一个扎煞着手的女人，她的脚畔放着两袋面，她打了三辆出租车，都没乘上，正恼火着。她见着柴旺，吆喝了一声：蹬三轮的，三块钱，把我和这两袋面驮到自来水公司的家属楼，干不？柴旺说：干！就停下车，帮她把面放上去。怕那女人踢着春联，他将它们捆到车的横板上。这女人一坐上去就骂出租车司机，说是快过年了，出来的人多，他们活儿好，就牛气了。柴旺从她的絮叨中得知，一个司机的车里已经有个乘客，嫌她去的地方不顺路，没拉她；一个司机朝她多要两块钱，说是两袋面等于一个人了，她让那人赶快滚蛋；还有一个呢，说拉人可以，拉面不行。他的车的后备厢刚清理过，两袋面一进去，后备厢就得成了烟道，被熏染脏了。女人在喧闹的市井声中大声骂着：你说那后备厢又不是大姑娘的那个东西，不能随便进，他这不是明着熊人吗！把柴旺听得嘿嘿笑起来，心想今晚回家可有话跟老婆学了，也让她开心开心。

　　把那发了一路牢骚的女人送到目的地后，天已完全黑了，白天时瞎了一天的街灯又复明了。毕竟在外面站了一天，又猛蹬了一通三轮车，柴旺的腿酸了，背上也汗津津的了。待他到了城西时，腿有些发木了，想快蹬却蹬不动。路过有来杂货店的时候，柴旺忽然看见刘英站在路边。他以为她来买个酱油或醋的，就说了声，买东西去啊？刘英叫了声"柴哥",迎着他走过来,小声问,今天的春联有人买吗?柴旺说,比昨天强多了,没少挣,六十多块呢!刘英长吁一口气,说,那我就放心了。昨晚他为了写通俗的春联,熬了一宿。我还寻思着要是没卖多少,我就把钱给你,你再给他,就说是卖得的钱,让他痛快痛快。你不知道,柴哥,我们搬到城西这么多年了,我还是头一回见他这么高兴,他累是累,可他知道吹口哨了,他得病后,这还是头一回吹口哨呢。还有,这两天他也不和我顶嘴了,要是以前,我说什么话,他都逆耳,要跟我发脾气。柴旺说,人一有事情做,心里高兴,脾气就顺了。可惜不是天天过年,要不我天天都帮他卖春联!刘英咯咯笑了,她笑起来的声音非常清脆、明媚,听得柴旺心里怪痒的。刘英拿出一百块钱塞给柴旺,说,这个你拿着,赶上哪天卖得不好,就从这里拿出个十块八块添上给他。柴旺推辞着,两个人的手不知不觉扭结在一起,虽然隔着厚厚的棉手套,可柴旺还是红了脸,心想这不等于拉别的女人的手了吗?

　　柴旺收下了那一百块钱,想着过几天变着法儿把它还回去就是了。他不愿意别人看见他和一个女人在大街上拉拉扯扯的。他真想告诉刘家稳,你老婆对你真是疼啊,你在她那里落下的都是好啊,可别瞎琢磨了!可他明白这个事情是个秘密,不能说的。以前他就对刘英印象不错,今晚的接触,使他觉得这个女人愈发可爱了,以至于推开自家门时,他的耳畔萦绕的还是刘英那少女般天真烂漫的笑声。

　　柴旺每天早出晚归,生意时好时坏。但柴旺反馈给刘家稳的,总是一个"好"字。柴旺家的连续去了几趟北山的贮木场,驮回的树皮堆成了个棕红色的小山。她用卖兔子得来的一部分钱,给王店买了两瓶二锅头、一块酱牛肉、三斤花生和一斤黑芝麻糖。当柴旺家的把这些东西送给王店时,他叹了一口气说,你这个女人啊,心太善了,谁给你点好处,你能惦记人家一辈子!柴旺家的说,人家给我一,我要是有,就会还十啊。可惜我家太穷了!

　　小年了。一大早,柴旺家的就起来烧香祭灶了。待柴旺起来,她已蒸好了一笼屉黏豆包。柴旺蘸着白糖,一口气吃了六个。柴旺家的怕他吃多了胃会反酸,就端过咸菜碗,让他吃几口调和调和。

柴旺家的说，今天过小年，不管卖多卖少，今晚可得早点回家啊。我包好饺子，等着你回来下。

柴旺用筷子挑着根咸菜，小口小口地咬着，说，吃过了饺子，你得让我吃"那一口"，我就早回。

柴旺家的笑着说，世上哪有那么多好吃的都留给你？你要是不早回，我自己先吃！

一个人怎么个吃法？柴旺嘿嘿笑着。

柴旺家的说，反正不是你这么个吃法！说着，她夺下柴旺手中的筷子，嗔怪道，你怎么跟鸡似的鹐着吃？

柴旺像小孩子一样撒着娇说，这咸菜太齁，我就得这么吃啊。

赖皮缠！柴旺家的笑骂了他一句。

赖皮缠要出工了！柴旺在老婆的屁股上拧了一把，戴上棉帽子和棉手套，把春联放在三轮车上，摆他的摊儿去了。

兴许是过小年的缘故，新世界商场比往日更热闹了。买春联的人络绎不绝。有个卖春联的吆喝着：买春联了，买春联了，买上一副岁岁平安，买上两副月月发财，买上三副天天快乐！人都爱听个吉利话，所以到他那里买春联的就多。柴旺不甘落后，也学着吆喝：买春联了，买春联了，我的春联自己写，真心真意好运气！果然，来他的摊位的人也不少了。

中午的时候，柴旺像以往一样买了两个烧饼，站在寒风中吃下。吃完，他正拍打着落在胸前的饼渣呢，忽听一个熟悉的声音喊他：老柴！柴旺循着喊声望去，竟然是与他一同烧过锅炉的黑头！他穿着笔挺的裤子，一件棉皮茄克衫，没戴帽子，头发梳得又光又亮，脚上的皮鞋也是又黑又亮。他的皮肤显白了、润了，看上去年轻了好几岁，仿佛是脱胎换骨了。

柴旺想跟黑头握下手，但他伸出去后又缩回来了。黑头倒是大大方方地拍着柴旺的肩膀说，老柴，我在外面常能想起你来啊！咱们在一起的那几年，有滋味啊。

柴旺嗫嚅着说，看你这样子，一准是发了，不当厨子了吧？

黑头说，合该我时来运转！我当厨子时，有天一个电视剧组借用我们餐馆拍出戏，需要个配戏的厨子，我就上了，结果他们都说我演得好，说我天生是吃演员这口饭的人，我就扔下马勺，跟着他们跑龙套去了！

柴旺"哎呀"叫了一声，说，那以后我在电视上能瞅见你了？真是想不到！

黑头说，我在戏里都是小角色，你也不会注意到的。

柴旺说，小角色演多了，不就成了名角儿了吗？

黑头对柴旺说，他这次是回来离婚的。前些年老婆嫌他无能，一直跟他闹离婚，他拖着。现在他看开了，想离，老婆又不干了，说是跟他感情深，不能说了就了！黑头跟柴旺骂着老婆：妈的，以前她整天跟我抢风扫地的，没个好脸子，现在看我混出点人样了，就赖上我了！早晨给我煎荷包蛋，中午给我炖排骨，晚上给我端洗脚水，你说这种势利眼的女人谁还敢跟她过啊？黑头忿忿说着，他怀中的手机响了，他在掏手机的时候跟柴旺说，我要去买点烟酒串个亲戚，你忙你的啊，改日再聊。柴旺讪讪地笑着说，得空儿去我那里坐啊。

看着黑头的背影，柴旺是又羡慕又难过。心想同是烧锅炉的，人家就能混出个人样，而自己一事无成，还得站在寒风中出苦力，实在是无能啊。这样一比较，就有点打不起精神，别人大声吆喝着招揽生意时，他也不跟着吆喝了，有人过来问他的春联怎么卖时，他阴沉着脸，爱理不睬的，好像卖与不卖与他无关。所以有那么一两个小时，他的表情是僵的。但柴旺毕竟是柴旺，他钻了一会儿牛角尖后，想起了老婆嘱咐他今儿早点回家吃饺子的话，马上又心平气和了。他想黑头表面上看是过好了，可他心里过得不好。而他柴旺呢，表面看着过得寒碜，可是心里却是光明的、温暖的！一个男人只有心里过得好了，那才是真的好啊。

柴旺又起劲地叫卖他的春联了。下午起风了，春联在风中猎猎抖动着，新世界广场的门前就好像腾起了无数簇火苗。三点多钟，天色便有些发灰了，商场的很多商贩都提前闭店，准备回家过小年了。从商场出来的人多，进去的少了。到了四点，太阳已经到了山脚，想必它也是在寒风中奔波了一天，看上去苍白、疲惫，恨不能一头栽倒的样子。商场已经关门了，做生意的人也都收摊回家了，可柴旺还守着他的生意。老皮临走的时候说，柴旺，天要黑了，人都回家过小年去了，你别在这耗着啦，哪他妈的有人买哟。柴旺说，再等个半小时左右的，兴许有过路人买呢。

　　商场跟住家到底是不一样，说热闹就热闹得没边际，说冷清就冷清得过了头，店门一闭，真的是门可罗雀了。柴旺把三轮车挪到路边，把春联一条条地搭在上面。这样能离过路人更近一些。街上行人车辆都不少，但没谁停下来买他的春联。柴旺想，买春联是个吉祥事，人们肯定喜欢阳光灿烂时买，那样会觉得一年都有光明。这样一想，也打算回家了，可恰在此时有一个老头凑上前来，要买三副春联。说是一副贴在大门上，一副贴在二门上，一副贴在仓棚中。柴旺暗喜，因为他让刘家稳特意写了几副与仓棚有关的春联。仓棚是盛粮食和鱼肉的地方，虽然不住人，但那些有阅历的老人，把它看得比住人的房子还亲，过年时爱给它贴上副对联。对联中少不了"鱼满仓""粮满囤"的字眼，横批则是千篇一律的"年年有余"。老人除了买春联，还买了两个大福字，六个小福字。柴旺收了钱，把它们卷在一起，递给老人，说，您老过年好福气啊。老人颤声回道，你也好福气啊。

　　就是这份生意，让柴旺打消了回家的念头。太阳落山了，天色越来越暗，柴旺觉得身上阵阵发凉，就原地转着圈，活动活动手脚。虽然他用砖头压着春联，但它们的边角还是被风吹得一抖一抖的，仿佛也怕冷的样子。柴旺对着风说，刮吧，刮吧，过些日子春天来了，你们也就没命了！风好像真的听懂了他的话似的，突然间嗷嗷叫起来，打着旋儿刮起狂风。这阵风把柴旺刮得站不稳脚了，三轮车上的春联也被吹得刷刷刷地急响，只见两张福字被风抽了出来，翩翩飞起来。柴旺趔趄着，跳着脚去够福字。有一张被他抓了回来，另一张却是被风裹挟着，飘摇着过了街，朝对面的米色小楼飞去了。柴旺眼巴巴地看着它忽高忽低地接近靠西的那幢楼。中间门洞的三楼的阳台敞开着，它在那儿微微沉吟了一下，然后一跳一跳地进了这户人家。柴旺心想，幸好是张福字，要是他卖烧纸和纸钱，这样的东西飘进去，人家忌讳，不骂死他才怪呢！

狂风肆虐了五六分钟后,渐渐平息下来。风去了,路灯亮了。柴旺见街上行人和车辆都少了,他确实没生意可做了,就把摊开的春联拢到一起,准备回家了。他刚上了三轮车,才蹬了几下,就听街对面有人吆喝:哎,卖春联的,等一等!柴旺停下来,看着那人穿过街道,待他气喘吁吁地到了跟前时,柴旺说,你要几副啊?

那是个三十多岁的矮胖男人,圆脸,小眼睛,塌鼻子,额头上有好几道疤。他没戴帽子手套,穿黑貂绒的短衣,大约急着出门,扣没系,敞着怀,露着里面穿的一件灰色羊绒毛衣。他问柴旺,这里就你一个人卖春联吧?柴旺说,天都黑了,就剩我这一份了。那人问,你这儿是不是刚丢了一张福字?柴旺说,啊,是有一张,一阵大风给刮跑了!那人又说,是自己写的福字吧?柴旺说,是啊,我求邻居写的,他的毛笔字才好呢。那人一咧嘴,说,福字飞我家去了!拿着,这是给你的赏钱!说着,从裤兜里掏出一沓百元钞票,拍到柴旺手中。这人手劲大,再加上柴旺毫无准备,他被拍得抖了一下。那人说,今天过小年,老天爷帮忙给送福字,我今年一准发!柴旺握着那把钱,说,一张福字,你给这么多钱,我不好意思拿啊。那人说,有什么不好意思的?赏的就是赏的!你不知道我是谁吧,告诉你,我是花疤癞,听说过吧?柴旺握着钱的手哆嗦了一下,说,太知道了,五福酒楼和四喜洗浴中心都是你开的。那人说,那你还啰嗦什么?柴旺赶紧说,那我可就揣起来了,谢谢啊。

花疤癞说了声"不谢",摆摆手,穿过街道,回楼了。柴旺呆在路边,像做了一场梦,许久才缓过神来。花疤癞是小城的名人,他仗着手下有几个敢舞枪弄棒而又死心塌地跟着他的小兄弟,硬是把一家经营不错、地段甚佳的超市强行贱买过来,开了酒楼。只要酒楼生意稍稍不好,他的弟兄们就会提着刀,到各个有实权的单位去要挟,说是最近怎么不去五福酒楼了?吃不起了吗?吃不起的话就拿人赊账啊!一般的领导不愿意招惹这伙儿地痞,所以赶紧找个借口去那里吃上三顿两顿的,算是买个平安。传说他利用洗浴中心的小姐把公安局长牢牢套住了,暗地认了干兄弟,所以在市面上始终颐指气使的。这花疤癞原来的外号叫胡疤癞,胡是他的姓,疤癞是因额头的那些刀痕而得名的。后来有个能掐会算的看了他额头的疤痕后,非说那些刀痕形如牡丹,给他带来了旺运,他等于是头顶着富贵花,所以他自己把胡疤癞改成了花疤癞了。花疤癞房产很多,暗中养了好几个女人,柴旺想这幢米色新楼里住的也许就是他的姘头。

钱是好东西,可是因为不是劳动所得的,而给他的人又是花疤癞,柴旺心里很不舒服,觉得这钱不干净。他数了数,一共是八百块。这是他一个月都挣不来的,一个福字却做到了。他叹了口气,琢磨着这钱该怎么个用法。想来想去,竟然想到刘英身上去了。记得刘家稳说过,如果赚了钱,就给她买一个颈椎治疗仪,那个东西七百多块,刚好能把这笔钱花掉。再说,这病危害大,要是不及时治,将来真的瘫痪了,那个家不就完了吗?柴旺可不想看到那么好的一个女人受罪。他想,这钱就使在刘英身上了。用途一确定,柴旺觉得心情舒畅了。他想这事回家不能跟老婆说,她会多心;更不能跟刘家稳说,久病的人疑心更大,他会想,你放着自己的老婆不打扮,心疼我媳妇是啥意思?

柴旺朝家走时,城里的爆竹声接二连三地响起,看来很多人家已经开始煮饺子了。他远远就看见老婆站在大门外迎候他,她显然是着急了,一见面就说,煮饺子的水早就烧开了,干等你也不回,我都担心了,正想着找你去呢。

柴旺说,担心啥?这不好好回来了吗?

柴旺洗脸洗手,柴旺家的往灶里添了几块树皮,去下饺子了。柴旺拆开一挂鞭炮,取下半帘,在院子里放起来。鞭炮声刚一落下,空竹就汪汪地大叫起来,它叫得抑扬顿挫、格外清脆,仿佛要延续那爆竹声似的。柴旺笑了,冲那院的狗说,你也知道过年了?

柴旺吃过饺子后,就到刘家稳家去了。刘家稳穿了一件鸡心领的紫红毛衣,头发梳理得很柔顺,正帮着刘英包饺子。柴旺说,你们家的饭够晚的了!刘家稳说,我知道你吃过了,你们家的鞭炮声都告诉我了。柴旺把当天挣得的钱分给刘家稳,刘家稳则把新写的几副春联交给柴旺。柴旺在离开的时候对刘家稳说,你的字出了名了,我估摸着,今年起码有几百户人家贴你写的春联呢。刘家稳笑了,柴旺还是第一次见到他发自内心的笑。

第二天早晨,柴旺蹬着三轮车,直奔医药公司去了。他想先把颈椎治疗仪买了,然后再去卖春联。他是医药公司开门后迎来的第一个顾客,所以当他发牢骚说这个枕头一样的玩意怎么能值这么多钱的时候,营业员就说,人都说第一个客人来就能开张的,一天都会有好运气。这样吧,我给你把零头抹去了,七百!柴旺心想,能抹零头,证明这价格跟甘蔗一样,还能往下削。他说,六百六吧,要不我就不买了。营业员开始坚持说不行,柴旺就做出要走的样子,心想你要觉得我是条鱼,还会拽我回来的。营业员跺了一下脚,冲着柴旺的背影说,行了行了,六百六给你了,我也图个六六大顺!不过不能开发票,不然我赔死了!

柴旺把那个治疗仪小心翼翼捧到三轮车上,朝城东的二中驶去。天阴得厉害,气压很低,柴旺觉得胸有些憋闷。路上车辆和行人都多,街角卖烧纸的摊位多了起来。柴旺想着也该给父母买上几刀烧纸了,按照风俗,过了小年就可以上坟去了。

过了商业中心,往城东的路上,车辆和行人就稀少了,所以路敞亮了,给人一种素净的感觉。这一带的中学都是重点高中,儿子没考上这样的学校,柴旺就难得有机会来。想到儿子独自在监狱中过年,柴旺的心里就有些沉。雪花飘下来了,腊月的雪是最豪放的,朵大,密集,转眼间,天地间已是白茫茫的了。柴旺感受着雪花温存的抚摩,心也就舒畅了一些。

二中传达室的老头把柴旺拦在门口,问他找谁。他说找教英语的刘英。老头问他带身份证了没有,进去的生人要填单登记的。柴旺说没有。老头摇着脑袋说,那可不行。柴旺急了,说,大哥,我是她家邻居,她家有急事,你行行好,帮我叫一声不行吗?老头看柴旺一副可怜巴巴的样子,想刘英家或许真的有了急事,就觑着眼看了看贴在墙上的一张电话号码表,拿起电话,拨了过去。老头"喂"了一声,说,我是传达室,给我招呼一声英语组的刘英老师,她家有急事,有个人找他。停了一会儿,老头问柴旺,问你叫啥名?柴旺如实相告,老头复述过去。又停顿了一会儿,老头"喀嚓"一声放下听筒说,等着吧,刘老师下来了。

刘英那天穿着一件墨绿色的棉袄,她踉跄着从飞雪中跑来,让柴旺觉得这是一团早来的春色，心咚咚地狂跳起来。柴旺为了避开传达室的老头，把车子推到大门外的路对面，这样他们说些什么，老头就听不清了。

刘英见了柴旺颤着声说，柴哥，家稳怎么了？摔了吗？心脏不好了吗？

柴旺笑了，他从车上取来那个颈椎治疗仪，说，刘老师说你颈椎不好，他想用卖春联的钱给你买这个，昨天我刚好得了一笔外财，我怕跟他说了他不让买，就替他给你买了。你回家就说单位发的吧。

刘英松了一口气，她身子发软地听柴旺讲那阵狂风和刘家稳写的那个福字如何飘进人家的阳台。柴旺说，幸亏那地热的房子热气冲，要不福字飞到那儿也是进不了人家。他说这是刘家稳给她带来的福，她必须得接着。

刘英满怀感激地接过它，说，我知道你家还拉着饥荒，那钱你该自己家留着用呀，要不把它退了？

柴旺说，要是退了它，我就没脸跟你做邻居了，我搬家！

刘英颤着声说，那我就收下了，谢谢你啊，柴哥！

虽然隔着纷纷扬扬的雪花，柴旺还是真切看到了刘英噙在眼里的泪花，他觉得那是他今生看到的最美的花朵了。

柴旺回到新世界商场的门前时，雪已经弱了许多，是零星小雪了。老皮一见柴旺就嚷，我还以为你看天下雪，不来了呢！都说瑞雪兆丰年，今儿买春联的人多，你要是不来，可是亏大发了！

柴旺赶紧把车停在角落里，抱起春联，在老地方一条条地摊开。白雪地上的红纸春联就像生长在水边的一簇簇红柳，明媚鲜润极了。果然，春联一打开，买主就一个跟着一个来了。转眼间，大大小小的福字已卖了多半。柴旺在生意的间隙，不由自主地张望昨天福字飘进的那座阳台。今天阳台的窗子没有开，想必它收了福字，知足了。

这一天柴旺收入不菲，接近百元了。想着买颈椎治疗仪讲下了价钱，省了钱，就让老皮帮他照应了一会摊儿，他踅进商场，左挑右选的，给老婆买了件五十二块钱的袄罩。他本想买绿色的，可一想老婆脸黑，穿绿的更显黑，就把绿的扔下了。又想买红的，一想老婆微胖，穿红的会显得更胖。就抓起了蓝色的。蓝色的袄罩是盘扣，上面有着隐隐的白色条纹，像一条条雪线，看上去古典庄重，柴旺很中意。

当晚柴旺提着这件袄罩回家时，柴旺家的说，我有衣裳穿就行，咱又不是小孩子，非要穿新的，真不该浪费这个钱啊。虽然嘴上这么说，可她心里却是欢喜的。她迫不及待地奔向脸盆，洗了手，轻轻拈起袄罩，拿到镜子前试穿。穿扮好，她喊柴旺，过来看看啊，好看不好看？柴旺走过来，看见柔和的灯光下，老婆穿着一件蓝地白花的小袄，并着双腿，顺着胳膊，微微抬着头，端端地看着他，像是个待嫁的新娘。他忍不住走上去，亲了她一口，说，真好看。柴旺家的说，有什么好看的？一身的肥肉，一捏一把褶子，也就你得意吧。柴旺说，别人得意我还不乐意呢。柴旺家的知足地笑了。那晚，柴旺理所当然吃了两样好饭。吃第二样好饭时，他想起了飞雪中刘英眼里闪烁的泪花，有些力不从心，草草了事。柴旺家的只当他累了，用手温柔地摩挲着他的头发，说，你在外辛苦了一天，好好睡吧。

到了腊月二十五六，春联的生意明显落潮了。该买的人家早就买了。柴旺在二十七的上午去山上给父母上了坟，中午回来时觉得头重脚轻的，像是要感冒的样子。柴旺家的给他煮了碗姜汤，让他下午在家睡觉，不要出去摆摊儿了。柴旺确实有些支持不住了，喝了姜汤，就倒在火炕上，整整睡了一下晌。黄昏时，他醒了。柴旺家的烧好了一大锅洗澡水，怕柴旺着凉，她把澡盆摆在炕头，将热水一盆盆地端来，注入澡盆，用手试了试水，对柴旺说，好好洗个澡，发发汗，感冒好得快。柴旺答应着，像小孩子一样乖乖踏进澡盆。初入水时他像乌鸦一样"呀呀"大叫着，嫌水烫，要出来。柴旺家的按住他，说，呆一小会儿就好了。果然，一两分钟后，他适应了水温，慢慢坐下去，水也随着浮起来，快要溢出澡盆了。柴旺家的帮着丈夫往肩胛处撩水，轻轻搓洗着他身上的灰尘，足足洗了一小时，把天给洗黑了，把柴旺洗得红彤彤的了。先前柴旺还昏沉着，这通洗，这通滋润，又让他神清气爽了。

洗过澡，柴旺吃了碗面条，帮老婆蒸枣糕。柴旺家的擀面，柴旺则把红枣一颗颗地摁在面圈上，层层铺起来。碰到有虫眼的红枣，柴旺就把它丢进嘴里，吃一半吐一半，他不想让大年初一吃的枣糕有瑕疵。他们正忙得热火，听见邻居家传来争吵声。他们在灶房，还隔着一间屋子，却能听得到，可以想见吵得有多凶。柴旺家的停下手中的活儿，说，好长时间不吵了，怎么要过年了又不顺心了？柴旺说，吵几句也就消停了，别管它。他们把枣糕放进锅里，添足柴火蒸着。然而吵架声是越来越大了，能听见男的在吼，女的在哭，中间还穿插着摔东西的声音。柴旺家的说，你今天没去卖春联，没跟人家说，是不是人家以为你昧了钱了？你过去说一声吧。柴旺说，他们俩都不是爱小的人，不会的。柴旺话音刚落，只听女的哭声越来越凄厉，空竹求助似的汪汪大叫起来。柴旺说，这么个哭法，是出大事了，要不你过去看看？我在家看着锅？柴旺家的说，要去就一起去，看看没大事咱就回。枣糕反正得半个钟点才能熟，续足柴火，不用看着。夫妻两人就锁了院门，去了刘老师家。

一进刘老师家的院子，就见空竹两只前爪搭在屋门上，在挠门。看见柴旺夫妇进来，它哀怜地叫了一声闪开了，由柴旺把门打开。

这哪里还有家的样子啊。里屋的地上到处是碎片，有暖瓶的碎屑、杯子的玻璃渣和茶壶的瓷片。想必这些物件被砸时都盛着水，地上水淋淋的。刘家稳坐在轮椅上，脸色铁青，嘴唇灰白，喘着粗气。刘英呢，她蜷缩在写字桌下，哭得抽噎了，已经起不来。柴旺家的去扶刘英，柴旺则对刘家稳说，你看你们还是做老师的，怎么这样？夫妻间有什么大不了的？

刘家稳停顿了一刻，也掉下眼泪，他说，柴哥，咱们这么多年的邻居了，你也看见了，我容易吗？我残是残了，可我在家什么不干啊？连老娘们的活儿我都得做，可我落得个好吗？她在外背着我跟人胡搞！

刘英本来安静一些了，丈夫的话又使她激动了，她挥着胳膊，嘶哑着嗓子申辩，我冤枉，我没有啊，你怎么就不信任我呢，我白白跟你过了二十几年，白白给你养了那么一对好女儿——

刘家稳说，前两天刘英拿回家一个颈椎治疗仪，说是单位发的。一开始他信了。可是后来一想这个东西比较贵，二中教师的工资有时还会拖欠，怎么可能有钱发它呢？他今天下午就给过去的同事打电话，都说二中最近只给老师发了一箱苹果、两袋元宵作为春节的福利。他这才知道刘英跟他撒了谎。刘家稳说，这个东西一定是当年跟他一同追求刘英的那个人给买的，如今他发达了，当了教育局局长，有小车坐，什么东西单位报销不了？刘家稳指着刘英说，你看我无能了，就跟那个字写得像蟑螂爬一样的人偷偷好了！你还嘴硬不承认！我告诉你，刘英，我刘家稳不是寄生虫，不是癞皮狗，我给你自由，明天我就摇着轮椅上法院跟你离婚去！

刘英失神地看着柴旺，柴旺汗如雨下。他的一生还从来没有经历过这么尴尬的时刻。好像哪个人栽赃他，把偷来的东西放到他兜里，让他有口难辩。他看了看老婆，看了看刘英，看了看刘家稳，又看了看地上的那一摊碎片，明白他如果不说出实情的话，刘老师家的婚姻就真的成了地上的那摊碎片；而如果他说出实情的话，自己的婚姻则可能成为了那摊碎片。

但柴旺还是咬着牙道出了实情，他说的时候汗如雨下。

刘家稳平静下来了。刘英也平静下来。不平静的是柴旺家的，她慢慢撒开紧握着刘英的那只手，摇晃着站了起来，脚踩着那摊碎片朝外走。刘家稳问柴旺，你花多少钱把那个玩意买回的？柴旺木然地说，六百六。起身去追老婆。

柴旺家的回到家，先是把锅盖掀开，一块热气腾腾的枣糕已经蒸好了，它看上去就像一朵盛开的莲花，鲜艳蓬勃，散发着淡淡的香气。她小心地把它从帘子上取出，放在面板上，刷了锅，又盖上锅盖。灶里的火已经快熄灭了，柴旺家的蹲在灶坑前，看那几块隐隐发红的火炭。看着看着，她站起身，回屋将柜子上放着的那些没卖完的春联和福字一股脑地塞进灶里。纸一接触火炭，就跟闪电接触了乌云似的，立刻会爆发出激情。不同的是后者爆发的是滂沱大雨，而前者爆发的是熊熊火焰。锅受了这团烈火的煽动，立刻"吱吱"地叫起来。柴旺家的待火势弱了，又跑回里屋，拎出那件蓝地白花的新袄罩，团了一下，扔进灶里，它立刻变成一团火焰。不同于纸的是，袄罩燃烧时散发出一股难闻的气味，好像是放了一个臭屁。

柴旺不敢跟老婆说话，他也不知道该怎样解释自己的行为。夜深了，柴旺铺好了两床被子，但柴旺家的上炕收起了一套，把它搬到儿子的房间去了。她去那里睡了,还把门插上了。半夜,柴旺听见那屋传来嘤嘤的哭声,他的心都要碎了。他怕老婆发生意外,一直睁着眼小心地听着动静,凌晨三点左右的光景,那屋传来了均匀的鼾声,柴旺这才放心地睡了。

  柴旺睡着不久,柴旺家的就醒了。她躺不住,就穿衣起来。隔着灶房,能听得见柴旺的鼾声,她在心里骂了一句:没良心的,你倒睡得香!柴旺家的仍然伤心着,她不想呆在屋里,就到户外透气去。天还黑着,她的心也黑着。空竹隔着院子向她低声打着招呼,她没有好气地说,瞎哼什么,一边呆着去。她想起了北山的王店老人,不知怎的,她特别想见到他。柴旺家的推上自行车,惯常地带上两条麻袋和铁挠子,出了家门。

  路上一个行人都没有。风很小,但空气异常寒冷。快近除夕了,夜空是暗淡的,月亮只露着浅浅的一条弯线,柴旺家的望了一眼,觉得它很像一个冷笑。她骑上自行车,慢慢蹬起来。她的腿和眼从来没有这么不中用过,腿发木,眼发花,走着走着就下了道,连人带车不停地滑进路边的雪窝里。等她跌跌撞撞地到了北山贮木场时,已被摔得浑身酸痛。像以往一样,早有一堆块大肉厚的树皮堆在那里了,柴旺家的把它们一片片地塞进麻袋里,捆绑在自行车的后座上,然后拍打着身上的木屑。干完活儿,曙色微现,柴旺家的朝王店所住的小屋走去,那里亮着灯。守夜的人如果睡着了,喜欢亮着灯,看来灯也是守夜人啊。柴旺家的敲响了那扇门。王店以为发生了什么事,很快打开了门。一股热气扑出来,王店只穿着一条单的黑线裤,一件蓝背心。他露着的胳膊是古铜色的,那么的饱满。

  王店吃惊地问,柴旺家的,你不是说过年前够烧的,不来了吗?柴旺家的委屈地叫了一声"王店大哥",扑到他怀里,哭了起来。王店抱着他,什么也没问,任她哭。王店一开始是松松地抱着她,后来是紧紧的,柴旺家的感觉到肚腹处突然间被硬硬的东西给抵着了,她就像撞了鬼似的激灵了一下,不再哭,从他怀中挣脱出来,跑了。

  柴旺家的没忘了推起她的车子,驮着树皮回去。她真没有想到六十多的人了还能那样,怪不得他一天要吃一摞的烧饼呢。她凄凉地对自己说，以后再也不能来这里捡树皮了呀，我家的炉子好粮吃到头了！出了贮木场，她把车子扔在路上，坐在雪地上号哭起来。她的哭声把几只乌鸦给吓着了，它们也哑哑叫起来。柴旺家的一直把太阳哭得冒红了，泪干了，这才骑上车子回家。待她下了水泥马路，拐上了通向家中的巷子时，她看见了刘英。刘英推着自行车，大概是要上班去了。刘英见了她远远就停下来了，像以往一样跟她打招呼，只不过声音怯怯的：柴旺家的——

我不是柴旺家的，我叫王莲花！柴旺家的咬着牙冷冷地说。

柴旺已经起来了，他正耷拉着脑袋蹲在灶前烧火。柴旺家的进屋后，柴旺看见老婆满身木屑、满头霜雪的，忍不住蒙着脸哭了。

除夕来了。柴旺家没有贴春联，刘家稳家也没有贴。刘家稳给一家朝鲜馆子打了电话，以一百八十元的价钱，把空竹卖了。空竹被生人捆了，离开主人家院落的时候，知道那是生离死别了，凄惨地叫着。柴旺站在院子里听着，心一阵一阵抽搐着。

刘家稳凑足了六百六十块钱，摇着轮椅给柴旺送来。柴旺颤着声对他说了一句，你何苦要这样呢？

除夕夜里，柴旺家的包了饺子。快下饺子的时候，柴旺拿出半帘鞭炮，要出去放，被老婆制止了。她说，今儿我要放个大炮仗！

柴旺家的先是把灰尘累累的灯笼从仓棚里拎出来，点燃，挂在院子的窗下，让黑暗的门前有了暖融融的光影，然后她反身回屋，高高挽起袖子，掀开酸菜缸的盖，奋力把那块青石从里面捞出来，往屋外走去。她的胳膊被冰冷的酸水杀得通红通红的，青石哩哩啦啦地淌着酸水，好像知道自己性命难保，一路落泪。它被"咂"的一声放在院子里。柴旺家的举起一把大锤，"咣咣"地砸起了石头。那石头像是经历了千锤百炼，很难对付，开始时没有伤筋动骨，只是迸射着簇簇火星。柴旺家的加重了力气，大锤在它身上一次次施压，它终于承受不住了，先是小块小块地掉着肉，后来终于在绝望的叫喊声中崩溃了，彻底丢了魂儿，成了一堆碎石。柴旺目瞪口呆地站在那儿，他觉得那摊散发着陈腐气味的碎石，就是他那颗破碎的心。他想老婆砸了这块石头，是不会原谅他的了。

初一的早晨，柴旺家的像往年一样。把枣糕热了，切成片，摆在盘中，端上桌子。又用一个瓷碟，盛了白糖，放在枣糕旁边，一言不发地吃起来。柴旺坐在饭桌旁，拿起一片枣糕，蘸了白糖，吃了一口，觉得满嘴发苦。这几天的煎熬使他目赤舌燥，唇上生满了燎泡。他放下枣糕，对老婆说，我心里装的是你，你不知道吗？

柴旺家的瞟了一眼柴旺，"哼"了一声。

柴旺说，你这样待我，是逼我死啊。

柴旺家的又瞟了柴旺一眼，还是"哼"了一声。

柴旺只觉得眼前发花，他再也支持不住了，身子一歪，脑袋"嗵"的一声磕在桌角上，失去了知觉。

柴旺苏醒时，是初二的早晨了。他躺在炕上，觉得自己像一团棉花，轻极了。他闻到身边有久违的艾草的气息，便吃力地歪过头，一看，柴旺家的坐在炕沿，正看着他。她做新娘时，为了使身上有香气，就熏了艾草。那是柴旺最喜欢的香气，是种苦中带着清香的气味。夏天时她喜欢采了艾草，晒干了备用。这些年兴许是被艰辛的生活给磨的，她已经忘了熏艾草了。

柴旺虚弱地对老婆说，艾草香可真好啊——

柴旺家的刚要说什么，门声一响，刘英和顺顺来了。顺顺穿着一件绿棉袄，脸蛋红扑扑的，提着一个绿地白花的布袋。刘英说，顺顺刚下火车，她除夕没有赶回来，是看柴高去了。

顺顺先是给柴旺夫妇拜了年，然后落落大方地告诉他们，柴高长高了，生了一脸的青春痘。他在监狱里学会了拉手风琴，是文艺队的骨干分子呢。他托顺顺给家里带回了一样礼物，是他亲手做的。

柴旺挣扎着坐起来，急切地说，快拿来让我看看。

顺顺从布袋中取出了礼物，原来是个方头方脑的麦秸垫！柴旺刚要说，这东西有什么好，顺顺把它翻转过来，只见浅黄色的麦秸上勾勒着一个大大的福字！那福字不是用笔写出来的，而是用绿布条缝起来的。这个绿色的福字看上去就像探向水面的柳枝，充满了生机。

柴旺看了柴旺家的一眼，说，真好看啊。

柴旺家的说，他还有这手艺，出息了。

顺顺全然不知大人之间发生的事情,她眉飞色舞地说,柴高做了俩呢,我家也有一个!

柴旺不吭声了。柴旺家的轻声嘟囔一句,儿子随爹啊。

刘英低下了头,用手指弹了弹衣襟,虽然说那上面并没有灰尘。

顺顺的肚子突然发出一阵布谷鸟似的咕咕的叫声,顺顺笑着说,我饿得前胸贴后脊梁了,我爸可能煮好冻饺子了,我先回去了!说完,拉开门一溜烟地跑了。

刘英抬起头,说,你们可能还没吃早饭吧,我也回去了。

柴旺乞求地看了柴旺家的一眼,期待她能送送刘英。

柴旺家的咬了一下嘴唇,还是送刘英出门了。

刘英出了柴家的门,对柴旺家的说,王姐,邻居住着,你还送我,谢谢啊。

刘英见柴旺家的皱着眉,以为她不喜欢别人称呼她的姓,就改口说,莲花姐,有空过来坐啊。

柴旺家的终于忍受不住了,她大声地吼着:我是柴旺家的!

刘英松了一口气。她柔声说,柴旺家的,回吧。

柴旺和柴旺家的一起吃了早饭,饭后,柴旺举着儿子做的那个福字,挨个门地比划,不知该挂在哪扇门合适。柴旺家的呢,她感觉今天太阳很好,风不大,不想闲在家里,就拿起麻袋和铁挠子,推起自行车出了家门,打算拾捡点烧柴。出了巷子,上了水泥马路后,她习惯地朝北山驶去。快到贮木场时,突然看见一只麻雀在一个脸盆大的雪窝里蹦跳,那雪窝是那么的眼熟,她蓦然想起这雪窝是自己坐出来的,那天她在那儿痛哭了一场。直到这时,柴旺家的才反应过来,贮木场已经是不能来的了。

柴旺家的伤感地掉转车把,朝乌吉河畔驶去。乌吉河畔没有树皮,能做烧柴的,只是干枯的柳树枝桠和漆黑的树桩。对付它们,是需要斧子和锯的。她很后悔没有带上它们。

(选自《人民文学》,2007年第1期)

点评者：解芳

所谓"贫贱夫妻百事哀"，而迟子建的《福翩翩》写的却是"贫贱夫妻"间彼此的扶持与关爱，力图在烦恼人生中写出生命内在的欢欣和温暖。

小说最关键的情节，是柴旺与邻居刘家稳合伙经营春联买卖。为了过一个"肥年"，拉板车的柴旺想出卖春联的主意。于是，他请因瘫痪而困居家中的中学教师刘家稳执笔写字，自己则跑腿叫卖。辛苦自是，却也收获不小。尤其，一阵大风吹起，将一张"福"字吹进富人家，竟换来一沓百元钞票，更是意外之喜。然而，"饥荒是条狼"的尴尬尚未捱过，柴旺却已不假思索，把钱花在了刘家稳做英语老师的媳妇刘英的颈椎治疗仪上。在柴旺的意识里，这是在拿天上掉下来的钱做好事，完成刘家稳最大的心愿；而潜意识中，是否包含一个靠力气吃饭的底层男人对一个含辛茹苦、坚贞优雅的知识女性的爱慕关爱，是谁也说不清的。迟子建有意以这样出人意料的安排，将原本平稳得几乎封闭的情节打破，使人物的性格在情节的陡转中有了起伏的机会。原本以为"最会调理男人"的柴旺媳妇伤心得几乎疯了，不但当众砸碎作为"定情之物"的宝贝石头，还一度投入一直关照她的"王店大哥"的怀抱中痛哭失声。人们也许以为，她将从此进入另一段人生历程，开始另一个故事。然而，她径行不远、中途折返，又回到了"坚忍不拔"的"柴旺家的"身份。对她来说，即使背负债务、衣食无靠，只要夫妻共担风雨、生活平淡安稳，就是幸福。况且，当误会解除，云消雾散，原本温馨的小日子在加了把盐后更加甜蜜——这是典型的迟子建风格，她偏爱善良的人物，愿意展现人性中光明温暖的一面，百事哀的贫贱生活在她的笔下总能春风化雨，遇难呈祥。或许有人觉得其意欠深，其文欠新，甚至有点做作。但是，小说细节饱满，人物鲜活，那份暖暖的温情还是颇能打动人心。

苍 声

徐则臣

一

何老头正训我,外面进来两个人把他抓走了。当时何老头很气愤,指着我鼻尖的手抖一下,又抖一下。"这么简单的问题都不会,"他说,"午饭都吃到狗肚子里了?"

我说是,都给绣球吃了。全班大笑起来,都知道我们家养了一条黄狗,叫绣球,前些天刚下了一窝小狗,还没满月。刚产崽的绣球得吃好的,我就背着父母把午饭省下了给它。笑声里大米的声音最大,像闷雷滚过课桌。我喜欢听大米的声音,像大人一样浑厚,中间是实心的,外面闪亮,发出生铁一样的光。大米一笑,大家就跟着继续笑。何老头更气了,哆嗦着手抓下黑礼帽,一把拍在讲台上,露出了我们难得一见的光头。

"不许笑!"何老头说。

门外突然就挤进来两个人,刘半夜的两个儿子,都是大块头。他们一声不吭,上来就扭何老头的胳膊,一人扭一只,这边推一下,那边搡一下,把何老头像独轮车一样推走了。

何老头说:"你们干什么?你们为什么抓我?"刘半夜的两个儿子还是不吭声。何老头又喊:"等一下,我的礼帽!"他们还是像哑巴一样不说话,挺直腰杆硬邦邦地往前走。这时候他们已经走到校门口的两棵梧桐树底下了。

他们都围到窗户边去看。刚糊上的报纸被大米三两下撕开来,他们的脑袋就从窗户里钻了出去。我站在位子上,伸长脖子从教室门往外看。何老头和刘半夜的两个儿子组成的形状像一架飞机,何老头是飞机头,他的脑袋被下午的阳光照耀着,发了一下光,就从校门口消失了。何老头其实不是光头,只不过头发有点少,不仔细找很难发现。我猜就因为这个他才戴礼帽的,一年四季都不摘下来。睡觉时摘不摘我不知道,反正平时很少见他摘。今天他一定是被我气昏了头才拿掉帽子。我对自己也相当生气,那么简单的问题也答不出。

但是,我不喜欢何老头当着大米他们指鼻子骂我。我把黑礼帽从讲台上拿过来,对里面吐了一口唾沫,又吐了一口,吐第三口的时候,谁说了一句:"何老头的礼帽呢?"我赶紧把帽子塞到桌底下,伸长袖子把唾沫擦干了。

又有谁问了一句帽子,随后就没动静了。大家重新趴到窗户边,校门口有一群人在跑,不知道那些人要干什么。我趁机把礼帽压扁,塞到书包里,然后像没事人一样走到窗户边和他们一起看。零零散散的几个人还在跑。

"这算不算放学了?"三万问大米。

"当然。"大米说,"何老头都被抓走了,放学!"

三万帮大米背了书包,一伙人就跟着大米跑出教室。都想去看看外面到底出了什么事。我怀疑跟何老头被抓有关。为什么抓,我也不懂。我背着书包跟他们跑出校门,他们往西,我往东。得先把礼帽藏起来。

"木鱼,"大米喊我,"你不去看?"

"我要回家看绣球。"

"嘿嘿,好,"大米笑起来,说,"好好把绣球养肥点,过两天我去看看它。"

大米"嘿嘿"的时候不像个好人,可他的声音好听。只有大人才能有那样浊重、结实又稍有点沙哑的声音。我问过我妈,为什么我的声音尖尖细细像个小孩。我妈说,你不是小孩还能是什么?可大米怎么就有大人那样的声音。大米比你大,我妈说,人大了声音自然就苍声了,粗通通跟个烟囱似的有什么好听。

我觉得好听。大米能让所有人都听他的,就因为他声音跟我们不一样。他说了:

"你们一帮屁孩,奶声奶气的!"

也不是所有人都比大米小,三万、满桌和歪头大年就跟他一样大,声音还是不好听。我经过几棵梧桐树和槐树,捂着书包往家跑,心里充满了恐惧,我竟然把老师的礼帽偷偷拿回来了。迎面碰上向西跑的几个人,我低着脑袋不敢和他们打招呼,但我对他们要去的地方又满怀好奇,他们到底要去看什么?

这一年我十三岁,怀揣两只不同的小狗,一只恐惧,一只好奇。像绣球产的四只小狗中的两只,毛色光滑,一醒来就不安生。

二

想不出藏哪里更保险。我把自己关在屋里四处找地方,放哪儿都不放心。姐姐又在院子里催,让我快点,一起去西大街看看。她也急着想知道西大街到底出了什么事。我只好咬咬牙决定塞到床底下,为了防止谁钻床底往里看,我把一双没洗的臭袜子放在床边,那个臭,瞎子也能熏出眼泪来。出门前我还想看看绣球和四只小狗,姐姐等不及了,拉着我就跑。我就对着墙角的草窝吹了一声口哨,绣球听见了,对我说:"汪。"四只小狗也跟着哼了四声。

路上有人和我们一起跑。快到西大街,碰见我妈在街口跟韭菜说话,她拉着韭菜,让她晚上到我们家吃饭,韭菜甩着胳膊不愿意。姐姐说:"妈,西大街有景呢,你不去看?"

"回家,"我妈说,"有什么好看的!"

"那边到底啥事呀?急死我了。"

"太上老君下凡,"我妈有点不耐烦,"跟我回去!韭菜,听姨的话,姨拿好吃的给你。"

韭菜还是不愿意,嘟着嘴说:"看。看。我要看。"

我谨慎地说:"是不是何老头?"

我妈瞪了我一眼,"回家做饭去!"

姐姐已经拽着我跑过去了,我妈在背后喊也不停下。

猜得没错。人群围在大队部门外,踮着脚往紧闭的门里看,什么都看不到,脖子还在顽强地伸长。然后三两个人咬耳朵,表情含混,我凑上去听,只大概弄清楚,何校长被关在里面。姐姐问旁边东方他妈,东方他妈说,谁知道,听说跟丫丫有关,谁知道。姐姐还想问,周围静下来,支书吴天野走出大队部的门,挥挥手说:

"回去,都回去!有事明天说。"

人群就散了。姐姐歪着头问我:"跟丫丫有关?"

我哪知道。

丫丫就是韭菜。差不多有二十岁了。是个傻大姐,头脑不好使,见人就笑,然后问你吃过了没有。七年前她还叫丫丫,被何老头收留了才改名韭菜。叫丫丫的时候,韭菜是个孤儿,她九岁时她爸死了,接着她妈在某一天突然不见了,听说跟人跑了,再也没回来。丫丫整天在村子里晃荡,追着谁家的猫或者鹅玩,到了吃饭时间就有人叫她。那时候吴天野就是支书,他让各家轮流管丫丫的饭,只要她还活着,养到哪天算哪天。除了三顿饭,丫丫的其他事就没人管了,她整天蓬头垢面,脸脏得像个面具,下雨天也会在外面跑。后来何老头来我们这里当校长,他觉得丫丫可怜,吃百家饭却没人管,就跟吴天野说,干脆他收留丫丫吧。何老头是外乡人,听说是从北边的哪个大地方来的,一个人,一来就当校长。我爸曾说过,看人家里里外外都戴着礼帽,就是当校长的料。

丫丫被人领到何老头门前那天,何老头正坐在门口择别人送的韭菜。何老头握着一把韭菜站起来,说:"还是改个名吧,就叫韭菜。"

就叫韭菜了。叫丫丫顺嘴了的还叫丫丫,其他人叫韭菜。两天以后,丫丫就变成一个干净清丽的韭菜了,何老头帮她梳洗了一番,还给她做了两身新衣服。见过大世面的人说,丫丫蛮好看的嘛,跟城里来的一样。城里人长啥样我没看过,如果韭菜像城里人,我猜城里人起码得有四样东西:干净,白,好看,有新衣服穿。韭菜洗过脸竟然比我姐还白,真是。

再后来,韭菜干脆就把何老头当爸了,平常也这么叫。何老头很高兴,好像有个傻女儿挺满意的。他还教她认字,做算术题。我怀疑花一辈子也教不好,像我这样头脑一点毛病没有的,复杂一点的算术题都弄不懂,我不相信她一个傻子能明白。想也不要想。不过其他方面还是有点成效的,比如说话和看人。过去韭菜一说话就兜不住嘴,口水一个劲儿地往下挂,现在不了,总能在口水挂下来之前及时地捞回去;看人的眼神也集中了,过去你站她对面,就觉得她是在看另外两个人,而且在不同方向上,她涣散的眼神像鸡鸭鹅一样,两只眼能各管各的一边事。也就是说,现在只要韭菜老老实实不说话,就比好人还好。当然,你不能给她好吃的,一见到好吃的,她的嘴和眼立马就散了。

我们都知道何老头对韭菜好,可是东方他妈的意思是,何老头被抓跟韭菜有关。

有人喊我,一听就是大米。身后跟着三万、满桌和另外两个跟班的。"小狗长多大了?"大米问,"送我一只怎么样?"

"还小呢。"我说。其实我做不了主,小狗满月后送给谁,由我爸妈决定,绣球还没产崽就有一大堆人排着队要。我不想让大米知道我做不了主,他们会瞧不上我。

我姐说:"大米,你爸为什么把何校长抓起来?"

"问我爸去,"大米说,"关我屁事,又不是我关的。"他对屁股后头的几个挥一下手,他们就跟着他走了。他的一挥手让我羡慕不已,还有他的一声浑厚的"走",多威风,就是跟我们小细胳膊小细腿和尖嗓子不一样。大米临走的时候又嘱咐,"记着给我留一只啊,越多越好。"

"没有了。"我只好说。

"你说什么?"

"爸妈都把它们送人了。"

"操!"大米说,"还没生下来我就要。就没了!"他扔出一颗石子,打中十米外的一棵槐树,"就一只破狗,操,不给拉倒!"

回到家,韭菜坐在厨房帮我妈烧火。烧火的时候她比正常的女孩都端庄。姐姐又问我妈,为什么把何老头抓起来?我妈白她一眼,示意韭菜在,姐姐就不敢乱问了。韭菜在我家吃的晚饭,吃了一半停下来,说:

"韭菜不吃了,爸还没吃。"

"留着呢,"我妈说,"你吃你的。"

三

因为那顶礼帽,半夜里噩梦把我吓醒了。我梦见礼帽长了三十二条蜘蛛那样的细腿,密密麻麻地从我后背爬上来,突然抱住了我脖子。我惨叫一声醒了,摸摸脑门上的汗,庆幸只是个梦。我爬起来,借着月光从床底下把礼帽够出来。已经恢复了原来的形状。我小心翼翼地看它的四周,没有脚,又扔到床底下。得想个办法把它送出去。

第二天早上,我被姐姐叫醒,姐姐说:"快,要斗何校长了!"我半天才回过神,噌地从床上跳起来。"怎么斗?"我问。

"游街。"

锣鼓声从西大街响起来,锣是大铜锣,鼓是牛皮鼓,猛一听以为马戏班子来了。我去井台前洗脸时,看见韭菜蹲在墙角逗绣球和四只小狗玩。她把其中两只抱在怀里,左臂弯一只,右臂弯一只,还用嘴去亲小狗的嘴,嗓子眼里发出呜呜呜的催眠声。丑死人了。

"别动我的小狗!"我喊了一声。

韭菜吓得胳膊一松,一只小狗掉到地上,跟着另一条胳膊失去平衡,第二只也掉下来。小狗摔得直哼哼。我满手满脸是水地跑过去,抱起小狗一个劲儿地哄,哎呀,摔坏了摔坏了。韭菜低头拿眼向上瞟我,知道自己犯错误了,鼓着嘴站在一旁搓衣角。

"还看!都快给你摔死了!"我说。

韭菜哇地哭起来,甩着手说:"我找爸,我去找爸。"

我妈从厨房跑出来,一边在围裙上擦手。"丫丫别哭,丫丫别哭,"我妈说,"谁欺负你了?"

韭菜指着我,"他!他骂我!"

"丫丫不哭,我打他,"我妈做着样子打我,"你看我打他。我把他剁了给狗吃!"

韭菜笑了,跺着脚说:"剁他!剁他!剁给小狗吃!嘿嘿。"说完了突然安静下来,又要哭的样子,"我找爸。我去找爸。"

我妈说:"吃完饭再找。丫丫听话。"然后对我和姐姐说:"还愣着,等着饭端到你们手里啊?"

那顿饭吃得潦草,我和姐姐都急。西大街锣鼓喧天,震得饭桌都嗡嗡地跳。我们没敢多嘴,爸妈都护着韭菜,怕她知道何老头被抓被斗的事。有什么好怕的,大不了被打一顿,游几天街。就是不知道这老头犯了什么事。

路上遇到几个同学,他们都往西大街跑。何老头被抓了,课当然就不上了。我怀疑整个花街的闲人都来了,里三层外三层堵在大队部门前。门前两个敲鼓的,一个打锣的,咚咚咚,咣。咚咚咚,咣。我刚挤进去,门开了一扇,刘半夜的二儿子走出来,对人群挥手,去去去,往后站,往后站,别碍事!大家撅着屁股往后退了退,另一扇门也开了,何老头被刘半夜的大儿子怪异地推出来。

像小画书里的白无常。戴一顶又高又尖的白帽子,脖子上挂着一块巨大的白纸板,上面写着八个字:

衣冠禽兽
为老不尊

何老头低着脑袋一出门,刚停下的锣鼓又响起来。接着又停下了,吴天野从大队部里走出来,因为突然安静下来,他的声音就显得格外的响。吴天野说:

"乡亲们,这两天我痛心疾首,痛心疾首啊!看到那几封举报信,我眼都大了,嘴都合不上了!我做梦都没想到,我寻思所有花街人做梦也不会想到,咱们的何校长,就是教咱们花街上的孩子读书解字的先生,竟然是这样一个衣冠禽兽!他收养了我们花街的孤儿丫丫,竟然为了这个肮脏的企图!乡亲们想想哪,丫丫,就是韭菜,才多大啊,刚刚二十岁！多好的年龄啊，就这样被他，这畜生一样的人，给糟蹋了！这是咱们花街的耻辱！你们说，怎么办？怎么办？"

刘半夜的两个儿子一起喊："打死他！打死他！"跟着一阵锣鼓声。

吴天野挥挥手，锣鼓又停了。他说："打死人不行。但咱们花街的这口正气要出，要给丫丫和全体花街人一个交代。大队里商量了一下，游街示众。好人咱不能冤枉，坏人也决不放过。好，开始！"

锣鼓敲起来，走在前面，接下来是刘半夜的两个儿子押着何老头，还是一人一只胳膊。经过我面前，何老头抬了一下眼皮，我赶紧缩到别人后面。走几步，锣鼓停下了，大家正纳闷，忽然几个小孩的背书一样的声音冒出来：

> 我们的校长罪该万死，不是人；我们的校长禽兽不如，是个老骚棍。七年前就起坏心思，收养个傻丫头，为了当马骑。他打韭菜我们看见了，他骂韭菜我们看见了，他干所有坏事我们都看见了。游他的街，批他的斗，打倒一切不要脸的害人虫！

我赶紧又从人后钻出来，看见七八个低年级小孩并列三排走在何老头身后，眼睛盯着何老头的后背。我也去看，何老头的后背挂着一块大白纸牌子，纸牌上写满了毛笔字。怪不得这帮小东西能背得这么齐，照着念的。不过这样我也挺佩服，说实话，有几个字我还不敢确定认不认识。我就盯着那几个含混的字认真看起来，越看越觉得这些毛笔字眼熟，后来终于想起来，这是何老头自己的字。花街没人能写这样好看的颜体字，何老头教过我们，那种胖胖的、敦敦实实的字叫颜体。何老头自己写字骂自己，还骂得这么直接这样狠，实在想不到。

大人之间，男男女女的那点事，我多少知道一点，大米他们整天把男人和女人的那个地方挂在嘴上。大米亲口对我说过，他在八条路的芦苇荡里看见过一对男女光身子抱在一起，不停地动啊动，男的屁股动起来像打夯。是谁我就不说了，反正我知道。大米说到光屁股时，两个嘴角止不住往外流口水，就像过年吃多了肥肉，油止不住从嘴边流出来一样。可是，说真的，我从来没看过何老头跟韭菜怎么怎么过，我放鸭子经常经过他们屋后，歪一下头，他们茶杯放哪个地方我都看得一清二楚。

可这帮小狗日的一起说他们看见了。不知道怎么看见的。

他们走走停停。敲一阵锣鼓，小狗日的们就齐读一遍何老头背上的字。人群里乱糟糟的，西大街本来就不宽敞，挤来挤去就更乱，我和姐姐被挤散了。乱还有一个原因，就是他们交头接耳，相互争论，据我听到的，主要有三方意见：一方认为何老头该死，多大的人了，整天戴着礼帽跟个人物似的，原来一肚子坏水花花肠子，收养一个大闺女竟然为了干这种脏事，幸亏是个傻子，你说要是个好好的姑娘，这还怎么有脸活下去，怎么嫁人生孩子呀！第二方观点完全不同前面的，傻姑娘怎么了，傻姑娘不是姑娘啊？丫丫也是女人，要不是头脑有毛病，那脸蛋，那身段，那个皮肤白嫩能当凉粉了，咱花街有几个比得上？第三种当然和前面两个都不同，那就是，他们认为根本没有的事，何校长在花街七年了，待人那个好，对丫丫更不用说了，就是个傻子也捧在手心里疼，怎么会干那种事！打死我也不会信。

"那为什么把他抓起来游街？"

"谁知道，哪个丧天良的诬陷！咱们花街，吃人饭不拉人屎的越来越多了！"

因为看法不同，人群自然分成三部分。一部分追着游行的队伍看，跟着叫唤，要打倒何老头，要打死他，有人甚至往他身上吐痰扔石子。另一部分人不冷不热地跟着，抱着胳膊三两个人说话，眼还盯着前面的队伍。第三部分落在最后面，事实上他们出了西大街就没再跟上，就在西大街的拐角处停下来，脸板着生气，为何老头咕哝着喊冤抱屈。我回头找我姐，听见他们在骂人，包括刘半夜的两个儿子。七八个小东西现在只剩下三个，走掉的几个就是被他们拎着耳朵从朗读的队伍揪出来的。他们骂他们的儿子或者小亲戚：

"个小狗日的，皮痒了是不是？让你来现眼！"

游街的队伍还在继续。一阵锣鼓一阵朗诵。后来我听大人说，中间穿插朗诵的游街，他们也是第一次看到，不知道是不是跟外国人学的。我又跑回第一部分，只是想看看热闹。我看见浓痰、石块和混着苔藓的湿泥团从不同方向来到何老头身上，那些湿泥团是他们刚从阴凉潮湿的墙角抠出来的。我什么东西都没往何老头身上扔,因为我不知道他到底干没干过坏事。也不敢,他是我老师,教我所有的功课,礼帽还在我床底下,一想到礼帽我就紧张,当时头脑进水了一定,拿帽子能当饭吃啊。

后来又想,要把礼帽带来就好了,给何老头戴上。他的高帽子被打掉了,刘半夜两个儿子帮他戴上几次又被打掉,刘半夜的儿子就烦了,装作没看见,一脚踩上去,再不必捡起来了。石块、泥巴和痰就落到他无限接近秃子的光头上。有血流出来,黏嗒嗒的浓痰也摇摇欲坠地挂下来。可是何老头像突然哑巴了一样,怎么打都不吭声。

你倒是说两句话呀。你就不说。

四

队伍从东大街刚拐上花街时,韭菜迎面甩着两只胳膊跑过来,风把她的头发往后吹,胸前汹涌着蹦蹦跳跳。她越过打锣敲鼓的人看见何老头低着脑袋看自己脚底下。

韭菜喊:"爸!爸!你干什么?我昨天就找你!"

何老头的脑袋一下子抬起来,他张嘴要说话,嘴唇干得裂开了两个血口子。刘半夜的两个儿子立马拉直了他的胳膊,韭菜已经闯到了他们面前。她对着刘半夜的两个儿子的手每人打了一巴掌,"抓我爸手干什么?"然后要去拉何老头,突然看见何老头脖子上挂的纸板,歪着头看了一会儿,指着纸板说:"爸,回家我做饭给你吃。这个是什么字?"

锣鼓声停下来,所有人都看韭菜。刘半夜的大儿子也愣了一下,然后松开何老头去推韭菜,韭菜就叫了,两手章法全无地对他又抓又挠。刘半夜的儿子躲也躲不掉。

何老头哑着嗓子说:"韭菜,你回家。回家。"

韭菜说:"爸,他打我,我要跟他打!"一把抓到刘半夜儿子的脸上,两条血印子洇出来。刘半夜的儿子,感到了疼,抽出手摸一把,看见了血,狂叫一声发起狠来,第二下就撕破了韭菜的上衣,露出了半个胸脯和一只白胖的乳房。何老头想冲上去要护着她，刘半夜的二儿子抓牢了他的手，何老头只好含混地叫。脖子和脑门上的青筋跳起来，头上又开始流血。周围人的脚尖慢慢踮起来了。

有人在我耳边说："木鱼，好看么？"

"看什么？"我说，然后才对那声音回过味来，是大米。

"当然是那个了。"大米意味深长地对我笑，右手做出一只瓷碗的形状。

我的脸几乎同时热起来，"我没看，我在看何老头的光头。"

"没看什么？"三万的脑袋从另外一个地方伸过来，"还说他小，小什么？心里也长毛啦！"

"我心里没长。"我说，不知道该如何争辩。

"那哪个地方长了？"满桌的嘴也伸过来。

三万把满桌往后推一下，说："再问一次，给只小狗怎么样？"

"你问我爸妈要吧，他们都答应人家了。"

大米看着韭菜的胸前，抹了一把嘴。我看见我妈来了，她把韭菜往外拉，要给韭菜整理衣服，韭菜挣脱半天才顺从。她还想再抓刘半夜儿子几道血印子。大米一直都盯着韭菜看，说："不给拉倒！走！"三万、满桌和其他几个跟在屁股后头走了。

他们拂袖而去，走得雄赳赳气昂昂，弄得我心里挺难受。同学们差不多都跟着大米他们玩，大米走到哪里后头都有一帮人，看起来都很高兴。好像不管干什么他们都开心，我就不行，我经常一个人郁郁不乐，整天像头脑里想着事一样。到底想了些什么，我也说不上来。后来我花了两天时间仔细想了一遍，觉得问题可能出在声音上，我尖声尖调，大米觉得配不上和他们玩。一点办法也没有。他要小狗我又帮不上忙，我妈说了，早就许过人家了，我的任务就是好好把它们养到满月。养就养吧，反正我喜欢这几个小东西。

游街的队伍乱了一会儿又正常了。我妈总算把韭菜弄走了。"韭菜是个好丫头。"何老头对我妈说，"你相信我，我什么伤天害理的事都没干，你们一定要相信我。斗死我都无所谓，就是毁了韭菜，她以后可怎么过日子。"他让我妈把韭菜带回家，韭菜不肯，何老头就说：

"韭菜听话，回家做饭给爸吃。爸再跟着他们转一圈就回去吃饭。"

然后锣鼓又敲起来。我妈牵着韭菜的手，带她回家。这回乱扔东西的人少了。

游街一直到半下午才结束，我饿坏了。最后敲锣打鼓的声音也空起来，半天才死不死活不活地来一下，因为朗诵的小孩在转倒数第二圈时就全走光了。没了朗诵，锣鼓只好一直敲下去。回到家一个人没有，我找了个饼子边吃边去墙角找小狗，只看到绣球和两只小狗。围着院墙把旮旮旯里都找遍了，狗毛都没看见。正在院子里发愣，姐姐回来了。我问她，小狗呢？

"我还问你呢，"姐姐说，"我都找了一圈了！你把它们送人了？"

"我没送。"

"见了鬼了！"姐姐说，"就知道吃，还不去找！"

我抱着半截饼子出门找狗。想找一个东西才会发现花街一点都不小，小的是两只狗，随便钻到哪个角落你都看不见。我边找边吹口哨，希望小狗能听见。东大街、西大街、花街都找了，没有，我口干舌燥地沿运河边上走。运河里船在走，石码头上有人在装卸东西，闲下来的人蹲在石阶上聊天，指缝里夹根卷烟。我问他们，看见我家的小狗没有？他们说，你家小狗姓张还是姓李？他们就知道取笑人，所以我说：

"姓你。"

我在二码头边上看见了一只小狗。小狗趴在灌木丛里，脑袋伸出来，下巴贴着地，我对它又吹口哨又拍巴掌，小狗就是不动。我气得揪着它耳朵想拎出来，拽出来的竟只是一颗脑袋。从脖子处已经凝结了血迹的伤口开始，整个身子不见了，小狗睁大了眼。吓得我大叫，一屁股坐到地上。我在那里坐了好大一会儿工夫，潮湿的泥土把裤子都泅凉了，刚吃完的饼子在肚子里胡乱翻转，要出来，我忍着，右手使劲掐左手的虎口，眼泪慢慢就下来了。

后来我折了几根树枝，在灌木丛后边挖了一个坑。埋葬完小狗太阳已经落了，黄昏笼罩在运河上。水是灰红和暗淡的黄。一条船经过，从中间切开了整个运河。

我不敢继续找下去，怕看见另一只小狗的头。

怎么会死在这里？我想不明白，从断头处看，像刀切过，也像撕过和咬过。谁弄死了我的小狗？

刚进花街，遇上满桌，满桌说："我捡到一只小狗。"

"在哪？"

"在大米家。"

我转身就往大米家跑，满桌说："跑什么，又丢不了！"他跟着我一起跑到大米家。大米家的院门敞开着，大米、三万和歪头大年在院子里逗小狗玩。没错，就是我家的那只，他们让它一次次脚朝天再爬起来。

"小狗。"我唤了一声。

小狗翻个身站起来，摇摇晃晃地向我跑来。我把它抱住，它高兴得直哼哼。

"你家的？"大米站起来，他的声音总是像从肚子里发出来的，"满桌在路上捡到的。"

"是的。"

"你要抱回家？"

"嗯。"

"捡一只狗不容易。"大米说。

"对，又不是满街都是狗。"歪头大年说。

我看看他们，不知道他们想干什么。

"总得拿点东西换换吧。"三万说。

"什么东西？"

大米抓抓脑袋，想不出什么好玩的。过一会儿说："韭菜——算了，不好弄。"然后自己就笑了，"操，还真没什么好玩的。"

"礼帽，何老头的礼帽！"满桌说，"一定在他那儿。"

"对，礼帽，"大米说，"都把这事给忘了。就礼帽吧。"

我犹豫不决。我想把礼帽给何老头送去的，省得光头上再挨石子、泥块啥的。而且过午他就感冒了，不停地抽鼻子打喷嚏。

"不换拉倒，"大米说，"把小狗放下。"

我说："换。"

小狗送回家后，我把礼帽从床底拿出来，压扁了塞进衣服里，一路跑到大米家。大米接了礼帽，拉拉扯扯让它复了原形，几个人就用它在院子里玩飞机。刚开始玩，就听见吴天野的咳嗽声，他一年四季都有吐不完的痰。大米赶紧把礼帽藏到牛圈的草料里。他怕他爸，就跟我怕我妈一样。

五

韭菜坐不住，在我家吃过饭，饭碗一推就想跑。到下一顿吃饭，我妈就差我去叫。姐姐不去，她说自己都伺候不过来，还要伺候一个傻子。我妈就骂她，傻子怎么了？你们这些没良心的。姐姐很不服气，说：

"你别这些这些的，这些是哪些？"

"就你们这些。"我妈说，"也不知道心里整天念叨些什么！我就想不通，何校长那样的好人，能干出伤天害理的事？他吴天野说有人举报，谁举报？怎么不说出来？我看就是诬陷！"

姐姐说："妈，吴天野好像还是你什么表哥吧，还亲戚呢。"

"稀罕！什么表哥，八竿子打不着。我情愿认头猪做表哥。"

多少年我妈对吴天野就没好气，提起就骂。骂他狠，想着法子整人。据我妈说，当年吴天野做村长时就不是好鸟，整个花街人饿着肚子在地里收花生，一粒都不让你吃。开始他让队长在地里跑来跑去监视，收工时扒开每个人的嘴往里看有没有花生渣；后来这个方法不行了，因为吃过后多咽几次口水就找不到花生渣了。吴天野就想出了更好的法子，收工时排队在地头漱口。地上铺开一层沙，漱口水吐到沙子上，偷吃过花生的人吐出来的水是白的，咽再多口水也不管用。我妈说，别人勒紧裤腰带干活，他倒舒服，背着手在地头像田鼠一样转来转去，没事就伸手到口袋里捏两颗花生米扔到嘴里。

我妈骂我姐的意思就是这个，自己想怎么吃就怎么吃，别人一动嘴就看着不顺眼。

当然我姐不是这样的人，她只是懒得跑。只好我去。

何老头家在学校后面，一个独立的小院。我敲半天门没人开，我就喊韭菜韭菜，院子里有两只鹅疲惫地嘎嘎应对，听声音饿得快不行了。这傻子不知道跑哪去了。我在院门口绕来绕去，被臭蛋他妈看见，臭蛋他妈说，往西走了。我按她指的方向找，一条巷子走到头也没看见，社会的老婆抱着孩子告诉我，拐下南了，我就往南找。过五斗渠就看见韭菜在小跑，我喊韭菜韭菜，南风吹过她的耳朵，听不见。我想再喊，看见前面晒场上的一排草垛顶上飞起一个东西，黑的，圆的，像头朝下的一个大蘑菇。我刹住脚。

接着看见大米、三万、满桌和歪头大年在草垛之间跑，叫声顺风飘过来，就是嗷嗷的胡乱喊。韭菜继续往前跑，她显然是冲着礼帽去的。果然，她边跑边喊：

"帽子！那是我爸的帽子！谁让你们拿我爸的帽子！"

她跑近了，大米他们停下来，任她怎么抢怎么叫，就是不给。他们几个诡异地相视而笑。我没敢过去，怕他们说出礼帽是从我手里拿到的。他们重新让帽子飞起来，几个人传来传去，逗韭菜玩。韭菜一直拿不到帽子，气得坐地上号啕大哭，抓起地上的土四处扬。大米他们可能怕被别人看见，又逗了韭菜一会儿就拿着礼帽跑了。

他们走远了我才上前。韭菜要礼帽，我说不管里帽外帽，先吃饭再说。

"我先要礼帽再吃饭！我爸会感冒，会流鼻涕，淌眼泪，打喷嚏。"

我说："先吃饭再要礼帽。"

"先要礼帽再吃饭！"

"吃了饭我就去给你找礼帽。"

"真的？"韭菜立马停住哭声，仰脸看我，伸出沾满泥土的小指头，"拉钩，上吊！"

好吧。我也伸出小指头，拉钩上吊。韭菜一下子笑了，爬起来，裤子上的泥土都不拍，说："噢，吃饭吃饭。"

韭菜真的推掉饭碗就要我去找礼帽。这死傻子。我妈说，好，让他找，找到了送给你。可我到哪里找，我说不知道在哪。我妈就给我使眼色，我就说好吧，现在就去找。我要不答应她就不跟我妈到菜园去。我出了门，瞎晃荡一圈，实在无聊就去看何老头游街了。

已经没什么好看的，还是老样子，敲锣打鼓，重新找了五个小孩跟着朗诵，内容基本不变，只是措辞上有点小改动。再就是胸前的纸牌子换了，字也换了：

看似知识分子

其实衣冠禽兽

还是何老头自己的字，写得不如上一次认真，看来何老头自己也失去耐心了。何老头一边低头被游一边鼻涕眼泪往下掉，感冒在加重，偶尔还咳嗽。敲锣打鼓的还是那两个，劲头明显懈怠，敲出的锣鼓点子懒洋洋的敷衍了事，我估计是因为观众少了。这样的游街多少有点单调，几圈之后就不愿意再跟下去。何老头有时候甚至会抬起头看看，可能是吐痰扔石子的少得让他觉得寂寞了。精神抖擞的只有刘半夜的两个儿子，他们还像刚开始那样兴致勃勃。真不容易。

我跟着队伍把西大街、东大街和花街转一圈，就去石码头玩了。运河水突然涨起来，水流变粗变浑，翻涌着从上游下来。听说那地方连天暴雨，淹了，老屋子都被雨水冲倒了。石码头聚了不少人，看沉禾从运河里捞东西。他把两根长毛竹接在一起，前头装了个铁钩子，上游漂下来什么他就捞什么。我到的时候，石阶上已经摆了死猪、死猫、树根、锅盖、木箱子、小板凳。大家都说，按沉禾这样捞法，迟早能捞上来一个大磨盘。

到天黑他也没捞到一个磨盘。我傍晚时回的家，发现小狗又少了一只，找了半天没找到，就跑到石码头看沉禾捞上来的小动物。有一只死小狗，不是我家的。这时候天已经黑了。

六

第二天上午继续找小狗。先是三条街找，见人就问，然后就去运河边上，附近的灌木丛、芦苇荡都看了一遍。没有。又去石码头，沉禾还在捞东西，死狗倒是有几条，没一条像我家的。出了鬼了。后来遇到韩十二的小叔，他刚在八条路上看见一只狗，让我过去看看。我问他那狗什么颜色,他说没看清楚,只是远远扫一眼,好像看见了一个小脑袋晃了一下。我就往南找。

八条路在花街南边,那地方是一片大荒地,因为要穿过一片坟地,平常很少有人去。当时我没想到小狗根本跑不了那么远,稀里糊涂就去了。一路走走停停,进了坟地。坟墓之间长满松树,穿过时阴郁清凉,心里跳跳的。要不是大白天,打死我也不往这地方跑。快穿过坟地的时候,隐约听见附近有人说话,吓得我想往回走,然后觉得那声音有点耳熟,生铁似的,像大米的。说什么听不清楚。我弯腰在坟头和松树之间找,半天才看见一个人影在坟堆和松树之间闪动一下。

阳光从树冠之间落下来,我踩着那些白花花的阳光往那个方向小心地走。说话声越来越大,不止一个人。

一个人说:"脱。"

又一个人说:"快脱。"

另一个人说:"再往下一点。"

然后是大米的声音:"想不想要?"

我贴着坟堆往前走,忽然听见韭菜说:"给我!给我!"

有人干干地笑出声来,另一个人也笑。应该是三万和歪头大年。然后我越过一个坟头看见大米和满桌站在两座坟之间咬着耳朵说话,都把胳膊抱在怀里。三万和歪头大年分别坐在两座坟的坟头上,三万用右手食指摇动何老头的黑礼帽。

"快点,"三万说,一脸怪异的笑,"看,帽子就在这儿。"

我不敢再往前走了,躲到一个坟堆后面,歪出脑袋看。他们叫了一声,又叫了一声。一座坟堆后面升起韭菜的后脑勺,然后是她的脖子,紧接着,快得我来不及反应就露出了光脖子和光后背,然后我看见韭菜向三万跑过去,天哪,韭菜光着一个白得刺眼的身子,屁股大得像两个球,我陡然觉得有东西噎在嗓子里,打了一个响亮的饱嗝,吓得赶紧蹲下来,大米警惕地喊了一句:

"有人!谁?"

其他几个人也警惕地四处看,"谁?在哪?"

好一会儿没动静,韭菜也停在半路上。

歪头大年说:"没人呀,你听错了吧?"

大米说:"刚才好像有人打嗝。可能我听错了。"

三万又干干地笑出声来,说:"这鬼地方哪来的人。大米,你先来?"

"还是你先来,"大米说,"我等等。"

三万说:"还是你先来吧。要不,满桌你来。"

满桌说:"还是大年来吧。大年不是一直说自己东西大嘛,试试。"

歪头大年也干干地笑,"说着玩的,"他说,"还是三万来。你不是做梦都做过了,轻车熟路。"

韭菜又叫起来:"帽子给我!我爸的帽子!"

我伸长脖子,又打了一个饱嗝。实在忍不住。你说我看见了什么!我看见韭菜正往我这边转身,两只白白胖胖的圆乳房上下在跳,然后是两腿之间乌黑的那一团。一看韭菜那样子我就慌,心跳快得感觉要飘起来。我实在是忍不住那个嗝,为了把它打出来我脖子越伸越长。

大米说:"快,有人!"

三万几个人转身就要跑,大米让他们站住,大米说:"先看是谁!"

我一听,要命,撒腿就跑。歪头大年在后面喊:"是木鱼!"

大米说:"追,别让他捅出去!"

他们几个人在后头边追边喊,让我停下。哪敢停下,我都希望胳肢窝里长出四个翅膀来。没想到我能跑那么快,他们到底没追上,前面的路上有了人,他们不敢再追了,拐了个弯从另外一条路往花街走。我停下来,一屁股坐到地上。现在感到两腿发软了。

坐了两根烟的时间,想起来韭菜还在坟地里,站起来去找她。她穿好衣服过来了,上衣的扣子扣错了位置。见到我就说:"帽子!我爸的帽子!"

"帽子在大米他们那里。"

"我要帽子!你给我帽子!"

我就怕她傻起来像耍赖,她好像根本不知道刚才自己脱光了衣服,揪着我衣服让我给她帽子。我说好,你撒手。她总算撒了手,说:"我今天就要。"

"好,"我说,"那你以后不能乱脱衣服。"

"嗯,不脱。我要帽子。"

我带着韭菜往花街走,路边是条水沟,水不多草倒不少。走着走着韭菜不见了,回头看见她正歪着脑袋蹲在水沟边看,我叫她,她说小狗,小狗。我心里一惊。都把这事给忘了。我跑过去,她指着水草之间的一个东西说:

"小狗。小狗。"

我看完第一眼就捂上嘴。没错,就是要找的那只。只剩下一个头,这次眼是闭着的。我拉起韭菜就走,不想再看下去,也不想再去把它像上一只那样挖坑埋掉了。韭菜一路都念叨,小狗,小狗。

七

回到家,我把这一只小狗的死告诉了爸妈。报告这个消息时,我蹲在狗窝旁边,不由自主地为余下的两只担心。一家人围着我也蹲下,你一嘴我一嘴猜测,还是弄不明白它们怎么就只有一个头了。什么样的动物有这种爱好?想不出来。我们也没得罪过什么人啊。可是,小狗的身子还是没了。一想到那两个小脑袋,我就觉得身上发痒,牙磨得咯吱咯吱响,鸡皮疙瘩到处跑。太令人发指了。

"一定有人算计咱们家。"姐姐说。

"哪个狗日的算计我们了?"我说。

"什么算计,"我妈说,"要算计也不会就算计两条小狗。"

"不管怎么说,防着点好。"我爸说,"人家在暗处,我们在明处,得找个彻底解决的办法。"

"送人,"我妈说,"现在就送。"

没满月也送出去。我心里咯嘣响一下。我知道总有一天它们都要被送出去,可真要送出去还是相当难受,回不过神。我妈拍一下我的后脑勺,还愣,给天星和南瓜家送去。我抱着小狗不动,我妈又说:

"等着给人家弄死啊!"

我一下子跳起来,抱上一只就往外跑。我要把你送给天星家了,我对小狗说,心疼得眼泪掉下来。绣球在窝里汪汪叫,小狗也哼哼。

经过大米家，我把小狗藏到衣服里面，迅速跑过他家的门楼。大米他们都在家，三万、满桌和歪头大年叽叽喳喳地说笑。从天星家回来，他们还在说笑。我接着抱第二只小狗去南瓜家，再经过那里，他们的声音就没了。院门一扇开一扇闭，我向院子里瞄了一眼，一个人没有。送完小狗，我一路踢着小石子经过花街，心情非常沉重，那感觉就是两块肉活生生地挖给别人。大米家的院门还是半开半闭，我停下来，突然冒出的想法吓我一跳。

接下来又吓我一跳，我进了大米家的门。院子里一个人没有。我直奔牛棚，那堆草料，草料中间的缺口不仔细看很难发现。我悄无声息地凑过去，一伸手就抓到了，塞到衣服里就往外跑。出了院门才知道看看周围有没有人，然后感到了剧烈的心跳。

拿到了。我竟然从别人家的院子里偷了一个东西。

我妈在厨房里烧水，随口问了一句："送去了？"

"嗯。"我说，赶快进了自己的屋。

把礼帽塞到床底，我坐在床头发呆，想着直接给韭菜是否合适。她可是个傻丫头，说不准嘴皮一动就把我卖了。我不放心。后来决定还是先问问我妈。

"在哪拿的？"我妈问。

"大米家门口捡的。"我低下头，"何校长头破了，感冒了。"

"别给丫丫，省得她惹事。直接给何校长。"

"他是不是关在大队部？"

"好像不在，"我妈说，然后问我爸，"何校长关在哪？"

"反正不在大队部，"我爸正在修渔网，"卫生室在大队部，人来人往的，没听说有人看见他关在那里。"

何校长关在哪里也成了问题，这两天都把这事忽略了。具体关在哪，我爸妈也说不出个头绪来。姐姐带着韭菜从门外进来，韭菜见到我就要礼帽。我看看我妈，我妈让我拿出来。她把礼帽形状整好，对韭菜说：

"丫丫，帽子找到了，让木鱼送去行不行？"

"不行！"韭菜说，"我送，是我爸的帽子！我要见我爸！"

"你不能送,"我妈说,"支书说了,你要送他就把你爸关上一辈子,你就再也见不到他了。"

"真的?"

"真的。"

"那好吧,不送了。"韭菜翻着白眼,对我说,"那你现在就送!"

"好,我这就送,"我找了个口袋装礼帽,甩在背上出了门。到石码头上看沉禾捞了一阵东西就回来了。运河里的水还在涨,上游的天一定是漏了。进门的时候我把礼帽藏到衣服里,抖着空袋子给韭菜看。我说:"看,帽子送给你爸了。"

韭菜笑眯眯地说:"这下好了,我爸不淌眼泪不流鼻涕了。"

淌不淌眼泪流不流鼻涕谁也看不到,今天没游街。我爸早上去石码头,听刘半夜说,游街先停停,都累了,养养神再游,他两个儿子都在家睡觉呢。石码头上的几个人还向刘半夜打听何老头关在哪里,刘半夜摆摆手说不知道,他那两个龟孙儿子回到家一个屁不放,都快成吴天野的儿子了。

八

几个小狗都没了,绣球没事就在窝边转悠,有时候正在门口走,突然就返身往家跑,到了窝前就呆呆地站着,悲哀地哼。给东西也不大吃,闻一闻就饱了。我若叫它,它就把脖子贴着我的腿蹭来蹭去,眼里湿漉漉的要哭。我就安慰它,别难过绣球,明天咱再下一窝小狗。不知道它听没听懂,摇摇尾巴出了门。这一出门就没回来,天黑了还听不到动静。

姐姐说:"找小狗去了吧?"

找也不能找到现在啊,天黑了人还知道往家跑呢。我不放心,潦草地扒了几口饭就出去找绣球,怕它像那两只小狗一样,只剩下了个脑袋。

绣球不是小狗,只要听见我的声音它就会跑出来。我只顾赶路,嘴里发出各种声音,吹口哨,唤它的名字,自己跟自己说话。有人从我身边经过，都扭过头看我，怀疑我头脑出了毛病。几条街都找了，尤其是天星和南瓜家，都没有。奇了怪了，绣球在我家已经养了六年，闭着眼也能找到家门的。

那天晚上的月亮像一片弯弯的薄刀刃，血红地垂在半天上。运河里的水是黑的，有几盏灯在船上含混地亮，我在地上看不清自己的影子。灌木丛里有奇怪的小虫子在叫。因为吹口哨，我的嘴麻了；因为唤绣球和自言自语，嗓子干了，绣球还是没找到。血红的薄刀刃月亮在走，我到废弃的蘑菇房时应该挺迟的了。

蘑菇房在运河边上，很大，连着五大间，早些年一直种蘑菇。后来不知什么原因不种了，荒废在那里。屋子里一层层的蘑菇床逐渐被人拆完了，拿光了，剩下空荡荡的空房子。门常年锁着，阳光都进不去。我们在夏天倒经常进去，是从屋后的通气孔爬进去的。在运河里洗完澡，几个人一起往里面钻。一个人不敢进去，里面阴冷潮湿，霉烂的味道熏得人喘不过气来。有轻狂的小孩钻进去，喜欢在里面拉屎撒尿，所以里面还臭烘烘的，光线好的时候能看见苍蝇、屎壳郎和骨瘦如柴的老鼠在地上乱跑。

那天晚上蘑菇房黑魆魆的像个大怪物，看得我心里直发毛。所以我走得小心，贴着墙根轻手轻脚地走，突然脚底下一滑，凭感觉是踩到了一泡野屎上，叫了一声。叫声之外一片寂静，小虫子的叫声也成了寂静的一部分。我甩着脚，准备往河边的草上抹，听见一声哼哼。我停住脚，又听到一声哼哼。

"绣球？"我小声唤一下。

又是哼哼。

"绣球！"我把声音放大。

绣球的哼哼声也变大。我断定声音是从蘑菇房里传出来的，才敢把头凑进通风口。

"绣球，"我说，"你怎么在这里？出来啊。"

绣球悲哀地哼哼几声。

里面突然有个人声说："是木鱼？"吓得我把头往后一缩，撞到了墙上。那声音继续说："我是何校长。"

"何,何校长,你怎么也在这里?"

"几天了都在。绣球倒是下午才来。"

"它怎么会到这里?"

"大米他们把它鼻子穿了绳子,扣在这里。"

"大米?"

这狗日的,为什么要把绣球弄到这里来。我把头伸进通风口,什么也看不见,只闻到一股霉烂和臊臭味,还有隐约的血腥气。何老头咳嗽了一声,绣球跟着也哼哼了一下。爬进蘑菇房我是憋着一口气的,否则熏不死也丢半条命。脚底下滑了一下,不知道又踩到了什么。伸手不见五指的黑,只有绣球的两只眼放着光。

"看不见呀,何校长,"我说。

"等一下就适应了。"

等了一下还是看不清楚。绣球在前,哼哼地叫;何老头在后,嗓子里絮絮叨叨的痰吐不出来。两个都是个囫囵的影子。我对着绣球的影子伸出手,碰到了一根绳子,绣球凄厉地叫了一声。

"别动绳子,"何老头说,"绣球穿了鼻子了。"

何老头的意思是,绣球像牛一样被穿了鼻孔。我知道穿了鼻孔的牛,你动一下缰绳都疼得要它的命。因为看不清穿鼻绳的位置,缺少断开穿鼻绳的灯光和剪刀,我就从通风口原路爬出来,一路跑回家。爸妈他们都睡了,我把动静尽量放小,拿了手电筒和剪刀就往蘑菇房跑。跑到半路,想起何老头的礼帽,又跑回家拿。

灯光一照,蘑菇房里脏得实在不能看,何老头和绣球一个头上有伤,一个鼻子上有血,在灯光底下形如鬼魅。绣球对着灯光可怜地哀鸣。何老头遮住眼,受不了强光,过一会儿才把手拿开。我把礼帽递给他,他不要,让我带回去先收好。我可不想再收了,还是给你的好,正好治治感冒。顺手扣到他头上,疼得何老头直咧嘴。何老头帮着打手电,我剪穿鼻绳。狗日的大米贴着绣球鼻孔打了个死结,费了我不少工夫才剪开。整个过程绣球一声不吭,剪完了才开始亲热地舔我的手,眼泪一滴滴往下掉。

"绣球,绣球,"我说,"好了,咱们可以回家了。"

然后要给何老头解绳子,何老头不让。"不能连累你,"何老头说,"斗几天就该放我回去了。"

"我妈说,吴天野坏得头顶长疮脚底流脓,还是跑了好。"

"不行,我不能让他得逞。我跑了,那更称了他的心,乡亲们还不以为我真干了伤天害理的事。"

"真不跑?"

"不跑。"

"好吧,我爸妈都说你是好人,"我摸着绣球的脖子,"韭菜在我家,老是要找你。"

"千万别让她知道我在这里,过几天就出去了。"他把礼帽拿下来,又要给我,"你拿走,出去了我问你要。"

我没要,已经够我麻烦的了。我说还是你戴着吧,抱着绣球就走。他让我站住,我已经把绣球从通风口塞出去了,然后自己也爬出来。月亮很高,脚底的草刷刷地响,经过之处露水遍地。

九

一大早我爸妈就在院子里说话,叽哩咕噜的,绣球也跟着叫唤。他们总是这样,起得挺早,起来了又干不了多少正事,一个鸡食盆子的位置也能争论大半个早上。我换了个姿势想继续睡,又感到有点憋尿,就爬起来上厕所。爸爸蹲在井台边磨刀,妈妈在洗衣服,干活时两人的嘴都不闲着,看见我就停下了争论。

"木鱼,起这么早干什么?"我爸问。

"上厕所。"

"接着睡,"我妈说,"没什么事。"

当然要继续睡。离太阳升起来还早,花街上空笼着一片湿漉漉的灰色。花街就这样,大清早都像阴天。我撒完尿回来,爸爸还在磨刀,妈妈还在洗衣服,他们还在咕咕哝哝。我回到床上,一歪头睡着了。还做了一个梦,梦见绣球又下了四只小狗,一只黑的,一只白的,一只黄的,一只花的,每只小狗都长了一身光滑闪亮的长毛,跑起来像个大绒线团。绣球逗着四只小狗玩,高兴得直叫。一直叫,开始叫得挺开心,叫着叫着就不对了,很痛苦,成了绝望的哀鸣。那叫声让我都听不下去了,因为难受我就醒了。睁开眼还听见绣球在叫。我坐起来竖起耳朵再听,真的是绣球在痛苦地叫。

我伸长脖子往窗外看,看见绣球躲在窝后趴着,痛苦地哼哼,爸爸向它招手,绣球犹豫一下,站起来跟跟跄跄向他走去。爸爸抚着绣球的脑袋,慢慢地把它夹在左胳膊底下,右手突然往绣球脖子底下猛地一送,绣球的身体剧烈地抖起来,叫声凄惨可怖,尾巴也一下子夹到两腿之间。爸爸松开手,绣球跑了出去,又躲到窝后边。爸爸迅速把右手藏到了身后,我看见了一把血淋淋的锋利的剔骨刀。

爸他在干什么?我在床上就喊起来,我喊:"爸!爸!绣球!绣球!"穿着裤衩跑出屋,我继续喊,"绣球!绣球!"

爸爸说:"没你的事,回屋去!"

"你杀绣球!"我冲着他喊,"你杀绣球!"绣球气息奄奄地趴在窝边,两眼半闭,无神地看着我,它想对着我摇尾巴,举了几次都在半路上掉下来。我又喊:"绣球!绣球!"它听见了,努力睁开眼,它想站起来,前腿蹬了几次都没起来。绣球对我缓慢地摇头,每摇一下脖底下就洒出一些血。我伸出两只手喊:"绣球!绣球!"眼泪哗哗地掉下来。绣球的毛一下子张起来,柔软的毛当时就直了,脑袋猛地扬起来时前腿也跟着蹬直,后腿随即用力,站起来了。绣球摇摇晃晃向我走来时,血滴滴答答往下掉,到我面前还是直直地站着。我蹲下来,把手心给他舔,然后低头看它脖子底下的刀口,只看见一大团血污把毛染得黑红。"绣球!"我说,要去抱它,被爸爸一把推倒在地上。爸爸的刀子再次扎进绣球的脖子底下,有血喷到我腿和脚上。我抹了一手的血,大哭起来。

绣球摇晃得更厉害了,浑身的毛开始一点点弯曲,下垂,然后紧紧地贴到皮肤上,像一朵花在瞬间衰败。先是后腿软得支撑不住坐下来了,然后是前腿,一节一节地弯折,先是跪,接着趴下了,越趴越低,整个身体贴到了地面上。下巴搭在我的左脚面上。绣球抖得毫无章法,嘴角慢慢流出血来。它看着我,眼睛里的光越来越暗淡,就像有些东西越走越多,留下的越来越少。两只眼开始关闭,慢得像它的呼吸,它吹到我脚面的热气越来越轻越来越稀薄,然后眼里涨出了泪水,两只眼完全闭上时,两滴巨大的黏稠的眼泪慢慢滚下眼角。我感觉到绣球的下巴震动一下,放松了,整个身体随即摊开来。绣球的脑袋歪在我的脚面上,不动了。

我说:"绣球。绣球。"绣球听不见了,它的耳朵垂下来,堵在了耳眼上。

爸爸扔下刀要扶我起来,被我一拳打在两腿之间,他立马捂住裆部弯下了腰。"疯了你啊!"我爸说,"找死啊你!"

"你为什么把绣球杀了!"我愤怒得对着自己的大腿一个劲儿地打。

爸爸的疼痛减了一些,一把将我拎起来,"站好了!"我爸说,"我不杀等着别人杀啊?你不想想,人家都杀了我们几条狗了!有人惦记你,你以为绣球能活几天啊。"

我不管。绣球死了。我重新坐到地上,摸着绣球的鼻子无声地流眼泪。绣球的鼻子还湿润着,穿鼻绳留下的血痂还在。绣球。绣球。我坐在地上把它身上的毛理顺了一遍,让它像平时睡觉时一样趴着。

十

爸爸把绣球吊在槐树上开膛破肚我不在家,整整一天我都在外面晃荡,一口饭没吃。吃不下,一想到绣球死了我就什么都不想吃。这一天我沿着运河走了不下二十里路,心里头恨我爸也恨大米。我不知道那两条小狗是不是也是大米他们杀的,我就是想不通他们为什么好好的就要杀掉一条狗。运河水浑浊不堪,上游的雨还在下。我觉得全世界的水都流进运河里了。

半下午回来经过西大街,看了一会儿何老头游街。他的礼帽没戴,光着脑袋在风里走。这一次他没低头,而是仰着脸,那样子倒像领导下来视察。他一把脸扬起来就没人敢对他吐痰扔石子了,因为他的目光对着周围的人扫来扫去,看得很清楚。

在花街上遇到了歪头大年。大年说:"找你呢,大米让你去他家玩。"

"不去。"我说。

"不给大米面子？可是他让我来找你的。大米说，如果你去，咱们就是一伙儿的了。"

我犹豫了半天才说："家里有事。"我不能去。他们害了绣球，我从大米家偷了礼帽，怎么说也不能去。

歪头大年悻悻地走了。

回到家，天已傍晚，青石板路上映出血红的光。我妈在厨房烧锅，韭菜和我姐围着锅台兴奋地转来转去。韭菜搓着手说，香，香。我也闻到了，但闻到的香味让我恶心想吐，肚子里如同吞下了块脏兮兮的石头。韭菜又对我说，香，香。

我对着她耳朵大喊："香！香你个头！"

韭菜咧着嘴要哭，对我妈说："他骂我！他要打我！"

我妈说："别哭，我打他，你看我打他。"然后把我拉到一边，问我，"那个，肉，你能不能吃？"

我摇摇头，"不饿，"径直往屋子里走，"我困了，想睡一觉。"

被我妈叫醒时天已经黑透，他们吃过了晚饭。给我留下的饭菜摆在桌上，菜是素的。我坐到桌边，用筷子挑起一根菜叶晃荡半天，还是放下了。吃不下，一点吃的心思都没有。然后喝了点玉米稀饭就站起来。月亮变大了一点，成了血红的半圈饼子，院子里前所未有的安静，这个世界上缺几声狗叫。我妈从厨房拎出一个用笼布包着的大碗，递过来说：

"你给何校长送去，可能几天没正经吃东西了。"

不用猜我也知道碗里装的什么。我接过来，一声不吭往外走。花街的夜晚早早没了声息，各家关门闭户，偶尔有灯光斜映在门前的石板路上，蓝幽幽的泛着诡异的光。石码头前面晾满了沉禾打捞上的大大小小的东西。蘑菇房远看就是个巨大的黑影子。我来到屋后，正打算对着通风口向里说话，听到有人开锁的声音，紧接着吱嘎一声门响，一个影子进了蘑菇房，突然打开手电，何老头被罩在光里扭着身子。

手电筒的光在蘑菇房里走来走去，他们两人好长时间都不说话。

后来那人拿出一个东西晃到手电筒前，是礼帽，我心下一惊。我说怎么今天游街没看见何老头戴帽子。那人说话也吓我一跳，生铁似的声音，猛一听像大米，再听几句就发现不是，比大米的声音老，声音里总有丝丝缕缕纠缠不清的东西。是吴天野，他有咳不尽的痰。吴天野摇着礼帽说：

"老何，今天游街感觉还好？"

何老头哼了一声没理他。

"我知道你恨我恨得牙根都痒痒。"吴天野说，他走到何老头面前蹲下来，手电筒夹到胳肢窝里，灯光正对着何老头的脸。我慢慢也看到了吴天野轮廓模糊的脸。吴天野一手拿着礼帽，另一只手的中指嘭嘭地弹响礼帽，"这个东西还真不错，戴上就人五人六的样儿，怪不得咱花街的人都把你当个人物待。"

"吴天野，你究竟想怎样？"何老头说。

"不怎样，"吴天野站起来，夹着手电筒慢慢围着何老头转圈，一手拿礼帽拍打屁股。"我能怎么样？就这么游游斗斗。"

"就是个礼帽碍你的眼，你就整我？"何老头说，连着一阵咳嗽。

"何校长，这你就错了，原来我还真以为就是个礼帽扎我的眼，咱这小地方，戴上你这东西就高人三分。今天我把礼帽拿回去，戴上了才发现不是这回事，帽不帽子不是关键。关键是你这个人，书上怎么说的？知识分子哩。知识分子。对，就是这个，大家就是敬畏你这个知识的分子。"

"你明知道我是真心把韭菜当亲生女儿养的。糟践我就算了，你连一个傻丫头都不放过！"

"不是个傻子还不好办哪，反正她也说不出个道道来。"

"吴天野，这些年了，你还容不下一个外地人。我忍着，你还是变本加厉。好，除非你把我整死了！"

"想去告我？"吴天野笑起来，灭了手电，蘑菇房一下子黑得像团墨，"想也别想。你拿什么证明你们爷俩的清白？我劝你还是别烦那个神了。"吴天野在口袋摸索出一根烟，点上，吐一口烟雾接着说，"不是不容外地人，是你扎我的眼。看看这花街，都说你的好，有那么好么？

我不信,所以要让大伙儿看看。"

手电亮了,吴天野把礼帽给何老头戴上。"来,戴上,明天就戴着礼帽游,让乡亲们开开眼,我们的大知识分子也干禽兽不如的事。"他又摸出一根烟,点着了塞进何老头嘴里,"这地方虫子多,潮气重,抽根烟熏熏,对身子骨有好处。看,我可没亏待你。"

吴天野蹲在何老头对面,两人不再说话,直到抽完了那根烟他才锁上门离开蘑菇房。

我听见他的脚步声越走越远,才拎着碗爬进蘑菇房。

何老头说:"谁?"

"我,木鱼。给你送吃的。"

我把手电打开,光线罩住碗,扭过头去。何老头掀开盖子时我闻到香味,的确是那种诱人的香味,我肚子里咕噜咕噜叫几声,但还是没胃口。

"什么肉?"

"狗肉。"

"绣球?"

"嗯。"

何老头的咀嚼声停住了,嘴里含混地说:"绣球。"

十一

本来何老头的游街已经索然无味,花街人已经没什么兴趣,也就是溜一眼,今天不一样了,溜完一眼溜第二眼再溜第三眼,三三两两又围成了一大圈。何老头戴着礼帽游街了,大伙儿觉得怪分分的。在平常,何老头的礼帽在花街一直是正大庄严的,那是知识、文化,是个一看就让人肃然起敬的东西;现在它和一前一后的两张大纸牌在一起,纸牌子上又是那样的内容,两个弄一起就有点不对劲儿。别扭在哪里,说不好,反正意味深长。所以溜完一眼就站住了,接着看。打鼓敲锣的受到鼓舞,空前卖力,刘半夜的两个儿子也挺起腰杆,收起前两次的松散,像当兵的一样咔嚓咔嚓走起路来。朗诵的三个小孩也是新的，声音脆得像水萝卜，节奏鲜明。

不管怎么说，这是相当成功的游街，起码在场面上是。我也一直溜了下去，一边后悔没按何老头说的替他保存礼帽，一边又舍不得走。戴礼帽游街真是有点意思。

快到中午，游街的队伍走到大队部门口，韭菜不知从哪里冒出来，上来就踹刘半夜的两个儿子，一人一脚。刘半夜的两个儿子没提防，赶快撒了手去挡韭菜，韭菜又哭又叫，骂他们的爹妈，也就是刘半夜和他老婆没屁眼。刘半夜的两个儿子急了，一个揪头发，一个拽衣服，要把韭菜轰走。韭菜逮着谁抓谁，逮着谁咬谁，何老头让她停下也不听，一口咬住了刘半夜大儿子的胳膊，疼得他龇牙咧嘴，等她松开口，刘半夜大儿子的胳膊已经鲜血淋漓。

韭菜说："让你押我爸！让你押我爸！"

刘半夜的二儿子一脚把韭菜踹到人群里，幸好很多人接应才没摔倒。锣鼓声停了，两个人握着锣槌鼓槌躲到一边，三个小孩被吓哭了两个。有人闹起哄来，刘半夜的两个儿子气急败坏要追着韭菜打，架势都摆了，这时候吴天野从大队部出来，喝了一声，刘半夜的两个儿子就不敢动了。

游街因此草草收了场。韭菜想把何老头拽回家，被别人拉住了，又是一阵蹦跳和叫骂。

绣球和小狗都没了，游街也没了，找不到事干，午觉又睡不着，我一个人丢了魂似的在花街上游荡。游荡也没意思，好像所有人都有自己的事忙，就我一个闲人。转了大半个下午，还是去了石码头看沉禾捞东西。沉禾是捞出甜头了，见什么捞什么，捞到好东西私下里就卖给别人。大家就开玩笑，说沉禾即使发不了财，捞个好看媳妇应该不成问题。

正看沉禾捞上来一把竹椅子，满桌跑过来找我，把我拉到一个没人的地方，鬼鬼祟祟地说，到处找我，总算逮着了。

"干吗？"

"大米有请。"

"我一会儿有事。"

"你最好还是去,"满桌一脸坏笑地说,"我们都知道谁是小偷。"

"什么小偷?"

"从大米家偷礼帽啊。"

"找我有事?"我挺不住了。

"去了就知道了。"

满桌在前面走,我在后面跟着。一路向南。远远看见了那片坟地,我有点怕了,磨磨蹭蹭不愿再走。

"走啊,"满桌说。

"到底什么事?"

"放心,绝对是好事,"满桌又是一脸坏笑,"大米想跟你交朋友呢。"

"交朋友在花街就行,跑这么远干吗?"

"花街上不方便嘛。走吧。"

进了坟地,满桌右手拇指和食指插进嘴里吹了一声口哨,东南边也响起一声口哨。满桌说,那边。我就跟着他到了那边。

大米和三万坐在两个坟头上,何老头的礼帽竟然到了三万手里。大米对我笑笑,用他生铁似的好听的声音说:"来啦?"我点点头。三万对着我转起礼帽,说:"这个还认识吧?又到了我们手里了。"我没说话,脸上开始发热。

"帽子给我!"我突然听到韭菜的声音,扭过头看见她的一条胳膊被歪头大年抓着。韭菜上衣最上面的两个扣子散开,裤子没了,只穿着内裤,两条丰润白嫩的长腿露在外面。

"只要你听话,帽子一定会给你的。"三万说。

"你们想干什么?"

"不是'你们',是'我们'。"歪头大年说,"咱们有福同享。你来了,就有你一份。"

"不关我的事。"我转身就跑。

"别让他跑了!"三万说。

"让他跑,"大米说,"明天花街就多了一个小偷。"

跑两步我就停下了。满桌走过来,拉着我的胳膊说:"我看你还是乖乖地待着吧。"我顺从地跟着满桌站到大米那边去。对面的韭菜说:"你帮我把帽子抢过来!"

大米说:"你再叽叽歪歪,我就把礼帽烧了!"

韭菜翻着眼不说话了。

大米对歪头大年使个眼色,大年尴尬地看看我说:"还是让木鱼来吧。"大米说:"我说的是衣服。"大年搓了半天手,对韭菜说:"你不准喊,你要喊礼帽就没了。"韭菜点点头。大年又搓了两下手,开始解韭菜上衣的其他纽扣,解的时候手指不停地哆嗦。他的脸涨得通红。终于解开了,韭菜里面还穿了一件小衣服,给韭菜脱外衣时大年如释重负,"我脱完了,该三万了。"他说。

"那个就别脱了吧,"三万对大米说,"都脱了躺下来草扎人。万一她疼得叫起来怎么办?你说呢?"

"嗯,好。"大米说,"满桌,该你了。"

"我?干什么?"

"说好了的,内裤。"

满桌脖子都粗了,"我,我,真脱啊?"

歪头大年说:"操,你以为啊,谁也跑不掉!"

满桌吐了一口唾沫,"操,脱就脱,谁怕谁!"他走到韭菜面前,把韭菜脱下来的上衣铺在两座坟堆之间的空地上,"躺下。"他对韭菜说。三万及时对韭菜挥了挥礼帽,韭菜听话地躺下了。满桌蹲下来时放了一个响亮的屁,连韭菜都笑了,韭菜说:"屁!你放屁!"满桌的头脸红得像龙虾,憋出一个笑,"吃多了。吃多了。"他的手碰到韭菜的胯部被烫了似的跳一下,然后一咬牙,抓住了内裤就往下拉。坟场上呼吸的声音消失了,几个人的脖子越伸越长。韭菜咯咯地笑了一串子,她感到了痒。然后我们就看到韭菜肥白的大腿中间一团墨黑。大米他们从坟堆上站起来,一起叫:

"哇!"

韭菜本能地捂住两腿之间。三万说:"把手拿开!"韭菜就把手拿开了,说:"凉。"

"马上就不凉了,"大米用下巴指指我,"该你了。"

"我?"

"你。"

"老大，"歪头大年说，"第一仗真让这小子打？太便宜他了。"

"那你上？"

"好吧，那就让木鱼上吧。"

"裤子脱了！"三万对我说。我立马按住裤带，知道他们要我干什么了。他们让我跟韭菜干、干那种事。"不，不行，"我说，"我不上。"三万说："那你就老老实实做小偷。看着办。"满桌和歪头大年凑过来，一人抓住我一只手，"我看你就别装模作样了，"歪头大年说，"别耽误时间，弄完了我们还要打第二第三仗呢。"他们竟然强行解开了我的裤带，跟着就脱下了我的裤子，然后内裤也扒下来。我又跳又叫最终还是没能挣脱掉。我捂着脱光的下身无处可走，他们把我的衣服扔给了三万。

"快点！"三万说，他的脸红得像蒸熟的螃蟹，两眼要冒出火来。

"我不去！"

大米冲上来给我一个耳光，"由不得你了！"一把将我推到了韭菜面前。大米的眼也红了，一手揉着下身凸起的地方。他们把韭菜的两腿分开，让我跪到她两腿之间，活生生地掰开了我的手，大米喊着："看那里！"我顺着他手指的方向看见了韭菜的那个地方，突然感觉到一股强烈的尿意，伴随着贯穿脑门的一道明亮的闪电，那耀眼的闪电如此欢快，稍纵即逝，我挣脱了他们，重新捂住两腿之间，我撒尿了。紧接着歪倒在一边呕吐起来，韭菜黑乎乎的那个地方让我恶心不止，五脏六腑肚子里乾坤倒转。

我一阵阵地吐，比看见小狗的脑袋吐得还厉害。我赤裸下身倒在草地上，觉得自己可能会一直把自己呕空掉，呕得从地球上消失不见了。韭菜见我呕吐，要起来看看我，被满桌按在了草地上。三万对着我屁股踢了一脚，说："操，真他妈没得用！"

"怎么办？"歪头大年摩拳擦掌。

大米咬着牙说："妈的，不管了，我们自己来！"

"怎么来？"三万说。歪头大年也凑过去。一下子群情激奋。

"石头剪刀布，谁赢了谁先来，谁也不准退！"

十二

最先是歪头大年赢。

大年扭扭捏捏,被大米踹了一脚,还是那句话,谁也不准退。歪头大年褪下裤子,刚趴到韭菜身上我就扑过去,死命地把他往下拉。我说韭菜你快跑,他们都不是好东西!韭菜却说,不,我要爸爸的礼帽。我把大年的屁股都抓破了,大年叫起来,三万和满桌一人抓我一条胳膊,死拖烂拽把我弄到一边。

"守住他,"大米说,又对歪头大年说,"继续!"

歪头大年哼哧地喘了口粗气,韭菜就叫起来,喊疼,让大年下去,大年说,不下不下,好容易进来的,马上就好,马上就好。韭菜继续叫,几声之后就不叫了,反而呵呵笑起来,说好玩好玩。然后轮到歪头大年叫,哎哟,死了一样滚到旁边的草地上。

石头剪刀布,满桌赢。歪头大年提上裤子代替满桌按住我的手脚。满桌的喘气声更大,像头牛,他的时间要长一点,也是大叫一声完事。我的嘴对着茅草地,骂一句就要抬一下头,大米对着我的太阳穴踢了一脚,我头脑嗡的一声就糊涂了。

等我迷迷糊糊醒来,韭菜一个劲儿地喊疼,歪头大年在叫唤,他又上了韭菜的身。我扭头看见大米正心满意足地坐在坟堆上,裤子穿了半截,拿一根草茎在剔牙。三万和满桌还在压我的手脚。然后歪头大年长嚎一声,像头猪似的仰面躺到韭菜身边。韭菜在哭,看起来力气全无,边哭边说:

"你们都不是好东西!帽子给我!我让我爸打死你们!打死你们!"

"帽子给你。"大米站起来系裤带,把帽子扔到韭菜身上,又对满桌和三万说,"别管他了。你们给这傻丫头穿上衣服,让她先走。"

他们松开了手,我的手脚早就麻木,一时半会动弹不了,小肚子都麻了。他们给韭菜穿衣服时趁机东捏西摸,然后给她帽子打发她回花街了。三万说,对谁都不能说,否则不仅把帽子收回来,连何老头的命也逃不掉。韭菜吓得连连点头,一瘸一拐地走了。走时还对我说:

"我先走了,给我爸送帽子去。"

"这个怎么办？"三万问。

"扔在这儿，"大米说，一脚踩到我后背上，"要是说出去，有你好看的！"然后对其他三人挥挥手，离开了坟地。

太阳早就落尽，昏暗的夜色从松树遮蔽的坟地里升起。他们走远了，我爬起来，找到衣服慢慢穿好，一边穿一边哭。忽然一声凄厉的鸟叫，吓得我歪歪扭扭往坟地外跑。上了大路又慢下来，满脑子空白，只感到累，觉得筋疲力尽。走了一会儿实在走不动了，就在路边坐下来，眼睛直直地盯着路边的水沟。满眼空白。慢慢的，有个东西在昏暗中分明出来，我晃晃脑袋醒神，看见了枯干的小狗的头。一时间恶心袭来，翻天覆地的呕吐又开始了。

肚子里已经呕空了，我就呕出血丝血块和一串串声音，声音越呕越重，越呕越嘶哑。后来呕吐累了，就歪倒在路边睡着了。醒来时感到冷，一身的露水。月在半天，野地里一片幽蓝的黑，蓝得荒凉也黑得荒凉。我爬起来开始往花街走。

快到花街时拐了一个弯，在谁家废弃的墙头上捡了一块石头，拿着去了蘑菇房。房门锁着，周围寂静无声。我拿起石头对着门锁开始砸，石头击在铁上冒出了火星，何老头在里面问，谁？你在干什么？我没说话，一直把锁砸开。

屋子里一团黑，过了一会儿才慢慢适应。我直奔何老头去，朦朦胧胧看见捆他的绳索，先用石头砸断拴在一块大石头上的绳子，然后用手和牙解捆住手脚的绳子。

何老头说："木鱼，是你吗？你干什么？"

我没吭声。

"你不能解开我绳子！"

我还是不说话。解开所有的绳子让我满头大汗。"走！"我对他喊，"你赶快走！"然后出了门。

回到家，爸妈都没睡，急得在院子里团团转，他们问我到哪去游尸了现在才回来，我没理他们，直接去了自己的屋，脱了鞋子爬上床，衣服都没脱就睡了。

第二天早上，我还在睡，我妈急匆匆地在门外对我说："木鱼，木鱼，何校长不见了！"我费了好大的力气才清醒过来，浑身酸痛地下床走到门外，阳光很好。我妈还在说："何校长不见了！在石码头捞东西的沉禾说，他在河边捞到了何校长的礼帽，就是没看到人。他们都说，何校长是不是跳河死了？"

"什么？"

我妈忽然吃惊地看着我，"你说什么？"

"我问何校长真的跳河死了？"

我妈的表情更加诧异，"你的声音！"

"什么我的声音？"

"你声音变了，"我妈说，对扛着鱼叉从外面回来的爸爸说，"你听，木鱼是不是苍声了！"

"苍声？"我重复了一下。

我爸歪着头看看我，说："嗯，好像是。现在就苍声了。"

我啊了一声，果然跟过去不同了，听起来像生铁一样发出坚硬的光。

（选自《收获》，2007年第3期）

点评者：刘晓南

《苍声》以一种生猛、冷峻、凌厉、残酷的姿态书写成长主题，"像生铁一样发出坚硬的光"。小说是作者"花街"系列的延续，徐则臣向以"少年老成"闻名，这篇小说却一反其以往沉稳温和的风格，而有了一种倾斜之美。

这种倾斜体现在，少年木鱼在善与恶的交锋中完成了自己的"成人礼"——他"变声"了，从奶声奶气的男孩一夜之间变成了男人。促使他蜕变的催化剂，不是善，而是恶：无辜的中学校长何老头因为收养、保护被恶人觊觎的美丽傻姑娘韭菜，便遭到了诬陷、游斗和迫害；因不愿将自家的小狗赠送给恶人，所有的小狗便惨遭虐杀。而面对恶人的胡作非为，善良的人们是如此软弱，不是妥协就是麻木：父亲为了不让人虐杀自家的狗而亲手杀掉了它；街坊大多相信何老头的无辜却依然去看热闹；"我"的父母同情何老头，也无非是让"我"给他送点菜而已。即使一点点反抗也是软弱得无法理直气壮："我"被恶人逼着"同流合污"地以性去侵犯韭菜；这屈辱令"我"恶心呕吐，是生理的，也是心理的。消极的呕吐使"我"从噩梦中脱了身，而当"我"发现人生这场噩梦才刚刚开始时，"我"突然"苍声"了。小说在这里忽然有了深度：窥破人生真相的刹那，正是告别童年走向成人的一刻。一个有些夸张却不乏深刻的隐喻就此完成，如同一个强劲的心脏在小说深处砰砰跳动。作者让恶这根弦绷得太紧，始终让人无法喘息。小说因倾斜而具有了一种力度，它因为单纯而锐利，像一把锋利的刀片，划开了人生混沌的平静。

《苍声》打开了徐则臣"花街"序列的向度，这座2004年建立的纸上建筑随着作者本人的成长也逐渐被开拓得更加幽深。从《古代的黄昏》、《刑具制造者》到《石码头》，再到《苍声》，沿着中国大历史顺藤摸瓜，"花街"长出了自己的历史。作为一个没有"文革"经历的作者，徐则臣巧妙地将笔力集中于寓言性空间的营造，透过人性的软弱，令人依稀忆起鲁迅曾"哀其不幸，怒其不争"的国民性书写。

家　事

毕飞宇

　　一大早,老婆就给老公发了一条短信。短信说,老公,儿子似乎不太好,你能不能抽空和他谈谈?

　　老公回话了,口气似乎是无动于衷的:还是你谈吧,你是当妈的嘛。

　　老公乔韦是一个高中一年级的学生,他的老婆小艾则是他的同班。说起来他们做夫妻的时间倒也不长,也就是十来天。这件事复杂了,一直可以追溯到高中一年级的上学期。用乔韦的话来说,在一个"静中有动"的时刻,乔韦就被小艾"点"着了——拼了命地追。可是小艾的那一头一点意思也没有,"怎么敢消费你的感情呢,"小艾如斯说。为了"可怜的"(乔韦语)小艾,乔韦一脚就把油门踩到了底,飙上了。乔韦郑重地告诫小艾,"你这种可怜的女人没有我可不行!"他是动了真心了,这一点小艾也不是看不出来,为了追她,乔韦的GDP已经从年级第九下滑到一百开外了,恐怖啊。面对这么一种惨烈而又悲壮的景象,小艾哪里还好意思对乔韦说"一点也不爱你",说不出口了。买卖不成情义在嘛。可是,态度却愈加坚定,死死咬住了"不想在中学阶段恋爱"这句话不放。经历了一个火深水热的冬季,乔韦单边主义的爱情已经到了疯魔的边缘,眼见得就扛不住了。两个星期前,就在宁海路和颐和路的路口,乔韦一把揪住了小艾的手腕,什么也不说,眼睛闭上了,嘴巴却张了开来,不停地喘息。小艾不动。等乔韦睁开了眼睛,小艾采用了张爱玲女士的办法,微笑着,摇头,再摇头。乔韦气急败坏,命令说:"那你也不许和别人恋爱!"不讲理了。小艾"不想在中学阶段恋爱",其实倒不是搪塞的话,是真的。小艾痛快地答应了,前提是乔韦你首先把自己打理好,把你的GDP拉上来,要不然,"如此重大的历史责任,我这样美丽瘦小的弱女子如何能承担得起。"小艾的话都说到这一步了,可以说情声并茂,乔韦还能怎么着?这不是一百三十七的智商能够解决得了的。乔韦在马路边上坐了下来,叹了一口气,说:"老婆啊,你怎么就不能和我恋爱的呢?"这个小泼皮,求爱不成,反倒把小艾叫做"老婆"了,哪有这样的。小艾的脑细胞噼里啪啦一阵撞击,明白了,反而放心了。乔韦说这话的意思无非是两点,A:给自己找个台阶,不再在"恋爱"这个问题上纠缠她,都是"老婆"了嘛。B:心毕竟没死透,怕她和别人好,抢先"注册"了再说——只要"注册"了,别人就再也没法下手了。小艾笑笑,默认了"老婆"这么一个光荣的称号。学校里的"夫妻"多呢,也不多他们这一家子。只要能把眼前的这一阵扛过去,老婆就老婆呗,老公就老公呗,打扫卫生的时候还多一个蓝领呢。小艾拍拍乔韦的膝盖,真心诚意地说:"难得我老公是个明白的人。"小艾这么一夸,乔韦更绝望了,他抱住了自己的脑袋,埋到两只膝盖的中央,好半天都没有抬起头来。只能这样了。可是,分手的时候乔韦还是提出了一个特别的要求,他拉着小艾的手,要求"吻别"。这一回小艾一点也不像张爱玲了,她推出自己的另一只巴掌,拦在中间,大声说:"你见过你妈和你爸接吻没有?——乔韦,你要说实话!不说实话咱们就离婚!"乔韦拼了命地眨巴眼睛,诚实地说:"那倒是没有。"小艾说:"还是啊。"当然,小艾最后还是奖励了他一个拥抱,朴素而又漫长。乔韦的表现很不错,虽说力量大了一些,收得紧了一些,但到底是规定动作,脸部和唇部都没有任何不良的倾向。在这一点上小艾对乔韦的评价一直都是比较高的。乔韦在骨子里很绅士。绅士总是不喜欢离婚的。

只做"夫妻",不谈恋爱,小艾和乔韦的关系相对来说反而简单了,只不过在"单位"里头改变了称呼而已。看起来这个小小的改变对乔韦来说还真的是个安慰,不少坏小子都冲着小艾喊"嫂子"了。小艾抿着嘴,笑纳了。小艾是有分寸的,拿捏得相当好,在神态和举止上断不至于让同事们误解。"夫妻"和"夫妻"是不一样的。这里头的区分,怎么说呢,嗨,除了老师,谁还看不出来呀。哪对"夫妻"呈阴性,哪对"夫妻"呈阳性,目光里头的PH值就不一样。能一样吗?小艾和乔韦一直保持着革命伴侣的本色,无非就是利用"下班的工夫"在颐和路上走走,顶多也就是在宁海路上吃一顿肯德基。名分罢了。作为老公,乔韦的这个单是要买的。乔韦很豪阔,笑起来爽歪歪。但是,私下里,乔韦对"夫妻生活"的本质算是看透了,往简单里说,也就是买个单。悲哀啊,苍凉啊。这就是婚姻吗?这就是了。——过吧。

可婚姻也不像乔韦所感叹的那样简单。家家都有一本难念的经。事情的复杂性就在于,做了夫妻乔韦才知道,他和小艾的婚姻里头还夹着另外的一个男人。

——小艾有儿子。田满。高一(九)班那个著名的大个子。身高足足有一米九九。田满做小艾的儿子已经有些日子了,比乔韦"静中有动"的时候还要早。事情不是发生在别的地方,就在宁海路上的那家肯德基。

小艾和田满其实是邂逅,田满端着他的大盘子,晃晃悠悠,晃晃悠悠,最后坐到小艾的对面来了。小艾叼着鸡翅,仰起头,吃惊地说:"这不是田满吗?"田满顶着他标志性的鸡窝头,凉飕飕的,绷着脸。田满说:"你怎么认识我?"小艾说:"谁还不认识田满哪,咱们的11号嘛。"11号是田满在篮球场上的号码,也是YAO(姚明)在休斯顿火箭队的号码,它象征着双份的独一无二。田满面无表情,坐下来,两条巨大的长腿分得很开,像泰坦尼克号的船头。田满傲滋滋地说:"——你是谁?"小艾的下巴朝着他们学校的方向送了送,说:"十七班的。"田满说:"难怪呢。"听田满这么一说,小艾很自豪,十七班是高中一年级的龙凤班,教育部门不让办的。心照不宣吧。这会儿小艾就觉得"十七班"是她的脸上的一颗美人痣,足可以画龙点睛了。小艾咄咄逼人了,说:"难怪什么?"田满歪着嘴,冰冷地说:"你很蔻。""蔻"是一个十分鬼魅的概念,没有解。如果一定要解释,坊间是这样定义的:它比漂亮艳丽,比艳丽端庄,比端庄性感,比性感智慧,比智慧凌厉，总之，是高中女人（女生）的至尊荣誉。小艾说："扮相倒酷，其实是马屁精。"

田满的脸顿时红了。这是他没有预备的。嘴巴动了动，想说什么，没跟得上来。小艾再也没有料到大明星也会窘迫成这样，多好玩哦。大明星害起羞来真的是很感动人的。小艾这才注意起田满的眼睛来，眼眶的四周全是毛，很长，很乌，很密，还挑，有那么一点姑娘气，当然，绝不是娘娘腔——这里头有质的区分。目光潮湿，明亮，却茫然，像一匹小马驹子。小艾已经有数了，他的巨大是假的，他的巍峨是假的，骨子里是菜鸟。他能考到这所中学里来，不是因为考分，而是因为个子。智商不高，胆子小，羞怯，除了在篮球场上逞能，下了场就没用了，还喜欢装，故意把自己搞得晶晶亮、透心凉。这个人多好玩哦，这个人多可爱哦。小艾喜欢死了。当然，不是那种。田满这种人怎么说也不是她小艾的款。可小艾也不打算放弃，上身凑过去了，小声说："商量个事。"田满放下手里的汉堡，舔了舔中指，舔了舔食指，吮了吮大拇指。他把上身靠在靠背上，抱起双臂，做出一副电视剧里的"男一号"最常见的甩样，说："说。"

小艾眯起了眼睛，有点勾人了，说："做我儿子吧。"

田满的大拇指还含在嘴里，不动了。肯德基里的空气寂静下来。一开口小艾就知道自己过分了，再怎么说她小艾也不配拥有这么一个顶天立地的儿子嘛，还是大明星呢。可话已经说出来了，橡皮也擦不掉。那就等着人家狂殴呗。活该了。小艾只好端起可乐，叼着吸管，咬住了，慢慢地吸。田满的脸又红了，也叼住了吸管，用他潮湿的、明亮的、同时也是羞怯的目光盯着小艾，轻声说："这我要想想。"

小艾顿时就松了一口气，不敢动。田满放下可乐，说："我在班里头有两个哥哥，四个弟弟。七班有两个姐姐。十二班有三个妹妹。十五班还有一个舅舅。舅妈是两个，大舅妈在高二（六），小舅妈在高一（十）。"

"单位"里的人事复杂，小艾是知道的，然而，复杂到田满这样的地步，还是少有。这种复杂的局面是从什么时候开始的呢，小艾不知道，想来已经有些日子了。小艾就知道一进入这所最著名的中学，他们这群小公鸡和小母鸡就不行了,表面上安安静静的,私底下癫疯得很,迅速开始了"新生活运动"。什么叫"新生活运动"呢?往简单里说,就是"恢复人际"。——既然未来的人生注定了清汤寡水,那么,现在就必须让它七荤八素。他们结成了兄弟,姐妹,兄妹,姐弟。他们得联盟,必须进行兄弟、姐妹的大串联。这还不够,接下来又添上了夫妻,姑嫂,叔嫂,连襟,妯娌和子舅等诸多复杂的关系。举一个例子,一个小男生,只要他愿意,平白无故的,他在校园里就有了哥哥、弟弟、嫂子、弟媳、姐姐、妹妹、姐夫、妹婿、老婆、儿子、女儿、儿媳、女婿、伯伯、叔叔、姑姑、婶婶、舅舅、舅妈、姨母、姨夫、丈母娘、丈母爹、小姨子和舅老爷。这是奇迹。温馨哪,迷人哪。乱了套了。嗨,乱吧。

田满望着小艾,打定主意了,神态庄重起来。田满说:"你首先要保证,你只能有我一个儿子。"

这一回轮到小艾愣住了。她在愣住了的同时如释重负。然而,有一点小艾又弄不明白了,他田满正忙于"新生活运动",吼巴巴地在"单位"里结识了那么多的兄弟、姐妹,怎么事到了临头,他反过来又要当"独子"了。

小艾说:"那当然。基本国策嘛。"

深夜零点,小艾意外地收到了一封短信,田满发来的。短信说:"妈,我休息了,你也早点睡。儿子。"这孩子,这就孝顺了。小艾合上物理课本,在夜深人静的时分端详起田满的短信,想笑。不过小艾立即就摩拳擦掌,进入角色了。顺手摁了一行:"乖,好好睡,做个好梦。妈。"打好了,小艾凝视着"妈"这个字,多少有点不好意思。还是不发了吧。就这么犹豫着,手指头却已经揿下去了。小艾还没有来得及后悔,儿子的短信又来了,十分露骨、十分直白的就是两个字:

"吻你。"

小艾望着彩屏,不高兴了。决定给田满一点颜色看看。小艾在彩屏上写道:"我对你可是一腔的母~爱哦",后面是九个惊叹号,一排,是皇家的仪仗,也是不可僭越的栅栏。

出乎小艾的意料,田满的回答很乖。田满说:"谢谢妈。"

小艾原打算再补回去一句的，却不知道如何下手了。她再也没有想到九尺身高的田满居然会是这么一个缠绵的东西。可这件事到底是她挑起来的，也不好过分。看起来她这个妈是当定了。她就把两个人的短信翻过来看，一遍又一遍的，心里头有点怪怪的了。有些难为情，有些恼，有些感动，也生气，还温馨。不知道怎么说才好。

田满的扣篮是整个篮球场上最为壮丽的动态，小艾想到了一个词，叫"呼啸"。田满每一次扣篮都是呼啸着把篮球灌进篮筐的。他能生风。必须承认，一踏上球场，害羞的菜鸟无坚不摧。这是田满最为迷人的地方，这同样也是小艾作为一个母亲最为自豪的地方。其实小艾并没有认认真真地看过校篮球队打球，但是，现在不一样了，儿子在篮球馆里一柱擎天，她不能不过来看看。看起来喜欢儿子的女生还真是不少，只要田满一得分，丫头们就尖叫，夸张极了。小艾看出来了，她们如此尖叫，目的只有一个，就是想让儿子注意她。儿子一定是听到了，却听而不见。他谁也不看。在球场上，儿子的骄傲与酷已经到了惊风雨、泣鬼神的地步，绝对是巨星的风采。这就对了嘛，可不能让这些疯丫头鬼迷了心窍。小艾的心里涌上了说不出来的满足和骄傲，故意眯起了眼睛。沿着电视剧的思路，小艾想象着自己有了很深的鱼尾纹，想象着自己穿着小开领的春秋衫，顶着苍苍的白发，剪得短短的，齐耳，想象着自己一个人把田满拉扯到这么大，不容易了。突然有些心酸，更多的当然还是自得。悲喜交加的感觉原来不错，像酸奶，酸而甜。难怪电视一到这个时候音乐就起来了。音乐是势利的，它就会钻空子，然后，推波助澜。

小艾没有尖叫。她不能尖叫，得有当妈的样子。小艾站得远远的，眯着眼睛，不停地捋头发，尽情享受着一个孤寡的（为什么是孤寡的呢？小艾自己也很诧异）中年妇女对待独子的款款深情。你们就叫吧，叫得再响也轮不到你做我的儿媳妇，咱们家田满可看不上你们这些疯丫头。

"妈，我休息了，你也早点睡。儿子。"

"乖，好好睡。做个好梦。妈。"

"吻你。"

"我也吻你。"

"谢谢妈。"

每天深夜的零点，在一个日子结束的时分，在另外一个日子开始的时分，这五条短信一定会飞扬在城市的夜空。在时光的边缘，它们绕过了摩天大楼、行道树，它们绕过了孤寂的、同时又还是斑斓的灯火，最终，成了母与子虚拟的拥抱。它们是重复的，家常了。却更是仪式。这仪式是张开的臂膀，一头是昨天，一头是今天；一头是儿子，一头是母亲。绝密。

小艾当然不可能把她和田满的事告诉乔韦。然而，小艾忽略了一点，一个人如果患上了单相思，他的鼻子就拥有上天入地的敏锐，这是任何高科技都不能破解的伟大秘籍。就在宁海路和颐和路的交界处，乔韦把他的自行车架在了路口，他的表情用四个字就可以概括了，面无人色。原来嫉妒是可以改变一个人的长相的，乔韦今天的长相就很成问题，很愚昧。他很狰狞。

小艾刚到，乔韦就把小艾堵住了。小艾架好自行车，还没有来得及说话，就看见乔韦突然弓了腰，用链条锁把两辆自行车的后轮捆在了一起。乔韦很激动。他的手指与胳膊特别地激动。链条被他套了一圈又一圈，最后，套牢了。

两个人都是绝顶聪明的，一起望着自行车，心知肚明了。

这时候走过来一个交通警，他绕过了自行车，歪着脑袋问乔韦："这个好玩吗？这样有用吗？"

小艾抱起了胳膊，拉下脸来。"关你什么事！你们家夫妻不吵架？"

交通警望望他俩，又望望自行车，想笑，却绷住了，十分诚恳地告诉小艾："吵。可我们不在大街上吵。"

"那你们在哪里吵？"

"我们只在家里吵。"

"这个我会。"小艾伸出一只手，说："给我钥匙。——我们现在就到你们家吵去。"

交通警知道了，撞上祖宗了。她是姑奶奶。交通警到底没绷住，笑了，替他们把绑在一起的自行车挪到一边，行了一个军礼，说："差不多就行了哈，咱们家夫妻吵架也就两三分钟。快点吵，哈！马上就高峰了。"

下午第二节课的课后，小艾收到了田满的短信，他想在放学之后"和妈妈一起共进早餐"。你瞧这孩子，什么事都粗枝大叶，"晚饭"硬是给他打成"早饭"了，将来高考的时候怎么得了哦。愁人哪。见面之后要好好说说他。说归说，吃饭的事小艾一口回绝了。小艾是一个把金钱看得比鲜血还要瑰丽的女人，她是当妈的，和儿子吃饭总不能 Go dutch(AA 制) 吧，只能放血。放血的事小艾不做。打死也不做。

不过小艾最终还是去了。说起来极不体面，是被两个小女生骗过去的。她们假装在放学的路上巧遇小艾，然后就"久仰久仰"了。"久仰"过了就是"崇敬"，"崇敬"完了就想"请她吃顿饭"，主要是想"亲耳聆听"一下她的"教诲"。小艾喜滋滋的，十分矜持地来到肯德基，田满已经安安稳稳地等在那里了。小艾一到，两个小喽啰把小艾丢在田满的面前，走人。小艾气疯了，非常非常地生气。这么一个小小的伎俩她都没有识破，利令智昏哪！就为了一点可怜的虚荣，当然，还有一份可怜的汉堡，丢人了。但是，再丢人小艾也不能批评自己，她厉声责问田满，为什么要采用这种"下三烂的手段"?！田满什么也不说，却从口袋里掏出一样东西，放了桌面上。他用他的长胳膊一直推到小艾的面前，是一张面值一百元的移动电话充值卡。田满小声说："这是儿子孝敬妈的。"小艾拿起充值卡，刮出密码，噼里啪啦就往手机上摁。手机最后说："你已成功充值一百元！"小艾的脸上立即荡漾起了春天的风，她把脑袋伸到田满的跟前，慈祥了，妩媚了，问："想吃什么呢儿子，妈给你买。"

"我又有了一个妹妹。"田满小声说。

噢——，又有妹妹了。春风还在小艾的脸上，却已经不再荡漾。他又有了一个妹妹了，他这样的"哥哥"一辈子也缺不了"妹妹"的。

不过小艾还是从田满的脸上看出来了，这个"妹妹"不同寻常，绝对不是通常意义上的"妹妹"。小艾突然就感到自己有些不自然，虽说是"当妈的"，小艾自己也知道，她吃醋了。也许还有些后悔。当初如果不给他"当妈"，田满会不会追自己呢？难说了。如果追了，拒绝他是一定的。可是，拒绝是一个问题，没能拒绝成却是一个更加严峻的问题。

小艾还没有练就"脸不变色"的功夫，干脆就把脸上的春风赶走了。小艾板起面孔，问："叫什么？"

"Monika。"

——Monika。到底是大明星，"找妹妹"也要走国际化的道路。"恭喜你了。"

田满想说什么，小艾哪里还有听的心思，掉头就走。排队的时候小艾回头瞄了一眼田满，田满托住了下巴，失落得很，一脸的忧郁。看起来十有八九是单相思了。小艾想，不知道 Monika 是怎样的人物，能让田满失魂落魄到这样的地步，不是一般的蔻。

吃薯条的时候田满又把话题引到"妹妹"那儿去了。他一边蘸着番茄酱，一边慢悠悠地说："我妹妹——"小艾立即用她的巴掌把田满的话打断了。小艾说："田满，不说这个好不好？妈不想听这些事。"

田满就不说了。"闷"在了那里。小艾承认，田满忧戚的面容实在是动人的，叫人心疼。小艾伸出手去抚摸的心思都有了。

"Monika——"

"田满！不听话是不是？"

乔韦就在这个时候闯进来了，一进来就坐在了小艾的身边。是剑胆琴心的架势。田满丢下薯条，吮过指头，刹那之间就恢复了大明星的本色。田满慢悠悠地合上眼皮，再一次打开的时候附带扫了一趟乔韦。那神情不屑了。田满问小艾："谁呀？"

小艾的心情已经糟透了，乔韦这么一搅，气就更不打一处来。小艾没好气地说：

"你爹。"

田满右边的嘴角缓缓地吊上去了。他的不屑很歪。田满说："我

家 事　339

和我妈吃饭,没你的事,给我马上走人。"

乔韦是"爹",理直而又气壮。乔韦说:"我和我老婆说话,没你的事,你给我马上走人。"

田满站起来了。乔韦也站起来了。

小艾也只好站起来。小艾说:"你们打吧。什么时候打好了什么时候出来。"

也就是两三分钟,田满和乔韦出来了。他们是一起走出来的,肩并着肩。小艾坐在肯德基门前的台阶上,这刻儿已是说不出的沮丧。她不想再听到任何动静,已经用MP3把耳朵塞紧了。张韶涵《隐形的翅膀》还没有听完,田满已经坐在她的左侧,而乔韦也坐在了她的右侧。小艾拔出耳机,说:"怎么不打呢?多威风哪刚才。"

"不存在。"乔韦说,"我是你老公,他是你儿子。"

田满说:"我们已经是兄弟了。"

两个男人夹着一个女人,就在肯德基的门前的阶梯上并排坐着了,一侧是夫妻,一侧是母子,两头还夹着一对兄弟。谁也不说一句话。无论如何,今天的局面混乱了,有一种理不出头绪的苍茫。田满,小艾,还有乔韦,三个人各是各的心思,傻坐着,一起望着马路的对面。马路的对面是一块工地,是一幢尚未竣工的摩天楼。虽未竣工,却已经拔地而起了。脚手架把摩天楼捆得结结实实的,无数把焊枪正在焊接,一串一串的焊花从黄昏的顶端飞流直下。焊花稍纵即逝,却又前赴后继,照亮了摩天大楼的内部,拥挤、错综、说到底又还是空洞的景象。像迷宫。

当天夜里小艾的手机再也没有收到田满的短信。小艾措手不及,可以说猝不及防。小艾的手机一直就放在枕头的旁边,在等。可是,直到凌晨两点,枕头也没有颤动一下。小艾只好翻个身,又睡了。其实在上床之前小艾想把短信发过去的,都打好了,想了想,没发。他又有妹妹了,还要她这个老娘做什么?说小艾有多么伤心倒也不至于,但小艾的寥落和寡欢还是显而易见的了,一连串的梦也都是恍恍惚惚的,就好像昨天一直都没有过去,而今天也一直还没有开始。可是,天亮了。小艾醒来之后从枕头的下面掏出手机，手机空空荡荡。天亮了，像说破了的谎。

小艾一厢情愿地认为，田满在"三八"妇女节的这天会和她联系。就算他恋爱了，对老妈的这点孝心他应该有。但是，直到放学回家，手机也没有出现任何有价值的消息——看起来她和田满的事就这样了。"三八"节是所有高中女人最为重大的节日，不少女人都能在这一天收到男士们的献花。说到底献花和"三八"没有一点关系，它是情人节的延续，也可以说是情人节的一个变种。一个高中女人如果在情人节的这一天收到鲜花，它的动静太大，老师们，尤其是家长们，少不了会有一番问。"三八"节就不同了，手捧着鲜花回家，父亲问："哪来的？"答："男生送的！"问："送花做什么？"答："——嗨，'三八'节嘛！"做父亲的这时候就释然了："你看看现在的孩子！"完了。还有一点也格外重要，情人节送花会把事态弄得过于死板，它的主题思想或段落大意太明确、太直露了，反而会叫人犹豫：送不送呢？人家要不要呢？这些都是问题。选择"三八"节这一天向妇女们出手，来来往往都大大方方。

小艾的"三八"节平淡无奇，就这么过去了。依照小艾的眼光看来，"三八"节是他和田满最后的期限，如果过去了，那就一定过去了。吃晚饭的时候小艾和她的父母坐在一张饭桌上，突然想起了田满，一家子三口顿时就成了茫茫人海。Monika厉害，厉害啊！

过去吧，就让它过去吧，小艾对自己说。对高中的女人们来说，日子是空的，说到底也还是实的，每一个小时都有它匹配的学科。课堂，课堂，课堂。作业，作业，作业。考试，考试，考试。儿子，再见了。但是，一到深夜，在一个日子结束的"那个"时刻，在另外一个日子开始的"那个"时分，小艾还是清清楚楚地看见了时光的裂痕。这裂痕有的时候比手机宽一点，有的时候比手机窄一点，需要"咔嚓"一下才能过得去。不过，说过去也就过去了。儿子，妈其实是喜欢你的。乖，睡吧。做个好梦。Over。

后来的日子里小艾只在上学的路上见过一次田满，一大早，田满和篮球队的队员正在田径场上跑圈。小艾犹豫再三,还是立住了,远远的,站了十几秒钟。田满的样子很不好,耷拉着脑袋,垂头丧气的样子,晃晃悠悠地落在队伍的最后。小艾意外地发现,在田满晃悠的时候,他漫长的身躯是那样的空洞,只有两条没有内容的衣袖,还有两条没有内容的裤管。就在跑道拐弯的地方,田满意外地抬起头来,他们相遇了。相隔了起码有一百米的距离。他们彼此都看不见对方的眼睛,但是,一定是看见了,田满在弯道上转过来的脑袋说明了这个问题。田满并没有挥手,小艾也就没有挥手。到了弯道与直道的连接处,田满的脖子已经转到了极限,只好回过头去了。田满这一次的回头给小艾留下了极其难忘的印象,是一去不复返的样子,更是难舍难分的样子。小艾记住了他的这个回头,他的看不见的目光比他的身躯还要空洞。孩子瘦了。即使相隔了一百米,小艾也能看见田满的眼窝瘦成了两个黑色的窟窿。再不是失恋了吧。不会吧。小艾望着田满远去的背影,涨满了风。小艾牵挂了。小艾将了将头发,早晨的空气又冷又潮。儿行千里母担忧啊。

　　小艾掏出了手机,想给他发个短信,问问。想了想,最终还是她的骄傲占据了上风。却把她的短信发到乔韦的那边去了:老公,儿子似乎不太好,你能不能抽空和他谈谈?

　　就在进教室的时候,乔韦的回话来了:还是你谈吧,你是当妈的嘛。

　　小艾走到座位上去,把门外的冷空气全带进来了。她关上手机,附带看了一眼乔韦。乔韦在眨眼睛,在背单词。小艾的这一眼被不少小叔子看在了眼里。小叔子们知道了,女人在离婚之前的目光原来是这样的。只有乔韦还蒙在鼓里。你还眨什么眼睛噢,你还背什么单词噢,嫂子马上就要回到人民的怀抱啦!

　　田满的出现相当突兀,是四月的第一个星期三。夜间零点十七分,小艾已经上床了,手机突然蠕动起来,吓了小艾一大跳。小艾一摁键,"咣当"一声就是一封短信,是一道行动指令:"嘘——走到窗前,把脑袋伸出来,朝楼下看。"

　　小艾走到窗前,伸出了脑袋,一看,路灯下面孤零零的就是一个鸡窝头。那不是田满又是谁呢。田满并没有抬头,似乎还在写信。田满最终举起了手机,使用遥控器一样,对准小艾家的窗户把他的短信发出去了。小艾一看,很撒娇的三个字:妈,过来。

小艾喜出望外,蹑手蹑脚的,下楼了,一直走到路灯的低下。田满的上身就靠在了路灯的杆子上,两只手都放在身后。他望着小艾,在笑。小艾背着手,也笑。也许是因为路灯的关系,田满的脸色糟糕得很,近乎土灰,人也分外的疲惫,的确是瘦了。小艾猜出来了,她的乖儿子十有八九被Monika甩了,深更半夜的,一定是到老妈这里寻求安慰来了。好吧,那就安慰安慰吧,孩子没爹了,怎么说也得有个妈。不过田满的心情似乎还不错,变戏法似的,手一抬,突然从背后抽出了一束花,有点蔫,一直递到了小艾的跟前。小艾笑笑,犹豫了片刻,接过来了。放在鼻子的下面,清一色是康乃馨。

"你怎么知道我住在这儿?"小艾问。

"我昨天就派人跟踪了。"

小艾叹了一口气,唉,这孩子,改不了他的"下三烂"。

"近来好不好?"小艾问。

"好。"

"Monika呢?"小艾问,"你的,Monika妹妹,好不好?"

"好。"田满说。田满这个晚上真是变戏法来了,手一抬,居然又掏出一张相片来了,是一个婴儿,混血,额头鼓到了不可思议的地步。

"谁呀这是?"小艾不解地问。

"Monika。我妈刚生的,才四十来天。"

"——你妈在哪儿?"

田满用脚后跟点了点地面,说:"那边。"世界"哗啦"一下辽阔了,循环往复,无边无垠。田满犹豫了片刻,说,"我四岁的时候她就跟过去了。"

小艾望着田满,知道了。"是这样。"小艾自言自语说,"原来是这样。"小艾望着手里的康乃馨,不停地点头,不知道说什么好了。小艾说——"花很好。妈喜欢。"

小艾就是在说完"妈喜欢"之后被田满揽入怀中的,很猛,十分地莽撞。小艾一点准备都没有。小艾一个趔趄，已经被田满的胸膛裹住了。田满埋下脑袋，把他的鼻尖埋在小艾的头发窝里，狗一样，不停地嗅。田满的举动太冒失了，小艾想把他推开。但是，小艾没有。就在田满对着小艾的头发做深呼吸的时候，小艾心窝子里头晃动了一下，软了，是疼，反过来就把田满抱住了，搂紧了。小艾的心中涌上来一股浩大的愿望，就想把儿子的脑袋搂在自己的怀里，就想让自己的胸脯好好地贴住自己的孩子。可田满实在是太高了，他该死的脑袋遥不可及。

深夜的拥抱无比地漫长，直到小艾的后背被一只手揪住了。小艾的身体最终是从田满的身上被撕开的。是小艾的父亲。小艾不敢相信父亲能有这样惊人的力气，她的身体几乎是被父亲"提"到了楼上。"谢树达，你放开我！"小艾在楼道里尖声喊道，"谢树达，你放不放开我？！"小艾的尖叫在寂静的夜间吓人了，"——他是我儿子！——我是他妈！"

2007年3月12日于南京龙江
（选自《钟山》，2007年第5期）

点评一：换种语言说爱你
点评者：张辉

雅各布逊在谈到文学的特性时曾说过，文学是一种特殊的运用语言的方式，代表一种对普通语言所施加的有组织的暴力。它改变和强化普通语言，系统地偏离日常语言。在很大程度上它表现r为语言的能指与所指之间的扭曲，这种扭曲导致能指与所指之间的不统一，即比例不当。从这个角度来看，我们似乎可以说毕飞宇的《家事》体现了文学语言的这一特质。

《家事》讲述一个有关中学生男女之间微妙情感如何表露的故事。女生小艾有两个追求者，乔韦因简单直白的示爱方式而遭到了拒绝，而田满在误打误撞之间建立了一个"他者"（妹妹）而获得小艾的认可。小说情节如此简单,以致于我们会怀疑它作为一个故事都不合格。但是就在这种材料简单的尴尬境地中,我们却能看到作家手艺的高低。

小说的关键点在于称谓的设置上,一帮未成年的高中生学会用成年人的称谓来指称彼此的关系,这本身颇有意味。这种意味的有趣之处在于,他们都是在降格的基础上去使用这些称谓,那么这种称谓实际上就变成了他们亲密关系的另一种指代。那么无论是"老婆""老公",还是"妈妈""儿子",它的所指都不再是社会学意义上的直系亲属关系的指称,也就是说正常的能指和所指之间的对应关系被扭曲或者说被改变了。而在小说中,这种亲属关系的称谓实际上就变成了这帮少男少女的表意和交往的策略,这使小说开始变得好玩了起来。

乔韦和小艾虽然称呼彼此为"老公""老婆",但小艾却没有接受乔韦的示爱,这种"名不符实"的悖论之下小说的张力渐次呈现。作为小艾"儿子"的田满似乎比乔韦要聪明得多,在"妈妈"与"儿子"这么大落差的称呼之下,却利用这种称呼将彼此关系越拉越近,而在小说的最后,小艾接受了田满,也意味着这种落差被夷平了。

小说始终在"三人结构"之中辗转。先是小艾在乔韦和田满之间兜转,小艾的情感在这种表面称谓的兜转之中表现得微妙又有趣。在观看田满打篮球的时候,她尽情把自己想象成一个孤寡的中年妇女,带出了对独子的款款深情和未来婚事的煞有介事的幻想,令人忍俊不禁。这种成年人式的表述透露了小艾躲闪的内心,其中夹杂着小艾羞涩的爱恋和隐隐的担心。

乔韦在自知无望后与田满达成了和解,然后第二个"三人结构"又开始出现了,即田满所说的"妹妹"的加入替代了乔韦。小艾由于这个"妹妹"的存在而醋意大发,殊不知这个"妹妹"的能指和所指是统一的,是个真妹妹。小艾由于醋意而始终不肯听田满的解释,因而这误会一直延续到"三八"节(小说中称之为第二个[次]情人节)的第二天晚上才解开。在他们相拥的那一时刻,"妈妈""儿子"的窗户纸被捅破了,新的关系就要建立起来。出人意料的是父亲这个权威的出现又把这个窗户纸暂时糊上了,在小艾的"谢树达,你放不放开我?!"和"他是我儿子!——我是他妈!"的叫喊声中,父亲与女儿的对立关系、少男少女情窦初开以及面对权威时那种欲盖弥彰式的遮掩,让人觉得好玩又好笑。

《家事》并非在写"家事",其要义在于言此而即彼,别有怀抱:既是"新新人类"换种语言说爱你,又有"独生子女"一代对大家庭亲属关系的潜在渴望。小说通篇行文含蓄而诙谐,读来别有一番趣味。

古人形容美女为"肌理细腻骨肉匀",而《家事》就似乎显得有些"干瘦",骨架清晰而血肉却不够丰满。将心比心而言,毕飞宇作为一名成熟作家,他未必对"文学语言"及"青年亚文化"的概念有所自觉,但他用自己灵敏的嗅觉和尖锐的洞察力,感觉到了"新新人类"生活和情感方式的变化,以小说的方式予以呈现,并表达了一定程度的理解、体谅和宽容,这就实属不易了。而对于"80后"和"90后"的年轻人来说,同样的理解姿态就显得更为重要,因而小说中人物的语言、思想和行为这些细节,就只能留给他们证实和证伪了,在他们的品头论足之间,我们也试着再一次成长并重新开动脑筋。

点评二:老凤强作雏凤声
点评者:丛治辰

两男一女的懵懂恋情,欲拒还迎的少女心态,再加上点儿微妙细致的小心机、小波澜,本是常见题材。而如果说毕飞宇的短篇小说《家事》仍能显得新鲜,恐怕即在于他将此种旧套置于80后或90后的校园当中,并以成名已久的前辈作家身份,拟声作态,体贴地仿摹"新新人类"少男少女的心思与言行。此中流露的主流作家对青少年亚文化的观照与理解,固然使小说别具意义;但以笔者这样真正与文中人物同龄的读者看来,则恐怕倒未必领情。

毕飞宇的小说素以细节精准著称,此次既然聊发少年轻狂,用了"新新人类"的口吻叙事,就自然不能露怯,必得学得像。在这一点上,不能不佩服成名作家的勤奋与技艺。小说中大量点缀流行于青少年当中的"新新词汇",俨然形成一套独特的语言系统,正因这一套语言系统的成功建立,才使得情景显得如此贴切逼真。小艾周旋于两个大男孩之间,以"过家家"一般认干亲的方式维系与"老公"乔韦、"儿子"田满的感情暧昧,终因田满凭空一个"妹妹"的出现导致情感失衡。这其中既有二选其一的举棋不定,又有高考压力的现实顾虑;小艾面对乔韦鲁莽求爱的镇定与尺度,整夜期待田满短信的怨恨与失落,亦在使人感同身受。而恰在得知田满又添一个"妹妹"的时候,乔韦偏跳出来吃醋,当时小艾心中的缱绻与决绝,又岂是微妙二字说得尽的?若不对年轻一代生活状态作深入的了解和调查,势难写出这样的内心款曲。《家事》虽只是万字不足的短制,亦可想见毕飞宇于材料的收集上必定下过一番功夫。

但是以假乱真的欲望若过分强烈,或许反而过犹不及。这一代少年人当然是一特殊的群体,却也不是每句话每个眼神都必然带着"新新人类"的神经质。毕飞宇过于刻意地渲染那种特殊,反而显得造作。就像外地人学京腔,非要每句都拖出个"儿"化音,时时在句子里插一个"丫",就难免显得不伦不类。小艾站在篮球场外看"儿子"田满打球,有对场中人的自豪,有对周围尖叫呐喊的小女生的睥睨,都是正常的小女儿心性。但是要让她沉浸于身为寡母的幻想当中,则有些过分了。80后、90后的少男少女何至于将未尝不带有游戏色彩的"认干亲"落实为这样不伦的想象呢?毕飞宇苦心化妆改扮,总是有遮掩不住的眉梢额角,露出那张"爹脸"来。老凤故作雏凤声,有一个刻意的心思在,毕竟还是勉强。

小说结尾处,小艾父亲一只大手,把小艾和读者都抓出了自成一统的"新新人类"世界。成人世界和"新新人类"世界倏然碰撞,重叠交错在一起,令我们在两个世界的断层处看到互不理解的尴尬,苦心经营的温情因之显出脆弱,有意为之的暧昧因之显得必要。而能够提供成人世界的维度作为参照,亦正是成年作家写"新新人类"与"新新人类"作者的自我书写之间,眼光的不同。在这电光火石戛然而止的刹那,倒使人于错愕当中心有所感:毕飞宇无论多么努力地理解和体贴,仍不免是隔岸观火,理智上或许可以了解些"新新人类"的行为逻辑,情感上毕竟未必真能同情他们的喜怒哀乐。不然,何以在小艾动声动情的喊声背后,叫我们隐约感到一丝嘲弄呢?尽管这嘲弄可能并无恶意,可能只像坐看蚂蚁打架,或小孩子过家家那样的心情。

空 山

阿来：《空山2》，《当代·长篇小说选刊》2007年第1期，人民文学出版社2007年版；《轻雷》，《收获》2007年第5期。
推荐长篇

> **点评者：魏冬峰**

  对汉语运用娴熟、又被称为"藏族作家"的阿来自成名以来始终关注的是在整个20世纪中国历史进程中藏族乡村文化的变迁过程。计划中庞大的长篇小说《空山》由六卷三部组成，2007年问世的《空山》第三、四、五卷延续了第一、二卷那种由内在逻辑上并无必然联系的几个故事合成一部长篇的结构方式，分别包括《达瑟与达戈》、《荒芜》、《轻雷》。

  达瑟与达戈是第三卷的两个主人公。达瑟是个寓言性的角色。"文革"开始，学校解散，偶然到干部学校学习的他带回了很多被冷落遗弃的书，此后就整天住在树上读书，貌似不求甚解，偶尔却能出语惊人。达戈则是个为了爱情而放弃大好前程"退伍"回到机村的猎人，在兼有"仙女"和"妖精"身份的美嗓音色嫫面前，达戈常常像自己的这个绰号一样，表现出"傻子"的症状：痴狂到丧失人性却还能保有英雄气节。达瑟和达戈，一静一动，一文一武，却因为他们的与众不同而成为了朋友，成为推动机村进入现代物质文明进程中既游离又不可或缺的角色：有了优秀猎人达戈，机村人为获取金钱大量捕杀曾经与人类为邻的野生动物的步伐大大加快；有了"读书人"达瑟，达戈和机村人的疯狂捕猎行为也有了另一种被审视和批判的现代眼光。对比于《达瑟与达戈》的理想主义色彩，第四卷的《荒芜》则与当代中国历史进程的结合更为紧密，讲述三年自然灾害时期机村人如何度过难关的故事，其中蕴涵的宗教神秘文化与当代中国政治文化语境的冲突是小说着力表达的部分。

  第五卷《轻雷》将丰沛的笔力延伸至20世纪80年代初这个充满变

动的年代,展现了一幅深广而立体的藏族乡村图景。其中的矛盾与冲突、丰富与复杂集中体现在主人公拉加泽里身上。这一个很容易唤醒读者对上世纪80年代众多高家林式的农村青年为求上进、不择手段的文学记忆的人物:为了改善自己和自家在村里的卑弱处境,出身贫苦的高中优等生拉加泽里放弃了学业和爱情,到木材检查站附近的小镇上开了个汽车修理店。以开店为幌子,拉加泽里凭借自己的心机和勇气赢得了权力部门和权势人物的信任,拿到了伐木"批条",顺利地收购木材,获取了自己不曾想象过的巨额钱财。这个人物的独特之处在于他的复杂性。他机灵狡猾又不失忠厚义气,胆大心细却不乏意气用事,在机村这个经济意识萌动的染缸式的小社会里,他不得不压抑那些自己明明意识到的美好而脆弱的生活价值:上大学、和女友相爱、保护机村的树林、去过清贫然而轻松的生活;不得不逼着自己接受那些邪恶而阴暗的现实法则:不择手段以求迅速脱贫致富、以苦肉计获得别人的信任、为了钱不惜铤而走险。但接受过现代教育的拉加泽里的眼界和心气毕竟不同于那些仅仅为了发财的村民们,在自甘堕落的同时他也不得不忍受着良知和责任的咬噬。因此,在一意孤行的发财之道上,虽然拉加泽里已逐渐谙熟于权钱交易的潜规则,但最终仍以自己对善/恶、强/弱的本能理解战胜了曾经苟且的现实人生选择,向读者展示了一个没有一味"堕落"下去的藏区青年形象。

虽然在整个《空山》的写作规划中,作者计划讲述的都是藏族乡村文化衰落并被现代物质文化取代的过程,但在第三卷《达瑟与达戈》和第四卷《荒芜》中,小说并没有简单地在不同文化间进行伦理和情感的判断和选择,因而也没有落入或激愤不已或欢呼雀跃的窠臼中,虽然小说也曾对跟猎人达戈死于熊的怀抱这一场景一同消逝的狩猎文化的陨落而表达了不尽的叹惋,但我们更多读到的则是在历史的大势所趋下,机村的人们遵循着自然的规律辛苦劳作生老病死,那种被外来文化"异化"的现象不能说没有,但在机村人身上停留的时间总是极为短暂,无论是外来的驼子还是当地的索波,虽然他们对几乎不顾及自然规律的"上面"的政策命令也有过盲从,但最终左右他们的仍是对土地和粮食的本能热爱。到了第五卷《轻雷》,即使在唯利是图的时代趋势下,小说依然保持着对自然和人性的感知能力,在拉加泽里这个人物身上赋予了作者更丰富的思考,笔调感伤而不颓废,开阔而不放纵。这种对自然、人性和社会较为开放的认识,将会是《空山》在众多当代小说中卓尔不群的秘密所在。

此外,在由不同故事组成的"花瓣式"或"碎片式"结构中,作者试图在不同的篇目下,呈现自然与人性、文明与历史、意识形态与人类生态等相互胶着的主题,这样的结构一方面对国内长篇小说惯用的以几个人物或家族的关系为贯穿线索的写法是一种更新,另一方面也是对作者驾驭上述主题能力的考验:如何在对机村近半个世纪的历史叙述中,在中国当代小说已经司空见惯的对政治文化的有限讽喻、对现代文明的无效批判、对财富积累的无奈欢歌之后减少重复、见出新意?欣慰的是,迄今为止,《空山》还没有令读者失望。

高 兴

贾平凹：《高兴》，《当代》2007年第5期，作家出版社2007年版。
推荐长篇

点评者：谢俊

"我抬起头来，看着天高云淡，看着偌大的广场，看着广场外像海一样深的楼丛，突然觉得，五富也该属于这个城市，石热闹不是，黄八不是，就连杏胡夫妇也不是，只是五富命里宜于做鬼，是这个城市的一个飘荡的野鬼罢了。"

在长篇新作《高兴》的结尾处，贾平凹的笔调是辛酸的。曲终人散、静谧如荒原，而在这都市的荒原里，"我们"是名副其实的"拾荒者"。"我们"以捡破烂为生，埋头在海一样深的楼群中，"我们"如野草般无根飘零，如野草般落地生根——最终还是野草一样被零落成泥碾作尘。当五富脑溢血暴亡死在工地的寒冬，"我"守着承诺背尸回乡，城市的光影幻灭依然不属于"我"，记忆里只有那一段"破烂人"的隐形生存：那里的潦倒困苦与自得其乐，那里属于"我们"的灰暗或者鲜亮……

在这个结局里，小说开头生龙活虎的"刘高兴"高兴不起来了，而读者恐怕也"高兴"不起来了，这是怎样的一场乡土的悲恸啊。乡土写作一直纠结着城乡文化冲突，在今天则是一边"新新中国"高速发展，一边乡土中国全面崩坍，乡土风起，漫卷黄沙，家园颓丧以后几乎只剩下数亿农民在城市里野草飘零。这到底是现代性的成效还是恶果？这究竟是阶级的大喜抑或大悲呢？也许正是这讲不清道不明之处，才亟需文学施展拳脚，可惜无论张炜《刺猬歌》一派狂想激愤中的精神畸恋，还是莫言《生死疲劳》叙事翻转后残余的鸡飞蛋打，都显示出这些乡土大家渐渐丧失了把握这个时代的能力，在他们躲进小楼神秘化书写之时，也是他们与乡土的真实苦难失之交臂之处。

在乡土作家全面退潮的形势下，贾平凹几乎是唯一的一个始终紧贴着乡土变迁的"老作家"，近年来他对乡土的一往情深的确让人敬仰，如果说两年前的《秦腔》呈现了凋敝的"废乡"，讲述的是农民怎样一步一步从土地上走出去；那么如今的《高兴》则从村里写到了城里，作家开始工笔细描农民工在城市惨淡的生存状态。正是这工笔细描，体现了作家勤勤恳恳的现实主义态度，它不仅指作家"体验生活"的朴实态度，也应涵括作家对底层民众的深切认同，因而《高兴》才能像社会学档案一样忠实地记载了拾荒者的日常生活：从城中村到垃圾场，从乞丐讨要到民工疯狂地卸水泥，从这些细节的铺展中流露出真情实感，让一个丰富而灼痛的底层以迫人之势呈现出来，进而突进读者的心灵。这一种实实在在的"真实"是具有悲剧力量的，而仅此一点，我以为就足以显露《高兴》在今天的重要意义。

但《高兴》也要区别于那些满纸哀戚的新闻报告体写作，当下大部分的"底层写作"，叙事的重心总是放在写苦难、写事件上，复杂的人生百态被简化为善恶对立的伦理剧，一些作家追求惊悚效果，另一些则只是流于同情，因而大多数的"底层"作品给读者带来的仅仅是愤怒、眼泪，或者恐惧，却始终无法提供一种对"底层"的真正体认。在这些作品中，主人公往往是一些被仇恨奴役着的受难者，他们衣衫褴褛，面容悲戚，在一层灰暗的幕帘之后无法自行讲述。《高兴》尽管或多或少也有着苦难大杂烩式的平铺和混杂，但作家毕竟有着深沉的乡土情怀和老道的世情笔法，贾平凹显然想突破对底层的这一隔膜，因而更有关照农民工精神状况的雄心，这一雄心也许导致了并不熟悉农民工生活的他在写作《高兴》时五易其稿痛苦不堪，却也终于让作品的调子欢快起来，从第三人称到第一人称，从满纸悲愤到"高兴流畅"的叙事，作者试图让城里"禁言失声"的农民工阶层欢畅地重新表达，他希望借"刘高兴"这样一个鲜活生动、生机勃勃的形象，进行一次农民文化意识的突围；贾平凹关心的是他的农民兄弟进城以后真实的精神状态，他希望在文学视野中创造一个同时具备现代精神和乡村自觉的"新人"形象，这个喜剧的"刘高兴"，可谓寄寓了作家的厚望。

遗憾的是，作家对刘高兴的创造未尽全功，刘高兴有些脱了"破烂"躯壳，他成了一个有着高中文化的小知识分子、一个爱吹箫的文艺青年、一个对城乡文化有深刻见解的玄学大师——这些与我们想象中的农民形象是脱节的。尽管某种程度上贾平凹让"刘高兴"如此自我展示是有意为之，是通过"第一人称"的自我表达完成农民意识对审美成见的突袭。但由于作家对"拾荒者"阶层的生疏，因而无法透彻把握这个人物，于是人物不自觉地印上了作家自己的倒影——刘高兴几乎成了一个颓唐的文人。

但我们不能就此低估了"刘高兴"这个新人的意义，贾平凹创造"五富"、"黄八"这样的传统农民形象是游刃有余的，"刘高兴"却显然更难把握。要塑造"新人"——正如当年的梁生宝和孙少平——总要受到原先的审美期待的挑战，但"刘高兴"的隔膜和夹生，却并不能以作者体验生活不彻底，对人物理解不到位来搪塞，也许更深层次的原因在于在这个价值混乱的年代，"刘高兴"深陷在悲剧里，却要喜笑颜开，这只能是喜剧的荒谬和无奈。作为知识分子的贾平凹失去了理解和拯救乡村的精神力量，刘高兴身上也就少了十足的慷慨悲歌之气，他不再有梁生宝式的集体主义的豪情壮志，也缺失了孙少平式的个人奋进的执著理想，他生气勃勃却走投无路，他只能让自己"高兴"一些，也只能让作家将一个阶级的悲恸散装在喜剧的套子里，因为这本就是一个喜剧的年代。

人　间

李锐、蒋韵：《人间》，《收获·长篇》2007年春夏卷，重庆出版社2007年版。

推荐长篇

点评者：袁园

《人间》是"重述神话"系列在中国继苏童《碧奴》、叶兆言《后羿》之后出版的第三本小说。其故事原型是在中国民间流传已久的人蛇相恋的《白蛇传》。

相较于前两本"神话重述"处于摸索期的无的放矢、剑走偏锋，李锐、蒋韵的此次重述明显更具主题性和策略性。在保有《白蛇传》基本叙事张力和人物设置的前提下，围绕着可供引申的主题进行了大胆的想象，并以此主题为核心进行了多线并进的结构架设，再加上时空跳跃，使得此次重述在形式和立意上更接近现代小说的精神，而在气韵的把握上又保留了与传统文化的渊源。

作家选择了"身份认同焦虑"这个颇具现代性的主题为全篇结构的立意。《人间》有意淡化了原有的《白蛇传》中强调人蛇之恋的传奇色彩，弱化了报恩的叙事动因，而是让人蛇的结合成为一个使身份认同更为复杂的叙述契机。为了强化这种"身份认同焦虑"的无处不在，香柳娘这个纯净得几近痴傻的人物设置，许士麟自幼童时便开始捕吃昆虫的奇观描写，使小说既跳脱了原有故事单线叙事的狭小空间，又使得全篇的主题和立意得到了复沓式的强调。应该说这种想象性空间的拓展是颇为成功的，使得一个原本人人都熟悉的故事具有了溢出于框架之外的内涵，且在润色于文本肌理的同时使得小说更具现代精神。另外，在对小说内在气韵的把握上，"悲情"向度的选取、对浪漫情境浓墨重彩的勾画，也使小说情感充沛。作家在众生平等的大慈悲上做足文章，使得白蛇想成人而遭尽劫难的命运被渲染上了一层浓浓的悲情色彩,动人心魄。由此,小说在情感逻辑上具有了充分的感染力,从而被作者成功地推进到了其预设主题下的高潮。

但是,或许是因为野心过大,作家在处理文本结构的时候过于繁复:先有第一人称叙事人"我"与白蛇的前世今生勾连,后有蛇孩的新闻报道的纪实性呈现——从某种程度上,这种多重时空的引入拓展了文本的叙事向度,构成小说叠瓣玫瑰式的丰富性,但因为素材本身的缺乏以及"重述神话"的总意旨统摄,使得这叠瓣的外层花瓣极为营养不足,成为某种姿态性的敷衍。这种遗憾不仅仅跟作家的创造力有关,更和作家对"重述神话"的目标确认和处理态度紧密相关。终究这只是个"活计",是个"命题作文",能脱离文字的虚空高蹈,让人物、情节、思想有机地融合成一个具有感染力的作品,也就堪称合格了。

致一九七五

林白：《致一九七五》，《西部·华语文学》2007年第10期，江苏文艺出版社2007年版。

推荐长篇

点评者：谢琼

  林白的记忆，如茧抽丝。十几年前，当她的自传性处女长篇《一个人的战争》出版时，就有不少评论家认为"个人记忆终归有限"，表现出对作家写作前景的担忧。而林白也似乎在顺着评论家们所提示的方向步步前行，从《枕黄记》到《万物花开》再到《妇女闲聊录》，她甚至是在强迫自己的写作面向外部世界敞开。然而，十几年后的今天，林白重新回到了自我，并以惊人的彻底和全面挖掘出那些在所有人的熟视无睹中逝去的、甚至在她此前的写作中也一度缺席的记忆细节，将它们编织成她的最新长篇《致一九七五》（分《致一九七五》和《漫游革命时代》两部）。这部动笔于1997年，煞笔于2007年的长篇，让我们相信：林白从来都不曾放弃个人的记忆，她所有的敞开，都是在为今天的回归做准备。

  1975年，主人公李飘扬作为知青下乡。两部长篇正是以此为分割点，第一部写1975年之前主人公的童年和少女时代，第二部则写此后的知青生活。在文风上，第一部更加散文化，以一些彼此未必有逻辑联系的人和事为楔子，以三年的中学时代为主线，中间夹杂着对儿时往事的回忆、1998年和2005年两次返乡的感怀，使得时间的跨度大大增加，叙述却不失轻灵和不羁。第二部则有着更加严密的故事，基本按照时间顺序记叙了主人公的知青生活，但这种记叙又并非简单的讲故事，而是充满了奇特的、个人化的想象，这些想象与现实在作品中几乎势均力敌，让人时常分不清那些文字究竟是扎根在地里，还是飞翔在天上。

  每个人都有自己回忆过去的方式。有些人需要将历史故事化，通过一个有着前因后果的故事来完成；有些人需要将历史理念化，而所有记忆碎片不过是理念的具体展现。然而对林白来说，这一切都是不能让人信任的，她笔下的"过去"，首先必须忠实于、对得起自己的个人化记忆，否则便没有任何证据能证明它们的合法和存在。在林白那里，比集体记忆的气势磅礴、比为一代人代言的豪言壮语更重要的，正是这种记忆的"真实"——未必是完全遵从事实的真实，却必须是无愧于亲历者个人心灵体验的真实。

不过，如果我们以为所谓的"个人化记忆"，就是用小众的记忆去弥补大众的记忆，就是将那些被主流意识形态话语所遮蔽、所压抑的死亡暴力和性冲动贴上"个人化记忆"的标签写入文本，那我们就低看了林白。至少在这部小说中，林白对"个人化记忆"的探求，并不仅仅是内容层面上的，同时更是关乎回忆方式的。什么是最值得信任的回忆媒介？对林白来说，那是身体——一种香味，一种触觉，一段舞蹈；是文本——一首歌词，一条语录，一封信笺；是幻想——恰恰是幻想映照出现实的匮乏，它使得对匮乏、对缺席的回忆成为可能。所以，和林白过去的文本不同，这部小说中关于性、隐秘经验的描写并不多，更多的是对最日常的生活体验的挖掘。而所有以此出发写就的"过去"，并不承载国家民族的命运沉浮，它的力量在于它打开了我们的感官，为我们展示通往过去的另一些可能性，告诉我们如何去阅读那镌刻在我们每个人身上的历史的痕迹。这些痕迹也许真的只是属于个人，但这些通往历史的媒介却似乎在暗示我们：真正属于民众的历史，也许正藏在这里。

代号：SBS

刁斗：《代号：SBS》，《花城》2007年第1期，花城出版社2007年版。
推荐长篇

点评者：余旸

《代号：SBS》是一部颇具现代感的小说，在当代长篇创作中难得一见。作为《私人档案》、《证词》、《回家》等一系列小说的作者，刁斗一如既往地偏爱设置悬疑，执著于在虚构和现实之间质问存在的荒诞。而在此长篇中，作家也展露了更大的雄心：创造一个当代公司社会的存在寓言，并全面拥抱大众文化形式。

小说写的是一个商业间谍的故事。"我"打入Y公司管理层的内部，为X公司盗取商业情报。"我"接到一个新的任务：盗取Y公司的SBS培训班的详细内幕——这既是任务的核心，也是故事情节的核心。如果我能够代表Y公司渗入SBS培训班，结业之后，未来我就可以在Y公司内青云直上，得到X公司的赏识，更是不在话下了。正因为SBS培训班是核心机密，因此神秘莫测、难以揣度。

小说吸取了侦探小说的元素，整个SBS培训，就完完全全成了一次神秘之旅，它既具有奥威尔在《一九八四》所描叙的集权社会中的权威恐怖，又具备了卡夫卡的《城堡》里那个官僚体制的神秘、荒唐、自我矛盾，而大量介入的当代大众文化：故事、笑话、游戏、节目主持中的PK元素，还有训练过程中的男欢女爱，又使小说具有游戏的娱乐性质，成了"大众文化"形式的大荟萃。形式的快乐刺激，与SBS培训目的的严肃之间构成了张力。当"我"顺利结业返回公司的时候，却由于莫名其妙的公司权力运作，被Y公司辞退，连锁反应，随后又被X公司婉拒。SBS培训的神秘、恐怖、荒谬、紧张，也可以说是它的"崇高"、"重要"，突然瓦解了，SBS培训变成了一次愚蠢荒谬的行动，而这恰好又吻合了文中的另一条线索：妻子杨迎春，从事小学生品质道德研究，树立了两个弱智双胞胎团团和圆圆作为道德上天才的典范，在"我"被辞退的同时，团团、圆圆忽然爆出了乱伦致孕的消息。杨迎春苦心经营的小世界，与"我"妄图通过 SBS 培训事业飞腾的野心轰然坍塌，虽无理由可言，却又似乎在情理——世界的荒谬——之中。

谈论世界荒谬的小说很多，这部小说的有趣之处于，进入了这个小说，就好像进入了游戏的世界，在一次一次的"通关"中，读者可以感同身受地领略当今社会对人的规训与惩罚，体验当代公司社会而不是奥威尔所隐喻的集权社会是如何对人进行洗脑的。伴随主人公被洗脑时的紧张刺激、诚惶诚恐，又无意识地主动接受规训，却落到了失业的下场——由此，当今世界的荒谬之处就醒目而沉痛地显现出来，而小说，也就变成了一个寓言。

小说叙述语言相当粗硬，却极其有力。长篇整体结构也比较集中，尽管集萃了众多大众文化形式，粗糙混杂之处在所难免，而且主人公与妻子的双线故事之间互相并没有重叠交织，处理得有些僵硬，但可以说，《代号：SBS》是一次很有意思的尝试。

吉宽的马车

孙惠芬：《吉宽的马车》，《当代·长篇小说选刊》2007年第2期，作家出版社2007年版。
关注长篇

点评者：陈帅锋

一如那泥土做的鸟的歌／你们被点燃，却无处皈依。

——穆旦《春》

《吉宽的马车》写的是一个乡下懒汉进城的故事。近来写农民进城的作品很多，此篇的不同之处在于，孙惠芬一向关注人物的"内心风暴"，不仅写了物质生活的苦痛，还写出了魂灵深处的不安。

主人公吉宽是乡下赶马车的懒汉，"林里的鸟儿，／叫在梦中；／吉宽的马车，／跑在云空"，这一反复出现的歌声，设定了自在的"起点"：无忧无虑的田园生活。吉宽的懒散是从他父亲那里继承来的，与其说是懒散，不如说是闲散，是有别于忙碌的一种生活姿态，不仅与城市人不同，而且与其他纷纷进城的农民也不同。作者固然是要借懒汉对现代生活进行反思，但没有像前辈作家那样建造一个理想的"原乡"，作为渺茫的寄托；而是写懒汉如何与城市碰撞，以及碰撞过程中的内心风暴。当吉宽看到许妹娜——一个被小老板看上的农村女孩回家置办嫁妆时，内心世界立刻有了涌动，他意识到了"马车"和"汽车"的鸿沟，于是不得不抛下"马车"，走向"汽车"。他进城，不是求活路，而是寻找"原属于他的女人"。而许妹娜的态度使他再次有了一种新的自觉："出息"，许妹娜只会嫁给有"汽车"而非"马车"的人，他要赢得许妹娜，就首先要从"乡下人"变成"城里人"，从"赶车懒汉"变成"成功人士"。在这样的情形下，他有了第三次自觉："钱"，只有钱，才是尘世的逻辑。但他有了钱，却倍感孤独，他和他的情人被城市吞噬了，就算同住一个城市，就算有了一个儿子,心却越走越远,想拉也拉不回。

但苦痛还不尽如此,更在于魂灵上的"无处皈依"。此种不安几乎属于所有进城求生或寻梦的人,无论得志还是失意,他们几乎一律溃败于无形,他们在城市所遭遇的苦痛并不能在乡下得到慰藉。城市的阴影投射于乡下,城乡服膺同一"城市逻辑",旧有的血缘关系畸变,亲人间彼此伤害着,乡下与城市逐渐变得一样势利、冰冷。而城里也有落魄的如下岗的知青大嫂,乡下也有得志的如吉成大哥,城乡人的血脉原本是相通,都一样是《昆虫记》里西西弗斯般的屎壳郎,他们不明就里,无可逃避,只能被裹挟着前行、徘徊、挣扎、呻吟。吉宽的悖论在于,只有借助于城市,他才能证明自我,但他一入城,就回不去了:田园已芜,无处可归,老马死去,马车从云空里下坠,最后只能被嵌进"歇马山庄"的墙壁之中,成为城市的装饰,主人公寻找爱情却永失所爱,在城乡之间,他以及他们进退无据,徘徊不定。但此种被裹挟着前行、被历史点燃而无处皈依的不安,不独属于吉宽,也不独属于一个北国的村庄,而属于整个中国。

对乡土命运的关照,一直是中国新文学的传统,鲁迅、沈从文、路翎、路遥等人都留下了不同的探索。这些经验是驳杂的,线索主要有两条:鲁迅等人笔下的乡村闭塞愚昧,充满着精神奴役的创伤;而在沈从文等人笔下乡村则洋溢着神性。而当下许多乡土写作中,只承继了后者,以一种道德化的立场,简单地将"乡土"理想化,作为对现代化(城市)的批判,而忽略了另外一条线索。《吉宽的马车》的好处就在于,它没有采取城乡二元对立模式,既写出了农民在"城"里的苦痛,也写了回"乡"之痛,从而复归了现实主义的传统。

遗憾的是,小说立意虽深,艺术感染力尚嫌不够,"内心风暴"的逻辑太清晰,太像"戏"了,反有些失真。小说在经验上尚缺乏质感,尤其主人公进城以后,细节被叙述所覆盖。另外,小说的总体框架是古老的情爱母题,即通过性关系的纠葛来隐喻人的对立,古代的"强抢民女"揭示了官民对立,"白毛女"揭示阶级对立,而此处通过"马车"和"汽车"对于许妹娜的争夺显现城乡的对立,这实际上把"农民进城"简化为情感纠葛了,对小说真正想揭示的主题有所回避。女主人公许妹娜也只是城乡间争夺的道具而已,我们看不到她的"内心风暴"。

风　声

麦家:《风声》,《人民文学》2007年第10期,南海出版社2007年出版。

关注长篇

点评者:陈新榜

  继电视剧《暗算》热播之后,麦家推出了《暗算》二部《风声》。这部作品让《人民文学》打破了该刊58年历史惯例而首次完整地推出了长篇小说。

  《风声》由上部《东风》、下部《西风》和外部《静风》三者组成,依然继续着《暗算》中的故事:伪军情报机构内的中共卧底以生命为代价送出情报。它的最大特色是用现代小说叙事策略把间谍战的推理故事和国族命运、革命历史的"主旋律"叙事融为一炉。《风声》将故事设置在抗日革命的历史空间中,李宁玉这个共产党员形象更是引发了"英雄归来"的欢呼,这些为这个推理故事提供了前所未有的意识形态合法性,无疑洞开了"主旋律"和大众文化新的交集空间。而且在刊物发表的删节本中删去了顾小梦叙述中强烈的对抗性语句,还添加了一节对地下工作者的礼赞,其面目很接近"主旋律"。在拉拢大众文化市场需要和"主旋律"的同时,作者还大胆地使用"元小说"叙事策略,营造出一种仿真幻觉,使之成为将读者卷入叙述时空的"阿拉伯飞毯"。因此,《风声》不但市场反响热烈,而且还获得了《人民文学》年度大奖,并得到评论界的一片好评。能够在"主旋律"、大众文化和精英化"纯文学"三方的狭缝间遍地开花,《风声》真可谓处处逢源。

  作家自称的"真实"写作来源与小说的"虚构"本质之间的纠缠是读解这部作品的"密钥"。上部《东风》和下部《西风》叙述的来源分别是李宁玉的哥哥共产党员老潘和中统间谍顾小梦,因而可视作国共双方对历史的不同叙述——"不是西风压倒东风,就是东风压倒西风",而潘、顾两人成为夫妻后的恩怨纠缠更可视为国共双方分分合合的隐喻。《东风》、《西风》中关于小说创作过程的叙述和外部《静风》，使整部小说成为讲述叙述者"我"追寻历史真实的后设小说。这使作品的意义空间扩大了，直接切入当下并回溯追问历史，一定程度上实现了"历史化"。《西风》中顾小梦的叙述否定了之前《东风》中的叙述，凸现的是当时国民政府在抗日中的作用。而后来顾小梦的叙述同样遭到质疑——因为对于"不相信眼泪的特殊人"而言，她的叙述是建立在"感动"这样一个可疑的支点上。这也是对读者进行拷问：选择"同情"还是"觉悟"？不断的质疑和求证使得所谓历史"真实"更显得烟波诡谲。在《静风》中"风声"趋于平静的当代，潘教授对老潘与顾小梦的说法不予置评："你能对父母的争执说什么？"对于后来者而言，国共双方关于抗战历史的迥异叙述就如同一对离异父母的争执般令人莫衷一是。

《风声》关于历史"真实"的叙述其实就是一堆密码符号，而叙述者"我"探寻"真实"的过程就是与之相应的解码破译。《风声》这部作品就是一个召唤读者跟随叙述者去"破译"历史真实的文本，它并不承诺提供历史的"真实"，而只提供叙述历史的"风声"，一些逃脱数十年时间捕捞的漏网之"语"。而这些是我们真正所能捕捉到的全部，作为后来者的我们其实只能是历史的"捕风者"。《风声》对历史"真实"的追寻，是在一个个情节和细节的推敲中进行的。因此，《风声》中的"真实"并不是块状的密不透风，而是充满无法填充的缝隙。不可思议的是，这反而能给人更强烈的历史真实感。对于如何处理历史叙述的"真伪"以及如何在当下叙述历史"真实"，《风声》颇具启发性。

《风声》不能不让人想到曾风靡一时的同样写抗战间谍故事的《风萧萧》（徐訏，1944年出版）。《风萧萧》中充满着对理想人性的不懈追求，具有高度的哲理色彩，故而不但没有落入间谍小说的窠臼，反而超越故事达到更高处。《风声》通过应用现代小说叙述策略而在某种程度上超拔于通俗故事，尤其是《西风》中顾小梦和李宁玉的对峙触及了人性深处的幽暗一面。然而《风声》（即使是足本）中超越性的叙述只是蜻蜓点水般点到即止，作品在境界的宽广和深度方面还有很大的可挖掘的空间，却由于满足于讲故事而被略去了。因而《风声》虽有雅俗共赏之意，实难收化俗为雅之效。此外,关乎信仰的充满血肉和精神冲突的生死之战被简化成冷峻的"杀人游戏",人性的丰饶因此销匿,这也是《风声》令人不能满足的地方。总体而言,追问历史的"真实"不是《风声》的真实目的,它本质上还是一个置于革命年代背景的通俗推理故事,最可能的目的则是成为影视剧脚本,这恐怕才是作家臆想中的写作诉求。

英特迈往

韩东:《英特迈往》,《花城》2007年第5期。
关注长篇

点评者:张辉

自《扎根》开始,韩东看来有一种执意要书写一部平民版《追忆似水年华》的雄心,这种追忆有一种要从肉中剔出倒刺的企图,《英特迈往》显然是这一愿望的继续。

故事从1969年一直讲到2005年。"我"和一帮南京小子们随父母下放到苏北共水,与当地少年结交厮混而生发出一系列故事——鸡飞狗跳的同窗生活、穷凶斗狠的街头碰撞、迷乱焦虑的青春冲动、飞鸟投林的无奈中年……在这漫长的时间跨度之中,命运在每个人物身上腾挪起落、大显其能。小说秉承了韩东"回到日常"的诗歌精神,在"冷色笔调,淡书热闹"的叙事语调中,不厌其烦地描写日常生活中那些鸡零狗碎的事,但它没让我们觉得絮叨无聊的缘由在于,作者在描写这些被时代的炮火所抛掷的零泥碎土的同时,却让我们隐约感受到那个弹点的存在。上山下乡时代丁小海一家的饥馑,改革开放初期在"严打"中被枪毙的朱红军,市场经济年代时来运转突发横财的"我"……韩东显然寄望这些拨出的萝卜能带出泥,这使小说在"成长小说"的基点上有迈向史诗的追求。

小说得名于"我"最后决定画一幅名为《英特迈往》鸿篇巨制的构想,他希望这幅画"不进入博物馆,而在日常生活的琐碎中消失于无形,就像从来没有存在过一样"。这确实坦露了韩东在书写"平民史诗"的内在动机。在这种近乎自嘲式的幻想中,所谓的"英特迈往"引起的更多是不能释怀的悲伤和怅惘,因此小说不是在作"青春无悔"式的炫示,而是"农民痛哭自己庄稼"般的哀祷。

韩东有一种残忍的才能,在面对痛苦、灾难和死亡的时候,他始终不动声色——他落忍。他意识到我们都只不过是历史的人质而已，任何挣扎都只能使自己显得可笑。小说中朱红军因打架在"严打"中被枪毙，父亲升迁无望，弟弟被逼疯，最后连家都丧身于汹涌的波涛之下，在这种痛不可言的悲惨的结局之下，"我"还不忘"踏上一脚"地说："老友啊，你已经家破人亡了！"当下，在太多的作家沉迷于在小说世界中进行纸上谈兵式的乾坤大挪移的时候，韩东能一直老实巴交地行走在充满先锋意味的写实路数上，以冷峻含蓄的方式去追忆历史、表现平民的生活，在对过去揪心的怀念之中也隐含了不动声色的批判，这使得他的冷眼深情充满了一种鲇鱼挂钩式的动人力量，这种力量也许来自潜藏在他内心的悲悯：我最温柔的部分，来自于乡村。

相对于中篇的紧张节制，韩东的长篇叙述总显得有点漫不经心，这漫不经心中似乎也凸现了用力不均，部分行文的枝蔓分散了阅读的聚焦。以回城为界，小说由细致入微的白描突然转为速写式的勾勒，这种加速也许影响了小说前后风格的统一，会给阅读者带来些许感受上的不适，但我们同时也许可以给予一点贴心的理解：时代变化太快而来不及感受和沉淀。而韩东也有别于以往开始忍不住从旁边跳出来说话，也许说得有点太多了，会让读者觉出自己智力的多余。

长　调

千夫长：《长调》，《作家杂志·长篇》2007年秋季号。
关注长篇

点评者：朱晓科

　　《长调》的作者千夫长来自内蒙古科尔沁草原，其长篇小说《红马》曾号称"媲美《尘埃落定》"，使得读者有理由对其新作报以期待。所幸的是，这曲"长调"没有让人失望，虽然仍未必能"媲美《尘埃落定》"，但堪称近两年来众多草原题材小说中最为出色的一部。

　　千夫长纵笔游刃，收放自如。作品以"活佛之子"阿蒙的成长经历——入旗镇、习长调、寻找阿爸——为线索，力求在主人公的自述中展现科尔沁草原的风情。小说中的人物并不芜杂，无论是阿妈佛娘、雅图和阿茹，还是赶车的色队长、扎西叔婶以及文化团里的歌手，都给人留下了深刻的印象，充分体现了内蒙古草原的生活风情。

　　与"长篇魔幻小说"《红马》相比，《长调》的优点是平实且扎实。《红马》借用"木石前盟"的前套，看似一团命定的迷雾飘飘荡荡地罩住了草原，其实尽数飘在天上，颇多矫情；而《长调》则少了"天外飞仙"的调调，多了许多草原本色。小说开篇便以冰封雪原的凛冽先声夺人。这次与色队长跨越寒冬的征程，实际上是"我"迈出的成长第一步；而作品真正的主角——科尔沁草原，也从这个时候就凸现了出来。

　　在叙述中，千夫长踏踏实实地扎进草原上每个草窠兔洞里去。阿蒙捉金克朗、逮兔子、挖蘑菇、吃打瓜时活生生的场面才是小说的灵韵所在。那九个整整齐齐撅起来的一溜小屁股（扎西叔叔的孩子们），其实比裹在红马身体里那个让人拿不起放不下的美人坯子的魂灵要动人得多。而阿蒙成人离开母亲的前夜，与母亲一起把少年时代收集的牛粪球（金克朗的食物）一一数着投进火堆里时，真实就流淌在平实的沉默中："那一晚,我和阿妈几乎一夜都没睡,我们好像都有心事,但是也都没讲几句话,就是围着炉子默默地坐着。……快天亮了,已经数到了三千多,粪球还没有数完,真个一夜都在烧粪球。炉膛的火里是一个一个的白白的灰烬,很洁净。红红的火舌,在白灰中温情地向上舔着。屋里很温暖,三千个粪球,在炉膛里堆积成无数个圈圈点点的痕迹,像句号,像问号,也像省略号。"

可惜,小说平实而悠长的叙述风格被结尾一段莫名其妙的发问打破:"这么多年,我终于在胆战心惊中长大了,内心也坚强起来,心灵的痛苦在减轻,可身体的疼痛却在加剧。我为什么总是活在恐惧、焦虑和疼痛之中?别人或者也是这样吗?"这段话似乎有《我的帝王生涯》里那个沉湎杂技的废王的影子,只是与本篇小说的"活佛之子"阿蒙的性情并不贴合。事实上,《长调》的好处,恰在于草原男孩的记忆,而不在于阿蒙的身份。慈爱的阿妈佛娘、仗义的色队长、热情的扎西叔婶、义气的兄弟铁山以及正直的歌舞团歌手们,他们都无私地荫庇着阿蒙。千夫长有意营造出些"生命之累"的迹象,倒真不知其悲从何来了。

道德颂

盛可以：《道德颂》，《收获》2007年第1期，上海文艺出版社2007年版。
关注长篇

点评者：刘晓南

支撑起《道德颂》这部长篇的，是一个颇为老套的婚外恋故事。然而，这故事一经盛可以料理，便别有声色，令人动容。

徘徊在婚姻门外的女子旨邑，与婚姻围城内的中年男子水荆秋陷入了一场无法自拔的异地之恋："在一扇彼此都渴望的门前，道貌岸然地徘徊。"因为爱情，旨邑置身边两个优秀适婚男子谢不周和秦半两的爱情表白于不顾，牺牲明媒正娶的幸福机会，执意地走上了一条撕心裂肺、肝肠寸断的不归路。疯狂的嫉妒与热烈的奉献周而复始，忘情的燃烧与荒凉的寂寞成为这场不伦之恋的双重主题。当得知她双珠暗结后，水荆秋却坚决拒绝做孩子的父亲，坚持让旨邑做掉孩子，即使以她从此失去生育能力为代价。故事于此浪涛汹涌，谢不周的肝胆相照、秦半两的痴情相许与水荆秋的绝情寡义形成了鲜明对比，道德的天平陡然倾斜。屋漏偏逢夜雨，谢不周因脑瘤猝然离去；旨邑怀着情人的孩子自觉无颜以对秦半两的痴情。经过激烈的内心挣扎，她只得杀死了腹中的一双儿女，千疮百孔，万念俱灰。报复的欲望使她引诱水荆秋再次现身，不料谜底却令人哑然无恨：她所嫉妒的强大对手竟是一个病弱枯槁的女人，水荆秋本人又何尝不是道德祭坛上的牺牲品？至此，才令人了悟《道德颂》这个题目，并非如全篇所弥漫的对道德的嘲弄和反讽，亦有一些沉重与无奈的叹息。

《道德颂》的叙事口吻带着盛可以一贯的玩世不恭，机趣的比喻与莞尔的自嘲揉杂在一起，以飞流直下三千尺的加速度，裹挟着河泥金砂纷纷而下。在叛逆与反省这一对铿锵的和声的伴奏下，"道德"与情欲纠缠在一起，舞起了一场悱恻缠绵又剑拔弩张的探戈。风生水起中，搅得天地一片浑黄；尘埃落定后，又溅起几许苍凉。

或许是为了避免某种"自叙传"的嫌疑，作者将如此真切的情感体验和人生追问套上了一个"金刚罩"，避开了女作家擅长的"第一人称"叙事，而采取了一个相对"安全"的第三人称。但在叙事的过程中，本该隐藏其后的那个作者却常常忍不住越出了给自己设定的边界，使小说陷入一种奇怪的悖论，也使自己成了一个漂泊的伪叙述者。暧昧的叙述或无可厚非，不过，在叙述腔调的矛盾之下，也反映了小说面对传统道德与现代伦理时的潜在矛盾。整部小说对我们惯常认定的道德磐石的挑战以及对遵从个人内心的道德的阐释都是不彻底的：盛可以既无法糅合现代与传统在道德理解上的巨大裂隙，也无法真正揭示道德在具体实践中的复杂与艰难，将那些缠绵悱恻的情爱场面清扫干净后，我们并没有看到更有力的思考以及更深层次的反省。而这些，恰恰是决定一部小说能否一跃升空的重要因素。

从小说的叙述节奏上来看，前面游刃有余，后部则不免失控，作者似同人物一样急于将这场看不到任何未来的情事作个了断，它以轰轰烈烈的阵势开局，却于仓促慌乱中结篇，不能不说是另一个巨大遗憾。主人公旨邑是作者描写最为成功的人物；而有些人物则面目模糊，笔力不均：秦半两自始至终都像一个符号；假小子稻第也实在无关轻重痛痒，更像是作者一厢情愿的自恋而冒出来的人物。

尽管如此，《道德颂》依然有一种野性难驯的美，让人想起梅里美笔下难忘的卡门。

等等灵魂

李佩甫：《等等灵魂》，《十月·长篇小说》2007年第1期，花城出版社2007年版。

关注长篇

点评者：朱晓科

继《羊的门》、《城的灯》之后，河南籍实力派作家李佩甫于年初推出了长篇新作《等等灵魂》。这是一部比较典型的以传统现实主义笔法创作的商业题材小说，而与一般"商战小说"不同的是，作家力图通过对"金色阳光"商场由盛及衰过程的解读，通过对任秋风、上官云霓、陶小桃和江雪等一系列人物性格的剖析，叩问在欲浪翻腾的商海中弄潮者的魂灵。

故事开始于主人公任秋风的家庭矛盾。为了逃避婚姻的伤痛，转业军人任秋风一心扎进商界，担任"金色阳光"商场的老总。他雷厉风行，胆识过人，气魄超群，不仅使商场起死回生，而且创造了规模扩张的奇迹。与此同时，任秋风的欲望急剧膨胀起来。他越来越好大喜功，刚愎自用。他力排众议，修建128层高的摩天总部。结果，商业巨厦的地基阻断了地下水脉，被勒令停工。企业庞大的资金链因此断裂、陷入瘫痪。此时的任秋风众叛亲离，最终成为改革开放后中国无数商业泡沫中的一个，悄无声息地破碎，被后来者取代，好像他的存在不过是纸面上的一场噩梦。

作品的另三位主角便是"商校三枝花"——上官云霓、陶小桃和江雪。上官稳重、小桃善良、江雪则工于心计。伴随"金色阳光"的大起大落，三位商业女性的不同人生选择构成了小说的另一条线索。

熟悉商业报道的读者可能会发现：上世纪90年代风靡一时、最终却因异地扩张而走向破产的"阡村百货"，庶几就是"金色阳光"的原型——"阡村百货"是郑州上市公司，而"金色阳光"恰巧位居李佩甫难以割舍的"中原"腹地。

"中原"一直是李佩甫的一个情结。他以往的作品,如《羊的门》、《城的灯》、《李氏家族》、《败节草》等,多以中原大地芸芸众生的生存状态和灵魂图景为落笔核心。"中原"不仅是如扁担杨、李家庄、呼家堡这般展现农村基层权力结构的"集合体",同时也是作者进行灵魂批判的场所。而《等等灵魂》在延续了这一诉求的同时,离开了作家驾轻就熟的乡村权力世界,而走进了城市的商界博弈圈,似乎要为"中原"的灵魂世界增添一道时髦的立体风景。

在这部作品中,李佩甫的"灵魂批判"落在"速度"二字上。任秋风的悲剧不仅仅在于"被金钱异化",而是在于被异化得如此之快:一个讲究实际的军人怎么就在不经意间变得头脑发热、好大喜功了呢?作品旨在对改革开放后中国整个商业进程进行一次反省——"别走得太快,等一等灵魂",印第安古谚列在卷首,言简意赅。

可惜的是,作品的缺陷似乎也在"速度"二字上。虽然作家亲力亲为地考察了上百个商场,但李佩甫真正擅长的,还是对"人际关系"的经营与描画。作家对形象公关、广告宣传以及企业文化颇有心得,这使得上官、陶、江三位女性各有风韵,可圈可点;但在筹股融资、金融操作,特别是资金运行方面就涉猎不深:当128层的巨型商厦拔地而起的时候,小说朴实的叙事风格开始转向漫画式的夸张和荒诞,隐隐露出作者底气不足。作品的时代感从一开始就不是很明晰:好像设在上世纪90年代,但又总是露出21世纪的"尾巴"——也许作者搜集到的信息过于芜杂,因此做进一步的"消化"还需假以时日。

李佩甫在《羊的门》中对"官场"的剖析堪称一绝,但在处理"商战题材"时,就不得不面临专业知识的"门槛"。与《羊的门》相比,我们难以从《等等灵魂》的字里行间读出李佩甫骨子里的"中原气息",读不出"浸淫"的感觉;任秋风可以是商海沉浮中任何一个滑落的灵魂,并不必是"中原人"——也许这篇作品不必承载对地域的苛求,但如果作家想要跨越"门槛",进一步深入接触"商业中国"的现实,却依然不能"走得太快"。

尽管如此,《等等灵魂》仍不失为一个饶有兴致的故事,叙事流利,条理清楚,起伏得当,读来是不觉页码冗繁的。

桃花

张者：《桃花》，《花城》2007年第3期，长江文艺出版社2007年版。
关注长篇

点评者：余旸

张者的《桃花》，是继《桃李》五年之后诞生的姊妹篇，仍然把笔触聚拢于校园，校园里那些来来往往手提开水瓶充满焦虑但黑镜框里茫茫然一片的博硕士，连带他们的导师——所谓的知识分子们。校园，昔日的理想圣地，早就市声弥漫；低矮的围墙，墙外的"公司"、"大款"们轻易逾越了同时也被墙内的视线所穿透，所以作为30岁处男的师兄姚从新（要重新）被嘲笑了，但仍监守着要求处女作为女友的理想；所以他也被网上认识的因父亲炒股大赔而在网上贵卖处女夜的80后少女钟情（呵呵，好名字）触电了也被背叛了（挖墙角的正是其同门师弟！）；所以他被某企业公关秘书刘曦曦引诱了（刘曦曦通过他接近他心中的完美导师方正先生从而能顺利上市圈钱），被"借种儿"后又被抛弃了；所以当他因为急于出国追寻怀了自己孩子的刘曦曦而抄袭了自己导师因为私心想支开他（导师娶了他现任女友邱颖）提供的论文时，他要负担自己为人父的责任的道德感也被颠覆了，完蛋了。结局就是卷行李走人，所谓的学术理想，都黏附在身后那桃花掩映中无比灿烂也无比糜烂的夕光中。

满篇荒唐事，白底黑字，其实就发生在我们身边，想一想，他们师兄四人联袂出击，赴"大二女生"的旅店约会之小心翼翼，一半煞有介事，一半细致写实，把所谓"校园中硕博士这些人后青春期的特殊情调"写活了；那种掩饰在嘻嘻哈哈中难以叙说的感伤、那种只能嘻嘻哈哈不正经对待的焦灼弥漫在耀眼的阳光与结实的叙事中；大家出国的出国，搞女人（男人）的搞女人（男人），玩学术的玩学术，赚钱的赚钱，都匆忙而难受地生活着，伤痛像阑尾一样多余，无处寄放安存。比王朔朴实但也不乏卖弄的语言内衣，穿在恰当的一批人身上，节奏的调配，更像夏日里闷在破旅店里做爱时窗外冲击覆盖的喧嚣市声，混合着汗水以及挣扎，有了蛊惑性的障碍，快感也就顺入阅读中了。

虽是有趣的小说，自然也有不满，其一，导师方正总让人有华山岳不群的嫌疑，虽然也触及到了他的道德尴尬（比如因撇清自己而出庭指证自己弟子、先将弟子女友揽而入怀又为其争取出国名额而不择手段，等等），但微有隔靴搔痒之感，不够狠之后就假得太单调了；而邱颖，转腰提臀于导师和师兄之间，行为虽在社会现实实例范围内，内心的暗箱却被揭示得相当含混，总是突兀、莫名其妙，为了故事完整主角形象却被光荣牺牲掉了。说到底，作者显然对所谓的80后（假如有的话）的内心世界，仍然不能完全把握，对其想"解构"嘲弄的"神圣校园"缺乏真正入骨的了解，因而少了"反戈一击"的精准和痛感，嘲笑的音调有时夸张，而且不准，多少有点局外人起哄看热闹的意思。但瑕不掩瑜，这部小说，让我们重新开始审视这个一直被偶像化静物化但其实已经质变的题材领域——大学校园，使一直被人诟病的"校园文学"增添了成熟的亮色。

白　麦

董立勃:《白麦》,《当代》2007年第3期,人民文学出版社2007年版。
关注长篇

点评者：谢俊

看到《白麦》，熟悉董立勃的读者估计一下子会想起当年脍炙人口的《白豆》，在那个传奇故事里，白豆姑娘清澈而真挚的情感世界曾让千万读者感喟万千，而作家的文字亦仿如一泓来自天山的雪水，让读者在边疆异地的本色和美好里如沐春风。

依然是干净利索的白描，简洁流畅的行文和跌宕起伏的浪漫传奇，这次的主角成了嫁给首长的姐姐白麦。为了搭救白豆的男人胡铁，白麦一腔真诚横冲直撞，在和具有成熟"政治智慧"的丈夫的交锋中愈挫愈勇，然而正当忠诚的李山走近、与丈夫的感情濒临破产，"文革"的动荡却一下子让白麦成为丈夫的守护者，在造反头子的欺压里历尽煎熬。故事不乏传奇性，作品的好处却在于总能从"淡"处入手，语句是寡淡的，人物是清洁的，悲恸时无声无息，无事处却情意盎然；而传奇的世界因为总在白麦简单执拗又宁静美好的眼光里，所以一切的欺骗、暴力和凶险都被抹上了一层湿漉漉清新润洁的光影，仿佛仅是那水汽氤氲而成的戈壁蜃景。

董立勃小说中这般的清静美好确乎承继了沈从文、汪曾祺一脉的乡土遗风，而如有论者试图挖掘这层宁静叙事后革命暴力或人性压抑则显然有添足之嫌。事实上，董立勃擅长的就是"避重就轻"，《白麦》也恰恰暴露了作家在处理重大的历史事件时的力不从心。这个作品在带入"文革"故事后，就越来越像20年前的《芙蓉镇》，"批判老干部"、"胁迫奸污女眷"这样的陈年老调每每重弹，作品的本色和人物的神韵都被暴力的程式化的历史叙事干扰了，而小说中对人心之美的细微探索也就裹步不前。

在谈到自己的作品和沈从文的差距时,董立勃用了"粗野"一词。在我看来,这"粗野"应该指的是作家过于频繁地运用情节的暴力,死生太易,跌宕过频,上面谈及的历史暴力的挪用是一种,而随意套用通俗传奇大开大合的路子是另一种。《白麦》的最后一些章节几乎成了中国的西部片:戈壁、响马、硬汉和痴情女,好看是好看,却在真实生活的深邃处划过去了。湘西世界的美妙不仅在于它的蛮荒和原初,更在于在它的简单之中浸润了作家对美好生活和人性的艺术理解,然而董立勃的写作却往往浮在生活的表层上,于是就只能依赖好看的故事,其成果固然能开放浪漫的奇葩,但会不会渐渐就失之于无根与空洞呢?正如雪水过沙,转瞬即逝,从《白豆》到《米香》到《白麦》,下野地的故事也许可以一直写下去,读者却免不了渐渐疲乏起来。

天知道

朱辉：《天知道》，《钟山》2007年第2期。
关注长篇

点评者：王斌

《天知道》是一部可读性较强的小说，作家试图借鉴侦探小说笔法，将相关的一些叙述要素引入到纯文学的创作中。

从表面上看这是一部关于高智商犯罪的侦探小说，一连串案件的设计相当巧妙，真相扑朔迷离，作案者祈天与破案者李天羽之间的智力交锋也是惊心动魄——这是一部侦探小说应该带给读者的。不过，侦探小说大都满足于智力层面的愉悦，很少深层次地触及人物的灵魂。这也是侦探小说被称为通俗文学的主要原因。

朱辉显然并不满足于此。《天知道》里面的祈天，并不是一个天生的罪犯，也不是因为某种简单化的动机就突然起了杀心。他的犯罪动机是逐渐深入和强化的。小说清晰地向我们展示了这个过程。一开始夫妻之间因性病征兆引起的猜疑，就扣住了"性"和"堕落"这两个主题。当背叛浮出水面，祈天精心设计了一起"不在场"的抢劫，试图挽回崩溃的婚姻。但妻子王芳还是弃他而去。耳闻、亲历了性的百无禁忌的泛滥之后，祈天认定艾滋病是看守人类尊严的最后防线。而他却恰好负责某艾滋病研究所的保卫之职。去而复返的妻子王芳和意外邂逅的情人张颖，受某商业公司雇佣，别有用心地接近了祈天，目的只是窃取科学家周长的研究成果。两个女人之间的间谍暗战，导致了祈天女儿的意外死亡，人性的泯灭亦彰显无遗。祈天目睹惨状，精神趋于崩溃，却极其冷静地设计了一次"不在场"的谋杀，将他所认为的争斗和堕落之源周长置于死地，防治艾滋病的研究成果亦付之一炬。最后的测谎和审讯中，这个狡诈的、深藏不露的高智商罪犯才吐露心声：杀人竟是出于悲天悯人普渡众生的情怀。

虽然有一些细节上的硬伤，小说情节尚完整而曲折，在其内部逻辑里能够自圆其说，不失为一个颇有看头的故事。但小说内部逻辑的现实基础却是不成立的。将无节制的性爱视为艾滋病传染的罪魁祸首，不过是外行的想当然。祁天在这个错误的前提下形成了犯罪动机，作者又以模糊的态度认可了这一前提，并藉此推演整个故事，以致小说根基不稳。作者对于人性的质询也显得过于机械和虚假。角色情感的转变，处理得过于随意，缺乏可信度。比如在女儿中毒生命垂危的情况下，母亲王芳居然会置之不理畏罪潜逃。这样的冷酷在之前毫无铺垫，即便是为了表现人性之恶，也不应如此草率和轻而易举。如果以更高的标准来要求的话，那么跟经典的侦探悬疑小说相比，《天知道》对于作案和破案过程的设计不够专业和新颖；跟深入探讨人性的纯文学作品相比，刻画又不够细腻。也就是说，这个作品的特色在于在纯文学和侦探小说间寻找平衡点，遗憾也在于这个平衡点尚未把握好。

启蒙时代

王安忆：《启蒙时代》，《收获》2007年第3期，人民文学出版社2007年版。

关注长篇

点评者：刘晓南

小说讲述的是"文革"时代的上海，在政治风暴的台风眼中，一群身处边缘、出身中产的城市失学少年的成长故事。确切一点说，是一群被革命遗忘的少年如何在一个"无产阶级文化大革命"的时代中被资产阶级生活情调启蒙的故事。

自从《八十年代访谈录》问世以来，"八十年代"的思想解放究竟从何启蒙的话题就从未休止。一贯善于把握思想界动向的王安忆，写出这样一部探讨青春、理想与成长的小说，或许也是某种意义上的"命题作文"。既然用了如此大的一个标题，作者的笔力却过多地留恋于"启蒙"，而忽略了对"时代"这一背景的深刻刻画。尽管《启蒙时代》中堆砌了大量的时代说明，却并没有把握住时代的精神本质。作品中隐然存在着一种矛盾：既想回避时代的强大力量，又想利用时代来做文章。于是，小说中的时代感云遮雾罩，面貌混沌，举止暧昧。正因如此，屡屡出现的人物之间的长篇对话和讨论便远不如雨果在《九三年》中的辩论更为必要和有吸引力。当小说中两个60年代的少年用"祛魅"、"嬗变"这样一些其后十多年才使用的"后现代"词汇谈话时，我们仿佛置身于当代的学术讨论之中，浑然忘了小说里的那个时代。

王安忆过于强大的理念性和控制性在《启蒙时代》中体现到极至，整个小说都堆砌在仿佛DISCOVERY解说词的笔调里：

这时候，他们的军服，马靴，板刷式的发型，还有自行车，似乎不止代表着某一个阶级，而是时髦。这个城市就是有这样的功能，那就是将阶级的权利属性演变成街头时尚。而在这同时呢，它又表现出一种坚持，貌似保守，其实是中流砥柱，这从那几个女生的穿着可以见出——她们都还是依着自己的风格，也就是这街区里向来对服饰的理解。

《启蒙时代》大量地建构在这样一种解释、说明、论证的陈述当中，却缺乏足够充实的、鲜活的感性细节，仿佛上帝般驾临于生活与时代之上，难以引起读者的情感共鸣与精神认同。

在这部小说里，见不到真切的时代经验，有的只是"隔岸观火"，"雾里看花"。来自于书本上的想象始终停留在"虚"的层次，无法沾染上真正具有烟火气的"实"，令小说徒有"史诗"的姿态，而缺乏可触可感的现实色彩。令人疑惑不解的是，本应作为那个时代的亲历者的王安忆，为何抛弃自己的情感记忆，舍弃自己更为游刃有余的生命体验，而将有血有肉的亲历变成了冷冰冰的教科书口吻？连那些少年懵懂的初恋情怀都写得那样木然、干瘪，让人既感受不到王朔《动物凶猛》中那般跋扈的青春，也感受不到她自己早期作品"三恋"中那股悸动的生命力。一方面，这部作品缺少《叔叔的故事》中那种放低姿态、却触角向上的知识分子人文情怀；另一方面，又缺乏《长恨歌》中那种笔蘸世俗、满身烟尘的现实表现，这使得《启蒙时代》既缺乏革命的又缺乏世俗的激情。

小说中写感情，却见不出感情，无论是人物还是作者，都仿佛变成了符号或者棋子。人物一个接一个上场，从小兔子到南昌，从南昌到陈卓然，然后是小老大、七月、敏敏、珠珠、舒拉、舒娅、丁宜男、嘉宝、高医生……每个人都是主角，每个人又派生出相关人等，父亲、爷爷、校长、老伯伯……一本令人昏昏欲睡的人物流水账链条般展开，当链条越拉越长，前言便难搭后语。这样的构思造成了叙事的低效，除了"省事"之外很难有积极的意义。由于缺乏足够的叙事动力，《启蒙时代》仿佛一潭难起微澜的死水，人物和故事黏着在封闭的空间之中自我繁衍，冗长、沉闷，令人昏昏欲睡。

《启蒙时代》的强大理性色彩遮蔽和抵消了文学中特有的感性呈现，使小说几乎游离了文学的边界，堕入到读书笔记、总结报告和心得体会之中。"理念化"、"不冒险"几乎成了王安忆近年创作最大的诟病，看来并未引起作者的重视。王安忆仿佛受到了某种鼓励，仍然沉浸于一种写作惯性中无法自拔，愈演愈烈，直至气韵衰微的《启蒙时代》。

刺猬歌

张炜:《刺猬歌》,《当代》2007年第1期,人民文学出版社2007年版。
关注长篇

点评者:谢俊

《刺猬歌》首印20万册,号称"张炜自《古船》以来最具有突破性和冲击力的作品"。小说呈现的尽管只是山东半岛海边丛林小镇棘窝镇百年来的欢腾和衰败,却几乎加入了作家对整个人类历史的想象和强烈的时代情绪,从人兽交融丛林秘史里的前现代社会,到"唐驼"掌政时期的残酷政治和血腥迫害,再到如今商业社会里的矿主夺矿、恶霸占地、贪官作威、教授变态……在这样一部无所不包的奇书里头,无处不滚动着叙述人灼热的声音,作家也和小说中的主人公廖麦一样,几乎是在发出理想主义最后的声嘶力竭的嗥叫。

从《古船》以来,"家族"、"斗争"、"商业"、"理想"一直是张炜创作的关键词,这些固然标明了张炜所持的人文主义立场和对社会强烈批判的态度,却也几乎成了作家感情和思绪的梦魇。张炜近十年来的诸多长篇,都呈现出在思绪的重压下思想的匮乏和表达的混乱,《刺猬歌》可谓走向极致。这个作品里遍布着一个浪漫主义诗人的抒情语调,文字倾泻,情绪泛滥,但在铺排了我们熟视的社会问题后并不作理性剖析,相反则只是简单地拒绝,陷入书生式的空想与狂想。

从艺术上看,作家写人物时拒绝心理,轻视行动,并且用一种"散文诗化"的语言代替个性化的人物语言,结果则只能给出一幅漫画式的、分裂的人物面具;而在组织情节时,作家也毫不关心事件的合理性和复杂性,故事冲突的制造和解决都随心所欲,这最终导致了整个小说架构的松散和虚假。所有这些都使得读者只能颇为吃力地跟随作家的主观激情在一个虚假的轻浮的世界里无辜地游荡。因此尽管充满了烂漫的想象和洋洋洒洒的抒情，但《刺猬歌》抓不住一个强悍的情节内核，也抓不住一段精确细致的现实故事。

这些也许导致了《刺猬歌》在意义表达上整体的失败，但在局部的美学呈现上，这个典型的"纯文学"作品确实作了不小的探索。比如小说里穿插了散文、戏剧、讲演和神话，从而塑造了盎然多姿的文体形态；比如作家从"齐文化"中继承的神怪传奇的叙事技巧，达成一种草木有情的神秘幻术；再比如在想象力的挖掘和对民间的野性美的追寻这一点上，作品展开了一个生机勃勃的性欲旺盛的野地和民间的世界：从一开始喜爱所有雌性活物的神仙人物"霍老爷"，到投入丛林的大痴士美男"良子"，为海边雌性动物接生的性欲旺盛的"姗婆"，从小穿着蓑衣长着绒毛的刺猬女美蒂，"姗婆"的七个土狼儿子，海猪的孩子"毛哈"，狐狸精化身的女领班，在田野上奔袭的告状人"兔子"——这一世界在《九月寓言》里就有所显露，在《刺猬歌》中则愈发淋漓地显出浪漫瑰丽的色彩。

山河入梦

格非：《山河入梦》，《作家杂志·长篇》2007年春季号，作家出版社2007年版。

关注长篇

点评者：李逸君

  首先必须承认，我是抱着一种先期的热情去阅读格非的这部长篇新作的，我希望能在"先锋作家"们普遍退守的今天看到一个人的前行姿态。我承认，处在"先锋写作"时期的格非曾让我深深着迷——或许正因为如此，阅读《山河入梦》更让我失望。

  失望首先来自格非在语言上的退化。他完全放弃了先前那种具有粘性、透明感和张力的语言，选用的是日常的、叙述化的、介绍性的文字，是那种大众话语，与一般的通俗小说并无二致。当然，其早先文字所带给人的冲击性和迷醉感也全然丧失。格非先生颇为自得的那些"旁白"（它们在文中用的是黑体），其实也是很简单化的，这种对心情思考的直接表达实际是在现代写作中被有意略弃的部分，格非的重拾并没有给它们赋予新东西，而是回避了写作上的难度，损伤了小说语言作为艺术的质地。

  "经过了怎么写的技术训练，现在应该考虑写什么的问题了"——这是格非近年所说的在文学界颇有影响的一句话。那么，在"写什么"的问题上，他又做了什么呢？

  不错，从《人面桃花》开始，格非意图深刻起来。这次的《山河入梦》面对的是理想主义的"乌托邦"。格非野心勃勃，然而——所谓的深刻只是平面的、表层的。

  小说中的思想资源完全在大众化的层面上，给我们列出的仅仅是"理想主义"的外壳，没有去追问内因，没有去剖开审视。我们所面对的人与物都类似于简笔的卡通，县长谭功达的理想主义属于一种简单幻想，它尚未得到贯彻，就被阴谋（格非所设计的阴谋也是简单的，卡通化的）算计，丢了县长的职务；文中设计的"乌托邦"花家舍及其掌门人郭从年的诡秘行踪都让人想起卡夫卡的《城堡》与《审判》，那种监视的无处不在，那种处罚不须启动它自己就会自动运行等等……然而在此只取了皮毛的部分。

小说在叙述上也是平面化的。由于小说的内容是"现实性"的，叙述是故事性的。然而，格非的叙述过于简单明晰化了，远不及生活本身浑浊多义。小说的前三分之二，主要写的是县长谭功达的婚事和几个女性的纠葛，人物心理和性格都显得简单，某些变化都是出于作家设置的需要而不是人物性格和历史的促成。而后半部分，谭功达进入到花家舍，几乎是顺着他的眼光去看，是一种介绍，它的文学味变得更淡，平面化倾向则更重。

建构史诗的野心，对生活的所谓"正面强攻"，也使这部小说凸显了"现实合理性"的问题，它经不起推敲。小说点出了故事的时间背景，可多少忽略了中国当时种种政治事件对人的影响，具有乌托邦情怀的县长似乎是独立的，是种弱势，甚至得不到上级的支持，他的下台早有预兆而不只是水库倒塌事件所致，这与当时的真实相悖；同时，谭功达是行伍出身，可他除了拔枪这一被用俗的动作之外完全是知识分子式的，在他妻子张金芳布置房间时他会生气地问为什么没有书房，然而这个知识分子式的县长，常看书看报的县长，竟然不知道铁托是何人。更为难解的是，他竟然也不知道毛泽东的名言；在给谭功达信中写下"云泥两隐，无奈纸尽"，写下"青鸟不传云外信／丁香暗结雨中愁"的女主人公姚佩佩，却在参加县里工作时闹出无知村姑才能闹出的笑话，这个工作两年还不熟悉大院的人，她的精与笨都显得假；一个有着历史问题的（姚佩佩的父亲是历史反革命，被处决）女孩竟然可因县长一句话由无业人员而成为县办工作人员，在那种历史条件下竟然没有谁追究……我们也可以看出，格非不知道党委和政府各是干什么工作的，所以它们似乎是一个大院一套人马，职责不明……这类违背常识的失误，在这部小说中可以说俯拾即是，更不用说小说前半部分过于写实的手法和后半部分的寓言化处理上的脱节。格非没有顾及到生活的逻辑，太想当然了些。

当"写什么"重新变得重要了以后，作家的思想力、现实感乃至写实功力，都变得重新重要起来，这又是"怎么写"的问题——在经过对外来技巧的大规模学习借鉴后，如何回到中国的本土经验和文学传统，再历炼写作的艺术。

所 以

池莉：《所以》，《当代·长篇小说选刊》2007年第1期，人民文学出版社2007年版。
关注长篇

点评者：刘晓南

  《所以》这部号称"耗时三年三易其稿"的"力作"作品更像是三个月匆匆草就的成果，否则将难以解释它给人带来的讶然、惶惑与惋惜。近年池莉总是沉浸在市场的叫好声中，似带醉意地踉跄着，每一步都在往后退。此番歇笔之后再度"出山"，其退步更到了令人惊讶的地步，非但没能"宝刀不老"，而且着实退到了起跑线之外。

  这种退步首先体现在语言上。毫不讲究的语言、毫无节制的抒情白开水般哗哗流淌，让我们陷入一场祥林嫂式的漫无边际的唠唠叨叨之中。企图"削皮剔骨"，从这种语言的纠缠中摆脱出来，却又发现这完全是一场徒劳——叙述信息的寡薄平淡，与废话连篇的叙述语言纠缠在一起，难舍难分。这才领悟到，或许这种汪洋的"句海"战术，正是遮掩其叙事空洞的一大策略。惟其如此，一个本来中短篇幅的小说才能被拉扯成如此可观又空洞无物的长篇。更令人无法忍受的是，少女般一惊一乍的娇嗲不合时宜地发生在一个中年妇女的感慨当中，主人公自觉痛快的宣泄给读者带来不胜其烦的阅读痛苦，倘若不是秉持文学研究的专业精神，恐怕早已弃置一边不愿卒读了。

  十月里，响春雷，八亿神州举金杯！十年"文革"结束了！十年"文革"之前的"四清"运动过去了！"四清"运动之前的大灾荒也过去了！大灾荒之前的"大跃进"也过去了！过去了，"反右"运动、三反五反运动！过去了，等等一系列紧张的政治运动！

这种以过时的口号和惊叹号组成的独白一直贯穿于《所以》的始终，执拗而野蛮地折磨着读者的神经。对比一下20年前作者刚出道不久的作品《冷也好热也好活着就好》的开头一段：

这天，大约是下午四点种光景。有个赤膊男子骑辆破自行车，"哧"地刹在小初开堂门前的流水沟里，不下车，脚尖蹭地上，将湿透汗水的一张钱揉成一坨，两手指一弹，准确地弹到小初开堂的柜台上。

稍有语感的读者一眼便可辨出两篇作品语言的高下。小说语言的精练、准确、有力以及对意义的寻求，池莉早在20年前就已了悟而且娴熟，为何在技艺已臻成熟、功成名就的今天流露出如此稚嫩浅薄、粗糙庸俗的一面？是什么使得作者义无返顾地以毫无艺术处理的大白话取代了文学语言，彻底地走向了"大众"？

池莉试图将长篇小说做成了一篇论文，通篇贯穿着一个企图：论证"因为"与"所以"；论证婚姻的虚假与幸福的无聊。且不说这个先入为主的企图一旦开始就意味着远离了文学，而终其全篇，也没能揭示"因为"与"所以"之间必然而然的那个"所以然"来，只浮现出一个怨天尤人的失败女人，发泄着对时代、对社会、对父母、对男人、对人生的抱怨和恼恨。这个独白主人公也显得十分可疑，时而卫道，时而叛道，充满抱怨却缺乏自省，以"知识分子"自我标榜，却又充斥着小市民的心理与举止，扯着自己头发想要离开地球。如此一来，她对男人、对小市民的审判便难免滑稽可笑。

从整体上看，《所以》毫无追求，既不讲究技巧，也无所谓构思。以往池莉那些善于编造故事的能力和擅长描写客观现实无奈而复杂一面的笔力统统倏忽不见，作者新闻报道式地拉来《人民日报》社论、中央人民广播电台新闻、电视连续剧以及标志性的历史事件，企图把过去二三十年的中国"忠实"地再现给读者。这种剪报式的做法固然简单省力，其实更考验作者的分析功力。对生活不加选择的呈现，只能使小说中的生活比现实本身更为琐碎、烦闷、无聊。而用这种方式去呈现历史，其结果便是一地鸡毛，不见泰山。在《所以》中，池莉表现出了对历史的热心，却没有表现出历史分析的耐心。

近年来，池莉的作品在市场上畅销的同时也受到不少批评，如"有着过于强烈的读者意识"、"精神哲学匮乏"、"对于自己所表现的生活对象的无批判原则的认同与肯定"，等等。或许当时还会觉得那些批评过于严厉和苛刻，但当几年之后《所以》带着这些缺点集中出现的时候，不禁令人信服那些批评的公允与中肯。池莉近年来的退步，不在于为市民写作，而在于她把自己完全等同于一个小市民，当她的口吻、她的眼光、她的世界观和他们别无二致、没有任何距离的时候，她的创作便不可能具有一种从原生态生活抽离出的对存在的审视与反思，而是浑身上下充满了小而俗的气息。这样，我们看到的是"小市民气的写作"，而不是"小市民题材的写作"。